印度研究丛书

顾　问：薛克翘

主　编：姜景奎

副主编：贾　岩

王春景

印装质检

合格

质检员：厉枞枞

印地语文学史

薛克翘　姜景奎　等著

中国大百科全书出版社

图书在版编目（CIP）数据

印地语文学史 / 薛克翘等著. —北京：中国大百
科全书出版社，2021.1
（印度研究丛书 / 姜景奎主编）
ISBN 978-7-5202-0872-7

I.①印… II.①薛… III.①印地语—文学史—印度
IV.①I351.09

中国版本图书馆CIP数据核字（2020）第244474号

出 版 人　刘国辉
策 划 人　曾　辉
责任编辑　王　宇
封面设计　天下书装
责任印制　魏　婷
出版发行　中国大百科全书出版社
地　　址　北京阜成门北大街17号　　　邮政编码　100037
电　　话　010-88390636
网　　址　http://www.ecph.com.cn
印　　刷　北京地大彩印有限公司
开　　本　710毫米×1000毫米　1/16
印　　张　55.5
字　　数　721千字
印　　次　2021年5月第1版　2021年5月第1次印刷
书　　号　ISBN 978-7-5202-0872-7
定　　价　168.00元

总　序

　　中国的印度研究源远流长。公元前139年，张骞第一次出使西域，至大夏（今阿富汗境内）时，在集市上发现当地商人贩售于大夏东南"可数千里"的印度转销汉地的"蜀布"和"邛竹杖"，便向汉武帝汇报："以骞度之，大夏去汉万二千里，居汉西南。今身毒国又居大夏东南数千里，有蜀物，此其去蜀不远矣。"汉武帝反应积极，"天子欣然，以骞言为然，乃令骞因蜀犍为发间使，四道并出；出駹，出冉，出徙，出邛、僰，皆各行一二千里……初，汉欲通西南夷，费多，道不通，罢之。及张骞言可以通大夏，乃复事西南夷"（《史记·大宛列传》）。公元前122年，张骞派出四支探路队伍，分别从四川的成都和宜宾出发，向青海南部、西藏东部和云南境内前进，目的地都是印度，只是因故受阻皆返回。所以，印度很早就进入了中国人的视野。后来，汉明帝夜梦金人、唐玄奘赴印度取经，以及中印在各个领域的文化交流等更使印度研究在中国成为显学，风行千年而不衰。近代以来，印度沦为殖民地，中国则进入半封建半殖民地形态，两大文明间的交往骤减，印度逐渐成为中国人眼中的"神秘"国度。中华人民共和国和印度共和国成立之后，两国关系步入新时期，20世纪50年代曾有一段兄弟般的情谊往来，中国的印度研究也随之重新勃发，再显生机。60年代初的中印边界冲突使双方关系进入不正常状态，中国的印度研究虽未中断，却在相当长的时间内沉寂为冷门，国人对印度研究的热情持续低迷，以致当下的印度研究跟不上时代步伐，没能很好适应中印关系发展的需要，为国家发展大计发挥应有作用，印度依然是国人眼中的"神秘"国度。悲也！

中国大百科全书出版社是重要的国家级出版社，近几年承担了中印两国政府的两个重大文化交流项目——《中印文化交流百科全书》和"中印经典和当代作品互译出版项目"。出版社领导非常重视这两个项目，希望借此机缘把"印度/南亚研究"打造成该社的一个出版品牌，使中国大百科全书出版社成为印度/南亚研究主要成果的出版中心。笔者有幸成为上述两个项目的主要参与者，与出版社相关领导接触颇多，因此很能体会他们的心情和期许。2020年1月14日上午，刘国辉社长表示，中国大百科全书出版社将设立"印度中心"，把印度/南亚研究出版纳入出版社的发展战略之中，为中国的印度研究做出重要贡献。实乃大智慧也。

中印同为新兴经济体，亦是国界未定之邻邦，虽然发展友好关系的大方向一致，但仍时有龃龉。实际上，在两千年前，印度在彼时国人眼中已不再神秘，物资互通，佛教流传，国人西去，印人东来，两大文明交流频繁密切，逐渐形成了中华文明儒、释、道三位一体的完美构图。如果说，在 20 世纪上半叶，乃至整个 20 世纪，国人认为印度神秘还算情有可原的话，那么在新时代的今天，仍然认为印度神秘就难免有悖情理了，而事实是，印度神秘依然。我们对印度的理解仍停留在过去的条条框框之中，抑或轻视和不甚重视，抑或隔革化挠痒（只用英语研究印度），抑或大众意识薄弱（只重传统精英，不重新兴精英，不研究非政府组织等），根本不屑花时间去认真解读这一文明。此于国家发展有害无益也。

由此，我们与中国大百科全书出版社规划出版印度研究丛书，一者延续之前两个项目和南亚研究丛书的出版情势，二者为"中国大百科全书出版社印度中心"添彩。我们计划，该套丛书暂不设数量，也不设时长，拟长期出版相关研究成果。需要说明的是，本丛书奉行宁缺毋滥原则，从严要求，以质量为第一要义，出版学界真正的优秀著述，推进和丰富中国的印度研究，为国家发展服务。还需要说明的是，印度研究丛书中的"印度"并非狭义的印度，而是地理概念，指代南亚；也就是说，这里的印度研究丛书不仅出版与印度相关的研究成果，也出版与南亚其他国家和地区相关的研究成果。

感谢为本丛书付出辛劳的诸多大德和学人。

是为序。

姜景奎

北京燕尚园

2021 年 2 月 11 日

前　言

　　如今，写一部《印地语文学史》已经越来越难。尤其是现当代部分，作品繁多，层出不穷，几乎没有人能够读得过来。在印度也是一样，虽然各种名目的印地语文学史很多，但作者对于现当代的作品也无法做到全部阅读，而只能选择具有一定影响力的作品阅读，或者综合评论界的意见予以介绍和评价。正因为如此，本书不得不吸收一些他人的研究成果。好在近些年来，北京大学印地语专业培养出了一批博士和硕士研究生，写出了一批很有价值的论文。他们对于现代印地语文坛出现的现象、作家、作品、思潮和流派等，给予了较全面的关注，并选择出具有代表性的作家和作品予以解读和剖析。这对于我国印地语文学研究的开拓和深化，对于本书重要环节的弥补，都是十分有价值的。

　　下面罗列了本书各位作者所承担的部分（按采用字数多少排序）。

　　薛克翘：第一章第二节，第三至六章，第八章，第十章，第十一章第一、二、三节，第十三章第一节，第十四章，

第十六章第二节，第十七章，第十八章第一节第一部分，第
二十一章第一、三节，第二十三章第一、二、四、五节。

姜景奎：第一章第一节，第二章，第七章，第九章，第
十一章第四节，第十二章，第十六章第三节，第二十章。

唐仁虎：第十五章，第十六章第一、四节，第十八章第二
节。

廖　波：第二十二章。

郭　童：第十三章第二节，第十八章第四节，第十九章第三
节，第二十一章第二节。

姜永红：第十九章第一、二节。

魏丽明：第十八章第一节第二部分、第三节。

王　靖：第二十三章第三节。

这里要特别感谢上述七位作者，感谢他们愿意将自己的作品
收入这部书，并以我的文集名义出版。

薛克翘

2016 年元月于京东太阳宫

目　录

01

— 第一章 —

绪 言

第一节 印度中世纪宗教概况

❀

这一时期，印度次大陆上的宗教状况发生了巨大变化。

一、印度教

在笈多王朝时期（319~570年），由于得到统治者的大力扶持，印度教逐渐走出低谷，呈现复兴势头。笈多王朝衰亡以后，印度教继续得到统治阶级的支持，复兴势头不减。6世纪前后，印度南部自下而上出现了改革印度教的呼声，继而形成此后持续千余年之久的印度教帕克蒂运动（或译为虔诚运动、巴克提运动）[1]。这一运动主要具有两方面的特点：其一，在运动主体层面，印度教低等种姓首陀罗是运动的主力，他们是普通信众，是劳动人民，但他们得到了南印度高等种姓婆罗门、刹帝利的大力支持。其二，在运动的目标层面，低等种姓争取

---

[1] 关于"帕克蒂"（Bhakti）一词和"帕克蒂运动"的解释，详见本书第二章第一节。这里要说明的是，前人常把帕克蒂一词意译为"虔诚"，将帕克蒂运动翻译为"虔诚运动"，把这一时期的印度教文学叫作"虔诚文学"。我们认为，作为一个运动，如果将它简单地翻译为"虔诚运动"似不足以涵盖Bhakti一词的内涵，所以本书采取了一个折中的办法，将这一运动音译为"帕克蒂运动"，而将这一时期的印度教文学仍译为"虔诚文学"。

宗教权利和高等种姓打击佛教、耆那教势力成为双重任务。这一运动在商羯罗等印度教宗教哲学大师的推动下获得很大成功。进入中世纪后期以后，佛教在南印度让位于印度教，退出历史舞台；耆那教的状况虽然稍好于佛教，但影响也变小，失去了往日的光环。印度教在南印度大行其道，成为实实在在的主流文化。在北印度，由于帕克蒂运动的传入和进一步发展，印度教基本上维持了自己的势力范围，能够和伊斯兰教平分秋色。

在南印度，各土邦王国的统治者大多信仰印度教，原本偏向佛教或耆那教的统治者也在帕克蒂运动的感召或裹挟下回归了印度教。同时，由于首陀罗等低等种姓的努力，种姓间的等级歧视在拜神、入庙等方面有所变化，不少地方的首陀罗种姓获得了相当"平等"的权利，他们可以进入原来不能进入的庙宇聆听婆罗门祭司的说教，甚至可以听到婆罗门祭司的"吠陀"颂诗，这在以前是不可想象的事情。在北印度，由于穆斯林民族的大量涌入和伊斯兰文化的强力渗透，印度教土邦王公们和宗教上层人士的危机感日益强烈。王公们聚集军政力量，试图阻止外来民族进入印度的步伐；宗教上层人士则大力推进南印度传来的帕克蒂运动，试图加强民众的印度教信仰，来与伊斯兰教抗衡。

因此，在这一时期，印度教基本上没有南印度和北印度之分，印度教大师把整个印度次大陆作为自己活动的场所，传播虔诚主张，宣扬印度教大神的美德和虔信印度教及印度教大神的无上功果。可以肯定地说，这一时期的印度教顽固势力基本失去了左右宗教的实力，他们既得不到统治者的支持，也得不到改革者和民众的拥护。因此，印度教在这一时期基本上处于复兴后的活跃时期，在南印度甚至达到了前所未有的鼎盛时期。

二、伊斯兰教

总体看来，伊斯兰教进入印度主要有三条路线。其一，海路，影响了印度西海岸地区，主要在孟买左近。这条路线又分和平挺进和武力攻入两种，前者开始于前伊斯兰时期的公元5世纪前后，阿拉伯商人促进了双方的贸易，还输入了后来产生的伊斯兰教，这一过程持续时间很长。武力攻入始于7世纪上半叶，636年，伊斯兰教的第二任哈里发欧麦尔就派海军进攻印度西海岸的塔纳（今孟买北），未得逞；那以后，阿拉伯人继续试图从海路发动进攻，都没有成功。所以，就海路而言，和平输入是主要的，武力攻入是次要的。其二，阿拉伯人——麦克兰高原线，这条是陆路。实际上，早在644年，上面提及的伊斯兰教第二任哈里发欧麦尔就派军从陆路穿过麦克兰海岸进攻信德西部，但同样遭到失败。阿拉伯人此后的武力侵略仍以失败告终。这种情况一直持续到8世纪初。711年，倭马亚王朝的军队开始征伐信德，并于次年占领信德，于713年占领木尔坦。由此，阿拉伯人以武力向印度输入了伊斯兰教。他们在信德、木尔坦维持统治达3个世纪之久，对当地影响很大。其三，突厥人——开伯尔山口线，这条也是陆路，而且进入次大陆后与第二条线几乎完全重复。11世纪初，突厥穆斯林大举侵略印度，他们打败了同样信仰伊斯兰教的阿拉伯人，夺取了木尔坦和信德[1]，征服了印度教国家"沙希"[2]。后来，他们又以此为基地，进一步深入印度，圈地掠城，直至1206年取得北印度大片土地的统治权，建立了德里苏丹国。这是穆斯林在印度建立的第一个全国性政权。德里苏丹国历经5个王朝，统治320年，于1526年被具有蒙

---

[1] 占领的时间分别为1008年和1026年。

[2] "沙希"是印度西北边境的一个印度教国家，位于信德地区，曾抵抗过阿拉伯人的侵略，1026年为突厥人所征服。

古血统的中亚察合台突厥人建立的莫卧儿帝国所取代。

德里苏丹国和莫卧儿王朝贯穿印度中世纪始终。这一时期，伊斯兰教在印度发展到鼎盛时期。在此期间，王朝统治者和上层穆斯林权贵乌里玛们相互支持，在政治、军事、经济诸领域推行伊斯兰文化，同时对印度教徒等非穆斯林进行压制。[①]在政治上，伊斯兰教是国教，国家的军政部门都由正统穆斯林把持，印度教徒无权参与国家事务；在经济上，国家圈占原来属于印度教徒的大片土地，分给伊斯兰教上层，还采取不平等的税收政策，向非穆斯林商人征收比穆斯林商人多几倍乃至几十倍的商业税；在宗教上，国家不仅向非穆斯林征收人头税和香客税，还强迫大量印度教徒改宗伊斯兰教，在精神上对非穆斯林进行歧视和摧残。

在统治者和宗教上层以军事、政治、经济等手段等推广伊斯兰教的同时，伊斯兰教苏非派也在印度扎下根来，在民间以和平方式宣传伊斯兰教。"苏非派从11世纪传入印度，到德里苏丹国建立，经历了一个半世纪的发展历程，使神秘主义思潮在印度得到广泛传播。德里苏丹国时期，苏非派在印度的发展比世界任何地方都显得有声势，成为南亚次大陆一种不可忽视的社会力量。""不同时期进入印度的苏非遍及全印度，形成一股强劲的社会力量。他们反对伊斯兰教正统派乌里玛的宗教专制，鄙视他们对统治者的阿谀奉承，宣传平等博爱的思想，赢得了群众，在缓和宗教压迫，促进印度教徒和穆斯林相互接近方面发挥了重要的作用，顺应了历史发展的潮流。"[②]

苏非们在印度的活动主要有宗教旅行、建立修道堂、创建苏非教团、传教、修炼和著书立说等，他们活跃在民间，与普通民众接触颇

---

① 莫卧儿王朝的第三代皇帝阿克巴（1556~1605年在位）采取的是宗教宽容政策，在以伊斯兰教为国教的同时兼容印度教等其他宗教。

② 唐孟生：《印度苏非派及其历史作用》，北京：经济日报出版社，2002年版，第44、50页。

密，加之他们的很多教义和修道方法等与印度教虔诚大师的主张相似，因此影响很大，不仅吸引了众多印度教徒皈依伊斯兰教，而且缓和了印度普通民众与穆斯林统治者之间的关系，在某种程度上消除了印度教徒和穆斯林之间的矛盾，促进了两种文化的融合。

三、佛教、耆那教

笈多王朝建立后，统治者虽然信奉印度教，但仍采取宗教宽容政策，佛教得到持续发展。在南印度，不少国家有国王信奉印度教、王后信奉佛教的情况，佛教在宫廷及社会上层有很大影响。不过，8世纪以后，在穆斯林统治者的连续打击下，西北印度的佛教迅速衰亡，印度教成为与伊斯兰教抗衡的唯一力量；在南印度，帕克蒂运动兴起，加之密教与印度教界限模糊，佛教迅速"回归印度教"，不久便销声匿迹了。

结果，曾经在次大陆上颇具影响的佛教到8世纪后主要龟缩在东北印度的一隅之地——孟加拉一带（属波罗王朝）。不过，在这里，佛教也没有逃脱衰亡的厄运。一方面，随着伊斯兰教民族的持续侵略打击，佛学中心和佛教寺庙那烂陀寺、超岩寺等被毁灭，很多出家僧人遭到屠杀，而幸存下来的许多高僧、学者不得不离开印度，逃到其他地方如中国西藏、尼泊尔及东南亚国家避难。另一方面，密教化进程使佛教愈发接近印度教，与印度教的界限越来越模糊，这就方便了那些不愿弃离故土的出家人和原本就徘徊在佛教和印度教之间的在家信徒，他们很快投入印度教怀抱，接受印度教大神的庇佑。

因此，在这一时期，在印度次大陆上风行了一千余年的佛教走完了自己的历程，退出了印度的历史舞台。但在印度历史上曾经辉煌过的佛教文化，并没有完全湮灭，佛教的一些思想已经融入了印度教社会，并流传下来。

耆那教一向谨慎行事，由于其苦行、非暴力等教义教规比较严格，出家人数从来没有达到佛教那样大的规模，在家信徒也少得多。但作为印度本土产生的主要宗教之一，耆那教的影响一直存在，信徒遍及整个次大陆。在9~10世纪，耆那教在西印度的古吉拉特和南印度的卡纳塔克地区颇为流行，得到了一些统治者的特别支持，还曾一度在古吉拉特获得国教的地位。不过，与佛教一样，随着伊斯兰教的进入，耆那教在西、北印度遭到重创，影响渐失；在南印度遭到印度教帕克蒂运动的排挤，也逐步让出了地盘。值得提及的是，正是由于一向谨慎、教规严格，耆那教没有像佛教那样在印度本土消失，其出家僧侣抑或躲入印度教寺庙继续诵读经书，抑或在深山密林进行修行，在家信徒则更加笃信教义，恪守教规。因此，耆那教虽然受到了伊斯兰教统治者的打击，失去了本土统治者的特别支持，但却没有像佛教那样被彻底击垮，没有完全丧失生存空间。

四、锡克教

锡克教是中世纪出现的一个新宗教，其创始人是那纳克（Nanak，1469~1539）。那纳克本是印度教徒，是锡克教的首任祖师，还被认为是中世纪最重要的印度教无形派虔诚大师之一。那纳克出生在拉合尔西南塔尔万提村①的一个刹帝利家庭。该村印度教徒和穆斯林混居，因此他自幼就受到印度教和伊斯兰教的双重影响，经常与印度教僧人和伊斯兰教苏非圣人接触。那纳克15岁左右结婚，但对世俗生活不感兴趣；30岁左右获得真谛，此后开始了20年左右的云游生活，宣讲自己的主张。那纳克的足迹遍布了大半个印度，据说还到过斯里兰卡、阿富汗、伊朗、阿拉伯半岛等国家和地区，对印度教和伊斯兰教有深入了解。

---

① 即今巴基斯坦境内的那纳克村。

那纳克主张一神论，认为宇宙之神是唯一的，无处不在，是所有存在的根源，既是宇宙的创造者也是宇宙的维护者和毁灭者，它的名字是"真理"。那纳克认为，各宗教崇拜的是同一个神，他既不是真主，也不是印度教大神或梵，而是"真理"。神的"唯一性""普遍性""无限性"和"无惧性"是那纳克思想和锡克教教义的基础。他强调祖师的重要性，认为天启是通过祖师传达给信徒的，祖师在信徒获得解脱的道路上扮演着重要角色。同时，他强调对神的虔信和热爱，他把虔诚派和苏非派大师们提倡的"神爱"发展到一个新的高度，认为这种爱是绝对的，如妻子对丈夫的爱，又超出妻子对丈夫的爱。

那纳克反对宗教不平等，谴责种姓差别和性别歧视。他对印度教徒和穆斯林同等看待，对婆罗门和首陀罗同等看待，对男人和女人同等看待。他特别要求信徒尊重妇女，允许妇女参加宗教集会和其他事务。一句话，那纳克主张人人平等，认为神是人类共同的父亲，人与人之间应该建立兄弟般的伙伴关系。和绝大多数虔诚大师不同，经过亲证真理，那纳克抨击苦行弃世生活，重视家居生活。

锡克教在中世纪基本处于自我发展和自我完善的过程之中。首任祖师那纳克基本上奠定了锡克教的基础。第二任祖师安格德（Angad，1504~1552）撰写那纳克传记，开创了编写锡克教文献的先河，在他的领导下，锡克教发展成为一个特殊的社团。第三任祖师阿马尔·达斯（Amar Das，1479~1574）把信徒分成22个教区，信徒人数剧增，几乎遍布整个旁遮普地区。第四任祖师拉姆·达斯（Ram Das，1534~1581）把阿姆利则城建设成为锡克教最主要的基地，奠定了该城在锡克教发展史上的神圣地位；他指定自己的儿子阿尔琼（Arjun，1563~1606）为第五任祖师，开始了祖师职务世袭制。阿尔琼强化了锡克教信仰和组织，他一方面把祖师神化，编订圣书《阿迪·格兰特》，主张教徒绝对服从祖师；另一方面在阿姆利则建立金庙，把锡克教组织政府化。由此，锡克教的宗教、政治活动日盛，引起莫卧儿王朝皇帝的猜忌，阿尔琼被捕并被处死。第六任祖师是哈尔·戈宾德（Har Govind，1595~1644），在他的领导下，锡克教发展成为一个尚武的宗教，与统治者武装对抗。第七任祖师哈尔·拉伊（Har Rai，1630~1661）加强了锡克教内部的团结，使锡克教更具战斗力。第八任祖师哈尔·克里山（Har Krishan，1656~1664）幼年即位，被莫卧儿王朝召到德里，患天花而死。第九任祖师德格·巴哈杜尔（Tegh Bahadur，1621~1675）继续与莫卧儿王朝对抗，被俘就义。第十任祖师戈宾德·辛格（Govind Singh，1666~1708）同样继续抗击莫卧儿王朝，他废除祖师制，建立卡尔沙组织，组建了正规的锡克军队，进一步加强了锡克教的战斗力。此后，在许多卡尔沙英雄们的领导下，锡克教群体继续得到壮大，锡克教也得到进一步发展。可以说，自第六任祖师起，锡克教就开始了自己与朝廷对抗的历程，在对抗中，它由一个倡导和平的宗教而发展成为一个崇尚武力的宗教，是中世纪西北部印度的一支影响颇大的宗教势力，不仅在宗教领域，在社会、历史和政治领域也有很大的影响。

第二节 印度中世纪文学特征

✤

印度中世纪文学在特定的历史条件下、在特殊的社会环境中发生与发展，因此形成了自己的若干特点。我们认为，对印度中世纪文学，大体可以总结出如下五大特征。

一、文学为宗教服务

在印度古代，文学艺术为宗教服务是一个非常普遍的现象，即使到了今天，这一现象仍然存在。在印度中世纪，这一现象尤为突出，我们几乎找不到例外。然而，中世纪印度文学又与以往的情况有所不同，其为宗教服务的显著特点表现为如下几个方面：

第一，它紧紧地与宗教改革运动相联系。在印度教社会，它与帕克蒂运动紧密关联；在伊斯兰教社会，它与苏非运动紧密关联；在锡克教社会，它又与锡克教的产生与发展紧密关联。我们看到，这些文学作品既是宗教运动的产物，又是宗教运动的标志，还是宗教运动得以扩展的推动力。

第二，从这三个宗教的文学作品看，宣示宗教教义和阐发宗教哲理是其首要宗旨。这一点，我们从格比尔达斯的诗歌中能够看到，从一些苏非诗人的作品中能够看到，从锡克教祖师们的作品中也能够看到。即使是在一些叙事的长诗，如《莲花公主传奇》《罗摩功行之湖》等作品中，这种情况也不能避免。

第三，除了佛教和耆那教的作品外，其余三大宗教的作品所宣扬的中心主要是虔诚和神爱。在他们看来，虔诚和神爱是获得解脱的唯一正确途径，是所有信徒都必须遵行的修炼原则。所以，这在一些诗歌中一再受到强调，即使在一些叙事诗中，也在有意识地做这种暗示。

第四，有不少作品都在寺庙之类场所流行，或者在宗教集会等场合被吟唱，其为宗教服务的性质不言自明。即使是在一些世俗性的节日里演唱的诗歌，虽然具有娱乐色彩，但也明显带有宣扬宗教的目的。

二、以诗歌为主要体裁

这一时期有影响的作品都是诗歌。从后面各章的例子可以发现，这一时期有名的作者都是诗人，有名的作品也都是诗歌。这些作品有箴言诗、颂神歌词、叙事长诗，等等，形式很多，但都是韵文。这是一个有趣的文学现象。如何解释这一现象？我们认为有这样一些原因。

首先从传统看，印度教方面有悠久的诗歌传统，从吠陀开始，到两大史诗，都是韵文。这和印度古代师生间口耳相传的学习方法有关，也与当时印度的书写材料有关。到后来古典梵语文学时期的作品，也以诗歌为主，即使是一些戏剧、民间故事，在叙事的同时也尽量穿插进一些韵文。在苏非文学中，也有一个来自波斯方面的传统，情况大体一样。

其次从雅俗的角度看，印度民间故事一直很发达，民间甚为流行。于是，一些虔诚诗人和苏非诗人把一些民间流行的传说也写成韵文，而不是平铺直叙地讲述。可能在人们看来，那些非韵文的民间故事只能是没有文化的老奶奶给孙子讲的，而有文化的宗教领袖和诗人向民众宣传时都要用韵文的形式。尤其是在寺庙等宗教场所，似乎只有诗和歌之类的文雅作品才能登堂入室。

第三从受众的角度看，诗歌固然文雅一些，但还远没有雅到普通民众接受不了的程度。相反，这些诗歌通俗易懂，便于吟唱，便于记忆，很符合信徒们的欣赏习惯。印度有这种吟唱诗歌的传统，古代的经文都是适合吟唱的，而那些史诗故事也是要吟唱的，民众已经习惯了，如果不吟唱反倒会感到别扭。

三、语言修辞的大众化

前面我们谈到这一时期诗歌的雅和俗问题，其实，应该准确地把它们说成是一种雅俗共赏的艺术。文化人可以接受，普通民众也可以接受，这一时期的一些优秀作品的确是这个样子。

这里要强调的是这些诗歌在语言和修辞上大众化的一面。从以后各章的例子可以看到，这一时期的诗歌有一个共同的特点，就是它们的通俗性。也就是说，在雅俗兼备的情况下，这些作品更倾向于俗。

从语言的角度看，这一时期各地的方言都已经成熟，各地的方言文学都陆续出现，并得到长足的发展。方言文学作品的出现，对于宗教和文学的普及很有帮助。以前的梵语文学作品，如史诗和往世书的故事等，都被改写为当地语言而更加深入人心。而且，这些故事经过作者的加工和改造后，都或多或少地本地化了，因而更贴近当地民众的生活，也就更容易赢得他们的喜爱。

从修辞的角度看，诗人们在作品中经常使用典故和比喻。这些典故一般都取自史诗或往世书，对民众来说并不生僻。至于那些比喻，也是人们日常生活中的事物和现象，并不陌生。

这一时期诗歌的通俗性还表现在音乐和韵律上。诗人们利用方言写作，他们的一些作品很自然地与当地的民歌调式结合起来，便于演唱和吟诵，这对民众来说也是乐于接受的。有的诗人则利用摇篮曲的形式写虔诚诗歌，很受妇女们的欢迎。

四、反传统的战斗性

在印度，印度教的传统根深蒂固，一直持续到中世纪。而且，这个传统是在不断发展的。其中有一些不良传统，也在不断发展，愈演愈烈，社会影响极大。在这种情况下，一些宗教家和诗人进行了认真反思，针对印度教内部的不良传统进行了猛烈抨击。

他们首先反对的是对印度教三大神的盲目崇拜，更有一些有识之士，如格比尔达斯等，反对偶像崇拜。他们还把斗争的矛头指向了种姓制度，指向了垄断文化、不劳而获的婆罗门祭司阶层。他们中有不少人反对朝拜圣地的行为，反对那些烦琐的宗教仪式，还大力反对迷信。对于印度教社会的陋习，他们更是深恶痛绝，竭力揭露和批判。这些，都充分体现了虔诚派诗人的战斗精神。

从伊斯兰教方面看，作为一个外来宗教，到中世纪它已经逐步在印度站住脚跟，并得到了巨大发展。在穆斯林掌握政权的情况下，面对被统治的广大印度教徒，统治者的政策是一个十分重要的问题，按照传统的做法一味地去镇压、去强迫其改宗，对多数印度教徒来说并无效果，相反只能激化矛盾，使社会更加不稳定。苏非派进入印度以后，在印度得到迅速发展，其主张和实践被证明是切实可行的。

苏非们平等对待社会各个阶层的人，平等对待不同宗教信仰的人，在两大宗教的对立中找到了一条促进社会和谐的中间道路，这对当时的统治者也产生了一定影响，同时也受到广大民众的拥护。

锡克教的祖师们也是一样，他们看到了传统印度教和伊斯兰教的弊病，在予以批判的同时，还将自己的主张付诸实践，从本宗教内部做起，取消偶像崇拜，简化修行程序，实行教内平等，彼此以兄弟相称。他们还确立了世俗化的修行原则，提倡对社会和家庭负责，鼓励信徒们从事生产劳动，都具有进步意义。

总之，中世纪印度诗歌的战斗精神主要体现于反传统上。

五、社会改革的呼声

中世纪印度社会的主要弊病是种姓制度的严格化。伊斯兰教文化的冲击并没有改变印度的种姓制度，相反，伊斯兰社会却受到种姓制度的影响，形成了不同的社会等级。在这种情况下，中世纪的诗人们提出了社会平等的观念，认为每个人都是神的创造物，都具有神的本质，都有权利通过个人的努力修行获得解脱。

当然，他们要求社会平等的呼声虽然很高，却缺乏大规模强有力的实践。除了锡克教内部实行了较大规模的平等以外，印度教虔诚派和伊斯兰教苏非派中只有一些小规模的实践，只是在一些小的教派团体中实行了平等，还远远不能从根本上改变整个印度社会的现状。

印度中世纪还有一个严重的社会问题，即妇女的地位十分低下，各种歧视妇女的陋习在社会上横行。有残酷的寡妇殉葬制度，有童婚习俗，还有寡妇不得再嫁等规定。此外，妇女没有上学受教育的权利，在许多场合都不允许出现，更没有参与政治生活的权利。这些都严重影响了社会进步。中世纪的许多宗教大师和诗人都对此进行了无情的揭露和批判，呼吁社会平等。而锡克教祖师那纳克，在谴责歧视妇女陈规陋习的同时，还在自己的教团中给予妇女权利和地位。他的后继者们也很好地坚持了这一做法。这在当时的历史条件下是非常难能可贵的社会改革实践。

— 第二章 —

印度中世纪宗教文学

第一节　概述

❦

公元6世纪前后，印度教自下而上开始了自我革新的过程，兴起了持续十多个世纪的帕克蒂运动。伴随着这一运动，中世纪印度文学被打上了深深的虔诚烙印，虔诚文学成为这一时期印度文学的主体，而帕克蒂运动成为这一时期主体文学的标志和灵魂。

就印度本土宗教文化背景下的印度文学而言，其中世纪部分基本上可以分成三个段落，即前期的宗教·世俗文学、中期的虔诚文学和后期的法式文学。[①]前期和后期的文学内容基本上不在本课题的研究范围，这里只做简单评介。

这一时期的文学具有明显的南北地区差别。在南印度，帕克蒂运动已经兴起，虔诚文学兴盛，其代表是泰米尔语文学。泰米尔语虔诚文学包括两大主题，其一以颂扬湿婆大神为主，即湿婆派虔诚文学；

[①] 安武先生在他的《印度印地语文学史》中，将印地语文学分为三个时期，即初期（1350年以前）、中期（1350~1600年）和后期（1600~1857年）。参见刘安武：《印度印地语文学史》，北京：人民文学出版社，1987年版。但这里从整个印度文学分期出发，将前期、中期和后期分别定为6~13世纪初、13世纪初~17世纪中和17世纪中~18世纪中，即开始于南印度帕克蒂运动兴起和北印度笈多王朝衰亡时期，终于普拉希战役发生的年代1757年。

其二以颂扬毗湿奴大神为主，为毗湿奴派虔诚文学。湿婆大神是印度
达罗毗荼民族信仰的传统神灵，[①]其虔信者于公元五六世纪发起湿婆
派帕克蒂运动；同时，毗湿奴信徒也发起了毗湿奴派帕克蒂运动。两
派圣徒用诗歌、巡游、劝诫等形式维护宣扬各自主神，希冀世人放弃
"不正确的信仰"，皈依湿婆大神或毗湿奴大神。

　　湿婆派圣徒兼虔诚文学家主要有迦莱卡尔·安迈娅尔、提鲁牟
拉尔、桑班达尔、阿帕尔、孙德拉尔、马尼卡瓦查尔、谢克基拉尔
等。其中，阿帕尔、孙德拉尔、马尼卡瓦查尔最为突出。[②]实际上他
们主要是湿婆大神的信徒，是帕克蒂运动中湿婆派的大宗教家，文学
只是他们用以宣传和颂扬湿婆大神及表达本人宗教理念的工具。迦莱
卡尔·安迈娅尔是著名的泰米尔女诗人，生活在6世纪，传世之作有
《神奇安达迪》《双华鬘》和《古老神圣巴迪格姆》。她是南印度帕克
蒂运动的发起人之一，她的诗歌是泰米尔语虔诚文学中最早的作品。
提鲁牟拉尔著有《神圣咒语》，他的诗歌不仅宣扬对湿婆大神的绝对
虔敬和忠爱，还表现出对人类的仁爱思想，具有某种反对印度教种姓
制度的倾向。桑班达尔生活在7世纪初，是一位多产诗人，在复兴印
度教、打击耆那教和佛教方面做出了非常大的贡献，他曾说服南印度
潘迪亚王国的统治者重新皈依印度教（湿婆派）。阿帕尔与桑班达尔
是同时代人，他原为耆那教徒，皈依印度教后成为南印度帕克蒂运动
的重要旗手之一，不仅创作出了大量的虔诚诗歌，还成功说服帕拉瓦
国王皈依印度教（湿婆派）。孙德拉尔是7世纪末至8世纪中期人，他
非常推崇桑班达尔和阿帕尔，他创作的虔诚诗歌十分丰富。他们三人

---

① 这一传统甚至可以追溯到印度河流域城市文明时期（公元前3000年前后~前1500前后）
　　的宗教信仰。

② 参见张锡麟文，季羡林主编：《印度古代文学史》，北京大学出版社，1991年版，第
　　403~425页。

的诗歌现存八千余首，合称《德瓦拉姆》，即《神的赞歌》。马尼卡瓦查尔是9世纪最杰出的湿婆派诗人，他曾在潘迪亚王朝为官，地位显赫，后弃官出家，成为湿婆派圣徒。他的著作《圣语》和《提鲁哥瓦伊亚尔》是湿婆派的重要经典。谢克基拉尔生活在11世纪末至12世纪上半叶，也是一位著名的湿婆派圣徒，他创作的《大往世书》影响很大。这是一部完全取材于泰米尔湿婆派圣徒们生平事迹的印度教史诗，共四千多首诗歌，以孙德拉尔的故事为主线，分别记述了63位湿婆派圣徒的生平事迹，歌颂了他们献身湿婆派事业的精神。该书是作者大量心血的完美结晶，不仅是一部印度教史诗，还是一部南印度人民的民俗史诗，既具有宗教学价值，也具有社会学、史学价值。

波依盖、菩塔图、贝依、贝里雅尔瓦尔、安妲尔、提鲁门盖、南马尔瓦尔、库尔谢克尔和甘班等是毗湿奴派圣徒和诗人。[1]波依盖、菩塔图和贝依在泰米尔语文学史上被称作毗湿奴教派早期三圣，生活在五六世纪，创作了不少虔诚诗歌，颂扬大神毗湿奴，强调虔诚和智慧对敬拜毗湿奴大神的重要性，认为真正的毗湿奴信徒不必劳其筋骨修炼苦行，只要绝对虔诚，就能得到毗湿奴的恩宠，实现解脱。贝里雅尔瓦尔是南印度帕克蒂运动中负有盛名的毗湿奴派诗人，生于9世纪，据说他在潘迪亚王国的宫廷里确立了毗湿奴大神至高无上的地位，因而得到过国王赏赐的一袋黄金。著有《提鲁巴尔兰都》(即《祝福圣歌》)和《贝里雅尔瓦尔瓦尔圣言》。安妲尔是泰米尔毗湿奴教派中唯一一位女诗人，相传是贝里雅尔瓦尔的养女。她终身未嫁，把毕生精力和全部的爱都献给了毗湿奴大神，《提鲁巴瓦伊》和《纳奇亚尔圣言》是她的传世作品。提鲁门盖是8世纪末至9世纪中人，是位丰产作家，有6种作品传世:《大圣言》《圣丹达格姆短歌》《圣丹达格姆

---

[1] 参见张锡麟文，季羡林主编:《印度古代文学史》，北京大学出版社，1991年版，第409~425页。

长歌》《古特利凯圣歌》《恋神长歌》和《恋神短歌》。南马尔瓦尔是
9世纪人，他是毗湿奴派诗人中的佼佼者，是创作诗歌最多的毗湿奴
派圣徒，他的4种宗教诗《圣维鲁达姆》《圣阿里西亚姆》《大圣安达
迪》和《提鲁瓦依摩利》分别阐述了四部吠陀典籍的要义，被称作泰
米尔语吠陀，影响很大。《提鲁瓦依摩利》不仅是一部虔诚诗歌集，
还是一部内容丰富、思想明晰的印度教哲学百科全书，被后世毗湿奴
派学者奉为圣典。10世纪的库尔谢克尔是南印度哲罗国的王子，但他
毫不留恋王家生活，一心敬奉毗湿奴大神，成为毗湿奴派圣徒，写有
《毗湿奴圣语》。甘班在古代泰米尔语诗坛享有"诗王"之美誉。他生
活在11世纪末至12世纪中叶，有多种作品传世，《甘班罗摩衍那》是
其中影响最大的一种。该作品共分6篇113章，与梵文的《罗摩衍那》
差不多。不过，《甘班罗摩衍那》并不是一般意义上的单纯翻译，而
是甘班根据原著的基本故事，吸取原著的思想精华，糅合南印度关于
毗湿奴大神化身罗摩的传说，按照南印度特别是泰米尔民族的文化传
统和道德规范再创作出来的。从史诗中可以看出，甘班对梵文原著进
行了大胆的改编，并增加了新的内容，这些内容进一步神化了罗摩、
美化了悉多，为南印度毗湿奴派做出了重要贡献。

　　在南印度的帕克蒂运动进行得如火如荼的时候，北印度却是另一
派景象。信奉伊斯兰教的民族不断从西北方进入印度，然后又向北印
度、中印度等地进攻，直至1206年建立了德里苏丹国。在这一时期，
北印度信奉印度教的民族也进行了抵抗，不少印度教王公率领军队上
演了许多可歌可泣的抗击入侵者的英勇事迹。因此，这一时期北印度
文学的主流不是宗教神话颂诗，而是世俗英雄颂诗，出现了诸如《库
芒王颂》和《地王颂》等长篇叙事诗。这些颂诗一方面歌颂了印度教
王公抵抗外来侵略的无畏精神；一方面也反映了印度民族不屈的气节，
讴歌了正义的斗争，代表了人民反抗外来侵略的愿望。《库芒王颂》出

现在10世纪前后，写印度教国王库芒联络其他印度教王公共同抗击巴格达哈里发的入侵并获得胜利的故事，张扬了高昂的民族爱国主义情感。《地王颂》是这一时期影响最大的一部英雄颂诗，作品的主人公地王是12世纪人，是印度西北部的一个土邦王公，他善经营，文武双全，对外来的入侵者采取坚决抗击的态度，同时向侵略者展示了印度教民族宽容大度的高尚品德。印度民族抗击伊斯兰教民族侵略的斗争持续时间很长，因此，英雄颂诗类作品在13世纪以后仍有出现，如《赫米尔王颂》等。另外，并非所有颂诗都表现了反抗异族侵略的主题，有不少作品表现的虽然是王公的勇敢和刚毅，但故事却发生在同族之间，往往是两国相互征战的场景。再有，包括《地王颂》《赫米尔王颂》在内的绝大部分颂诗并非一人一地一时写成，创作过程和梵文史诗《摩诃婆罗多》等有很多类似之处。

实际上，肇始于南印度的帕克蒂运动10世纪前后就传入了北印度，差不多同时影响到文学领域。所以，虔诚文学时期的时间界限并不很明确，其前后持续时间很长。就主题思想来说，虔诚文学是宗教文学，或者说是与神有关的文学，是歌颂神、劝诫世人虔信神、皈依神的文学。就艺术体裁来说，虔诚文学基本上是韵文，是诗歌，抑或叙事诗，抑或抒情诗，抑或长诗，抑或短诗。就流派来说，虔诚文学分"无形""有形"两大派别：无形派又分为感知派和虔爱派，[①]锡克派也被列入无形派系列；有形派又分湿婆派和毗湿奴派，[②]毗湿奴派又分罗摩派和黑天派。关于流派，详见本章第三节和第四节。

晚于虔诚文学的法式文学也是社会生活的真实反映。德里苏丹国建立以后，北印度长期处于伊斯兰教民族的统治之下，印度教民族

---

① 又作"明理支"和"泛爱支"，参见刘安武著：《印度印地语文学史》，北京：人民文学出版社，1987年版。

② 湿婆派作品主要体现在南印度的虔诚文学中，在北印度虔诚文学中几乎没有影响。

和本土文化长期受到压制，前途渺茫，看不到出路。这使不少文人墨客失去了向上的精神，不少人甚至抛弃自己的传统信仰，转而皈依伊斯兰教。这在文学方面的反映就是出现了不少倾向消极、注重形式的作家，他们多依附于某个封建王公，在小朝廷充当宫廷诗人。格谢沃达斯、比哈利·拉尔、德沃德特、马蒂拉姆、克纳南德、皮卡利达斯、塔古尔和伯德马格尔等是比较著名的法式诗人。格谢沃达斯（Keshavadas，1555~1617）是这一时期最为著名的诗人和文学理论家。他祖上一直依附于一个小封建王公，他自己也是个宫廷诗人，很受赏识。格谢沃达斯多才多艺，不仅创作诗歌、撰写文学理论著作，还上知天文下知地理，对古代经典、音乐也颇有造诣。他的著作《诗人所爱》继承了古典梵语文学衰落时期形式主义的文学理论，主要论述形式问题，其中对写诗的技巧、修饰和比喻等都有比较详尽的论述。作者甚至将诗人分成三六九等，对如何描绘女子的羞怯、打扮等也多有着墨，这些都是典型的形式主义文学成分。《多情女郎》是格谢沃达斯的诗集，是他对自己理论的实践，其中有不少是艳情类的诗作。此外，格谢沃达斯还创作了长篇叙事诗《罗摩之光》，该长诗属于虔诚文学之列，下文将有论述。比哈利·拉尔（Bihari Lal，1595/1603~1663）来往于多个大小封建王公之间，也是一名很受封建主赏识的诗人，被认为是诗作最精炼的诗人之一，著有《比哈利七百咏》。《比哈利七百咏》中的诗可以说是这一时期的代表性诗作，其中有很多是以黑天和罗陀为男女主角的艳情诗，不少诗描写女子各个部分及各种穿戴打扮，不少诗描写男女主人公偷情，如男主角与有夫之妇幽会、女主角与有妇之夫谈情说爱，有些诗甚至很露骨，有色情描写之嫌。德沃德特（Devadatta，1673~1769）是这一时期具有代表性的作家，写有法式文学理论著作《情意乐章》，诗剧《幻境的骗局》，诗集《昼夜》《帕瓦尼乐章》《幸福乐章》《情味乐章》《爱之光》《幸福海之波》等。这些诗歌非常讲究形式和写作技巧，其中有很多是关于男女主角分类和对女子各部分描写方面的内容，属于典型的法式主义文学作品。马蒂拉姆、克纳南德、皮卡利达斯、塔古尔和伯德马格尔等都是宫廷诗人类的诗人，他们都创作了供封建王公娱乐类的诗作，格调不高，注重形式，名声不如格谢沃达斯、比哈利拉尔和德沃德特等，但也有一定影响。

这一时期，除上述法式主义作家之外，北印度还出现了个别现代意义上的民族主义诗人，普生（Bhushan，1613~1715）就是最有代表性的一位，他被认为是印地语文学中的第一位民族主义爱国诗人。实际上，他是上面提及的艳情诗人马蒂拉姆的哥哥，也是一位宫廷式诗人。但他不屑于创作奢靡类诗歌，因此依附于当时有名的印度民族英雄希瓦吉和切德尔沙尔，受到他们的器重。前者是马拉塔族的民族英雄，建立了独立的印度教王国马拉塔国，长期和莫卧儿王朝的统治者进行斗争，并取得了多次胜利。因此普生的诗歌不同于当时的主流文学，表现出非凡的民族气魄和爱国热情。《希瓦吉王》《希瓦吉五十二首》和《切德尔沙尔十首》是他传世的三部作品，主要写两个伟人的英勇事迹，歌颂他们的赫赫战功，称赞他们慷慨好施、慈悲怜悯的高尚品德，张扬他们维护印度教传统和文化的精神。

总体说来，虔诚文学是印度中世纪的文学主流。虽然前有北印度的英雄颂诗文学，后有法式文学，其间还夹杂有其他类型的文学音符，但由于帕克蒂运动的发展和传播，虔诚文学始终占据着印度中世纪的文学舞台，是印度中世纪文学文化领域的最强音。

第二节　虔诚运动的兴起和发展

❧

帕克蒂运动发端于6世纪前后的南印度，10世纪前后开始衰微，此后传入北印度，十三四世纪在北印度得到进一步发展，15~17世纪达到顶峰。这一运动在印度教历史和印度文化史上，甚至在整个印度历史上都有着非常重要的意义。它对印度教、印度文化和印度社会有着常人难以想象的影响，它改变了印度社会绵延几千年的社会传统，影响一直延续至今。

帕克蒂运动是印度教历史上一次非常重要的改革运动，是中世纪印度教谋求生存和发展的一场长时期的宗教革新运动，前后持续一千多年，运动范围遍及整个印度。不过，帕克蒂运动与现代意义上的运动不同，它没有统一的纲领，没有发起人，没有统一的领导核心，没有统一的组织，也没有统一的行为方式。实际上，这是印度教与社会发展相适应的自发行为，是其自身发展的一个过程。

一、"帕克蒂"概念的由来

"帕克蒂"的原文为"Bhakti"，前人经常把它意译为"虔诚"。Bhakti由词根Bhaj加上后缀Ktin（ti）构成，Bhaj有"奉献""遵从""享受""服务""崇拜""膜拜""喜欢""身体享受""热爱""成为……的追随者""限于一种人自身无力改变的境况"等意思。就词义和该词的发展看，它并不是一个专有名词。不过，经过西方学者和印度本土学者的"努力"，该词具有了特定的含义，成为中世纪印度教改革运动的代名词。

就像印度的许多地名由西方人"命名"一样，作为印度教改革运动代名词的"帕克蒂"及"帕克蒂运动"的概念最先也是由西方人提出来的。但盖棺定论者是印度本土学者。

随着西方殖民者对印度的大量入侵，西方的一些传教士也进入了印度，他们不仅带来了西方先进的理念，也向西方宣传了印度，使印度学逐渐成为一门独立的学科。18世纪末19世纪初，经过这些传教士兼学者们的努力，印度学在欧洲近乎成为热门学科，德国甚至建立了比较全面的关于印度的语言、哲学等分类学科。不过，这些学者对印度的研究不是全面的，一者他们在印度考察研究的地域受到限制，往往局限于某个地区；二者受当时西方实证主义方法论的影响，他们往往只热衷于现象描述。

1864年，英国学者H.H.威尔逊（H.H.Wilson）在谈到孟加拉地区毗湿奴教派的耆坦亚支派（Caitanya）[1]时，使用了"帕克蒂"这一概念。他说："整个宗教和道德准则都包含在一个词即'帕克蒂'里，这是一个象征着隐性信仰和永无休止的虔信两者合一的术语。""他们（耆坦亚派教徒）的宗教以对一个主神的'炽热的崇敬感'为基础，这一信仰形式'替代了'所有早期的宗教形式，'打破了'同那些信仰形式相联系的'宗教实践和理论、道德责任和政治的差别'。"[2]这里，威

---

① 耆坦亚教派形成于16世纪，主要流行于孟加拉和奥里萨地区。

② H.H.Wilson：*The Religious Sects of the Hindus*，引自Krisna Sharma：*Bhakti and the Bhakti Movement-A New Perspective*，Mushiram Manoharlal Publishers，New Delhi，1987，p.79.

尔逊把印度教中特有的对神依恋、热爱的情感词汇"帕克蒂"术语化了。另外，他虽然列举了20个毗湿奴教的派别，但考察地仅限于孟加拉地区，并基本上把孟加拉地区的耆坦亚教派大而化之，把帕克蒂等同于黑天崇拜，把黑天崇拜等同于整个毗湿奴教派。再有，他囿于基督教神学观念的思维模式，认为耆坦亚教派推崇的黑天人性神的特征类似耶稣基督的人性神特征，认为两者间有某种联系。这显然是不符合实际的。

后来，阿尔伯雷切·韦伯（Albrecht Weber）、莫尼尔·威廉斯（Monier Williams）和乔治·A.格雷尔森（George A. Grierson）等学者进一步发展了威尔逊建立起来的帕克蒂理论。莫尼尔·威廉斯把帕克蒂等同于整个毗湿奴教，格雷尔森在研究毗湿奴教历史的基础上把从古代到中世纪的毗湿奴教史视为印度"一神信仰"的历史。阿尔伯雷切·韦伯的研究值得关注，他从神学角度把帕克蒂定义为一神教，并对威尔逊初步建立起来的帕克蒂理论进行了基督教式的完善。他从黑天崇拜中发现了一种感情专一、信仰虔诚的精神支柱，这种精神支柱如同基督教徒给予耶稣基督的炽热情感，于是，他力图探索基督教对黑天崇拜的影响。不仅如此，他还认为黑天的那些传奇故事与耶稣基督的生活情节有某种相似，进而试图证明虔诚派中的一神教因素和虔诚信仰是基于基督教、来自基督教的。这显然是荒谬的。

此后，又有一些西方学者如罗林色（Lorinser）等注意到了《薄伽梵歌》。他们发现《薄伽梵歌》的内容与基督教教义有某些类似的地方，于是开始探寻《薄伽梵歌》中的"基督教观念"，寻找《薄伽梵歌》与帕克蒂之间的联系，进而把《薄伽梵歌》视为"帕克蒂教"的"圣经"。他们再一次犯了错误。

综上，西方学者在考察中世纪的印度教时，地域局限性很大，观念局限性更大，他们往往只考察一地，而后在基督教神学观的指导下得出结论。其结论自然存在严重的武断、以偏概全之嫌。

这一错误理应由印度本土学者纠正。

实际上，关于帕克蒂的绝大部分原始资料[①]是用印度本土语言，如梵语、泰米尔语、印地语、孟加拉语、古吉拉提语等写成的。印度本土学者在这方面拥有得天独厚的条件，他们凭借这一条件在"帕克蒂"研究方面取得了优于西方学者的成绩，并最终确立了现代意义上的"帕克蒂"概念和理论。

1929年，印地语学者拉姆·金德尔·修格尔（Rama Chandra Shukla，1881~1941）在研究中世纪印地语虔诚诗歌时，得出了有形虔诚（Saguna）和无形虔诚（Nirguna）的结论，这无异于从整体上动摇了西方学者建立起来的一神、人性神、耶稣基督式的虔诚理论。

随后，有学者对虔诚大师杜勒西达斯（Tulsidas）和格比尔达斯（Kabirdas）等进行了研究，前者是最为著名的有形派虔诚大师之一，后者是无形派虔诚大师的重要代表。但由于受到西方学者业已建立起来的虔诚理论的影响，和拉姆·金德尔·修格尔一样，学者们没有纠正本来可以而且应该纠正的错误。

直至20世纪60年代，这一课题才得以最终解决。1965年，师从著名教授A.L.巴沙姆（A.L.Basham）的印度著名女历史学家克利希纳·夏尔马（Krishna Sharma）在博士论文《对格比尔有特殊影响的古代印度虔诚思潮》（*Ancient Indian Bhakti with Special Reference to Kabir*）中对虔诚理论进行了新探索，其主要观点集中反映在1987年出版的《帕克蒂和帕克蒂运动——一个全新的视角》（*Bhakti and Bhakti Movement——A New Perspective*）一书中。在书中，她以全新的视角剖析了西方学者建立起来的虔诚和帕克蒂运动理论，指出了其中存在的

[①] 这其中包括宗教、哲学和文学等方面的内容。

严重不足和"西方偏见",并从形式到内容对虔诚理论进行了补充和完善,使之基本具有了当今学术界所认可的学术内涵。

此外,一大批精通梵语、印地语等语言的印度本土语言学家、文学家和历史学家等运用跨学科的研究方法,使用新的考古成果,通过大量的帕克蒂原典分析,从宗教、哲学、历史、文学等不同角度丰富和发展了帕克蒂理论。

二、"帕克蒂"的理论源头

虽然"虔诚"和帕克蒂运动的概念和理论在19世纪中后期才被发掘和建立,但其历史悠久,源远流长。究其本质,其理论源头主要体现在《薄伽梵歌》《薄伽梵往世书》和《帕克蒂经》中。

《薄伽梵歌》是印度教最负盛名的经典之一,是毗湿奴教派最权威的经典。印度著名史学家高善必(D.D.Kosambi)认为:该书宣扬"黑天是唯一的尊神,他充满了整个宇宙、天、地、地狱、无所不在。他调和根本不能调的东西,他是人们皈依的绝对的神。"[1]澳大利亚著名印度学专家巴沙姆(A.L.Basham)认为这本书所表现的是"成熟的有神论"。"它把印度教从一个祭祀的宗教转变为一个虔诚皈依的宗教。"[2]中国著名学者季羡林先生认为:《薄伽梵歌》标志着多神论向一神论发展,由祭祀向皈依发展。"[3]前文曾提到,西方学者在研究虔诚时曾以《薄伽梵歌》为例,试图证明虔诚的耶稣基督特性。从某种角度说,基于西方学者当时对于印度教历史、印度社会传统的浅薄知识,以及《薄伽梵歌》本身所强调的内容,他们的看法是有道理的。不过,《薄

---

① 季羡林:《〈薄伽梵歌〉汉译本序》,张保胜译:《薄伽梵歌》,北京:中国社会科学出版社,1993年版。

② 同上。

③ 同上。

家梵歌》是纯印度的，是印度教两千年发展的产物。相对于帕克蒂运动，《薄伽梵歌》的理论源泉作用不可低估。

首先，《薄伽梵歌》为有形虔诚信仰提供了充分的理论依据。

《薄伽梵歌》中的虔诚内容是通过黑天的说教表述出来的。在这里，黑天俨然一位凌驾于万物之上的尊神，他把自己摆放在了最高主宰的地位。他以神的化身的身份对阿周那[①]谆谆教导，为虔诚信徒指明了方向，"努力奋发求佑我，为从老死获解脱"[②]，"将我冥想"才能真正认识我、接近我，才能获得解脱。对神的虔信和专注是虔诚的基本要求，黑天在说教中指出，冥想高于其他虔诚形式，有意识的个体把他的思维和智慧专注于神，比那些匍匐在神面前顶礼膜拜的表面行为更为高尚。这里，《薄伽梵歌》强调了虔诚对印度教的重要革新，即简化繁杂的印度教祭祀仪式，使教徒能"崇拜得起"神灵。黑天说："全神贯注于我吧！把你的智慧奉献给我！而后，你将寓我体内——这丝毫不必疑惑。""如果你不能全神贯注于我，你就反复地修习瑜伽，通过瑜伽的反复修习，就有希望得到我。""假如你无力进行修习，那就专做有利于我的事情，为我做了许多事情之后，你就会获得圆满成功。""如果你仍然做不到，那就依赖我的神奇之力，对自我严加克制，把诸业之果全都舍弃。"[③]这样，《薄伽梵歌》把对神的虔信分为内在的和外在的两类多种形式。在这些形式中，虔诚是最高形式，因为它是通过冥想和瑜伽修行进行的，是一种对神的内心体验的证悟。由此，我们可以得出两个结论。第一，黑天在这里变成了万物的唯一，是神的化身；第二，这个黑天神是一个活生生的人的形象，与基督教中的耶稣基督类似，是可以站立于虔信徒面前的可视可触的实体。毫无疑

---

① 阿周那，印度大史诗《摩诃婆罗多》中的重要人物之一，是黑天最坚定的崇拜者。

② 张保胜译：《薄伽梵歌》，北京：中国社会科学出版社，1993年版，第92页。

③ 同上，第143页。

问，他是有形的，有品性的。对比中世纪的有形虔诚信仰，不论是瓦拉帕派，还是耆坦亚派，抑或是苏尔达斯派，其信徒顶礼膜拜的似乎就是这个黑天，这个黑天似乎就是信徒们心目中的唯一。

其次，《薄伽梵歌》也为无形虔诚信仰提供了理论来源。

黑天自己宣称，"我既是全世界的起源，又是全世界的毁灭""宇宙万物均系于我""我是人的英气和空中的声响""我是苦行者的苦行""我是光荣者的光荣""我是不违达磨的欲望"，我"高于万有且亘古常恒"。[①]显然，这种对神性的极端描述包含了非人格和非显性特征。这部分内容所表述的黑天不可能是某个具体的有固定形态的神，他只能是虚化的，是无穷可变的。也就是说，这里的黑天已经不是那个在阿周那面前的具体的黑天了，他成了万有背后的最高实体，成了最高精神，成了不生和不死，成了印度教和印度哲学重要概念"梵我一如"中的"梵"。

由此，在《薄伽梵歌》中，黑天既有形又无形，既有品又无品，有形有品指的是那个在般度族和俱卢族中穿梭活动的军事家兼政治家黑天，是那个和牧区女郎罗陀及其女友调情的少年爱情高手黑天，是那个和哥哥大力罗摩及牧童们一起放牧、偷吃邻家奶油的童年顽皮黑天。无形无品指的是梵，是可以描述又不可描述的最高实体。这一逻辑看似矛盾，但在印度宗教、印度哲学逻辑中却是自然的，印度教师尊们绝不会觉得费解和难堪。在他们看来，无形梵是合理的，有形梵是合情的，信徒们各取所需，和平相处。

《薄伽梵往世书》是另一部对中世纪印度教帕克蒂运动有重大影响的文学性宗教经典。与《薄伽梵歌》相比，《薄伽梵往世书》本身就是

[①] 张保胜译：《薄伽梵歌》，北京：中国社会科学出版社，1993年版，第86~88页。

中世纪前期的产物，①与帕克蒂运动更接近，其作用也更通俗。

《薄伽梵往世书》共分12篇，是一部颂扬毗湿奴大神的往世书。书中论及了毗湿奴大神的多次化身，向人们传达了虔信膜拜大神的功果。其中第六篇的几则故事很能说明问题：国王阿阇密罗一生作恶，因在临死时偶尔呼叫儿子那罗衍（与毗湿奴同名），就获得大神的恩典，通过修炼瑜伽升入毗湿奴天界；达刹虔信毗湿奴，成为通过男女交媾繁衍后代的始祖；国王吉多罗盖杜通过沉思和祈祷毗湿奴，获得解脱，升入天国，等等。这些功果故事为虔诚大师们所用，向信徒转达了虔信印度教大神的重要性，成为虔诚理论的重要论据。

《薄伽梵往世书》中的黑天故事最为全面："描写黑天生平的第十篇，既具有丰富的神话想象，又具有浓郁的生活气息，因而既可说是现实生活的神话化，也可说是神话传说的现实化。"②其中婴儿黑天、童年黑天、少年黑天和成年黑天的形象都很生动，现实生活和神话传说的这种完美结合使黑天成为人性中有神性、神性中有人性的神人混合体，比人性黑天更具有崇拜价值，比神性黑天更具有亲近价值。两种价值合一，加之宗教家和虔诚大师们的加工，结果有形梵黑天为信徒们所普遍接受。不仅如此，《薄伽梵往世书》对黑天的颂扬带有强烈的感情色彩，这种感情类似于虔诚之情，或者可以说就是虔诚之情。

"《薄伽梵往世书》标志着古代'业'的宗教向中世纪具有虔诚情感的宗教的过渡。""业道和智道都能在《薄伽梵往世书》中找到它们的位置"，"事实上，'往世书'主要强调虔诚"。③因此，在颂扬毗湿奴

---

① 关于《薄伽梵往世书》的成书年代，各家说法不一，早至公元前12世纪，晚至公元13世纪。一般认为它不属于古老的往世书，但也不会晚于10世纪。

② 黄宝生文，季羡林主编：《印度古代文学史》，北京大学出版社，1991年版，第180页。

③ Krisna Sharma：*Bhakti and the Bhakti Movement - A New Perspective*，Mushiram Manoharlal Publishers，New Delhi，1987，p.120.

大神及其化身黑天的过程中，《薄伽梵往世书》的作者们强调的不是传统的"业道"，而是与虔诚情感有直接联系的"智道"。这种智道正是虔诚大师们倡导的解脱之道之一。

整体看来，《薄伽梵往世书》主张有形虔诚，其中有关黑天的描述是黑天派虔诚题材、虔诚理论的直接来源。

除《薄伽梵歌》和《薄伽梵往世书》外，《帕克蒂经》也被普遍认为是虔诚概念和帕克蒂运动的理论来源。实际上，有多部《帕克蒂经》，最主要的有两部，即《纳拉达帕克蒂经》和《商底列帕克蒂经》。这两部书是目前已知的最早专门以"虔诚"为主题的经典著作。

《纳拉达帕克蒂经》出自纳拉达（Narada）之手，《商底列帕克蒂经》出自商底列（Sandilya）之手。两者从虔诚信仰的总体感觉出发，分析和描述了虔诚的性质和表现。

《纳拉达帕克蒂经》的虔诚思想主要来自《薄伽梵往世书》，比较重视虔诚信仰的仪轨仪式，强调大神的世俗特征，似属于有形虔诚之列。纳拉达认为，神像和寺庙是很必需的，虔诚行为就是虔信徒直接面对人性神的崇拜行为，"在'他'面前，仰慕'他'的伟大，凝视'他'的尊容，崇拜'他'，服务'他'，热爱'他'"。[①]不过，纳拉达并没有把人性神限定为虔诚信仰的必要条件，他的虔诚观点具有一定的灵活性，他认为神的内在性可以通过最高梵（Mahatma）表现出来，虔诚可以通过带有神性的人的恩宠和神性的爱获得。他在谈到虔诚的至高境界时给出了两种解释：其一，它是至高无上的，是自我怔悟的结果，是自我满足的和自发的，它呈现出来的就是它本来的状态；其二，与虔诚相比，业、知识和瑜伽相对不重要，因为它们不可能达到自我满足，会产生我慢和自傲。而神是偏爱谦恭、反感我慢的。这里，

---

① Krisna Sharma：*Bhakti and the Bhakti Movement - A New Perspective*，Mushiram Manoharlal Publishers，New Delhi，1987，p.126.

纳拉达并不认为业、知识与瑜伽与虔诚相抵触，只是更强调虔诚。他认为，虔诚来自情感，理应比知识等高出一筹。

《商底列帕克蒂经》的虔诚观点主要来自奥义书。商底列注重无形虔诚，而把外在的仪轨仪式放在次要地位。他认为，那些显而易见的拜神仪式只是通向虔诚的初级形式，只有被"阿特曼"（Atman）感觉到时才会有价值和意义。再者，商底列认为，神（Isvara）的概念是非人性的，神是代表超验的和内在的原则的体现，它和世俗主张的明确的有形神是不一样的。进而，他认为阿特曼和超验神都可以成为虔诚的目标。

商底列认为，虔诚在本质上是一种精神状态，是一种体验；是人通过生活、行动达到与自己合一的一种精神状态。他也认为，虔诚是一种认知行为，是一种知识形态，是新知识的表达，所以，它离不开知识和瑜伽，知识和瑜伽可以促成虔诚的产生。在论及知识、业、瑜伽和虔诚时，商底列试图在知识和虔诚之间建立一种明确的关系。在他看来，知识是通向虔诚的必须阶段，当虔诚呈现时，现有知识被打破，新知识产生。因而，虔诚是导致一种智慧消失而另一种智慧产生的新知识，是在对现有知识认可的前提下对新知识的体验。

由此，我们可以看出，纳拉达和商底列都把虔诚当成了一种情感或体验，并没有视其为一种教条或教义。他们之所以重视虔诚，仅仅出于宗教情感。在几乎相同的认知前提下，纳拉达强调有形，重视仪轨；商底列强调无形，重视知识。这正是中世纪后半期帕克蒂运动中多种虔诚主张的源头之一。

三、帕克蒂运动的发展

帕克蒂运动的发展可以从以下两个方面来论述。

（一）前中世纪时期（南印度时期）

公元6世纪前后，南印度王朝更迭频繁，政治不统一，社会不稳定。就宗教状况而言，城市里佛教和耆那教的势力很强大，朝廷大权通常掌握在佛教信徒手中，一般的工商业者则信仰耆那教，下层百姓倾向于通俗的印度教，快乐主义的伦理观念盛行。传统意义上的婆罗门和刹帝利在南印度的势力很弱，人口数量也不大；首陀罗在数量上是主要种姓，但在没有宗教拜神权利的同时也没钱没势，处于社会底层。这样，少数的婆罗门、刹帝利和多数的下层首陀罗就有联合起来的可能性。事实正是这样，虔诚思潮首先在下层社会涌动起来，其矛头不是指向婆罗门和刹帝利等高等种姓，而是对准了势力较盛的佛教和耆那教。

这一时期的帕克蒂运动主要有三个方面的内容。其一，与以前崇拜三大主神梵天、毗湿奴和湿婆不同，信徒们转而更注重湿婆和毗湿奴，并逐渐形成两个大的教派，即湿婆教派和毗湿奴教派，后者对毗湿奴大神化身罗摩和黑天更是情有独钟。其二，反对烦琐的祭祀仪式，虔诚大师们开始宣传简单明了的教理教规。其三，作为运动主流的首陀罗种姓反对本种姓不能拜神的传统，在某些虔诚大师的支持下努力争取自己的宗教拜神权。这三方面内容是南印度帕克蒂运动对传统印度教的伟大革新，体现了印度教改革的最新思潮和印度教发展的未来方向。

从某种程度上说，实力弱小的南方婆罗门和刹帝利种姓是支持这种改革的，他们不是不反对首陀罗种姓拥有宗教拜神权，而是想借助这一运动复兴印度教，打击佛教和耆那教，最终改变本种姓的社会、经济和政治地位。

公元10世纪前后，经过帕克蒂运动的深入开展，加之穆斯林的侵入，南印度宗教状况大为改观：佛教和耆那教逐渐衰微，印度教得到很大发展，反对伊斯兰教的印度本土宗教势力大多归于印度教麾下。

由此，帕克蒂运动在南方失去了原动力，进而向北转移。公元13世纪初，随着德里苏丹国的建立，帕克蒂运动在南印度式微，但在北印度找到了适合自己发展的土壤。

实际上，早在公元五六世纪，帕克蒂运动在南印度的泰米尔地区就开始了，并在众多虔诚圣徒的努力下逐渐形成了湿婆和毗湿奴两大教派。

1. 湿婆派。

如本章第一节所述，湿婆大神是南印度达罗毗荼人信仰的传统神灵，其历史渊源极深。6世纪前后，随着宗教和社会改革呼声的日益升高，众多信徒开始刻意颂扬自己的主神，诗人、修行者是这一行列的显在队员，湿婆教派正式产生。6世纪的女诗人迦莱卡尔·安迈娅尔是湿婆教派最早的圣徒诗人之一，也是南印度帕克蒂运动的发起人之一。相传，她的夫家有钱有势，丈夫是大商人，但后来遗弃了她。她由此悲观厌世，遁入空门，成为湿婆大神的忠诚信徒。在身体力行膜拜湿婆大神的同时，创作了不少虔诚诗歌，颂扬大神，劝诫世人。与她同时代的提鲁牟拉尔不仅是湿婆派圣徒，还是一位湿婆派宗教家，他强调对湿婆大神的绝对虔敬和忠爱，主张"爱即是神"。提鲁牟拉尔的论著《神圣咒语》包罗万象，从湿婆派哲学思想到瑜伽训条无所不有，被列为湿婆派圣典之一。7世纪初期的桑班达尔是所有泰米尔语湿婆派诗人中虔诚诗歌最多的圣徒，对湿婆派经典的贡献也最大；他反对耆那教和佛教所鼓吹的禁欲主义，在宗教哲学大辩论中力驳耆那教大师，成功说服潘迪亚国王皈依湿婆大神；他响应下层信徒的呼声，认为种姓制度不合理，与低种姓印度教徒为友。阿帕尔精通梵文和泰米尔文，原来是耆那教徒，后皈依印度教，声明自己的天职就是崇奉湿婆大神，遍游圣迹，创作了大量湿婆派虔诚诗歌；他还说服过帕拉瓦国王摩哂陀罗波塔莱亚皈依印度教。马尼卡瓦查尔和谢克基拉尔等是后来的几位著名湿婆派圣徒。前者是9世纪泰米尔语最杰出的湿婆派诗人，他弃官出家，云游四方，成功说服过许多佛教徒皈依湿婆大神，他的《圣语》是泰米尔语宗教文学中影响最大的杰作之一，也是湿婆派的重要经典之一。后者是中世唯一一部纯粹的泰米尔语印度教史诗《大往世书》的作者。《大往世书》又名《湿婆教圣徒往世书》，是一部歌颂湿婆教圣徒业绩、弘扬湿婆教教义的印度教史诗，影响巨大。

2. 毗湿奴派。

在湿婆教派形成的同时，毗湿奴大神的遵奉者也积极行动起来，对大神歌功颂德，对世人进行劝诫。波依盖、普塔姆和贝依等是早期毗湿奴派的代表性诗人，他们都是五六世纪人，是帕克蒂运动的早期发起人，他们创作了不少颂扬毗湿奴大神的宗教诗歌，被收录在南印度毗湿奴教派的经典性著作《圣歌四千首》[①]中。这三位圣徒影响颇大，在泰米尔文学史上被誉为毗湿奴派早期三圣。贝里雅尔瓦尔是9世纪的著名毗湿奴教圣徒，是毗湿奴大神化身黑天的崇拜者，其作品《圣言》对黑天从降生、孩提时代直至少年时代各个阶段的生活作了丰富生动的描述，浪漫气息浓厚，感染力强。该诗影响深远，是后来泰米尔语文学中各种"童年诗"的滥觞。贝里雅尔瓦尔在传播毗湿奴教方面成就巨大，相传他在潘迪亚王国的宫廷里确立了毗湿奴大神的至高无上的地位，很受国王赏识。贝里雅尔瓦尔的养女安妲尔受他的影响非常大，她遵从养父的教诲，一心膜拜毗湿奴大神，终身未嫁，也成为一名卓有成就的毗湿奴大神圣徒，著有虔诚诗集《提鲁巴瓦伊》和《纳奇亚尔圣言》。8世纪末至9世纪中的提鲁门盖和9世纪上半叶的南马尔瓦尔都是多产的毗湿奴教派诗人，在泰米尔语毗湿奴教派圣徒中他们的虔诚诗歌数量分列第二和第一名。提鲁门盖成功地将泰米尔语

---

① 《圣歌四千首》是南印度毗湿奴教派宗教文学的代表性著作，由9世纪末至10世纪初的诗人纳达牟尼瓦尔整理编辑而成。

爱情诗歌改革成敬神颂歌模式，他把传统恋歌中的男主角换成女主角，将男主角失恋后悲痛欲绝的情状换成女主角对毗湿奴大神的思恋和崇拜，开创了泰米尔语敬神颂歌的一种新模式。南马尔瓦尔是毗湿奴教派圣徒中的佼佼者，他创作的《提鲁瓦依摩利》不仅是一部充满宗教激情的虔诚诗集，而且是一部内容充实、思想丰富的印度教哲学百科全书，被后世奉为圣典。古拉赛格拉是10世纪人，他是哲罗国王子，但毫不留恋王家生活，反而对宗教生活十分向往，一心膜拜毗湿奴大神，成为毗湿奴教派的一代圣徒。甘班是12世纪印度最伟大的毗湿奴大师之一，享有"诗王"称号，他以梵语史诗《罗摩衍那》为蓝本创作了著名的泰米尔语史诗《罗摩传奇》，即《甘班罗摩衍那》。《甘班罗摩衍那》分6篇113章，篇幅与梵语《罗摩衍那》差不多，其内容与梵语本不尽相同，其中包含了南印度的宗教传统，是南印度流传广泛的印度教毗湿奴教派史诗，影响相当大。

南印度帕克蒂运动正是在这些圣徒诗人的努力下兴起和发展起来的，他们用颂歌赞美大神，传唱大神的威力和功德，劝诫世人回归印度教，虔信印度教大神。他们直言上层统治者，规劝他们皈依印度教。他们身体力行，在现实生活中实践虔诚精神，对后世产生了非常重大的影响。

3. 商羯罗、罗摩努阇

此外，还有两个更为重要的人物值得重点评介，即商羯罗和罗摩努阇。

他们的贡献不局限在哪一个教派，对整个中世纪的帕克蒂运动甚至整体印度教的发展都有巨大影响。

商羯罗（Sankara，788~820[1]）是中世纪前期印度教帕克蒂运动时期

---

[1] 也有学者认为商羯罗的出生时间在700~750年之间。参见孙晶著：《印度吠檀多不二论哲学》，北京：东方出版社，2002年版，第50页。

最为重要的人物。他的传教活动和理论著述[1]影响巨大，是印度教发展史上里程碑式的人物。他出身于西南印度喀拉拉邦马拉巴尔河岸伽拉迪村的婆罗门家庭，自幼丧父，遁世而成为云游者。少年时随乔频陀（Govinda）学习婆罗门教经典，乔频陀生平不详，据传他是吠檀多不二论者乔荼波陀[2]的弟子。商羯罗受乔荼波陀思想的影响很大。

面对南印度佛教和耆那教呈强势的社会现实，商羯罗强烈希望复兴传统婆罗门教，恢复奥义书精神。他表面上对虔诚不感兴趣，但却一边礼拜湿婆神，一边宣传毗湿奴教思想。他模仿佛教的寺院精舍，在印度次大陆的四方建立了四大庙宇，留存至今。他四处云游，广收弟子，不仅向普通百姓讲道说法，还经常与其他教派的大师进行辩论，以宣传自己的主张。毫无疑问，他的这种做法大大加强了印度教势力，是对帕克蒂运动的大力支持。

商羯罗为帕克蒂运动提供了理论基础。他提出了与有形虔诚和无形虔诚相对应的有形梵（下梵）和无形梵（上梵）概念。他认为，梵有两种形式，一种是作为客体的知识，没有至限，是无形梵；另一种是虔信的客体，有限制，为有形梵。他指出，无形梵就是最高梵，其特点是无形、无性、无媒介、无动因，是一切知识的基础，既存在又不存在，既在前又在后，既在左也在右，既在上也在下。[3]有形梵不同，它是由大自在天和多元的世界来代表的，大自在天是创世主，是天神。商羯罗进一步解释道，有形梵是为低层次的人"设置"的，因为他们不能集中精力感知无形梵，为了信仰之目的，他们可以说梵有

---

① 商羯罗的著述颇多，著名的有《梵经注》《薄伽梵歌注》和《示教千则》等。

② 乔荼波陀（Gaudapada），著名的吠檀多不二论者，7世纪人，主要著述有《圣教论》《数论颂疏》《后薄伽梵歌》等。

③ 参见Girij Shah：*Saints, Gurus and Mystics of India*（Vol. 1），Cosmo Publications, New Delhi, 1999, p.117.

性质，否则，他们将无从"下手"。而无形梵只有那些层次高的智者才能感知，他们通过禅定等修行方式可以亲证它，从而达到"梵智"状态，实现灵魂与梵合一的理想境界。在这里，商羯罗把信徒对大神的虔信和崇拜看作是通向"梵智"的条件，认为他们对大自在天的崇拜净化了自己的灵魂，并且为直观最高存在即无形梵做了准备。他认为："凭虔信（虔诚）在真谛中知道真我……通过虔信（虔诚）了解了最高我，他便迅速地进入最高我。"①

由此，商羯罗不仅提出了"有形"和"无形"的概念，还给予虔诚在亲证最高我的过程中以一定的地位。加之他忘我的云游和传教活动，说他是帕克蒂运动的急先锋并不为过。

罗摩努阇（Ramanuja，约1017~1137）被认为是虔诚理论的直接奠基人，他是商羯罗之后对前中世纪帕克蒂运动影响最大的人物，也是帕克蒂运动北上的关键性人物。罗摩努阇生于南印度马德拉斯②附近的波罗姆巴杜尔村，属婆罗门种姓，少年时学习吠檀多不二论，后长期在寺院担任祭司。他把吠檀多哲学与虔诚思想结合起来，创立了吠檀多限制不二论。

罗摩努阇与商羯罗对虔诚不感兴趣不一样，他继承了《薄伽梵歌》中的虔诚思想，对其加以发展，并身体力行，不仅使南方的虔诚思潮有所复兴，还把它发展到北方，在北方建立基地进行宣传，北印度的帕克蒂运动由此兴起。

与商羯罗持有的种姓等级观念不同，罗摩努阇基本上没有高低种姓之见，认为个体灵魂在神的面前是平等的，都可以通过同样的虔诚实现和神结合的目的。他扩大了毗湿奴教派的影响，吸收低等种姓的人甚至妇女参加，鼓励他们亲证大神，争取和高等种姓一样实现梵我

① 龙达瑞著：《大梵与自我——商羯罗研究》，北京：宗教文化出版社，2000年版，第112页。
② 即今天的金奈。

一如的理想境界。不过，罗摩努阇并不反对种姓制度本身，他不要求取消种姓制度。

正是在罗摩努阇及其弟子们的影响下，帕克蒂运动获得了新生，在中世纪后期的印度焕发出勃勃生机。

（二）后中世纪时期（北印度时期）

10世纪以后，特别是1206年德里苏丹国建立以后，印度的宗教状况发生了翻天覆地的变化。伊斯兰教一跃而具有了国教的地位，印度佛教走完了自己在印度本土的行程，耆那教遭到沉重打击，承载印度文化、文明的重担完全落到了印度教的肩上。恰在此时，帕克蒂运动由南而北，逐渐遍及整个印度次大陆，并以北印度为核心区域。由此，帕克蒂运动在继续完善印度教内部革新的同时，又多了一项与伊斯兰教抗衡的任务。

概言之，中世纪后期帕克蒂运动主要可以分为两大派别，即有形派①和无形派，前者主要有黑天派和罗摩派之分，后者主要有格比尔派和锡克派之分。"有形"指的是信徒们认为主神是有形有品的，即如商羯罗的"有形梵"，或如黑天，或如罗摩。"无形"指的是信徒们认为主神是无形无品的，即如商羯罗的"无形梵"。

1. 黑天派。

黑天派是一种概括，和整个帕克蒂运动一样，它没有统一的发起人、统一的组织和统一的纲领等，它包括许多小派别。这些派别以毗湿奴大神的化身黑天为崇拜对象，认为黑天是最高实在和绝对精神，是信徒们获得解脱的最终归宿。虔诚大师们一般从《薄伽梵往世书》和《摩诃婆罗多》中选取可以用来宣传的宗教故事和神话题材，其中

---

① 此时的有形派主要指毗湿奴教派。

包括婴儿黑天、童年黑天、少年黑天和成年黑天的事迹。在虔诚大师和信徒们的心目中，婴儿黑天和童年黑天不仅具有一般孩子的人性化的可爱特征，还具有"救世"的神力，他多次降妖除魔，保护了牧区人民的生命财产。少年黑天是牧区女子争相追求的对象，他可以同时和成千上万个女子嬉戏甚至发生两性关系，这同样反映了他的人性和神性。其神性表现在他是"大我"的代表，而众多的牧区女郎是"小我"的象征，它们之间的关系暗含了"梵"与"我"关系。成年黑天是一个政治家兼军事家的形象。他开疆拓土，铲除了很多暴君和魔君，并在俱卢族和般度族之间纵横捭阖，为般度族赢得了最终胜利。在这里，黑天仍然保持了半人半神的形象，是正义的化身，成为信徒们膜拜的对象。

黑天派主要有以下几个。

摩陀伐派：摩陀伐（Madhava，1198~1278）是13世纪的一位虔诚大师，生于南印度现卡纳塔克邦的一个婆罗门家庭，他评注了《梵经》和10部奥义书，在哲学上主张吠檀多二元论。他云游过很多地方，所创的摩陀伐派主要流行于南印度迈索尔地区。摩陀伐派奉黑天为主神，宣传对黑天的无条件热爱，要求信徒在任何情况下都不能动摇这种爱，而且这种爱要超过对自己、对亲人的爱，凌驾于所有爱之上。只有这样，信徒才能赢得尊神的恩泽，从而实现精神解脱。该派并不排斥其他神灵，对湿婆、象头神和杜尔迦女神等也很崇拜。

瓦拉帕派：该派主要流行于拉贾斯坦、古吉拉特和马哈拉施特拉等地区。其创始人瓦拉帕（Vallabha，1479~1531）生于中南印度的一个泰卢固婆罗门家庭，在瓦拉纳西学习印度教经典，后周游各处圣地，主张清净二元论，支持一元神论思想，认为黑天是最高梵，并创立了自己的教派。该派信徒崇拜少年黑天，尤其推崇黑天和牧区女郎罗陀的爱情，认为这种爱情是梵我关系的充分写照。由此，该派反对苦行和禁欲，提倡享乐和幸福之道，认为人生最大快乐是借助虔诚与神接近。

耆坦亚派：该派由虔诚大师耆坦亚（Chaitanya，1488~1533）创立，主要流行于孟加拉和奥里萨地区。耆坦亚生于孟加拉的一个婆罗门家庭，受过很好的教育，年轻时就游历过很多圣地，对黑天情有独钟。该派狂热崇拜黑天和罗陀，认为他们的结合就是神人之间的合一，是人类获得解脱的标志。该派反对繁杂的祭礼祭规，反对种姓和性别歧视，主张只要一心无二地虔信黑天，不论男女，所有种姓的人都能与神亲近，获得神宠，实现解脱。

苏尔达斯派：从某种意义上说，苏尔达斯（Surdas）是瓦拉帕大师的弟子，属于瓦拉帕派信徒。但就影响而言，苏尔达斯并不亚于瓦拉帕，追随他的人很多。苏尔达斯的生平不详，大致生活在15世纪七八十年代至16世纪七八十年代之间，出生地可能是北方邦的鲁纳古达村，也可能是马图拉，还可能是德里附近的某个地方；有人认为他生于婆罗门家庭，也有人认为他生于以歌唱为业的民间艺人家庭。他双目失明，自幼爱好音乐，在青年时曾见到过瓦拉帕大师，后者收他为徒。苏尔达斯主要是一个民间诗人，他很早就出家云游，对毗湿奴大神的化身黑天虔诚有加。他以《薄伽梵往世书》为蓝本，以民间弹唱的方式创作出了著名的《苏尔诗海》，影响颇大，在印度宗教文学史上占有非常重要的地位。《苏尔诗海》以颂扬黑天为唯一主题，特别钟情于童年黑天和少年黑天。苏尔达斯以人性神为基准，吟唱出了自己特有的虔诚情怀，吸引了大批信徒。

2. 罗摩派。

罗摩派也是一种概括性描述，指以毗湿奴大神另一化身罗摩为主神的有形虔诚派别。罗摩是大史诗《罗摩衍那》中的主人公，他是毗湿奴大神为拯救三界而铲除魔王罗婆那的凡间化身。罗摩的故事也见于多部往世书及其他各种神话传说中。和黑天的形象不一样，罗摩主要是明君、孝子和有德兄长的象征，同时是大神的化身，是救世主。罗摩派主要流行于北印度、中印度的印地语地区。纵观整个中世纪帕克蒂运动，有影响的罗摩派主要有两个，即罗摩难陀派和杜勒斯达斯派。

罗摩难陀派：罗摩难陀（Ramananda，1360~1450）是罗摩努阇的第五代弟子，生于北方邦的阿拉哈巴德，起初是罗摩努阇派的信徒，后脱离，提出自己的宗教主张，在瓦拉纳西成立了自己的教派，影响巨大。他到印度各地传教，宣传自己的虔诚信仰。该派信徒奉罗摩为主神，也膜拜罗摩的妻子悉多。罗摩难陀派比罗摩努阇派更富于改革精神，提倡宗教内部平等，对其他宗教和教派一视同仁；反对种姓不平等，赞成给首陀罗种姓拜神的权利，允许低种姓信徒入教；主张简化祭礼祭规，认为信徒只要对罗摩表示始终不渝的虔诚，即使不举行宗教仪式也能获得解脱。

杜勒西达斯派：杜勒西达斯（Tulsidas，1532~1623）是罗摩难陀之后罗摩派最著名的精神领袖。他出身于北方邦阿拉哈巴德附近农村的一个婆罗门家庭，出生后不久就沦为孤儿，曾不得不靠乞讨度日。青年时遇到一个师傅，在瓦拉纳西学习宗教知识，聆听毗湿奴大神化身罗摩的种种传说故事。长大后结过婚，后离家修行，游历印度教圣地，接着在传说中罗摩的出生地阿逾陀开始撰写《罗摩功行之湖》[①]，晚年在瓦纳拉西完成该巨著，并度过余生。除《罗摩功行之湖》外，杜勒西达斯还著有《谦恭书》《歌集》《双行诗集》等诗作，这些诗歌大多是歌颂罗摩大神的。《罗摩功行之湖》是杜勒西达斯以《罗摩衍那》为蓝本撰写而成的，具有"小罗摩衍那"之称，在印度影响巨大，是印度教徒心目中真正的《罗摩衍那》，长期以来流传在民间的《罗摩衍那》指的就是《罗摩功行之湖》。正是由于这部著作，杜勒西达斯才成为当时

---

① 《罗摩功行之湖》，亦译《罗摩功行录》。

罗摩派的精神领袖，才有众多信徒追随他，以他为师尊，并形成了影响整个北、中、西印度的以罗摩及其妻子悉多为主神的杜勒西达斯教派。

3. 格比尔派。

该派由无形派虔诚大师格比尔达斯（Kabiradas，1440~1518[①]）创立，是帕克蒂运动中受伊斯兰教苏非派影响最大的一个教派。格比尔达斯生于瓦拉纳西的一个织布工家庭，该家庭原为印度教首陀罗种姓，在他出生之前改宗伊斯兰教。格比尔达斯本人也是一个织布工人，没有什么文化。传说他是虔诚大师罗摩难陀的弟子，但不一定可靠。据说，他有意死在一个传说死后要入地狱的地方，而避开了被认为死后可升天堂的瓦拉纳西。

格比尔达斯有妻有子，但不迷恋家庭生活，常常在瓦拉纳西街头徘徊，向人们宣传自己的主张。他的宗教观和虔诚观具有革命意义。他把印度教吠檀多不二论和伊斯兰教苏非派一神论以及某些虔诚改革思想结合起来，宣称宇宙万物的最高本体是无形无品的绝对存在，其名称有"梵""罗摩""黑天""毗湿奴""安拉""胡达"，等等。不论名称如何，其本质是一样的，人们通过理智和虔诚就能亲近神并获得解脱。他谴责印度教，也谴责伊斯兰教；反对宗教和种姓的不平等，不赞成膜拜偶像，不主张举行任何宗教仪式；他主张一神论，认为神存在于万物之中。

有评论说："格比尔的宗教是所有人的宗教，他的家是宇宙，他的兄弟是全人类，他那伟大的父亲是天堂中的大地。"[②] 这不无道理，印度教徒称之为罗摩派，穆斯林称之为苏非派。他的追随者中有印度教徒，也有穆斯林，影响很大。

---

① 还有1398~1518年和1380~1448年等多种说法。

② Giriaj Shah, Saints, *Gurus and Mystics of India*（Vol. 2）, Cosmo Publications, New Delhi, 1999, p.316.

4. 锡克教派。

该派由锡克教首任祖师那纳克创立，也被称为那纳克派。那纳克（Nanak，1469~1539）是锡克教的创始人，是印度教徒，被认为是后中世纪印度教最重要的无形派虔诚大师之一。那纳克自幼就受到印度教和伊斯兰教的双重影响，经常与印度教僧人和伊斯兰教苏非圣人接触。15岁左右结婚，对世俗生活不感兴趣；约30岁时获得真谛，此后开始了20年左右的云游生活，宣传自己的主张。

那纳克主张一神论，认为宇宙之神是唯一的，是无处不在的，是所有存在的根源，他既是宇宙的创造者也是宇宙的维护者和毁灭者，他的名字是"真理"。那纳克认为，各宗教崇拜的是同一个神，他既不是真主，也不是上帝或梵，而是"真理"。神的"唯一性""普遍性""无限性"和"无惧性"是那纳克思想和锡克教教义的基础。

和格比尔达斯相似，那纳克反对宗教不平等，谴责种姓差别和性别歧视。他对印度教徒和穆斯林同等看待，对婆罗门和首陀罗同等看待，对男人和妇女同等看待。和绝大多数虔诚大师不同，那纳克抨击苦行弃世生活，重视家居生活。那纳克和锡克教派在当时和后世产生了重大影响，这一影响有目共睹。

经过上述各派各虔诚大师的努力，帕克蒂运动在后中世纪时期的北印度轰轰烈烈，如火如荼，不仅革新了印度教本身，还成为印度教抗拒伊斯兰教的一道屏障，成功地维护了印度教传统和印度教文明。

四、帕克蒂运动的影响

中世纪印度教帕克蒂运动持续了一千多年，遍及整个印度，几乎牵扯到各个种姓、各个阶层，甚至各种宗教，影响深远。

1. 帕克蒂运动成功地革新了印度教，使之发生了"三化"，即宗教仪式的简单化、宗教生活的世俗化和宗教信仰的普及化。

首先，在帕克蒂运动过程中，虔诚大师们从现实出发，反对以前烦琐的仪式仪轨和复杂的祭祀咒语。这一方面使宗教祭祀不再高不可攀，不再铺张浪费；另一方面使广大低种姓信徒有财力、物力和时间举行宗教活动，从而加强了印度教的号召力。其次，为了复兴、发展印度教，虔诚大师们以种种方式使印度教世俗化，努力改变只有高等种姓才享有宗教权利的局面，如使以前玄虚莫测的神灵变成了黑天、罗摩等人性神，使以前高高在上的婆罗门种姓不再拥有人间神的身份，等等。其结果是印度教成功地融入了教徒的日常生活。第三，帕克蒂运动是印度教内部进行的一次崇尚平等、民主的变革运动。在运动过程中，虔诚大师和众多虔诚诗人反对不平等的种姓制度，反对歧视妇女的性别制度，反对首陀罗等低种姓没有宗教拜神权的神权体制；进而主张种姓平等、男女平等、宗教权神权平等。这种革新得到了广大普通百姓的热烈响应，他们积极投身到运动中，聚集在虔诚大师的周围，成为运动的参与者和宣传者，使印度教信仰得到最大化的普及，加强了印度教的凝聚力和战斗力。

2. 在佛教、耆那教和后来进入的伊斯兰教面前，帕克蒂运动维护了印度教利益，为印度教的复兴和发展做出了巨大的贡献。

在中世纪前期，帕克蒂运动在南印度成功地抑制了佛教和耆那教的发展势头，成为印度教复兴的原动力。如前所述，在运动兴起前后的南印度，佛教和耆那教的实力很强，势力很大。少数虔诚先行者倡导改革，他们顾及低等种姓的宗教权利，主张放宽"政策"。改革得到广大首陀罗信徒的支持，他们积极参与，使印度教逐渐恢复生机，势头日盛。在中世纪后期，伊斯兰教成为印度的"国教"，印度教处境危险。在虔诚大师们的带动下，广大中下层印度教徒加入到运动中，他们聆听大师们的教诲，观看有关印度教大神的表演，适时地加强了自己的印度教信仰，护住了印度教的堤坝，使印度教得以继续生存并进一步发展。

3. 在多种宗教并存的情况下，帕克蒂运动使印度教在内部变革的同时，从其他宗教中汲取营养成分，完善、发展了自己。

首先，在中世纪前期，宗教改革家和虔诚大师吸收佛教、耆那教中的合理因素，比如固定的寺庙体系、简单的宗教仪轨、人性化的神灵崇拜、平等的宗教权利等，丰富和发展了印度教，使之焕发出新的生命力。其次，在中世纪后期，面对伊斯兰教的冲击，虔诚大师们不失时机地从伊斯兰教苏非派中汲取平等、泛爱等适合印度教的成分，多方面丰富虔诚内容，使印度教改革更合理，更受欢迎。

4. 从某种程度上说，印度教帕克蒂运动促成了锡克教的产生和印度伊斯兰教文化的形成。

锡克教的首任祖师和创始人那纳克被公认为印度教帕克蒂运动的无形派虔诚大师，他的虔诚思想是印度教帕克蒂运动不可分割的内容。锡克教和印度教的这种血肉关系正是帕克蒂运动给予的。

如上所述，印度教通过帕克蒂运动吸收了伊斯兰教中的不少营养成分，反之亦然，伊斯兰教也从帕克蒂运动中大受裨益。我们可以发现，印度伊斯兰教文化抑或南亚伊斯兰教文化与世界其他地方的伊斯兰教文化是有所不同的，这些不同更多的是因为其中包含了许多印度教文化因素，比如印度教种姓制度的痕迹、印度教的饮食习惯等。这是伊斯兰教和印度教相互碰撞、相互吸收、相互融合的结果，这种吸收和融合主要是印度教帕克蒂运动和伊斯兰教苏非派互动的结果。可以说，没有印度教帕克蒂运动，印度伊斯兰教文化抑或南亚伊斯兰教文化将是另外一种状况。

5. 毫无疑问，在中世纪后期特定的社会背景下，印度教帕克蒂运动缓解了"在野"的印度教和"执政"的伊斯兰教之间的宗教矛盾。

初入印度时，为巩固地位，伊斯兰教统治者对印度教采取了比较极端的手段，但由于帕克蒂运动与伊斯兰教苏非派的某些相似性和互融性，在一定程度上减轻了因伊斯兰教入侵和宗教压迫造成的印度教徒和穆斯林的对立，增进了他们之间的相互理解，缓和了双方中下层甚至某些上层信徒之间的冲突，加快了两种文化互融的进程。这是最难能可贵的。

6. 帕克蒂运动为近现代印度教启蒙运动和印度社会改革创造了条件。

18世纪中后期以后，西方加大了对印度的军事和政治侵略力度，文化侵略亦然。因此，在与伊斯兰教并存共生的同时，印度教又迎来了另一场与西方文化的较量。无疑，西方文化整体上优于当时的印度教文化，印度教如果不及时进行自我革新和社会改革，将被时代抛弃。此时，一批仁人志士模仿中世纪虔诚大师，吸收西方先进因素，发起了印度教启蒙运动，对印度教社会进行了比较广泛的改革，使印度教和印度教文化经历了又一次新生。应该说，这次运动与中世纪帕克蒂运动关系不大，但究其本质，其原动力是一致的。另外，经过一千多年的帕克蒂运动洗礼后，印度教具备了随时应付外来侵扰的能力，适应性和融合力更强。这正是印度教和印度教文化在多次磨难面前能长盛不衰的重要法宝。

7. 由运动或者伴随着运动产生发展的虔诚文学是帕克蒂运动的一个重要成果。

虔诚文学是中世纪印度文学的主体，其数量和质量都达到了很高的水平。可以说，如果剥离虔诚文学，中世纪印度文学将成为无血无肉之躯，甚至将不复存在。

第三节　无形派虔诚文学

✦

　　依上文所说，虔诚文学分无形派虔诚文学和有形派虔诚文学两大类，两者都是与颂神主题相关的文学。前者歌颂的是无形神，即神是无形无品无限制的，后者歌颂的是有形神，即神是有形有品有限制的。何谓"无形"？何谓"有形"？这里有必要对印度传统中的"无形梵（神）"和"有形梵（神）"做一简要说明。

　　印度宗教哲学中的无形有形概念其实早就存在了，其本体词是"梵"（Brahman），即最高存在，亦即最高神。《梨俱吠陀》后期，吠陀诗人已不满足于对吠陀万神殿中诸神的顶礼膜拜，开始对宇宙的本源、人的本体等问题有了思考和争论。他们把现象世界和吠陀诸神相结合，逐渐概括出了宇宙统一神的概念，如"原人""祈祷主"等。在诗人眼中，"原人"是现在、过去、未来的一切："原人（Purusa）有千头、千眼、千足，他在各方面拥抱着大地，站立的地方宽于十指。"这里，万物、宇宙、星球、大地、有生命之物和无生命之物都被看作是原人的一部分，他统治世界，又超越世界，是不朽的主宰。在另一组诗里，"祈祷主"（Brahmanaspati/Brhaspati）又成了一切：他"掌握世上最高之权，力大无比。他就是拥抱着众神的大神，他就是祈祷主，包含着万物。"①这一统一神还有"生主""造一切者""眼睛之父""尤上""唯一""彼""无生"等称呼②，他"先于苍天，先于大地，先于诸天，先于非天"③，"远方近处，地界下层"都是他创造的。他高于神，高于人，高于天，高于地，非常抽象。在"梵书"中，这一统一神逐渐为专司创造的梵天大神所代替，继而又被抽象概括为形而上的实体——"梵"。到了"森林书"中，抽象"梵"更进一步被赋予"魔力"，人们在禅定时能感受到它的力量，它与各种自然物质、身体器官同一。这实际上是亲证"梵"的过程。到了"奥义书"时期，"梵"逐步被界定为宇宙和万物的本原、生命的根本和一切事物存在的原因，是无限的；同时，"梵"也是万物的创造者，具有万物的特性，也是有限的。"大梵有二，一有相者，一无相者；一有生灭者，一无生灭者。一静者，一动者，一真实者，一彼面者。"④这一概念被哲学家和宗教家继承了下来，印度教经典《薄伽梵歌》和《薄伽梵往世书》等在这方面有突出表现，中世纪大宗教家商羯罗做了进一步总结和阐释，使"无形梵（神）"和"有形梵（神）"的概念更加明朗起来。随着印度教帕克蒂运动的形成和发展，虔诚大师们有意无意地使用了这一概念，他们或专注于无形梵，或顶礼有形梵，由此形成了"无形虔诚文学"和"有形虔诚文学"两大类宗教文学流派或文学母体。

需要指出的是，这里的"无形"和"有形"的概念不是单纯的哲学概念，也不是单纯的宗教概念，更不是单纯的文学概念，实际上具有三者的混合意义。这与印度的宗教文化传统有关。一般说来，印度

---

① 参见N. Ross Reat, *Origins of Indian Psychology*, Berkerley: Asian Hunmanitier Press, 1990, p. 11.

② 参见季羡林、刘安武选编：《印度古代诗选》，桂林：漓江出版社，1987版，第18、19页。

③ "诸天"指众天神，"非天"指众恶神，如阿修罗等。

④ 徐梵澄译：《五十奥义书》，北京：中国社会科学出版社，1984年版，第557页。

的宗教和哲学是密不可分的，其经典通常就是宗教性的文学作品，譬如《梨俱吠陀》《百道梵书》等；其文学作品也往往是文学性的宗教经典，譬如《罗摩衍那》《摩诃婆罗多》《薄伽梵往世书》等。

如前所述，无形派虔诚文学又分"感知派"和"虔爱派"，前者主张通过感知、感觉去亲证神，以求最终与神合一，实现解脱；后者则注重爱，主张通过热恋式的情感去亲证大我，以实现解脱。不过，感知派诗人大多更关注现实生活，面对不公平的社会现实，他们称颂大神的聚合能力和变革能力，并发出呼吁，希冀世人能早日觉醒，皈依无形神，革新世界。与有形派诗人相比，无形派诗人的印度教情节都比较淡，"虔爱派"诗人甚至主要是伊斯兰教信徒，不少人本身就是苏非大师或信徒。所以，他们的诗歌中不仅充满对无形神的虔信之情，还具有强烈的社会性，其中反对宗教民族主义、倡导人道主义、提倡平等宽容精神的倾向尤为明显。

一、感知派虔诚文学

"感知修行"[①]是商羯罗提出来的，他认为无形梵和证悟（无形梵）是最高追求。因此，从历史角度看，感知梵就是虔诚，证悟和亲证梵就是感知梵，就是对唯一实在的崇敬和膜拜。对中世纪无形派诗人而言，这种"感知"是内在的，是自然产生的，是不需要其他任何修行方式或仪式相辅助的。也就是说，这种"感知"是直觉的，是修行者自觉自然实现的，不依其他任何外力和意念。实际上，印度语的"感知"一词有两层意思，一是知识、学识，二是知觉、感觉、认识。商羯罗更为注重知识、学识层面，其"感知梵"的过程偏于理性、智慧，

---

① Jnanmarg，该词由 Jnan 和 Marg 两部分组成，前者意为知识、知觉、认识、理解，后者意为道路、方向、方法；组成合成词后在此意为基于感知最高存在梵的一种修行方式或修行派别。

认为智慧和知识是感知梵所必不可少的，是必要条件。中世纪的"感知派"诗人则不同，他们更强调经验和直觉，认为直觉是最重要的，它来源于生活和社会实践，因而感知到的梵也就更为真实，更为可信。中世纪的绝大多数感知派诗人出身贫贱，没有受过什么教育，他们的知识主要来源于生活实践，而非当时的"正规"教育。这也是他们在感知梵的同时非常注重社会生活和社会现实的重要原因，是他们经常使用的"凭经验说话"的原因所在。

> 《布兰》与《古兰》，①
>
> 不过是空谈，
>
> 因我已揭幕仔细看。
>
> 格比尔达斯说话凭经验，
>
> 深知其中一切皆谎言。②

显然，印度教的"往世书"和伊斯兰教的《古兰经》是绝大多数一般神灵信仰者的圣典，与感知派诗人的无形信仰是相对立的，是诗人格比尔达斯所反对的。因此，诗人从现实生活入手，检验其真实性和实用性，结论可想而知。这实际上也是诗人对有形信仰的批判。此外，在强调社会生活经验的同时，诗人格比尔达斯在这里还提出了另一个问题，即教派问题和民族问题。诗人面对的主要有两大宗教即印度教和伊斯兰教，以及相应的两大民族即印度教民族和伊斯兰教民族，这两大教派和民族在当时无疑是对立的，甚至是水火不容的。诗人胸怀人类宗教和人类主义理想，他不依从于某个从狭隘的教派主义和民

---

① 《布兰》即印度教经典"往世书"，分大小两类，各十八部，通常所属的"十八部往世书"指的是十八部大"往世书"；《古兰》即伊斯兰教经典《古兰经》。

② 刘安武：《印度印地语文学史》，北京：人民文学出版社，1987年版，第67页。

族主义，也不只是简单地中立，而是超越教派和民族之上，指出了正确之道，希望人们抛弃狭隘观点，实现某种大同的无形神信仰和无教派无民族区分的理想。

在感知派诗人那里，神是无形无品的，是不宜且不能描述和名状的，但在自己的虔诚诗歌中他们又给予神以各种称呼和称号，如"罗摩（Ram）""真主（Huda）""安拉（Rahim）""梵（Brahman）"等：

> 石头和石子，砌成清真寺，
> 阿訇寺里叫，真主岂聋了？
> 阿訇啊阿訇，真主耳不聋，
> 他就在你心，内心去寻踪。[1]

在格比尔达斯看来，这里的真主和一般信仰者所理解的真主是不同的。在诗人这里，真主是无形的，是无处不在的，他不仅存在于清真寺中，还存在于万有之中，更存在于人的内心，时刻与信仰者待在一起。而且，这个真主不是伊斯兰教信仰者穆斯林民众专有的，他是属于所有信仰者的，不分教派不分民族不分人种。也就是说，这里的"真主"只是一个称号，没有教派或民族之分别。实际上，感知派诗人虽然都是无形梵的追随者，但他们大多相信名号崇拜，认为基于无形标识的各类名号是真实存在的，是没有教派、民族区别的[2]，是不同于一般宗教徒心中的神的称号的。这也是感知派诗人没有教派意识和种族偏见的表现之一，是他们反对狭隘的民族主义、主张宗教宽容的表现之一。对他们来说，神灵只有一个，他是万能的，是超越宗教和民

---

① 刘安武：《印度印地语文学史》，北京：人民文学出版社，1987年版，第65页。

② 很明显，在宗教信徒那里，Ram 和 Brahm 是印度教的神灵，而 Huda 和 Rahim 是伊斯兰教真主的称号。

族的，是人类共有的。因此，感知派诗人时刻专注于神灵，时刻追求神灵，他们看到了别人看不到的东西：

> 哎，修士们，我欺蒙过谁？
> 有形中存在无形，无形中包含有形，
> 我们唯有时刻追随他。
> 他无生无灭，隐不可见，不可名状，
> 他无形无踪不可描述，住于人体，住于宇宙，
> 住于一切之中，无始无终。
> 格比尔达斯说，他超越一切。①

这就是感知派诗人日常感知的神灵。对诗人来说，这一神灵是直观获得的，是现实中固有的，是真实，是存在。

感知派诗人积极倡导无形信仰，认为神是无形无品的，是不可描述不可归类的；但正如上述所引诗歌中出现的"真主"一样，诗人们在经验世界里并不拒绝神灵的"有形出现"，他们对神的爱和虔信并不总是抽象的，更不是不可捉摸的，当他们涉及具体事例具体崇拜时，他们所感所崇拜的神灵会立即具体和感性起来，成为有形的罗摩或黑天等。当然，他们的出发点并非宣传有形神，并非违背自己的信仰，而是借用具体的神灵来说明无形信仰的优点，如无形信仰不会产生宗教冲突，无形信仰没有民族、人种差别，等等。实际上，感知派诗人希望通过这种借用使人类得以发展，"使人类距离真理更近，使慈悲、爱、善等成为人类心中共有的财富"②，从而使有形神罗摩或黑天不再有

---

① 维·拉·贾格纳坦：《印地语言文学史》M.H.D-6，新德里，2001年印地文版，第25页。说明：以下凡引用印地文书籍，皆不给出外文注释。

② 同上，第24页。

存在的必要。

由此，我们可以认为，在感知派诗人那里，最高实体即他们所感知所崇拜的无形梵具有这样几个特点：首先，这个梵住于万有之中，他洞察世间一切；其次，这个梵无形无品、不可见，但他又并非不可"见"；再次，这个梵是感知的对象，用爱可以获得；最后，这个梵是全人类的，他超越宗教，具有团结一切力量的能力，具有建立一个没有差别的公平社会的能力。

大多数感知派虔诚诗人如格比尔达斯、赖达斯[1]、森那、比巴等均出身首陀罗种姓，了解下层人民的疾苦。因此，从某种角度说，第四个特点最受他们重视。对他们来说，虔敬神灵、追求解脱并不是最终目的，倡导平等、实现社会和解和统一才是现实目标。在诗歌中，他们不仅毫不讳言自己的出身问题，而且大声否认既定的不公平社会秩序：

> 精卵母体相会合，
> 五行之身从此活。
> 人类都是同处生，
> 哪分婆罗门、刹帝利和首陀罗？[2]

他们十分鲜明地表达了自己的观点，抨击了社会的不公。

他们以自身知识和社会经历感知认识神灵，认为神首先是公平的，是超越宗教超越族群的；同时，他们坚信，他们所感知到的神是绝对真理，是高于一般人所礼拜的有形神的，是有能力为崇拜者解决困难

---

[1] 也作勒维达斯，参见刘安武：《印度印地语文学史》，北京：人民文学出版社，1987年版，第55页。

[2] 同上，第65页。

的。因之，他们深深地依恋和虔敬这一无形神，从肉体和心灵两方面礼拜这一无形神，甚至不惜奉献自己。无疑，他们感知神的行为具有很强的社会现实意义，他们实际上是希望自己虔敬的神灵能拯救自己，拯救社会，拯救人类。

就具体个人而言，下列感知派诗人较有影响。

1. 纳姆德瓦。

纳姆德瓦是较早的一位感知派圣徒，相传为13世纪人。据说他出身于印度教首陀罗裁缝家庭，但不喜父业，自幼便随修行者修行，后来用马拉提语、印地语等语言创作虔诚诗歌，颂扬无形神灵，希冀早日实现个人和社会的梵我合一理想。值得一提的是，虽然不喜欢裁缝这个祖传职业，他的诗歌中却经常出现尺子、剪刀、针和线等制衣用具，这使他的诗歌不仅通俗易懂，而且颇具感染力。详见本书第九章第五节。

2. 格比尔达斯。

相传格比尔达斯生于1456年，卒于1575年。据说他是印度教婆罗门寡妇所生，但生下后被弃，为一对叫作尼卢和尼玛的首陀罗织布工夫妇所收养。他崇拜印度教大师罗摩南陀，并自称是他的学生。本书第三章有专论，此不赘言。

3. 莱达斯。

莱达斯是15世纪人，据说是格比尔达斯的同时代人，可能生于首陀罗皮匠家庭，生平不详。著名女诗人米拉巴伊在诗中称他为师尊，可能双方确实存在师徒关系。但他是无形感知派诗人，而米拉巴伊是有形黑天派诗人，其师徒名分似不妥。赖达斯反对社会不公，反对印度教种不平等；他在诗中自称鞋匠，倡导社会公平，伸张正义，对各种祭祀仪式、宗教仪轨、偶像崇拜、圣地朝觐等持强烈的批判态度。他创作了不少诗歌，锡克教圣典《阿迪·格兰特》收有他的作品。在作品中，他歌颂无形神灵，主张对神温顺虔敬，并要有献身精神。对此，本书第六章有专论。

4. 那纳克。

那纳克为锡克教首任祖师，生于1469年，卒于1538年。他创立了锡克教，但前期锡克教并没有脱离印度教，中世纪时特别是那纳克在世时期的锡克教思潮仍被列为虔诚流派之一。

5. 达杜·德雅尔。

达杜·德雅尔（Dadudayal）1601年生于古吉拉特的阿哈默达巴德，1660年卒于拉贾斯坦的纳拉那村，生卒年也有1544~1603年等说法，可能都不准确。他也出身于首陀罗种姓，弹棉花世家。他创建了以自己名字命名的达杜教派，有很多追随者。他受格比尔达斯的影响较大，但斗争意识和战斗精神却不如格比尔达斯。在诗歌中，达杜同样表达了对无形神的无限向往和虔敬，他认为"现世是虚假的"，坚信"神无处不在"，强调师尊在修行过程中的重要性。不过，虽然身为无形感知派诗人，达杜·德雅尔并不认为有形和无形有什么冲突，也不强调感知派和虔爱派的不同，他承认有形崇拜的合理性，也主张用虔爱去感知神灵。说他是一个调和大师不为过。达杜的创作语言也同样具有调和意味，他主要用印地语（拉贾斯坦方言）创作，但古吉拉提语、信德语、旁遮普语和波斯语等语言的词汇在他的诗歌中也随处可见。

6. 松德尔达斯。

松德尔达斯（Sundardas，1596~1689，一说1653~1746年）生于拉贾斯坦斋普尔附近。松德尔达斯是达杜·德雅尔的学生和追随者，酷爱旅游，并在旅游中修行和宣传师尊达杜·德雅尔的思想。据说他写有42部诗集，最有名的是《松德尔泣歌》。感知派诗人多来自下层，没受到过什么教育，因此感知派诗歌具有内容平实朴素和语言粗糙不雅的双重特点。不过，松德尔达斯是个例外，他精于语言修辞和诗歌韵律，逻辑思辨能力也很强，加之到处巡游见多识广，他的诗歌不仅语言规范、修辞到位、逻辑性强，而且笔调幽默，具有很强的说服力。这在感知派诗人中极为少有。

7. 穆勒格达斯。

穆勒格达斯（Mulkadas，1631~1739年）是阿拉哈巴德人，印度教徒，师从不详。他是位多产的诗人，用印地语的阿沃提和伯勒杰两种方言创作，也使用阿拉伯语和波斯语词汇，语言组织能力较强。他的诗歌具有较强的叙事性，亲证大梵和遁世修行是主旋律，常以各种民间故事和传说作为例证，劝诫世人制欲，宣讲虔信大神的善果。在诗歌中，和其他感知派诗人一样，穆勒格达斯没有宗教偏见，对印度教徒和穆斯林一视同仁，具有宽广的胸怀。此外，虽然宣传无形梵，倡导对无形梵的顶礼和虔信，但他好像也并不反对有形梵，甚至还写有与印度教大神化身和功行相关的诗歌。

二、虔爱派虔诚文学

从某种意义上说，无形虔爱派虔诚诗人都是苏非信徒，他们大多信仰伊斯兰教，虔爱派虔诚文学因之常被称为苏非派文学或苏非文学。不过，很多虔爱派诗人或者说苏非派诗人并非"纯粹"的伊斯兰教信徒，他们的祖上、祖辈或父辈原本是印度教徒，后来才改宗伊斯兰教；因而就家庭传统而言，他们所受到的印度教影响往往很深，加之与印度教徒混居，他们对印度教并不排斥。所以，与无形感知派诗人一样，虔爱派诗人没有宗教偏见，也没有民族歧视，他们同样超越了当时的两大宗教和两大族群，站在人类宗教的高度看待神和社会，倡导人道主义，强调人类之爱。

对无形虔爱派诗人来说，人类灵魂深处的"密码"是一样的，这就是爱。这一密码一旦被触及被感知，人们就会抛却外在的诸如宗教信仰、民族归属等各种附加标识，转而内省，并感知、亲证世界本源，即绝对存在——无形神。在亲证这一无形神的过程中，人们不需要任何外在的诸如印度教或伊斯兰教乃至族群或人种方面的帮助，更不需要财力或武力等援手。实际上，这种种外力反而是阻力，是大我无形神和小我人合一的强大屏障，是需要努力排除和抛弃的。当然，这种亲证也不是凭空就可以实现的，它需要亲证者的不懈努力和毫无私心的虔爱：努力将人道美德和自己融于一体，不执着某一教派、某一观点，不贪恋某一民族、某一集团。一句话，抛却狭隘，超越世俗；虔爱是指对神虔敬迷爱，达到身心合一，执着于绝对真理无形神。这在一向关注传统、重视外在的宗教仪理仪轨的中世纪印度社会，无疑具有不同一般的积极意义。

概而论之，无形虔爱派诗人及其创作具有五个明显的特点：第一，注重个人修行，注重内心世界，强调用心、用言语、用行动为神服务；第二，在注重个人修行和虔爱神灵的同时，主张用爱影响世人，关注世人；第三，在热恋无形神的同时，诗人们也不反对尘世生活，也关注和依恋尘世；第四，追求共同的人类价值，不囿于教派和族群的局限；第五，视爱为生活的根本，认为爱是一切所出和一切所入，但也不反对无形感知派诗人的知识、经验感知道路。

需要指出的是，这里的苏非诗人不等同于中世纪印度的苏非大师或苏非修行者，后者是宗教家或哲学家，是伊斯兰教苏非教派的坚定支持者，是伊斯兰教教义的传播者和维护者。对他们来说，其他宗教的信仰者是异教徒，是异己者，是需要改变和教化的对象。而且，从某种程度上说，印度的苏非派大师或修行者是印度德里苏丹国及其继任者莫卧儿王朝的统治者的伊斯兰化所征服土地的"助手"，由于他们的活动，不少印度教信徒改宗，转而皈依了伊斯兰教。苏非诗人则不同，他们不结社，不分派，没有教化民众的任务，更不会"劝降"其他宗教信徒。他们不仅不强调自己的伊斯兰教信徒身份，甚至抛开这一身份，全身心投入无形神信仰之大潮中，并以人道主义为至上法则，等同看待印度教徒和穆斯林，关注他们的世俗生活和精神净化，为所有人祈福。正是由于这类"反常"表现，正统伊斯兰教学者和信徒、苏非派修行者，以及伊斯兰教统治者等视他们为异己者和异教徒，对他们横加指责。

具体说来，苏非诗人不承认宗教法则，不反对多条道路原则，认为印度教的"吠陀"和"往世书"和伊斯兰教的《古兰经》一样，都能使人获得幸福。他们认为，人类是造物主的顶峰之作，人类身上有神的因素和所有，因此人和神应该是相同不异的，而且，人唯有与神合一才能获得永恒的幸福，实现至上完满。

> 世人与真主之间，
>
> 不存在任何距离，
>
> 他如此可敬可亲，
>
> 人一刻离不开他。①

这是苏非学者萨杰尔·斯尔玛斯特的著名诗句。诗中的真主和世人的关系几近可以替代印度教传统中大梵与小我之间的关系。

显然，苏非诗人们的这一认识和印度教的"梵我同一"和"梵我合一"有异曲同工之妙，他们也因之接受印度教的"不二论"和"纯粹不二论"等学说，赞同和平、非暴力等印度传统特色。也正是凭借这种认识，他们才总结出了"爱"的哲理，认为爱是一切之基础，是物质生活和精神活动的基础，是人神联络的基础，是人实现人神合一

---

① 唐孟生：《印度苏非派及其历史作用》，北京：经济日报出版社，2002年版，第285页。

即实现完满的必要和充分条件。

无形虔爱派诗人即苏非派诗人在自己的创作中贯彻了上述理念。他们在自己的作品中，不仅拒绝表现印度教和伊斯兰教之间的教派冲突和两个种族之间的矛盾，还努力修补这一裂痕，使人们趋向一个没有宗派、种族之别的无形神灵，希冀人们虔爱同一个神灵，从而实现个人乃至人类的完满。

与无形感知派诗人强调知识感知和经验感知类似，无形虔爱派即苏非诗人们强调爱的作用，强调通过爱去感知无形神从而获得至上境界的必要性。所以，绝大多数苏非诗歌所表现的主题与爱相关，爱情是他们诗歌的生命。印地语文学理论家拉姆·金德尔·修格尔把印度文学传统中的男女之爱总结为四类：第一，大史诗《罗摩衍那》表现的罗摩—悉多式的爱情，这类爱情发生在男女双方结婚以后，并在逆境中得以发展和升华；第二，结婚之前的爱情，这类爱情的男女主人公多在树林、河边等地相遇，然后双双坠入爱河，最终结婚；第三，王室后宫、御花园内的爱情，这类爱情多伴随着后宫嫔妃们的相互猜疑妒忌和小丑弄臣的调侃而发展，最终在国王的让步屈服中收场；第四，未谋面就产生的爱情，这类爱情多发生在主人公听说对方的品貌、看到对方的画像、梦到与对方相爱等之后，一方为另一方所吸引或双方相互吸引，其后一方或双方历尽艰辛，寻求真爱，最终如愿以偿，有情人终成眷属。[1]对比苏非诗人的作品可以发现，他们所表现的爱情属于第四种，即未曾谋面一方对另一方或双方就产生刻骨铭心的爱情，且欲罢不能，双方非结合不可。这从最为著名的苏非诗人贾耶西的代表作《伯德马沃德》（即《莲花公主传奇》）中可见一斑：男主人公国王宝军英俊潇洒，女主人公莲花公主倾国倾城。宝军从一只鹦鹉口中

---

[1] 参见维·拉·贾格纳坦：《印地语言文学史》M.H.D-6，新德里，2001年印地文版，第47页。

得知莲花公主是位绝世佳人，迷恋至狂，以致抛弃发妻，丢下家国，奔赴狮子国。此后他经历艰难困苦，最终得以和莲花公主结婚。这还不是故事的结尾，回国后，莲花公主的绝色美貌给宝军招来种种磨难，先是被力量更为强大的德里伊斯兰皇帝阿拉乌丁所捉，后是和邻国作战，直至战死。莲花公主先设计从阿拉乌丁手里救出了夫君，后在宝军战死后自焚殉夫，两人由此永远融为一体。

爱有多种，有君臣之爱、有父子母子父女母女之爱、有师徒之爱、有夫妻两性之爱、有朋友之爱、有常人正常交往之爱，等等，但印度传统认为，两性之爱最为炽烈。因此，在比喻人神之爱时，诗人们常以两性之爱视之，无形虔爱派诗人尊重和遵循了这一传统。在长诗《莲花公主传奇》的结尾部分，诗人加耶西进一步阐明了诗歌的深层含义：宝军代表灵魂，是人、小我的指代，莲花公主代表神明，是神、大我的指代；双方之间的爱情即是人神之爱，宝军对莲花公主的热恋是人对神的自然依附属性；双方的结婚直至完全结合是大我和小我合一的象征，是完满的实现；其间的种种磨难是人追求与神合一的必然过程。

无形虔爱派诗人对印度传统的继承还表现在诗歌题材的选取方面。诗人们熟悉现世生活，关心关注下层人民的疾苦，因而也熟悉民间故事、神话传说，以及奇人异事等，这些都是他们的创作题材。可以说，绝大多数苏非文学中的故事、历史等都源于印度教传统，除贾耶西的《莲花公主传奇》外，还有其他诗人的爱情传奇长诗。关于这方面内容，可参见本书第九章。

对印度传统的继承还表现在体裁方面。中世纪的印度文学受到两大史诗《罗摩衍那》和《摩诃婆罗多》在体裁、题材、艺术手法等方面的全面影响，叙事长诗这一体裁在古代印度长盛不衰。很多苏非诗人也受到了这一传统的影响，创作叙事长诗，以表现人神之爱。这与无形感知派诗人通常以短诗（非叙事长诗）表现人神之爱有所不同。

当然，苏非诗人毕竟不是印度教传统的完全继承者，他们毕竟拥有伊斯兰教背景，他们身上不可能没有伊斯兰教因素。因而他们的创作肯定也会受到伊斯兰教文化的影响，这主要表现在这样几个方面：其一，在印度教传统的人神"恋爱"关系中，神一般被表示为男性，人一般以女性自居，即如黑天和罗陀之恋爱关系是这方面的典型；不仅在古代如此，在印度近现代文学中也是如此，如罗宾德拉纳特·泰戈尔、杰辛格尔·伯勒萨德等诗人的作品中就经常见到这类比喻。伊斯兰教苏非派传统则有所不同，在苏非宗教家那里，神一般被表示为女性，人则成为男性的指代。苏非诗人基本上继承了这一伊斯兰传统，正如贾耶西在《莲花公主传奇》的结尾部分所交代的那样：国王宝军是小我的代表，是神的追求者和热恋者，而莲花公主是大我的代表，是被追求者。其二，在苏非诗人的作品中，男主人公与同类印度教传统文学作品中的男主人公在表达爱的程度方面有所不同。在表现神人关系的印度教文学作品中，男主人公往往没有女主人公大胆执着，而在《莲花公主传奇》等苏非诗人的作品中，男主人公的爱之强烈是印度文学中空前的，其为了获得爱情而做出的种种努力也是空前的，即如宝军国王，为了得到莲花公主的爱，他不惜一切代价，包括牺牲自己的生命。再如《鹿女公主传奇》和《摩杜马尔蒂》中的两位男主人公，为了得到女主人公的爱情，他们费尽了周折，受尽了磨难。也就是说，在苏非诗人的作品中，小我的代表男主人公更加外向，追求爱情即与神合一的冲劲更足，所付出的努力也更多。这也是可以理解的，人在追求解脱的过程中自然需要付出更大的代价，这是追求者的身份所注定的。不过，在这类长诗中，作为大我指代的女主人公却和印度传统中的女主人公相类似，如《莲花公主传奇》中的莲花公主、《鹿女公主传奇》中的鹿女公主和《摩杜马尔蒂》中的摩杜马尔蒂等，她们对所爱之人表现出的恋情不亚于男主人公，像罗陀不顾一切奔向黑天一样，她们在关键时刻表现出了非凡的勇气，这便是莲花公主和鹿女公主自焚，以及摩杜马尔蒂由鸟成人的动因。因此，苏非文学中的神人之恋较之印度教传统的同类作品中的同类恋情更为强烈，相恋双方的感情也更有感染力。第三，印度教传统中表现神人关系的作品以女主人公的名字命名的很少，但苏非诗人的这类叙事长诗却往往以女主人的名字命名，《莲花公主传奇》《鹿女公主传奇》《摩杜马尔蒂》均如此。这也与其女主人公代表大我有密切关系，和印度教传统中以大我指代者命名作品（如《罗摩衍那》《罗摩传》《罗摩功行录》等）有异曲同工之处。

就个人而言，下列苏非诗人即无形虔爱派诗人较有影响。

1. 贾耶西。

生于1493年，卒于1542年，全名叫马立克·默罕默德·贾耶西，据说出生在印度北方邦的杰伊斯村，由此得名。是位多产作家，据说他的作品有21种之多，但现仅发现4种：《最后的话》《字母表诗》《女房东二十二首》和《莲花公主传奇》。《莲花公主传奇》是他本人的代表作，也是整个无形虔爱派文学的代表作。本书第九章第三节有专论，此不赘言。

2. 毛拉·达乌德。

生平不详，但早于加耶西。他的长诗《月女传奇》被认为是苏非爱情长诗的开创之作，作品承袭印度教文学传统，描写了罗尔和旃达之间的爱情故事，寓意小我和大我之间的不可分割的依附关系。参见本书第九章第二节。

3. 库图本。

据说和加耶西生于同一年，即1493年，卒年及生平不详。有长诗《鹿女公主传奇》传世，作品基于一个民间传说，讲述了月峰城王子和鹿女公主的爱情故事。其情节见本书第九章第一节。

4. 门秦。

16世纪苏非诗人，生平不详。叙事长诗《摩杜马尔蒂》是他的传世之作。素材来自民间传说，描写了格内萨尔国的王子摩诺赫尔和摩哈勒斯国的公主摩杜马尔蒂之间的爱情故事，两人由不知到相知，由相知到相爱，由相爱到离别（摩杜马尔蒂受诅咒变成鸟），由离别到重逢到结合，其间曲曲折折，跌宕起伏，扣人心弦。印度文学史上有不止一部《摩杜马尔蒂》，但这部确定是门秦所写，而且成于贾耶西创作出《莲花公主传奇》5年之后，贾耶西本人在自己的其他作品中曾提到过这部长诗。《摩杜马尔蒂》虽然比《莲花公主传奇》逊色不少，但优于《鹿女公主传奇》，文论家颇有好评。

5. 乌斯满。

受加耶西影响较大的苏非诗人，1613年创作长诗《吉德拉沃丽》，作品没有历史史实依据，为作者杜撰想象而成；描写的是尼泊尔国王子苏江和另一国公主吉德拉沃丽之间的爱情故事，有贾耶西之诗风，是一部比较优秀的苏非叙事长诗。

第四节　有形派虔诚文学

✦

如前文所述，虔诚文学分"无形""有形"两大派别，无形派又分为无形感知派和无形虔爱派；有形派又分湿婆派和毗湿奴派，后者又有罗摩派和黑天派之分。湿婆派虔诚文学作品主要体现在南印度的泰米尔语、马拉雅拉姆语等语言中，大多创作于公元6~10世纪之间；而北印度的印地语、乌尔都语等语言文学中几乎没有出现过湿婆派虔诚文学作品。也就是说，北印度有形派虔诚文学主要指毗湿奴派的罗摩派虔诚文学和黑天派虔诚文学。

很简单，毗湿奴大神是毗湿奴派虔诚文学中的主角，他是信徒们顶礼膜拜的对象，是虔诚诗人们礼赞和虔敬的最高实体。在作品中，诗人们从各个方面各个角度对他歌功颂德，希冀能得到他的眷顾，成为他施恩的幸运者，直至与他合一，实现最终解脱的最高理想。不过，虔诚诗人们歌颂的并非高高在上的绝对存在毗湿奴，不是在"极致仙境"中的那个不生不灭不苦不乐的万有操纵者，而是其化身，是其下降到人间的与人有所接触的"凡体"，是人可以接近可以依靠的对象。所以，在作品中，诗人们在描述唱颂其固有神性的同时，把更多的注意力集中在了他的世俗性一面。

作为印度教最重要的神明之一，毗湿奴的身世可以追溯到公元前1500年前后至公元前1000年前后的吠陀时代。他在《梨俱吠陀》里已经出现，并受到歌颂，其中有专门献给他的颂诗；《娑摩吠陀》《耶柔吠陀》和《阿闼婆吠陀》也都提到了他的大名。稍后的"梵书"和"奥义书"中也有关于他的记载，前者甚至把他等同于祭祀。在"祭祀万能"的时代，这一"等同"意义重大。不过，在很长一段时间里，毗湿奴的形象一直很模糊，其地位也没有最终确立。这种情况在史诗往世书时代得到了彻底改变。在两大史诗《罗摩衍那》《摩诃婆罗多》和三十六部大小"往世书"中，毗湿奴的形象和地位完全固定了下来，其三大神之一的地位和众多化身形象得以确立，并受到越来越多信众的顶礼膜拜。中世纪有形派虔诚文学礼拜和歌颂的就是他的凡世化身。

据《薄伽梵往世书》《毗湿奴往世书》等印度教经典记载，毗湿奴大神先后24次化身降世，"尽管我的灵魂不生不灭，我是一切众生之主，我依然依据自己的本性，凭借自己的幻力出生。一旦正法衰落，非法滋生蔓延，婆罗多子孙啊！我就创造自己。为了保护善人，为了铲除恶人，为了维护正法，我一次次降生。"[1]这是作者借大神之口说出的降世原因，这也是信徒为之动容并虔敬他的原因。不过，普遍承认且为信徒乐道的化身主要有10种，即化身为巨鱼、乌龟、野猪、人狮、侏儒、持斧罗摩、罗摩、黑天、佛陀和迦尔吉。

1. 巨鱼。

这一化身和世界上普遍存在的洪水传说相似：一次，摩奴到河里沐浴，一小鱼说水中大鱼太多，求他保护；摩奴救它回家，先放在瓦罐中喂养，但鱼长得飞快，摩奴先后把它放到大盘中、池塘中、湖泊

---

① 毗耶娑著、黄宝生译：《摩诃婆罗多——毗湿奴篇》，南京：译林出版社，1999年版，第125页。

中和恒河中。最后在不得不把它放入大海时，巨鱼预言7天后有大洪水，嘱他造船防患。7日后果然大雨滂沱，泽国万顷，万物灭顶。关键时刻巨鱼来临，救了摩奴。据印度教典籍载，摩奴就是目前世上众生的始祖。正由于毗湿奴化身巨鱼的救助，人类才得以繁衍至今。

2. 乌龟。

在天神和阿修罗交战中，天神失利，向毗湿奴求助，后者建议他们暂时休战并一起去搅乳海，搅出的甘露可以使他们更为强壮，从而最终战胜阿修罗。于是双方以曼陀罗山作搅棒，以蛇王婆苏吉为搅索；但曼陀罗山过于沉重，毗湿奴便化作乌龟潜入海中充当基座。结果搅海成功，甘露出现，众神饮后战胜了阿修罗。这一故事与世俗世界关系不大。

3. 野猪。

原初之时，大地沉在洪水之下，世界一片汪洋。为解救众生，毗湿奴化身为一头野猪自梵天鼻孔掉出，瞬间变成大象一般，并继续成长如山岳般庞大，此后他潜入海底，用巨牙把大地举出水面。众生从此得以生息繁衍。

4. 人狮。

阿修罗的金座王一度征服三界，横行无阻，连水神、火神和因陀罗神等也相继失势，扰乱了三界的秩序，但因得到梵天的天下无敌的恩惠，谁也奈何他不得。一日，金座王欲杀死与自己作对而信奉毗湿奴的儿子时，毗湿奴托形人狮出现，用仙杖杀死金座。秩序得以在三界恢复。

5. 侏儒。

阿修罗统帅伯力王一度赢得整个三界，使众神无家可归。众神之母向毗湿奴求救，后者允诺，并托生为一个侏儒降世。在一次大祭上，侏儒受到伯力王优待，并向他要求三步之地，后者同意。结果侏儒第一步量去了整个大地，第二步迈过了所有天上世界，第三步已无处落足。毗湿奴由此为众神夺回三界。

6. 持斧罗摩。

由于某刹帝利国王做事狂傲过甚，遭到大仙人极裕的诅咒：日后必有毗湿奴大神作为持斧罗摩生于大地，杀灭狂傲的刹帝利。毗湿奴应咒托身，先后21次消灭大地上的狂傲刹帝利。这一故事实际上反映了婆罗门和刹帝利两大上层种姓的争斗状况。

7. 罗摩。

十首罗刹罗婆那肆虐三界，率意攻伐，挑战诸神，荼毒生灵，使三界再无宁日。诸神屡战屡败，神王因陀罗也黯然失色，自身不保。此时毗湿奴又应请而出，化身为阿逾陀国十车王的四个儿子罗摩、婆罗多、罗什曼那和设睹卢耆那，以罗摩居首。罗摩带领罗什曼那和众神托身的猴兵并肩作战，大败罗刹大军，杀死罗婆那，恢复了三界的秩序。作为凡人的形象，罗摩成为人子、丈夫、兄长和国王的完美化身，是古代印度男权社会的楷模及救世主，信众不计其数。

8. 黑天。

阿修罗于众神大战失败后，在大地上生为邪恶的国王。这样的国王越来越多，大地母亲不堪重负，先后求助梵天和湿婆，两者无能为力，于是一起去求毗湿奴。毗湿奴答应，托生黑天降世，翦恶扬善，扫除不平事。

9. 佛陀。

从前某个时候，阿修罗在大战中打败众神，成为三界的主人。他们一心向善，奉"吠陀"等为圣典，遵守种姓职责，履行宗教达磨，大有完胜众神之势头。众神求毗湿奴相助，后者化身为佛陀，在世上宣传不合正道之法，引诱众阿修罗走入邪道。结果阿修罗中计，纷纷抛弃"吠陀"，背离正轨。众神随后战胜阿修罗，获得三界。显然，这是印度教徒在诬蔑佛教，并试图将佛教纳入印度教。

10. 迦尔吉。

毗湿奴的未来化身。《薄伽梵往世书》载，这个时代败象已现，已无人虔信神灵，已经接近终期；不久的将来，毗湿奴的重要化身迦尔吉将会莅临，他将破除败相，扫荡不公，使世界步入新的圆满时代。

从上述的十个化身可以看出，毗湿奴的主要任务是拯救众神，使众神在与魔军（阿修罗）的对峙中获胜，成为三界的主宰；他始终站在众神一边，为了众神，有时甚至不惜违背正义。不过，印度教徒们好像不在乎这些，只要是大神干的都是对的，是不能质疑的或不必质疑的。自然，由于不是一个化身，在顶礼膜拜的时候有个选择是正常的。那么，在这些化身中，信众们更倾向于哪一个或哪几个呢？乌龟、人狮、侏儒、巨鱼、野猪、佛陀、持斧罗摩和迦尔吉，这8个化身都没能成为人们的日常礼拜者。只有剩下的两个化身罗摩、黑天对印度教信众来说具有特殊意义：第一，他们都具有人的形象，而且是完美的人的形象。第二，他们的世俗人身份更符合一般人的审美倾向。第三，他们的品德是善的，是接近人又高于人的。也就是说，他们是可以成为世人的楷模和追求对象的。第四，他们的行为是符合印度教所说的达磨（法）的，因此他们是秩序的象征。第五，他们的传奇故事更具有娱乐性，能给人们带来巨大的精神愉悦。由此，信徒们选择他们是符合逻辑的，也是现实的。进而，他们成为中世纪虔诚大师们的礼拜对象、虔诚诗人们的歌颂主角和普通信徒们的至上神也是自然合理的。

一、黑天派虔诚文学

"黑天"最早见于《梨俱吠陀》，似为天帝因陀罗的对手，但更多时候用以指代黑色的动物，如羚羊或猛禽等，与神祇无关。"梵书""奥义书"中也有出现，"梵书"中的意思与《梨俱吠陀》中的相近，"奥义书"中的意思接近神祇，但也不是十分清楚。黑天作为真正神的形象出现，还要从大史诗《摩诃婆罗多》谈起。在这部大史诗中，作为神和作为人的黑天同时出现，形象、个性都很鲜明。这种神人共时的状况既是大神化身的标识，也是印度化身神话和传说的一大特色。

从黑天崇拜的发展脉络来看，史诗《摩诃婆罗多》及其重要组成部分《薄伽梵歌》应该起了某种先河作用。《摩诃婆罗多》中的黑天主要是一个政治谋士和外交家、军事家。他在俱卢族和般度族之间来回穿梭，希望化解两族矛盾，为般度族赢得权益。调解失败后，他帮助般度族积极备战，并使般度族赢得了战争的胜利。在《薄伽梵歌》中，他又一跃成为一位至高尊神，为毗湿奴的化身。他明确宣称自己是唯一尊神，充满了整个宇宙，无所不在，是人们皈依的绝对的神。他告诫信徒，要冥想他、认识他、接近他，才能获得解脱。显然，这种人性加神性的混合形象是黑天虔诚的前提，如果只有神性没有人性，他就会高高在上，离信徒太远，如果只有人性没有神性，他就失去了信众崇拜的基础。所以，黑天崇拜或称黑天虔诚自产生开始就显得十分成熟，此后的发展只是增加和丰富崇拜的内容罢了。

公元6~10世纪前后南印度毗湿奴教虔诚文学的发展对毗湿奴崇拜起到了推波助澜的作用，从而也就加强了黑天虔诚的厚重感，使黑天虔诚进一步为人接受。这期间出现的贝里雅尔瓦尔瓦尔的《圣言》、安妲尔的《提鲁巴瓦伊》和《纳奇亚尔圣言》等都属于黑天虔诚系列的抒情诗歌集，对后世的黑天崇拜产生了不小影响。在史诗《摩诃婆罗多》以后成书的《诃利世系》《薄伽梵往世书》《毗湿奴往世书》等在史诗和民间传说的基础上构建了更多更系统的黑天故事[①]，使黑天成为

[①] 其中包括黑天出生的故事、罗刹加害黑天反而被黑天夺命的故事、婴儿黑天淘气的故事、童年黑天降妖的故事、黑天征服因陀罗的故事、少年黑天和牧区女郎之间的爱情故事、黑天杀死刚沙及童护的故事，等等。其中很多故事是史诗《摩诃婆罗多》中所没有的。

家喻户晓的大神化身。可以想见，《薄伽梵往世书》第十篇的内容是多么及时和受信众欢迎，这部分内容和史诗中的内容美妙结合，使黑天崇拜更加灵活，内容更加多样。

中世纪的三位虔诚大师摩陀伐、瓦拉帕和耆坦亚对黑天虔诚及黑天派虔诚文学的形成和发展起到非常重要的作用，正是由于他们的宣导，黑天虔诚才能够在更大范围内获得生命，也才出现了后世的黑天派虔诚诗人。这三位大师都创立了各自的黑天虔诚团体，他们奉黑天为最高神灵，推崇黑天和罗陀的爱情，并把这一爱情升华为神人之恋，人神合一。这对广大教众产生了巨大的影响。

在这种种因素的综合影响下，中世纪出现了一大批黑天派虔诚诗人。

1. 胜天。

胜天（Jayadeva），12世纪人，孟加拉国王勒克什曼纳森纳的宫廷诗人。一般来讲，文学评论家习惯把胜天当作古典梵语文学时期最后一位重要的抒情诗人，把他的《牧童歌》视为古典梵语文学的最后一部优秀抒情长诗。这不无道理。不过，胜天是一位过渡期诗人，《牧童歌》使用的语言不仅仅是古典梵语。"《牧童歌》在诗歌形式上也有独创性。它的诗节分成吟诵的和歌唱的两类。吟诵的诗节运用古典梵语诗歌韵律，而歌唱的诗节（也就是歌词）运用阿波布朗舍俗语和新兴的方言诗歌韵律。"[1]公元10世纪前后，梵语文学开始式微，各地方语言文学逐渐兴起，胜天不使用纯梵语而使用混合语言创作更证明了这一点。可以说，他并非纯粹意义上的古典梵语诗人，是介于梵语和地方语言过渡时期的文学家。另外，其承前启后的作用是明显的。10世纪以降，帕克蒂运动逐渐发展到北印度，而后扩展到全印度的大部分

---

[1] 黄宝生文，季羡林主编：《印度古代文学史》，北京大学出版社，1991年版，第241页。

地区，孟加拉地区不可能不受到影响，胜天应该恰逢其时。从宫廷诗人的角度说，他创作以爱情为主题的《牧童歌》可以为王公贵族提供娱资，算是给自己食"皇粮"有了交代。但从诗歌内容、风格等方面解读，《牧童歌》和稍后的虔诚文学作品似没有多大差别，他本人无疑也是一个黑天的热烈崇拜者。因此，说胜天是印度北方一位早期的虔诚诗人也是有道理和有说服力的。仁者见仁，智者见智，印度的评论家在这方面也没有一致意见。我们根据自己判断，把他列入中世纪印度有形黑天派虔诚诗人之列。

《牧童歌》是一部抒情长诗，共分12章264节，以颂扬毗湿奴大神化身黑天为主旨，讲述了牧童黑天和牧区女罗陀的爱情故事。长诗每章各有章名，点明本章主要内容。第一章《快乐的黑天》，先说明全诗主题是颂扬毗湿奴大神的化身黑天和传诵他与牧区女郎罗陀的爱情，点明人神结合的可能和必要。接着进入正题，描写黑天在沃林达温森林中与牧女相互爱恋、调情的场面。第二章《无忧的黑天》，写因妒忌其他女郎离开黑天后的罗陀对黑天的想念和回忆，希望与黑天再次结合。第三章《迷乱的黑天》，写黑天对罗陀的回忆和对自己抛下罗陀行为的悔恨。第四章《欣慰的黑天》，写知道罗陀也在思念自己后黑天的心理状态。第五章《渴望的黑天》，写黑天渴望与罗陀重聚，期待着两人在叶木拿河岸边树林的约会。第六章《懒散的黑天》，写罗陀相思成疾，体力不支，不能赴会，盼望黑天前去相见。第七章《狡猾的黑天》，写黑天玩弄小花招，不仅没有主动去和罗陀约会，还通过幻象使罗陀眼前出现他与其他女郎一起欢娱的场景。第八章《惊诧的黑天》，写第二天黑天向罗陀认错，遭到罗陀指责，并被赶走。第九章《颓丧的黑天》，写被赶走后黑天的沮丧状态、牧女对罗陀的规劝，以及罗陀的悔意。第十章《机灵的黑天》，描写黑天当晚重返罗陀身边哄劝她的场景，他极力向罗陀示好，夸她美貌倾国倾城。第十一章《欢悦的黑天》，写得到原谅后黑天躺在花床上等候罗陀的快乐心情，同时罗陀也处于兴奋之中。第十二章《狂喜的黑天》，写两人终于正式重聚，共享男女之乐。①

从上述《牧童歌》的主要内容可以看出，胜天写的完全是世俗的少男少女的爱情故事，其中的妒忌、生气、耍小花招、伤心、悔恨，以及哄劝、等待直至最终相聚结合，等等，都是年轻人恋爱的惯常情节，都是人的日常感情和行为表现。作为一个英俊出众的少年男子，黑天有众多的追求者，同样优秀的罗陀自然希望黑天为自己独有，否则她就会使性子、发脾气：

> 黑天啊！你的心肯定比你的皮肤还要黑，
> 你怎么能欺骗一个受爱情之火煎熬的女子？
> 走吧，摩陀沃！走吧，盖瑟沃！别对我撒谎！
> 去找你的情人，黑天！他会解除你的忧伤！②

这种言语完全是常人的自然流露，没有丝毫做作。男主人公同样是个世俗常人，虽然和其他女郎嬉戏，但他最钟情的仍然是罗陀，于是拿出普通少男的看家本领：

> 你这双美妙的莲花脚能消除
> 爱情的痛苦，请放在我头上！
> 情火似骄阳，在我体内焚烧，
> 请用你的脚，踩灭它的光芒！③

---

① 据黄宝生文，季羡林主编：《印度古代文学史》，北京大学出版社，1991年版，第240页。
② 黄宝生译文，同上，第240~241页。
③ 黄宝生译文，同上，第241页。

为了平息恋人的嗔怒，黑天的赞美不仅是身体四肢、如约美貌，连她的脚也不放过！

这好像不是神明应有的样子。但这正是中世纪印度教有形黑天派虔诚诗人们的杰出所在。他们颂扬大神黑天的目的绝不仅仅是为了颂扬而颂扬，而是为了信仰而颂扬。他们知道，什么能打动人心，什么能深入人心，他们是在做人的工作。他们一方面通过常情来感动人；另一方面通过世俗之爱使神明世俗化，使之从高高在上的绝对位置降到世人触手可及的地上，从而使世人相信神明近在咫尺，可信可亲可敬。胜天在这方面先行了一步，为后世诗人做出了非常好的表率。

事实确实如此，《牧童歌》被后世视作优秀的虔诚文学作品的典范之作，在印度各地广泛流传，模仿作品层出不穷，甚至出现了一类专门赞颂黑天和罗陀爱情的"歌诗"体裁，胜天也因此获得了无上荣誉——"胜天是诗人中的皇帝，其他诗人都是诸侯；他的《牧童歌》辉映三界。"[1]

需要特别指出的是，大史诗《摩诃婆罗多》中并没有罗陀这一形象，被称为这部大史诗第十九章的《诃利世系》中、《薄伽梵往世书》中也没有这个形象。从某种程度说，是胜天创造了罗陀。史诗、往世书强调的是黑天神性的部分，而胜天使他世俗化了，使他更接近人了。罗陀形象便是这一世俗化过程的一个得心应手的工具。这也是中世纪有形派虔诚文学的一大特点之一。有了罗陀，黑天和世人之间的神人关系便有了更好的表达方式和沟通渠道，虔诚诗人也就有了更好的诠释神人关系的手段。

---

[1] 转引自黄宝生引文，季羡林主编：《印度古代文学史》，北京大学出版社，1991年版，第242页。

2. 维德亚伯迪。

维德亚伯迪（Vidyapati），十四五世纪人，相传于14世纪中叶生于比哈尔邦。他出身婆罗门种姓，是一个小国王的宫廷诗人。他写有《吉尔蒂颂歌》和《维德亚伯迪诗集》。前者是一部叙事长诗，是对自己所依附的王宫贵族们的事迹的渲染性记录和奉承性颂扬，有一定特色，但基本上属应景之作；后者是后人编订的一部抒情散文诗集，受到普遍欢迎，影响更大，他也因此获得"胜天第二"的美誉。《维德亚伯迪诗集》收入了近三百首诗歌，可能是诗人在青年时代的作品，内容都是关于黑天和罗陀的爱情的。这些诗彼此独立，相信诗人在创作时也没有一定定例和时间先后的顺序，但编订者作了顺序上的编排：罗陀是一位美貌少女，黑天是一个倜傥少男，两人相遇，一见钟情，结合纵欲；然后分手，相互思念，最后重聚，再享床笫之乐。

显然，维德亚伯迪直接继承了胜天的衣钵，他颂扬毗湿奴大神的化身黑天是虚，写黑天和罗陀之间的世俗爱情是实，意在表现情窦初开的少男少女的恋爱情怀：

> 面如莲花的罗陀浴毕走上岸，
>
> 看见黑天站在一边。
>
> 几位长者在身旁，
>
> 罗陀怎好将黑天细看？
>
> 她含羞地低下头。
>
> 女友啊，白玉似的罗陀真有主见，
>
> 她撇开众人向前走，
>
> 背地将珍珠项链来撕断，
>
> 声声叫着项链断了线。
>
> 众人弯下身去拾珍珠，

而她一旁把黑天来偷看。[①]

这首短诗把少女的心理描写得惟妙惟肖。

3. 米拉巴伊。

米拉巴伊（Mirabai，1503~1573），印度中世纪少有的女诗人和女圣徒，也是印地语文学史上第一位女诗人。她遭遇坎坷，生于一个小封建主家庭，但父母早亡。13岁时嫁给一个小封建王公，不久夫死，成为被印度传统社会视为污物的寡妇，遭到婆家虐待。后来返回娘家，与叔叔堂兄一起生活，但仍不幸福。印度传统社会是没有寡妇的生存空间的，寡妇的楷模是殉夫，称为"萨蒂"。不殉夫的寡妇显然是不洁的，是要遭受传统社会唾弃的。米拉巴伊的遭遇就是如此。不过，她是幸运的，她始终有一个精神依托，那就是黑天崇拜。关于她的信仰、著作等具体情况，见本书第七章。

4. 南德达斯。

南德达斯（Nandadas，1533~1586），生平不详，主要作品有《乐章五篇》和《黑蜂歌》，都取材于《薄伽梵往世书》。前者写黑天和牧女们的月夜嬉戏，后者写回到多门岛后黑天派使者到牧区看望牧区女、牧区女和使者之间的直接对话以及和黑天之间的间接对话。相比之下，《乐章五篇》的影响更大一些，作品与后世在民间上演的"黑天本事剧"有某种相似性。黑天本事剧是在黑天信仰流行地区经常上演的民间歌舞类戏剧，主要内容为：月夜，黑天的牧笛发出悠扬的声音，牧区众女（包括未嫁的、已嫁的、有孩子的，等等）闻声赶来，和黑天一起歌舞嬉戏。其间黑天突然消失，众女悲哀急寻，向林中的树木、花草、飞禽、走兽打听黑天的下落。就在大家手足无措、沮丧万分的

---

① 刘安武：《印度印地语文学史》，北京：人民文学出版社，1987年版，第44~45页。

时候，黑天现身，众女欢呼。全场再次舞动起来，通宵达旦。《薄伽梵往世书》中有这类内容，但不是十分详尽有趣。南德达斯在诗歌中将其具体化和人性化了，有一定的创新。也许正是由于有了《乐章五篇》等相关作品，后世才有了"黑天本事剧"的演出，双方之间的继承关系虽暂无定论，但肯定存在。

5. 勒斯康。

勒斯康（Raskhan，1548~1628），德里人，出身王族。他身为穆斯林，但对黑天故事有很大兴趣，并以之为题材创作了《爱的花园》和《理智的勒斯康》两部作品，都是抒情诗。《爱的花园》包括52首四行诗，作品从黑天信仰的角度分析了爱的意义、作用，指出了黑天之爱背后的宗教哲学意义和世俗意义及其影响。全诗带有明显的论述性色彩，相对客观，看不出作者本人对黑天化身的态度。《理智的勒斯康》包括129首诗，描写了黑天和牧区女之间的嬉戏、歌舞场面，与前一部作品不同，这些诗歌之间前后逻辑性不强，具有明显的抒情色彩。

6. 纳洛德默达斯。

纳洛德默达斯（Narottamdas），16世纪诗人，生平不详。长诗《苏达玛传》是他的传世之作。作品和当时的绝大多数黑天题材的作品不同，不是抒情诗，是叙事长诗。长诗同样取材于《薄伽梵往世书》，描写黑天儿时好友苏达玛远赴多门岛探望黑天的故事。苏达玛家贫，妻子要他去向在多门岛当国王的黑天求助。无奈，苏达玛只好顺从。见到黑天以后，黑天奉他为上宾，不仅吃了苏达玛带给他的米粉团子，还让妻子鲁格米尼为他打扇。苏达玛感到心满意足，没有向黑天要求任何东西就回家了。回家后他却发现一切都变了，家里的草房没了，代之而起的是宽大的贵族式府邸，还有成群奴仆侍奉左右。相比其他黑天题材的作品，这是一个"异端"，但其创作目的与其他作品是完全一致的——歌颂黑天，颂扬其与信徒的亲密关系和乐于帮助信徒的美德。从某种程度上说，这部作品更有意义，一是达到了颂扬黑天的目的，二是赞美了苏达玛式的善良信徒，三是避免了后文将要提及的人神性爱问题。只可惜此类作品实在少之又少。

这里有个问题值得提出：自胜天的《牧童歌》开始，描写黑天和罗陀爱情的诗歌大多涉及性，即黑天和罗陀两个人之间甚至黑天和众多牧区女子之间发生的性行为问题。长期以来，学者们习惯否认这种现象。但这是一种存在，而且多数印度学者并不排斥这种现象，简单否定也许不是一个好办法。我们认为，从本质上讲，这不是一个简单的社会道德问题，而是一个与宗教信仰紧密相关的问题，必须从宗教教义上寻求解释。印度传统中的"梵我同一"论和"梵我合一"论早已深入人心，前者意指神我同质论，即小我和大我在本质上是不二的，是一致的，是可以合一的；后者意指小我解脱论，即小我的最终理想是解脱，而解脱的状态就是实现"梵我合一"。因之，小我和大我同一是恒定的事实，而小我和大我合一只是时间的问题，不管现在相距多远，将来总要合一的，这也是恒定的真理。但在现实中如何标识这种合一后的理想状态呢？于是在视觉领域便有了湿婆神和雪山神女的阴阳合体像，以及寺庙内外的众多阴阳合体雕塑。更有甚者，不少地方的庙宇上甚至出现了男女交媾、同性欢爱、人兽交合乃至群体交欢的形象，图文并茂的《爱经》(或称《欲经》)也成了公开传阅的普通图书。文字领域的情况如何呢？不难发现，圣书经典上有关各大神特别是湿婆大神结婚的场面比比皆是，其中婚后夫妻共享床笫欢娱的场面多有渲染，其间的"露骨"描写、"低级趣味"描写不在少数。问题是，印度教大师们为什么要做这类可能招致诟骂的工作呢？我们认为，其目的就在于直白地告诉信众"合一"的极乐情状，并以此宣告于世，人一旦与神合一，就会将现实中的瞬间幸福变为永恒。当然，这种纯朴自然的动机不排除被滥用的可能。所以，黑天和罗陀以及黑天和其他少女之间性关系的露骨描写，实际上也是虔诚诗人向世人（主要是信徒）透露人神合一的理想境界的手段，而非低级趣味。

二、罗摩派虔诚文学

如果说，黑天的形象集神性与人性于一体，是一个富于哲学思辨色彩的人物形象，在一定意义上是印度文化的一个象征，代表着印度文化的根，那么，罗摩形象也具有同样深刻的指代意义，他也是印度文化的一个象征，代表着印度文化的一个根。罗摩在很大意义上代表着达磨（法），具有重要的社会内涵。我们很难想象，没有罗摩信仰的印度社会文化会是什么样子；也可以说，如果没有了罗摩信仰，印度的社会文化肯定会是另外一个样子。

不过，较之黑天故事，罗摩故事似乎出现得较晚。有印度学者认为，罗摩故事出现在公元前6世纪前后的佛教兴起之时，但这只是一种推测。事实是，在印度，《罗摩衍那》被誉为"最初的诗"，其作者蚁垤仙人被誉为"最初的诗人"，这从另一方面印证了史诗的初始地位。罗摩故事的"书面版"形成比较晚，而民间传说版产生的时间则无法推测。根据古代的文献资料，尤其是佛教方面的资料，我们甚至可以认为，罗摩是印度历史上曾经出现过的一位国王，他的故事在公元前6世纪前后甚至更早就在印度民间流传了。

史诗《罗摩衍那》一经问世，罗摩故事立即受到印度人民的广泛欢迎，出现了不少袭用、模仿史诗形式、内容的文人骚客，如梵语作家跋娑（剧本《雕像》和《灌顶》）、迦梨陀娑（叙事长诗《罗怙世系》）、薄婆菩提（剧本《大雄传》和《后罗摩传》）和王顶（《小罗摩衍那》），等等。各地方语言版的罗摩故事更是层出不穷，几乎都与这部"最初的诗"有渊源关系，泰米尔语、印地语、马拉雅拉姆语、坎纳达语、泰卢固语、古吉拉特语、克什米尔语、孟加拉语、奥里萨语、阿萨姆语、曼尼普利语等都出现了内容与蚁垤版史诗大体相当的"罗摩衍那"。不仅印度教徒如此，非印度教徒如佛教徒、耆那教徒也不排斥罗摩故事，佛教将其收入"本生故事"之中，如"十车王本生"等，还把罗摩当作菩萨看待。耆那教徒更是改写、创作不断，产生了十几部与罗摩故事相关的著作。这一故事还出口到了国外，尼泊尔、斯里兰卡、印度尼西亚、马来西亚、菲律宾、泰国、缅甸、柬埔寨、老挝等国都出现了该故事的改写本，该故事还随着佛教传到了我国及日本等东亚国家，虽然影响不大，但其故事却为人熟知。这些说明罗摩故事有莫大的魅力。

印度本土，公元6世纪前后，印度教帕克蒂运动首先从南印度兴起，出现了两派诗人圣徒，其中一派以颂扬毗湿奴大神为主。该派诗人库尔谢克尔写了不少关于罗摩故事的虔诚诗歌，他把十车王被迫放逐罗摩的故事写得哀婉凄楚、感人肺腑、催人泪下，把罗摩写得可敬可亲、伟大神圣。享有"诗王"称号的泰米尔语著名诗人甘班还创作了甘班版的《罗摩衍那》，为罗摩故事在南印度的传播做出了巨大贡献。帕克蒂运动北移以后，北印度的罗摩虔诚之风才真正开始，而且一发不可收，持续几百年不衰。

蚁垤版《罗摩衍那》是最权威的罗摩故事，史诗实际上描写了三个故事：第一，以阿逾陀城为中心的宫廷故事，即以罗摩为核心的故事；第二，猴国的故事，即以哈奴曼为核心的故事；第三，楞伽城的故事，即以罗婆那为核心的故事。罗摩既是第一个故事的核心人物，又贯穿前后三个故事，而且是三个故事的推动者和终结者。不像另一部史诗《摩诃婆罗多》，其核心人物很多，黑天仅仅是其中之一，而且不是最主要的核心人物。这样，黑天作为故事推动者的职责很少。罗摩则不同，他的担子更重。这就使黑天的崇拜者和罗摩的崇拜者具有两种不完全相同的心理需求，前者属于积极生活型，他们需要大我，更需要世俗生活的活泼生动和多样化，如友如伴的同辈是他们生活的乐趣。后者属于重责任感型，他们需要大我，更需要生活中的指导者，以及行事的楷模和样板，如父如兄的长者是他们生活的依托。在黑天派诗人那里，神是和蔼可亲的，是朋友，是伙伴，是可以随时和自己窃窃私语，可以一起优游嬉戏的；如果需要，神甚至可以成为自己生活的"佐料"，成为自己的取笑对象，为自己的生活增添色彩。罗摩信仰者则不同，他们视罗摩为王为父为兄，他是权威的象征，是道德的评判者，在他面前只能不苟言笑，肃然敬礼。这正是黑天的孩提形象和少年形象受到崇拜而罗摩的成年国王形象受到顶礼的原因所在。

1. 罗摩难陀。

罗摩难陀（1360~1450），[①]是罗摩信仰的支柱性人物，他是大宗教家罗摩奴阇的第五代弟子。他视罗摩为最高神灵，认为罗摩集创造、护持和毁灭于一身，是广大信徒的唯一尊神。罗摩难陀富于改革精神，提倡宗教内部平等，反对种姓不平等，主张给予首陀罗种姓拜神的权利；主张简化宗教仪礼仪规，认为信徒只要一心一意虔敬罗摩大神，即使不举行任何宗教仪式也能获得解脱。罗摩难陀没有留下什么一流的虔诚文学作品，但在虔诚文学史上却有着很重要的地位，无形感知派的代表格比尔达斯和有形罗摩派的大师苏尔达斯是两位著名诗人，他们的虔诚诗歌流芳百世，而他们正是罗摩难陀最为著名的两个弟子。

也是在罗摩难陀等大师的影响下，北印度的罗摩帕克蒂运动才得以进一步发展，出现了一批罗摩派虔诚诗人。

2. 杜勒西达斯。

杜勒西达斯是最为著名的罗摩派虔诚诗人，他的叙事长诗《罗摩功行之湖》有"小罗摩衍那"之称，是北印度广大印度教徒心目中真正的《罗摩衍那》，至今仍被广为传颂。详见本书第八章，此不赘言。

---

① 其生卒年不十分确切，还有1356~1467年等说。

3．阿格尔达斯。

阿格尔达斯，（16世纪人），生平不详。他参照黑天虔诚诗歌的形式创作了颂扬罗摩的诗集《罗摩入定花簇》。作品摘取了罗摩的生活片段，描写了他的日常起居和主要功行，也描写了他的妻子悉多、弟弟罗什曼那和婆罗多以及追随者神猴哈努曼的一些功行。从诗集内容可以看出，阿格尔达斯希望罗摩也能走下王座，跟黑天神一样到信众中间去嬉戏、生活。不过，他是一个非常虔诚的信徒，他的诗歌丝毫没有亵渎罗摩的倾向，其歌颂的色彩反而减弱了其文学色彩。

4．格谢沃达斯。

格谢沃达斯（1555~1617），出身于北方邦一婆罗门家庭，祖上和自己都是封建王公的宫廷诗人。代表作有长诗《罗摩之光》和文论著作《诗人所爱》等，后者主要论述创作形式和写作技巧，具有"写诗指南"的性质，对初学写作的人有一定作用。《罗摩之光》是格谢沃达斯的重要作品之一，作者没有因袭蚁垤版《罗摩衍那》，没按7篇构思，而是分成39章；篇幅大大缩短，不到原著的二分之一；故事情节有所改变，直接从少年罗摩写起。这些显然是对蚁垤版的改进。不过，作者似乎不是一个真正的罗摩崇拜者，因为他所关注的并非罗摩信仰，而是如何显示自己的写诗才华。一方面他减少了宣传罗摩神性的内容，另一方面又增加了对某些细节的铺陈细描，如十车王京城和悉多父王京城的繁华、罗摩和悉多结婚的排场、婆罗多追罗摩回国承袭王位的场面，等等，这完全是为了展示自己的诗才。

因此，《罗摩之光》虽然是一部关于罗摩的长诗，但其虔诚色彩不够浓重，甚至可以说它不是一部虔诚文学作品。事实也如此，格谢沃达斯是印地语文学由虔诚文学向法式文学过渡时期的诗人，他的作品更倾向于印地语法式文学时期的作品，过分讲究形式，为此甚至不惜牺牲整个作品的质量。

—第三章—

中世纪印地语文学概述

第一节　语言与分期

一、中世纪的语言变迁

中世纪，在五印度这片广袤的大地上，由于地理环境的不同，出现了很多操不同语言的人群。在南印度，由达罗毗荼语系分化出四种语言，即泰米尔语、泰卢固语、坎纳达语和马拉雅拉姆语。而东、西、北、中各地则由梵语和俗语①中分化出孟加拉语、奥里雅语、信德语、旁遮普语、古吉拉提语、马拉提语、印地语，等等。对于操不同语言的人群，有时候学界也将他们称为民族。除了印地语以外，其他语言都具有单一地区的性质，唯有印地语流行的地区广阔，使用的人口众多。因而可以认为，印地语是多地区性的语言，这也正是它被尊为印度国语的主要原因。

除了南印度达罗毗荼系的四种语言外，印地语及其他地方性语言的产生和发展有一个大体的脉络，即先由梵语到俗语，再由俗语到阿波布朗舍语②。而这三种语言都是全印度性的。但是，到了中世纪，情

---

① 俗语（prakrit），特指相对于雅语——梵语而言的下层民众使用的语言。
② 阿波布朗舍语（apabhransh），中世纪由俗语发展出来的一种语言，也有学者认为它是俗语的一种，并且是印地语的初期形式。

形变化很快，梵语的使用者越来越少，俗语则进一步蜕化，变成了阿波布朗舍语。而在阿波布朗舍语之后，才陆续出现了印地语和其他地方性的语言。当然，这只是一个大体的脉络，印度语言的发展演变远比这段描述复杂得多，学界的各种主张也五花八门。

关于阿波布朗舍语与印地语的关系，以及阿波布朗舍语文学作品是否属于印地语文学的问题，印度学界有不少争论。大致可以归纳为三种意见：

第一种意见认为，阿波布朗舍语就是古印地语，因此阿波布朗舍语文学作品理所当然地应被纳入印地语文学史。持这种意见的印地语文学史家较多，也发表有诸多相关研究成果。

第二种意见认为，阿波布朗舍语不是印地语，但由于后期的阿波布朗舍语在东部地区的发展使它很接近印地语，因此应将它的文学作品纳入初期印地语文学是合理的。持此一见到学者也有不少。

第三种意见认为，阿波布朗舍语与印地语的语法不同，应算是两种不同的语言，因此不应该把阿波布朗舍语文学纳入印地语文学史。坚持这一观点的学者为数不多。①

由于多数人持上述前两种观点，因此，现在多数印地语文学史中都列有阿波布朗舍语文学的章节。我们这里也这样做。

印地语虽然可以被认为是在多地区被广泛使用的语言，但印地语在中世纪以后的千余年间也因使用的地域不同而呈现出多种形态。有德里一带使用的克里波利语（或称克里方言），古吉拉特邦使用的古吉拉提语，拉贾斯坦邦使用的拉贾斯坦尼语，北方邦马图拉和阿格拉一带使用的布罗杰语，北方邦南部和中央邦北部使用的阿瓦提语（也有人译为奥德语），北方邦东部与比哈尔邦部分地区使用的波杰普利语，

---

① 以上三种意见，参见伯金·辛格：《印地语别史》，新德里，2009 年印地文版，第 22 页。

也有比哈尔邦等地使用的迈提利语，等等。它们之间虽有千差万别，但总体上都被归为印地语。

二、印地语文学的历史分期

最早关注印地语文学史的是西方学者。1839年和1846年，法国学者加尔桑·德·塔西就曾写出两卷本的法文著作，集中介绍印地语和乌尔都语诗人的生平和诗作，他把印地语和乌尔都语合称为印度斯坦尼语。尽管他的著作并非严格意义上的文学史，但他开了研究印地语文学史的先河，被认为是写印地语文学史的第一人。① 此后，摩海什·德特·舒克勒的《印地语诗集》于1873年出版，书中也对诗人们的生平和作品做了介绍。1881年，西沃辛格·森格尔的《西沃辛格莲花》出版，这是在法国学者塔西著作的基础上编写的带有文学史性质的诗集，其中提到了1 000位诗人的生平和创作情况。1888年，英国人乔治·格里尔森以孟加拉亚洲学会期刊专号的形式刊发了他的著作《现代印度斯坦方言文学》。该书按时间顺序分十一节，已经基本构建出印地语文学史的框架，为后世的印地语文学史的著述树立了榜样。

进入20世纪，关于印地语文学史的著作逐渐多了起来。"米什拉兄弟"② 四卷本的《米什拉兄弟艺趣》1913年出版，此书不以文学史命名，但却是一部重要的文学史著作，全书共2 250页，对5 000名诗人及其诗作做了介绍。此后，仅30年代，就出现了多部文学史著作。1940年，拉姆昌德拉·舒克勒的《印地语文学史》问世，这是一部具有里程碑意义的著作，对于后来的印地语文学评论家影响很大，尤其

---

① 西沃库马尔·夏尔马:《印地语文学：时代与趋势》，德里，2008年印地文版，第4页。
② "米什拉兄弟"（Mishrabandhu），即夏姆·比哈利·米什拉（1872~1947）和舒克德沃·比哈利·米什拉（1878~1952）兄弟二人的笔名。二人均为印地语剧作家和文学评论家，并联名发表作品。

他对印地语文学的历史分期，以及对各个时期文学现象的命名，至今仍被许多文学史家采用。在他之后，出现了很多文学评论家和文学史家，虽然补充了很多新材料，提出了一些新观点，但始终不能撼动拉姆昌德拉·舒克勒的文学史地位。

乔治·格里尔森的分期如下：

歌者时期（700~1300）；宗教再觉醒时期（15世纪）；贾耶西的爱情诗；布罗杰语黑天派；莫卧儿宫廷派；杜勒西达斯；法式诗歌；杜勒西达斯的后来者；18世纪；东印度公司统治下的印度斯坦；维多利亚统治下的印度斯坦。

这种分期法只是排列了一个大体的时间顺序，不为后世所采纳。但却提醒了后来者：写史就要注重时间，注重分期。

米什拉兄弟提出的分期如下：

1.初期

（1）前初期，643~1286

（2）后初期，1287~1387

2.中期

（1）前中期，1388~1503

（2）后中期，1504~1623

3.华丽期

（1）前华丽期，1624~1733

（2）后华丽期，1734~1832

4.变革期，1833~1868

5.现代，1869至今

这个分期法比乔治·格里尔森的分法有所进步，但时间界限似乎又显得过于具体，令人匪夷所思。

拉姆昌德拉·舒克勒的分期法如下：

初期（英雄颂歌期），993~1318

前中期（虔诚时期），1318~1643

后中期（法式时期），1643~1843

现代时期（非诗体时期），1843~至今

这个分期法为后世学者所遵循，即便有变化，也是在此基础上的变化。

1965年，格纳伯蒂·昌德拉·古普塔的《科学的印地语文学史》出版，他的分期法也是将拉姆昌德拉·舒克勒的分法予以细化，时间界限有所不同。他将现代时期定在1857~1965年，然后细分为五个阶段：

①帕勒登杜时期，1857~1900

②德维威蒂时期，1900~1920

③"影子主义"时期，1920~1937

④进步主义时期，1937~1945

⑤实验主义时期，1945~1965

这个分期法在时限的划分上有科学性，五个时期的命名中，前两个是以代表人物命名，后三个则以文学流派命名。这为后来多数学者所采用。本书的近现代部分也将使用这一分期法。而1965年以后的印地语文学流派，则根据当代印地语文学评论界的意见予以介绍。

下面，我们将从阿波布朗舍语的佛教耆那教文学开始做具体介绍。

第二节　佛教文学

✦

一、中世纪印度佛教

我们这里所说的印度中世纪佛教及其文学，从8世纪开始，到13世纪为止。

我国对佛教素有研究，下面的介绍只是一个小小的梗概。

（一）历史背景

8~13世纪，印度依然呈现出列国纷争的局面。8世纪，在印度东北部兴起了一个波罗王朝，其统治地在今孟加拉国和印度西孟加拉邦一带。约公元780年，达摩波罗（Dharmapala）即位。在位期间，他几乎征服了整个北印度。公元815年前后，达摩波罗去世，子提婆波罗（Devapala）即位。提婆波罗继续扩展霸权，曾经征服了奥里萨和阿萨姆，使自己的势力达到文迪耶山脉。他大约于855年去世。此后，波罗王国开始衰落，到12世纪，终于被森那王朝所取代。

波罗王朝的统治者们崇信佛教。在达摩波罗统治时期，他不仅为著名的学术中心那烂陀寺提供经济支持，而且还在今比哈尔邦建立了超岩寺（又译超戒寺），使之成为新的佛学中心。超岩寺规模宏大，宗师辈出，与我国西藏佛教关系密切。在一个相当长的时期，甚至连那烂陀寺也归超岩寺统领。由于国王的崇尚，因此在波罗王朝的统治范围内，佛教还处于比较活跃的状态。大乘佛教，尤其是密教在这一地区得到迅速发展，成为这一时期印度佛教的主导力量。

除了东、北印度以外，在穆斯林大规模进入之前，其他地区也处于多国争霸状态，如德干的拉什特拉库塔、南方的朱罗、西方的遮娄其，等等，这里不一一介绍。此时，佛教在其他地区依然存在，尤其是印度河上游地区（古乌仗那国，今属巴基斯坦）、克什米尔地区以及南印度的一些地方，密教也曾一度兴旺。

那烂陀寺和超岩寺作为密教的中心，一直持续了300余年，最后于13世纪初相继被毁。

（二）密教

这一时期，印度佛教呈不断衰落的趋势，直至最后消失。人们在寻找印度佛教消亡的原因时经常说到内外两个方面的原因：从内因看，这一时期的佛教缺少革新，没有出现有威望有影响的大师来挽救颓势，重振雄风，相反，却因密宗的兴旺而与印度教相混淆，以致自身难保。从外因看，印度教传统一直根深蒂固，不可动摇，在8世纪又得到振兴，并不断影响和蚕食着佛教，竭力将佛教纳入自己的体系。内因与外因相互作用的结果，使佛教处于岌岌可危的境地。正是在这种情况下，伊斯兰教的大规模进入给了佛教最后的打击。①

从8~13世纪，密教在印度佛教中占据了主导地位。如果将密宗的出现和兴旺作为佛教消亡的原因之一，那么，密宗形成的本身就是佛教内外作用的结果，是印度整个社会文化环境所造就的特殊文化现象。

---

① 参见黄心川：《印度哲学史》，北京：商务印书馆，1989年版，第263~265页。

公元1世纪，佛教就分化为两大派别——大乘佛教和小乘佛教。小乘佛教基本上采取了传统佛教原则，而大乘佛教则对其中的根本原则作了改革，然后确立了自己的理论基础。其实，在大乘佛教内几乎一直存在着一股神秘主义思潮，一些人崇尚神力和咒语，并将这些作为修行的方式。这样，大乘佛教中就渐渐发展出一个新的派别。人们把这个新的派别叫作密宗（或者密教、真言乘、金刚乘等）。这里需要说明的是，关于密宗的起源，学界议论很多。有人将它追溯到吠陀时代，有人甚至追溯到前雅利安时期的原始崇拜和巫术，都有一定道理。这正说明，密宗的形成不是偶然的，与婆罗门教的传统，乃至整个印度文化关系密切。但我们还认为，密宗的形成肯定要经过一个长期的过程，肯定是多种因素促成的。至于密宗形成的具体时间段和主要标志（如人物和著作），学术界也有一些不同说法。

　　我国老一辈学者中，如汤用彤先生，在谈到唐代的真言宗时，认为真言宗即是密宗。"重祈祷以得利益之教也，故特主礼拜供养。所供养者为神甚多，以大日如来为中心，而聚千百佛菩萨，纷然杂陈。用种种之方法以得利益，小之可以安宅消毒治病祈雨，而最后目的在成佛。最要之方法为三密：一身密，谓结印……二曰语密，即念咒。……三曰意密，即如大日之三昧，以心观实相。"[1] 这里，他把密宗的特点和修行方法解释清楚了。而且他还指出，从玄奘和义净到印度访问后的记载看，"均未列密教为一派，实可知密教之完成，盖在唐时也"。[2] 也就是说，他认为印度佛教密宗的最后形成是在唐代，在玄奘和义净访印之后[3]。而不久，密宗即在开元年间传入中国。印度来华僧人善无畏（Subhakarasimha）

---

① 汤用彤：《隋唐佛教史稿》，北京：中华书局，1982年版，第194页。

② 同上，第195页。

③ 关于密宗的起源，英国学者渥德尔说："金刚乘的起源似乎可以定于六世纪。"他主要是依据密教主要典籍的出现时间而做的估计，不是指密宗的最后形成。参见［英］渥德尔著、王世安译：《印度佛教史》，北京：商务印书馆，1987年版，第453页。

译出密宗三经《大日经》《苏婆呼童子经》和《苏悉他揭罗经》，金刚智（Vajraboddhi，音译为跋日罗菩提）译出《金刚顶经》，而其弟子不空金刚（Amoghavajra，音译阿目佉跋折罗[①]，简称不空）不仅译出许多密宗经典，还使中国佛教的密宗得以弘扬。不空金刚的弟子又将密宗传入新罗、日本等地。

由此可见，中国密宗的形成与印度密宗的形成关系密切。从中国方面的情况可以推知印度方面的情况。因此，要想知道公元8世纪及其以后印度的密教情况，还需要看中国方面的资料。因为中国的资料有两个特点，一是丰富，二是相对可靠。中国不仅有大量汉文和藏文的翻译文献，还有许多僧传、僧人亲历印度的记载，以及多种藏文佛教史等，甚至正史中的某些记载也可资佐证。

中国学者吕建福先生主要根据中国方面的资料，结合国外的研究成果，写出《中国密教史》一书。书中将密教按历史发展演变过程划分为陀罗尼密教、持明密教、真言密教、瑜伽密教（金刚乘）和无上瑜伽密教（金刚乘后期）五个阶段[②]。他认为："自八世纪中叶至九世纪初，金刚乘从南印发展到东印及中印、北印一带，并开始向邻近的吐蕃等地传出。它在东印和中印很快得到新起的波罗王朝的信奉和支持，达磨波罗王在恒河南岸建造了规模宏大的超岩寺，它与那烂陀寺俱为金刚乘在中印新的中心。"[③]他还说："到了十世纪，晚期密教发生了一个很大的变化，就是把金刚乘的大乐思想发展到了极端，并且把大乐思想和印度教左道的女神性力思想相结合，出现了和合相应成就、性力解脱的主张。"[④]

---

① 中华书局1987年点校本《宋高僧传》第6页，"目"误作"月"。

② 吕建福：《中国密教史》，北京：中国社会科学出版社，1995年版，第3、8页。

③ 同上，第71页。文中之"恒河南岸"似应为北岸。

④ 同上，第76页。

宗教的发展往往与社会状况有关。金刚乘发展的时期，印度社会充满了不平等，封建主拥有强权，高等阶级把学习吠陀作为教育的形式，妇女和首陀罗没有学习吠陀的权利。而与此相反，学习密教对他们来说既方便又不受限制，因此，密教得以流行。而且密教修行不局限于佛教内部，在耆那教和印度教中也广泛传播。修炼密教，成为广大百姓获取知识的另外一个传统，这是一个体验的传统，它认为书本上的知识是不完整的。

　　可以说，印度教性力派和佛教密宗在宗教地位上是不相上下的，有许多相通之处。这说明二者是相互影响相互交流的。10世纪后半期，几名悉陀甚至也被印度教湿婆派尊为阿阇梨（acharya，大师），这说明，佛教密宗与印度教已经出现了明显的合流趋势。

　　佛教与印度教交流和融合的结果是，密教把佛教与印度教的距离拉近了，使彼此的认同感加强了。这恐怕就是许多印度教徒把佛教看作印度教的一个分支的原因之一，也是印度教吸纳佛教的前奏，导致了佛教的进一步削弱。

　　金刚乘（vajrayana），通常是密宗的别称。该派主要活跃于印度东北部地区，如阿萨姆、比哈尔、孟加拉、克什米尔等地区，在尼泊尔和我国西藏也相当流行。金刚乘的成就者被称为"悉陀"（siddha，或译成就师）。从印度南北各地，以及尼泊尔、中国西藏等地收集的有关名单看，主要有84位。由于不同资料给出的名单不尽相同，也不按时代顺序排列，因此很难确定他们的生活年代。而且，这个名单中也可能有同人不同名重复出现的情况。

　　这84位悉陀在一个时期非常著名，影响很大。关于他们有种种传说，有的说他们精通法术，有的说他们长生不老。就连苏非派诗人贾耶西也在他的《莲花公主传奇》中提到过84位悉陀。[①]

在84位悉陀中，有几位比较著名。其中最有名的一位悉陀叫萨罗诃巴（Sarahapa）。比较著名的悉陀还有沙巴尔巴（Shabarapa）、鲁意巴（Luipa）、东比巴（Dombipa）和坎诃巴（Kanhapa）等。这是指他们在文学上有一定的贡献。我们注意到，84位悉陀中的大多数名字后面都有一个"巴"字，这是由"pada"一词简化而来的。pada的意思很多，有脚步、职务、头衔、称号、解脱等意思，在这里是对金刚乘成就者的尊称。这一称号也在中国藏传佛教中使用。

大约在9~10世纪，从金刚乘中又分列出了一个派别，印度学界把这个派别称为"那特派"（Nathapantha），因为该派大师的名字后面都加一个后缀——那特（Natha，意思是"主"）。该派的创始人是戈拉克那特（Gorakhanatha），据估计，他可能是不赞成金刚乘的左道修为而离开原先的派别，并到印度西部发展。后来，那特派果然在西部（如拉贾斯坦、旁遮普等地）得到发展，创作出了一批作品。

基于上述情况，印度文学界通常把这一时期的佛教文学分为两部分，即"悉陀文学"和"那特文学"。

二、悉陀文学

所谓"悉陀文学"（Siddha Sahitya），是指金刚乘系统的悉陀（成就师）们用俗语和阿波布朗舍语写的双行诗（doha）和长诗（caryapad）。

悉陀们认为自己的修行目标不是获得知识，而是获得感觉和体验。他们大力强调，可以通过密教获得全部知识、证悟和瑜伽的体验。悉陀们的目的是驱除世俗烦恼，建立精神的极乐。他们认为，极乐（又

---

① 达摩维尔·巴尔提：《悉陀文学》，新德里，1988年印地文版，第9页。

叫大乐）是精神的最深层或最高级境界，是不可思议的境界。

（一）概况

在印度社会，不时有反对传统、反对守旧的思想在民众中出现，不时有新的思想被提出。民间各种力量经常行动起来向旧传统挑战。悉陀、那特和耆那教文学就是这种社会现象的例证。为了在文学中树立起民众语言的典范，为了反对社会不公，悉陀、那特和耆那教的作者们进行了不懈的斗争。悉陀、那特和耆那教作者并不是公开宣称自己是文学创作者，诗歌创作并不是他们的职业。他们只不过是向着社会不公发出呐喊。他们的作品，在描绘生活体验的同时，还宣扬他们的宗教信仰。

从文学的角度看，有两位悉陀的成就最突出，即萨罗诃巴和坎诃巴。有人说萨罗诃巴是8世纪人，但在他名下的主要作品《双行诗库》是用阿波布朗舍语写的，有人认为这些诗歌的创作要晚得多（10~11世纪）[1]，因此也有人认为可能有两个萨罗诃巴[2]。坎诃巴是9~10世纪人，主要作品为《黑天诗行》《东比女之歌》等。

目前所能看到的悉陀文学作品不少，而多数都有藏文译本。有的作品原作已经佚失，现只存藏文本。

（二）悉陀文学的特点

下面，我们通过一些实例分析悉陀文学的几个特点：

1. 爱情描写的进步。

悉陀们忽视了佛教传统的涅槃思想，而把"大乐"（Mahasukha）

---

[1] ［法］罗伯尔·萨耶著，耿升译：《印度—西藏的佛教密宗》，北京：中国藏学出版社，2000年版，第79页。

[2] ［英］渥德尔著、王世安译：《印度佛教史》，北京：商务印书馆，1987年版，第454页。

的体验放到突出位置。这个"大乐"具有特殊的内涵，被认为是一种无法言说、无法想象的境界。通常，佛教的涅槃有三个要点：空、智和极乐。而密教的一些悉陀们把极乐改变了，称为"大乐"，甚至认为涅槃的极乐就好像是男女同房时得到的那种快乐。所以，悉陀文学中有相当一部分是关于性关系的内容。诚然，他们的作品中也许蕴藏有深意，从世俗的眼光看虽然不大容易被接受，但它们所表达的东西仍然具有一定的文学意义。

悉陀坎诃巴在双行诗《东比女之歌》（*Dombi gita*）中所表现的主人公卡帕里（Kapali）对东比女①的爱情是很感人的。这个东比女和其他东比女一样，居住在城外的茅舍里。她能歌善舞，每天乘小船过河，到城里的集市上卖东西。她卖的是念珠和手工编织的篮子。坎诃巴在诗中一次次地描写家庭妇女，他清楚地说：就像盐溶化在水中一样，把家庭主妇放在自己心上。这就是作者暗示的，居家男子和家庭主妇是同一不二的。当然，虽然其中还有形而上的神秘含义，但根据上下文，其文思自然来自世俗生活。

悉陀文学对性爱的描写，是以世俗的性爱为基础的。沙巴尔巴描写过一个沙巴尔族②少女，使一个非常单纯可爱的形象活脱脱地浮现在读者面前。她是自然界质朴无华的女孩，居住在深山之中，她用孔雀羽毛和花环装饰自己的身体。少女和自然界相和谐，作者对两者的描绘和塑造都显示出了质朴和纯真。这种质朴和纯真与传统的文学作品中表现的有所不同。这里，没有封建文学中对男女主人公享乐的描写，没有把女人当作享乐的工具。由此可见，悉陀文学对两性爱情的描写表现出了某种超越，即把社会底层的人物作为文学作品的描写对

① 东比女，印度的一个原住民族——敦布族（Domb）的女子。在一些密教文献，如《大悲空智金刚王经》中，东比女是以明妃的身份出现的。

② 沙巴尔（Shabara），中印度的一个原住山地民族。

象，给社会边缘人物以文学的中心地位。以往那种国王、王子、公主等为文学描写中心的情况被打破了。东比女也好，沙巴里女也好，都是这样。这在印度文学发展史上是一个明显的进步，是悉陀文学的一个贡献。

2. 对保守主义的反抗。

悉陀文学对传统的保守主义进行了公开而坚决的反抗。在他们的作品中，可以看到对社会传统和上层统治势力的蔑视。悉陀诗人们不仅反对种姓制度，也抨击婆罗门祭司们的宗教礼仪。当时的印度社会种姓歧视严重，社会下层民众没有尊严地生活着。于是，悉陀们对高等种姓的做法进行了嘲笑与讥讽。萨罗诃巴写道：

> 手拿泥、水和俱舍①，
> 心中发愿者，
> 无事家中坐，
> 点火祭祀者，
> 烟熏徒伤目，
> 要领终无得。

坎诃巴也在自己的作品中写道：

> 祭司大学者，
> 竟日读吠陀，
> 自认行为高，
> 其实无所得。

---

① 俱舍（kusha），一种草名，被印度教徒视为圣草，婆罗门用以祭祀。

恰似蜜蜂飞，

坚果四周围，

内里进不去，

何以获真髓？

3. 语言的叛逆。

印度文学史家拉姆昌德拉·舒克勒先生说过："在健日王纪年七世纪①的作品中，我们发现用阿波布朗舍语或俗语印地②写作的情形。这一时期作品的典型代表在佛教金刚乘的悉陀作品中可以见到。"③实际上，悉陀们在同社会守旧势力、种姓制度等进行斗争的同时，也在寻找与传统雅语不同的语言，这种语言就是印地语的前身，或者说是印地语的最初形式。

4. 表现手法。

首先，在诗歌的形式上，悉陀们的诗歌不采用长篇叙事诗和分章叙事诗的古典手法，而采取短歌和单首诗的民间常见形式。《切里亚短歌》和《金刚歌》是短歌的代表，而双行诗和半四行诗④都属于单首诗。

其次，大量使用象征手法和隐喻。在悉陀们的诗歌中，充满了哲学感受和修行的神秘主义话语，而且还有大量关于瑜伽修炼的烦琐仪轨。但其中也有关于人们平常的自然感受的描述，从中能够看到低等种姓和下层百姓的日常生活。为了表现他们的哲学思想，他们在诗歌中运用了象征的手法。例如，东比巴在短歌《摩登伽女》中写道：

---

① 健日王纪年自公元前56年算起，其七世纪，约当公元7世纪后半至8世纪前半。

② 原文 Prakritabhas Hindi，指印地语的早期形式。

③ 拉姆昌德拉·舒克勒：《印地语文学史》，贝拿勒斯，1956年印地文版，第6页。

④ 半四行诗（arddhali），根据韵律写成四行，但实际上只有两句的一种印度古代诗体。

恒河亚穆纳之间，

漂着一条小船。

摩登伽女①坐船上，

摆渡瑜伽行者，自在悠闲。

种田去，东比啊，去种田，

莫在路途上流连。

有了真师的教诲，

我们会迅速到达五佛天②。

五支桨划船，鼓起风帆，

我将空中落下的雨水舀出船。

太阳和月亮的轮子，

升起和降下世界的帆。

离开左岸和右岸，

自由道路走中间。

东比女③自愿出劳务，

摆渡不是要赚钱。

那些人坐车不乘船，

他们无法到彼岸。

　　在这首诗里，作者先用四句话描绘了一个客观物象，好像是在写景。然后使用第一人称，似乎讲述自己乘船的体会，宣扬自己的教义。

---

① 摩登伽女（Matangi），对旃陀罗种姓妇女的一种称呼。汉译佛经中又译为摩登女、摩邓女、摩邓伽女、摩邓祇，等等。

② 五佛天，原文五佛城（Pancajinapura），为押韵译为五佛天。五佛，密宗名词，又称五如来（Pancatathagata），指宝胜佛、妙色身佛、甘露王佛、广博身佛和离怖畏佛。

③ 此东比女即摩登伽女。

104

最后四句强调本派教义的特点和优越性。诗中运用了象征手法。其中，小船象征着诗人所信奉的宗教派别——密教易行乘[1]，它不左不右，走的是中间路线，即所谓"中道"；日月之轮代表时间及万物的变化，暗含着尘世间的无限轮回；摩登伽女象征着单纯、自然的情绪和简便易行的修行方式；五支桨代表着关于五种感官和业行的教义。也就是说，作者认为，接受佛和真师的教诲，走中道，调和感官，正确地造业，可以简便容易地摆脱轮回，到达彼岸，获得解脱；那些不相信这种观点的人，将无所成就。[2]

悉陀诗歌所用的一些词汇往往另有含义。因此，要弄明白诗歌的含义，就首先要弄明白这些词汇所隐含的象征意义。这种语汇被称为"三达语汇"（Sandha bhasha），即一种不为教派以外的人所熟悉的秘密用语。在这种用语中，词汇有内外两重含义，内在的含义表达的是宗教意义，而外部的含义则是世俗的意义。有时候，其外在的意思甚至是与现实生活中的现象相违背的。例如，丹蒂巴（Tantipa）的一首诗，其表面意思在现实生活中是不可能发生的。其诗直译如下：

> 青蛙不惧蛇，
> 豺狗战狮子。

---

[1] 易行乘（Sahajayana），一般认为即金刚乘之一支或一个阶段，形成于10世纪以后。该派受到毗湿奴教易行派的某些影响，在金刚乘的基础上发展起来，主张通过直觉悟道，过顺其自然的生活，不受清规戒律的限制，主张男女合和为宇宙本源等。有趣的是，有些外国学者，包括印度学者如师觉月等，认为易行乘是受了中国道教的影响。有人甚至认为sahajayana一词的前半截sahaja是对老子"道"的翻译，因为sahaja一词本身就有自然、单纯、简单等意思，和老子的"无为"思想相一致。参见Dr. P. C. Bagchi：*India and China*, Calcutta, 1944, P.119；达摩维尔·巴尔提：《悉陀文学》，新德里，1988年印地文版，第114页。

[2] 参见达摩维尔·巴尔提：《悉陀文学》，新德里，1988年印地文版，第220页。

挤出的牛奶，

返回乳房里。

公牛生犊子。

被挤三黄昏，

母牛不生育。

彼是做贼首，

亦是捕快头。

　　这首诗里所说的事情（除了最后两句），在现实生活中基本是不可能发生的。但是，诗中却有另外的含义。例如，现实生活中，青蛙是怕被蛇吃掉的，豺狗不敢挑战狮子。而作者之所以这样写，也许表现的是社会下层人向主流社会挑战的勇气。再如，挤出的牛奶可能是指处于基本状态的个人，按佛教的说法，叫作"有情"。返回乳房则指"有情"重新回到极乐轮中。这一思想类似印度教中个体灵魂回归于梵的说法。公牛生犊子，可能是指平常心生出世界，是一种主观唯心主义的象征写法。而母牛不生育，可能是指如果否定灵魂和心智的存在，就像母牛被不适当地挤奶，失去生育能力那样，客观世界也将不存在了。至于最后两句，也许主要是对一种社会现象的看法。总之，这首诗很难懂，我们的观点也只是一家之言。

三、那特文学

　　那特派是如何产生的，对此，学界有很大的争议。而那特文学的确凿性也是值得怀疑的。据现有的材料，那特和悉陀有着很深的关联。在那些悉陀的名单里，有好几位悉陀和那特一系有着密切的关系。在那特一系，有一位摩差因陀罗那特（Matsyendranatha[①]），他的老师叫做阇兰达罗那特（Jalandharanatha）。在西藏的文献里，阇兰达罗那特也被称为悉陀。这样，那特派就是悉陀派的一个分支。那特派前三代的传承如下：

阇兰达罗那特→摩差因陀罗那特→戈拉克那特（Golakhanatha[②]）

戈拉克那特的生活年代不能确定，有人说他生活于10世纪，有人说是十四五世纪。总之，他是当时很著名的宗教大师，具有很强的组织能力。就像悉陀派有84名大师一样，那特派有9名大师：那加周那（Nagarjuna，龙树）、阇罗婆罗多（Jadabharata）、赫利什昌德拉（Harishchadra）、萨提亚那特（Satyanatha）、毗摩那特（Bhimanatha）、戈拉克那特、查尔帕特（Carpata）、阇兰达罗、摩罗亚周那（Malayarjuna）。

（一）那特文学与悉陀文学的差别

那特文学看上去与悉陀文学既有相似之处又有差别。相似之处是，他们都属于密宗的文学，因而在主张秘密咒语的修炼上是一致的。但与悉陀派不同的是，那特派把瑜伽修行作为自己的修行基础，他们反对悉陀派的"左道"修行。悉陀派在修行上离开了民众习俗，而强调"五M"，即酒（madya）、肉（mansa）、鱼（matsya）、手印（mudra）和性交（maithun）。这五项成了悉陀们的主要修行内容。而那特派则保持着纯洁的民间习俗，主张洁行，不杀生。同时，那特派还把印度教湿婆派哲学与波颠阇利[③]关于赫特瑜伽的理论结合起来，使

---

① 阿波布朗舍语作 Machandaranatha，即摩钦达罗那特。

② 又作 Gorakshanatha，也出现在八十四悉陀的名单里。

③ 波颠阇利（Patanjali），《瑜伽经》的编著者。关于其生活年代，众说纷纭，从公元前1世纪到公元6世纪不等。

之成为本派的思想基础。像悉陀派一样，那特派也认为人体有三条经络：左经络伊达（Ida）、右经络宾格拉（Pingala）和中经络苏循那（Sushumna）。那特派认为通过人体经络循环可达到一种超级境界，这种内在精神的感觉是瑜伽修炼必不可少的。那特派对于社会的弊端，如种姓制度、不可接触制度等宗教歧视，以及偶像崇拜等，都予以反对。在社会思想方面，除了社会规范的某些内容以外，那特派对悉陀派有较为广泛的认同。

（二）那特派的文化特点

悉陀派的影响主要在东北印度，而那特派的影响主要在西印度。那特派的最大特点是与当地文化相融合。那特派使当地本已混合的文化混合程度又加深了一步。

在观点方面，那特派没有宗教偏激，连一些穆斯林也受到他们的吸引。与主合一的瑜伽修行法，不仅在印度教徒中，也在穆斯林中间流行。那特派能够与任何教派、任何文化相容。正因为如此，在那特派的文学作品中能够看到较多的宗教宽容方面的内容。那特派与佛教有血缘关系，也受有着那教的影响，其中还有传统印度教的因素和伊斯兰教的因素。那特派与各个教派开诚布公地讨论问题，不是争论，而是从中找出契合点。

（三）那特文学简介

那特派的主要作者有戈拉克那特、焦朗基那特（Cauranginatha）、戈比昌德（Gopicanda）、久纳卡尔那特（Cunakaranatha）等。

戈拉克那特主要用"地方语"写作，有时也用梵文写作。所谓"地方语"（Deshbhasha），是一种俗语和阿波布朗舍语的混合形式，被认为是印地语的早期形式之一。戈拉克那特既有诗歌也有散文体的著作，现在能看到的、在他名下的作品主要有《戈拉克觉悟》《戈拉克那特十七艺》《戈拉克群主对话录》《达多戈拉克对话录》《大往世书》《那罗伐伊觉悟》《戈拉克精华》《瑜伽自在天箴言》和《戈拉克之声》九种。实际上，这些书可能都是他后来的弟子们搜集整理出来的，其中多数译自梵文，而最后两种可能是他的著作。其余那特派诗人的作品大都零散地流传于信徒们的口头。

前面说过，那特文学的确凿性是值得怀疑的，其主要原因是那特文学的语言问题。根据戈拉克那特名下的作品分析，一些语言并非戈拉克那特那个时代的流行语言。他那个时代流行的阅读和书写语言是"地方语"。于是可以推测，他的作品是后来的信徒们汇集整理出来的。那特文学的不确定性还有另外一个原因，就是那特们不是有意在进行文学创作，他们只是把修行的感觉和经验拿出来与别人分享，没有写书的意识。因此，经过几百年的口头流传，其流传下来的作品语言也发生了变化，甚至有些意思也发生了转变。这样，那特文学就带有了民间文学的口头性和变异性特征，在民众的记忆中得以保存。那特派有一种短歌，叫焦给拉（Jogida），直到今天还在印度东部流行。实际上，这种短歌是悉陀派表达自身感受而常用的诗体。短歌中，批判了那种做给人看的表面行为，嘲笑了种姓制度，谴责了宗教虚伪。例如，有这样两句短歌：

> 人们说，
> 沐浴在恒河，
> 就会得解脱；
> 那些鱼，
> 在河里生活，
> 怎不得解脱？

那特派重视理智的验证，认为理智是生活的试金石。因此，他们反对虚伪和欺骗。

那特一般没有固定的生活地点，而是在全国各地四处云游。这样，他们见多识广，对生活有自己特殊的感受。在全国各地云游的结果是，他们看到了各种各样的习俗，见识了各种各样的语言。他们的作品中就出现了一种语言混合现象，印度北方广大地区的各地方言经常被他们用在一起。一些穆斯林也听他们的诗歌，所以，他们的语言基本是德里一带的克里波利方言的前身。

在那特文学中，有内在修行的描绘。在他们看来，存在于身体里的，也就是存在于梵卵（宇宙）里的。为了表达这种观念，他们运用了比喻手法。

那特派的重要贡献是将自己的体验交付给无形派虔诚文学。他们的文学为无形派虔诚文学开辟了道路。格比尔达斯在修行和精神两个层面上都采用了那特派的理论。①

---

① 本节的撰写，曾得到在华工作过的印度专家拉盖什·沃茨的帮助，特此致谢。

第三节　耆那教文学

一、概况

从玄奘在《大唐西域记》中的记载可知，公元7世纪的时候，耆那教在印度的传播几乎遍及全境，而在一些地区信徒相对集中。如西北地区（包括今巴基斯坦境内）白衣派相对集中；东部（如孟加拉、比哈尔、奥里萨）、中部（如中央邦、古吉拉特）和南部（如泰米尔纳德、卡纳塔克、安得拉），则天衣派相对集中。

到了8~10世纪，在约300年的时间里，耆那教虽然受到印度教的排挤，但在一些地区仍有明显的发展。特别是在今印度的古吉拉特邦和卡纳塔克邦一带，耆那教得到一些国王的崇信和支持，建立了一批庙宇，雕凿了一批祖师像。例如，德干高原上的拉什特拉库塔王朝这一时期比较强盛，经常与东北方的波罗王朝争霸。该王朝国王阿莫加瓦尔沙（Amoghavarsha，815~877）就皈依了耆那教天衣派，并于晚年禅位，离家苦行[①]。

[①] ［英］查尔斯·埃利奥特著、李荣熙译：《印度教与佛教史纲》（第一卷），北京：商务印书馆，1982年版，第220页。

十一二世纪，耆那教在古吉拉特地区取得了长足发展。索楞喀王朝的统治者贾耶辛哈（Jayasimha，1094~1143）及其继承人鸠摩波罗（Kumarapala，1125~1159）都是耆那教的有力赞助者和庇护者，著名耆那教学术大师雪月（详见下节）就是他们的密友。在索楞喀王朝统治的约200年间，该地区的耆那教空前兴旺，国王和大臣们不仅赞助修建了许多庙宇，而且也赞助了学术研究活动①。

但也就在局部地区获得发展的同时，有些曾经是耆那教影响较大的地区却被印度教夺走了地盘。尤其是在南印度的某些邦国，上层贵族集团原本信仰的是佛教或耆那教，但由于那里的印度教虔诚运动最先兴起，许多虔诚派圣徒与佛教和耆那教展开竞争、进行辩论的结果，往往是印度教虔诚派获胜。这种竞争日益激烈，甚至出现了对付耆那教信徒的暴力事件。例如，古吉拉特地区1174年以前还是耆那教的天堂，而1174年以后竟变成了耆那教信徒的地狱，就在这一年，由于国王阿阇耶提婆（Ajayadeva）信仰湿婆教而对耆那教信徒进行暴力虐待②。再如14世纪时，印度最南端的潘迪亚国王孙陀罗·潘迪亚（Sundara Pandya）信奉湿婆教，1310年弑父篡位，在位仅数月，兵败后投靠了穆斯林③，他曾将8 000名耆那教信徒钉到木桩上受刑④。

虽说耆那教在12世纪以后受到印度教和伊斯兰教的双重排挤，势力在不断萎缩，但仍然持续存在着。有时甚至出现戏剧性的事件。例如，在穆斯林的强大压力面前，南方的耆那教信徒曾于1368年向维

---

① 宫静文，黄心川主编：《世界十大宗教》，北京：东方出版社，1988年版，第120~121页。

② ［英］查尔斯·埃利奥特著，李荣熙译：《印度教与佛教史纲》（第一卷），北京：商务印书馆，1982年版，第220页。

③ ［印］R. C. 马宗达等著，张澍霖等译：《高级印度史》，北京：商务印书馆，1986年版，第324页。

④ ［英］查尔斯·埃利奥特著，李荣熙译：《印度教与佛教史纲》（第一卷），北京：商务印书馆，1982年版，第324页。

阇耶那加尔国王请求保护，国王也力促耆那教徒和印度教毗湿奴派握手言和，并宣布给双方以同等的庇护。还有许多铭文资料证实，十六七世纪时，耆那教在维阇耶那加尔王国相当兴盛。还有资料证明，1578~1597年，莫卧儿皇帝阿克巴曾经聆听过耆那教大师的教诲。[①]

根据以上情况，我们可以对印度中世纪耆那教的情形有一个概要的了解。与佛教的情形不同，耆那教在此期间表现出顽强的生命力：它没有被印度教吃掉，也没有被伊斯兰教打垮，既保持了独立，又延续了传承。更为有意义的是，在此期间，耆那教还创造了灿烂的文明，在建筑、雕刻、文学、哲学、因明学、数学和医学等领域为整个印度文明做出了自己的贡献。

到目前为止，我国对耆那教文学的介绍较少，最先是金克木先生在《梵语文学史》中对耆那教文献中的文学成分做了概要介绍[②]，此后是黄宝生先生更为详细的介绍，不仅有早期耆那教文献的介绍，还有一部分中世纪耆那教文学作品的介绍[③]。他们的这些介绍可以说是凤毛麟角，非常宝贵，具有开创意义。之所以出现这种稀缺的情况，和我国的国情有关，也与耆那教的影响有关。耆那教早期文献是用半摩揭陀语写的，而中世纪的大部分文献是用阿波布朗舍语写的。我国因与佛教有特殊紧密的关系，所以有研究梵语、巴利语的传统。中华人民共和国成立后，又有一批研究现代印度语言文学的学者，却没有人研究阿波布朗舍语。又因为耆那教本身的发展几乎仅限于印度本土，近代以来才有对外传播，而对中国没有多少影响，所以我国也只有对其一般宗教概况和文学概况的介绍，而无深入研究。这里，我们也只能

---

① ［英］查尔斯·埃利奥特著，李荣熙译：《印度教与佛教史纲》（第一卷），北京：商务印书馆，1982年版，第221页。

② 见金克木：《梵语文学史》，北京：人民文学出版社，1980年版，第168~170页。

③ 见季羡林主编：《印度古代文学史》，北京大学出版社，1991年版，第207~213页、216页。

在前辈学者的基础上争取多做一些介绍，而真正深入的研究尚寄望于来者。

其实，耆那教作为一个与佛教同样古老的宗教，其文化是整个印度文化一个不可分割的部分。不研究耆那教而只研究印度教、佛教、伊斯兰教、锡克教等，那对于印度文化研究来说会是一个很大的缺憾。

耆那教文献有丰富性和相对完整性的特点。由于文献丰富，与文学相关的内容也非常之多。而且，与印度教文学不同，在耆那教文学中，一个很重要的问题是许多作品的作者和时间相对比较容易判定。在早期，印度的所有文献都存在作者和时间上的疑问，但耆那教文献的情况稍好一点。耆那教文献大约于公元五六世纪被写成了文字，分教派得到保护。其后的文学作品一般都被写成文字，以固定的文本被保存在耆那教寺庙或者图书馆里。当然，由于印度古人的观念不同，一些记载仍然含混，所以，作者生平不详、年月不清等问题仍然普遍存在，学界的争论也很多。

另外，我们研究耆那教文学，还应该注意它与印度文学的整体关系。认为耆那教文学仅仅是耆那教的文学，或者仅仅是宗教文学，从而将它排除于整个印度文学之外，都是不对的。

在耆那教文学的宗教典籍中，寻找人的感受有多深，人的智慧、人的重要价值是如何体现的，是很必要的。揭去宗教的面纱，我们能够看到在耆那教文学中蕴藏着对社会生活规范的有价值的认识，也会发现生活中非凡的美。耆那教文学中，还蕴藏有印度中世纪的语言和社会进步的重要史实。所以，研究耆那教文献显得非常重要。

下面先谈谈耆那教文学的分类问题。

就像佛教在印度东部地区建立自己的教派而把当地民众语言作为自己的语言基础一样，耆那教在西部地区建立起自己的教派并把当地的语言作为自己文学的语言。中世纪耆那教的语言主要是阿波布朗舍语，耆那教的僧侣们也主要用这种语言写作。当然，也有使用梵语和其他俗语写出的作品。

耆那教文学中有三种作品。第一种被称为"往世诗"（pauranika kavya），又叫本行诗（caritakavya）。主要诗人有自在主（音译斯瓦扬布，Svayambhu）、华峰（音译普什帕丹特，Pushpadanta）等。第二种可以称为单篇诗（muktaka）。主要著作有"拉斯""帕格"和"切尔切利"等形式。第三种是一些语法类的著作，其中以雪月（Hemacandra，音译海姆昌德拉，一译金月）和金山峻（Merutunga，音译迷楼东格）的著作最为重要。下面按照这一分类分别予以介绍。

三、往世诗（本行诗）

根据古代的事情和一些传说，耆那教诗人们用梵语、俗语和阿波布朗舍语写了许多文学作品。这些作品里，有对人生要义的教诲，对宗教和法的理解，还有对一些"伟人"生平的礼赞。这些往世诗写一个或若干个人物的本行①，即生平事迹。而这些被描写的人物，要么是耆那教的祖师，要么是古代传说中的英雄人物，后来变成了耆那教的虔诚信徒。耆那教中能够享受这"伟人"称号的共有63人。其中，有24位祖师（Tirthankara）、12位转轮王（Cakravarti）、9名力天（Baladeva）、9名伐苏提婆（Vasudeva）和9名伐苏提婆之敌（Prativasudeva）。按照耆那教的说法，在每一劫当中都要出现9名力天、9名伐苏提婆和9名伐苏提婆之敌。其中，一名力天、一名伐苏提婆和一名伐苏提婆之敌为一组，同时出现于某一时期；力天和伐苏提婆分别由某个国王的不同后妃生出，即二人为同父异母兄弟；然后，伐苏提婆与兄长力天一起同伐苏提婆之敌作战并杀死他；于是，伐苏

---

① 本行，阿波布朗舍语作cariu，梵语作caritra或carita，意思是"传记"或"传"。下文的有关书名有时被译作"本行"，有时被译为"传"，意思是一样的。

提婆进入地狱，而力天则因弟弟之死悲观厌世而皈依耆那教，并最后获得解脱。讲述其中一个伟人故事的往世诗，也被称为"往世书"，而将"伟人"们的事迹汇集起来讲述的长诗，则被称为"大往世书"。"大往世书"常常又分"原初往世书"和"后往世书"两部分。"原初往世书"是专门讲述耆那教远古初祖梨沙波提婆（Rsabhadeva，亦称阿底那特，Adinatha，即初祖）事迹的；"后往世书"则讲述其余23位祖师和其他"伟人"的生平事迹。罗摩故事和黑天故事被包括在"后往世书"中，因为他们都被认定为耆那教的"伟人"。

自在主和华峰是这类往世诗或本行诗的两位优秀代表。

（一）自在主及其往世诗

自在主，公元八九世纪人，用俗语和阿波布朗舍语写作。其生平资料很少。其父摩录多提婆（Marutadeva）和儿子特里布文（Tribhuvana）都是耆那教诗人。据说自在主的形体丑陋，但娶有二妻（一说三妻）。现在流传下来的作品有三部，即《莲花本行》《利塔涅米本行》和《斯瓦扬布诗韵》。据说，他还有另外三部著作——两部本行诗和一部语法，但都已失传。他学识丰富，尤其在诗学方面的贡献突出。曾获得过多种称号，其中一个是"诗人之王"（Kaviraja）。

他的《莲花本行》被印度文学界认为是一部上乘诗作。讲述的是罗摩故事，用阿波布朗舍语写成。全诗分为五篇90章:《学艺篇》(20章)、《阿逾陀篇》(22章)、《美妙篇》(14章)、《战斗篇》(21章)和《后篇》(13章)。一般认为，前83章是自在主的亲笔，后7章由他的儿子特里布文续写完成。《莲花本行》是耆那教版本的《罗摩衍那》之一[①]。其基本情节与蚁垤的《罗摩衍那》相似。但《莲花本行》把罗

[①] 耆那教文献中，关于罗摩故事的叙事诗还有多种。最早一部《莲花本行》的同名作品大约写于公元2世纪，一般认为是以蚁垤《罗摩衍那》为基础改写的。

摩（莲花）描写成耆那教的"伟人"。像许多耆那教诗歌一样，《莲花本行》的开头部分批判了婆罗门教。诗的开头部分还提出了一些读者容易产生的疑问，如罗摩既然神通广大，他的妻子怎么会被拐走呢？哈努曼怎么可能举起大山和跳过大海呢？等等。然后由耆那教初祖出来一一解说，展开故事情节。与蚁垤《罗摩衍那》不同的是，《莲花本行》中的人物十首罗刹王罗婆那并非恶魔，而是耆那教教主大雄的虔诚信徒。悉多是罗婆那之女，因罗婆那觉得她不吉祥，所以她生下后就被抛弃于树林中。后来罗婆那被罗什曼那杀死，因此罗什曼那不得不进入地狱。罗摩和悉多最后也都皈依了耆那教。

这部长诗在人物塑造、景物描写、情节编排等方面，都体现了作者父子的艺术才能。例如，诗中这样描写哥达瓦里河：

> 哥达瓦里，浩浩荡荡。
>
> 冒着气泡，鼓着波浪。
>
> 一路呐喊，一路歌唱。
>
> 水下水上，鱼游鸟翔。
>
> 大地之女，如披盛装。
>
> 展开双臂，奔向海洋。

自在主的另一部往世诗《利塔涅米本行》（又被称作《诃利世系往世书》）也是耆那教文学中的名著。该书用阿波布朗舍语写成，讲述与《摩诃婆罗多》和黑天有关的故事，共分4篇112章（有的版本是115章），1.8万颂。

《雅度篇》（1~13章），主要讲述黑天出生、童年、结婚、生子的故事，在这里，黑天和罗摩一样，都变成了耆那教中的"伟人"。同时还讲述耆那教第22代祖师涅米那特出生的故事。

《俱卢篇》（14~32章），讲述俱卢族百子和般度五子的故事。其中，讲到坚战掷骰子输了自己，又输了黑公主，黑公主被难降揪着头发拉到大庭广众之中受辱，有这样一段描写：

> 难降像阎王一样气焰嚣张，
> 揪住黑公主头发踢打不放。
> 坚战法王险些晕倒大堂上。
> 勇怖军不忍目睹眼前惨状，
> 面对大树暗思量杀死难降。
> 坚战王用脚趾发出暗示，
> 让怖军克制住怒火万丈。

有趣的是，这个怖军与《摩诃婆罗多》里的怖军不同，不仅自己平息了怒火，而且反过来安慰黑公主，说了一番哲理：

> 你没看见宇宙的达磨？
> 前生业树上结两种果，
> 有的是苦，有的是乐。
> 罗婆那绑架了悉多，
> 她何尝因悲苦而退缩？

《战斗篇》（33~92章），讲述俱卢族与般度族的战争。作者对战争场面的描绘也得到印度学界的好评。

《后篇》（93~112章），讲述了战争的结果，分析了胜负原因，宣讲了一些哲理。

一般认为，前92章肯定是自在主的手笔，93~99章可能也是他的手笔，而其余部分则是其子特里布文所写。

（二）华峰及其往世诗

华峰是继自在主之后耆那教另一位著名的往世诗作者。关于他的生平资料也极少，只知他约生活于10世纪，父母均为婆罗门。他自幼受到熏陶，成为一名湿婆派信徒。后来，他皈依耆那教，成为天衣派信徒。他大约是今印度中央邦南部地区人，后来到南方，在当时的拉施特拉库塔国生活，不久即为当地高官收留供养。他曾经这样描绘自己："身体瘦削，褐色，却有一副天生的笑脸。"他以自己的诗才自豪。曾获得"诗王""诗宝"（Kavya - Ratnakar）等多个称号。目前已知的作品主要有三部:《大往世书》《龙王子传》和《耶输陀罗本行》。

《大往世书》中讲的是耆那教63位"伟人"的事迹。诗人说，这部长诗是他奉婆罗多①之请，于健日王纪年1022年（公元966年）完成的。还说，他写这部长诗不啻以蠡测海。全诗共102章，分两部分。前37章为"原初往世书"，后65章为"后往世书"。

"原初往世书"的开头部分说，应门齿王（Srenika，音译室赖尼迦，古摩揭陀国王舍城国王）之请，大雄的弟子乔答摩·群持（Gautama Ganadhara）讲述了大往世书的故事。"原初"部分讲述的是耆那教初祖梨沙波提婆和转轮王婆罗多的故事。这是诗中最详细、精彩的部分之一。

"后往世书"讲述其余23位祖师和其他"伟人"故事。其中包括讲述黑天故事的《诃利世系往世书》和讲述罗摩故事的《莲花往世书》。

诗中虽然讲述的是"伟人"们的事迹，但不时穿插有对印度城乡、

---

① 此婆罗多即诗人华峰的供养人，南印度拉施特拉库塔国大臣，约936~968年司职。

四季景物的描写，以及对人物的心理刻画。按照印度诗学的审美标准，这部诗中有英雄、艳情、平静等多种情味，被认为是一部比较典型的"大诗"（mahakavya）。

《龙王子传》是一部本行诗，用阿波布朗舍语写成。全诗9章。开头部分说诗人是奉南纳（Nanna）[①]之请写此书的。诗中描绘了古摩揭陀国王舍城的情况，说教祖大雄在那里过夏天的时候，国王门齿向他请教"吉五"[②]斋戒的重要性，大雄的弟子乔答摩·群持讲述了关于"吉五"的故事。故事的主要内容是主人公龙王子（那伽鸠摩罗，Nagakumara）经过多次婚姻，又经过多次战斗，最后坚持"吉五"斋戒，修炼得道，获得解脱。

《耶输陀罗本行》共4章，用阿波布朗舍语写成，主旨是反对杀生献祭，警告人们不要杀生。说耶输陀罗（Yasbhara，或Jasohara、Jasahara）的母亲为了祝福自己的儿子而杀鸡供神，结果是一次次转生为鸡、蛇等动物，受尽轮回之苦。这个故事深受耆那教徒喜爱，曾被多个作者用俗语和梵语改写过。

（三）其他诗人的往世诗

除了上面两位作者及其作品外，下面再介绍其他一些用阿波布朗舍语写作的作者及其作品。

陀婆罗（Dhavala），10~11世纪人，生平不详。他的作品《诃利世系往世书》讲述的是黑天故事，与自在主和华峰的作品形式一致。全诗122章。其中关于战斗场面的描写很逼真，给人以身临其境之感。在暴君刚沙被诛之后，他的后妃们哀悼他的场面也写得很感人。

陀那巴罗（Dhanapala），出身吠舍家庭，皈依耆那教天衣派。关于他

---

① 南纳是前文提到的宰相婆罗多之子，继其父为相，并继续供养华峰。

② 吉五（Shripancami），印历十一月初五，在公历一二月间。

120

的生活时代，印度学界说法不一，主要有10、11、14、15世纪诸说。他的著作目前仅发现一部《薄毗娑达多的故事》。这是一个根据民间故事改编的故事，共分三部分。情节大体是：在俱卢国首都象城有一个财主，他和妻子莲吉（Kamalasri）生有一子，名薄毗娑达多（Bhavisayatta，梵文Bhavisyadatta）。财主因与妻子不和，又娶一美女萨鲁帕（Sarupa），生子班度达多（Bandudatta）。二子长大后，国王派他们一起去金岛谋取财富。弟弟欺骗了兄长，带着财富回来，而国王明察秋毫，惩罚了弟弟而赞扬了哥哥。在一次俱卢国与怛叉始罗国作战时，薄毗娑达多表现英勇，为战争的胜利立下头功。为此，国王将女儿苏密特拉（Sumitra）许配给他，并立他为储君。过了一些时候，牟尼毗摩罗（Vimala）给薄毗娑达多说法，并讲述了他的前生故事，使薄毗娑达多感悟而厌世，最后通过修行获得涅槃。这部诗歌的结构与许多印度民间文学作品一样，即主干故事中又穿插故事。诗中反映了一些社会问题，如一夫多妻带来的弊病、兄弟间的竞争、家庭生活与出家修行的矛盾等。

迦那迦摩罗（kanakamara）牟尼，11世纪后期至12世纪初期人。出身于婆罗门家庭，后为耆那教天衣派信徒。他的著作仅发现《迦罗根杜传》一部。该书分为10章，主要讲述耆那教伟人之一转轮王迦罗根杜（Karakandu）的故事。据耆那教传说，迦罗根杜是公元前9世纪以前的人。全书大约有3/4篇幅讲述他的故事，另外1/4篇幅讲述了9个较小的故事。迦罗根杜的故事梗概是：某国王和王后乘象出游，大象突然疯狂奔走，将王后带入一陌生地方。王后生下王子，取名迦罗根杜（意思是"手痒"）。迦罗根杜被大象抚养长大，成为国王，并与另一国的公主结婚。在他远征印度南方各地的时候，他的王后遭到绑架。在一个圣人的指引下，他来到狮子国，并与狮子国国王之女结婚。当他从海路返回时，一条大鱼挡住了他的去路。他杀死大鱼，却被一魔法师抓走。经过其小王后的斋戒祈祷，得以返回，并征服了南印度各国。班师途中，他又重新得到前妻。后来，戒护牟尼（Silaguptamuni）给他讲述了他的前生故事，他便放弃世俗生活去苦修了。

在9个较小的故事中，前4个被编在第二章，宣扬的是咒语的力量、无知的祸患、低下行为的不良后果、高雅行为的吉祥后果等。其余的故事分散于后面几章，最著名的是"那罗婆诃那达多（Naravahanadatta）的故事"。

室利陀罗（Sridhara），印度北方哈里亚纳人，生活于12世纪，生平资料很少。他的长诗《巴湿伐那特传》完成于德里，时间在公元1132年。诗中讲述的是耆那教第23祖巴湿伐那特（Parsvanatha）的生平故事。诗中还描写了德里和亚穆纳河的美丽。他的另一部长诗《苏具摩罗传》于1141年在古吉拉特的瓦勒德城完成。全诗6章，讲述的是苏具摩罗（Sukumala）长老前生的故事。

诃利跋陀罗（Haribhadra，一译狮子贤），12世纪人，早年皈依耆那教白衣派，师从著名耆那教导师吉月（Sricandra，音译室利昌德拉）。他长期居住于南印度的遮娄其国，并得到该国两代国王的庇护和供养。1159年，他完成了阿波布朗舍语的《涅米那特传》。该诗共7章，803颂，讲述的是耆那教第22代教祖涅米那特（Neminatha）的故事。此外，他还用俗语写过《摩利那特传》，还有人认为一部叫作《月光传》（《昌德拉普拉巴传》）的往世诗也是他的作品。

沙梨跋陀罗·苏利（Salibhadra Suri），12世纪人，生平不详。其往世诗《巴忽巴里传》完成于1184年。讲述耆那教祖涅米那特的儿子、转轮王婆罗多与其弟巴忽巴里（Bahubali，臂力王）的故事。诗中，对巴忽巴里率军英勇征战并不断取胜的描写，表现了诗人的英雄主义和浪漫主义情怀。

拉吉辛赫（Rajasimha，意译王中狮子，又名拉尔哈，Ralha），13世纪后期至14世纪初期人，生平不详。他的代表作为《胜施传》。胜施（Jinadatta）是一名富商巨贾，皈依了耆那教，关于他的故事在耆那教中非常著名，世世代代被一次次书写传颂。早期，有一位叫德贤（Gunabhadra）的人曾写过一个梵文的胜施故事，1200年一位叫腊克（Lakh，即罗奇曼那，Laksmana的音变）的人也写过《胜施故事》。拉吉辛赫的《胜施传》是在后者的基础上改写加工而成的，歌颂了主人公的乐善好施。这部书在印度语言发展演变史上具有特殊的研究价值，因为书中使用的语言属于阿波布朗舍语向印地语过渡阶段的语言。

萨达鲁（Sadharu），14世纪人，生平不详。他于1354年完成了长诗《激昂传》。故事取自《诃利世系往世书》。诗中的主人公激昂（Pradyumna）是黑天的长子。从故事本身来讲，并不新奇，但其对印地语发展演变史来说，具有重要价值。印度学者认为："这部诗歌作为旧印地语和新印地语诗歌的中间环节，是一部优秀的作品。"[①]

拉伊杜（Mahapandita Raidhu），15世纪著名诗人，生平不详。他的代表作有《胜施传》和《莲花往世书》。此外尚有《苏科马尔传》《涅米沙传》《帕斯那哈传》和《巴拉哈德传》4种。前面说过《胜施传》的故事在耆那教中常讲不衰，而拉伊杜的《胜施传》带有新的社会生活气息，使用了当时民间流行的许多谚语、成语等。《莲花往世书》又叫《莲花本行》，完成于1439年，讲述的是罗摩故事，共12章。

四、单篇诗

首先需要说明的是，所谓"单篇诗"（mukkada），并非都是短诗，也有长篇叙事诗，只是不分章而已。

耆那教文学中的单篇诗大致可以分为两种类型。一类是为修行目的而写的诗歌，其中表现的主要是神秘主义的感受，即如何进入禅定，

---

① ［印］坎代尔瓦尔：《阿波布朗舍语文学与语法》，阿格拉，1974年印地文版，第46页。

如何达到无上三昧的境界等。这类诗歌，我们把它叫作神秘主义诗歌。另一类是为规范信徒行为和社会道德的诗歌，如教导人们如何朝拜圣地、如何斋戒、如何遵守戒律等。这类诗歌在形式上受到民歌影响，所以我们把它叫作民歌形式的诗歌。

下面分别来谈。

（一）神秘主义诗歌

在耆那教文学中，能够看到一些着重阐释哲学思考和修行要领的诗歌，印度文学界把这类诗歌称为耆那教文学中的"神秘主义诗歌"。这类诗歌有两个主要特点：一是十分强调师尊的作用，主张在修炼中遵循师尊的教诲；二是强调内在的修炼，反对徒有形式的外在仪式。

焦因度（Joindu，又名Yogindu，Yogindra）的《宇宙本体之光》和《瑜伽精华》，牟尼罗摩狮子（Ramasimha）的《献礼双行诗》等是这类诗歌的代表作。

1. 焦因度和他的诗作。

焦因度被公认为用阿波布朗舍语写作的最优秀的神秘主义诗人。关于他的生平，无资料可查，对他的生活时代也只能推测。印度学者根据其作品的语言分析，认为他的生活年代不会早于10世纪，大约在11世纪[①]。他的《宇宙本体之光》是为解答弟子提问而写的，分为两大部分（上下篇），445小节。上篇主要讲的是"外在自我"（bahiratma）、"内在自我"（antaratma）和最高自我（paramatma）的本质，以及"分散的最高自我"（vikala paramatma）和"整体最高自我"（sakala paramatma）的本质等问题。下篇主要讲的是解脱的本质、解脱的法门、解脱的善果、三宝一如（abheda ratnatraya）、最高三昧（parama -

---

[①] ［印］坎代尔瓦尔：《阿波布朗舍语文学与语法》，阿格拉，1974年印地文版，第71~72页。

samadhi）等问题。其中有这样两句诗：

> 梵与身不同，
> 就在身体中；
> 最高三昧境，
> 肉体与魂灵，
> 大师能分清。

他还说：

> 执着与解脱，
> 业行由众生；
> 自我虽能动，
> 始终无所成。

按照焦因度的观点，宇宙本体或者宇宙最高灵魂的认知和亲证，不是通过吠陀和各类法论的学习，而是通过洁净的禅定感受到的。他认为，宇宙的最高本体梵，与心等感觉器官的活动虽然是不同的，但是它就存在于人的体内，并且充满了整个世界。众生的业是导致执着和解脱的根源，个体灵魂（自我）实际上起不到什么作用。出于这个观点，他认为行善和作恶是一样的。他在《宇宙本体之光》的最后说了这样的话：

> 行善兴家业，
> 家业生自尊，
> 自尊迷心智，

罪恶所从生。

如是行善事，

不如都不行。

在他看来，善和恶是可以循环的：行善的结果是家业的兴旺，由此带来荣耀和尊贵，而荣耀尊贵会使人丧失理性和智慧，丧失理性和智慧就会犯下罪孽。但是，诗人并非善恶不分，他所强调的是不能带着不纯净的心，或者是为了财富而行善。

在《瑜伽精华》中，诗人用浅显通俗的语言描绘出深邃而精微的感受。关于善恶，有这样两句诗：

恶之所以恶，

人人都晓得；

善也会变恶，

难倒大学者。

显然，诗人对自己的这个论断（姑且称作善恶循环论）十分得意。

在《瑜伽精华》中，诗人宣示了他一直坚持的道理，即宇宙大我和个人自我是同一的：

宇宙我即是众生，

众生即是宇宙灵。

明白此理不迷惑，

自我本质要认清。

焦因度是想通过诗歌来表达对耆那教哲学的理解，也希望通过诗歌来宣扬耆那教哲学。耆那教哲学认为，通过自我认知可以去掉眼睛所看见的不真实东西，从而净化心灵和行为，以达到最高的精神境界，获得解脱的善果。

2. 罗摩狮子和他的诗作。

从牟尼罗摩狮子的《献礼双行诗》中，人们几乎找不到任何与作者生平有关的内容，只是在一个手抄本上，在一行诗中发现了作者的名字。而在另外的本子里，又说它的作者是焦因度。不过经过印度学者们详细考证，基本上得到共识，即此书的作者是罗摩狮子牟尼，而不是焦因度。

据印度学者推测，罗摩狮子可能是拉贾斯坦人，因为诗中运用的一些比喻是拉贾斯坦地方常用的，如用骆驼比喻心的躁动。他的生活时代，大约在11世纪，因为后来的诗人雪月曾在自己的诗作中引用过他的诗句。

《献礼双行诗》是为瑜伽行者写的诗，诗中使用了大量瑜伽修行的概念，如融通（agama）、无觉（acit）、又觉（cit）、湿婆、沙克蒂（Sakti）、左道（vama patha）、右道（daksina patha）、有性（sagana）、无性（nirgana）、恒觉（aksarabodha）、醒觉（vibodha）、日（ravi）、月（sasi）、风（pavana）、时（kala），等等。诗中写道：

> 心证最高我，
> 最高我会心，
> 两者相一致，
> 同气境界真。

修炼瑜伽达到了如此境界，则礼拜、祈祷等都没有必要了。诗人认为，修炼者的身体又如一座神殿，里面有各种各样的神，不同的神拥有不同神力；这些力量要在导师的指导下，经过不断的修炼才能获得。他说：

> 世界烦恼多，
> 无明业行作；
> 解脱是正因，
> 唯有思自我。

也就是说，这个世界有诸多烦恼和困扰，解脱之路在于对自我灵魂的深刻思考。只有这样，才能获得最大的快乐和满足。他又说：

> 蠢人去拜庙，
> 庙是人工造；
> 不看自体内，
> 湿婆自在好。

诗人反对到庙里膜拜，反对偶像崇拜，因为那些都是人工制造的。而真正的神明（湿婆）就在你自己的身体里存在着呢。

> 为人最大乐，
> 莫如胜感官；
> 胜地去沐浴，
> 自我清洁难；
> 自我是湿婆，
> 沙克蒂感官，
> 制伏情和欲，

自我纯且安。

这里，诗人强调感官的自我控制，以战胜感官为最大快乐，而对于到圣河里沐浴洗涤灵魂的做法提出非议。

3. 其他神秘主义诗歌

妙光阇梨（Suprabhacarya），11~13世纪间人，属耆那教天衣派信徒。他的《离欲精华》只有77韵（每韵一行）。诗中用朴实易懂的语言讲解了如何离欲修行的道理。例如，说感官好比盗贼，达磨如同财富，修行者要提高警惕，防止盗贼窃取财富。

另外，一位名叫摩诃月（Mahacanda）的牟尼写了一部长达333节（每节两行）的《双行献礼诗》，还有无名氏写的43韵《大欢喜赞》等都是中世纪流传下来的阿波布朗舍语耆那教神秘主义诗歌。

（二）民歌形式的诗歌

耆那教的这类诗歌有三种形式，第一种叫作"拉斯"（Rasa），第二种叫作"切尔切利"（carcari），第三种叫作"帕格"（phag）。

所谓"拉斯"，在印度教民间是一种表现大神黑天故事的歌舞表演，一种娱乐形式。而在耆那教文学中，拉斯是指一种配曲演唱的歌词。这种歌词在耆那教较晚的文献中有一定数量。从形式上看，有长篇叙事诗，也有单篇短诗，都是可以与歌舞表演相结合的。无论是叙事诗还是短诗，都具有教诲和警诫的意义。

主要的叙事拉斯作品有《婆罗多与巴忽巴利拉斯》《旃檀女拉斯》和单篇诗《教诲祛病拉斯》。

医贤·苏利（Salibhadra Suri）的《婆罗多与巴忽巴利拉斯》是一篇可以配曲演唱的叙事诗。作者在诗中对杀生行为予以坚决反对和谴责，告诉人们杀生是多么残忍和可怕。

《旃檀女拉斯》的作者是阿苏伽（Asuga），他在诗中描绘了妇女的可怜生活，充满了对妇女的同情。在封建社会，妇女像财产一样被掠夺，被买卖。诗中的旃檀女被绑架以后，被卖给一个富商，在几经磨难和痛苦之后，旃檀女始终保持着自己的妇道尊严。

还有一类教诫诗是把社会的现实生活摆在人们面前，告诫家居信徒如何遵守戒律。耆那达多·苏利（Jinadatta Suri）的《教诲祛病拉斯》和《教诲诗束》就是这类作品。类似的作品有时又称"切尔切利"。切尔切利是印度民众春天或洒红节时唱的歌，耆那教徒利用了这一形式进行劝诫，通常在寺庙中吟唱。

耆那达多·苏利，生于1075年，卒于1154年。用梵语、俗语和阿波布朗舍语写作。其原名苏摩月（Somacandra），9岁时被一耆那教导师看中，予以教诲。不久，正好有一位耆那教导师耆那婆罗比·苏利（Jinavallabha Suri）去世，他便作为继承者被扶上"苏利"（导师）的座位，更名为耆那达多，并获得了苏利的称号。

他的《教诲祛病拉斯》只有80小节。他在诗中强调真师（sadguru）的作用，认为只有真师才能帮助觅食的灵魂渡过情海（bhavasagara），到达彼岸。而他的《教诲诗束》更短，只有32小节。诗中，作者认为当时的社会出现了毁灭幸福的灾难。在这场灾难中，人们不尊重正法，浑浑噩噩，听不进真师的教诲。为此，他写道：

> 相信了真师的话，
> 阎王发怒都不怕；
> 相信了大梵的话，
> 谁都不能伤害他。

耆那达多·苏利的《切尔切利》是采用民间歌词的形式写成的，

共47首。据说，切尔切利这种诗歌形式还相当古老，迦梨陀娑在他的诗剧《优哩婆湿》的第四幕就使用了这一形式。耆那达多的这个作品也是配曲吟唱的，内容则是为他的前任导师耆那婆罗比·苏利歌功颂德。

印度还有一种叫作"帕格"或"帕古阿"（phagua）的歌调，也是印度民众在春天或洒红节时唱的，也被耆那教徒用来写劝诫诗。如拉贾谢斯瓦尔（Rajasesvara）写的《涅米那特帕格》就属于这一类诗歌的代表。《涅米那特帕格》讲述的是，耆那教祖涅米那特（Neminatha）与罗阇摩蒂（Rajamati）结婚，女方家为招待女婿的迎亲队而杀生，涅米那特看到后十分不忍，毅然离开了岳家，并到山上去修行。显然，这是对往世诗的一种改写，同时宣扬了耆那教不杀生的戒律。

（三）语法书中的文学内容

耆那教作者们还用阿波布朗舍语写出了一批语法书。其中最著名的是雪月。

雪月，生于1088年，卒于1172年。他主要生活在古吉拉特地区，得到那里王公贵族的庇护和供养。他的著作有13种之多，有用阿波布朗舍语写的，有用俗语写的，也有用梵语写的。而且他学识渊博，才华横溢。他的13种书中，有两部语法书、两部大诗、两部诗学著作、一部因明学、一部瑜伽学、一部往世诗和四部辞书（其中一部是医学辞书）。

雪月最重要的著作是《成就者雪月文法》，是用阿波布朗舍语写的语法书，约完成于1143年前后。此书模仿巴尼尼的《八章书》，也分为8章。前7章讲的是梵语语法，第8章讲的是俗语语法。阿波布朗舍语语法在第8章内。书中，他将梵语、俗语和阿波布朗舍语三者相结合，有时举梵语和俗语的例子，有时举阿波布朗舍语的例子。不过，他举梵语和俗语的例子较少，显得零散。而举阿波布朗舍语例子时则经常举出整首或者整小节诗。从雪月的这部著作可以看出，当时的阿波布朗舍语已经是成熟的文学语言。但阿波布朗舍语的标准形式不同，方言和阿波布朗舍语相结合，一种新的语言正在产生，这种语言发展的结果就是今天的印地语。学者们给予这部著作以很高的评价，称雪月为"阿波布朗舍语的巴尼尼"。

但《成就者雪月文法》并非只是枯燥地讲解语法规则，其文学性的内容也引起人们的特别关注。在第8章，讲到阿波布朗舍语文法的时候，作者摘引了很多前人的阿波布朗舍语双行诗，其中也有不少是流行于民众口头的民间文学遗产。这些双行诗合起来多达160多首，它们虽然不是雪月的创作，但由于原作者姓名缺失，所以人们习惯上把它们叫作"雪月的双行诗"。这里举一组例子：

> 女友啊，你且莫唠唠叨叨，
> 我心爱的人只有错误两条：
> 给人东西时把我漏掉，
> 打起仗来把性命忘掉。

> 要是敌军在溃败，
> 是因为有我爱人在；
> 要是我军在溃败，
> 一定是他战死不回来。

> 箭对箭，刀对刀，
> 群龙无首迷失道，
> 我的爱人成英豪，

总能杀出路一条。

女神啊，
无论是今生和来世，
都给我这样的男人：
他像失控的疯象，
勇猛地冲向敌阵。

　　按印度传统诗学的观点，这些诗歌带有十足的"英雄味"。但是我们知道，耆那教主张不杀生，向往和平宁静。而这几首诗却像是刹帝利女人在抒发一种因丈夫英勇善战而备感荣耀的豪情，显然与耆那教的宗旨大相径庭。尽管我们从耆那教文学的其他作品中也能看到关于战斗场面的精彩而逼真的描述，但仍然不像这些诗歌那样把女人描绘得这样富于英雄主义的激情，把战斗说成是男人的使命、英雄的盛典。由此可见，这些诗歌不会是雪月自己的作品，而很有可能是采集自民间的歌谣。这使我们联想到拉吉普特人抵抗外来入侵者的历史，想起拉吉普特妇女在丈夫战死后集体自杀的情景。虽然这些诗歌写作的年代不能确定，作者是谁也不能确定，但其中必然有内在的联系。
　　除了这些"英雄味"的诗歌，雪月的这部语法书中还有许多别的例子，这里试举四例。

林中的黑蜂啊你莫嗡嗡叫，
看看那边你就会伤心哭泣，
可爱的少女去了别的国家，
这种分离会使你活不下去。

这里表现的是情人的分离之苦。千百年来，"黑蜂"一直是印度文学中爱情追求者的象征。

> 蜜蜂离开莲花追逐象群，
> 希望大象醉后流出蜜津①，
> 为得到难得的东西，
> 它们不惜求远舍近。

这首诗说出了人们的一种心理，越难以得到的东西越想得到。告诫人们，不要因为追求高远而忽视了身边的美好事物。

> 鸟儿们在大树上栖息，
> 啄食果子并折断树枝；
> 可大树并不怪罪，
> 不责备也不生气。

这里，诗人运用比喻的手法赞美那种博大的胸怀。

> 大海让水草在表面飘摇，
> 深深的水下却藏着珠宝；
> 主人看不起好的用人，
> 把卑鄙小人当成荣耀。

这与其说是奴仆佣人们的怨言，倒不如说是诗人在揭示一种社会

---

① 印度有一种说法，大象在发情期间眼窝会流出蜜汁一样的液体。

现象，宣传一种美德，批判一种谬误。

金山峻是耆那教中另一位写阿波布朗舍语语法书的人。他的著作《文心摩尼》完成于1305年。这是根据一部梵文书改编的，书中除了讲解阿波布朗舍语法外，还汇集了一些古代国王的故事。

综上所述，我们可以简要总结一下中世纪耆那教文学的特点和贡献。第一，中世纪耆那教徒喜欢用阿波布朗舍语写作，对印度中世纪语言的发展有重要贡献。第二，中世纪耆那教文学异常丰富，体裁繁多，尤其是有相当数量的长篇叙事诗。这些诗歌是对印度史诗传统的继承，其中的优秀作品对后世的同类作品产生了重要影响。第三，耆那教的著作中有对印度两大史诗的改写，这对于研究两大史诗的演变很有意义。第四，耆那教文学中还采集有数量可观的民间短歌，保存了重要的民俗学研究资料。①

---

① 本节的撰写，曾得到印度在华工作过的专家拉盖什·沃茨先生的帮助，特此致谢。

第四节　拉索诗歌

✤

大约在12~14世纪，印地语文学中出现了一批英雄加艳情的叙事长诗。对于这批长诗，印地语里有一个专词——"拉索"（raso），所以也有学者把这一时期称为"拉索时期"，把这一类诗歌称为"拉索诗歌"。下面简单介绍三个拉索诗歌。

一、《库芒拉索》

刘安武先生将《库芒拉索》翻译为《库芒王颂》，两者是一回事。在印度的中世纪，在今天拉贾斯坦邦南部地区，曾经有过三个叫库芒的国王。第一位在位时间为752~808年，第二位在位时间为813~843年，第三位在位时间为908~933年。根据《库芒拉索》的内容，其中提到巴格达的哈里发阿勒马穆（813~833年在位）进攻契托尔要塞，并遭败绩的历史事件。因此，可以推断，这位率众击败阿拉伯军队的库芒王应是三位中的第二位。也就是说，他是《库芒拉索》所歌颂的主要对象之一。《库芒拉索》也因此具有了民族主义和爱国主义的内容。

但是，问题并非如此简单。近代以来，由于《库芒拉索》的不同版本时有出现，其内容也远不止巴格达哈里发进攻契托尔要塞那么单一。所以，印地语文学界关于《库芒拉索》的争论一直没有停止，至今莫衷一是。

近年来，有学者对《库芒拉索》的不同版本做了详细的考证，大体达成了以下几点比较一致的意见：

1.《库芒拉索》所描写的内容主要是库芒王家族的事迹，因此该书被命名为《库芒拉索》。

2.其语言属于早期的拉贾斯坦语。

3.其作者为耆那教修行者维杰耶。他的具体生活年代不详。

4.其故事来源比较早，最初的版本可能形成较早，但最后的成书时间在18世纪中叶。

如此看来，《库芒拉索》经过数百年的流传，其原貌已经无从考查。所以，许多印地语文学史家并不把它列为初期印地语文学的范畴。

二、《比瑟尔德沃拉索》

和其他拉索诗歌一样，《比瑟尔德沃拉索》的作者、创作时间，都是不确定的。而关于这部书的性质，学术界的看法比较一致，即认为虽然它歌颂的是比瑟尔德沃国王，但并不属于英雄史诗类的作品，而是属于爱情传奇长诗之类。

该诗分为四个部分。第一部分，主要讲述的是马尔瓦（今拉贾斯坦邦东南部和中央邦西北部的高原地区）国王颇杰把女儿拉杰摩蒂嫁给了比瑟尔德沃王。第二部分主要讲述新婚的比瑟尔德沃王因与妻子谈论珠宝而负气出走，去了奥里萨国（今奥里萨邦）。第三部分主要描写拉杰摩蒂的分别之苦。第四部分讲述颇杰王把女儿带回国，比瑟尔德沃王于12年后回到拉杰摩蒂身边。

印地语文学史界多倾向于其作者为纳尔赫，据说他是一位宫廷诗人。他所歌颂的比瑟尔德沃王是中世纪兆汉王朝（在今拉贾斯坦中部阿杰梅尔一带）的维格拉赫王第三。历史上，这位国王比较软弱，没有什么英雄事迹，所以关于他的这部拉索就被写成了爱情传奇诗。

关于写作时间，不同版本的《比瑟尔德沃拉索》给出了若干个年代，有1016、1019、1155、1215和1216年等。两位权威的印地语文学史家，拉姆昌德拉·舒克勒和赫扎利·普拉萨德·德维威迪先生，都认为其创作年代应在1155年[1]。

由于这部拉索本身是供演唱用的歌词，是口传下来的诗歌，在经历了数百年之后才出现手抄文本，所以出现各种不同年代的记载是难免的。同样，作为一部长诗，加之年代久远，诗中所交代的背景也很难与历史事实相吻合。

该诗在艺术上的主要特点是对女主人公的心理做了细腻的刻画。例如，该诗第三部分，拉杰摩蒂这样抒发她与丈夫分离后的忧伤和怨愤：

> 大神啊，为何让我生为女人？
> 既然出生，又为何嫁为王后？
> 为何不让我成为马牛，
> 在树林里自在游走？
> 假如我是夜莺，
> 会站在金香树的枝头，
> 去啄食那嫩芽
> 和花粉的蜜球。

---

① 伯金·辛格：《印地语文学别史》，新德里，2009年印地文版，第48页。

此外，女主人公的心情是复杂的，她留恋向往美好甜蜜的婚后时光，同时也抱怨丈夫的无情出走。12年来，她是那么思念着丈夫，而12年后，当她见到丈夫时，却提出了一些妇女通常都会有的疑问：这12年来你都做了什么，是否和别的女人在一起？

作为早期的印地语文学作品，《比瑟尔德沃拉索》是口语化的、通俗的，也是表现了印度教传统观念的。

三、《地王颂》

《地王颂》又可音译为《波利特维拉杰拉索》，是拉索诗歌中最庞大最著名的一部。

同时，围绕这部作品的各种争论也此起彼伏。现在，印度文学界在这部长诗的作者问题上基本达成了共识，即多数学者都认为，作者为金德·巴尔达伊（Cand Bardai），其生活年代为1126~1196年。他是兆汉王朝国王波利特维拉杰（地王）的宫廷诗人，是他写下了最初的《地王颂》。他所使用的语言是俗语，或者是阿波布朗舍语。

但是，数百年后出现了若干个写本，这些写本被印地语文学评论界按长短规模划分为四种：广本（内容最广泛的本子）、中本（中等长度的本子）、短本（比较短小的本子）和最短本。其中，广本有数种，保存于乌代布尔的国立图书馆中，都是1693年以后的写本。印度加西（旧译迦尸，今瓦拉纳西）天城体推广协会依据一个1585年抄本刊行的本子为广本的一个代表，分为69章，16 306韵，汉译约合32 612行。中本保存相对分散，有的在图书馆，有的在私人手中，其长度约在7 000颂（诗节）。短本现有三种，收藏于比卡内尔的国立梵文图书馆里，分为19章，3 500颂。最短本为私人发现，仅有1 300颂，不分章。

不过，这四种本子中的任何一种都不是原本，因为它们的语言都发生了很大的变化，已经不是12世纪的语言。即便是最短本，也不是原本。因此，印度学界认为，现在再通过现行的版本来追寻《地王颂》的原来面貌已不可能。既然如此，《地王颂》的现存版本显然不属于早期印地语文学的范畴，也不应在这一章的介绍和讨论之列。

— 第四章 —

格比尔达斯

第一节　格比尔达斯的宗教哲学

❋

一、引言——格比尔达斯其人

关于一代宗教大师格比尔达斯（Kabirdas，又称格比尔，或译加比尔、迦比尔、卡比尔等）的生平，人们所知甚少，主要资料来自他和弟子们的作品，有些甚至是难以为凭的传说。例如，关于他的生卒年就有多种说法，一直存有争论。印度学者夏姆·孙德尔达斯（Shyam Sundardas）经过一系列考证，推翻了一些早期西方学者的意见，认为格比尔达斯的生年为公元1400年。[①]因为，格比尔达斯的学生达磨达斯（Dharmadas）在1465年将格比尔达斯的诗歌汇集成书，为此，达磨达斯写下这样的诗句：

> 一四五五年已经过去，
> 又是个光辉的星期一；
> 新一年三月的白半月，
> 迎来了新的月圆之日。

[①] 夏姆·孙德尔达斯:《格比尔达斯集·序言》，贝拿勒斯，1957年印地文第6版，第19页。

诗中有两个问题需要说明：首先，"一四五五年"是按印度健日王纪年法计算的，该纪年开始于公元56年，如此，"一四五五年"即公元1399年。诗中说的"新一年"则指公元1400年。其次，诗中的"三月"也是印历的三月，约当公历的五月，"白半月"是印历上半月。也就是说，格比尔达斯出生于1400年印历三月十五。

关于格比尔达斯的卒年，夏姆·孙德尔达斯认为是在公元1519年，也就是说，格比尔达斯活了119岁。[①]尽管此说令人难以置信，但权威的印地语文学史家和评论家拉姆昌德拉·舒克勒似乎比较赞成这一说法。[②]

关于格比尔达斯的生卒年，还有1440~1518、1380~1448等，都有自己的根据，但都不是定论。[③]在各执一端、众说纷纭的情况下，我们只能综合诸说，推测格比尔达斯的生活年代在14世纪末期到16世纪初期的一百多年间。

关于格比尔达斯的出身，也有众多神奇的传说，有人说他是婆罗门的后代，有人说他的父母都是穆斯林。他在诗中多次提到自己的种姓和出生地，其中有这样两句：

　　　　你是婆罗门，

　　　　我是加西的朱拉哈。

　　还有这样两句：

---

① 夏姆·孙德尔达斯：《格比尔达斯集·序言》，贝拿勒斯，1957年印地文第6版，第23页。

② 拉姆昌德拉·舒克勒：《印地语文学史》，贝拿勒斯，1956年印地文修订版，第75页。

③ 刘安武文，季羡林主编：《印度古代文学史》，北京大学出版社，1991年版，第483页。

原先见到过摩格赫尔，

再次从加西到这里定居。

　　诗中的"加西"（Kashi），佛经上常翻译为迦尸，即贝拿勒斯，今称瓦拉纳西；"朱拉哈"（Julaha），印度北方的纺织工人种姓；"摩格赫尔"（Magahar）本为摩揭陀（Magadha）的异称，在今比哈尔邦，此处是比哈尔邦一小镇名，是格比尔达斯晚年的居住地。

　　关于格比尔达斯的师从，也有不同说法。有人认为他的老师是著名的印度教虔诚派大师罗摩难陀（Ramananda），[1]也有人认为是著名伊斯兰教苏非派大师谢赫·塔基（Shekh Taki）。[2]从格比尔达斯的作品分析，很有可能二者兼是，而时有先后。

　　格比尔达斯的诗集被后人称为"比杰克"（Bijak，这个词既有"种子"的意思，又有"宝藏清单"的意思），被北印度的广大印度教徒奉为圣书，至今在民间和寺庙中流传。从20世纪初年起，印度学者开始收集"比杰克"的各种版本，并不断写出发现报告。最初，人们认为"比杰克"包含11个部分，但经过数十年的研究和考证，最后形成了初步共识，认为有三个部分可以大体认定为格比尔达斯的原作。[3]这三个部分是：罗麦尼（Ramaini），意思是"神颂"，可以理解为"大神罗摩的颂歌"；萨巴德（Sabad），来自梵文词sabda，本意是"声音"或"话语"，此处指"圣者的声音"或"圣训"；萨其（Sakhi），来自梵文词saksi，意思是"证词"，可以理解为"亲证上帝的箴言"。这些作品是研究格比尔达斯宗教哲学思想的主要依据，也是支撑本章论点

---

① 夏姆·孙德尔达斯：《格比尔达斯集·序言》，贝拿勒斯，1957年印地文第6版，第26页。

② 拉姆昌德拉·舒克勒：《印地语文学史》，贝拿勒斯，1956年印地文修订版，第76页。

③ 赫扎利·普拉萨德·德维威迪：《论格比尔达斯》，孟买，1953年印地文增订版，第18页；
　拉姆昌德拉·舒克勒：《印地语文学史》，贝拿勒斯，1956年印地文修订版，第80页。

的主要材料。

到目前为止，夏姆·孙德尔达斯整理的《格比尔达斯集》是比较权威的本子，被研究者广泛征引。这个本子正是按上述三个部分整理的，只是第二部分不称萨巴德，而叫"帕达瓦利"（Padawali），是一种诗体，此处可称为训诫体。以下引文凡不做特殊说明者，均依照这一版本。

作为一代宗教大师的格比尔达斯，对于宇宙和人生有自己的一套观点。这里要讨论的是他的两大基本思想：本体论和解脱论。

二、本体论

格比尔达斯的本体论包括三个要点。

（一）不二论

格比尔达斯不是一个无神论者，他在否定偶像崇拜的同时，承认宇宙有一个最高本体，并认为这个最高本体就是世界万物的来源。格比尔达斯认为，罗摩（Rama）是宇宙的最高实在，也是最高灵魂。在他看来，罗摩就是梵（Brahma），或者叫作诃利（Hari），而不是神话传说（如史诗《罗摩衍那》《摩诃婆罗多》和往世书故事）中的十车王之子。

在格比尔达斯之前，印度已经存在一个罗摩崇拜体系。这个体系来自印度教毗湿奴派。虔诚派运动兴起以后，南方的虔诚运动启蒙大师罗摩努阇（Ramanuja）即是罗摩的崇拜者，罗摩努阇的弟子罗摩难陀更是将罗摩的名字挂在嘴上，不停地念诵。这种不停念诵大神名号的做法早就始于印度教，中世纪转盛，也感染了佛教徒，致使许多人不停地念诵佛号。而在印度教徒中，这一做法也一直延续至今。圣雄甘地在遭刺杀的那一刻，他平静地念出"嗨，罗摩"，相当于西方人说"啊，上帝"。格比尔达斯从罗摩难陀那里继承了这一口头禅（mantra），[1]认为念诵罗摩是很重要、很有意义的事情：

> 如果那里没有真师的教导，
> 即使金子的庙宇也应烧掉；
> 如果那里有对罗摩的诵念，
> 即使欲坠的茅棚也要留恋。

但他同时为"罗摩"赋予了新的内涵。他认为，罗摩、真主、诃利、梵、湿婆等都是一回事，心中有了罗摩就有了一切：

> 心中装下罗摩就装下了一切，
> 罗摩是全部学问的核心秘密；
> 没有罗摩就如同下了地狱，
> 遍读四部吠陀也毫无意义。

关于诃利，他在诗中这样写道：

> 没有日月之行，
> 没有OM[2]之声；
> 圣徒栖息之地，
> 安知宇宙情形？

---

① 普鲁修塔姆·昌德拉·瓦杰帕伊：《格比尔达斯和加耶西评价》，瓦拉纳西，1957年印地文版，第31页。

② OM，象声词，旧译唵，现代亦译为奥姆。印度古人以为这是宇宙或上帝的最有威力的声音。佛教亦采用，常用于密咒的开头。

没有时日演进，

没有天地巽风；

格比尔的想法：

皆因诃利神明。

　　这里，格比尔达斯明确表达自己的思想：宇宙间的一切都来源于诃利，没有诃利便没有一切，没有天地日月，也没有天地日月的运行和时间的演进。他还写道：

种子里包含着树林，

树林里包含着树荫；

气息中包含着声音，

声音中包含着意蕴。

梵就是生命，生命就是灵魂，

永远如此，合合分分。

自我就是种子、树芽和树林，

自我就是花朵、果实和树荫；

自我就是全部的光影明灭，

自我就是梵、生命和摩耶。

　　这里，格比尔达斯用文学的语言表达出自己的思想：梵是一切的来源，它蕴含着一切，释放着一切，与个体生命分分合合，永远也不止息。由此可见，格比尔达斯所说的梵就是诃利，就是罗摩，就是上帝，就是宇宙的最高灵魂（Paramatma）；而作为个体的灵魂——自我，在本质上与最高灵魂是同一的，二者间永远处于不断分合的状态。

　　追根溯源，格比尔达斯的思想显然来自奥义书哲学。《广林奥义书》中说"我就是梵",[①]《歌者奥义书》中说"他就是你",[②]为"梵我一如"的理论奠定了基础，成为吠檀多哲学的一个核心内容。大约8世纪时，商羯罗大师又在吠檀多哲学的基础上进一步阐明了梵我同一的理论，创立了"不二论"（Advaita）体系。12世纪，该体系的继承者罗摩努阇提出"制限不二论"（Visistadvaita）。他的弟子罗摩难陀则首先把梵和罗摩等同起来，并认为虔诚地念诵罗摩的名字就可以获得解脱。格比尔达斯又是罗摩难陀的弟子，所以他也把梵和罗摩等同起来。可以看出，格比尔达斯的思想与这一哲学流派是一脉相承的。[③]

（二）无性论

那么，格比尔达斯的上帝是什么样子，有什么特征呢？格比尔达斯在诗中提出了"无性罗摩"（Nirguna Rama）和"无性梵"（Nirguna Brahma）的概念：

> 弟兄啊，把无属性的罗摩念诵，
> 不要执着于那不可知的情形。
> 四吠陀、法典、往世书和语法，
> 也不可能将他的精义说清。
> 千头蛇王、加楼那和足下莲花，
> 甚至连它们都不知情。
> 格比尔告诉你最后的秘密：
> 要让自己坐进诃利的影子里。

---

① 《广林奥义书》4·10。

② 《歌者奥义书》6·7·8。

③ 参见黄心川：《印度哲学史》，北京：商务印书馆，1989年版，第418~449页。

诗中，千头蛇王是神话传说中大神毗湿奴（诃利）在海底的床，加楼那是他的坐骑大鹏金翅鸟，"坐进诃利的影子"指寻求主的庇护。格比尔达斯还写道：

> 念诵无属性的梵吧，兄弟！
> 他一旦进入你心，
> 你就获得了智慧和菩提。

信徒只有通过念诵上帝的名号并使之进入自己的心中，才能获得智慧和菩提，并最终达到与主合一的境界。

文学史家拉姆昌德拉·舒克勒将虔诚派分为"有形"派和"无形"派，并认为格比尔达斯属于虔诚派的"无形"派。[①] 当今，印度学界普遍接受了这一观点。"有形"的原文为saguna，"无形"的原文是nirguna。其中，词根guna的意思有很多，主要有本质、品质、德行、特性、属性等，但似乎并没有形状、形象的意思。我国印地语学界常常把saguna翻译为"有形"，把nirguna翻译为"无形"，这是因为印度学者也经常把nirguna写成nirakar（无形）。其实，翻译为"无形"，是从文学的角度强调梵（罗摩、诃利）的不可视、无形象特征，而翻译为"无特征"或"无属性"则是从哲学的角度强调其无法通过各种感官加以认知。我们这里要讨论格比尔达斯的哲学思想，所以翻译为"无属性"或"无性"更为确切。

正如奥义书哲学中用否定的句式把梵描绘成无特征、无属性一样，格比尔达斯也把他的上帝描绘成无属性、无形象、不可知的。他有这样的诗句：

---

① 拉姆昌德拉·舒克勒：《印地语文学史》，贝拿勒斯，1956年印地文修订版，第64页。

他无轮廓无外形，

完全虚幻无表情。

非海非山非地空；

亦非日月水和风。

他还说：

无限是名字无穷为本质，

那就是我格比尔的上帝。

可见，格比尔达斯的无性论来源也可以追溯到奥义书哲学。但同时我们还注意到，伊斯兰教是反对偶像崇拜的，真主安拉也是无形的、不可描绘的。由于接受过伊斯兰教苏非派的教诲，格比尔达斯建立"无性论"体系的时候不可能不受到其影响。

（三）摩耶论

关于客观世界，格比尔达斯的看法也与吠檀多哲学大师商羯罗的观点一脉相承。在商羯罗看来，这个世界就是梵的幻化，就是梵通过摩耶创造出来的。黄心川先生在分析商羯罗的摩耶论时指出，商羯罗认为摩耶是现象界的种子，同时又是一种"无明"。[①]这与格比尔达斯的观点正相吻合。印度学者也指出："格比尔达斯那些关于摩耶的话语，实际上包含在吠檀多确立的思想当中。格比尔达斯很有可能是在罗摩难陀那里学习虔诚理论的同时也接受了关于摩耶的教诲。"[②]格比尔

① 黄心川：《印度哲学史》，北京：商务印书馆，1989年版，第431页。
② 赫扎利·普拉萨德·德维威迪：《论格比尔达斯》，孟买，1953年印地文增订版，第109页。

达斯在诗中有多处论述到摩耶。前面引用过他的一句诗"自我就是梵、生命和摩耶",由此可见,格比尔达斯认为摩耶与梵和我都是等同的,与世界上的一切生命也是等同的。这大约就源自商羯罗的"下梵"论。由此,格比尔达斯也把摩耶与无明等同起来,他写道:

> 摩耶摩耶人人说,
> 却不知摩耶是什么。
> 不把她从心中驱除,
> 说了也等于白说。

格比尔达斯认为,摩耶是从心中产生的,是精神的东西。他还进一步指明:

> 摩耶的福乐不久长,
> 何必执着不肯放。
> 权力财富都一样,
> 到头都是梦一场。

摩耶所给予的东西,不管是物质财富还是精神愉悦,都是虚幻的、暂时的,如同一场春梦,转瞬幻灭,不可执着。

> 摩耶是母蛇,
> 专门把人吃;
> 没有捕蛇人,
> 把她关笼里。

他把摩耶比喻成咬人的毒蛇，认为人之所以被虚幻迷惑，都是因为心中的无明，而世界上却没有能制伏这毒蛇的外部力量。换句话说，要克服摩耶、消除无明，只有靠自己，靠自己对摩耶本质的认识，靠自己的正确行动。但他同时也强调师父对克服无明和摩耶的引导作用：

> 摩耶就是饕餮女，
> 吃下世界不吝惜。
> 吃不下我格比尔，
> 名为无限有真知。

摩耶能够吞噬一切，却吞不下格比尔达斯这样的真师（Sadguru），因此，要想避免被摩耶吞噬，就得从真师学习。

应当说，格比尔达斯的本体论虽然有以上三个要点，看来是比较严密的，但事实上其理论内部还有一些自相矛盾的地方。他的不二论中也混杂着吠檀多派的多种观点，并非清一色的制限不二论。以上三点，仅仅是对其本体论的概要介绍和分析，并不是其全部。

三、解脱论

格比尔达斯的解脱论主要有以下四个要点。

（一）非偶像

基于无性论的观点，格比尔达斯坚决反对偶像崇拜。在这一点上，他比伊斯兰教反对偶像崇拜还要坚决和彻底，甚至反对到寺院里做礼拜。他说：

> 若是真主只在清真寺内住，

无寺之处难道无真主？

　　若是圣地的偶像中有大神，

　　为何始终见者无一人？

　　若拜石头可成仙，

　　那我就会拜石山。

　　我看该拜石磨子，

　　它给世人常磨面。

　　石头拿来砌成庙，

　　神像也是石头雕，

　　一日石裂自身倒，

　　哪有力量将人保？ ①

　　格比尔达斯否定朝拜圣地的功用，认为到圣河去沐浴是徒劳的。他甚至否定印度教和伊斯兰教的经典，说吠陀、史诗、往世书和《古兰经》"不过是空谈"，只是"给世人以空想，把三界都欺骗"。

（二）虔诚观

　　格比尔达斯在谈到虔诚时，首先指出其派别来源，说它产生于南印度的达罗毗荼，由罗摩难陀带到北国。他认为虔诚是一种心态（bhava），一种精神：

　　虔诚心态如河流，

------

① 此三首与后面"不过是空谈"等三句诗均为刘安武先生译文，见季羡林主编：《印度古代文学史》，北京大学出版社，1991年版，第486、487页。

不仅在夏日滚滚不休；
更值得称道的是，
春旱时节它依然奔流。

虔诚来自誓言，是一种奉献精神；
为了最高真理，不惜献出身心。

虔诚又是通向解脱的阶梯，必须不停地奋力攀登。除此之外，没有第二个法门：

虔诚是解脱的阶梯，
圣徒们都奋力攀登；
谁的心思稍有懈怠，
谁就必然遗憾终生。

即使想出十万个法门，
没有虔诚就没有解脱。

做到虔诚是有条件的，首先要屏弃种姓歧视。格比尔达斯反对种姓歧视，认为受种姓观念束缚的人是不可能虔诚的：

不克服种姓束缚，
便没有真正的虔诚。

虔诚需要爱，没有爱便谈不上虔诚：

鱼儿喜欢水，
财迷喜欢钱；
母亲爱儿子，
罗摩爱虔诚。

没有爱的虔诚，
便是虚妄行径；
如同画饼充饥，
白白浪费生命。

虔诚需要克服各种不良情绪：

情欲恼怒和贪心，
破坏虔诚一片心。

要做到虔诚是很难的，必须恪守规范，否则后果自负：

做到虔诚难上难，
不能半点虚和玄。
如同舞弄刀和剑，
稍偏便会致伤残。

虔诚作为这一教派的根本理论之一，要求信徒全面规范自身的道德，克服不良情绪，付出艰苦努力。

（三）师之道

虔诚派有尊师爱道之风。格比尔达斯认为，师尊是最了解上帝的人，也是最了解解脱之道的人。要想获得解脱，达到与上帝合一的目的，必须有真师的教诲和引导，否则会徒劳无功或者走上歪门邪道。

> 师尊天神本一人，
> 其他一切皆不真；
> 消除自我诃利到，
> 便得目睹大灵魂。

格比尔达斯把师尊与上帝相提并论，主张通过师尊领略和认识上帝的本质。

师尊的作用是给予弟子知识，帮助弟子探究真理的奥秘，为弟子解除疑惑，给弟子纠正缺点过失：

> 无师难获真知，
> 无师难识玄机；
> 无师难以解惑，
> 无师难以正己。

徒弟要遵从师尊的教导，只有这样才能算得上真正的圣徒：

> 遵从师命来，
> 遵从师命往；
> 这是真圣徒，
> 解脱生死网。

师徒间的关系如同洗衣匠与脏衣服的关系，在脏衣服上打上肥皂，拿到石头上洗，脏衣服就变得光洁如新。师徒关系还如制陶工与陶器的关系：

> 师父好比制陶工，
> 徒弟就是制陶泥；
> 双手内外齐合力，
> 塑造精美好陶器。

师父和徒弟如果不在一起，徒弟的心中也要装着师尊，片刻不能忘记；对于师尊的好处，也应时常念颂，这不仅是美德，也是一种功德：

> 师尊住在迦尸城，
> 弟子远离在海滨；
> 身体虽然相距远，
> 美德时刻记在心。

> 经常歌颂师尊，
> 心中常存欢欣；
> 如坐我主怀中，
> 不再沦落凡尘。

总之，格比尔达斯认为，解脱之路是充满艰辛的，修行者必须消除无明，摆脱摩耶，这样就必须接受知识，认清自我，完善自我，而这一切又必须通过从师才可能实现。因为，师尊是代表上帝的，接近师尊就是接近上帝，按照师尊的教导去做，才能获得自我的完善，克服世俗的无明。说到这里，我们已经可以看出，格比尔达斯关于尊师的说教实际上是在让信徒崇拜他自己，他的言论俨然是在树立一个新教主的权威。从这一点看，格比尔达斯有创立新教派的意思。

（四）爱之道

通过爱的道路去实现解脱，是虔诚派哲学的重要理论之一。格比尔达斯主张的爱不是世俗男女之间的性爱和朋友之间的友爱，也不是对父母和兄弟姐妹的亲情之爱。这种爱是一种奉献，是对上帝的全身心的奉献。他多次提到要"割下头颅"走进爱的殿堂，其实并非要信徒真的割掉脑袋，而是用以比喻虔诚的彻底性：只有洗心革面，才能走上爱的道路。即要把全部生命奉献给上帝，把个我完完全全地奉献给最高灵魂。他在《箴言诗》（萨其）第15章开头写道：

> 这是爱的殿堂，
> 不是舅舅的住房；
> 只有献上头颅，
> 才能够入室登堂。

> 这是爱的殿堂，
> 孤高不可居住；
> 只有割下头颅，
> 才能成为圣徒。

爱是生活中的常用语，但真正的爱必须用毕生的时间去身体力行。

他写道：

> 人人都会说爱，
> 那不是爱的标志；
> 全天候沉浸其中，
> 才是爱的真谛。

爱是一条与上帝会合的必由之路：

> 人人都会说爱，
> 那不是爱的标志；
> 走上真爱之路，
> 才能与我主合一。

爱不是供人欣赏的花朵，也不是一种交易，爱对于所有的人都是平等的：

> 不在花园中盛开，
> 不在市场上出卖；
> 不管国王和平民，
> 用头颅换取真爱。

对上帝的爱必须专一，不容任何私心杂念：

> 要饮爱之泉，
> 须断荣华念；

一个剑鞘里，

不容两柄剑。

　　尽管格比尔达斯对爱的论述显得比较抽象，但我们仍然可以得出结论：格比尔达斯的爱是他虔诚理论的一个重要组成部分，是通往解脱的必由之路。

第二节　格比尔达斯的文学创作

✦

　　上一节，我们介绍和分析了格比尔达斯的宗教信仰和哲学思想，这里要谈的是他在文学创作方面的特色和艺术成就。

　　格比尔达斯有成千上万的追随者，直到今天还有许多人在念颂他的诗，难道这些人仅仅由于宗教信仰的需要才背诵他的圣训？他的诗歌除了宗教训诫以外难道就没有其他的吸引力？如果说有，那是什么？那就是他诗歌中所具有的艺术上的魅力。

一、通俗性

　　通俗性是格比尔达斯诗歌的首要特点。正因为有这一特点，他的诗歌才赢得了许许多多普通民众的喜爱。那么，格比尔达斯诗歌的通俗性表现在哪里呢？

　　1. 语言的通俗。

　　关于格比尔达斯诗歌语言的通俗性，刘安武先生曾经指出："格比尔达斯的诗的艺术特点是通俗易懂，明白如画。由于他没有受过什么教育，而且一直生活在民间，所以他的语言是人民群众的语言，没有经过任何雕琢，从而保持了一种朴素的自然美。也正是因为这个原因，他的作品得以广泛流传。"[1]

格比尔达斯诗歌所使用的语言，是当时印度北方地区，尤其是今北方邦东部和比哈尔邦西部地区的方言（克利方言）。但是，他的语言并不纯正，由于时常在各地行走传道，他的语言中夹杂印度北方不同地区的不同词汇和习惯用语，被认为是一种混合方言[2]。

格比尔达斯有这样一首诗：

> 说得甜如蜜，
> 做得如剧毒；
> 言行要一致，
> 毒汁变甘露。

用浅显的语言说明了要言行一致的道理。再如：

> 千万别骄傲，
> 别把人嘲笑；
> 小船在海里，
> 难免遇风暴。

语言平直，便于记忆。又如：

> 有事今天做，
> 来日并无多；
> 灾祸随时起，

① 季羡林主编:《印度古代文学史》，北京大学出版社，1991年版，第489页。
② 罗杰特出版组织编:《格比尔达斯的教诲》，梅拉特，2004年印地文版，第4页。

想做不能做。

2. 修辞的通俗。

格比尔达斯没有上学读书，对修辞理论自然是门外汉。但是，这不等于他完全不懂得修辞。我们这里所说的修辞，当然不是指那种展示文采的华丽雕饰，而是他诗歌中那种质朴、贴切、生动的比喻。为了说明道理，格比尔达斯的诗歌里经常使用比喻，这些比喻都与人们的现实生活密切相关，让人们一听就懂，一学就会。不管听众是有文化的还是文盲，也不管道理是如何深邃奥妙，通过比喻，格比尔达斯使他的诗歌获得了永生。

还是看他的诗：

> 花言巧语最害人，
> 如同烈火烧自身；
> 好人话语如清水，
> 如同甘露沁人心。

用火来比喻花言巧语，用水来比喻实实在在的语言，这对于生活在炎热土地上的印度下层民众来说是最容易接受和理解的。

> 高处不停留，
> 水往低处走；
> 高处受干渴，
> 低处喝个够。

水往低处流，这是人们日常生活中最起码的知识。格比尔达斯用水的这一特性做比喻，揭示出这样一个道理：人不要总是眼睛向上看，不要总是摆出一副居高临下的架势，而应当到下层老百姓当中，要脚踏实地。还有：

> 白鹭美在外，
> 外白心里黑；
> 乌鸦虽丑陋，
> 表里一样黑。

这意思是说，白鹭是伪善的，表面上漂亮，但内心只想吃鱼。与其喜欢白鹭，还不如喜欢乌鸦，至少乌鸦是表里一致的。格比尔达斯在这里使用这个比喻，当时的听众都能够理解，因为印度《五卷书》里有个非常著名的寓言：一只白鹭欺骗鱼塘里的鱼，说灾难将至，它可以大发慈悲帮助它们迁移到一个大池塘里；于是天真善良的鱼类被它一条条地衔走吃掉；最后是一只螃蟹识破其诡计，钳断了白鹭的脖子。也许是有了这个故事，印度人便对白鹭有了不好的看法，格比尔达斯也是如此。他在另外一首诗里也同样不看好白鹭：

> 白鹭天鹅一样白，
> 同在湖中任徘徊；
> 白鹭专门吃鱼虾，
> 天鹅衔得珍珠来。

其实，天鹅并非靠捞取珍珠活命，它们也是要靠猎食水中生物活命的。诗人之所以这样写，只是一种偏爱，是为了适应民众的心理需要。

3. 道理的通俗。

格比尔达斯不是为艺术而作诗，而是为讲道理才作诗。所以，他的诗歌都是要讲道理的，没有例外。但他讲的道理不是空泛的，也不是生硬的，而是生动的、活泼的，让人一听就明白。

> 不要盯着女人看，
> 看了也别多思恋；
> 多看身上起毒素，
> 心里也要生歹念。

这话在我们看来未免偏激，但他说得特别直白。那么，在这个非男即女的社会，男人和女人该如何相处呢？总不能谁都不看谁一眼吧？于是他开导说：

> 偶尔看了也无妨，
> 权当姐妹和亲娘；
> 整天不与她来往，
> 心里平静无祸殃。

为什么要远离女人呢？在格比尔达斯看来，主要原因并非女人低贱、污秽，而男女之大妨，在于是否能控制欲望，是否有利于精神解脱。所以他说：

> 谁跨过欲望深沟，
> 谁就能到达彼岸；
> 谁在深沟边失足，
> 就遭受无边苦难。

即使有时道理很玄秘，但他也能够表达得很通俗。例如：

> 身体不常在，
> 生命更难求；
> 树叶一落地，
> 不再返枝头。

这首诗有两种解读：一是说生命的可贵，劝说信徒们珍爱生命；另一是说诗人用"生命"（janma）和"身体"（deha）、"树叶"（patti）和"树枝"（dara）的关系来比喻个体灵魂与最高灵魂的关系，劝说人们抓紧修炼，亲近上帝①。

二、哲理性

上一节我们已经谈论了格比尔达斯的宗教观和哲学思想问题。这里，我们要从艺术的角度讨论其诗歌的哲理性问题，即格比尔达斯如何通过诗歌来宣示哲理。下面来看具体例子：

> 当我们出生的时候，
> 世界在笑我们在哭；
> 当做完事情离去时，
> 我们在笑世界在哭。

这首诗的确太精彩了，通过哭和笑的反差来启发人的思考，思考世界的奇妙，思考人生的奥秘。这对于人们正确地认识生和死是有帮

---

① 萨德那出版社编：《圣徒格比尔达斯的双行诗》，德里，2004年印地文版，第46页。

助的。正因为如此，它已经成为传遍世界的格言。人们常常这样说：当你出生的时候，你在哭，周围的人在笑；当你死去的时候，你在笑，周围的人在哭。这是生活中经常能见到的场景，但仔细一想，这里面的确包含着深刻的哲理。生，对于别人来说是喜事，但对本人来说就未必是快乐，甚至意味着无尽的烦恼。死，当然是令人惧怕的，但对于死者本人来说，这何尝不是解脱呢。正如恩格斯在马克思墓前曾经说过的：死亡不会给死者带来痛苦，而只会给生者带来痛苦。

我们还注意到，在不同的版本里，这首诗却是另外的写法：

当你来到世界，

你在哭别人在笑；

不要做下坏事，

再让身后人耻笑。[1]

这种不同版本的出现是有原因的。上一节我们谈到了关于不同版本的搜集和整理问题，虽然有的版本被印度学术界较多的人认可，但也还是不能定于一尊，还是有众多的版本流行。由于格比尔达斯的诗歌具有通俗性的特点，而且长期以来以口头形式传播，所以在流传的过程中必然产生差异，必然要有后人的改动和增加。

再看：

慢慢地慢慢地，

一切都在发生；

园丁不断浇水，

---

[1] 萨德那出版社编：《圣徒格比尔达斯的双行诗》，德里，2004年印地文版，第153页。

果实应季而生。

这首诗告诉人们三个问题。第一是时间问题，世间的一切都在时间中变化；而这种变化是渐变，是慢慢地（dhire - dhire）进行着的。这一观点符合印度人自古形成的时间观念，即时间是一个圆，如同一个轮子，所以又叫"时轮"（kala - cakra）；时间的演进是循环往复、无始无终的。而世间的一切都要发生，不以人的意志为转移，所以人们不必着急。这种观念铸造出人们的性格，不只争朝夕，不急功近利。关于时间，格比尔达斯还有这样一首诗：

> 世界在时间里出产，
> 万物在时间里繁衍；
> 一切在时间里毁灭，
> 时间又吞噬了时间。

第二是因果问题，有因必有果，有果必有因；没有无因之果，也没有无果之因；因果是相互依存相互转化的；因和果的转化是需要条件的；果有好坏之分，即善果和恶果，行为（造业）是关键。这是印度的古老哲学，印度教和佛教都有这样的主张。第三是精进问题，不断地精进是结善果的重要条件，这正如园丁不断地浇水。一个人要想获得解脱，要想同上帝合而为一，就要不断地努力。

关于物质与精神，格比尔达斯这样说：

> 牛马大象是财富，
> 珠宝更是钱财库；
> 一旦心灵得满足，

> 珠宝财富如粪土。

在精神和物质的重大哲学问题上，印度自古以来就偏重于精神，相对而言轻视物质。这是传统思想，来自古老的奥义书哲学，不是格比尔达斯的发明。如上一节所说，格比尔达斯是唯心主义者，认为宇宙的本源是一个看不见摸不着的伟大灵魂——罗摩（或诃利）。他一方面承认世界的物质性，另一方面又否认物质的真实性。所以，在他看来，现实生活中的那些财富都不比精神来得重要。他认为，精神的"满足"（sandosh）是人的第一需要。那么，他所说的满足是什么呢？

> 烦恼罗刹女，
> 专吃人心脾；
> 医生无法治，
> 良药无处施。

满足就是消除烦恼。格比尔达斯不认为缺衣少食会致命，倒认为烦恼会致命。结合前面所说的生死问题，他认为生不见得好，死不见得坏，为烦恼困惑而生，与死没什么两样，甚至生不如死。这首诗里隐藏的道理是：真正能消除烦恼的不是医生，也不是医生开的药，真正的良药是真师的教诲。

关于痛苦，格比尔达斯说：

> 高贵苦，低贱苦，
> 富人穷人都痛苦；
> 世界上一切皆苦，
> 圣徒制心乃幸福。

为幸福四处奔走，

得到的却是痛苦；

为幸福回到家里，

得到的更是痛苦。

人一生下就痛苦，

从未得到过幸福；

仔细观察生命树，

枝枝叶叶都是苦。

　　我们很清楚地看到，这是对佛教观点的继承和发挥。佛教主张人生一切皆苦，格比尔达斯也这样说。而且，他把人生比喻为一棵树，认为生命的整个流程都充满痛苦，尤其是成年人。他们为幸福奔走，抛妻离子，是佛教所说的"爱离别苦"；那么回家以后呢，又得不到自己想要的财富，这是佛教所说的"求不得苦"。既然世人不分高低贵贱，都有无尽苦恼，那么有谁是幸福的呢？只有所谓"圣徒"（santa）是幸福的。在这里，圣徒专门指虔诚派的出家修行并有成就者，也就是像格比尔达斯这种人。圣徒的幸福也不是凭空得来的，而是通过艰苦修行，通过控制心思和欲望而得到的。

　　现在经常可以听到有人说"实现自我""挑战自我""战胜自我""你的对手就是你自己"之类的话。这些话的确是富于哲理。其实，这都是人类在长期的实践中总结出来的，闪烁着先哲们的智慧之光。格比尔达斯就是这样一位先哲，因为他早在500年前就说过这样的话：

你的敌人不是别人，

　　就是你自身的弱点；

　　克服了自身的弱点，

　　就能任意四处游览。

可以说，格比尔达斯的诗歌充满了哲理性，这里只举出几个例子。

三、继承性

关于格比尔达斯在宗教哲学上的传承，前面已经介绍过。这里要讨论的是他的诗歌在艺术形式上的继承性。

要探索格比尔达斯诗歌的继承性特点，大体要考察这样三个方面的情形：第一，是印度的诗歌传统。第二，在这个大传统下，还要分析印度口传诗歌的传统。第三，分析印度格言诗的创作传统。下面分别来谈。

1. 对印度诗歌传统的继承。

我们知道，印度上古的《梨俱吠陀》说明，印度最早的文学作品是诗歌。在《梨俱吠陀》之后，还有三部吠陀和一些《梵书》《森林书》《奥义书》等，都是用诗体创作的。两大史诗也是如此。到了中世纪，当各地方言文学兴起以后，各语言最初的文学作品仍然是诗歌。例如印地语文学，早期的文学作品如《地王颂》《库芒王颂》《维杰耶巴尔王颂》等，都是一些歌颂英雄人物的叙事诗①。印地语文学是这样，其他语言文学也是这样。可见，印度人写诗的传统非常悠久，这是一个总的潮流。格比尔达斯的诗歌创作于这个总的潮流之中，受潮流的影响，为潮流所推动，是很自然的事情。

---

① 刘安武文，季羡林主编：《印度古代文学史》，北京大学出版社，1991年版，第383页。

2. 对印度口传诗歌传统的继承。

印度和中国的情形不同，中国很早就有用文字记载的习惯，所以口头文学不如印度发达。印度用文字书写诗歌的习惯不如中国人，但他们口口相传的习惯却胜过中国人。从吠陀到史诗，都是凭借口口相传才保存下来的。由于有了这样的传统，使格比尔达斯的诗歌也通过口传的方式保存下来。

3. 对印度格言诗创作传统的继承。

在印度古代，有许多格言诗。例如，史诗《摩诃婆罗多》中就保存许多格言。如金克木先生所说："大史诗的诗体带有民间文学的特点，质朴，有些粗糙，但是鲜明生动。叙事、说理、描写、抒情都是如此。这样的特色之中，最突出的，而且成为古代印度诗歌一大特点的，是格言和譬喻的丰富。运用比兴本是民谣和古诗的一个艺术特征，印度诗在这方面尤其发展。大史诗本为发教训而作，诗里的格言自然很多。这些格言往往是谚语形式的，穿插着很多譬喻。有许多格言后代一直引用、传诵、模仿。"[1]

《五卷书》和《嘉言集》的情况也是如此，是属于为教训而作的民间文学作品的集结，韵散相间，故事中插有许多格言、警句等。

同样，佛教和耆那教也有这样的情况。当我们看《佛本生故事》的时候，会发现每讲一个故事，中间或结尾总要穿插着诗句，被称为"偈颂"，都是教诲性质的格言之类。耆那教中也有这种情况，仍如金先生所说："耆那教文献中有许多诗句，风格跟佛教的诗句近似。就这类传教格言来说，有时比喻得还很生动，能结合生活或自然界的现象。"[2]格比尔达斯的格言诗正是如此。

在印度南方的泰米尔语文学中，《古拉尔箴言》最为有名，大约成

---

① 金克木:《梵语文学史》，北京：人民文学出版社，1980年版，第120页。

② 同上，第170页。

书于公元2世纪，是一种宣传伦理道德的格言诗集，全书分三卷，共133章，1 330首格言诗①。此后，还有《四行诗集》等12种属于伦理文学的作品。

南方的泰米尔语文学对北方的格比尔达斯有很重要的影响。原因是中世纪的虔诚派运动首先在南方兴起，然后传到北方。而格比尔达斯的老师罗摩难陀（Ramananda）的师承正是来自南印度的罗摩努阇（Ramanuja）一系。一般认为，罗摩努阇大约是12世纪人，他的理论为后世许多虔诚派大师所继承，在诸多的继承者中，罗摩难陀和格比尔达斯最为著名。一般认为，罗摩难陀是14世纪中叶到15世纪中叶人，具体生平不详，据说他出生于现北方邦的阿拉哈巴德，一生到处云游，曾经在贝拿勒斯（今瓦拉纳西）建立过虔诚派的宗教团体。他的著作没有流传下来，但他的一些箴言一直在民间传诵②。

格比尔达斯的诗中特别强调对师尊的恭敬、遵从、服务与效仿，他自然也要效仿他的老师，而罗摩难陀的箴言诗无疑也是他效仿的对象。

综合以上情况，格比尔达斯的诗歌创作就不是无源之水，无本之木，也不是文学史上的孤立现象。他在前人的基础上进行创作，无论是思想上还是艺术形式上，都继承了前人的创作传统，在此基础上加以发挥，有所创造，有所前进。同样，他的弟子们也继承了他的创作传统。

四、创造性

格比尔达斯诗歌的创造性主要体现在语言和修辞上。语言通俗是他诗歌的一大艺术特色，但语言的丰富也是其艺术特色之一。同时，

---

① 张锡麟文，季羡林主编：《印度古代文学史》，北京大学出版社，1991年版，第361页。

② 黄心川：《印度哲学史》，北京：商务印书馆，1989年版，第446页。

他的诗歌大量运用比喻，有些比喻是他的创新之作，给读者留下深刻的印象。下面谈三点。

1. 语言的丰富。

笼统地讲，格比尔达斯诗歌使用的语言属于印地语，具体地说，他使用的语言又叫印度北方通行的克利方言。但问题并不这么简单，他的诗歌的语言显得很杂，包含着许多地方的词汇和多种语言的语法现象。对此，印度学者有各种解说和猜测。正如印度学者夏姆·孙德尔达斯所说："确定格比尔达斯的语言是很困难的，因为其语言是混杂的。格比尔达斯的作品中有好几种语言的词汇，不过语言的确定在很大程度上不是靠词汇，而是靠动词、连词和格助词，因为它们决定了句子的结构。格比尔达斯的诗歌里不仅有多种语言的词汇，也有多种语言的动词、连词和格助词。如动词变化多为布罗杰语和克利方言，而格助词中的kai、san、sa等来自阿瓦提方言，kau来自布罗杰方言，thai来自拉贾斯坦尼语。"[1]至于他诗歌中的词汇，其来源则更为复杂，除了上面提到的以外，还有比哈尔语、旁遮普语、阿拉伯语、波斯语和迈提利方言词汇。在今天看来，使用语言这样杂，不但会影响诗歌的文学性，而且增加了理解的难度，以至影响读者的接受效果。但事实证明，这在当时并没有负面影响，相反却为信徒们广泛吟诵。原因在哪里？

格比尔达斯没有上过学，也没有学习过语法，其语言的复杂正好说明了其接触人员的复杂。这些人既有印度教徒又有穆斯林，既有东印度人又有西印度人。他们从各地来到格比尔达斯的周围，交流中自然会产生语言的混杂现象。印度学者赫扎利·普拉萨德·德维威迪说："随着时间的推移，今天有文化的人已经很难理解诗中的语言。格比尔

---

① 夏姆·孙德尔达斯:《格比尔集·前言》，贝拿勒斯，1957年第6版，第71页。

达斯没有学过书面雅语，但他的语言中仍然保存着传统语言的某些特点。这是有历史原因的。"[1]从当时印度的文化和社会背景看，语言混杂也是必然的现象。伊斯兰教势力的大规模进入是从11世纪到12世纪开始的，1206年在德里建立苏丹国。他们主要是从印度的西北方进入的，然后逐渐东扩。到格比尔达斯的时代，印度东部地区已经有许多移民在那里定居，他们既有外来的穆斯林，也有改宗的穆斯林，还有不同时期从西部逃难来的人口。他们长期混合居住和交往，语言就出现了混合现象。尤其是下层人口中，这种语言混杂的现象就更为严重。而且格比尔达斯本人也游历过不少地方。在这种情况下，格比尔达斯的语言必定受到影响。这是格比尔达斯诗歌中语言混杂的客观原因。从主观讲，格比尔达斯为传教的方便，大胆使用当时当地最流行的话语，既是情理中的事，也是一种创新的尝试。仍如赫扎利·普拉萨德·德维威迪所说："格比尔达斯对语言拥有强权，想怎么表达就怎么表达。语言在格比尔达斯那里好像是俯首听命，没有反抗的勇气和余地。这种表达方式就像说故事一样能够抓住人心。格比尔达斯语言中的这种力量，在其他作者那里很少见到。"[2]

2. 比喻的新颖。

前面说过，格比尔达斯擅长运用比喻，他所用比喻通俗贴切、生动活泼。这里让我们通过具体的例子来说明其比喻的新颖。

> 有人吃鱼又吃肉，
> 吃了鱼肉又喝酒；
> 就像萝卜连跟拔，
> 彻底完蛋没有救。

---

[1] 赫扎利·普拉萨德·德维威迪：《论格比尔》，孟买，1953年印地文版，第222页。
[2] 同上，第216页。

这比喻实在通俗，但也的确与生活贴近，新颖生动。

> 大家轮流抽烟斗，
> 你抽完了我来抽；
> 如同口里吐吐沫，
> 我的吐进你的口。

当时印度社会有抽烟的习俗，而且一个烟斗大家轮流抽。格比尔达斯反对吸烟，更反对这种"群抽"的陋习。所以他打了个比方，说好比是别人嘴里的吐沫吐到了你的口里，试想，那该是多么令人作呕的事。

> 怒如火，吵如烟，
> 谩骂如同红火炭；
> 要做真正出家人，
> 三者都要抛一边。

对于中国读者来说，"怒如火"好理解，不算新鲜，因为中国有个词就叫"怒火"。但把争吵比喻成烟就比较新颖生动，尽管中国人有时也用"乌烟瘴气"来形容吵闹和喧嚣。把谩骂比喻成火炭很新颖，也很有道理，因为谩骂容易伤人，像火炭容易灼伤人一样。

3. 幽默辛辣的讽刺。

在这方面，也有不少例子。这里只举两个：

> 鸡对毛拉这样说：

今天你要宰了我，
世界末日算总账，
你的大祸躲不过。

这哪里是一首宗教诗，简直就像说寓言一样，以幽默的口吻讥讽毛拉屠杀生灵。

乌鸦夺了谁的财？
八哥让谁好运来？
世人爱听甜蜜语，
哪分青红和皂白？

就像中国人喜欢喜鹊而讨厌乌鸦一样，印度人喜欢八哥而讨厌乌鸦。这首诗道出了社会上人们的一个不良倾向，讽刺了那些爱听好话而不辨是非的人。

五、局限性

在印度教徒，包括当时的一些穆斯林看来，格比尔达斯是圣徒，是教主，是神。但在我们看来，他是人，是历史上出现的伟人。是人就会有缺点，不管他多么伟大。因此，格比尔达斯的诗歌里也存在一些糟粕，这是历史的局限。

1. 宣扬迷信。

他一方面反对迷信：

人痛畜痛一样痛，
只有蠢材装不懂；

> 宰牲要是能升天，
>
> 何不自己断脖颈？

这表现了他反对杀生、反对作为祭品的牺牲可以升天的说法。但另一方面，他却相信地狱，而且还在许多地方提到地狱（narak），认为人做了坏事会下地狱：

> 穆斯林杀生用匕首，
>
> 印度教徒用刀剑；
>
> 格比尔认为都一样，
>
> 一起走进阎王殿。

格比尔达斯还相信来生，相信因果报应，这就在无形中宣扬了迷信：

> 我一直这样说，
>
> 请你们仔细听；
>
> 今生杀害生灵，
>
> 来生必定偿命。

我们不能要求格比尔达斯不迷信，更不能要求他不相信宗教，所以，他的这些局限性是可以理解的，也是可以容忍的。

2. 不尊重妇女。

关于这一点，刘安武先生曾经指出过，他说："有一类诗反映了他对于妇女持有落后的观点。他不是深入观察社会，去发掘罪恶现象的真正根源，而是一味指责妇女，说妇女是祸根，叫人不要接近妇女，甚至连火化妇女尸体的地方也不要去，因为沾上了骨灰也会使人堕落毁灭，这种迂腐的道学气到了荒谬可笑的地步。另一方面，他又在诗里叫女子好好服侍丈夫，遵从丈夫的旨意，丈夫死后要殉节，这是一种封建的说教。"①的确如此。下面举一个例子。

印度教曾经有一个非常残忍的陋习，就是"萨蒂"（sati），或者叫作"寡妇殉夫制度"。格比尔达斯对此没有批判，似乎很赞同。他有这样一首诗：

> 节妇见火身发抖，
> 英雄遇战连摇头，
> 出家人错过修行，
> 三者都愚蠢透顶。

当然，格比尔达斯诗中还有一些在我们今天看来是不好的东西，这里不一一指出。

---

① 季羡林主编:《印度古代文学史》，北京大学出版社，1991年版，第489页。

第三节　格比尔达斯的历史地位

❀

格比尔达斯在印度的历史地位主要表现于两个方面，一是在宗教史上的地位，二是在文学史上的地位。

一、宗教史地位

在印度宗教史和哲学史上，格比尔达斯拥有崇高的地位。

首先，他融合印度教和伊斯兰教，在印度特定的历史时期和社会环境中创立了一个新的教派——无性论虔诚派。在格比尔达斯之后，出现了那纳克、莱达斯、米拉巴伊等著名继承者，使该派得到广泛传播。格比尔达斯的思想对后世的影响巨大。他的圣书《比杰克》在印度北方地区广泛流传，尤其是在印度北方邦和比哈尔邦一带，更是家喻户晓。但更重要的是，在他的弟子当中，最著名的是锡克教创始人祖师那纳克，而在锡克教的根本经典《阿底·格兰特》中也收有格比尔达斯的若干首诗。因此，格比尔达斯的思想理论无疑会对锡克教的创立和发展产生影响，而锡克教的出现和发展又直接影响了整个印度的历史进程，改变了印度社会文化的格局。

其次，格比尔达斯是印度中世纪第一位将伊斯兰教苏非派哲学融合进印度教吠檀多哲学的思想家。他继承了吠檀多派哲学传统，师承中世纪著名虔诚派大师罗摩难陀，同时又在新的历史条件下丰富和发展了吠檀多的理论，在"不二论"的基础上提出了"无性论"，既是对吠檀多哲学的继承，又融合了伊斯兰教反对偶像崇拜的精神。他关于通过"爱"的道路去实现"梵我同一"并获得解脱的观点，既继承了虔诚派哲学的虔诚观，又融合了苏非派通过"爱"的道路（阶梯）去亲证真主的理论。

第三，格比尔达斯和他所创立的流派，反对种姓歧视，也反对宗教偏见，主张人人平等，和睦相处。在格比尔达斯的教团里，既有印度教徒又有穆斯林，他们都团结在格比尔达斯的旗帜下。可以说，这个教团在当时带有新兴宗教的味道。但它是一个温和的教派，在当时具有融合两大文化的积极意义。在本土印度教文化和外来伊斯兰教文化的冲突中，该派的出现促进了教派和睦，削弱了宗教对立情绪，对社会的稳定和进步起到推动作用。一位用马克思主义观点研究虔诚诗歌的印度学者西沃库马尔·米什拉指出，格比尔达斯及其流派的最大贡献是反对人与人之间的等级划分，在现实社会中寻找人性的共同东西，并提出了一个伟大的理想——"人类的共同宗教、共同社会、共同文明"。他还说："可以肯定，具有远见的格比尔的梦想至今没有实现。但他并没有死。我们看到历史脚步的前进方向，可以说，下一个世纪是格比尔的世纪。"[1]这个评价甚高，也许难以让人接受，但我们从中可以理解，印度学者的评价反映出格比尔达斯对印度社会影响的巨大和深远，以及他的思想对印度社会所具有的现实意义。

---

[1] 西沃库马尔·米什拉：《虔诚诗歌与世俗生活》，德里，1983年印地文版，第50页。

二、文学史地位

格比尔达斯在印度文学史上也有崇高的地位。

如我们在本章第二节所说，格比尔达斯继承了前人的文学创作经验，把它们吸收到自己的创作过程之中，融会于自己的作品之中。

但更重要的是他的开创性工作。印度虽然有创作格言诗的悠久历史，格言诗在早期的梵语文学作品中屡见不鲜，在早期的泰米尔语语文学作品中也有优秀的范例，但在印地语文学史上，格比尔达斯可以称为印地语格言诗的早期开创者和优秀的代表。所以，格比尔的思想和诗歌不仅影响了他的弟子们，影响到后来印地语的文学创作，而且也影响到印度其他语言的虔诚诗人和作品。如马拉提语虔诚诗人杜格拉姆就是其中之一。此外，格比尔达斯在旁遮普语虔诚文学中也有广泛影响。

05

莱达斯

莱达斯（Raidas），本名勒维达斯（Ravidas），是印度中世纪无形虔诚派的著名诗人之一。他留给后人的诗歌不多，但影响很大，追随者众多。至今，印度尚有多个由莱达斯信徒组成的宗教团体。例如，其中之一叫作"全印勒维达斯门徒大会"（Akhil Bharatiya Ravidasi Mahasabha）。该团体的成员经常举行宗教活动，尤其是每年印历十一月（约当公历一二月）的月圆日，都要举行纪念莱达斯生日的活动。

　　印度现代著名诗人尼拉腊（Suryakant Tripathi Nirala，1896~1961）曾于1943年写过一首诗《圣徒莱达斯赞》，翻译如下，以证明莱达斯的现代影响：

　　　　最优秀的牟尼，知识的象征。

　　　　宗教的旗帜里，无比的精英。

　　　　虔诚的诗人中，可敬的前锋。

　　　　瑰丽的想象之光，撒向芙蓉——

　　　　伸展腰肢站起来——诗意葱茏。

　　　　吉祥时刻到来了——你的种姓。

所有人看到，都闭上眼睛，

信念之水浇灌你，卓然功成。

当王后们陷入烦恼的牢笼①，

箴言教诲使她们以你的弟子为荣。

你不用触摸便能点石成金，

反复的修行中，奔流不息的

智慧之河中，皮匠同样辉煌光明②，

我在行触脚礼，向你致敬。

　　下面分两节介绍莱达斯的生平、思想和创作。

---

① 王后们，指米拉巴伊和恰丽（Jhali，又名恰拉，Jhala），拉贾斯坦王公的后妃，据说后来
　都成为莱达斯的信徒。
② 皮匠，莱达斯属于皮匠种姓。

第一节　莱达斯的生平和思想

❧

一、莱达斯的生平

莱达斯有许多名字，除了勒维达斯之外，由于不同地区方言引起音变等原因，他还有其他名字在印度不同的地区流传，如勒耶达斯（Rayadas）、鲁伊达斯（Ruidas）、洛希达斯（Rohidas），等等。

关于莱达斯的生卒年，说法很多，似乎都有一定根据，但又都存在一些疑问。事实是，由于印度古人不重视记录真实的历史，使莱达斯的生卒年几乎没有任何确切的资料可考。尤其是圣徒们的生平，弟子们往往对其经历加以神化，对其年龄也有意无意地加长，更使问题复杂化。即使是莱达斯的出生地、去世地等，也有多种说法。这些，都是印度学界长期争论的问题。

确定莱达斯的生活年代主要靠当时的一些文献，尤其要看莱达斯本人及其弟子们的作品，从中寻找蛛丝马迹。这里主要涉及两个人，一个是莱达斯的弟子、虔诚派著名女诗人米拉巴伊，另一个是大名鼎鼎的格比尔达斯。

莱达斯是米拉巴伊的老师，这在米拉巴伊的诗歌中多次被提到。

因此，印度学者认为，米拉巴伊的有关诗歌成为确定莱达斯生活时代的一个相对可靠的资料来源。但是，米拉巴伊是否是莱达斯的亲传弟子还有待考证，而且印度学界对根据相关材料推测的米拉巴伊生卒年也有不同意见，有人认为她大体生活于1560~1603年[1]，也有人认为她生活于公元1502~1546年[2]，似乎前者更可靠。如果按前者推测，则莱达斯应当生活于16世纪。另外，格比尔达斯在诗中提到过圣徒莱达斯，说明他们二人基本是同时代人。而在莱达斯自己的诗歌里，也曾多次提到格比尔达斯，并且说到他的去世。这又说明莱达斯的年龄要比格比尔达斯小。同样的问题是，格比尔达斯的生活时代也未有定论，一般认为在14世纪末期到16世纪初期的100余年间。这样，也与莱达斯生活于16世纪的推测大体相符。印度学界还有一些具体的说法，有人认为他生于公元1376年，卒于公元1527年，活了151岁；有人认为他生于公元1399年，卒于1527年，活了128岁[3]；还有人说他生于公元1398年，卒于1518年，活了120岁[4]，等等。但是，说莱达斯活了120岁甚至更长时间，似乎难以令人置信。于是，又有人提出，莱达斯生于公元1414年，理由是那一年印历十一月的月圆之日是个星期天（Ravivar），与勒维达斯（Ravidas）的名字相一致[5]。即便这样，勒维达斯的年龄也长达113岁。

　　总之，关于莱达斯的生活时代，至今没有定论，可以认为，他

---

① 参见尤根德拉·辛赫：《圣徒莱达斯》，阿拉哈巴德，2001年印地文版，第21页。

② 参见拉麦什昌德拉·米什拉：《圣徒莱达斯：诗歌和思想》，新德里，2002年印地文版，第11页。

③ 同上，第15页。

④ 奥姆普拉卡什·夏尔马：《圣徒文学的民俗背景》，阿拉哈巴德，1965年印地文版，第30页。

⑤ 参见拉麦什昌德拉·米什拉：《圣徒莱达斯：诗歌和思想》，新德里，2002年印地文版，第11页。

在世时间可能比较长，大体生活在15世纪后半到16世纪中叶的某个时期。

尽管人们并不知道莱达斯的确切生年，但无形虔诚派的传人们都认为莱达斯出生于印历十一月的月圆之日，并于每年的这一天纪念他。

关于莱达斯的出生地，主要有西部和东部两种说法。西部说认为，莱达斯的信徒和追随者主要集中于西部地区，即古吉拉特-拉贾斯坦一带，尤其是拉贾斯坦的契托尔，现在还保存有与莱达斯有关的庙宇和纪念亭，因此莱达斯应当是西部人。但此说并不能令人信服。东部说则认为，莱达斯的出生地在贝拿勒斯或贝拿勒斯附近。主要理由是，除了莱达斯在自己的诗里曾经提到他的出生地在"贝拿勒斯附近"外，还有其他佐证，如贝拿勒斯附近以莱达斯命名的池塘、庙宇、纪念亭等[1]。因此，说莱达斯的出生地在贝拿勒斯附近是比较接近事实的。但具体在什么地方，仍然存在歧见。

关于莱达斯的种姓和家庭，虽然有多种传说，但印度学界的意见大体一致，认为他的父亲叫拉古（Ragghu），母亲叫杜尔比妮娅（Dhurbiniya）。莱达斯在自己的诗中多次提到自己属于皮匠种姓，从未隐晦过。所以，学界对这一点也没有异议。

据说，莱达斯小时候没有受过学校或私塾教育，因为他出身低贱，在那个时代没有接受教育的权利。但他自幼就喜欢虔诚礼拜，12岁的时候就用泥塑罗摩和悉多的像加以膜拜。他的父母不愿意儿子走上圣徒出家人的道路，很早就为他娶了妻子。妻子名劳娜（Launa，或Lona）[2]，也属于皮匠种姓。有说莱达斯曾有一子，名字叫维捷达斯（Vijayadas）。和许多皮匠种姓的人一样，莱达斯从少年时代开始就在父亲的指导下以做鞋维持生计，不过，据说他从来不屠宰牲畜，而是

---

[1] 参见尤根德拉·辛赫:《圣徒莱达斯》，阿拉哈巴德，2001年印地文版，第25页。

[2] 劳娜，印度皮匠种姓崇拜的女神，至今如此。该种姓的人如果有病有灾，往往向她祈祷。

利用死去动物的皮做鞋。而且，他还经常把鞋免费送给出家人穿。他父亲见他无心做鞋，又用自己的财物为出家人服务，便同他分了家。他在房子的后头搭了个棚子居住，从此更加自由地礼拜神灵。

有一部叫作《虔诚传承》（*Bhaktamala*，作者纳巴达斯，Nabhadas）的书，成书于16世纪晚期或更晚，里面提到罗摩难陀的十二弟子，格比尔达斯和莱达斯都在其中。因此，不少印度学者认为，莱达斯是罗摩难陀的弟子[①]。但也有学者不同意这种说法，认为"证据不确凿"[②]。有学者指出："勒维达斯比格比尔达斯岁数小，而且，他与罗摩难陀的年龄相差太大。不过，即便莱达斯不是罗摩南陀的入室弟子，他也至少是罗摩难陀思想的学习者。"[③]

现在，几乎可以认定，莱达斯是在没有受过书本教育的情况下，靠自学成才的。他的自学成才不完全是无师自通，否则莱达斯的学问、思想和文学创作便成了无源之水、无本之木。当时的贝拿勒斯（今瓦拉纳西）是印度教的一个中心，而虔诚运动的许多名师，如格比尔达斯等也在那一带开展传教活动。所以，莱达斯完全有条件听到一些虔诚派大师们的教诲。另外，他从很早的时候起，就经常为那些圣徒出家人服务，这无疑也是他学习的机会。在印度有口耳相传的学习传统，因此，莱达斯虽然不识字，也完全可以凭记忆来学习。更重要的是，对于虔诚派信徒来说，直觉和感悟是必不可少的。虔诚派强调用心思去感知上帝，用爱去亲近上帝，这样，莱达斯就可以成为一流的虔诚派圣徒。总之，莱达斯的名声越来越大，以致那个时代的许多虔诚派

---

① 参见拉麦什昌德拉·米什拉：《圣徒莱达斯：诗歌和思想》，新德里，2002年印地文版，第20页。

② 尤根德拉·辛赫：《圣徒莱达斯》，阿拉哈巴德，2001年印地文版，第31页。

③ 巴德里·罗摩衍·什利瓦斯多：《罗摩难陀教派与文学》，普拉亚格，1957年印地文版，第30页。

诗人都在诗作中提到他。

　　莱达斯周游了许多地方。据说，他曾经到过恒河和亚穆那河的汇合处阿拉哈巴德，参加过十二年一度的贡波梅拉，还到过马图拉的沃仑达林。还有学者认为他还到过南方的马德拉斯，去过西部的木尔坦、古吉拉特、拉贾斯坦一带，在这些地方，他受到崇高的礼遇，以致这些地方至今还保存有关于他的一些纪念物。尤其是在拉贾斯坦，他收了很多门徒。有一种说法是，著名的契托尔王后，恰丽[①]和米拉巴伊，都成了他的信徒，在当地造成了巨大的影响。这样，莱达斯晚年在契托尔居住了较长时间。那里的信徒们为他修建了水池和纪念亭，亭子里供奉有莱达斯的脚印。当地人认为他就是在这里去世的。但是，也有人认为，莱达斯虽然到过许多地方，朝拜圣地和游学，也在契托尔居住和传教很长时间，但他后来还是回到了贝拿勒斯，并在恒河边圆寂。这些都是传说，没有可靠的证据。

　　关于莱达斯的生平传说很多，都是一些后人附会的神奇故事，难以为凭。但这些传奇故事却可以说明，莱达斯在当时民众中的影响的确是巨大的，他赢得了广大民众的爱戴、尊敬和信奉。

二、莱达斯的思想

　　莱达斯虽然没有写过专门的哲学著作，但他是有思想的，否则便不会有那么多同时代的人在自己的诗歌中称赞他，也不会有那么多信徒追随他。在他的诗歌里，明显反映出了他对宇宙、人生和社会的看法。正是他诗歌中所蕴藏的哲学思想，使他成为一代宗教大师。

　　前面已经提到，莱达斯的思想传承自罗摩难陀一系，这一点在印度学界几乎是众口一词。也就是说，不管他是否直接向罗摩难陀学习

---

① 也有人认为恰丽（恰拉）就是米拉巴伊。

过，他的思想都受到了罗摩难陀的深刻影响。

现在，我们根据他的诗歌来做些具体分析。

（一）宇宙观

莱达斯认为宇宙的本体是梵。如他在诗中所说：

> 完整的梵无处不在，
>
> 莱达斯说，
>
> 与他会合幸福愉快。

这里，不仅说出了梵的完整性和遍在性，而且说出了与梵结合的必要性——获得幸福。他认为，宇宙之主梵同时具备两个相互对立的特征：一方面，他是一个整体，是宇宙间的唯一；另一方面，他又是遍在的，是整个宇宙。他非常巨大，"脚在地，头在天"，但同时他又是细微的。诗人在另一首诗里这样写道：

> 细微如榕树种子，
>
> 却将三界充溢；
>
> 从他那里产生，
>
> 又融回到他那里。

这首诗以榕树和种子做比喻，说出了宇宙之主与自然万物之间的关系：一切都源自他，都是他的创造物和衍生物，一切又终将回归于他。

> 完美神明，不可知的主，

我怎样为你服务？

不搭凉棚不建屋，

我只求真心服务；

脚在地，头在天，

财富怎能容下主？

　　在莱达斯看来，宇宙之主是完美无瑕的，是不可知的。他巨大无比，充满宇宙，因此，对主的膜拜和虔诚，不需要任何物质财富，只要用心，用纯洁的心。

　　莱达斯用自问自答的形式说出了他对梵的认识：

大师啊，

谁能说清楚，

最高完整的梵如何得到他，

无形体无颜色，怎样描述他？

没有日月、昼夜和天地，

没有作为无作为、吉利不吉利，

这样，尊谁为大？

那里没有冷热、空气和欺诈，

那里没有享乐和瑜伽，

没有真也没有假。

　　我们对这种否定句式很熟悉，这就是吠檀多哲学描述梵的方式。

　　在对客观世界的看法上，莱达斯也主张"摩耶"（maya）说，认为世间的一切都是虚幻的、不真实的。而他还认为，这种摩耶来自宇宙之主凯沙瓦（Kesava，即毗湿奴或罗摩，等同于梵）：

凯沙瓦啊，

你的摩耶巨大无比，

使我的头脑焦虑不已。

它充满毒素又会伤人，

看上去却又十分美丽。

看见它人们六神无主，

这不怪命运应怪贪欲。

感官痛苦，罪孽深重，

罗摩啊，崇拜你的人，

心中没有痛苦和畏惧。

很明显，莱达斯对摩耶的看法，与格比尔达斯的一致。

莱达斯有时把宇宙之主称为梵、凯沙瓦、罗摩，有时又称之为

赫利：

一切都在赫利里，

一切里有赫利；

知道这一点，

就是知识，就是智慧之人，

没有别人主宰他，

他是自己的主人。

和赫利在一起，

才知道主的要点，

世界都是虚幻，

只有赫利是真实，要相信。

在莱达斯看来，梵、罗摩、赫利、黑天、伊斯兰教的真主，等等，这些称呼都一样，称呼的对象都是一个。

> 黑天、胡达，还有罗摩，
> 不把他们看作一样，
> 吠陀、往世书、古兰经，
> 不把它们看作一样，
> 你的膜拜就不真实，
> 只有直觉才是真实。
> 莱达斯崇拜的对象，
> 没有姓名没有形象。

实际上，名字多了就等于没有名字了。而宇宙之主又是没有形象的，不可知的。正是从这一点出发，我们可以断定，莱达斯属于印度教毗湿奴虔诚派中的无形派，即罗摩难陀一系。这首诗里还涉及他的认识论思想：既然宇宙之主是不可知的，那么信徒们如何知道他的存在呢？这就要靠"直觉"。相信直觉，正是莱达斯认识论的核心观点。他还说过这样的话：

> 人人都说心思重要，
> 学问家活在感觉里。

也就是说，有学问的人不是靠经验，而是靠感觉来认识客观事物的。这种认识论与诗人的唯心主义宇宙观是相一致的，或者说，这是唯心主义宇宙观必然导致的结果。

（二）人生观

我们首先来考察一下莱达斯对生活的看法。前面已经说过，莱达斯认为客观物质世界是不真实的，是摩耶，而且是像毒蛇一样外表美丽而实际上是能够伤人的。对于现实生活，他也持完全否定的态度，认为人生充满了苦难，这和原始佛教教义的影响是分不开的，也和格比尔达斯的观点相一致。他说过：

> 将要到来每一天，
> 都是痛苦不堪言；
> 待在这里无幸福，
> 不如走得远又远，
> 我们大家都得走，
> 死神站在头上边。
> 谁种下的谁收割，
> 没有何人能改变；
> 放弃世俗投赫利，
> 才能消除生死限。
> 眼前的路窄又窄，
> 仿佛步行在刀尖；
> 行路人啊，
> 要走早走莫迟延。
> 牛驮重物无吃穿，
> 主人有账和你算；
> 一生劳苦得到啥，
> 灾难来到全抛开。
> 生命消磨贪欲念，

黄昏来时变黑暗；

　　莱达斯说，

　　疯子至今尚不懂，

　　世俗生活是羁绊。

　　可以说，这首诗比较全面地反映了莱达斯的人生观。在他看来，人生是有限的，世人都忙忙碌碌，像负重的牛一样听凭主人驱使，到头来一无所有；人生的道路越走越窄，越走越险，如同走在刀尖上；现实生活中的人们充满欲望，但是果报是每个人的宿命，死亡已近在咫尺，谁都避免不了；只有投身到上帝的脚前，才能消除生与死的界限；不了解这一点，那就是无知的疯子。

　　莱达斯之所以有上述思想，应当首先求诸于当时印度的社会现实。普通民众的生活的确充满了苦难，尤其是低种姓的人，更是食不果腹、衣不蔽体。与其这样得不到物质生活的保证，不如去寻求精神世界的安慰。其次，印度自古有寻求精神解脱的传统，各种教派的人都有自己一套理论和说教方式，虽然五花八门，但都以解脱为人生目的。更有许多教派鄙夷物质社会，抨击纵欲享乐，主张遁世出家。这些都深深地影响了莱达斯。

　　莱达斯的人生目的很明确，就是获得解脱。而且这种解脱一定是精神的圆融和满足。他认为，作为一个虔诚派信徒，最高神灵是唯一的上帝，与上帝结合才能获得最大的快乐和幸福。为了说明他的观点，表现他对解脱的理解，他甚至从佛教教义中借来了一个词——涅槃。怎样才能获得解脱，获得圆满和幸福呢？他这样说：

　　幸运人啊，为何不念诵罗摩？

　　生命解脱就是涅槃的家。

就像牛奶里搅出酥油，

解脱就是生命的精华。

他还曾这样写道：

念经、唱歌、跳舞，

苦行、施舍、礼拜服务，

六行①加上家居和林栖，

都属于困惑和痴迷。

迷惑的行为之中，

更产生迷惑的情绪。

他和罗摩难陀、格比尔达斯一样，鼓励虔诚派信徒们去念诵罗摩的名号，但有时候又否定念诵名号的意义和作用。而在反对偶像崇拜、反对以唱歌跳舞娱乐神明、反对以苦行取悦神明等方面，他的主张是一贯的，因为有多首诗歌都表达了同样的意思。例如，他还有这样的诗句：

弟兄们啊，

我现在疲倦不堪。

世间境况让我厌倦，

吠陀的自大让我厌倦；

歌舞、礼拜让我厌倦，

欲望、怒火让我厌倦。

---

① 六行，指前两句所说的六种行为。

很明显，他非常厌烦唱歌跳舞和礼拜偶像，他也同样反对吠陀的权威。总之，他对人世间的许多行为都感到厌倦，这是一种很彻底的悲观厌世情绪。他既反对家居修行，又反对林栖修行，看上去让信徒们难以适从，但他的意思是清楚的，即彻底地反对婆罗门教关于人生"四行期"的说法，就是像他自己那样，既要出家，又不隐居。但他甚至连施舍都予以否定，恐怕是彻底得过了头。试想，如果人们真的听从了他的教诲，停止施舍，那么这些所谓的圣徒们又如何能够活命并且游行四方呢？

莱达斯认为，虔诚派圣徒应该坚持真理，不要狐假虎威，不要装腔作势，不要冒充学者。他以复数第一人称写道：

> 我们不知道真理，
> 却披上了狮子皮，
> 人们因为迷惑，
> 误以我们为狮子；
> 但当我们露出本相，
> 我们不是狮子而是绵羊。
> 圣徒们啊，
> 我们的虔诚就是这样，
> 我们要以主为上，
> 此外什么也不认账。

他认为，真正的虔诚派信徒应当少说多做，甚至干脆沉默：

> 宇宙之主啊，

你的虔敬者应保持沉静，

为什么用说话来表现虔敬？

信徒为何要做给别人看？

说多了就增添毛病。

不如保持沉默，

不应为说而说。

吠陀赞美的是，

用言说超出自我；

内心与表面不一，

如何能得到上帝？

……

老师说，学生说，

说话的影响小得多；

莱达斯说，

所有的言谈都停止，

最高神灵才可得。

　　从这首诗看，莱达斯是在彻底地反对说话，但实际上这是莱达斯一种与众不同的表达方式，他的本意是少说多做。同时，他还抨击吠陀的观点，否定吠陀的地位，实际上是否定婆罗门教。

　　莱达斯还认为，世人有太多的迷惑，正是这些迷惑使信徒们达不到修行的目的：

迷惑中控制感官，也是迷惑，

居住洞穴也是迷惑，

只要有欲望就是迷惑。

身体产生欲望，

欲望产生迷惑。

念诵名号也是迷惑，

莱达斯说，

只要某处有欲望，

迷惑就存在。

　　他的观点很清楚，欲望是迷惑的根源，而欲望又来自身体上的感官。有了迷惑就要首先排除，否则控制感官、念诵大神名号、穴居野处都是没有用的。对于虔诚派信徒来说，虔诚无疑是最重要的。而要做到虔诚，最重要的则是对宇宙最高主的认知：

兄弟，听我说，

虔诚应该怎样做，

虔诚一来到，

消除自大和自我。

不认知上帝的实质，

歌舞苦行都瞎扯。

　　与格比尔达斯一样，莱达斯也主张听从真师的教诲，认为真师才能帮助信徒分清正误，把他们带上与主会合的正途：

真师能变感觉为智慧，

能把毒素变成甘露。

　　他在另一首诗中说：

我幸运地搭上了大船，
如无师尊的耐心训练，
它摇晃不定难以靠岸，
任由欲海的波涛搅拌。

可见，师尊的作用是指明前进的方向，把弟子从世俗的苦难境地救出。这正如佛教中所说的"慈航普度"。

莱达斯也主张通过爱的途径去亲近上帝，他说：

罗摩王啊，不用说，
你知道虔诚者的全部。
……
我们紧锁于对你的迷恋，
你用爱绳把我们系住；
我们在努力求得解脱，
崇拜你才能得到出路。
莱达斯的虔诚在精进，
现在什么也不必畏惧。

他认为，虔诚和爱是联系虔诚者和上帝的纽带，而对上帝的爱也是一种巨大无比的力量，可以消除心中的种种疑惑。所以，他还说："没有爱就不能消除疑虑。"他又说：

啊，宇宙之主①，

你美德的故事无其数，

除了你便什么都没有；

皮匠勒维达斯说，

爱你是虔诚的根由。

总之，莱达斯的人生观是消极的、出世的。他的人生目标就是寻求精神解脱，他的解脱之路就是通过虔诚和爱去与上帝合一——回归宇宙之主。

---

① 宇宙之主，原文为Jogisar，即Yogishvar，通常有三义：优秀的瑜伽行者、湿婆和黑天。此处似应指黑天。原因是下文"你美德的故事无其数""爱是虔诚的根由"似指黑天少年时代与牧女们，尤其是与罗陀的爱情故事。

第二节　莱达斯的文学创作

✦

一、现存的作品

莱达斯传世的诗歌不多，但因他的影响一直存在，信徒众多，所以印度到目前为止专门研究和汇集其人其作的书籍已经有二十种以上。下面介绍的是有关其作品汇集的几种比较重要的著作。

1.《阿迪·格兰特》

在锡克教圣典《阿迪·格兰特》中，收有莱达斯的诗歌40首。此书由锡克教第五任祖师阿尔琼主持编定，时间在1601~1604年。由于此书编定的年代很早，加上作为锡克教圣典的权威性需要，莱达斯的这些诗歌是经过认真核实和校对的，是可靠的，因而在印度学界没有什么争议。

2.《莱达斯的箴言诗》

此书由贝尔维迪亚尔印书社于1948年出版于阿拉哈巴德，共收有莱达斯的诗歌90首。该书到1971年已经再版了8次。为20世纪五六十年代印度学者研究莱达斯的主要参考资料之一。

3.《圣徒莱达斯其人其作》

此书1970年出版于阿拉哈巴德，作者为桑格姆拉尔·潘德耶

（Sangamlal Pandey）。全书分两部分：前半部分为作者对莱达斯生平与思想的介绍和评述；后半部分为作者汇集的莱达斯的诗歌，共115首。

4.《圣徒莱达斯：著作、生平和思想》

此书作者为尤根德拉·辛赫（Yogendra Sinh），1972年出版于德里。全书分四个部分，前三个部分是对莱达斯的生平介绍、思想述评和作品分析；最后部分是对莱达斯诗歌的汇集，共收有诗歌120首。

5.《莱达斯全集》

作者尤盖什瓦尔（Yugeshvar），2003年出版于瓦拉纳西。全书分为两个主要部分：前半是作者对莱达斯生平和思想的介绍和评价，后半是莱达斯诗歌的汇集，共收有诗歌120首。本章所译莱达斯的诗歌均依照此本。

二、作品鉴赏

由于莱达斯自幼没有接受过文化教育，再加上生活在一个没有文化的家庭，所以，他最初使用的语言注定是下层社会的通俗语言。又因他长期与各种人物接触，并到印度各地周游，所以，又注定他的诗歌的语言是混杂的。

尽管莱达斯没有上过学，但他仍然掌握了当时流行的诗歌创作技巧，具有驾驭语言和韵律的能力，从而在诗歌创作上取得了一定的艺术成就。他的诗和当时的许多格言诗一样，带有很强的哲理性，强调宇宙之主的唯一性和遍在性，强调解脱的必要性和虔诚在寻求解脱中的必要性。可以说，这一精神贯穿于他的全部诗歌。不过，莱达斯的诗歌有自己的风格。他经常把自己作为普通信徒摆进诗歌中，以自问自答的形式宣讲哲理，而不是以宗教大师的身份居高临下地向信徒发出教诲；他还经常称信徒为兄弟，心平气和地规劝，这就更增加了诗歌的亲和力。

下面让我们选译几首，略加分析。

蛾鹿蜂鱼象，
一错把命丧，
五病无法治，
身体无希望。
水陆有生物，
落入业行网，
皆因有欲望，
解脱无良方。
无知世上游，
善恶两彷徨，
人生难再生，
再生也凄惶。
莱达斯奉劝，
世俗莫留恋，
念诵和苦行，
不如真师言，
虔诚无畏惧，
我主最高端。

在这首诗里，我们除了能看到莱达斯关于人生的看法，还能看到他诗歌创作中的艺术特色。诗中，蛾、鹿、蜂、鱼、象五种动物分别比喻人体的五种感官——眼、耳、鼻、舌、身。莱达斯认为，蛾子向火光扑去，是看见了光，因此毁灭自身；鹿喜欢听悦耳的声音，因此而成为猎人的捕获物；蜂因能闻到花蜜的香甜气息而忙碌致死；鱼因好吃而误吞诱饵或误入罗网，成为人们的美食；大象则因看到别的大象躯体而生迷恋之情，于是往往被人类诱捕。这些也许都是印度古人的普遍看法，尽管并不完全符合科学道理，诗中也没有详细解说，但读者或听众都能知道这些动物的弱点，从而了解这种对应关系。诗人是想借此说明世人如果不能控制自己的感官，往往会一失足成千古恨，从而毁灭自己的一生。而控制感官又谈何容易，所以他说这是生物无药可救的致命弱点。他认为，作为普通人，是出于无知（无明）而在世俗社会徘徊，分不清善恶，一生虚度不要紧，还难以得到转生的机会，即使转生了也只能处于低级状态。对于这些无知的人，也并非真的无药可救，他主张脱离尘世，进行修行。不过修行的方法并非念诵上帝、念诵经文，或者去修苦行，而是要听从师尊的教导，真正做到虔诚。只有这样，至高无上的主才会让你无所畏惧。

　　　　山路崎岖难行走，

　　　　我们是头无形牛；

　　　　罗摩啊请听我请求，

　　　　把资产放到背上头。

　　　　罗摩名号是资产，

　　　　我们就是运输贩。

　　　　运输罗摩之名号，

　　　　生意做得很简单。

　　　　我们背负名号的资产，

　　　　世俗则把毒药扛在肩。

　　　　谁到彼岸去收租，

　　　　把我地址写清楚，

　　　　世俗烦恼全抛弃，

阎王不给我惩处。

　　这个世界如鲜花，

　　鲜艳一时就凋谢，

　　皮匠勒维达斯说，

　　我以罗摩为颜料，

　　可以永远不褪色。

　　在这首诗里，诗人运用了多个比喻宣讲他的宗教哲理。他把念诵罗摩的名号当成一种资产、财富，他把向人传播这种简便易行的虔诚修炼方式比喻成牛驮着货物到处贩卖。他还把丰富多彩的世俗世界比喻成会应时枯萎凋谢的花朵，把罗摩比喻成永不褪色的颜料。他本意是说，念诵罗摩名号的做法是一种功德积累；人世间的一切都是无常的，只有宇宙之主罗摩是永恒的。我们注意到，诗人的这几个比喻有点亵渎神灵的嫌疑，这种比喻在当时其他诗人的作品里是不常见的。从这里也可以看出作者思维的个性及其诗风的独特。

06

― 第六章 ―

苏尔达斯

第一节　苏尔达斯的生平与创作

✤

"苏尔文学是帕克蒂运动的文化成果。"[1]"苏尔达斯不仅在印地语文学史上，而且在整个印度文学史上都占有重要地位，他以虔诚诗人著称。"[2]苏尔达斯是印度中世纪最为著名的虔诚诗人之一，是有形派虔诚文学中最有成就和最有影响的黑天派诗人的代表。

有关苏尔达斯（Surdas）的生平资料可分为两类：①第二手资料，即苏尔达斯同时代文人创作的作品、民间传说、虔诚派诗人的作品及相关历史资料；②第一手资料，即苏尔达斯对自己生平的零散记述。前者以《八十四位毗湿奴教圣徒传》等为主，后者以《文学之波》《苏尔诗海》等为主。不过，这些资料本身也有很多疑点，使苏尔达斯的生平杂乱无序，学者们在很多方面都没有达成统一的看法。

苏尔达斯生活在15世纪的七八十年代到16世纪的七八十年代。据说他只比当时著名的毗湿奴派帕克蒂大师，也是他后来的导师瓦拉帕（Vallabhacarya）小10天，而瓦拉帕大师生于1478年。这一记载见于与苏

---

① 英迪拉·甘地国民解放大学：《印地语诗歌：虔诚诗》（第二部），德里，1990年印地文版，第102页。

② 刘安武：《印度印地语文学史》，北京：人民文学出版社，1987年版，第84页。

尔达斯相关的瓦拉帕派文献中。不过，印度著名文学理论家拉姆·金德尔·修格尔认为这一时间不准，他的推测是苏尔达斯生于1482年。学者们对苏尔达斯的去世时间也有不同看法，有学者认为是1583年，但修格尔认为是1573年。①不过，在大的时间段上，学者们比较一致，没有大的争议。至于他的出生地，大范围应该在今北方邦，具体地点则不确定，学者们有四种看法：戈巴吉尔村、马图拉的某一村庄、龙格达村或希黑村。他的诗集《文学之波》有他的父亲住在戈巴吉尔之说，因此第一种看法得到不少人的支持。修格尔持第三种观点，因为苏尔达斯在离该村不远的戈卡德②岸边度过了很长一段时间的出家修行生活。第四种观点的支持者也不少，但希黑村到底在哪里，现在已无从查考，只知道这个村子肯定存在过，而且离德里不远。关于家庭和种姓，说法同样不一，有出身婆罗门家庭说，也有出身民间艺人家庭说。苏尔达斯酷爱唱歌，又在诗中表现黑天与牧区女孩嬉戏歌舞，这似乎说明后一种说法更有道理。此外，苏尔达斯是否是他的真名，也有争议。从他的诗歌中，我们可以得到"苏尔""苏尔吉达斯""苏尔吉""苏尔希亚姆"和"苏尔达斯"等五个名字。因此有人在这方面做文章，花功夫去考证其真伪。我们认为，这类考证意义不大。一者，由于没有可靠的资料，这类考证总是见仁见智，不可能出现一致意见；二者，不管哪个名字是真的，都不会影响人们对苏尔达斯的评价；三者，从上述五个名字来看，"苏尔"是共有的，而"达斯"意指神的奴仆、仆从，加之诗人个人对神虔敬有加，因此"苏尔达斯"应该是诗人自己满意的名字。"苏尔"是简称，其余三个名字可能是诗人临时使用的别名。

苏尔达斯是盲人已成定论，但他是先天就盲，抑或后天才盲，什

---

① 还有其他看法，参见刘安武：《印度印地语文学史》，北京：人民文学出版社，1987年版，第84、85页。

② 戈卡德（Goghat），传说是黑天小时候经常饮牛的河岸。

么时候什么原因致盲，都无定论。一般认为，他是后天才盲的，理由是他在诗歌中所表现的内容非常细致，其中与颜色及花草树木等相关的描写是那么真切，没有见过实物的人不可能描述出来。不过，也有学者认为他是天生盲人，这样优秀的人物天生聪慧，描述没有见过的东西根本就是小事一桩。

苏尔达斯生活于伊斯兰统治印度时期，前期处于德里苏丹国的洛蒂王朝时期（1451~1526），后期处于莫卧儿王朝时期（1526~1858）。虽然阿克巴执政时期（1556~1605）的宗教矛盾有所缓和，但总体上伊斯兰教处于强势地位。不过，苏尔达斯好像并不十分关心这些，没有在作品中反映这类问题，没有像格比尔达斯那样反对宗教压迫，也没有像杜勒西达斯那样呼吁大家团结在印度教大神周围，复兴印度教的理想社会——罗摩盛世。据说，苏尔达斯和阿克巴大帝见过面。《八十四位毗湿奴教圣徒传》记载，阿克巴在一次从德里到阿格拉的路上遇见了苏尔达斯，他很欣赏后者的音乐和诗歌才能，特意换了衣服来听他唱诗，据说还请他去当自己宫廷的歌手，但苏尔达斯拒绝了。这说明了两个问题：第一，苏尔达斯当时很有名，阿克巴大帝听说过他；第二，苏尔达斯不反对伊斯兰教，身为印度最高统治者并主张宗教宽容的阿克巴希望苏尔达斯能为他所用。苏尔达斯拒绝的原因似乎与宗教无关，他的任务是要服务自己所崇拜的主神——黑天，而非皇帝。显然，这件事发生在苏尔达斯人生的后期，他已经是一个十分成熟的有形虔诚派圣徒了，世俗的任何享乐已经打动不了他了。

苏尔达斯不关心政治现实并不代表他不受现实生活的影响，也不代表他不关心普通百姓。实际上他受现实影响很大，帕克蒂运动及虔诚派大师瓦拉帕等的影响改变了他的信仰，阿克巴的"神圣信仰"①对

① 阿克巴大帝力图创建的新型宗教形式，其目的主要有二：一是集各种宗教之优点于一体，宣扬宽容、和解；二是集宗教权利和世俗权利于一体，阿克巴本人为最高领袖。

他可能也产生过作用。他的诗中没有教派之争，没有种族矛盾，有的只是和谐——人和神之间的神圣和谐。他的注意力完全在于和谐，他是要把人们引向和谐，要人们关注至上的黑天大神，从而在精神层面感知幸福，忘却现实中的苦痛。穆斯林风格的音乐和当地的民歌等也对他产生了很大影响，他主要是一位歌者，而非诗人，他的诗是唱出来的，是先有唱后有诗。阿克巴大帝专门更衣聆听他唱诗说明他有音乐和诗歌的非凡天赋，同时表明他并不反对伊斯兰文化。

有关拜瓦拉帕大师为师一事，资料记载，苏尔达斯终生未婚，很早就出家修行，在马图拉附近的戈卡德岸边栖身。那时他受格比尔达斯等修士诗人影响很大，他吟唱的内容大多与现实相关。1505年的一天，①瓦拉帕大师来到戈卡德岸边小憩，碰到了他，两人相见恨晚，苏尔达斯拜瓦拉帕为师，后者欣然接受。之后，瓦拉帕给予他谆谆教诲，嘱他放弃修士诗人的修行方式，改为歌颂有形神，做黑天的信徒，颂扬黑天在世上的游乐人生。苏尔达斯听从师父教诲，不仅改变了自己的信仰，而且把余生都献给了黑天，在戈沃尔屯②的黑天庙里敬侍神灵，并成为著名的"八印"③之一。《苏尔诗海》的全部或核心部分可能就是在这期间吟唱出来的。

苏尔达斯一生创作颇丰，据说有25种之多：《苏尔精诗集》《苏尔诗海》《文学之波》《戈沃尔屯本事》《黑蜂本事》《生命之爱》《〈薄伽梵〉语言》《〈苏尔诗海〉之魂》《苏尔〈罗摩衍那〉》《本事剧》《蛇王

---

① 还有1523年之说。

② 又译牛增山。神话传说，在因陀罗神施雨时，黑天用双手举起此山拯救了村庄。

③ 八印（Ashtachapa），毗湿奴教派（黑天派）八位著名的圣徒诗人：贡鹏达斯（Kumbhandas）、苏尔达斯、伯尔马难德达斯（Paramanandadas）和克里希纳达斯（Krishnadas）四人是瓦拉帕大师的徒弟，齐德斯瓦米（Chitasvami）、戈温德斯瓦米（Govindasvami）、难德达斯（Nandadas）和杰杜尔普吉达斯（Caturbhujadas）四人是维特勒纳特大师（Vitthalnathacarya）的徒弟，维特勒纳特大师是瓦拉帕大师的儿子。

本事》《服务之果》，等等。不过，经过研究甄别，多数学者认为《苏尔精诗集》《苏尔诗海》和《文学之波》三部作品出自他的"手笔"，其他作品暂时存疑。无疑，《苏尔诗海》是他的代表作，不仅代表了他本人创作的最高成就，也是中世纪有形黑天派虔诚文学的代表作。

有印度学者认为，《苏尔精诗集》是《苏尔诗海》的背景阐述性作品及其中一些诗歌的摘录，相当于目录或注释类作品，而非独立的创作。似不符合实际。该诗集共有 1 107 首诗①，以描写霍利节②为核心，时间从一月份的春节一直持续到三月份的霍利节，近两个月。作品表现的主要是在此期间伯勒杰地区③人民的欢乐场景，其中有吟诗歌舞，不乏黑天神与牧区女子们的欢娱场面。作品还描写了此间自然万物的生长状况，春天来临，大地复苏，万物开始发育，一切进入无限旺盛的生长阶段。此外，作品还写了神话传说中的不少故事。如，从毗湿奴大神的肚脐中长出一支莲花，梵天从莲花中生出并端坐于莲花之上，然后根据毗湿奴的命令创造世界。再如，金座是罗刹王，其子波罗诃罗陀却是毗湿奴大神的虔诚信仰者，金座获得三界后，众神惊慌，毗湿奴化身人狮在金座即将杀害波罗诃罗陀的危急关头杀死金座，救出波罗诃罗陀，等等。无疑，这些都是关于毗湿奴大神崇拜的神话传说。从内容可知，往世书和《薄伽梵歌》是他创作这部作品的蓝本，苏尔达斯实际上是要在这部作品中表现三方面的内容：①众信徒和大神在一起嬉戏是一种虔诚方式，即敬神方式，众信徒越是高兴欢舞，大神就越高兴；②万物都来自大神，其发育、生长和成熟都由大神决定，其过程美妙无比；③宣传毗湿奴大神，虔信者有善报，不信者得恶果。

---

① 苏尔达斯的诗实际上是唱出来的，在印度文学传统中称"伯德"，即一种用来唱或可以唱的诗，每首少则6至8行，多则10行。下同。

② 霍利节（Holi），即印度的传统节日洒红节，类似我国傣族的泼水节。

③ 今北方邦的马图拉及附近地区，是黑天神出生、成长的地区。

当然，最后三者归一，苏尔达斯要表达的是一个目的，即颂扬毗湿奴大神，希望普通百姓能皈依他、虔敬他。

由此，我们可以断定，《苏尔精诗集》是苏尔达斯的一部异于《苏尔诗海》的作品，是一部独立作品。

《文学之波》是苏尔达斯的另一部独立著作，共118首诗，其中有些诗和《苏尔诗海》中的有相似之处，有学者据此认为这也是后者的某种翻版，不足信。在这部诗集里，苏尔达斯写了与古代文论相关的内容，如艳情、滑稽、悲悯、英勇、暴戾、恐怖、厌恶和奇异八种"味"，以及中年、发育、未意识自己已成熟、积怨、追寻刺激等各类女主角；还写了黑天和罗陀的爱情故事，以及黑天使者乌陀沃回访牧区时与牧区少女们关于黑天及黑天崇拜等方面的对话，等等。诗集中的诗都是抒情类的，在写乌陀沃访问牧区的部分里，诗歌的语气和口吻经常变换，有时是女主角罗陀的，有时是罗陀女友的，有时是乌陀沃的，有时是双边的，有时是多边的。由此可以看出，苏尔达斯有非凡的驾驭诗歌的能力和掌控诗歌叙事空间的才能。从另一方面说，这部诗集中的诗歌似有过分强调诗才之嫌，作者好像有显示自己创作能力和创作技巧的意图。不过，从作品内容看，作者的主要目的还是颂扬黑天大神。其中，罗陀及其女友对黑天的怀念和爱恋被诗人表述得哀婉动人，她们非黑天不爱的态度被表达得极有感染力。需要指出的是，诗人在这部分里大量使用了印度传统文学中的"艳情味"和"男女主角分类"等创作手法，有时候艳情不免过分，描写不免露骨，这在古代无伤大雅。有理由认为，作者在这里要表现的是神我合一的帕克蒂情怀。

第二节 《苏尔诗海》

❀

苏尔达斯之所有今天的地位和声誉，是因为他创作了不朽名著
《苏尔诗海》。《苏尔诗海》是苏尔达斯的诗歌集，也是他规模最大、质
量最高的一部诗歌集。该诗集以颂扬黑天神为要旨，以表现黑天在人
世间的游乐人生为基本情节。但该类主题并非作者的创造，在苏尔达
斯之前有很多诗人以同样的主题进行了创作，而且出现了很多优秀的
诗篇。

一、《苏尔诗海》以前的黑天文学

黑天的名字最早出现于《梨俱吠陀》，但作为文学形象或从黑天崇
拜的角度看，史诗《摩诃婆罗多》，尤其是其第六篇《毗湿摩篇》中的
《薄伽梵歌》具有滥觞的意义。此外，在《摩诃婆罗多》的附录《诃利
世系》及《薄伽梵往世书》等作品中，关于黑天生平业绩的故事已经
很详细。

几乎在整个《摩诃婆罗多》主干故事的发展过程中，黑天都是一
个比较普通的军事谋略家。他出身雅度族，刹帝利种姓，实力不强，
姑母贡蒂嫁给了当时强大的俱卢国国王般度，妹妹嫁给了般度之子阿

周那，由此亲上加亲，双方来往频繁（其实主要是黑天往俱卢国）。他的目的很简单，就是想借助俱卢势力消灭欺负自己国家的大国摩揭陀国国王。他表面上主持正义，穿梭于持国百子集团和般度五子集团之间，实则时时事事以后者的利益为重。他在战时更是亲自投入战斗，并往往在关键时刻唆使般度族一方违反战争规则，使出计谋，直至般度族一方最后胜利。而正是由于这些不光彩的行为，他及整个雅度族遭到持国百子的母亲甘陀利王后的诅咒，大战36年后诅咒兑现，雅度族自相残杀而亡，他自己也走到了生命的尽头。因此，从史诗的主体部分看，黑天的故事比较简单，他这个人物似乎也没有什么值得夸耀的地方。

不过，在显然晚出而被编入史诗第六篇并成为印度教重要圣典的《薄伽梵歌》中，他的身份变了，他成为人主和绝对至上者，成为人们崇拜的大神。在长诗《薄伽梵歌》中，黑天向阿周那阐明达到人生最终解脱的三条道路：业（行动）瑜伽、智（知识）瑜伽和信（虔信）瑜伽，并说这三条道路不是互相冲突的，而是相辅相成的；由于阿周那处于投身大战的心理危机时刻，黑天着重解释了业瑜伽。这里有一个问题值得注意，即整篇《薄伽梵歌》基本上是黑天自己说出来的，他自称是世界的创造者和毁灭者，并宣称："崇拜天神者归天神，崇拜祖先者归祖先，崇拜生物者归生物，崇拜我者归于我。""思念我，虔信我，献祭我，崇拜我，控制自己依赖我，你将肯定归于我。"[1]自诩自己为最高神灵的例子在印度这样的宗教国度虽然可以理解，但像这样"狂妄"的言论仍然不多。这就是黑天信仰的最早哲学说明，是后世黑天崇拜的源头。由此以后，印度典籍中的黑天都是神化了的人物，成为毗湿奴大神的重要化身之一。

---

[1] 转引自黄宝生译文，季羡林主编：《印度古代文学史》，北京大学出版社，1991年版，第67页。

同样是晚出的史诗《摩诃婆罗多》的附录《诃利世系》中，黑天走出了自我标榜、自我神化的阶段，已经成为人们虔信的大神了。整个作品分成三篇：《诃利世系篇》《毗湿奴篇》和《未来篇》。《诃利世系篇》讲述世界的创造和其他神话传说，包括印度上古太阳族系和月亮族系的帝王谱系，以及黑天的前生传说。在世界面临危机的时刻，黑天作为毗湿奴大神的化身降临月亮族系后裔雅度族中，为救世奔波。《毗湿奴篇》讲述黑天降世后的人间功行：从小寄养在牧人家里，深得养父母和邻人的喜爱。童年力大无比，与天神之王因陀罗斗法，后者屈服。少年时代降妖除魔，诛杀暴君，享受牧女们的爱情。青年时代结婚生子。这篇还讲述了黑天的儿子钵罗提耶摩纳和孙子阿尼鲁达的事迹。《未来篇》有某种预言或展望的性质，有关于迦利时代毗湿奴大神下凡的预言：在世界面临艰难的时刻，毗湿奴大神会分别化身为巨鱼、人狮和野猪降世，拯救世界。整体看来，《诃利世系》是一部迟到的黑天履历书，是完善黑天神话的必须之作。由此，黑天的出身、前生、后世都有了出处，使信徒不再有任何疑惑。所以，《诃利世系》实际上是黑天的信仰者为《薄伽梵歌》写的说明性文字，是补充说明黑天身世的。

黑天传说从此在民间更加流行，在信徒们心中积淀下来，成为印度教神话体系中固有的部分。也许正是由于这些原因，才有了黑天神话传说的"集大成者"《薄伽梵往世书》的问世。

学者们比较一致的意见是，《薄伽梵往世书》成书于公元10世纪以前。不过，其成书过程应该很长，可能开始于史诗时代甚至更早，其间随着流传而有所增减。在印度教通俗文化中，《薄伽梵往世书》的地位仅次于两大史诗《摩诃婆罗多》和《罗摩衍那》，它是毗湿奴教派最为重要的经典之一，也是各种往世书中内容最连贯集中的一部，是所有黑天神话作品中叙事性、故事性、生动性等最强的一部，历来为毗湿奴教派的宗教家和虔敬者所推崇。可以说，正是由于有了《薄伽梵往世书》，黑天神话才有了后世的规模和影响。

　　和两大史诗和其他往世书一样，《薄伽梵往世书》是由一位歌手讲述给森林里的一群修行仙人听的。全书分12章，讲述了毗湿奴大神的功德及崇拜毗湿奴大神的各种至上功果、湿婆大神的传说、第七摩奴的谱系——太阳族系和月亮族系的历史、摩诃婆罗多大战，其中也包括毗湿奴大神化身黑天的故事，美化其事迹，颂扬其功德。不过，其第十篇尤其重要，是全书最长的一篇，也是最重要、最受信徒欢迎的一篇。该篇专门讲述黑天的故事，其中包括：①神助诞生：黑天的父母婆苏提婆和提婆吉结婚时，传来天音说他们的第八个儿子将杀死提婆吉的堂兄——摩度罗国的暴君刚沙。他们被刚沙囚禁，提婆吉生下的前六个儿子都为刚沙所杀，第七个儿子大力罗摩①通过神力被转移到婆苏提婆另一个妻子的子宫里生下。第八个儿子即人类婴儿小黑天出生时，婆苏提婆通过神力把他带出监狱，偷偷用黑天替换了戈古罗村南达和耶雪达生的女儿。由此，黑天成为戈古罗村南达夫妇的养子。②降魔脱险：刚沙不知道黑天藏在哪儿，就下令手下的阿修罗捕杀所有新生婴儿。妖魔多次欲伤害小黑天，都被小黑天成功打败。一次，一个阿修罗化作美女假意给黑天喂奶，企图用奶汁毒死黑天，结果被黑天吸尽生命而亡；另一次，一个阿修罗化作旋风将婴儿黑天卷入空中，结果在空中被黑天掐死。③淘气怜人：会走路后，黑天十分淘气，经常惹得养母耶雪达哭笑不得。有一次，耶雪达用绳索把他绑在木臼上，不料他拖着木臼爬行，撞到两颗孪生大树，以致把它们连根拔起。④林中游戏：因村中经常有妖魔作怪，南达率全村人迁到沃林达林，黑天在此一方面继续诛杀前来作乱的刚沙手下的阿修罗，一

---

① 也是毗湿奴大神的一个化身，有配合黑天的性质，不太重要。

222

方面和牧童们一起放牧嬉戏。⑤救世业绩：黑天经常为本村及当地百姓谋福，他曾和哥哥大力罗摩一道诛灭一个危害人类的阿修罗部落；他曾制服盘踞在亚穆纳河的白头毒蛇，亚穆纳河河水从此可以被人和牲畜饮用；他还曾吞食过突然爆发的森林大火，使牧童和牛群免遭劫难；在因陀罗连降暴雨和冰雹时，黑天单手托起牛增山，庇护牧民和牛群躲过灭顶之灾。⑥情爱嬉戏：少年黑天是牧区所有女子恋爱和追求的对象。夜晚，黑天吹起牧笛，悠扬的笛声深深打动和吸引众牧区女郎，她们不顾父母、兄弟和丈夫的劝阻，前去和黑天相会。他们一起在亚穆纳河边唱歌、跳舞和调情，通宵达旦。⑦诛灭刚沙：得知黑天就是提婆吉的第八个儿子后，刚沙决计杀他。黑天和哥哥大力罗摩将计就计，杀死刚沙，救出老国王和自己的亲生父母。⑧使者回访：离开牧区太久，黑天想念沃林达林的养父母和众牧区女，于是派乌陀沃前往探视和抚慰，他还派人前往象城探望姑姑贡蒂及表兄般度五子等。⑨定居多门岛：摩揭陀国国王妖连多次率兵进犯摩度罗国，后大秦（希腊）又来侵略，国难连连。为保护臣民，黑天举国迁往西海多门岛。⑩娶妻纳妾：黑天按照传统抢亲方式抢得早已爱上自己的维达巴国公主卢格米尼为妻；此后通过各种际遇，他再娶七个妻子；他还杀死阿修罗那罗迦，并将其掳掠来的一万六千个各国公主收为自己的嫔妃。⑪诛杀妖连：受到妖连迫害的国家越来越多，他们都派人向黑天求救。得知般度五兄弟要举行王祭后，他趁机出访天帝城，协助怖军和阿周那杀死妖连。后来他又在王祭大典上杀死反对自己的妻舅童护。⑫重逢温情：在一次朝拜圣地时，雅度族和南达夫妇及众牧童牧女相逢，共叙旧情，黑天赠送养父母大量礼物，并派军队专程送他们回家。⑬母子相见：朝圣回来，母亲提婆吉恳求黑天和大力罗摩让她见到被刚沙杀死的六个儿子，黑天和大力罗摩施展幻力，进入地下世界，带回六个哥哥。见到儿子，提婆吉奶汁满溢，给六个儿子喂奶。

吃完奶后，六子恢复知觉，向父母和两位弟弟鞠躬致礼，而后升天而去。这些是《薄伽梵往世书》中最为吸引人的情节，后世最看重的也是这部分内容。文人骚客及宗教家经常从这些内容中汲取材料，广大信众也多以此为传颂内容。

《薄伽梵往世书》被黑天崇拜者视之为自己的"圣经"，黑天传说由此定型，成为后世同类题材文学作品和宗教经典的典范之作和蓝本，后世出现的所有同题材作品似乎都与《薄伽梵往世书》相关。

中世纪，印度各地方言兴起之后，都将《薄伽梵往世书》翻译过去，在民间造成广泛影响。而这些翻译者基本都是虔诚派的诗人们。他们还在此基础上进行了大量的文学创作。

帕克蒂运动在南方泰米尔地区兴起后，毗湿奴派信徒和湿婆派信徒创作了大量的虔诚文学作品。毗湿奴派诗人中出现了不少与黑天传说有关的帕克蒂抒情诗歌。

大约生活在9世纪的贝里雅尔瓦尔是南印度帕克蒂运动中颇负盛名的毗湿奴派圣徒，他的作品《贝里雅尔瓦尔圣言》主要描写黑天的故事，每十首诗为一章，每一章写一个方面的内容。这些内容包括黑天降生时戈古尔村的热烈气氛及南达夫妇和村民们的喜悦心情、大家对婴儿黑天的热爱及养母耶雪达为黑天唱的摇篮曲、儿童黑天的顽皮、少年黑天持鞭放牧及他和牧区少女之间的情爱场面，等等。在《圣言》中，贝里雅尔瓦尔怀着对毗湿奴大神的无限崇敬心情，讴歌了黑天的种种"功行"。不过，从以上内容可以看出，诗人讴歌的主要是人格化了的黑天，诗歌所反映的是现实社会中的世俗生活场景。在诗人笔下，黑天不是无所不能神秘莫测的大神，而是一个活生生的人，是一个孩子：可爱的婴儿、顽皮的儿童和天真活泼的少年。

无疑，贝里雅尔瓦尔参考了《薄伽梵往世书》等当时流行的梵语文学作品及民间传说中关于黑天的故事。但值得特别指出的是，诗人还采取了印度民间自古以来就流行的摇篮曲形式进行创作。诗人写道：

> 梵天送给你金摇篮，
>
> 宝石镶嵌真非凡。
>
> 宝贝儿快睡吧，达唻啰！
>
> 湿婆神给你送来玉项链，
>
> 还有石榴花环在眼前。
>
> 宝贝儿快睡吧，达唻啰！
>
> 因陀罗送给你银脚镯，
>
> 伐楼拿送来珍珠珊瑚和海螺。
>
> 宝贝儿快睡吧，达唻啰！
>
> 财富女神送给你杜罗西花环，
>
> 还有天宝树花环金光闪。
>
> 宝贝儿快睡吧，达唻啰！
>
> 花神送给你金莲花，
>
> 还有一顶宝石王冠放光华。
>
> 宝贝儿快睡吧，达唻啰！[①]

民间歌谣进入黑天崇拜，不仅使黑天这一形象更大众化和真实化，还是黑天文学的一种新发展。这种把民间歌谣用于黑天虔诚文学的做法以前几乎没有，值得肯定和提倡。

南印度泰米尔毗湿奴派女诗人安妲尔也是黑天的热情讴歌者和虔信者。《提鲁巴瓦伊》和《纳奇亚尔圣言》是她的传世之作。"巴瓦伊"是南印度民间流行的一种民歌形式，基本上由未婚女子信口编出，内

[①] 张锡麟译文，季羡林主编：《印度古代文学史》，北京大学出版社，1991年版，第411~412页。

容抑或是祈祷天神赐福人世，抑或是请求天神保佑自己找到一份美好姻缘。安妲尔在《提鲁巴瓦伊》中大胆地使用了这一形式，创作了30首黑天颂诗。在诗中，诗人以一个牧区女的身份出现，无限虔诚地抒发了自己对黑天的依恋和热爱之情。显然，安妲尔和贝里雅尔瓦尔一样，成功地利用了民间口头文学形式，进一步丰富和发展了黑天文学。

这以后进入人们视野的是12世纪的著名诗人胜天，他以吟诵诗和歌唱诗杂糅的形式创作了《牧童歌》。作品中，他关注的主要是黑天和牧区女子罗陀之间的爱情，成功地描写了恋爱中的少女和少男，突出了艳情成分，出现了不少后世学者称为"露骨"或"庸俗"的东西，赋予黑天文学以另类内容。《牧童歌》是黑天文学中的又一里程碑式著作，对当世和后世都产生了巨大影响。

十四五世纪出现的维德亚伯迪（Vidyapati）是印地语诗人，他创作了不少可以吟唱的关于黑天故事的抒情诗，被后人编订为《维德亚伯迪诗集》。该作品受《牧童歌》的影响很大，主要描写了黑天和罗陀的爱情故事。不过，维德亚伯迪好像不是毗湿奴大神的虔信崇拜者，而是在歌颂自由，呼唤自由的爱情。实际上，这些诗歌恰恰是他年轻时候所写，与他的身份相吻合。

也许正是由于不是黑天虔信者的原因，抑或是由于年轻的缘故，维德亚伯迪虽然获得了"胜天第二"的美誉，但他在虔诚信仰方面不能和胜天并驾齐驱，能与黑天并驾齐驱的是稍后出现的苏尔达斯，维德亚伯迪只是胜天和苏尔达斯之间的过渡性人物。

二、《苏尔诗海》评介

《苏尔诗海》不仅是黑天文学中一个重要的新成员，还是黑天文学得以继续发展的重要依据，是黑天"现代化"过程中的重要基石。

苏尔达斯是盲人，不能写作也不能阅读，他的所有诗歌都是自己唱出来的，唱完后如果没有别人加以记载就不可能流传下来。又由于这些诗歌是多次吟唱出来的，吟唱时不可能严格遵守黑天故事发生的先后顺序，因此如果没有人对他的诗歌加以整理就不可能有比较完整的具有一定逻辑的《苏尔诗海》。再者，苏尔达斯一生唱诗，不可能专门有一个人为他记录。因之，几乎可以肯定，苏尔达斯的诗歌是由别人记录、整理而成的。而且，记录人、整理人肯定不止一人，整理出来的《苏尔诗海》可能也不止一部，其间必定会存在某些细节方面的差别。事实也是这样，《苏尔诗海》有多个流行本，最早的是1573年的手抄本，后来又发现了一个1696年的本子。从时间上看，1573年抄本的内容及规模可能最为接近原创。不过，我们也不能由此否认1696年本和其他本子，原因是苏尔达斯一生所唱很多，1573年本可能是最真实的本子，但也可能不是最全的本子。

迄今为止，印度共出版了数十种全本和选本《苏尔诗海》，内容大同小异，其中以瓦拉纳西出版的规模最大，包含4 936首诗歌。据说这还不是全部，其全部诗歌超过5 000首甚至更多。不过，到底遗漏了哪些、遗漏了多少，现在无从查考。另外，现存的这近5 000首诗中肯定有托名之作，但究竟有多少，也无从考定。既然苏尔达斯是盲人，就很难像正常人一样看本子琢磨词语章节，如果编纂者不加修饰，不在章节间加进过渡性词句，诗歌全貌很难展现。但是，不可否认的是，不管编纂者或记录者做了多少工作，《苏尔诗海》就是苏尔达斯的。成为瓦拉帕大师的弟子之后，他全身心地投入对黑天的虔信和敬奉之中，与其他七位圣徒一起每天向黑天唱诗献歌，敬水奉花。无疑，他唱诵的多是《苏尔诗海》中的内容。

苏尔达斯前期是位行吟诗人，肯定游历过很多宗教圣地，对黑天传说有比较全面的了解。在他游历圣地和吟唱黑天诵诗的过程中，他对自史诗《摩诃婆罗多》以降的黑天传说肯定有所接触。他虽是位盲人，所幸印度的古代文学作品和宗教经典都是口耳相传的，史诗、往世书等集体创作如此，南印虔诚派诗人和胜天、维德亚伯迪等人的作品同样如此。游历于这样的环境，面对这样的丰富遗产，天生聪颖又擅长吟诵的苏尔达斯不可能不为之动容，不可能不汲取前人的成就。加之师尊瓦拉帕大师的嘱托，他心无旁骛，视敬奉黑天为最高职责和最善功果，最终吟诵出了长篇巨著《苏尔诗海》。由此可以得出一个结论，即《苏尔诗海》的主要部分是在苏尔达斯拜瓦拉帕为师以后创作出来的。

另一个问题也值得探讨，即《苏尔诗海》的原创性问题。有学者认为，它是《薄伽梵往世书》的印地语译本，另一些学者则认为它是苏尔达斯完全独立的创作。我们不妨从结构和内容来比较一下这两部巨著。

首先是篇幅结构：《薄伽梵往世书》分12篇，全诗近一万五千颂，每颂两行，共约三万句诗，译成汉语相当于六万行；其第10篇集中描写黑天的故事，最为重要，分量也最重。《苏尔诗海》也分12篇，全诗近五千首，译成汉语也相当于六万行左右；第10篇也集中描写黑天故事，在全诗中最为重要，篇幅最长。但不能据此得出苏尔达斯翻译或编译《薄伽梵往世书》的结论。

第二是主题内容：《薄伽梵往世书》以黑天故事为主体，其分量占全诗的1/4左右，但内容相对庞杂，涉猎面广。《苏尔诗海》也以黑天故事为主，其分量占全诗的4/5以上，其他内容相对较少。单就黑天故事来说，《薄伽梵往世书》不仅关注黑天的童年和少年生活，也关注他作为部族首领的成年生活；《苏尔诗海》则突出了黑天的童年和少年形象，对其他时期的描写较少。另外，《苏尔诗海》增加了许多《薄伽梵往世书》中没有的东西，比如黑天和罗陀的爱情故事等。

第三，如前所述，摆在苏尔达斯面前的黑天传说并非《薄伽梵往世书》一部，还有《薄伽梵歌》和《诃利世系》，有南印度圣徒诗人贝里雅尔瓦尔和安妲尔的诗歌，有胜天的《牧童歌》，有维德亚伯迪的《维德亚伯迪诗集》，还有同时代的米拉巴伊和南德达斯等的相关诗歌，另有未入集的各类民间传说，等等。我们不能说苏尔达斯只接受了《薄伽梵往世书》，更不能说除《薄伽梵往世书》外，苏尔达斯没有接触到别的作品和传说。

由此，我们绝不能简单地说《苏尔诗海》是《薄伽梵往世书》的译本，当然也不能说它是完全独立的原创。面对丰富多彩的黑天故事遗产，苏尔达斯肯定会有所筛选。从《苏尔诗海》中我们可以看出，他选取了《薄伽梵往世书》的篇章结构，同时也选取了其他遗产中的主题内容，如《牧童歌》和《维德亚伯迪诗集》中黑天和罗陀的爱情故事，再如南印度圣徒诗歌中的民间歌谣诗，等等。更何况，《苏尔诗海》的架构也许是编纂者加的，即除第10篇以外的其他篇目及内容也许都是编纂者的手笔。因之，我们可以说，苏尔达斯是在参照所有黑天故事的基础上创作出《苏尔诗海》的，在借用《薄伽梵往世书》的篇章结构的同时，也大量借用了前辈甚至同辈的创作成果。

下面具体探讨一下《苏尔诗海》这部长篇巨著。

《苏尔诗海》是苏尔达斯关于黑天的诗歌总集，各篇所包含的诗歌数量不等，每首诗歌长短不一。除第10篇外，其他11篇的篇幅相对较小，总数不过全诗的1/5。在全诗的框架和内容方面，《苏尔诗海》在因袭《薄伽梵往世书》的同时也有很多创新。和《薄伽梵往世书》一样，《苏尔诗海》也提到或描写了毗湿奴大神的22次化身和其他大神的故事，涉及宇宙起源的故事、传说中的帝王世系和家谱，等等。不过，《苏尔诗海》没有在这类故事或传说上多做文章，而是删繁就简，摒弃了《薄伽梵往世书》中很多重复和烦琐的成分，直奔主题，着重描写黑天的故事，这便是《苏尔诗海》第10篇的内容。从某种意义上说，《苏尔诗海》的第10篇就是它的代表，其内容就是全诗的主要内容，其他部分甚至可以忽略不计。因此，如果说《苏尔诗海》只是一部有关黑天故事的著作，是无可非议的。

实际情况就是如此，在分析《苏尔诗海》时，人们关注的也是黑天的传说部分即第10篇的内容，其他部分从略。我们这里也只考察第10篇的内容。

前面说过，苏尔达斯非常关注黑天的童年和少年生活。他将黑天从出生到成长为少年这一时期的若干情节挑选出来作为《苏尔诗海》的主要内容，反复吟诵和描写，形成了数千首、若干组诗，每组诗描写黑天的一个侧面，总起来就构成了整个第10篇。需要指出的是，苏尔达斯是以抒情诗的方式咏唱黑天事迹的，但某几首抒情诗构成一组，就这一组来说具有叙事性质，各组之间又有先后的时间顺序。这样组与组相连，就构成了大体连贯的故事情节，黑天从出生到童年到少年的过程就显现出来了。综合起来，这些诗歌主要塑造了黑天婴儿、童年和少年三个时期的形象。婴儿黑天可爱怜人，童年黑天顽皮淘气，少年黑天风流倜傥，其中包含母子之情、黑天受责、林中放牧、情侣相会、彻夜歌舞等情节，构成了苏尔达斯心目中黑天形象的主体。此外，作品中还有不少表现其他内容的组诗，如表现使者乌陀沃访问牧区、与牧区少女对话的场面及内容的"黑蜂之歌"组诗，在表现儿童黑天形象过程中穿插的小黑天降妖除魔内容的诗歌等，但这些似乎不是苏尔达斯最为关注的内容，不是作品中最吸引人的部分。

在瓦拉帕派看来，这个世界上主要有三种人，第一种是毗湿奴大神的虔信者，第二种是"吠陀"等传统经典的信奉者，第三种是世俗生活的享乐者。三种人中以第一种人为最优，他们通过虔信神灵、献身神灵就能获得解脱。苏尔达斯对此深信不疑，在他看来，这个世界就是神的游乐场。神化身降临，以最优秀或超人的形象示人，这个神就是黑天，他是毗湿奴大神的化身，是宇宙的至上主宰。而信徒所能做的就是虔爱神、颂扬神，为神服务，除此以外，别无他事。所以，他把自己全部献给了黑天神，以侍奉黑天、咏唱黑天颂诗为自己的最高职责和生存理由。毗湿奴教派认为，对神灵的爱有五种，即通过祭祀表达的爱、把神灵当作长辈或孩童所表达的爱、把神灵当作丈夫所表达的夫妻之爱、把神灵当作伙伴所表达的友爱，以及把神灵当作主人所表达的奴仆之爱。对神的服务有内外之别，外在的只是名义上的，没有实质内容，内在的有身体、金钱和精神三种。而精神服务又存在传统的重视经典知识的服务和瓦拉帕派强调的满足神灵的服务。显然，苏尔达斯接受过这类教育，他在总体上把黑天当作伙伴看待，在给予他平等友爱的前提下，也表达了其他类型的爱。同时，他把自己视为满足神灵需要的“工具类”信徒，他坚信把最纯的爱献给黑天是必要的。在《苏尔诗海》中，他几乎描写了黑天在世的所有功行，但却最热衷于对婴儿、童年和少年黑天形象的描写。他认为这几个阶段最能体现他对神灵的全身心服务，不仅可以表达神与我双方的慈爱，还可以尽情刻画神与我之间的情爱，而这类情爱恰恰是达到神我合一、圆满和谐的美妙方式。

具体说来，苏尔达斯在《苏尔诗海》中重点表述了两类情感，一是神与我之间的慈爱，一是神与我之间的情爱。

1. 神我之慈爱。

按理说，这种慈爱的真正含义应当是神为父、我为子，慈爱即神灵对信徒的慈悲之爱、父母之爱。但在《苏尔诗海》中，苏尔达斯却颠倒了这一关系，小黑天为子，其养父母给予他慈爱，慈爱由普通人（小我）给予天神（大我）。请看黑天养母耶雪达在给予慈爱时的愉悦：

耶雪达摇着摇篮、亲着黑天、哄着黑天，

轻声唱着催眠曲让黑天安眠。

瞌睡虫啊，你快来吧！

来让我的宝宝合上双眼。

你为什么还不来到我宝宝身边？

我的小黑天在向你召唤。

听着催眠曲，小黑天有时合上眼，

有时小嘴还不停地动弹。

耶雪达以为他已经入睡，

她不再给小黑天催眠。

可是小黑天又挣扎着睁开双眼，

于是她只好把催眠曲又唱一遍。

苏尔达斯说：

天神和仙人也难得到的乐趣！

却由耶雪达一人独占。[1]

　　面对这样可爱的婴儿，耶雪达付出了所有可以付出的母爱，她不烦不嗔，不停地唱着歌，摇着摇篮，一次次重复同一支催眠曲。但就像诗中所写的那样，她也获得了无上乐趣，这乐趣连天神和仙人也难以得到。这一慈爱换来了比慈爱还要强烈的天神之爱，作为虔诚信徒，耶雪达在满足黑天的同时自己也得到了无上满足。在苏尔达斯看来，这更是黑天神对虔信者的一种恩赐，他是有意化身为孩子而带给信徒们以快乐和满足的。

　　母亲以前总在祈求，

---

[1] 转引自刘安武：《印度印地语文学史》，北京：人民文学出版社，1987年版，第97页。本文所引《苏尔诗海》诗歌，除特殊说明外，均引自该书。

如今却亲眼看见孩子走路，

他脚上的铜铃响咚咚，

这声音令母亲喜上心头。

他一会儿趴下，一会儿站起，

这种情景无法用口描述。

妇女们个个争看不休，

都祝福这孩子长命千秋。

他也是苏尔达斯的救主。

　　果然，邻居"妇女们个个争看不休"，也从黑天这里得到了无上幸福。这在黑天出生时就有所展现：黑天出生后，南达夫妇和全村人都非常兴奋，大家奔走相告，对这个人类婴儿关心备至，并从中享受到了无上快乐。

　　婴儿小黑天招人怜爱，儿童小黑天同样带给人快乐和幸福。在描写儿童黑天形象的时候，苏尔达斯从世俗的角度出发，着重写了他的顽皮和淘气：

（妈，）你喂我奶喂了好多天，

可我的辫子还是这么短！

你不是答应过它会长长，

长得和哥哥的辫子一般？

放开、梳拢、洗澡时都像黑蛇那样好看？

只因你老让我喝牛奶，

不让我吃奶油和饭。

苏尔达斯说：

唯愿黑天和大力罗摩，

这一对孩子长命百岁。

辫子不长也赖妈妈，找妈妈的"不是"，多么"无赖"、多么天真！

妈，我要去放牛，我已长大，
你给爸爸说我不会害怕。
有哥哥、纳达、伯达好多放牛娃。
和放牛娃在一起我心高兴。
给我准备好午饭我带往森林。
我拿叶木纳河水向你发誓愿，
到河里去玩水的事儿我决不干。

牧人家的孩子当然要放牛，但不到年龄是不行的，因为森林里、小河里暗含着种种危险。小黑天却不管这些，但他不敢和爸爸说，只好缠着妈妈，并发誓说自己会小心，不会到河里去玩水。苏尔达斯出身下层，游历于人民中间，了解人民生活，自然有如此美妙的歌咏。

和其他儿童一样，童年的小黑天做出了不少让大人伤脑筋的事：

妈，我没有偷吃奶油，
大清早你就叫我去放牛，
到傍晚我一直在林中跑个不休，
天黑了我才往回走。
我年纪小，去取吊篮，
怎么会有那么长的手？
放牛娃都把我当对头，

234

在我嘴上拼命给抹上奶油。

妈啊，你是好心人，

难道你把别人的话当了真？

好像你不喜欢我，把我当外人。

你把这披肩和鞭子拿去吧，

这次你又整了我一顿。

苏尔达斯说：

母亲听了不由得开笑颜，

双手连忙搂抱住黑天。

　　《苏尔诗海》中这样生动的场景很多，往往令人忍俊不禁。这样的
孩子，这样的母亲，多么幸福。不过，有谁会相信小黑天的话呢？他
个子矮，但聪明伶俐，他不会找凳子或其他东西做工具吗？他不会唆
使大孩子去偷吗？但一番诡辩和责难却换来了母亲的开怀和拥抱。耶
雪达相信了他的诡辩？肯定不是。

耶雪达，我们真有口难言。

你不了解你家的小黑天。

他可经常找我们的麻烦，

我们的话他一句也听不进，

成天跟我们捣乱。

在路上拦着不让走，

不让我们汲水去河边，

把我们的水罐投进河，

处处跟我们为难。

妇女们这样向耶雪达发出怨言：

你也该管一管小黑天。

这才是真实的儿童形象，他顽皮捣蛋，不知深浅。这时候的苏尔达斯不是在写神，是在写某个真实的小孩子，也许他见过这类孩子的所作所为，也许他也被这类孩子"骚扰"过。不过，我们从诗中看不到厌恶，看不到诗人有任何不满情绪，看到的是这个孩子的天真和淘气，他的行为是恶作剧，而非什么原则性的罪过，是无邪的捣乱，而非什么本质恶劣。

面对这类责难，母亲耶雪达如何反应呢？

> 你们说我该怎么办？
> 要是抓着他，我会让你们看看我的手段，
> 可你们又会把我劝。
> 他的淘气你们早就一目了然。
> 想从前，当我把他捆在石臼上，
> 当我气得扬起鞭，
> 你们却来把我阻拦！
> 他从小就调皮捣乱，
> 我早看在眼里，记在心间。
> 这一回等他回来，
> 我要好好教训他一番。

母亲曾经惩罚过小黑天，但经常遭遇障碍，这障碍正来自向她告状和抱怨的邻居妇女们。其实，大家告状归告状，谁会真心要去惩治小黑天呢。在苏尔达斯心里，小黑天带给大家那么多快乐和幸福，大家感谢他还回报不了呢，怎么忍心惩罚他。

苏尔达斯口中的牧童形象也是小黑天的重要形象之一，他皮肤黝黑，身上涂着檀香末，头上戴着孔雀羽"王冠"，两耳带着圆形大耳环，脖子上挂着野花项圈或珠子项链，手里拿着短笛或鞭子，肩上披着彩色披肩，腰间系着黄色围布，光着脚板，或立或走或跑，追赶牛群，林中嬉戏……不过，并非一切都一帆风顺：

> 妈，哥哥是坏蛋，
>
> 他说森林里很好看，
>
> 叫大家跟他去玩，
>
> 也把我哄了去。
>
> 那里长着好多树。
>
> 以后他就喊：跑呀，跑呀，这里有吃人的老虎！
>
> 我害了怕，身子发抖，急得直哭。
>
> 没有一个人把我扶。
>
> 我又怕又跑不动，他们一个个在前面跑得快如风。
>
> 哥哥还对我说：你是用钱买来的，还装糊涂！
>
> 苏尔达斯说：
>
> 你哥哥说谎是坏蛋，
>
> 又碰上了说谎的孩子作同伴。

搞恶作剧不是小黑天的专利，他也许惹恼了哥哥，也许惹恼了其他放牛娃，作为回报，别的小伙伴也要吓唬吓唬他。结果他就有了向妈妈告哥哥黑状的机会。

这些都是生活中的小事真事，熟悉普通人生活的苏尔达斯随手拈来，顺口咏来，自然纯朴清新，具有很强的感染力。通过这类吟诵，诗人把一个可爱淘气的小黑天写得生动活泼，天真无邪。在诗人看来，天堂也不过如此。"在天堂里能干什么？那里没有亚穆纳河，没有伯勒杰，没有牧牛人，没有情味乐趣。"[1]在这赛过天堂的地方，大神黑天满足着，众信徒也满足着。

2. 神我之情爱。

除相互满足着的慈爱类的感情以外，苏尔达斯还吟诵了另一类感情，即少男少女之间的情爱。在苏尔达斯看来，神我之间的慈爱固然重要，但梵我合一的标识——情爱更为重要，这类感情的结果就是人类的终极理想——梵我合一。

梵我合一的条件是神、我相互吸引，直至最终结合，其间要经历种种磨难，如无形虔爱派诗人在作品中所表述的一样，男女主人公要经历思念、磨难、相会、享受、分离、再思念、再磨难、再相会、最终合一的漫长过程。苏尔达斯持有相近的看法，他借助黑天和牧区女子之间的关系来表述这一过程。不过，不像无形虔爱派诗人靠想象来构思故事，苏尔达斯同样从现实生活出发，生动客观地刻画了少男黑天和少女罗陀之间的关系：

> 黑天溜达到村前，
> 黄色裤衩系腰间，
> 手拿陀螺和鞭绳，
> 头戴孔雀翎编的"王冠"，
> 身上涂着檀香末，
> 两耳带着大耳环，
> 牙齿的白光胜过闪电。
> 他慢慢往前走，

---

[1] 英迪拉·甘地国民解放大学：《印地语诗歌：虔诚诗》（第二部），德里，1990年印地文版，第102页。

来到叶木纳河河岸。

大眼睛姑娘罗陀，

戴着头巾也在那里出现。

她腰里围着裙子，

身上穿着蓝色衣衫。

身后的辫子随风摆。

一群天真美丽，颜色白皙的姑娘，跟在她身边。

黑天一见着了迷，

两对眼睛互相盯着看。

黑天跟罗陀搭讪着问起：

白皙的姑娘，你是谁？

是谁家的女儿，家住哪里？

在牛庄的街道上，

我从来没见过你。

罗陀说，我干吗要到你们牛庄来？

我就在自家的门口游戏。

我听说难陀家的孩子，

为了偷奶油钻进别人的家里。

黑天说，你有什么可让我偷呢？

来，我和你一同来游戏。

苏尔达斯说：

我的风流之主黑天，

几句话就使天真的罗陀五体投地。

　　这类故事既可能发生在村边溪旁，也可能发生在田间地头，是生活中少男少女情窦初开时的自然表现，不用想象，不用虚构。深入民间生活的苏尔达斯对此耳熟能详。所以，在表现这类情爱故事时，他一样不用刻意做作。不过，这毕竟不同于对婴儿黑天和儿童黑天的刻画，他没有亲身体验，他需要素材和样板。

苏尔达斯有足够的素材和样板可以借鉴，这便是摆在他面前的丰富的黑天文学财产，有前辈胜天的《牧童歌》和前辈维德亚伯迪的《维德亚伯迪诗集》，有同辈南德达斯的《乐章五篇》和《黑蜂歌》等。实际情况也如此，在成功塑造了婴儿黑天和儿童黑天的形象并表述了神、我之间的慈爱之情以后，他在借鉴了他人成果的基础上又塑造了少年黑天的形象，成功地描写了神我之间微妙的情爱关系。这类描写可以分成两类：第一，黑天和众牧区女之间的情爱。每到傍晚，黑天吹起牧笛，召唤众女欢聚。众女听到笛声以后，放下手中的活计，丢下正在吃奶的孩子，不顾父子、兄弟甚至丈夫的阻挠，急切地奔向树林，与黑天相会。大家一起游戏、一起玩水、一起歌舞，直至天明。在这类场合，为了平等对待每一个女子，黑天使用分身术，同时和所有女子游乐、拥抱、接吻，甚至交合。第二，黑天和罗陀之间的情爱。在众牧区女中，罗陀是佼佼者，如出水芙蓉，令少男黑天割舍不下；同样，罗陀一心一意地爱着黑天。苏尔达斯咏道，他们俩一见钟情，此后相互思念，热切地盼望着再度相见。为了相见，罗陀曾装病，黑天曾不再放牧。见面以后，他们情意绵绵，由害羞到触摸到歌舞到结合。不久又会闹出种种小矛盾，抑或罗陀妒忌其他女子，抑或黑天故意搞小动作，结果两人分别。此后两人又开始新一轮的相互思念过程，其间经常是黑天主动认错，罗陀故作生气，稍后和好如初，再享床笫之乐。也许是个人经历的缘故，苏尔达斯在这类描述中经常"借用"胜天和维德亚伯迪等人的诗风和内容，反复吟诵两人的相互吸引和思恋之情，以及最后结合的愉悦。

如前文所述，有些学者对这类描述持批评态度，认为"露骨""庸俗"。我们在基本认可这一意见的同时也尊重印度的这一传统。这类描述和印度不少雕塑艺术、绘画艺术中体现出来的"露骨"内容一样，之所以为大多数信徒所接受和喜爱，应该看到其背后的文化宗教原因。这一原因上文已有表述，此不赘言。

《苏尔诗海》中还有黑天后来派使者乌陀沃赴牧区探视牧区女郎的组诗，史称《黑蜂之歌》。在这部分里，诗人表达了两层意思：

第一，与黑天分别后，众女非常想念黑天，黑天使者乌陀沃的到来，更激起了她们的思念之情，她们回忆和黑天在一起时的快乐时光，哀叹目前的孤单状况：

> 自从他弃我远离，
> 使我感到无限伤悲。
> 有一天我睡卧在床，
> 梦见他回到了这里。
> 他脸上露出微笑，
> 轻轻挽起我的手臂。
> 醒来才知是梦境，
> 可再也无法去寻觅。
> 我好比失去配偶的鸳鸯水中栖，
> 看到自己的影儿误作配偶心欢喜，
> 一阵风来影儿无踪迹。

第二，苏尔达斯通过乌陀沃和众牧区女郎之口探讨了有形神信仰和无形神信仰的问题。众牧区女郎一致反对虚幻的抽象的无形神信仰，认为只有通过具体的爱，看着黑天、恋着黑天并和黑天结合才能实现自己的梦想，实现解脱，这是苏尔达斯念念不忘的。

读者可能提出黑天的多妻多恋人问题。黑天故事告诉我们，除妻子卢格米尼以外，黑天还有上万个嫔妃；除恋人罗陀以外，还有上万个恋人。这如何解释呢？首先，从社会发展史的角度看，一夫多妻的现象普遍存在于印度古代社会。在雅利安人的氏族社会和奴隶社会，酋长和奴隶主对部落中所有女子享有性占有权的现象普遍存在，这一现象不仅存在于印度，也存在于欧洲。作为这一现象的遗存，欧洲中世纪尚有领主对领地新婚女子享有"初夜权"的情况。同样，黑天多妻多恋人的故事也是这种社会现象的遗存。其次，从宗教信仰的角度看，这样的故事具有象征意义。故事中的黑天代表宇宙最高神，是大我，是唯一；他的妻子、嫔妃、恋人代表的是个体灵魂，是小我，是无数。无数的小我必须通过和大我的结合才能最终解脱，达到那个理想中的无限美好、无限欢乐的境界。所以，黑天多妻的传说可能是很古老的，而他多恋人的故事可能出现较晚，是宗教人士的哲学隐喻。

第三节　苏尔达斯的历史地位及影响

❦

印度有"苏尔达斯是太阳，杜勒西达斯是月亮"的说法，可见苏尔达斯在印度人民心目中具有非常重要的地位。

苏尔达斯的地位与其巨著《苏尔诗海》有直接关系。那么，苏尔达斯在《苏尔诗海》中除宣讲黑天传说和黑天帕克蒂以外还给了人们什么呢？

首先，苏尔达斯宣传了近乎平等的神人关系，把神带到了人世间，把他变成了人民中的一员，使他走进人群，和普通信众一起生活。婴儿黑天的可爱、童年黑天的淘气和少年黑天的风流都是人的特点，而非传统认可的神的特性。这样，神和普通信众结成了朋友式的平等关系，这一平等关系有时表现为母子关系（如耶雪达和黑天），有时表现为伙伴关系（如放牛娃和黑天），有时表现为恋人关系（如黑天和罗陀）。在这一对对关系中，作为神的化身的黑天表面上并不是主导者，甚至是被动者。也就是说，苏尔达斯从新的角度阐释了神人关系，使神人亲近成为可能，从而也就使视解脱为终极理想的信徒们更有信心去实现之，并为之努力。

其次，苏尔达斯宣传了社会平等的观点。无疑，中世纪的印度社会存在宗教压迫和种族纷争，印度教内部还存在种姓歧视和贵贱体制。但苏尔达斯不在乎这些，《苏尔诗海》中没有教派之争，也没有种族矛盾，种姓没有高低之分，贱民也没有受到不公正对待。实际上，《苏尔诗海》中连这类名词也不存在，诗中的人们好像都信仰一种宗教一个神灵（黑天），好像都属于一个种族一个种姓（或根本没有种姓）。苏尔达斯似乎要宣传一个没有宗教信仰区别、没有种族种姓差别的"大同"社会，在这样的社会中，人人平等，大家共享生活，共度美好时光。

第三，苏尔达斯给普通信众带来了爱的福音、自由的世界和自信的人生。不可否认，中世纪的印度并不是一片乐土，这里有剥削，有压迫，充满贫穷。但苏尔达斯并不看重这些，只宣传自由奔放的感情和清新执着的爱情。在《苏尔诗海》中，我们看不到痛苦，看不到贫穷，看到的是潺潺的流水、青青的草地和茂密的树林以及生机盎然的大地，看到的是幸福充实的母亲、衣食无忧的邻居和顽皮淘气的牧童以及渴望爱情的少女。这对处于艰难中的普通百姓来说无疑是一种精神食粮，人民从中找到了自尊、自信和自足，从而忘却了现世的痛苦，获得了生活的兴趣和信心。

第四，苏尔达斯在《苏尔诗海》中展示了非凡的融合能力。他不仅将不同宗教、不同民族、不同种姓、不同阶层的人融合到同一部作品中，使这些不同不再存在；还将前人的遗产和同时代人的成果融合到一起，作为自己创作的依据和参考。同时，他更吸收了当时的种种素材，如阿克巴大帝的"神圣信仰"、伊斯兰民族的音乐形式、正在流行的口头文学等。也就是说，他把自己当成了大熔炉，表现出了宽大的胸怀和非凡气魄。实际上这正是印度文化最为重要的特点之一。所以说，苏尔达斯是属于印度的，理应受到印度人民的爱戴。

第五，苏尔达斯巩固了印度伯勒杰地区的文化及信仰。传统认为，毗湿奴大神的化身之一黑天就出生、生长在这里。苏尔达斯以此为据点，借《苏尔诗海》之影响，使这一地区染上了浓厚的黑天色彩，使黑天传说得以在该地区继续存在和扩大影响，还使这一影响波及其他地区，使黑天故事在更大的范围内得到传播。伯勒杰地区也由此成为黑天崇拜最著名的印度教圣地，成为宗教修行者、普通信徒和旅游者最向往的去处之一。

第六，苏尔达斯是瓦拉帕大师的弟子，属于瓦拉帕派信徒，但他创立了一个新的教派。由于《苏尔诗海》的影响，苏尔达斯名声大振，吸引了众多宗教追随者和普通信徒，从而形成了苏尔达斯派。无疑，该派以苏尔达斯为最高导师，以大神毗湿奴的化身黑天为最高崇拜对象，以咏唱颂诗为虔敬方式；该派视黑天和罗陀的爱情为神人之爱的典范，主张用男女之爱阐释神人关系。同时，该派以人性为基础，主张世俗世界是大神的游乐场，大神黑天就在人民中间，平易近人，爱人，也需要人爱，和信众的关系相对平等，虔信者通过虔爱就能实现解脱这一至高理想。

第七，可能从中世纪开始，印度就出现了不少民间戏剧表演形式，以"罗摩本事剧"和"黑天本事剧"最为有名，前者表现罗摩的功行，后者表现黑天的业绩。我们认为，《苏尔诗海》很可能就是"黑天本事剧"的表演"脚本"之一，即《苏尔诗海》是"黑天本事剧"发展（抑或也包括产生）的重要因素之一。这自然也是苏尔达斯的功劳之一。

当然，苏尔达斯不是完人，他也有很多不足之处，主要有两点：其一，苏尔达斯不关注现实社会中的不公平现象，不看重普通人民的生活疾苦，《苏尔诗海》不表现社会问题，从某种角度说这是他的优点，但从另一方面看又是他的缺点。这体现出他对宗教压迫和种族矛盾熟视无睹，对印度教种姓歧视和贱民制度麻木不仁，从而也就在一定意义上麻痹了人民和普通信众。其二，在表现神人情爱关系时，苏尔达斯没有超越前人，《苏尔诗海》中同样出现了不少"露骨"和"庸俗"的描写，这是作为一代大师的他本可以避免的。

不过，瑕不掩瑜。总体来说，苏尔达斯无愧于印度人们授予的"太阳"称号，在印度这块崇尚宗教的土地上，他的英名以前为人传诵，现在为人传诵，将来也同样会为人传诵。

07

—第七章—

米拉巴伊

米拉巴伊（Mirabai），通常称为米拉（Mira），或米兰（Miran），巴伊是对她的尊称，意思是夫人。米拉巴伊是印度中世纪虔诚派诗人中少有的女性诗人之一，而且对后世影响很大，所以这里要设专章予以评介。

第一节　米拉巴伊的生平与信仰

✣

一、生平

关于中世纪虔诚派诗人的生平事迹，几乎都没有翔实可靠的资料，只是在他们的诗中偶尔透露一点信息。相反，关于他们的传说倒有不少，但都难以为据。米拉巴伊的情况也基本如此。

但相对来说，米拉巴伊的生平资料还算是多的。尽管这样，关于她的出身、生卒年、出生地等基本情况，仍然只能是推测，存在不同程度的争议，而且至今还在争论中。人们依据的基本资料主要来自四个方面：第一是米拉巴伊的诗歌。由于她的诗歌并不是自传，不是写实，所以只能从字里行间寻觅她生平的蛛丝马迹，其不确定性是可想而知的。第二是在米拉巴伊之后一些虔诚派信徒写的虔诚弟子谱系。这些谱系至少有五种之多，分别成书于17~18世纪。这些资料对于研究当事人的师承有一定帮助，也记载有一些当事人的事迹，但往往带有浓厚的神秘色彩，而且彼此并不一致，也缺乏明确的时间记录。第三是拉贾斯坦地区的王族谱系。这些资料对于确定当事人的出身门第和相关的历史背景有帮助，但也会因为理解的不同而产生歧义，导致后人在一些问题上很难取得一致的意见。第四是两部直接写米拉巴伊生平的书。一部为那加利达斯（Nagaridasa）写的《那加尔汇集》，成书于18世纪中后期，其中讲到了米拉巴伊的生平故事。另一部书是苏克萨尔纳（Sukhasarana）写的《米拉巴伊短笺》，作于18世纪后半，专门写米拉巴伊的生平。这两部书都是用韵文写成的，尽管其中不乏夸张的传言，但对于考察米拉巴伊的生平很有帮助。

20世纪50年代，印度文学史家修格勒先生在《印地语文学史》中简要地叙述了米拉巴伊的身世：她是拉贾斯坦佐德普尔国王佐达（Jodha）的重孙女，王公杜达（Duda）的孙女，拉陶尔·拉特纳·辛赫（Rathaur Ratnasimha）的女儿。她出生于健日王纪年1573年（公元1516年），很早就成为黑天的崇拜者，后与乌代普尔国王波吉拉吉（Bhojaraja）结婚。但婚后不久，丈夫便去世了。而她的虔诚信仰却与日俱增，她经常到神庙里去，与那些虔诚派出家人及信徒们在一起，面对黑天的神像沉思、唱歌、跳舞。据米拉巴伊的诗歌说，由于她的这种行为有损王室家族的声誉，因惧怕世俗的谴责，她的亲属们对她非常恼火，以至于多次给她毒药喝。但是，由于得到大神黑天的护佑，她虽然喝了毒药但毫发未损。后来，米拉巴伊离开了拉贾斯坦，到古吉拉特邦的德瓦利卡、马图拉的沃仑达林去居住，在神庙里教人们唱颂神曲，所到之处，人们都把她敬为女神。最后，她于公元1546年去世于德瓦利卡。①

由于这段简介写于50年代，当时作者没有机会看到更多资料，所以其中存在的几个关键性问题无法得到解释。近年来，随着新的历史资料不断被发现和研究的不断深入，其中的一些误解已经被一一更正。首先，米拉巴伊生父的名字应该叫作拉特纳西（Ratanasi）而不是拉特

---

① 拉姆昌德拉·修格勒：《印地语文学史》，贝拿勒斯，1955年印地文版，第184~185页。

纳·辛赫。其次，米拉巴伊的丈夫并没有成为国王，而是在做王储期间就去世了。第三，在米拉巴伊的生卒年问题上存在争议。如果按照修格勒的说法，米拉巴伊只活了30岁，似乎太短暂，而修格勒并未就此做任何说明。

关于米拉巴伊的生卒年，有一种说法认为，米拉巴伊生于公元1503年，卒于1573年[①]，也就是说，她活了70岁，这可能是一个比较接近事实的说法。与此很接近的另一个说法是，她出生于公元1504年。这一说法虽然未必是定论，但接受的人似乎更多一些[②]。此外，关于米拉巴伊的生年还有1515、1532、1555等许多说法。而关于米拉的卒年，尚有1546、1547、1553~1556、1573、1592等说法。但每种说法都不是定论。因此，关于米拉巴伊的生活年代，我们可以大体认为是在16世纪的某个时期。

关于米拉巴伊的生活事迹，我们只能根据诸说中的一种略加介绍。[③]

一般认为，米拉出生于梅尔塔。据说，她在童年时代受过教育，她的爷爷杜达安排了一位婆罗门学者专门为她讲授一些印度教的启蒙知识。有资料证明，她在童年时期就成为黑天的坚定追随者，长大后则更把黑天认作自己的主人和丈夫。她于13岁左右与著名的拉杰普特人首领契托尔王拉那·桑加（Sanga）之子波吉拉吉结婚。波吉拉吉当时已经被立为王储。但婚后没几年，波吉拉吉在很年轻的时候就去世了。当时有人认为，米拉应当随夫殉葬，但米拉表示自己不能殉葬，她要为崇拜黑天而活着。这在当时当地的拉吉普特王族中是一件了不

---

① 纳根德拉主编:《印度文学词典》，德里，1981年印地文版，第985页。

② 胡库姆辛·巴提:《米拉巴伊的史实》，桑贾伊·摩尔霍特拉主编:《米拉其人其作》，新德里，1998年印地文版，第22页。

③ 以下简介主要依据胡库姆辛·巴提的《米拉巴伊的史实》。

起的离经叛道行为。

1527年，印度历史上发生了一场重要的战争。米拉巴伊的公公拉那·桑加率领拉吉普特人和部分阿富汗人与巴布尔率领的莫卧儿军队在阿格拉西面的坎瓦村进行决战。结果是桑加的军队战败，巴布尔获胜。[1]米拉巴伊的父亲参加了这场战斗，并战死。次年，她的公公拉那·桑加去世。

拉那·桑加去世后，他的另一个儿子拉特纳·辛赫（Ratana Simha）即位，成为拉那（王）。1531年，拉特纳·辛赫被杀，其弟维克拉马吉特（Vikramajit）即位。米拉巴伊在此期间更加沉迷于虔诚活动，到庙里唱歌跳舞，接待虔诚派圣徒，以致远近闻名。正是这位新任拉那，她的小叔子虐待她，禁止她到庙里去，把她锁在屋里并派人看守。为维护王族的声誉，他甚至给她毒药喝。由于米拉巴伊继续她的虔诚活动，她的婆婆和小姑也多次谴责和折磨她。世人也对她说三道四。米拉巴伊受虐待和受世人指责的情况，可以从米拉的诗歌中找到根据。

米拉巴伊受虐待固然很痛苦，但她并没有因为这些而丧失自信，更没有放弃信仰。但很明显，她再居住于婆家已经不合适了，于是她决定离开契托尔，回到自己的故乡梅尔塔去投奔她的伯父。她离开契托尔的具体时间已不可考，但可以肯定的是，她至迟在1535年就离开了那里。因为，1535年，古吉拉特的统治者巴哈杜尔·沙（Bahadur Shah）攻占了契托尔城堡，城堡中的妇女被尽数烧死，米拉巴伊显然不在其中。

回到梅尔塔以后，在伯父的庇护下，米拉巴伊过上了安宁的生活。她可以专心地礼拜黑天大神了。但这种日子并未长久，1536年，梅尔

---

[1] R.C.马宗达等：《高级印度史》，北京：商务印书馆，1986年版，第455页。

塔被外来势力攻占，她便随伯父逃到阿吉梅尔避难，后又辗转多处。大约在1538年之后的某个时间，米拉巴伊来到马图拉的沃仑达林居住，在那里礼拜大神黑天，并传播自己的主张。

不久，米拉巴伊又去了德瓦利卡，在那里度过了自己的余年，直至逝世。

二、信仰

米拉巴伊属于毗湿奴虔诚派。她信仰黑天，把黑天当作自己的崇拜对象，在庙里黑天的神像前唱颂歌、跳舞。这就使我们有理由相信，她属于虔诚派中的有形派。

前面一章，我们在谈到莱达斯的时候曾经说过，米拉巴伊是莱达斯的弟子，因为米拉巴伊的诗歌里多次提到莱达斯。

关于莱达斯与米拉巴伊的师徒关系，一位印度学者是这样说的：最初，早在米拉巴伊的童年时期，就有一个莱达斯弟子组成的传教小组来到米拉巴伊的出生地梅尔塔，他们的颂神诗深深地打动了她。后来，米拉巴伊与拉那·桑加之子波吉拉吉结婚，她的婆婆恰丽王妃曾将圣徒莱达斯从贝拿勒斯请到契托尔来传教。此时，米拉巴伊将莱达斯认作师父。后世，人们在契托尔修建了一座米拉巴伊庙，庙前有一个纪念亭，里面有一双脚印，据说就是莱达斯的脚印。[①]

但是，我们知道，莱达斯属于无形虔诚派，反对偶像，而米拉巴伊却崇拜黑天的偶像，应当属于有形虔诚派，这个问题怎么解释？对此，有印度学者认为，她的思想是无形派和有形派"兼而有之，不过，由于她更倾心于在一个具体的快乐空间中实现自我，所以她被认为是

---

① 德万德拉·辛赫·沙克塔瓦特：《米拉的主——黑天》，桑贾伊·摩尔霍特拉主编：《米拉其人其作》，新德里，1998年印地文版，第135页。

有形虔诚派"。①

　　米拉巴伊思想的这种两重性特征，从她的诗歌中可以看到。她这样写道：

> 真师揭开帷幕，
>
> 我才见到大梵，
>
> 喝了有形上帝的甘露，
>
> 充满对无形上帝的渴望。

　　在这首诗里，米拉巴伊首先强调了真师的启蒙作用。她和其他虔诚大师们一样，认为真师是一个虔诚信徒走上正确道路的必要条件，如果没有真师的教诲，就不可能实现与上帝结合的愿望。她还认为，上帝——梵（等同于黑天、赫利、毗湿奴、罗摩）既是无形的又是有形的。通过对有形上帝的膜拜和信仰，可以实现与无形上帝的结合。在这一点上，米拉巴伊的信仰的确有自己与众不同的特点。为什么会有这样的特点，这要从当时社会的宗教氛围和她本人的具体情况两方面考察。

　　首先，我们要考察一下当时印度社会的整体宗教氛围。我们知道，印度教的黑天崇拜开始很早，无论是史诗《摩诃婆罗多》还是《薄伽梵往世书》，都是印度教黑天崇拜的圣典。12世纪，梵语诗歌《牧童歌》的出现则标志着黑天崇拜已经开始与男女性爱相结合。而在此后，在印度南方和北方都有崇拜黑天的诗人出现，而且这些诗人中不乏将自己想象为女人去爱和追求黑天的例子。到米拉巴伊生活的16世纪，这种情况更加突出。

---

① 维底亚尼尼瓦斯·米什拉:《序言》,维什瓦纳特·特里帕提:《米拉的诗歌》,德里,1998年印地文版,第13页。

其次，米拉巴伊是一位女性虔诚者，这进一步决定了她信仰的特殊性。她说过：

现在念诵赫利的名字吧，

出家人啊，偷奶酪者^①的名字代表全世界。

情系黄衫郎^②，为郎蓄丰臀，

意念中黑天的奴隶——米拉为黑天沉迷。

从这首诗可知，米拉巴伊的信仰之所以有自己的特点，是有其原因的。一方面，她相信黑天是宇宙的象征，主张念诵黑天的名号，在这一点上，她与格比尔达斯和莱达斯是一样的。但另一方面，当男性崇拜者主张通过爱的途径达到与黑天合一的境界时，她作为女性崇拜者，就干脆将这种爱与性爱结合在一起，把自己意念中的黑天当作主人和丈夫，向他奉献自己的一切。她意念中的黑天是有形象的，就是小时候偷奶酪吃的顽皮的黑天，就是穿着黄色衣衫、不时吹起横笛、每天与牧女们调情的牧牛少年。

对米拉巴伊来说，黑天是她唯一的崇拜对象。她说过：

我只有举起山的牧童^③，

没有第二个人。

要把孔雀翎的宝冠，

戴到我主人的头上。

---

① 偷奶酪者，指黑天，由黑天小时候偷奶酪吃的故事得名。

② 黄衫郎，指黑天。黑天少年时代著黄衫。

③ 举起山的牧童，指黑天。传说黑天少年时代曾以神力举起牛增山，保护了村里的牧民。

这首诗表达的是米拉巴伊对黑天的认识。她不仅把黑天看作是自己的主人，看成是自己意念中的丈夫，而且把他看成是唯一的主。

通过以上的例子，我们看到，米拉巴伊的黑天信仰既有无形派的因素，又有有形派的因素，而其主要倾向更接近于有形派。其无形派思想，无疑是来自真师的教诲，即来自莱达斯等无形派大师的影响。那么，其有形派的观点又是从何而来的呢？

一位印度学者道出了米拉巴伊有形信仰的来龙去脉：米拉在童年时就从莱达斯传教小组那里索取到一个黑天的偶像。她一直保管这个偶像。一次，她看见了迎亲队里的新郎，便问母亲那人是谁，母亲告诉她，那是新郎。她又问母亲，她的新郎是谁。母亲指了指那个偶像，说她的新郎就是黑天。从此，米拉幼小的心灵里就有了一个坚定的观念——黑天就是她的主人，就是她的丈夫。当她嫁给波吉拉吉的时候，她依然把偶像带在身边。她还经常到黑天庙里去膜拜。在波吉拉吉死后，她更加沉迷于对黑天偶像的崇拜。①

---

① 德万德拉·辛赫·沙克塔瓦特：《米拉的主——黑天》，桑贾伊·摩尔霍特拉主编：《米拉其人其作》，新德里，1998年印地文版，第135~136页。

第二节　米拉巴伊的诗歌

✦

一、作品集

这里要重点介绍的是米拉巴伊诗歌收集和整理的情况。

相传，米拉巴伊有个随身女仆，叫勒丽塔（Lalita），米拉巴伊的诗歌都由她记录下来。但这个说法是否真实，还有待于进一步证实，因为到目前为止，谁也没有见过那个勒丽塔亲手记录的本子。

19世纪40年代初到20世纪90年代的一个半世纪里，人们收集整理的米拉巴伊的诗歌集达35种。所收集的诗歌数量也从20首增加到了1 312首。虽然数量在不断增加，但直到今天，人们还在考辨这些诗歌的真伪，还在确定哪些是真的，哪些是假的，哪些是流传中的变体。

20世纪30年代是收集米拉巴伊诗歌的第一个高潮期，陆续出版了9种米拉巴伊的诗歌集。其中有三种的书名都叫作《米拉巴伊集》，而三种中最著名的是帕尔舒拉姆·恰图维迪（Parshuram Chaturvedi）的《米拉巴伊集》，收有米拉的诗120首。50年代是收集米拉巴伊诗歌的第二个高潮期。1957年，斯瓦米·阿南德斯瓦卢普（Svami Anandasvarup）的《米拉甘露河》出版，收有1 312首诗歌。第三个高潮出现于六七十年代。1968年，室利·赫利纳拉扬·普洛希特（Shri Harinarayan Purohit）收集整理的《米拉巴伊大集》第一卷出版，收有米拉巴伊的诗歌662首。1975年，佐德普尔大学的卡里扬辛赫·谢卡沃特（Kalyansimha Shekhavat）博士又在此基础上出版了《米拉巴伊大集》第二卷，收有诗歌800首，被认为是米拉巴伊诗歌收集的收尾之作[①]。

恰图维迪的本子虽然所收诗歌较少，却被认为是比较精审的本子，最为流行。这个本子最初出版于1932年，后被不断再版，至1959年已被再版了7次。收集者主要依据的是几个保存于寺庙中的手抄本。《米拉甘露河》搜罗宏富，却引起了一些争议。照理说，米拉一生唱出1 300多首诗甚至更多并非不可能。问题是，这些诗歌中有相当一部分搜集于民间，是数百年来口头流传下来的，虽然冠以米拉巴伊的名字，但出现差错的可能性很大。例如，其中有的诗句与《苏尔诗海》的诗句几乎完全相同。

至于那两卷本的《米拉巴伊大集》，无疑是目前搜罗最全的本子，得到一些人的赞许。但这两个本子也不是没有问题的。谢卡沃特在第二卷书前的《说明》中提到了236个手写本，但这些本子来自北印度各地，是用不同语言文字写成的，不仅有拉贾斯坦语、布罗杰语、波杰普利语和古吉拉特语的，甚至还有孟加拉语、马拉提语和旁遮普语的。米拉巴伊生前到过的地方不多，她的母语是拉贾斯坦语，也不排除她用布罗杰方言和古吉拉特语作诗的可能性。但有一点是清楚的，米拉巴伊与其他一些虔诚派大师不同，她作诗的主要目的是为了表达自己的思想感情，其次才是宣传自己的主张。因此，她不可能用那么多种语言作诗。那么，她的孟加拉语、旁遮普语和马拉提语诗歌是怎

[①] 哈里什：《米拉诗集的不同版本和版本学》，桑贾伊·摩尔霍特拉主编：《米拉其人其作》，新德里，1998年印地文版，第81页。

么来的呢？是翻译还是误传？是托名之作还是无意间的张冠李戴？这些都很难考辨清楚。

所以，连谢卡沃特自己都认为，从历史、社会、语言、宗教信仰等角度，对现在已经收集到的冠以米拉巴伊名义的诗歌进行全面考察后，能够确认为米拉巴伊作品的诗歌不超过350首。[1]

根据以上情况，我们可以做出这样几条推断：第一，米拉巴伊从事诗歌创作活动的时间虽然较长，但没有她本人书写的诗歌，而是由别人记录下来的。第二，她创作诗歌时使用的语言主要是拉贾斯坦语，她名下其他语言的诗歌大多是别人翻译的。第三，目前能够确认为她的诗歌的数量在300至400首之间。她名下的其余诗歌尚有待于考辨。

二、作品分析

米拉的诗歌具有重要的思想价值。这价值主要体现在她记录了作为女性虔诚者的社会经历和切身体验，以及她同旧传统、旧观念的勇敢抗争精神。

在当时的印度教社会，妇女生活在底层，不管是高等种姓家庭还是低等种姓家庭，妇女都像奴仆一样遵从丈夫，伺候公婆。丈夫在世，她们的日子还多少好过一点，丈夫一旦去世，她们要么殉葬，随丈夫的尸体一起火化，要么就忍辱偷生，过着受歧视受虐待的生活。

在这种社会背景下，米拉巴伊的情况是否好一些呢？并非如此，她有她的难处。她生活于乱世，在德里苏丹国解体和莫卧儿王朝兴起的年代。她的童年也许是比较安定的，但婚后，她虽然身为王储的妃子，却过早地失去了丈夫，也因为战争而失去了许多亲人。丈夫死后，有人要她按照拉吉普特人的习俗殉葬，她以自己的信仰为由拒绝了，

---

[1] 卡里扬辛赫·谢卡沃特：《米拉巴伊可确认的作品》，桑贾伊·摩尔霍特拉主编：《米拉其人其作》，新德里，1998年印地文版，第113页。

继续她的虔诚活动。如她所说：

> 戴上脚铃，打扮起来，
> 在众目睽睽下跳起舞来。

她的虔诚活动是不可能得到理解和支持的，而是必然要遭到社会广泛的非议。她首先需要面对的是家族的压力，因为她不是一般的平民虔诚者，而是身为王妃的虔诚者。按当时的规矩，她不能像普通的虔诚者那样自由外出，尤其是在失去丈夫之后，更不能到公众当中抛头露面，也不能像普通的虔诚者那样随便会见其他传教圣徒。王公家庭的规矩她必须遵守，必须顾及家族的声望。但她没有循规蹈矩，也就必然在家族内部引起风波，遭到谴责。婆婆、小姑、小叔子（拉那）都向她进攻了。她在诗中唱道：

> 婆婆凶恶小姑顽，
> 争吵责备没个完。
>
> 为了不让见赫利，
> 婆婆闹，小姑急，
> 拉那自然有主意：
> 门上加了锁，
> 看守门前坐。

在家里，米拉巴伊像犯人一样被囚禁起来。尤其是在社会上，世俗的非难更是接踵而至：

> 世人说话太刻薄，
>
> 他们都来嘲笑我。

　　但是，米拉巴伊并没有因为这一切而退缩。信仰的巨大力量使她冲破了一切束缚，走出家门。囚禁中，她仿佛看见了黑天大神现身于她的面前，向她微笑：

> 我在家里站，
>
> 来了莫汉①，
>
> 他面如明月，
>
> 带着笑颜。
>
> 全家人都下了禁令，
>
> 挡不住目光流盼。
>
> 有人说好，有人说坏，
>
> 我把一切都承担。

　　这表现了她信仰的坚定和她敢作敢为的精神。

　　在中世纪虔诚派的诗歌园地，女诗人为数甚少，米拉巴伊可以说是一个代表。她的声音在一定程度上反映了妇女的苦难。

　　她在一首诗中这样说道：

> 学者要云游四方，
>
> 蠢人才坐宝座上。
>
> 米拉崇拜黑天主，

---

① 莫汉（Mohan），原意是迷人的，黑天的一个称号。

拉那残害虔诚者。

在米拉巴伊看来，精神解脱是人生最重要的事情。精神解脱是需要知识的，而知识是在社会上得到的，需要与外部世界接触。坐在宝座上的国王不过是蠢人，他们得不到真正的知识，却在那里发号施令，虽然被世人盲目礼敬，却是得不到最终解脱的。就拿她自己来说吧，她崇拜黑天是一种高尚的行为、智慧的行为，而愚蠢的拉那却要迫害她。

在这首诗里，她明白地表明了对国王的鄙视，也就是对权势的鄙视，她显然毫不留恋王族的生活，而是全身心地投入到旨在追求灵魂解脱的虔诚运动。

她毅然决然地表示：

> 我放弃宫中的一切，
> 放弃了城里的舒适，
> 放弃拉那给的粉脂，
> 披上一块土布为衣。

她离开了宫廷，告别了奢华。穿上旧衣服，却开始了新生活。一边是附加着各种束缚的优裕生活，一边是贫穷却自由的空间，她选择了自由。一边是物质的满足，一边是精神的富有，她选择了精神。这就是她与旧生活决裂、追求新生的宣言书。

在诗歌艺术方面，印度评论界按照传统的"情味论"欣赏模式，普遍认为她的诗歌属于"柔情蜜意"（madhurya）风格，表现的是她对自己崇拜对象的真情实感。[①]有学者指出，米拉诗歌最大的艺术特点在

---

① 拉姆切兰·夏尔马：《米拉的柔情诗》，桑贾伊·摩尔霍特拉主编：《米拉其人其作》，新德里，1998年印地文版，第162页。

于她不讲究艺术。她的诗歌语言简单，感情真挚，所表达的愿望质朴而强烈，容易为普通读者喜爱。[①]

米拉巴伊的诗歌既不像格比尔达斯的诗歌那样充满了哲理和训诫格言，也不像苏尔达斯的诗歌那样叙述黑天的神奇故事，而是讲述自己的感受，描绘自己心目中的黑天形象，讲述黑天对她的强有力吸引，这一切都表现为一个虔诚者对黑天的爱。正是这种情感的真实流露，形成了她诗歌的"柔情蜜意"风格。

三、对后世的影响

米拉巴伊的诗歌质朴无华，深入人心，流传广泛。印度已经有多名学者因为研究米拉巴伊的诗歌而获得博士学位。

印度学者曾经这样评价米拉巴伊："从契托尔到德瓦利卡，米拉巴伊把印度文化播撒到人民心中，她的事业如同南方的罗摩难陀和北方的格比尔、那纳克所从事的一样。将近五个世纪过去了，但米拉的虔诚的神圣而艰苦的事业在今天还在浸润着亿万人心，而且将世代浸润下去。米拉好像从强大的时间之轮的轨道中把宝贵的人的价值提取出来，奉献给每一个人。正因为如此，尽管米拉不是宗教或哲学思想的大师，却是深入人心的新生的商羯罗。"[②]

在契托尔地方有一个"米拉纪念组织"（Mira Smriti Sansthan），该组织从1990年开始，每年举办"米拉节"纪念活动，召开学术研讨会。许多专家学者发表研究文章，就米拉巴伊的生平、作品、宗教信仰、诗歌艺术，及其对后世的影响等问题进行讨论。

一位印度学者在总结米拉巴伊对后世影响时认为，米拉巴伊最主

---

① 哈里什：《米拉诗集的不同版本和版本学》，桑贾伊·摩尔霍特拉主编：《米拉其人其作》，新德里，1998年印地文版，第85页。

② 桑贾伊·摩尔霍特拉主编：《米拉其人其作·序言》，新德里，1998年印地文版，第7~8页。

要的影响是她首先勇敢地反叛封建礼教和道德规范。[①]她的行为动摇了千百年来的印度封建闺阃制度，尤其是寡妇殉葬制度。她以自己的大无畏精神实践了虔诚派不分种性、不分高低贵贱的平等主张。

她的虔诚信仰坚定不移，感天动地，对后世影响深远，所以，印度现代著名印地语诗人麦提利谢仑·古普塔（Maithilisharan Gupta，1889~1965）写过这样的诗句：

> 在世俗恐惧的万千阻挠面前，
> 毫不动摇，心诚志坚，米拉！
> 你献出珍珠宝石的流泉，
> 倾泻于马图拉的尘沙。
> 你把那浓烈的毒药，
> 变为赫利的甘露消化。
> 你的舞姿何其曼妙，
> 黑天也为你起舞了，米拉！

[①] 哈里什：《米拉在人民心中的影响》，桑贾伊·摩尔霍特拉主编：《米拉其人其作》，新德里，1998年印地文版，第246页。

08

─ 第八章 ─

杜勒西达斯

第一节　杜勒西达斯的生平与创作

✦

　　杜勒西达斯（Tulsidas）是印度中世纪最为著名的虔诚派诗人之一，是有形派虔诚文学中最有成就和最有影响的罗摩派诗人的代表。印度学者指出："杜勒西达斯是印度帕克蒂运动的缔造者和优秀诗人。他给印度社会带来了多么深刻的影响，直到今天也无法估量。他为了消灭陈规陋习和人民觉醒创作了文学。杜勒西达斯这几个字不是一个简单的人名，而是整个印度最优秀传统价值观的维护者的代名词。"[1]中国学者刘安武先生指出："杜勒西达斯是印地语文学史上影响最大的诗人。他的《罗摩功行录》[2]是印地语文学史上影响最大的作品，就是在印地语地区以外的其他地方，也有较大影响。两千年来，印度各种语言中，以梵语史诗《罗摩衍那》的罗摩故事为题材改写的长篇叙事诗很多，杜勒西达斯的这一部《罗摩功行录》最著名。印地语地区的广大人民群众中现在传诵的是《罗摩功行录》，而不是梵语的《罗摩衍

---

[1] 英迪拉·甘地国民解放大学：《印地语诗歌：虔诚诗》（第二部），德里，1990年印地文版，第129、130页。

[2] 又译为《罗摩功行之湖》。

那》。"①

有关杜勒西达斯生平的可靠资料并不多，主要有两类：一是戈古勒达斯的《两百五十二位毗湿奴信徒传》及一些民间传说；二是杜勒西达斯自己的作品。不过，根据这些资料得出的结果往往不能自圆其说，甚至相互矛盾。

资料显示，杜勒西达斯很可能出生于1532年，但出生地在哪里却没有定论，多数学者认为是北方邦邦达地区的拉贾布尔村，另一些人认为是该邦艾达地区的索罗村，也有人认为他出生在北方邦阿拉哈巴德附近的一个农村里。据说，他出身于一个非常贫穷的婆罗门家庭，与他同时代的穆斯林诗人拉希姆（Rahim）在自己的诗歌中提到了他母亲的名字，叫户勒希（Hulsi），他的父亲可能叫阿德马拉姆（Atmaram）。杜勒西达斯不仅家徒四壁，而且自小就成了孤儿，他在《诗歌集》中写道："造物主没在我命运中写下好事，一出生父母就离我而去。"《谦恭书》中也有相似记载："我是个不幸的人，自小就被父母抛下。"②据说，杜勒西达斯生下来说出的第一句话是"罗摩，罗摩，我是你的奴仆"，所以，"罗摩伯拉"③一度成为他的名字。父母去世以后，一个给富人家当女佣的妇女收养了他。但他五岁以后，这位女佣也抛弃了他，他成为一个没人要的孩子，"自小走遍百家门口"，过着乞讨的日子，受了很多磨难。后来，他来到一个福舍④，福舍主人纳尔赫利（Narhari）收留了他，并成了他的启蒙老师，给他讲解关于罗摩

① 刘安武：《印度印地语文学史》，北京：人民文学出版社，1987年版，第115、116页。

② 转引自英迪拉·甘地国民解放大学：《印地语诗歌：虔诚诗》（第二部），德里，1990年印地文版，第130页。

③ 罗摩伯拉（Ramapadha），即念诵罗摩之意。

④ 福舍（dharmashala），印度富人或慈善人捐建的简陋房舍，供宗教修行者、圣地朝觐者、路人等临时休息、居住。

的传说和其他知识。

　　杜勒西达斯在自己的作品里没有明确交代自己到底结过婚没有，学者们的意见也不一致。民间传说他结过婚，妻子叫勒德纳沃丽（Ratnavali）。但婚后他对妻子非常失望，不久抛下妻子只身去了迦尸①。他在迦尸遇到了大学者谢希·萨那登，并向他学习了关于"吠陀""吠檀多"、哲学、历史和"往世书"等的知识，他由此又增长了不少见识。这期间杜勒西达斯很可能住在一个哈奴曼神庙里。不久，他开始云游生活，除迦尸等地以外，他到过北方邦的阿逾陀、奥里萨的杰格纳特布里、泰米尔纳德的拉梅希沃尔、古吉拉特的德瓦利迦，还到过喜马拉雅山地区的博德利迦希尔姆，并从那里去了喜马拉雅山的吉罗娑山②和马纳斯湖③，这之后他来到北方邦的吉德里古德定居下来，并时常和一些宗教人士来往，相互讨论问题。1574年，他再次来到阿逾陀，在那里定居下来，开始写作不世之作《罗摩功行之湖》。作品完成后，他名声大振，被人誉为大史诗《罗摩衍那》作者蚁垤的化身，受到人们的极大尊重。

　　杜勒西达斯的最后二十多年是在迦尸度过的。由于身体不好，他的日子过得并不好。他于1623年去世，去世的具体日期以及去世病因均不详。

　　关于杜勒西达斯的创作情况，学者们也有不同意见，有人认为他一生写了5部作品，有人认为写了12部，还有人认为写了31部。目前以杜勒西达斯为名的作品有31部，如《婚礼前的罗摩》《关于罗摩指

---

① 迦尸（Kashi）古地名，即现在的瓦拉纳西。

② 吉罗娑山（Kailas），也译作盖拉斯山，喜马拉雅山脉的一座山峰，印度教传说是大神湿婆的住处。现在中国境内。

③ 马纳斯（Manas），吉罗娑山上的一个湖，被印度教徒视为圣湖。

示的问题》《遮纳姬①的幸福》《罗摩功行之湖》《帕尔沃蒂②的幸福》《歌集》《黑天之歌》《谦恭书》《布尔拜》《双行诗集》《诗歌集》《哈奴曼之骑》《胜利之双行诗集》《会见婆罗多》《六行体罗摩衍那》《格律体罗摩衍那》《出家人萨迪伯尼》《歌之语言》等。其中前12部很可能都是他的作品，而《罗摩功行之湖》《歌集》《谦恭书》《双行诗集》和《诗歌集》5部作品肯定出自他之手。

《罗摩功行之湖》是杜勒西达斯最重要的作品。详见下节。

《歌集》是写罗摩故事的诗歌，类似苏尔达斯的《苏尔诗海》。和史诗《罗摩衍那》一样，《歌集》也分7篇，共328首诗。杜勒西达斯在这部作品中基本上是把罗摩作为一个人来刻画的，其神性比之《罗摩功行之湖》逊色很多。由于整部诗都是咏唱出来的，其叙事性不强，而且很多地方缺少衔接，甚至有前后矛盾的地方，没读过《罗摩功行之湖》的人不一定能完全看得明白。

《谦恭书》实际上包括两部分，即《罗摩颂诗集》和《谦恭书》，前者有175首诗，后者有279首。这些诗也都是咏唱诗，歌颂的对象主要是罗摩，也有少量歌颂毗湿奴、湿婆及其他天神的，还有一些诗歌歌颂罗摩故事中出现的其他正面人物如婆罗多、罗什曼那、悉多等。在歌颂罗摩的诗歌里，诗人以卑微奴仆的姿态祈求罗摩保护自己，降福人世。与《歌集》不同，这部诗集中的罗摩不是凡人，而是世界的主宰，他包摄万物，是创造者、维护者和毁灭者，是人类的拯救者。

《双行诗集》共包含573首诗，诗歌按内容可分成罗摩颂诗和格言诗两类，前者和其他诗集中的罗摩颂诗的精神一致，后者则比较清新，有些诗甚至有社会批判意味。这部诗集的不少格言诗反映了某些真实的社会现象，如诗中说表面富有的人不一定内心也富有，有的人穿着

---

① 遮纳姬（Janaki），即罗摩之妻悉多。

② 帕尔沃蒂（Parvati），即湿婆之妻雪山神女。

华丽，内心却肮脏无比，有的人虽然衣不蔽体，却道德高尚，有的人一旦发财，就会盲目自大等。有些诗揭示了生活中的一些道理，如有的诗说患难中的朋友才是真朋友，享乐中的朋友大多数是假朋友；嘴上说自己英勇不值得相信，只有在战场上才能看清一个人是否英勇，等等。我们认为，这些格言诗很可能不完全出自杜勒西达斯之手。

《诗歌集》同样是一部歌颂罗摩神的诗集。这部诗集具有某种现实主义的特点，对理解杜勒西达斯有很重要的参考价值。诗人在这里写的罗摩故事主要是《美妙篇》中的内容，即哈奴曼到楞伽岛去寻找悉多并与悉多会面的部分。另外，杜勒西达斯在诗中展现了社会生活中的重重痛苦，其中有"朱门酒肉臭"的现象，也有"路有冻死骨"的现象，还有社会灾难如瘟疫、流行病等描写，甚至连人临死之前的痛苦症状在这部作品中也能见到。可以看出，这是诗人晚年的作品，很可能是他身体不好以后的作品。但也可能是作者不同时期所创作诗歌的合并和重新编排。

另一些诗集也值得一提：《婚礼前的罗摩》是一部很薄的诗集，包含80行诗，主要描写罗摩结婚前理发、剪指甲、婚前吉祥仪式等场景。在这部诗中，杜勒西达斯非常生动地刻画了看热闹的妇女的种种表现。如，知道罗摩即将结婚的消息后，她们非常高兴，争相目睹作为人主的新郎官罗摩，笑、欢呼、做鬼脸等，均有所表现。这是一部非常轻松有趣的诗集。《关于罗摩指示的问题》包含343首诗，几乎涉及所有的罗摩故事，其中悉多投入地母怀抱的故事在这部著作中也有所表现。《帕尔沃蒂的幸福》是写湿婆神和帕尔沃蒂结婚的事，其基础是古典梵语文学家迦利陀娑的《鸠摩罗①出世》，其中有不少夫妻亲昵场面的描写。《黑天之歌》含61首诗歌，颂扬了毗湿奴大神另一个重要化身黑天。

---

① 鸠摩罗（Kumara），本意是童子，这里指湿婆和雪山神女之子战神塞建陀（Skanda）。

第二节 《罗摩功行之湖》

❋

　　如第六章所述，印度有"苏尔达斯是太阳，杜勒西达斯是月亮"的说法，这里的太阳和月亮没有谁比谁更大更亮的意思，对人类来说，两者都一样，缺一不可。意思是这两位诗人一个像太阳一个像月亮，给人类带来光明和幸福。人们这样褒奖苏尔达斯的原因是他唱出了颂扬黑天大神的《苏尔诗海》，褒奖杜勒西达斯的原因自然是他写出了歌颂罗摩大神的《罗摩功行之湖》。

　　如前所述，杜勒西达斯一生著述颇多，除了《黑天之歌》，其余作品都与罗摩故事相关。《罗摩功行之湖》是杜勒西达斯最重要的作品，其他著作都不能和这一部相提并论。这部著作不仅仅是他的代表作，也几乎是他声名显赫、具有今天这样的历史地位的唯一原因。

　　罗摩是印度文化的一个象征，一个符号，如果没有了罗摩，印度文化的主体将损失巨大。罗摩故事在印度家喻户晓，其重要性不亚于被誉为印度教圣典的"四吠陀"。那么，这种现象是不是杜勒西达斯的功劳呢？答案是，杜勒西达斯的功劳不可否认，但不能把这一功劳全都算在他的头上。一是他的影响主要在北印度；二是在他之前上千年，罗摩就成为印度人民的传诵对象，以其为主人公的作品早已成熟。

一、《罗摩功行之湖》以前的罗摩故事

罗摩故事肯定比《罗摩衍那》[1]出现得早，但事实是，迄今为止，我们并没有发现类似的文献。因此，蚁垤的这部史诗应该是印度出现最早的以罗摩故事为母题的文学作品兼宗教文献。而且，史诗《罗摩衍那》一经出现，就几乎占据了整个后世文学文献的半壁江山，后世文人骚客习惯从中选取创作素材，宗教家更是视之为圣物，从中汲取宗教力量。从某种意义上可以说，史诗《罗摩衍那》是后世所有与罗摩相关的文学作品和宗教文献的源头。

史诗《罗摩衍那》的成书年代在公元前4至公元2世纪之间，被誉为印度"最初的诗"，还被印度教徒奉为圣典。史诗以罗摩娶妻、失妻、救妻为主要线索，塑造了毗湿奴大神化身罗摩的光辉形象，歌颂了他的丰功伟绩。为了更好地考察杜勒西达斯的《罗摩功行之湖》，这里有必要先对史诗《罗摩衍那》的篇章结构和主要内容做一简单介绍。

史诗号称2.4万颂，[2]共分7篇：

第一篇《童年篇》 阿逾陀国十车王没有儿子，举行求子大祭。此时恰好大罗刹罗波那在楞伽国为王，欺压群神。为除掉他，毗湿奴化身为四，投生为十车王的四个儿子罗摩、婆罗多、罗什曼那和设睹卢祗那。长子罗摩最优秀。为在人世间帮助罗摩，大梵天建议众神创造猴子，猴国产生。罗摩四兄弟长大成人，文武全能。众友仙人带领罗摩去弥提罗国参加选婿大典。罗摩拉断湿婆神弓，娶公主悉多为妻，婆罗多等三兄弟也各娶该国的公主为妻。史诗交代，悉多是弥提罗国王遮纳竭从犁沟里捡来的，暗示她是大地母亲的女儿。

---

① 下文出现的《罗摩衍那》如果没有特别说明，即指蚁垤的《罗摩衍那》。

② 精校本约为1.9万颂。一般来讲，每颂2行，4个音步，32个音节。也有少数变体，如每颂1行，2个音步，16个音节，或每颂3行，6个音步，48个音节等。

第二篇《阿逾陀篇》 十车王年事已高，决定立长子罗摩为太子，继承王位。小王后吉迦伊受驼背女仆唆使，利用十车王以前曾允诺满足她两个愿望的借口，要求将罗摩流放山林14年，并让亲生儿子婆罗多继位。罗摩为让父王实现诺言，甘愿流放，妻子悉多和弟弟罗什曼那决心陪同流放。登基灌顶礼为生死离别场面所取代，十车王忧郁而死。住在舅舅家的婆罗多得知此事后为时已晚，他一心忠于哥哥罗摩，坚决不登王位，并决心追回罗摩。但罗摩执意实践父亲的诺言，不肯返回。最后婆罗多只好带回罗摩的一双木屐作为罗摩执政的象征，以待罗摩归来。

第三篇《森林篇》 罗摩一行三人在森林里结庐而居，为众多仙人提供保护。一日，罗刹王罗波那的妹妹爱上罗摩兄弟，被罗什曼那割掉鼻子和耳朵。她为报仇雪耻，找到哥哥罗波那。罗波那派罗刹摩哩遮变成金鹿引开罗摩和罗什曼那，自己劫走悉多。罗摩兄弟四处寻找悉多未果，听从一无头怪建议，准备与猴国结盟，解救悉多。此时罗波那带悉多游历楞伽城，夸耀自己富甲三界，引诱悉多嫁给他。悉多不从，被囚禁在无忧树园中。

第四篇《猴国篇》 罗摩兄弟遇到神猴哈奴曼，后者引见他们与猴王须羯哩婆见面，双方结盟。罗摩答应帮须羯哩婆杀死与他争夺王位的哥哥波林，须羯哩婆则以派猴兵寻找悉多作为回报。此后，罗摩趁猴王兄弟互相殴斗时放暗箭射死波林。罗摩为须羯哩婆举行了灌顶礼。雨季过后，在罗摩兄弟的催促下，猴王派出猴兵四处寻找悉多。神猴哈努曼带领的一支猴军来到海边。哈奴曼飞越大海到达楞伽城。

第五篇《美妙篇》 哈奴曼在楞伽城后宫的无忧树园中找到了悉多。明确哈努曼的身份以后，悉多诉说了她的遭遇，让罗摩赶快来救她。她把自己头上戴的宝石交于哈奴曼作为信物转给罗摩，并讲了她和罗摩间没有第三者知道的一件事情作为另一佐证。哈奴曼想试探一下楞伽国实力，在大闹无忧树园、火烧楞伽城后，又跳过大海，向罗摩禀报见闻。

第六篇《战斗篇》 罗摩兄弟率领猴子和熊黑大军南征罗刹国，先建造一座跨海大桥，在海神的帮助下渡过浩渺大海，兵临楞伽城下。罗刹王罗波那的弟弟维毗沙那力劝兄长送还悉多，并与罗摩和解，遭拒。维毗沙那愤而投奔罗摩。双方展开大战。结果罗波那被杀，罗摩大胜，悉多获救，夫妻相聚。罗摩立维毗沙那为罗刹国新国王。14年流放期满，罗摩回到阿逾陀国承继大统，立婆罗多为王位继承人。

第七篇《后篇》 登基为王以后，罗摩治理有方，人民安居乐业。不久悉多怀孕，但此时民间传出怀疑悉多贞节的流言。罗摩无奈，将悉多送进林中。悉多为蚁垤仙人收留，并生下双胞胎儿子俱舍和罗婆。蚁垤收二子为徒，教他们唱诵《罗摩衍那》。二子到罗摩的马祭大典上唱诵罗摩故事，父子相认。蚁垤领来悉多，证明其清白，但罗摩坚持说他无法取信于民，不愿收留。悉多无奈，求救于地母，大地顿时裂开，悉多投入地母怀抱。大梵天预言罗摩全家将在天堂团圆。最后，罗摩立二子为王，自己和三个弟弟抛弃凡体，返回天界，恢复了毗湿奴形象。

实际上，到第六篇"战斗篇"为止，整个罗摩故事就应该结束了。第七篇显得画蛇添足，不仅没有给整部史诗增色，反而损毁了主人公罗摩的美好形象。他本来是个人中俊杰，与妻子悉多恩爱有加，但在第七篇中却固执己见，丝毫不讲夫妻情意，无情而且彻底地抛弃了她。这一行为是应该受到谴责的。

总体说来，在史诗《罗摩衍那》中，作者蚁垤仙人塑造了一个半人半神或者说有时表现人性有时表现神性的罗摩形象，这一形象总体来说是生动的、吸引人的。罗摩高尚、有爱心且勇敢、尽责，他是一位英雄，是一位明君，是一个好儿子、好兄长和好丈夫。一句话，他是印度古代优秀人物的典型代表。这也是这一形象在印度备受喜爱的根本原因。

此后任何一部以罗摩故事为题材的作品，要么是对《罗摩衍那》进行改写，要么从中择取素材进行局部再创作，没有任何人能够否认《罗摩衍那》的神圣性和母源性。

与《罗摩衍那》齐名的另一部大史诗《摩诃婆罗多》中也有罗摩故事，以插话的形式出现在《大会篇》《森林篇》和《和平篇》中，都是罗摩故事的梗概性描述，没有什么创新。不少学者认为这类插话取自《罗摩衍那》，应该是符合实情的。

两大史诗以后出现的往世书中也有大量的罗摩故事，《莲花往世书》《毗湿奴往世书》《薄伽梵往世书》等都有相关内容，但大多没有跳出《罗摩衍那》的圈子，而且系统性也不够。

还有一些以罗摩故事为题材的作品值得一提：

《罗怙世系》 公元四五世纪的长篇叙事诗，作者是古典梵语著名诗人、戏剧家迦梨陀娑（Kalidasa）。作品共分19章，第一二章写罗摩高祖迪利波王的传说。第三至第五章写罗摩曾祖罗怙的传说。第六至第八章写罗摩祖父阿迦王的传说。第九至第十五章写罗摩父亲十车王及罗摩本人的故事，故事情节、内容与史诗《罗摩衍那》的基本相同。第十六章写罗摩儿子俱舍王的传说。第十七章写俱舍儿子阿底提王的传说。第十八章写阿底提之后21代国王的传说。最后一章写腐败国王火色王的传说，他死后，大臣们为他举行了秘密葬礼，并为王后腹中的胎儿举行了灌顶仪式，臣民们热切期待新国王的诞生。由此可以看出，迦梨陀娑采用帝王谱系的形式创作了《罗怙世系》。全诗没有一个故事主线，罗摩故事的分量相对较重，但并没有构成全诗的核心，内容上也没有什么创新。

《跋底的诗》 公元六七世纪的长篇叙事诗，作者是跋底（Bhatti）。

《跋底的诗》又名《罗波那伏诛记》或《罗摩传》，取材于史诗《罗摩衍那》的前六篇，分22章，从罗摩出生一直写到罗摩登基为止。跋底写这部作品除描写罗摩生平以外，还有介绍语法修辞的目的，内容因袭史诗《罗摩衍那》的情节，没有什么创新。不过，这部长诗也许可以作为一个旁证，证明《罗摩衍那》的《后篇》是后来窜入的。

《悉多被掳记》 公元八九世纪的长篇叙事诗，原作已佚。作者鸠摩罗陀娑（Kumaradasa）很可能是斯里兰卡的一位国王。作品可能分25章，基本故事情节忠实于史诗原著，从罗摩出生写到登基为王，情节和内容上都没有什么创新。

许多剧作家还把罗摩故事写进剧本，试图将其搬上表演舞台：

公元二三世纪的著名戏剧家跋娑（Bhasa）就从《罗摩衍那》中择取素材创作了《雕像》和《灌顶》两个剧本。《雕像》是7幕剧，描写罗摩从流亡山林直至登基为王的故事，基本情节和《罗摩衍那》相同，但有几处小的改动，如自舅舅家返回阿逾陀的婆罗多先在郊外的先人祠里看到了父亲的雕像，才明白父亡兄流放的原委，又如罗波那在掳掠悉多之前曾化身为一个婆罗门游方僧骗过罗摩和悉多，等等。不过，这一剧本中的人物觉悟都很高，连吉迦伊要求流放罗摩的动机也很高尚，是为了履行一位仙人对十车王发出的诅咒。《灌顶》是6幕剧，描写了两次灌顶的故事，一是罗摩帮助须羯哩婆杀死波林，须羯哩婆灌顶为王；一是猴王须羯哩婆和神猴哈奴曼帮助罗摩战胜罗波那、救出悉多，最后罗摩回阿逾陀国灌顶为王。故事情节没有多少创新。

公元七八世纪的剧作家薄婆菩提（Bhavabhuti）取材《罗摩衍那》，创作了《大雄传》和《后罗摩传》两个剧本。《大雄传》是7幕剧，描写罗摩和悉多结婚到罗摩登基为王的故事，故事内容和史诗一致，创新之处在于，罗摩与悉多是自由恋爱；塑造了罗刹王大臣摩哩耶凡这一人物形象，他挑起了阿逾陀国的宫廷政变、猴王波林和罗摩之间的争斗及持斧罗摩和罗摩之间的决斗等，由此突出了罗波那一方的险恶。这些改动增强了戏剧矛盾，起到了很好的戏剧效果。《后罗摩传》也是7幕剧，再现了罗摩打败罗波那以后的故事，主要描写了罗摩休妻的情节，改动也很大，效果很好：登基为王后，罗摩夫妇非常恩爱，听到民间流言后，罗摩不得不抛弃悉多，此后即陷入痛苦之中。12年后，罗摩来到以前曾和悉多流亡的山林，感慨万千，思念悉多。12年前悉多被抛弃后曾拟投恒河自尽，得恒河女神和大地女神庇护未死，生下孪生子俱舍和罗婆。蚁垤仙人收养二人为徒。罗摩在林中遭到森林女神的指责，独自伤心，悉多看在眼里，痛在心里。不久罗摩的祭马来到，罗婆与护送者发生争执，双方相互指责。俱舍赶来准备援助弟弟罗婆。此时罗摩到来，根据种种迹象认出俱舍和罗婆就是自己的亲生儿子。蚁垤仙人召集王室和全体居民到河边看罗摩休妻的戏，看后罗摩昏厥，恒河女神和大地女神送出悉多，悉多救醒罗摩，全体人民向悉多致敬。罗摩一家相认团圆。在这个剧本中，作者薄婆菩提既忠实原著《罗摩衍那》，又有所创新，忠实之处在于罗摩抛弃了悉多，创新之处在于罗摩一直为自己的行为而烦恼，而且最终国民也了解了真相，罗摩全家团圆相聚。这就改变了史诗《罗摩衍那》的悲剧色彩，出现了喜剧结局。

薄婆菩提之后还有不少人取材《罗摩衍那》创作了剧本，如王顶（Rajasekhara）的《小罗摩衍那》、牟罗利（Murari）的《无价的罗摩》、苏婆吒（Subhata）的《使者鸯伽陀》和《哈奴曼剧》等，但这些作品都产生于梵语文学衰微时期，大多结构松散，内容因循守旧，水平大不如前。

不仅梵语，印度其他语言中也出现了不少以罗摩故事为题材的作品，这其中首推南印度的《甘班罗摩衍那》。这部作品由南印度享有"诗王"称号的泰米尔语杰出诗人甘班写就，是南印度的大史诗。《甘班罗摩衍那》分6篇，113章，约一万多首诗，篇幅与蚁垤的《罗摩衍那》差不多。需要指出的是，《甘班罗摩衍那》不是一般意义上的梵语蚁垤《罗摩衍那》的单纯翻译或简单改写，而是诗人根据梵语史诗的基本故事，汲取原著思想内容，糅合了南印度关于罗摩和悉多的各种传说故事，按照泰米尔民族的文化传统和道德规范进行再创作而成的。

与蚁垤的《罗摩衍那》相比，《甘班罗摩衍那》有多处改动：第一，在结婚前，罗摩与悉多已经相爱，这与薄婆菩提的剧本《大雄传》中的内容相似，也许两者有某种关系。第二，悉多被劫时，罗波那先是假扮出家人哄骗她，未果后原形毕露，但他始终接近不了悉多。因此，他连悉多居住的草棚等也劫走了。哈奴曼在无忧树园中找到悉多时，她仍然住在那个草棚中。这进一步美化和神化了悉多这一形象。第三，在楞伽城，罗波那百般劝诱悉多嫁他，遭拒后带来悉多的父亲即弥提罗国王遮纳竭来劝说悉多。父女相见，悲喜交集，但悉多意志坚定，不仅不听从父亲的劝说，反而怒斥父王。后来真相大白，原来，这个遮纳竭是假的，是罗波那施展魔术变出来的。第四，波林被罗摩杀死之后，其妻陀罗悲痛欲绝，卸妆守寡，成为一世节妇；须羯哩婆登基为王后，也没有强迫寡妇嫂子就范，而是尊嫂如母。这一改动突出了当时的社会风俗和道德习惯，提升了作品的感染力。第五，在蚁垤的《罗摩衍那》中，波林临终前将儿子莺伽陀托付给弟弟须羯哩婆，要他好好抚养；而在《甘班罗摩衍那》中，他把儿子托付给了罗摩，罗摩也满口答应，并授之以剑。自此以后，莺伽陀剑不离手，身不离罗摩，成为罗摩的一个忠实信徒。这一改变无疑提升了罗摩的地位，连仇人也视之为至上者。除此以外，甘班在长诗中还做了一些改动，这些改动大多是成功的，是与时俱进的。

不仅泰米尔语出现了《罗摩衍那》类的史诗，马拉提语、孟加拉语、阿萨姆语、奥里萨语和泰卢固语等印度地方语言中也产生了以罗摩故事为母题的长篇叙事诗，在本语言区起到了相应的宗教和社会作用。

我们还注意到，不仅印度教，佛教、耆那教中也有以罗摩故事为题材的作品，如佛教《本生经》中的《十车王本生》，《杂宝藏经》卷一有罗摩故事的前半部分，《六度集经》卷五有罗摩故事的后半部分。而耆那教中的罗摩故事更多。如《波摩传》《波摩往世书》《大往世书》等，此外尚有10余种产生于不同时期的罗摩故事。诚然，这些故事不一定与蚁垤的《罗摩衍那》有直接关系，有的可能比蚁垤的《罗摩衍那》更原始，但这些都说明了这个古老故事的魅力。正是这种魅力，使这个故事得以广泛流传并被不断改写。

尽管这个故事被不断改写，但在很长一个历史时期，并没有出现比蚁垤《罗摩衍那》影响更大的以罗摩故事为题材的文学作品或宗教经典。相比之下，黑天故事在《摩诃婆罗多》之后却出现了《诃利世系》、胜天的《牧童歌》及《薄伽梵往世书》第十篇等作品，这些作品甚至比《摩诃婆罗多》中的黑天故事更加迷人。这是为什么？

答案应该不复杂。其一，《摩诃婆罗多》中的黑天形象不充分，有发挥的余地，而《罗摩衍那》中的罗摩形象已经非常充分，发挥的余地很小。其二，黑天的形象很活，《摩诃婆罗多》并没有给他一个框子，他的前生后世都处于模糊状态。更重要的是，黑天没有被固定成某方面的典范。可以说，他的形象甚至是可好可坏的。罗摩形象则不然，《罗摩衍那》把他定格在一个好儿子、好国王、好兄长的高度，他被描述为印度道德和法的一个象征，不容乱加修改。如果改，也只能改好，不能改坏，原因是他已经成为一个样板，一个不容玷污的样板。也就是说，罗摩形象已经没有多少再塑造的余地了。其三，如前所述，在印度文化中，信徒们和黑天之间的关系似乎是平等的，他们甚至可以开黑天的玩笑；罗摩则不同，信徒们认为他为父为君为一切，在他面前自然恭恭敬敬，不敢越雷池半步。这似乎是《罗摩衍那》之后没有出现更有水平的罗摩故事的作品最根本的原因。

二、《罗摩功行之湖》评介

据说，在创作《罗摩功行之湖》之前，杜勒西达斯曾整体考察过他之前的所有与罗摩故事相关的作品。这一说法虽然不十分确定，但有几点是肯定的：其一，杜勒西达斯以虔信罗摩为自己的毕生信仰，他自称出生后说的第一句话就是"罗摩，罗摩，我是你的奴仆"。其二，杜勒西达斯游历了非常多的宗教圣地，了解到很多地方的罗摩传说。其三，杜勒西达斯接触过很多修行者、宗教家，甚至学者，他经常和这些人谈论罗摩故事。其四，虽然家境贫穷，自小就成了孤儿，但他又很幸运，他的第一个老师纳尔利达斯教了他很多关于宗教和罗摩传说的知识；出家以后他又遇到了大学者谢希·萨那登，并向其学习了关于"吠陀""吠檀多"哲学、历史传说和"往世书"等的知识。据说，他还懂梵语、俗语及好几种地方语言。也就是说，他完全有能力阅读相关著作，其宗教知识和修养足以使他和宗教家、文学家等讨论相关问题。在这方面，他比格比尔达斯和苏尔达斯等虔诚诗人要优越得多，如果说他是知识分子，而格比尔达斯和苏尔达斯两人是文盲也不为过。因之，在创作《罗摩功行之湖》之前或过程中，杜勒西达斯对印度特别是北印度的与罗摩故事相关的所有资料很可能是熟悉的，甚至是了然于心的。这对他的创作大有裨益。

杜勒西达斯所处的时代背景是什么呢？他所处的社会状况对他创作《罗摩功行之湖》有何影响呢？

杜勒西达斯处于莫卧儿王朝统治时期，前期处于胡马雍（1530~1556）时期，后期是阿克巴（1556~1605）和贾汗吉尔（1605~1627）时期。在这一段时间里，莫卧儿王朝处在开疆拓土阶段，其间，在1540~1555年这15年中，胡马雍还被赶到了印度以外，北印度的部分地区（包括德里和阿格拉地区）处于苏尔王朝的控制之下。实际上，直到1600年前后，北印度才基本稳定下来。在此前的几十年中，北印度一直处于战乱之中，生灵涂炭，人民生活朝不保夕。

如前文所述，杜勒西达斯出生在一个非常贫穷的婆罗门家庭里，自幼父母双亡，童年时受尽了人间磨难。无疑，这在他幼小的心灵上打下了深深的烙印。成年以后，他的境遇虽然稍有好转，但仍然摆脱不了贫穷的命运，婚姻生活一样不美满。资料显示他因对妻子灰心失望而出家。他的晚年生活也并不幸福，据说他疾病缠身，直至不治而死。

杜勒西达斯前期是个云游诗人或修行者，他经常在北方邦、德里和比哈尔邦等地云游，东边到过奥里萨邦、孟加拉地区，西边到过古吉拉特邦，南边到过泰米尔纳德邦，北面到过喜马拉雅山地区。他看到、听到和想到的绝不仅仅是罗摩故事。社会的各种乱象都一一展现于他的眼前：无秩序、道德败坏，上层统治阶级不顾人民死活，只顾争权夺利，互相攻伐，战争不断；下层民众丧失信仰、没有生活信念，尤其是印度教信仰遭到破坏，大批信徒遭殃，甚至被迫改宗。在天灾人祸此起彼伏之秋，杜勒西达斯深有感受。在他看来，这不仅是普通人民的苦难，也是统治者的苦难，他们同样要经历你死我活的命运，同样会过上流离失所的生活。如此等等，都迫使他去思考，去为自己，也为人民和统治者寻找一条正确的道路，一条适合所有人的道路。

面对个人的、百姓的和统治者的灾难，杜勒西达斯根据自己的知识和宗教信仰，以罗摩故事为基本素材，以大史诗《罗摩衍那》作为蓝本，创作了长篇巨著《罗摩功行之湖》。在这部叙事长诗中，杜勒西达斯塑造了理想的个人、理想的家庭和理想的社会，以此为自己、百姓和统治者提供了样板，勉励大家积极行动，学习理想人物，建设理想家庭和理想社会，从而摆脱痛苦和灾难，走向幸福，直至最终实现人类的终极目标——解脱，达到梵我合一的境界。

　　一般认为，《罗摩功行之湖》是梵语史诗《罗摩衍那》的印地语改写本，但就以上分析来看，这一改写绝不是简单的缩写或编译，而是杜勒西达斯根据自己的价值判断和现实需要精心改写的，是一种再创作。和《罗摩衍那》一样，《罗摩功行之湖》也分7篇，篇幅相当于或稍多于史诗《罗摩衍那》的1/3，以下对照前文介绍过的《罗摩衍那》内容，对《罗摩功行之湖》的主要内容做一简单介绍[①]：

　　(一)《**童年篇**》 共有1 937首诗。和《罗摩衍那》一样，开头有一些神话故事，但简单得多，主要是有关湿婆和雪山神女的神话，目的在于说明罗摩的大神特性。接着详细交代毗湿奴大神下凡的原因和罗刹王罗波那的来历。此后进入正题，阿逾陀国十车王有三个王后却无子，举行求子大祭，毗湿奴大神化身为四，投胎下凡。大王后乔什丽雅（侨萨厘雅）生长子罗摩、二王后苏米德拉生第三子释多鲁那（设睹卢衹那）和第四子罗什曼（罗什曼那）、小王后吉迦伊生第二子婆罗多。四个王子在幸福中成长。罗摩随毗湿弥多（众友）仙人到森林里去灭妖，再到遮那竭国（弥提罗国）参加悉多选婿大典，拉断神弓，娶悉多为妻，直至四个王子成婚。

　　本篇，杜勒西达斯有如下改动：（1）罗摩自幼就有神性，婴儿时期就显现过代表整个宇宙的法身。这就提升了罗摩的地位，一开始就将罗摩信仰摆在了读者面前，指明了信徒们该崇拜的对象。（2）悉多不是犁沟里捡来的，天生就是遮纳竭国公主，这样既提升了悉多的地位，也从侧面突出了罗摩等王族的集体利益。（3）交代了罗波那的来历。这一变动使整部作品的逻辑性更强，也更吸引人。

---

① 此简介依据的是金鼎汉先生《罗摩功行之湖》（人民文学出版社，1988年）的译文和《译者前言》。故事中的人物、地名译名亦依据此书，部分异译则在括弧中标出。

（二）《都城篇》 相当于史诗《罗摩衍那》的《阿逾陀篇》，共有1 643首诗。十车王感到年事已高，决定让罗摩继承王位。但在举行灌顶礼的前夕，小王后吉迦伊在驼背宫女的唆使下要求立自己生的儿子婆罗多为王，而把罗摩流放山林14年。由于十车王当年曾向她许过随时满足她两个愿望的诺言，十车王无奈接受她的要求。罗摩欣然领受父命。悉多忠于丈夫，罗什曼忠于哥哥，他们坚决跟随罗摩赴森林流亡。不久十车王郁闷伤心而亡。婆罗多深明大义，不愿继承王位，带领全城百姓追赶罗摩，罗摩坚持履行父命。婆罗多只好带回他的一双木拖鞋回城，暂行国王之职。

杜勒西达斯在这一篇主要刻画了罗摩和婆罗多两个人物，他们俩兄友弟恭，没有丝毫冲突。为了表现这一主题，作者删去了史诗《罗摩衍那》中罗摩报怨父亲和婆罗多的情节。

（三）《森林篇》 共有354首诗。写罗摩一行三人的林中生活。他们经常与林中的修行人来往，讨论各种问题。一天，楞伽国罗刹王罗波那的妹妹舒班迦（巨爪，首哩薄迦）来到森林，爱上罗摩兄弟，被罗什曼割掉了鼻子和耳朵。舒班迦回到楞伽国求哥哥罗波那为自己报仇，并向他描述了悉多的倾城美貌，罗波那遂起邪心，决定劫掳悉多为妻。罗摩知道即将发生的事情，施展神力，让悉多暂时隐入火中，而将影子留在外面。这影子的一举一动和真人一模一样。罗波那派罗刹摩里遮（摩哩遮）化成金鹿引开罗摩兄弟，自己趁机将悉多劫往楞伽岛。悉多拼死不从，被囚禁在无忧树下。

本篇，杜勒西达斯做的最大改动就是让罗摩施展神力，预知一切未知之事，让悉多隐身火中。这应该不是杜勒西达斯的发明，12世纪的《甘班罗摩衍那》中就有相近内容，当时罗波那由于接近不了悉多，连悉多居住的草棚也劫走了，而哈奴曼在无忧树园中找到悉多时，她仍然住在那个草棚中。据说，十四五世纪一个无名氏创作的目前已佚的《神灵罗摩衍那》中有罗波那劫走悉多影子的情节，如果属实，杜勒西达斯当直接取自《神灵罗摩衍那》。可以说，在甘班那里，罪恶的罗波那之所以接近不了悉多，是因为后者太纯洁。而在那杜勒西达斯这里，他的逻辑是，罗摩是大神，可预知一切，自然什么灾难都可以避免，但为了消灭罗波那又必须让他犯下劫走悉多的罪过，影子"游戏"是不得已而为之。

（四）《猴国篇》 共有188首诗。罗摩兄弟来到猴国，哈奴曼为他们引见猴王妙项（须羯哩婆），妙项的王位和妻子都被他的哥哥波里（波林）霸占，罗摩帮助妙项杀死波里，让他重新登上王位。妙项答应帮助他们寻找和解救悉多。雨季过后，妙项在罗摩的催促下派哈奴曼等神猴打探悉多的消息，猴子们来到海边，准备过海。很明显，《罗摩衍那》的罗摩杀死波林的情节具有某种不正义性，妙项也不是正义一方，罗摩杀死波林只是为了和他结盟，救出悉多。而这里，妙项成为正义一方，罗摩帮他是为了伸张正义。

（五）《美妙篇》 共有327首诗歌。在楞伽城的宫廷会议上，罗波那的弟弟维毗申（维毗沙那）建议交还悉多，与罗摩修好，遭到排挤，决定投奔罗摩。哈奴曼越过大海，见到维毗申，得到了悉多的信息。哈奴曼在无忧树园中见到悉多，告知罗摩将要救她。接着他大闹无忧树园，火烧楞伽城，然后过海向罗摩复命。罗摩准备攻打楞伽城。

这篇不像《罗摩衍那》中的《美妙篇》那样层层转述，写得简单明了。维毗申投奔罗摩的情节被提前到这一篇显得更为合理。

（六）《岛国篇》 相当于《罗摩衍那》的《战斗篇》，共有772首诗。罗摩大军进入楞伽城，与罗波那一方展开激战，双方混战7天，结果罗波那被杀，罗刹全军覆灭。罗摩立维毗申为新的楞伽国王。影子悉多回到罗摩身边，为了让隐入火中的悉多出来，罗摩说了一句难听的话。影子悉多为证明清白，又跳入火中，火神送出真正的悉多。

此时，14年流放期满，罗摩带领悉多、罗什曼和哈奴曼等乘飞车返回阿逾陀国。

和史诗《罗摩衍那》不一样，这一篇没有罗摩对悉多的怀疑，只有双方团聚的喜悦。

（七）《尾声篇》 相当于《罗摩衍那》的《后篇》，共有853首诗。罗摩回到国内，登基为王，开创了罗摩盛世。这是一个理想的国度，国富民强，人人平等，和睦相处。家庭建立在一夫一妻制的基础之上，所有人都聪明健康，都虔敬罗摩神。悉多生下两个儿子，婆罗多等三兄弟也各生下两个儿子。这一篇展示了作者的理想，与《罗摩衍那》的《后篇》几乎完全不一样，作品以大团圆收场，一切归于圆满。

由上面的述评可以看出，虽然主要内容基本一致，但《罗摩功行之湖》与《罗摩衍那》有着本质的区别。这一区别主要表现在，杜勒西达斯不因循守旧，善于取舍，以实现自己的创作目的。

总体看来，杜勒西达斯在《罗摩功行之湖》中通过三个朝廷即阿逾陀国、猴国和楞伽国的是是非非，力图为个人、百姓和统治者树立正确的行为样板。

首先，杜勒西达斯塑造了几个完美的个人形象，如罗摩、悉多、婆罗多、罗什曼和哈奴曼等。罗摩是他着重刻画的最完美者，他是优秀人物的代表，是主宰三界的大神，是人们崇拜和虔敬的唯一实体。在作品中，他有时以人的形象出现，有时以神的身份示人，显示出人神一体的特性。不过，在展示罗摩神性的同时，杜勒西达斯强调的应该还是人性，他希望罗摩的人性原则能为世人所遵从，这集中表现在人性罗摩几重身份的定位上。其一，罗摩具有人子的身份，他是十车王和乔什丽雅及其他两位王后的儿子，他要做个好儿子。其二，他有人夫的身份，他是悉多的丈夫、唯一依靠，他要做个好丈夫。其三，他有人兄的身份，他有三个好弟弟，他得做个好兄长。因之，在看到父亲为自己的流放之事左右为难、痛苦难当时，他没有想到别的，想到的只是安慰父亲的言语：

> 国王的心像菩提树的叶子，瑟瑟发抖，
> 但只睁大眼睛看着罗摩，没有开口。
>
> 罗摩知道父亲的心中十分痛苦，
> 唯恐母亲①又说出不慎重的言语，
>
> 说道："啊！父亲，我斗胆直言，请恕我年幼无知，
> 您为什么不早一点告诉我这件区区小事？
>
> 我刚才见您很痛苦，问母亲是什么原因，
> 她把这一切情形都告诉了我，我才放心。
>
> 在这节庆的时刻请您不要顾虑重重，
> 让我走吧，我将高高兴兴地离开宫中。
>
> 我掌握了四件宝物，父母爱我如生命，
> 您喜欢我的行为，使我感到十分荣幸。
>
> 我将去完成应做的事业，然后回阿逾陀城，
> 父亲啊！我先去向母亲告别，再来跟您辞行！"②

---

① 指吉迦伊，不是他的生母荞什丽雅。

② 引自金鼎汉译：《罗摩功行之湖》，北京：人民文学出版社，1988年版，第264~265页。

无疑，此时的罗摩肯定还沉浸在即将灌顶为王的喜悦之中。但他并没有考虑自己的得失，而是把父亲放在第一位，理解他的窘境，首先考虑的是顺从父亲，使父亲满意，使父亲能做个信守诺言的刹帝利国王。所以他没有等待父亲亲口吩咐，便自动要求离开王宫。

> 罗摩知道，父王不会阻止他前往森林，
> 赶紧去拜见荞什丽雅，心中无比欢欣。
> ……
> 他高兴地走上前去，向母亲行礼，双手合十，
> 母亲向他祝福，拥抱他，给他很多衣物首饰，
> ……
> 他知道，应该按照宗教规定向母亲说实话，
> 说道："父亲派我治理森林，我将去施展才华。
>
> 啊！母亲，请高高兴兴地为我去森林而祝福，
> 以后不必挂念我，我不会有什么为难之处。
>
> 我将要离开家，去森林居住十四年，
> 完成父王的诺言，再回来与您相见！"①

对生母荞什丽雅也一样，他生怕母亲知道后经受不住打击，因此先行安慰，希望她能往好处想，等他14年流放期满后回到她的身边。

父（母）慈子孝，罗摩这一孝子形象影响了一代又一代印度人。

---

① 引自金鼎汉译《罗摩功行之湖》，北京：人民文学出版社，1988年版，第268~270页。

按照印度教传统，丈夫走到哪里，妻子应该伺候到哪里，毗湿奴大神躺在千年蛇王身上而身边的妻子吉祥天女正为他按摩的形象是这方面的典型，千古传扬。但这次是离开王宫到森林里去受苦，一向锦衣玉食的悉多肯定经受不了那样的艰辛。作为悉多的丈夫，罗摩也考虑到了：

啊！公主，请听从我的吩咐，
留在这宫中，替我尽孝心，侍奉父母。

如果母亲因想念我，心中烦闷，
你可以给她讲故事，使她开心。

啊！美丽的女人，我向你发出一百个誓言，
为了照顾母亲，我才把你留在她的身边。

如果你能按照我提出的办法去做，
将达到《吠陀》和师尊指出的宗教效果。

请你不要太固执，太固执没有任何益处，
伽罗瓦①和那胡什②因为固执而遭灾受苦。

岁月不会停留，日子将过得很快，

---

① 伽罗瓦，众友仙人的弟子。
② 那胡什，又译友邻王，神话传说中的国王，因受仙人诅咒而变成蛇。

我实现父亲的诺言后马上回来。①

担心妻子不听，罗摩还用上了"恫吓"的办法：

夏日里，红日当头，如烈火在身上燃烧，
冬季里，风雨交加，人们在寒冷中煎熬。

路上有拘舍草、荆棘和各种石头，
你这柔嫩的脚怎能在上面行走？
……
虎、狼、狮、熊和象在密林中吼叫，
使人听了不寒而栗，心惊肉跳。

人们经常睡在野地里，以树皮为衣，
偶尔能找到一点树根野果充饥。

到处是泥坑，行路之难人们不可想象，
吃人的罗刹变成各种样子，出没无常。

可怕的蛇和鸟在地上和空中盘绕飞旋，
一提到森林，最勇敢的人也会谈虎色变。②

就这样，罗摩做出了一个称职丈夫的表率。他关心妻子，了解妻子，处处为妻子着想，希望她幸福如意。

---

① 引自金鼎汉译:《罗摩功行之湖》, 北京: 人民文学出版社, 1988年版, 第274页。
② 同上, 第274~275页。

自然，罗摩也是一个合格的兄长，他对自己的三个弟弟关爱有加，在受到婆罗多的生母吉迦伊陷害以后，他并没有对即将当国王的婆罗多产生怀疑，他从国家大局出发，希望王室内部能团结一致，各方能和睦相处。他不仅对婆罗多没有怨言，而且对他大加称赞。在还不清楚婆罗多为何到森林中来寻找他的时候，他就对随他流亡的弟弟罗什曼那的偏激言论做了否定：

> 弟弟，你说得对，很多人掌权以后完全变样，
>
> 他们整日里如醉如狂，不愿与圣者来往。
>
> 但是，婆罗多的品德与行为绝非如此，
>
> 在大梵天所创造的人中，他首屈一指。
>
> 即使得到大梵天、毗湿奴和湿婆神的地位，
>
> 他也不会改变，不会让醋去毁掉大海之水。
> ……
> 婆罗多是太阳家族湖中的天鹅，
>
> 他知道什么是污秽、什么是美德。[①]

至此，杜勒西达斯就塑造出了一个完完全全的人间君子形象。由于他的表现，处于痛苦之中的父母得到安慰，处于悲伤之中的妻子得到照顾，处于矛盾和恐惧之中的弟弟得以保全。也是由于他的主动离开，一方面使父亲十车王能保持住刹帝利的信守诺言的尊严，一方面使可能演变成流血冲突的宫廷政变偃旗息鼓。实际上，由于罗摩的出

---

① 引自金鼎汉译：《罗摩功行之湖》，北京：人民文学出版社，1988年版，第366~367页。

色表现，这场王室内部的王位之争已经名存实亡了，他根本就没有争夺王位的念头，他很支持弟弟婆罗多登基理政。这样的思想在贵族中显然是不多见的。诗人之所以刻画罗摩的这一面，主要是为当时为政的印度教封建王公们提供一个理想的榜样，希望他们也能像罗摩一样，将"道德"放在首位，避免内部冲突，避免削弱王室的力量，在关键时刻自动退出内讧的舞台，保存实力，相互团结，一致对外。岂止是为了一致对外，这一样板同样适用于外来的伊斯兰教统治者。试想，杜勒西达斯时代莫卧儿王朝的胡马雍四兄弟如果能像罗摩四兄弟这样团结，莫卧儿王朝能一度面临毁灭的命运吗？胡马雍会只身逃亡伊朗吗？北印度会再次成为战乱之地吗？普通民众会重受战祸之灾吗？可见，为政者的人品是最为重要的，是应该摆在首位的，它关乎国家的命运和人民的生活。

杜勒西达斯还歌颂了罗摩不计前仇的宽宏大度的美德。婆罗多的亲生母亲吉迦伊挑起了王室内部的权力斗争，罗摩的流放是她一手造成的，是她给王室带来了这次危机。因此从情理上说，罗摩应该恨她、不理睬她才是。但恰恰相反，罗摩处处为她着想，生怕她痛苦。比如当婆罗多率领母亲们追入森林找到罗摩后，罗摩首先拜见了吉迦伊和罗什曼那的生母苏米德拉，然后才与自己的母亲乔什丽雅相见。流放期满回国后，他也注意到了这一点：

> 他考虑吉迦伊的情绪，先去向她请安，
> 然后跟国师和婆罗门走进自己的宫殿。①

这些行为一方面使罗摩的形象更为高大，另一方面也起到了团结

---

① 引自金鼎汉译：《罗摩功行之湖》，北京：人民文学出版社，1988年版，第637页。

婆罗多一方的作用。杜勒西达斯非常理解人的感情，他笔下的罗摩是注重父子、母子、夫妻和兄弟之情的。仔细分析起来，这实际上也是一种权术，是一种建立在感情基础上的权术，它不仅使罗摩得到了王公大臣、婆罗门及全国人民的推崇，也使和他对立的一方心悦诚服。这正是建立理想社会的重要前提。很明显，诗人杜勒西达斯之所以要写这些，是因为他希望当时的印度教封建王公们能以罗摩为镜，检点自己，团结可以团结的力量，建立真正的理想社会。同时，杜勒西达斯也向人民大众表明：罗摩是个理想的为人民着想的国王，值得膜拜和虔敬。

其他人物如婆罗多、悉多、罗什曼那和哈奴曼等也是杜勒西达斯重点刻画的优秀人物形象，婆罗多和罗什曼那是好弟弟的形象，悉多是好妻子的形象，哈奴曼是好朋友、好信徒的形象。当然，有好就有不好，杜勒西达斯同样塑造了几个不好的人物形象，阿逾陀国的小王后吉迦伊、猴国的前任国王波里、罗刹国的罗波那等都属这类。吉迦伊听从驼背宫女的挑唆制造了一场不光彩的宫廷政变，觉悟后觉得自己无脸见人，整日沉浸在悔恨当中；波里霸占弟弟妙项的妻室和王位，行为不义，结果被罗摩所杀；罗波那荼毒生灵，掳劫悉多，结果也遭到毁灭。

塑造理想的家庭典范是杜勒西达斯在《罗摩功行之湖》表现的第二个意图。什么样的家庭是杜勒西达斯心目中的理想家庭呢？当然是以罗摩为核心的家庭，即一夫一妻制的和谐美满的家庭。这种家庭里的成员应该是理想人物，其品行好，处事得当，没有私心，相亲相爱。在作品中，以罗摩为一家之主的家庭实际上有两个，一个是十车王去世以后的大家庭，另一个是罗摩悉多夫妇和两个儿子构成的小家庭。在这两个家庭中，家庭成员基本上都是理想人物。就大家庭而言，作为一家之主的罗摩自不必说，其他男性成员也十分优秀。作为个体，婆罗多、罗什曼那、设睹卢祇那个个英武帅气，道德高尚。作为集体，他们都是罗摩的忠实信徒，他们视罗摩为父，唯他马首是瞻。女性成员也同样如此，吉迦伊醒悟以后，三位母亲和睦相处，她们对孩子们一视同仁，安于后宫生活。悉多是好儿媳妇、好妻子、好母亲和好嫂子，她按照宗教规定履行一切义务，成为大家庭中女性的楷模。她的三个妯娌也一样优秀，侍奉婆婆，敬重丈夫，抚养孩子，任劳任怨。就罗摩的小家庭而言，他们夫妻恩爱，妻贤子孝，和和美美，堪称三界家庭的典范。这里有两点值得指出，其一，罗摩的小家庭是一夫一妻制的典范，作为一国之君，完全可以拥有三妻四妾，但罗摩从来没有他念。这一思想在蚁垤的《罗摩衍那》中就如此，在《罗摩功行之湖》中更是如此。在杜勒西达斯看来，一夫一妻制是最理想的婚姻制度。其二，妻子的贤惠是理想家庭的必要条件。在整篇《罗摩功行之湖》中，除让悉多坚持追随罗摩流放森林外，杜勒西达斯再没"安排"悉多自作主张决定过什么，她的地位永远是第二位的，服从丈夫是她的本分，这在多处有所表现。杜勒西达斯本人曾因对妻子感到失望而出家修行，虽然他没说明具体原因，但就其实质，也许他的妻子触犯了杜勒西达斯心目中的某些妇女戒条。男权社会中妇女的地位本来就是第二位的，在这种状况下，罗摩能固守一妻之约是难能可贵的。这也是理想家庭的先决条件之一。

个人是家庭的组成因子，家庭则是社会的组成部分。塑造理想社会是杜勒西达斯创作《罗摩功行之湖》的第三个目的。实际上，个人成为理想的个人、家庭成为理想的家庭之后，社会也便成了理想的社会。不过，理想社会是有条件的，这主要表现在：其一，统治者要像罗摩那样理想；其二，社会上层人士要像罗摩的家庭成员那样理想；其三,百姓要像罗摩治下的百姓那样理想。实际上，杜勒西达斯的理想社会就是《罗摩功行之湖》中的罗摩盛世：

罗摩登基后，解除了三界的一切痛苦，
由于他的神威，仇恨与嫌隙全部消除。

人们都按照自己的种姓和阶段生活，
一切事情无不依照圣洁的经典《吠陀》。

他们没有忧伤，生活得十分幸福，
没有恐惧，也不会因疾病而痛苦。

在这罗摩盛世，人们都遵守《吠陀》的规矩，
互相敬爱，没有身体、心灵和物质的痛苦。

到处都可以看到宗教的四种品行，
在睡梦中也不会遇到罪恶的事情。

男男女女都虔诚地信奉罗摩，
无论何人都有权利得到解脱。

既没有短命夭折也没有悲伤，
人们的身体都非常漂亮健康。

他们不会因为贫困而心中焦急，
傻瓜和丑陋之人也都从此绝迹。

所有的人都虔信宗教，没有人妄自尊大，
男女老少都品德高尚，见不到奸诈狡猾。

人人都尊重美德，有渊博的学问，

知恩必报，找不到忘恩负义之人。①

　　这就是理想社会的样子，没有痛苦，没有罪恶，人人都虔信宗教
而且幸福无比。这里，杜勒西达斯向封建贵族们展示了天堂般的理想
社会，希望他们能像罗摩、婆罗多等一样携起手来，共同建立这样美
好的社会，从而自己也能像罗摩兄弟一样受到众人的崇敬。同时，他
也向广大人民群众指明了他们的唯一选择：信仰印度教、膜拜大神毗
湿奴的化身罗摩；只有这样，人民才能摆脱一切痛苦、进入罗摩的
天堂。

----

① 引自金鼎汉译:《罗摩功行之湖》，北京：人民文学出版社，1988年版，第646~647页。

第三节　杜勒西达斯的历史地位评价

❧

在印度，几乎没有人不知道杜勒西达斯，其地位绝不是"中世纪印度最著名的虔诚派诗人之一"所能表述得全面到位的。长期以来，杜勒西达斯已经成为一面旗帜，一面印度传统文化的旗帜。前文说过，罗摩就是印度传统文化的一个象征，那么，杜勒西达斯就是这一象征的具体形态。

有人说，杜勒西达斯没有宗教、民族和种姓之分别，说他是所有宗教的信奉者，是所有民族和文化的支持者。我们不这样认为。只要我们认真地阅读《罗摩功行之湖》就不难发现，罗摩毕竟属于印度教文化，杜勒西达斯也毕竟属于印度教。他所承袭和推崇的，是印度教的文化传统。书中，他固然让罗摩对少数民族、低种姓人和妇女，甚至对所有能动与不能动的生物和非生物表示了一视同仁，但前提是这些生灵必须崇拜罗摩，必须遵行印度教的达磨，甚至还必须尊敬婆罗门。诗人明确指出，罗摩对待世间的一切并不是无条件的平等，而是有差别、有等级的：

世间万物都是由我的幻觉产生，

其中有的有生命，有的没有生命。

他们都受到我无微不至的关怀，
而人类在万物中最受我的宠爱。

人类中，我最爱婆罗门、刹帝利和吠舍，
他们中间，我最喜欢精通《吠陀》的学者。[1]

由此可见，在诗人的心目中，人类和非人类是有差别的，人类也有种姓的差别，而种姓之间又有差别。

诗人借罗摩之口还宣称：

这些人中，我最喜欢的是敬奉我的人，
因为他们只敬奉我，不敬奉其他天神。[2]

诗人还打了个比方：

父亲对所有的儿子都十分喜爱，
对他们一视同仁，没有任何例外。

但是其中有一位儿子对父亲最为敬爱，
没有杂念，用自己的心、声、行将父亲崇拜。

即使这个儿子的智慧十分平庸，

---

[1] 引自金鼎汉译:《罗摩功行之湖》，北京，人民文学出版社，1988年版，第690页。
[2] 同上，第691页。

父亲对待他也会有特殊的恩宠。[1]

我们认为，不管杜勒西达斯写了多少部作品，也不管他在其他作品中写了什么，一部《罗摩功行之湖》就足以评价他，而且也只能以《罗摩功行之湖》来评价他。那么，我们到底应该如何评价他呢？

首先，杜勒西达斯创作出了印度文化史上最为著名的一部史诗类著作《罗摩功行之湖》，这部著作甚至优于大史诗《罗摩衍那》。实际上，在广大的北印度地区，人们所说的《罗摩衍那》就是这部《罗摩功行之湖》。现实生活中也一样，人们在论述印度历史文化时常常引经据典，他们往往以罗摩为典范来加以引用。试想，他们能认可史诗《罗摩衍那》中那个用暗箭射杀猴王波林的没有正义观念的罗摩吗？他们能认可那个在自己的妻子多次证明了自己的清白以后仍然抛弃她的罗摩吗？显然不能。那么，他们所认可的就是《罗摩功行之湖》中的这个罗摩了。也就是说，《罗摩功行之湖》虽无大史诗之名，却有大史诗之实，比大史诗更为重要。

第二，"放弃"和"爱"一直是印度文化中最为重要的因素。《罗摩功行之湖》传播了这类因素。作品中的理想人物无一不具备这种"放弃"和"爱"的美德，罗摩主动放弃王位继承权，主动流放森林14年。婆罗多也一样，按说他并没有参与权利之争，他大可以坐上唾手可得的王位，但他顾全大局，放弃了这些。悉多、罗什曼那也同样，他们为了追随自己虔敬的丈夫和兄长，自愿放弃王宫中的优越生活，随罗摩一起流亡森林，而且不是短时间，是14年。"爱"在他们身上体现得更充分，由于爱自己的父亲十车王，罗摩才愿意为实践他的诺言而流放自己；因为爱父王、爱兄长，婆罗多才愿意结茅庐而居，代

---

① 引自金鼎汉译：《罗摩功行之湖》，北京，人民文学出版社，1988年版，第691页。

兄摄政；悉多、罗什曼那同样因为爱才做出了伟大的牺牲，他们的牺牲甚至比罗摩和婆罗多的还要大，由此表明他们的爱比罗摩和婆罗多的还要强烈。

第三，杜勒西达斯在《罗摩功行之湖》中为执政者和普通民众指明了努力的方向，提出了理想国君、理想个人、理想家庭和理想社会的构想，为印度社会提供了理论上的样板和典范。理想国君如罗摩、理想个人如哈奴曼、理想家庭如罗摩之家、理想社会如罗摩盛世等长期以来成为印度人的追求，罗摩盛世甚至成为圣雄甘地所追求的目标。这也许是杜勒西达斯本人在创作《罗摩功行之湖》时也没有预料到的。而且，诗人在构筑这些理想的同时，也谴责了"争斗时代"的道德败坏，实际上，这是作者在描绘当时社会的没落景象，在揭露形形色色的社会弊端[①]。

第四，杜勒西达斯是印度中世纪印度教帕克蒂运动的伟大诗人和宗教信徒之一，他是有形罗摩派文学的代表作家。他的《罗摩功行之湖》不仅是中世纪印度虔诚文学最重要的代表作之一，而且被誉为印度教的圣典之一，他本人被誉为印度的月亮，还被称为蚁垤仙人的化身。他吸引了众多追随者，并形成了"杜勒西达斯派"，成为推动印度中世纪印度教帕克蒂运动继续发展的一代宗师。

第五，不管杜勒西达斯有意与否，也不管学者们承认与否，杜勒西达斯及其《罗摩功行之湖》在当时起到了团结印度教徒、对抗伊斯兰教势力的作用，从精神层面加强了印度教势力，为维护印度教信仰做出了不小的贡献。

第六，杜勒西达斯的《罗摩功行之湖》为印度民间戏剧"罗摩本事剧"提供了丰富的表演素材。据说杜勒西达斯本人还曾为该类民间

---

① 参见金鼎汉译：《罗摩功行之湖》，北京：人民文学出版社，1988年版，第700~704页。

演出出过力。"罗摩本事剧"是关于罗摩故事的印度民间戏剧形式，它在杜勒西达斯之前就已存在，而在杜勒西达斯之后又历数百年而不衰。这固然与人民喜爱娱乐有关，但也与《罗摩功行之湖》等好的罗摩故事素材不无关系。

《罗摩功行之湖》也存在一些缺点，首当其冲的就是诗人继续维护和支持印度教种姓制度，宣扬婆罗门种姓至上的落后观点。有学者用杜勒西达斯其他作品中的内容来反驳这一点是站不住脚的。毫无疑问，《罗摩功行之湖》中存在很多宣扬上述观点的诗句，我们前面已提到，不必再一一列举。《罗摩功行之湖》是杜勒西达斯的代表作，是其后半生的集大成之作。应该说，《罗摩功行之湖》才是他真实思想的体现。其次，杜勒西达斯落后的妇女观也值得批判。《罗摩功行之湖》中的妇女都是男权社会的附庸，都是女奴式的角色，她们没有自主意识，缺少掌控自己命运的能力；而她们正是杜勒西达斯所提倡和宣扬的优秀妇女的形象，正是他的妇女观的集中体现。

不过，相对于印度社会来说，比起消极面，杜勒西达斯的成就是第一位的，将《罗摩功行之湖》看作印度文化的一个象征是符合实际的，是经得起推敲的。

09

— 第九章 —

印地语苏非文学

第一节　印地语苏非文学概况

❋

　　印度伊斯兰教苏非派为更广泛地传播他们的宗教观念，也用印地语进行文学创作，写出不少印地语诗歌，主要是长篇爱情传奇叙事诗。我们这里要重点介绍和分析的就是这些作品。

　　到目前为止，我国对印地语苏非传奇诗介绍不多，主要原因是，这些作品中的多数艺术成就不高，给人以千篇一律的感觉，因袭的痕迹随处可见。因此只有个别作品在文学史上享有较高的地位。但是，若从比较文学和比较文化的角度看，它们的价值似乎要大得多。因为它们是苏非的作品，反映出苏非派的某些思想和理论，又在印度这块土地上生成，因而它们是伊斯兰教和印度教两大宗教文化主潮撞击的结果，不仅闪烁着这两大文化的灿烂光泽，而且也呈现出五光十色的东西方文化混合的景象。

　　据统计，到20世纪60年代，已发现的印地语苏非爱情传奇诗已有三四十部之多[1]。但其中较为主要的有20部左右[2]。现存最早的苏非传奇诗是毛拉·达乌德的《月女传奇》（*Candayan*），作于公元1379年（见

---

① 帕尔舒拉姆·恰图维迪：《印地苏非爱情传奇诗》，孟买，1962年印地文版，第27页。

② 西沃戈帕尔·米西拉：《库图本的鹿女公主传奇》书前附表，阿拉哈巴德，1962年印地文版。

本章第二节），最晚的是法齐尔·沙的《普莱姆——拉坦》（*Prema-Ratan*），作于1848年。16世纪是印地语苏非传奇诗的创作高峰，共有6部作品，列于下。

（1）《萨提娅瓦蒂》（*Satyavati*）

伊什瓦尔达斯（Ishvaradas）作于1501年。

（2）《鹿女公主传奇》（*Mrigavati*）

库图本（Kutuban）作于1503或1504年。

（3）《莲花公主传奇》（*Padmavati*）

贾耶西（Jayasi）作于1540年。

（4）《摩杜马尔蒂》（*Madhumalti*）

门秦（Manchan）作于1545年。

（5）《茹帕曼杰莉》（*Rupamanjari*）

南德达斯（Nandadas）作于1550年前后。

（6）《马德瓦纳尔与卡姆南德拉》（*Madhavanal-Kamanandala*）

阿勒姆（Alam）作于1591年。

从数量看，16世纪的苏非爱情传奇诗并不很多，但这一时期的作品比较重要，所以称这一时期为"高峰"。其中，贾耶西的《莲花公主传奇》最具文学成就，在印地语文学史上占有重要位置（详见本章第三节）。此外，如《鹿女公主传奇》等，在民俗学和比较文学研究方面也具有不可忽视的价值。

今以库图本的《鹿女公主传奇》为例，大略考察其民俗学及比较文学研究的价值。

1962年，印度西沃戈帕尔·米西拉（Shivagopal Mishra）博士根据民间抄本整理的《鹿女公主传奇》在阿拉哈巴德出版。书的前60余页为米西拉博士撰写的前言，介绍了各种抄本的发现情况，并对成书时间、作者生平、作品技巧等问题做了考证和研究。这是目前为止研究《鹿女公主传奇》最权威的著述。关于库图本的生平材料极少，只知他是伊斯兰教苏非派契什提支派信徒，曾受江普尔王公侯赛因·沙（Husain Shah）的庇护，生活于15世纪后半和16世纪初期。

《鹿女公主传奇》的大体情节如下：

从前，月峰城王子酷爱打猎。一日，王子于林中行猎，与同伴走失，遇一七色母鹿。王子追鹿，鹿跃于湖中消失。王子心中怅然，不禁流泪，决心守在湖畔。国王闻知，前来为王子造四柱画宫于湖滨，供王子守候。奶娘告诉王子，每逢斋戒日，鹿女都要同女伴来湖中沐浴，届时取其衣裳，她便不得离去。其日，王子依言伏于树丛间，果见诸女解衣入湖戏水。王子窃得鹿女羽衣。诸女纷纷着衣化鸟飞去，唯鹿女裸形于水中。王子以另衣给鹿女，同入画宫。鹿女自称为某国公主，要王子发誓终生爱她。二人完婚不久，王子入城见父王，奶娘独伴鹿女公主。鹿女得羽衣告奶娘："我能飞，如果王子真爱我，会到金城国去找我。"说罢化鸟飞去。王子化装为修士上路，至海上，遇风浪，漂到一陆地。王子于岸上花园间见一宫殿，中有一美女。美女说她是某国王女，名茹帕米妮，为一罗刹劫持至此。王子杀死罗刹，救茹帕米妮。茹帕米妮父王一定要召王子为驸马，并分其半壁江山，王子被迫同意。留居数日，王子思念鹿女，又化装为修士上路。途中，王子遇一牧人，牧人施计将王子关入一石室。室中尚关有若干人，牧人每日从中选一人吃掉。王子趁牧人熟睡，用火钳刺瞎其双目。牧人摸不到王子，便坐在室门把守。王子以羊皮披身，混入羊群中脱身。王子经千辛万苦，终于来到金城国。他了解到，鹿女回国后亦思念他，后来其父王死，鹿女为王。又经一番周折，二人相见。鹿女将王位让于王子，二人幸福生活，生有二子。不久，月峰城国王来信命王子回故国继承王业。王子将金城国王位传给儿子，带鹿女动身。途中又带上茹帕米妮，同回月峰城。最后，王子因打猎被猛狮咬死，二夫人殉死。

从以上情节看，《鹿女公主传奇》与印度古代文学，包括印度教、佛教和耆那教文学中的一些故事有关联，是对印度古代文学的继承，而且采自民间；同时，有的情节与中国的故事，如傣族长诗《召树屯》的故事有相似之处，有的情节还与西方的荷马史诗《奥德赛》，以及波斯古代故事有关联①。可见，当时印度正处在东西方文化的交叉点上，苏非们扮演了传播者的角色。

印地语苏非爱情传奇诗之所以能够在印度中世纪形成一个流派，出现一个创作高潮，是由内部和外部两方面原因促成的。外部，中世纪印度自穆斯林进入以后，社会结构发生了变化：外来者居上，成为统治阶级，印度教贵族集团沦落为二等公民；一部分印度教徒，尤其是低种姓人，改变信仰皈依了伊斯兰教；原先由印度教徒独占的城市、村镇，现在由穆斯林占据重要位置，这两大人群的共处和交往已不可避免地成为现实。这种变化是剧烈的、快速的，许多事件几乎是一夜之间发生的。随后而来的是文化格局的巨大变化：历来占主导地位的印度教文化一直罕有对手，兴盛一时的佛教此时已在印度逐步消亡，而伊斯兰教文化却强悍地站到了印度教文化面前。两潮相遇，虽然看上去泾渭分明，冲撞猛烈，却难免融汇合流。内部，伊斯兰教苏非派远不如逊尼派和什叶派那样具有独霸一方的政治实力，而他们在印度却遇到上了得天独厚的生存和发展空间，在两大社会群体和两大文化间起到缓冲的作用，赢得了两方面的好感，也从两方面获取文化营养。

在这种情况下产生的印地语苏非爱情传奇诗具有以下两大主要创作特征。

第一是其民间性特征。印地语苏非爱情传奇诗的故事情节来自民

---

① 参见薛克翘:《中印文学比较研究》，北京：昆仑出版社，2003年版，第331~336页。

间故事，而这些故事又都带有传奇性，都是英雄（国王或王子）加美女的老套。正是这些老套不断激发人们的欣赏欲望，在老人和孩子们中间获得永久的生命。除此之外，在语言上，该流派采用的多是早期印地语，即印度北方各地的方言，通俗易懂，百姓乐于接受。在文体上，多采用波斯语诗歌体式，朗朗上口，便于吟游诗人记忆和演唱，也为听众所接受。

第二是其宗教性特征。所有的印地语苏非传奇诗都带有宗教性特征，其特别之处在于，该流派诗歌不仅含有伊斯兰教文化因素，还含有印度教文化因素，正如《月女传奇》《鹿女公主传奇》和《莲花公主传奇》中所反映的那样。这是因为，苏非诗人们不仅继承了伊斯兰教的文化传统，继承了西亚波斯语诗歌的传统，还在当地印度教文化中吸收了许多有用的成分。

第二节　最早的苏非印地语叙事长诗《月女传奇》

❧

从现有的资料看，毛拉·达乌德是印地语爱情抒情长诗创作的开先河人物，他的作品《月女传奇》是印地语苏非长篇传奇诗的第一部。由于是第一部，因而具有特殊的研究价值，受到研究者的格外关注。

下面从介绍这篇作品的内容入手，分析其来源、变异、社会背景、宗教思想，以及印地语苏非长篇传奇诗的创作手法等。

一、毛拉·达乌德和《月女传奇》

关于毛拉·达乌德（Maulana Daud），人们所知甚少。全部信息几乎均来自其作品《月女传奇》的开头部分《序诗》。按照苏非传奇诗的惯例，诗人通常要在这一部分首先赞颂真主和先知穆罕默德，然后依次赞颂"四友"（即四大正统哈里发）、诗人所在国的国王（德里苏丹）、业师和供养人，此外还要交代写作本书的时间、地点，以及故事的发生地、男女主人公等。《序诗》中写道：

> 德里苏丹菲罗兹·沙，
> 为人慷慨胸怀宽大。

还写道：

> 回历七百八十一年，
> 诗人写出这些诗行；
> 菲罗兹·沙为德里苏丹，
> 焦纳·沙是他的宰相。

今考菲罗兹·沙（Firoz Shah）其人，于1351年登基为德里苏丹，1388年9月去世，在位38年[1]。而诗中提到的"回历七百八十一年"，据印度学者考证，即公元1379年，因为当时印度穆斯林以公元599年为回历元年，而不是通常的622年[2]。

《序诗》中还提到诗人的老师：

> 谢赫·杰恩迪把我导入正途，
> 并将我的罪孽消除。

据考，谢赫·杰恩迪，即谢赫·杰努丁（Jain-ud-din），师从其舅父纳西鲁丁（Nasir-ud-din），而其舅父又是尼扎姆丁·奥利亚（Nizam-ud-din Auliya）的学生[3]。尼扎姆丁·奥利亚非常著名，是苏非派契什提教团的主要圣徒之一，卡尔吉王朝（1290~1320）期间在德里传教，影响很大。

---

[1] R.C.马宗达等：《高级印度史》，北京：商务印书馆，1986年版，第644页。

[2] 帕尔舒姆·恰图维迪：《苏非诗歌集解》，普拉亚格（阿拉哈巴德），1965年印地文版，第97页。

[3] 尼提亚南德·提瓦里：《中世纪传奇长诗》，德里，1970年印地文版，第259页。

关于诗人的居住地，他写道：

安居于达尔毛镇的美好居所，

上有城堡下有潺潺恒河流过。

据考，达尔毛是印度北方邦赖伯雷利县的一个小镇，距离县城约71千米，离坎普尔市约98千米[①]。

由此推断，毛拉·达乌德是苏非无疑，属苏非派契什提支派的信徒，生活在14世纪后半至15世纪前半。其活动的中心地域在今天印度的北方邦一带。《月女传奇》写于1379年。

《月女传奇》的完整版本至今没有被发现。1962年，维什瓦那特·普拉萨德（Vishvanath Prasad）整理的《月女传奇》在贝拿勒斯出版，同年同地，马塔·普拉萨德·古普塔（Mata Prasad Gupta）整理出版了它的另一个版本《洛里克故事》。前者有仅有64韵（chanda，相当于小节，译为汉语4~12行不等），后者80韵。至于这部长诗的实际长度，根据不同的版本，有人估计为140韵以上，有人估计为1 300余韵。差距较大[②]。除此之外，《月女传奇》还有几个其他版本，包括一个早期孟加拉文译本。这所有版本都有差别，但基本框架是一样的。从这些材料中可以得出故事的基本情节：

马哈尔（Mahar）是哥瓦尔（Govar）城的王公。该城萨哈德夫（Sahadev）家生有一女，取名月女（Chaand）。月女4岁，与马哈尔之子巴万（Baavan）订婚。月女长大，邻国国王鲁帕昌德（Rupachand）从大臣那里得知月女美貌，要强娶。马哈尔求得勇士洛里克（Lorik）

---

① 帕尔舒拉姆·恰图维迪：《苏非诗歌集解》，普拉亚格（阿拉哈巴德），1965年印地文版，第97页。

② 尼提亚南德·提瓦里：《中世纪传奇长诗》，德里，1970年印地文版，第210页。

相助。洛里克与妻子麦娜（Mainaa）分别，来与鲁帕昌德作战，胜。月女爱上洛里克，洛里克也倾慕月女。为见到月女，洛里克化装成瑜伽行者到庙里服务并祈祷得到月女。后又去市场买麻搓成长绳，晚上到月女的宫外，沿长绳进宫与月女幽会。

洛里克回家，妻子麦娜有所感觉。麦娜和月女在庙里相遇并相互辱骂。月女派人给洛里克传递消息，约连夜出逃。二人私奔，巴万追赶。清晨到恒河岸边，船夫对月女起歹心，被洛里克推下水。巴万向洛里克射三箭不中，承认月女归洛里克所有。二人继续前进，月女两度遭蛇咬，两度被术士用咒语救活。术士警告他们不要到帕坦国去，要走右边的路。但他们没有听，来到萨蓝格普尔，洛里克在玩骰子时输掉，月女帮助他赢回。几经周折，他们终于来到哈尔迪（Hardi）居住下来。

这边，麦娜艰难等待洛里克。一天，她请求商人传信。洛里克得信欲归，月女阻止不住。后来，洛里克和她们一起生活在哥瓦尔。洛里克的母亲科尔尼讲述了洛里克离开后她受人欺压的痛苦经历，洛里克对敌人进行了报复。

从情节看，《月女传奇》主要讲述的是英雄和美人的爱情故事。

二、故事来源

从《月女传奇》的人物和故事情节看，它源于印度北方地区一个流传很广的民间唱词①《洛里克传奇》（*Lorikayan*）。关于《洛里克传奇》，最先予以关注并进行研究的是西方学者。英国人维廉·克鲁克（William Crooke）1886年在加尔各答出版了一本书《西北省份和奥

---

① 民间唱词，印地文lokagatha，很难找到一个与之对应的汉语词汇。其实，《洛里克传奇》的全部故事都是歌者唱出来的，没有道白，没有文字，与史诗的流传方式一样。后人将它整理成文字，便成为长诗。

德地区的部落与种姓》(*Tribes and Castes of North - Western Provinces and Oudh*)，注意到了民间口头文学和《洛里克传奇》。1926年，他又在牛津出版了《北印度的民间信仰和民间故事》(*The Popular Religion and Folklore of Northern India*)，对这一民间传说做了记录整理和深入考察[①]。在此后的40余年间，印度学者加入到对这部口头文学作品的收集、整理和记录工作中，取得了显著成果。它在印度北方几个省，如北方邦、中央邦和比哈尔邦流传最广，在孟加拉、古吉拉特、马哈拉施特拉邦和安得拉邦也有流传。到目前为止，总共发现和整理出十多个版本，其中以加齐普尔流行的博杰普里语和阿拉哈巴德发现的奥德语版本为最完整[②]。根据这两个版本，《洛里克传奇》分为四个部分：①森瓦鲁结婚；②洛里克结婚；③月女私奔和到达哈尔迪；④返回高拉和洛里克之死。

与达乌德的《月女传奇》相比，这两种版本《洛里克传奇》的人物、地点和情节都多得多。如《洛里克传奇》中，洛里克有一个哥哥（森瓦鲁），洛里克到过好几个地方（国家），进行过多次战争，与三个女人结婚等。一般来说，情节越复杂、内容越丰富的版本越是晚近的版本。例如，博杰普里语《洛里克传奇》中提到阿克巴金币（Akbari muhar）、烟斗（chilam）等，说明这个版本很可能是莫卧儿王朝中后期形成的。因为阿克巴金币的流通是16世纪中期以后的事，而印度人使用烟斗则更晚，必在欧洲人进入印度并对印度民俗产生影响以后。因此，不能依靠晚近的版本证明《月女传奇》来源于《洛里克传奇》，而必须先确定《洛里克传奇》的原始性。事实上，在诸多版本中，无法确定哪一种是最原始的版本，而只能根据这所有的版本寻找出共同的东西，以推测故事的最初形式和流传地。首先，这些版本的主要人

---

① 萨提亚夫拉特·辛哈：《博杰普里语民间唱词》，阿拉哈巴德，1957年印地文版，第80页。
② 参见尼提亚南德·提瓦里：《中世纪传奇长诗》，德里，1970年印地文版，第37页。

物是洛里克和月女，主要事件是他们二人的私奔，这也许是故事最原始的成分。其次，多数版本提到高拉、哈尔迪、恒河、宋河。说明故事的原发地可能在今北方邦东部和比哈尔邦西部地区，即恒河中游地区。第三，七成以上的版本都是在这一地区找到的，说明该故事在该地区流行最广，也最有可能在该地区流行时间最久。

总之，印度学者普遍承认它是《月女传奇》的前身，故事反映的是中世纪的人和事[①]。这一点大概不会错。

三、宗教文化背景

《洛里克传奇》中多次提到梵天和杜尔伽女神，而没有提到伊斯兰教的真主和先知，说明它是印度教徒的作品，反映了印度教徒的信仰和生活。而《月女传奇》不同，其中的《序诗》歌颂了安拉、先知和四大哈里发，提到了德里苏丹和苏非圣徒，这是穆斯林作品的显著标志。但也仅仅是一个标志，故事本身却完全是印度教的，如同在印度教的酒瓶上贴了张伊斯兰教的标签。这是一个非常有趣的文化现象。也许这一点才是它脱胎于《洛里克传奇》的最有力证据。例如，诗中说哥瓦尔（高拉）城堡中居住着九种人，有婆罗门、刹帝利、吠舍，还有五个副种姓及耆那教信徒，唯独没有穆斯林。在描写月女出生时则说：

> 她晶莹剔透，
> 如同日月之光造就；
> 天神、乾达婆和仙人，
> 无不为她颠倒神魂。

[①] 参见萨提亚夫拉特·辛哈：《博杰普里语民间唱词》，阿拉哈巴德，1957年印地文版，第92页；尼提亚南德·提瓦里：《中世纪传奇长诗》，德里，1970年印地文版，第94~97页。

对于这种夸张的写法，人们并不陌生，显然来自印度教文学的传统。

此外，洛里克曾经化装为瑜伽行者（yogi）到印度教寺庙里祈祷，洛里克与月女私奔途中在一婆罗门家借宿等，都体现出印度教文化特色，而毫无伊斯兰教文化的痕迹。因此，我们完全有理由认为，这就是对民间印度教故事的照搬，几乎谈不上什么创作。那么，如何看待这一文化现象呢？我们以为，这种做法最早也来自印度。我们知道，印度是一个故事大国，自古如此。那么多的民间故事，都为宗教所利用，婆罗门教、佛教和耆那教都是如此。以婆罗门教为例，史诗、往世书、《五卷书》《嘉言集》《故事海》等，可以说所有的民间故事集都是信徒们将民间故事拿过来为我所用。这样做的结果是印度古代发明了一种讲故事的特殊方式，被称为"连串插入式"结构，即以一个故事为主干，中间穿插许多别的故事，如同一株大树，枝节横生，繁茂浓密。佛教对民间故事的利用更是明显，如《本生经》，将故事拿来之后，讲述一遍，然后生硬地贴上佛教标签，说故事中的某某是佛，某某是佛的敌人，某某是佛的弟子等。耆那教也有类似的做法。现在是轮到伊斯兰教苏非派了。在他们看来，这样做并无不妥，民间故事是集体创作，大家都不署名，不可能出现著作权纠纷。问题是，伊斯兰教信徒有不同于印度教徒的思维习惯，尤其在时间观念上不同于印度教哲学。他们更看重今生，也看重历史。所以自伊斯兰教进入印度以后，一些穆斯林给印度人带来了记载历史的好习惯。他们在文学著作中也写上自己的名字，标明写作时间，如达乌德在《月女传奇》的《序诗》中所做的那样。这看上去有掠美之嫌，好像今天商界抢先注册商标一般，但这却符合现代的做法，可以给读者和研究者提供必要的信息。

对于苏非爱情传奇诗，印度学者往往很注重阐发其象征意义，即根据苏非派教义，对其中的人物、情节做神秘主义的解释，这样做多少也带有贴标签的嫌疑。但《月女传奇》既然是苏非的作品，其中贯彻苏非的某些思想也在所难免。因为作者写作总是有目的的，他作为苏非派信徒既不会为了世俗的娱乐去写，也不会为了名利去写，而必然是为了某种宗教目的去写。这目的不是别的，就是宣扬苏非派的教义。

例如，苏非派认为：上帝（真主）是唯一的，也是无限完美的；信徒追求上帝，要与上帝合一，就要像男人追求美丽的女人一样；"爱"是亲证上帝的重要途径；"爱"必须是纯真的、强烈的。达乌德深知这一点，所以《月女传奇》中要竭力表现"爱"，通过世俗的爱去表现宗教的"爱"、神秘的"爱"。《月女传奇》中有这样的诗句：

> 谁心有伤痕谁自知，
> 洛里克月女在此例。
> 爱火心中燃烧起，
> 通宵达旦无睡意。
> 七重天堂大雨泻，
> 爱火依然难熄灭。
> 一个火星爆出来，
> 顷刻之间毁三界。

除了对"爱"的渲染以外，《月女传奇》中对苏非神秘主义也时有暗示。对此，印度学者已有诸多研究，举有若干实例①。

---

① 尼提亚南德·提瓦里：《中世纪传奇长诗》，德里，1970年印地文版，第260~269页。

四、达乌德的文学贡献

从艺术性的角度看，很难说《月女传奇》有多少成就，所以印度文学界对其评价也不高。其故事情节说曲折也曲折，说俗套也俗套，就是一个国王与公主的爱情故事，这样的故事从《罗摩衍那》起就风行印度文野。所以，达乌德的文学贡献主要不在于故事情节的编排和人物的塑造，很大程度上在于他写作行为的本身。这项工作具有开创性：第一，洛里克故事一直是以口头形式流传的，《月女传奇》是它的最初文字版本。也正因为有了文字版本以后，这个故事得以更广泛地传播和更长久地存留。第二，苏非爱情传奇长诗最初产生于中亚和西亚地区，以伊朗为中心，以波斯语为载体，在德里苏丹国时期传入印度。而达乌德开创了苏非用印地文①写作爱情传奇长诗的先河。

达乌德的另一个文学贡献在于取材的独特视角：印度的民间故事很多，富于传奇性的也很多，但作者偏偏选择了洛里克的故事，是因为这个故事具有平凡中的典型性和刺激性——一个有妇之夫和有夫之妇私奔的故事！不管是当时还是现在，这种私奔行为在印度教社会和伊斯兰社会都是很难被认同的，但这个故事却能够长期广泛流传，其中的奥秘也许正在于故事背后隐藏的反叛精神。中世纪的印度社会笼罩在严格的封建制度之下，宗教与种姓观念有力地支配着婚姻关系，使自由恋爱几乎成为奢望和幻想。越是严格人越是逆反，社会上自由恋爱乃至偷情、野合、私奔的事情时有发生，成为人们津津乐道的谈资和文学创作的源泉。

---

① 这里的"印地文"实际上指一种以摩揭陀语为主、夹杂其他印度北方方言的混合语。

第三节　贾耶西与《莲花公主传奇》

在用印地语创作的苏非中，最杰出的代表就是马立克·穆罕默德·贾耶西（Malik Muhammad Jayasi），而贾耶西的代表作就是长篇爱情故事诗《莲花公主传奇》。这里在简要介绍作者和作品的同时，重点探讨三个问题：《莲花公主传奇》的艺术特点和民间性特征，贾耶西和《莲花公主传奇》中的宗教哲学思想，作者和作品在印地语文学史上的地位。

一、关于贾耶西

由于没有任何可靠的文献记录，印地语文学界关于贾耶西生平的说法很多。

印度著名文学史专家、文学评论家拉姆昌德拉·舒克勒（Ramchandra Shukla）在整理、研究贾耶西著作和实地考察后得出了推论。他认为，贾耶西出生于公元1492年前后，他的诗歌小册子《最后的话》大约写于1528年，当时是莫卧儿王朝开国皇帝巴卑尔在位，因为诗中有对巴卑尔的颂扬。诗中同时还说"诗人三十岁后开始写好诗"。贾耶西的出生地在印度北方小镇杰伊斯（今属北方邦赖伯雷利县）。舒克勒还认为,《莲花公主传奇》的开头部分大约写于公元1520年前后,因为其中有对当时的德里苏丹舍尔沙的赞颂;此后贾耶西可能离开了杰伊斯,到外地游历多年,当他再次回到杰伊斯生活时才将这部长诗完成。相传他长相丑陋,一只眼失明,一只耳朵失聪。他以务农为生,后来做过行乞僧。最后的日子里,他再度离开杰伊斯,来到其东约60千米的阿梅提附近,在一个树林里生活。至今,阿梅提还有他的坟墓,是他去世后很久才修建的。关于他的去世时间,有学者认为是在公元1542年,对此,舒克勒没有明确赞同,也没有反对,算是勉强接受了[1]。

我国印地语文学史家刘安武先生认为,贾耶西生于1493年,卒于1542年:"据说……他从小过着很穷苦的生活,曾结过婚,并有过儿子,但儿子早死了。他随着印度教修行人到处云游,也从他们那里受到一些文化教育。"[2]

在贾耶西不长的生命旅程中,据说他创作了21种作品。但目前能够见到并已出版的只有四种,除了《莲花公主传奇》和《最后的话》以外,还有《字母表诗》和《女房东二十二首》。不过,后三种不仅短,而且艺术成就不高。

有几则关于贾耶西的神奇传说,如天神化现为麻风病人考验他、他可以预见未来并擅长变化等,显然都是不真实的,但却曲折反映出人们对他的爱戴。

那个时代,杰伊斯为苏非派契什提教团圣徒的聚居地,贾耶西因地得名[3],为该派信徒。但由于他与印度教徒也保持着密切的关系,受印度教影响较大,因而他在思想感情上并无偏激的教派情绪。受这一

---

[1] 参见拉·舒克勒编:《贾耶西集·绪论》,贝拿勒斯,1957年印地文版,第5~8页。

[2] 季羡林主编:《印度古代文学史》,北京大学出版社,1991年版,第492页。

[3] 杰伊斯（Jais）,旧译贾耶斯。

思想感情的驱使，贾耶西创作了《莲花公主传奇》。

二、关于《莲花公主传奇》

前文说过，《莲花公主传奇》的创作可能经历了一个漫长的过程。如果真是这样，说明贾耶西对作品进行了精心的雕琢。该书有多种版本流传，也经多人整理。除了拉·舒克勒的本子外，拉吉纳特·夏尔马的《贾耶西集》(《莲花公主传奇》) 校注本是目前为止最完备和审慎的校注本，今据其1975年阿格拉第五次印刷本，将故事梗概介绍如下：

狮子岛国莲花公主美貌绝伦，她养了一只能言鹦鹉，名希拉曼。莲花公主思寻佳偶，向希拉曼诉说心曲，希拉曼为主人寻佳偶飞走。捕鸟人于林中将希拉曼捕获，卖与一商人。商人将希拉曼带到齐托尔城卖与国王宝军。宝军王出猎，王后龙珍于宫中与希拉曼对话，问世上是否有比她更美者。希拉曼答：狮子岛国莲花公主极美，比之王后，乃天上地下。龙珍后怒，命女仆杀希拉曼。女仆怕宝军王怪罪，未杀。宝军王归，果然寻鹦鹉。希拉曼将实情告诉宝军王，又告以莲花公主美貌。国王心向往之，化装为修士，带一万六千青年修士同赴狮子岛（楞伽岛），希拉曼为向导。他们渡过"七海"，千辛万苦来到狮子岛，在湿婆神庙里住下。希拉曼飞去向公主报信。公主去湿婆庙拜神，宝军王见之，惊其美貌，晕厥过去。宝军进城堡欲见公主，不期为国王甘德瓦森捉住，将施绞刑。一万六千名修士将同狮子岛士兵作战，湿婆、哈努曼等大神前来助阵，甘德瓦森王被迫同意嫁女给宝军。二人完婚，开始幸福生活，宝军王乐不思蜀。龙珍后思念夫君，托飞鸟传信。宝军得信，携莲花公主启程返国。途中又遇海神与吉祥天女考验，历经艰辛，终于回到齐托尔城。宝军王宫廷有一祭司因练成夜叉术被逐出城邦。祭司怀恨，带上莲花公主手镯去献给德里皇帝阿拉乌丁，并极言莲花公主之美。阿拉乌丁心动，修书命宝军王送莲花公主进德里。宝军怒，拒不送妻。阿拉乌丁率兵攻打齐托尔城，大战八年，久攻不克。阿拉乌丁诡称议和，诱出宝军王，掳往德里关押。莲花后悲痛之余，与二勇士设计救宝军王。二勇士名戈拉和巴德尔，他们率众抬七百乘轿子抵达德里，轿中藏有武装士兵。二勇士通知皇帝阿拉乌丁：莲花后必欲先见夫君，尔后才能入皇宫。皇帝同意。于是，一乘轿子被抬至宝军王的囚室，藏于轿中的铁匠为宝军王除掉镣铐，宝军王骑马逃出。戈拉率众截击皇家追兵，巴德尔护送宝军王返回齐托尔城。此后，邻国一王遣人下书索取莲花后，宝军率兵与邻国国王大战，二王双双战死。焚烧宝军尸体时，二王后一同殉夫。此时，阿拉乌丁攻至，唯见一堆灰烬。

从这部长诗的故事情节可以看出，这个故事大体可以分为前后两个部分。前半讲述的是宝军与莲花公主的爱情故事，后半情节急转直下，变为一场抗暴斗争。

三、《莲花公主传奇》的艺术特点

《莲花公主传奇》得以在印度民间长期而广泛传播，自然有其艺术上的独特魅力。

第一，它符合印度人的传统审美情趣。印度古代有一整套审美理论，它既是对古代人们审美实践经验的总结，也是后来，包括现代印度文艺批评理论的基础。如"情"（Bhava）和"味"（Rasa），是印度古代审美理论的两块基石，两个最基本的范畴。人们追溯这一理论的根源时往往从吠陀开始，而实际上，它的真正奠基人应当是公元前2世纪前后的婆罗多牟尼（Muni Bharat）。他在《舞论》中详细地论述了"情"和"味"的种类和作用。[①]在他之后，印度的文艺理论不断

---

① 参见金克木：《古代印度文艺理论文选》，北京：人民文学出版社，1980年版，第2~20页。

丰富发展，但也都没有离开"情味论"的故土。例如，婆罗多牟尼当时提出了"四十九种情"和"八种味"，后来的美学理论家则提出"九种味""十种味"，甚至"十二种味"等说法①。至今，印度文学评论界仍然遵循这一古老的审美原则去分析和评论文学作品。例如，有学者在评论《莲花公主传奇》时就说："作为长篇叙事诗，《莲花公主传奇》中包含有多种情，诗人在注意描写每一个细小事物的同时成功地表达了情。贾耶西表达情的技巧反映于两个方面，一是对各种情的合理安排，二是用情来抓住读者的心理。在叙述故事的同时，使各种情如同花瓣一般层层绽放。"②关于"味"，印度学者也认为长诗当中包含多种，如"艳情味""英勇味""平静味"，等等。对于其中的"平静味"，拉·舒克勒写道："在最后的场景中，弥漫着极其平静的悲凉。在诗人看来，人生的真正终结不是悲怆的哭喊，而是全然的平静。面对国王的死，王后们没有哭泣，而是将目光由这个世界转向另一个世界，安详地坐到焚烧丈夫的柴堆上。如此，诗人将全诗归结于平静之味。"③正因为《莲花公主传奇》符合印度人的审美情趣，所以它被一些学者认定为印度古代屈指可数的杰出印地文"大诗"之一，可以与之相提并论的只有《地王颂》《阿尔哈诗章》和《罗摩功行之湖》等少数作品④。

第二，它吸取了印度民间文学和古典文学的营养。这首先表现在长诗的故事结构上。如前所说，《莲花公主传奇》的前半是一个爱情故事，而这个爱情故事的基本结构又是在印度古代一系列古典作品和民间作品的基础上加工而成的，最早可以追溯到史诗《罗摩衍那》。《罗

---

① 参见黄宝生：《印度古典诗学》，北京大学出版社，1993年版，第72页。

② 普鲁肖塔姆·钱德拉·瓦杰帕伊：《加比尔与贾耶西评价》，瓦拉纳西，1957年印地文版，第73、74页。

③ 拉·舒克勒：《贾耶西集·绪论》，贝拿勒斯，1957年印地文版，第68页。

④ 山布那特·辛赫：《印地语大诗形式的发展》，瓦拉纳西，1956年印地文版，第397页。

摩衍那》对印度后世文学的影响十分巨大，有各种版本在印度南北方各地流传，既具有经典性又具有民间性。而《罗摩衍那》的主题就是王子和公主的爱情故事，其基本情节就是王子到楞伽岛（即狮子国）找回妻子。毫无疑问，《莲花公主传奇》的前半与此有相似之处，而且诗中也多次提到《罗摩衍那》的故事和人物。在《罗摩衍那》之后，印度内陆国王或王子向狮子国公主求婚的故事层出不穷，几乎成了一个固定的模式。梵语文学中，《故事海》和《大故事花簇》中都有类似的故事，相传为戒日王的剧本《璎珞传》的情节也属于同一类型。俗语（Prakriti）文学中，有考图哈尔（Kautuhal）的《利拉的故事》、卡那卡马尔（Kanakamar）的《卡拉坎德传》和无名氏的《璎珞与那罗的故事》等。阿波布朗舍语（Apabhransa，俗语的一种）文学中，有无名氏的《神施传奇》《西里瓦拉传》等①。其次，在艺术手段方面，《莲花公主传奇》采取了印度古典文学作品中惯用的一些手法，如所谓"通体描绘"，即运用比喻、夸张等手法对女主人公身体的各个部分做细致的描写，以突出其美丽。这一手法在印度古代的梵语文学作品中已经形成定式，如《罗摩衍那》和12世纪著名诗人胜天的《牧童歌》中就有类似情况。而诗中关于季节的描写也是古代梵文作品中常见的定式。再次，《莲花公主传奇》采取了印度古代文学的手法，将神、人、魔、动物等放置于同一平台上加以展现。例如，借用印度教神话中的大神帮助男女主人公完成难题，天神下凡考验主人公的道德等。这在史诗和往世书中很常见，在佛教典籍《佛本生经》中也屡屡出现，因而为后世所袭用。《莲花公主传奇》中也把有关神话和神明融合进去，借以加重长诗的神秘主义色彩。再如，《莲花公主传奇》的鹦鹉希拉曼是个重要角色，故事的缘起、男女主人公的相知相见相爱及

---

① 山布那特·辛赫：《印地语大诗形式的发展》，瓦拉纳西，1956年印地文版，第424~426页。

结婚，都有它的作用。印度古代的鹦鹉故事很多，梵文作品《鹦鹉故事七十则》就具有广泛影响，而更早还有《佛本生经》、史诗和《五卷书》中的故事。约作于公元6世纪的小说《仙赐传》（苏般度作）、7世纪的戏剧《璎珞传》（戒日王作）及稍后的小说《迦丹波利》（波那作）中也都有鹦鹉担当重要角色。运用鹦鹉为角色，主要发挥其飞行与语言的长处，即信息传递的功能。

第三，将民间故事与历史故事揉为一体。《莲花公主传奇》的后半是在历史事实的基础上创作的。在印度德里苏丹国时期，有一个叫阿拉乌丁·哈勒吉（全称阿拉乌丁·锡坎达尔·萨尼·穆罕默德·沙）的苏丹，1296年登基，1312年去世。他在位期间穷兵黩武，征服了印度南方，统一了印度。他以残忍著称，曾经于1303年攻打拉贾斯坦的齐托尔城堡。关于这次战役，当时的宫廷诗人阿米尔·胡斯劳有过记载。20世纪初，西方史学家托德在他的著作《拉贾斯坦编年史与古器物》中说，阿拉乌丁是因为爱恋国王拉坦·辛格的王后巴德米妮（莲花）而攻打齐托尔堡的；国王被俘虏，但又被救回；两个勇敢的将领戈拉和巴德尔在齐托尔城外同阿拉乌丁的军队作战，最后终于抵挡不住，他们举行"一种可怕的集体投火自焚的仪式（乔哈尔），妇女都殉葬以免玷污或被俘。在'地下的大避难所'一些不见阳光的地下室里点燃了火葬用的柴堆，齐托尔的守卫者们列队看着后妃和他们自己的妻女，人数有好几千。美丽的巴德米妮走在队伍的最后。……她们被送进洞穴，然后上面的入口关闭了，让她们在熊熊大火中找到了免受耻辱的安全归宿"。① 但托德的说法是否可靠，历来有不同看法。文学史家往往信其有②，而多数史学家往往表示怀疑，因为当时的文献资料

---

① 转引自R.C.马宗达等：《高级印度史》，北京：商务印书馆，1986年版，第320~321页。

② 参见拉·舒克勒：《贾耶西集·绪论》，贝拿勒斯，1957年印地文版，第22~24页。

和铭文中都没有相应的证据①，怀疑显然是有道理的。印度古人喜欢把传说当作信史，托德有可能受到影响，甚至是受到《莲花公主传奇》的影响。但无论如何，阿拉乌丁攻克齐托尔的历史事件是真实的。贾耶西正是在这个事件的基础上进行了创作，并把它作为故事的后一半。他的技巧在于把两个故事糅合到一起，使之自然过渡，有机衔接；同时，作者还把男女主人公对爱情的坚贞用两种截然不同的方式表现出来，依照两种不同的美学原则予以渲染，给读者以两种完全不同的审美感受：他们的结合是优美的，属于喜剧美；他们的牺牲是壮美的，属于悲剧美，两种美对立统一、相辅相成、珠联璧合。

此外，长诗在人物塑造、心理刻画、景物描写、语言运用、诗歌韵律等方面也都有自己的长处，印度文学评论家给予了充分评价，这里就不多说了。

印度文学界对这部长诗的评价很高，总是说它如何完美和伟大，而不指出其不足和缺憾。但中国的评论家不同，总是要一分为二，在肯定其成就的同时还要指出其不足。这显然与立场和思想方法有关。应当说，世界上不存在尽善尽美的事物，这部长诗也是一样。刘安武先生对其程式化描写和人物安排的不合理等提出了批评，十分中肯②。

四、贾耶西和《莲花公主传奇》的思想倾向

印度许多评论家都认为，由于这部长诗是苏非的作品，所以诗中存在着象征手法的运用和神秘主义思想的倾向。关于象征手法，在多数《莲花公主传奇》版本的结尾部分都有这样几句，大意是说，长诗中的齐托尔代表躯体，国王宝军代表灵魂；狮子岛代表心，莲花公主

① 参见恩·克·辛哈等《印度通史》，北京：商务印书馆，1973年版，第416页；R.C.马宗达等：《高级印度史》，北京：商务印书馆，1986年版，第320页。

② 参见季羡林主编：《印度古代文学史》，北京大学出版社，1991年版，第498页。

代表觉悟；鹦鹉是指路的导师，龙珍是世俗的羁绊；祭司代表邪恶，阿拉乌丁代表虚幻（Maya，摩耶）。这些诗句很有可能是后人加进去的，是对这部长诗生硬而牵强的图解。对此，刘安武先生给予了否定①。问题是，我们对这样的图解并不陌生，《佛本生故事》就是这样：每个故事的结尾都要指出，故事中的某某代表佛陀，某某是佛的对立面，等等。可见，这样生硬而牵强的对号入座手法在印度古已有之。这就等于毫不掩饰地告诉人们，在某些情况下，宗教就是这样在利用文学，把文学当作自己的宣传工具。当然，我们还应该从另一方面感谢宗教，它使许多民间文学作品得以保存和流传，也曾煞费苦心地创作出一批优秀作品。

无论如何，《莲花公主传奇》是一部苏非传奇诗，这是公认的。这不仅因为它的作者是苏非派信徒，而且因为其中传达了苏非的思想。

据考证，伊斯兰教苏非派长老姆因丁·契什提的三传弟子尼扎姆丁·奥利亚（1238~1325）在德里一带传教，弟子遍及全国，他们成为该教团中很兴旺的一支。贾耶西在奥利亚去世约168年后出生，拉·舒克勒根据贾耶西几部诗中提到的师承关系推测，他属于奥利亚这一支系，中间相隔十代②。

一些印度学者认为，穆罕默德创立的伊斯兰教是一神教，苏非派在此基础上吸收了印度奥义书哲学"梵"的概念，又受到印度教毗湿奴派关于以"爱"成就圆满的思想影响，尤其是接受了吠檀多"不二论"以后，形成了自己独特的理论体系。③

贾耶西作为该教派的弟子，其写作《莲花公主传奇》的动机决不

---

① 参见季羡林主编：《印度古代文学史》，北京大学出版社，1991年版，第499页。

② 参见拉·舒克勒：《贾耶西集·绪论》，贝拿勒斯，1957年印地文版，第9页。

③ 同上，第135~137页；普鲁肖塔姆·钱德拉·瓦杰帕伊：《加比尔与贾耶西评价》，瓦拉纳西，1957年印地文版，第77页。

是自娱自乐或为娱乐他人而在文学上博取地位。也就是说，他一定要在作品中表现出自己的思想倾向和创作意图。

首先，贾耶西在作品中揭露和谴责了穆斯林统治者阿拉乌丁的贪婪和残暴，而对印度教的男女主人公予以高度的赞美和同情。诗中他既赞美安拉，也赞美印度教大神。这是因为他主张宽容和平等，完全屏弃了宗教偏见。这正是长诗得到广泛热爱的最重要原因，同时也是贾耶西苏非思想的反映。

再如，我们在读了这部长诗以后，会发现其内部存在着矛盾，其中之一是：男女主人公的爱情是在天神的帮助下成就的，也是经过天神考验的，但当他们遇到强权和暴力的时候，天神为什么不出来保护他们？面对如此重大的矛盾，作者会疏忽吗？印度读者会视而不见吗？应当说，这既不是作者的疏忽，也不是读者的大意。因为在他们看来，这完全是符合逻辑的。在苏非爱情传奇诗中，作者强调的是爱，这不是世俗的爱，而是"神爱"。同时，苏非们认为，上帝（真主）是无形的、完美的，但修炼者在其修炼的过程中是看不到的，也是无法与上帝结合、回归上帝的；真正的结合只有到达修炼的最高境界"法纳"（phana死，寂灭）后才能实现[①]。所以，长诗中男女主人公从爱到死的过程可以看作是一个隐喻，一个象征。而那种殉节仪式（印度教称为萨蒂，Sati，在拉贾斯坦地区叫作乔哈尔）又被认为是符合印度教教义的高尚行为，属于人生修行的高级境界，大神乐得如此，又如何会去干涉？

还有，长诗中宝军王到狮子岛去的时候，鹦鹉希拉曼做了向导，中间经过了"七海"（古代印度人将海洋分为七个，但贾耶西并没有完全按照印度古籍中的说法去描绘）。这一章（第十五章《七海》）里明

---

① 参见普鲁肖塔姆·钱德拉·瓦杰帕伊：《加比尔与贾耶西评价》，瓦拉纳西，1957年印地文版，第79页。

确指出鹦鹉扮演了导师（Guru）的角色，向宝军讲述七海，指点迷津。这里，反映出苏非派对导师作用推崇的事实，同时"七海"还被认为是苏非修炼所要经过的七个阶梯的象征[①]。

具体的例子还有一些，但这些已经可以说明长诗中是含有苏非哲学思想的，这是贾耶西思想倾向的真实反映。

所以，对于《莲花公主传奇》这类印地语爱情叙事诗，既要看到其文学性特征，又要看到其宗教性特征，二者互相依存，互为表里，缺一不可。

五、贾耶西和《莲花公主传奇》在印地语文学史上的地位

前文提到，印度文学评论界给予贾耶西及其《莲花公主传奇》很高的评价，给予了几乎是全方位的赞扬；对于其在文学史上的地位，虽然也给予了肯定，但并无集中论述。以下是我们的看法。

在穆斯林统治印度的全部时期里，曾出现许多用印地语写作的苏非派诗人，也出现许多用印地语写成的爱情叙事诗。但毫无疑问，贾耶西是印地语苏非派诗人当中最有成就的一个，他的成就集中体现于《莲花公主传奇》。应当说，贾耶西的作品继承了前人（指用印地语写传奇叙事诗的苏非们），但又超过了前人。他继承的是前人以爱情为题材、以民间为基本素材来源的创作方法，而在作品的构思、语言运用、知识含量、艺术表现力等方面则全面超过了他们。至于后来的那些作品，也没有一个能够达到《莲花公主传奇》的水平。因而这部作品在"前无古人，后无来者"的情况下，理所当然地成为印地语苏非爱情传奇诗的典型代表。

如果拿印地语其他所谓"大诗"比较，《莲花公主传奇》大约不像

[①] 参见山布那特·辛赫：《印地语大诗形式的发展》，瓦拉纳西，1956年印地文版，第469页。

其后出现的《罗摩功行之湖》那样在印度教徒中影响深远，但却比其前出现的《地王颂》等更受推崇。因为它既继承了印度古代叙事长诗的一些基本特点，具备成为"大诗"的基本要素，同时又成为印地语"大诗"中独特的一部，树立了"传奇性大诗"的典范。这是贾耶西对印地语文学的最主要贡献。

10

传统文学的衰落

第一节　概述

一、历史背景

如果说，莫卧儿王朝第五代皇帝沙·贾汉（Shah Jahan，1627~1658年在位）时期的印度社会还相对繁荣的话，那么，到了第六代皇帝奥朗则布（Aolangzeb，1658~1707年在位）统治期间，由于采取了一系列倒行逆施的政策，引起了贵族、土邦王公和民众的普遍不满，连年战争、政局动荡、经济萧条，一个庞大的帝国很快走向了衰落。

在奥朗则布死后，帝国终于分崩离析，各地政治势力纷纷崛起，迅速扩张并互相攻伐，莫卧儿皇帝逐渐失去了控制能力，变为徒有虚名的傀儡。

在北印度，西北方的锡克教军队曾一度击败莫卧儿军队，后虽遭镇压，但其潜在力量仍然很大。而拉贾斯坦、古吉拉特一带的拉其普特人在奥朗则布死后即恢复了独立地位。东北方，孟加拉也处于半独立状态。在南印度，马拉塔人领袖希瓦吉（Sivaji，1627~1680）在1674年便正式建立了印度教国家，与莫卧儿王朝为敌。到1680年希瓦吉去世时，马拉塔国家的领土包括了今天马哈拉施特拉邦的全部和卡纳塔克邦的大部，周围还有一些小属国。在奥朗则布死后，马拉塔的势力更加强大，而且进一步扩张，占领了中印度的大片土地，甚至一度控制了莫卧儿皇帝。

在帝国分崩离析之际，林立的小国和多如牛毛的土邦各自为政，这就使16世纪以来陆续进入印度的西方列强得到了进一步吞噬印度的良机。在印度南部，英国、法国和葡萄牙都站住了脚跟。而英国更在东部地区确立了自己的势力范围，为最终把印度完全变成大英帝国的殖民地创造了条件。

总之，十七八世纪的印度社会发展的主要特征是由相对的繁荣走向衰落，由相对的统一走向分裂。

二、传统文学的衰落

所谓"传统文学的衰落"，主要是指梵语文学的衰落。衰落是一种变迁。文学的变迁首先诉诸语言的变迁，而语言的变迁则来源于社会的变迁。

中世纪的印度社会发生了巨大的变迁。特别是13世纪以后，印度社会的大变动来得特别猛烈。首先是外来移民络绎不绝地进入印度次大陆，然后是一大批印度教徒皈依了伊斯兰教。在穆斯林统治的最初三四百年间，印度次大陆从南到北，从东到西，到处都有穆斯林的社区，到17世纪，穆斯林的人口已经占到印度总人口的1/4左右。[①]而在印度教社会内部，不同种姓的社会地位也在不断变迁。这种外来民族的不断融入和印度教社会内部的陵谷交替现象，使原先为印度教社会上层使用的雅语——梵语一蹶不振，梵语文学也失去了赖以生存的阵地。普通民众使用的俗语也在经过不断的裂变之后，转化为不同地区

---

① 林承节：《印度古代史纲》，北京：光明日报出版社，2000年版，第370页。

的方言。于是方言文学随之兴起。

我们知道，由于服务对象的不同，印度自古以来就存在着两种文学：为王公贵族和婆罗门等有文化的阶层服务的梵语文学和服务于下层百姓的俗语文学。13世纪以后，尤其是在莫卧儿王朝期间，印度各地方言兴起之后，明显出现了一个特殊的文学现象：一方面是以印度教虔诚文学和伊斯兰教苏非文学为代表的服务于民众的文学创作，另一方面是为宫廷服务的法式文学。

从文学史的角度看，不管是虔诚文学、苏非文学还是法式文学，都是在传统梵语文学衰落过程中产生的文学现象。而法式文学则为传统文学画上了最后的句号。

关于虔诚文学和苏非文学，我们在前面已经做了较详细的介绍。我们在这里要介绍的是法式文学。

第二节　法式文学

❦

印度文学界通常把十七八世纪的文学称为法式文学（Ritisahitya），把这个时期称为法式时期（Ritikala）。

在谈法式文学之前，须先谈谈"法式"一词。法式，梵文为riti，又被译为格式①、方式、样式②、形式③等。在印度古典诗学当中，有一个基本理论叫作风格论④，八九世纪的时候，有一位叫伐摩那（Vamana）的梵语诗学理论家，用riti一词来解说诗的风格、格式和规则，于是就出现古典诗学的法式论（Ritivada）。也就是说，法式文学的提法在文学理论上是有根据的。

实际上，由于这一时期的文学作品主要是诗歌，作者基本都是诗人，所以，法式文学主要指的就是法式诗歌（Ritikavya）。一般认为，法式文学是虔诚文学之后兴起的一个特殊的文学现象或潮流。但两者是不能截然分开的，两者间没有一个显而易见的时间界限。

---

① 金克木:《梵语文学史》，北京：人民文学出版社，1980年版，第376页。

② 黄宝生:《印度古典诗学》，北京大学出版社，1993年版，第303页。

③ 刘安武:《印度印地语文学史》，北京：人民文学出版社，1987年版，第152页。

④ 黄宝生:《印度古典诗学》，北京大学出版社，1993年版，第295页。

法式诗歌有这样几个特点。

第一，作者一般都是宫廷诗人，受皇帝或者国王（包括土邦王公）的庇护和供养，他们主要为宫廷服务，为皇帝或者国王写诗。

第二，诗歌内容一般都脱离民众的生活。

第三，诗歌在形式上注重技巧和规范，讲求格律和修饰。

第四，传统的大诗（Mahakavya）、分章叙事诗（Prabandhakavya）很少，而单首诗很多。

出现以上特点的主要原因是这些诗人们以进入宫廷为荣耀，为展示才华而展开激烈竞争。他们为吸引王公们，努力使自己的诗歌在"味"①、"庄严"②、"女主角分类"③和"通体描绘"④上下功夫。同时，他们大多由于急于求成而因循定式，不求创新。他们实际上因循的是没落时期梵语文学的某些形式和内容。例如，诗人们写了许多艳情诗，诗中多以黑天和罗陀为男女主角，作为诗歌的支撑，反复表现他们的爱恋、嬉戏、欢会、离别、相思等；他们把对自然景物的描写作为刺激情感的手段，但多流于俗套。他们甚至还写有不少男女偷情的诗。尽管人们总体上对法式时期的诗歌评价不高，但其中仍有一些成就突出的诗人和作品。

这一时期的诗人并不都是法式诗人。也就是说，法式时期的诗人可以分为两类：一类是遵循法式的诗人，一类是脱离法式的诗人。大多数诗人属于前者，少数诗人属于后者。前者遵循梵语古典美学的规范，主要写艳情味的诗；后者虽然也写艳情诗，但不受"女主角分类"的影响。

---

① 味（rasa），印度古典诗学最基本的范畴，指文学作品给读者带来的审美感受和刺激。

② 庄严（alankara），意思是装饰、修饰，也是印度古典诗学的基本理论。

③ 女主角分类（nayika-bheda），指艳情诗中描绘女主角的多种方式。

④ 通体描绘（nakhshikh），指对诗歌中女主人公从头到脚进行详细描绘的表现手法。

在遵循法式的诗人中，比较重要的有格谢沃达斯（Keshavadasa）、赛纳帕蒂（Senapati）、钦塔马尼·特里帕提（Cintamani Tripathi）、比哈利·拉尔（Bihari lal）、马蒂拉姆（Matiram）、普生（Bhushan）、德沃（Deva）[1]、伯德马格尔（Padmakar）、苏克德沃·米什拉（Sukhadeva Mishra）、皮卡利达斯（Bhikharidas）等。而其中格谢沃达斯、比哈利·拉尔、德沃和普生更突出、更有特点。

摆脱法式的主要诗人有阿勒姆（Alam）、克纳南德（Ghananda），波达（Bodha）和塔古尔（Thakur）等。

下面，我们先对其中部分诗人做简要介绍，然后再用专节对其中最主要的诗人做详细介绍。

1. 拉希姆。

拉希姆，全名阿卜杜尔·拉希姆大汗（Abdur Rahim Khan-i-Khanan），其生卒年，一说1553~1626年，一说1556~1627年。阿克巴时期摄政大臣拜拉姆汗（Bailam Khan）之子，幼年丧父，在阿克巴庇护下成长为军事家和政治家，并晋升为贵族。同时，他也是杰出的文学家和梵文学者，与杜勒西达斯友善。他能用印地文、梵文、阿拉伯文和土耳其文写作。他用印地文写的双行诗非常有名，深受民众喜爱。主要作品有《拉希姆七百咏》（*Rahim-Satasai*）、《艳情七百咏》（*Shringar Satasai*）、《拉希姆宝串》（*Rahim Ratnavali*）等。他应当算作虔诚文学和法式文学交替时期的诗人。但他的诗歌受法式文学的影响较大，所以在这里做一简介。

2. 赛纳帕蒂。

赛纳帕蒂（1589~1649），出生在今印度北方邦布伦德舍赫尔附近，婆罗门种姓。早年曾为宫廷诗人，晚年出家修行。他只有一部著作

---

① 德沃，全名德沃德特（Devadatta），旧译提婆达多，意译天授。

传世，即《诗歌宝藏》（*Kavitta-Ratnakar*）。该著作是一部诗集，分五个部分，共394小节。第一部分共89小节，大量运用双关语。第二部分为艳情诗，主要描写女人的形体美，即所谓的从头到脚的"通体描绘"。第三部分写六季景色，其中写春天的部分更受人称道。第四部分写罗摩故事。第五部分主要写自然景物。

3. 钦塔马尼。

钦塔马尼，全名钦塔马尼·特里帕提（1609~？），出生于今印度北方邦坎普尔附近的提克旺普尔村。据说，钦塔马尼、普生、马蒂拉姆是亲兄弟，均为诗人。其中普生成就最高（详见本章第三节）。钦塔马尼名下有六部著作:《诗辨》（*Kavyaviveka*）、《诗人如意树》（*Kavikulakalpataru*）、《诗光》（*Kavyaprakash*）、《味之花簇》（*Rasamanjari*）、《诗律》（*Pingal*）和《罗摩衍那》。其中，《诗人如意树》最负盛名，为法式时代早期具有开创性质的诗学著作。所以，有文学评论家认为:"印地语法式文献的整个传统是从钦塔马尼·特里帕提开始的。因此，应该认为法式时期是从他开始的。"①

4. 马蒂拉姆。

马蒂拉姆（1617~1688），出生在今印度北方邦坎普尔市附近的提克旺普尔村。长大后做宫廷诗人。如前所述，他与钦塔马尼、普生为弟兄，同属婆罗门种姓的特里帕提族系。印度学界认为，马蒂拉姆在三个方面取得了重要成就。在诗歌上，他的诗作与比哈利·拉尔、德沃和伯德马格尔一样享有盛名；在诗学理论上，他与钦塔马尼、苏克德沃和皮卡利达斯一样享有大师称号；在语言运用上，他与阿勒姆（Alam）、克纳南德和塔古尔齐名。②一般认为，他著作主要有四种。其中三种是诗学著作:《味王》（*Rasaraja*）、《优美》（*Lalitalalama*）和《韵律精华》

---

① 拉姆昌德拉·舒克勒:《印地语文学史》，贝拿勒斯，1957年印地文版，第233页。
② 拉姆普拉萨德·米什拉:《法式时期的大诗人》，新德里，1992年印地文版，第94页。

（*Chandasara-Pingal*）。另外一种是他的诗歌作品集《七百咏》（*Satasai*）。由于当时有多位诗人写过《七百咏》，故后人称他的集子为《马蒂拉姆七百咏》以示区别。在《七百咏》中有这样两首双行诗[①]：

> 我的智慧里有罗摩，
> 诗人智慧罗摩就是我；
> 我在花园里仰卧，
> 休息是自得其乐。

诗中，前两句是诗人对自己名字的解释，属于一种文字游戏。其中"智慧罗摩"即马蒂拉姆，"马蒂"（Mati）的原意是"智慧"，拉姆即罗摩的另译。后两句里，诗人使用了几个双关语。"花园"本身有休息的意思，"仰卧"则兼有"心灵"的意思，表达了一种悠然自得的闲适心态。

> 蜜蜂嗡嗡飞在花间，
> 孔雀羽毛簇成王冠，
> 游走在春天的林园，
> 游走在我心的花坛。

这是诗人在借景抒情，同样是表现一种闲适的心境。

由这两首诗可以看出宫廷诗人们的生活状况和心理状态。

5. 苏克德沃。

苏克德沃，全名苏克德沃·米什拉（1635~1737），生于今印度北

---

① 双行诗（Doha），汉译往往为四行。

方邦赖伯雷利县的道勒特普尔。关于他的生卒年，说法颇多，有的说他活了120多岁，有的说150多岁，多不可信。此处的说法也只是依据一家之言①。不管怎么说，苏克德沃是个长寿的诗人。因为他长寿，所以作品也很多。到20世纪50年代，他被发现著作仅有7部②，但到了90年代，已出版的有3部，发现手抄本的有5部，已知但尚未发现的有7部，待定的有2部③。也就是说，他一生写了至少15部作品。他起先是个出家人，在贝拿勒斯求学，学习了梵语、俗语、阿波布朗舍语、布罗杰语和阿瓦提语（奥德语）。后又周游了不少地方。再后来，他被土邦王公招进宫中供养，先后在多个王公的宫中生活，还在奥朗则布的大臣法齐尔·阿里·沙（Fazil Ali Shah）的供养下生活过。因此，他的著作中有不少都是为王公显贵们写的。1671年，他36岁的时候，写了《行为思考》（Vrittavicara）一书；1676年，他写出艳情诗集《法齐尔·阿里之光》（Fazil Ali-Prakash）；1679年，他的最主要著作艳情诗集《味海》（Rasarnava）问世；1698年，他写出了《神灵之光》（Adhyatma-Prakash）。其中，《味海》被认为是他的最主要著作，代表他诗歌创作的最高成就。

6. 皮卡利达斯。

皮卡利达斯（简称达斯）大约生活于18世纪，出生于今印度北方邦东部奥德地区一农村。曾在奥德地区土邦王公的宫廷接受供养。他的主要著作有诗集《情味集》（Rasasaransh），诗学著作《诗论》（Kavyanirnaya）、《韵律》（Chandornava-Pingal）、《艳情论》（Shringaranirnaya），辞书《名义之光》（Namaprakash）等。其写作年代在1728~1750年。《诗论》中，皮卡利达斯重点探究了诗的结构问题，

---

① 参见拉姆普拉萨德·米什拉：《法式时期的大诗人》，新德里，1992年印地文版，第107页。

② 拉姆昌德拉·舒克勒：《印地语文学史》，贝拿勒斯，1957年印地文版，第260页。

③ 参见拉姆普拉萨德·米什拉：《法式时期的大诗人》，新德里，1992年印地文版，第105页。

可能在他看来，其他方面，如情味、庄严、法式、音韵、得失等，别人的论述已经很多了。但由于他诗学论著的成就不是很高，所以还算不上一流的诗学大师。他的《情味集》，则主要是一些艳情诗。

7. 伯德马格尔。

伯德马格尔（1753~1833年），全名伯德马格尔·帕特（Padmakar Bhatt），出生于今印度北方邦班达地区。其父也是宫廷诗人，婆罗门种姓。他活了80岁，在好几个王公显贵的门下接受供养，获得过很高的荣誉和大量财产。1792年，他来到班达，在军事将领阿努普·吉里（Anup Giri）的供养下生活。这位将领以英勇善战著称，被称为"希马特·巴哈杜尔"（Himmat Bahadur，意思是大无畏的英雄）。在这里，伯德马格尔写出了《希马特·巴哈杜尔功德赞》（*Himmat Bahaduer Viradavali*）。1799年，他来到西塔拉王公拉古纳特·拉奥（Raghunath Rao）的宫廷，得到一头大象、十万卢比和十个村庄的赏赐。不久，伯德马格尔又来到斋普尔王公的宫廷，接受普拉塔普·辛格（Pratap Singh）和贾格特·辛格（Jagat Singh）两代君王的供养。他在这里写下了著名诗章《贾格特欢乐》（*Jagadvinod*）。1803年，贾格特·辛格驾崩，伯德马格尔又来到瓜廖尔王公的宫廷，并获得很高的荣誉。数年后，他回到自己班达的家。晚年他体弱多病，仍写出了《觉悟五十首》（*Pragodha-Pacasa*）那样充满厌世情调和虔敬神明的作品。在他生命的最后7年里，他知道自己时日不多，便来到坎普尔附近的恒河边居住，并在那里写下他最后的著作《恒河之波》（*Gangalahari*）。

8. 阿勒姆。

阿勒姆，生卒年不详，生活于17世纪后半至18世纪初期，属于不受法式束缚的诗人。阿勒姆原本是印度教徒，属婆罗门种姓，后因与一个姓谢赫的染布女工相爱，皈依伊斯兰教，改名为阿勒姆。他曾在奥朗则布第二个儿子穆阿兹姆（Muazzam）宫中接受供养。穆阿兹姆后来成为莫卧儿王朝的第七代皇帝，大名为巴哈杜尔·沙（Bahadur Shah，1707~1712年在位）。据此，阿勒姆的写作时间大体推定在1683~1703年。他的诗集叫作《阿勒姆游艺》（*Alamkeli*）。此外，他还有许多诗被一些诗集摘引，也有一些被人们口头传诵。据说，他的妻子染布女工谢赫也会做诗，他的诗集中也混有她的诗。相传，他们的婚姻就是因对诗促成的。一次，阿勒姆让女工谢赫染缠头布，不经意间把一张纸条夹在了缠头布里。纸条上写有一句诗：

淑女苗条恰如金链，为何将腰围清减？

谢赫看到后，补上另外一句：

能工巧裁酷似切金，可怜以腰补胸前。

谢赫又把纸条夹回到染好的缠头布里。阿勒姆看后颇为赞赏，二人遂定终身。时人传为美谈。

9. 波达。

波达（1747~？），出生于今印度北方邦班达地区的拉贾普尔一婆罗门家庭。少年时代即离开家，到了一个叫潘纳的土邦，长大后即在潘纳土邦王公的宫廷接受供养。他的本名叫菩提军（Buddhisena），因王公昵称他为"波达"（意思是有悟性、有知识的），遂以"波达"成名。他属于摆脱了法式束缚的诗人。据说，他在潘纳宫廷爱上了一名叫苏班（Subhan）的妓女，惹怒了王公，被罚流放6个月。在这6个月里，他非常思念苏班，便写出一部诗集《离别海》（*Virah-Varish*）。6个月期满，波达返回宫廷，他把自己写的诗念给王公听，王公很高兴，便把苏班许配给他。除了《离别海》，他的诗集《爱之书》

（*Ishkanama*）也很有名。此外他还写有很多零散的小诗。他的诗以抒情闻名。

10. 塔古尔。

塔古尔（1766~1823），全名为拉拉·塔古尔达斯（Lala Thakurdas），出生在奥尔恰（今北方邦中南部）。法式时期叫塔古尔的诗人有三位。三位的作品时有混淆，很难分清。这里介绍的塔古尔曾为几个土邦王公所供养。他曾出入于班达王公的宫廷，并结识了著名诗人伯德马格尔。据说，有一次，伯德马格尔跟他说："塔古尔的诗做得好，只是地位不高，人微言轻。"塔古尔立即自我解嘲地说："所以我的诗能到处飞。"①后人到20世纪上半叶才为他整理出一部诗集《塔古尔的骄傲》（*Thakur-Thasak*）。其中收有近200首诗，但混有另外两位塔古尔的诗。作为摆脱了法式束缚的诗人，他的诗歌中巧妙地运用了许多民间谚语和成语，诗风相对淳朴，并对印地语近现代文学有过重要影响。

---

① 拉姆昌德拉·舒克勒：《印地语文学史》，贝拿勒斯，1957年印地文版，第381页。

第三节　主要诗人

一、格谢沃达斯

格谢沃达斯（1551~1617[①]），全名格谢沃达斯·米什拉，简称格谢沃。他出生在今印度北方邦奥尔恰地方。当时的奥尔恰是个封建土邦，属于崩德拉坎德地区。崩德拉坎德地区横跨北方邦和中央邦，区域内有好几个著名土邦：占西、班达、奥尔恰、贾劳恩、赫米尔普尔等。这块地方从中世纪以后就人才辈出，被称为"英雄的土地"。

格谢沃达斯所在的米什拉家族是个有名望的婆罗门世家。早年，他的祖上就很有名，11世纪后期，一位叫克里希纳·米什拉（Krishna Mishra）的学者就写过著名的梵语剧本《觉月初生》（*Prabodhacandrodaya*）。格谢沃的父亲加西纳特·米什拉（Kashinath Mishra）是奥尔恰土邦王公马杜卡尔沙（Madhukar Shah）的老师，也是著名学者，精通占星术，曾写过占星学著作《速觉》

---

① 印度学界对格谢沃达斯的卒年意见比较一致，对其生年意见稍异，但大体都认为在16世纪中期。参见拉姆普拉萨德·米什拉：《法式时期的大诗人》，新德里，1992年印地文版，第11页。

（*Shighrabodha*），深受民众欢迎。格谢沃的哥哥巴尔跋陀罗·米什拉（Balabhadra Mishra）也很博学，肚子里装着许多古代的历史传说，当地的王公就非常喜欢听他说古。他著有《通体描绘》（*Nakhshikh*）、《巴尔跋陀罗语法》（*Balabhadri-Vyakarana*）、《薄伽梵歌注》（*Bhagavata-Bhasya*）、《哈努曼剧注》（*Hanumannataka-Tika*）等书。格谢沃出生在这样的家庭，自幼受到了良好的教育和熏陶。长大后，他成为马杜卡尔沙第五个儿子因陀罗吉特·辛赫（Indrajit Simha）的老师。因陀罗吉特·辛赫袭位后很慷慨地赠送给老师21个村庄作为供养。

格谢沃活跃于上层政治人物当中，带有政治家的色彩。关于他的政治影响，有这样一件事情：因陀罗吉特·辛赫有一个情人，叫作罗伊·普拉维娜（Ray Pravina），她是一名绝色美女，擅长歌舞，同时也是格谢沃的学生。莫卧儿皇帝阿克巴要召她进宫，因陀罗吉特·辛赫当然不愿遵命。于是，阿克巴又以骄奢淫逸为由，命因陀罗吉特·辛赫缴纳一千万卢比的罚金。此时，格谢沃找到当时在莫卧儿朝廷担任大臣和军事统领的比尔巴尔（Birabal），经过比尔巴尔说情，阿克巴收回成命，免去因陀罗吉特·辛赫的罚金。

一般认为，格谢沃达斯有七部著作：诗学著作《诗人所爱》（*Kavipriya*）、艳情诗集《鉴赏所爱》（*Rasikapriya*）、传记诗《珍宝五十二首》（*Ratanabavani*）、《维尔辛赫·德沃传》（*Virsimhadevcarit*）、《贾汗吉尔荣耀之光》（*Jahangirjascandrika*）、长篇叙事诗《罗摩之光》（*Ramacandrika*）以及杂诗《知识歌》（*Vijnangita*）。

其中，最受推崇的是两部，即《诗人所爱》和《罗摩之光》。

《诗人所爱》用诗体写成，共十六章。此书在印地语文学史上具有比较重要的地位。刘安武先生对诗人和他的这部作品有精当的评价："在印地语文学史上，他是第一个文学理论家。在他以前，系统的理论著作一部也没有，虽然零星地借用过梵语文学理论。格谢沃达斯继承了古典梵语文学衰落时期形式主义的文学理论，写出了他的《诗人所爱》。这部著作影响了这一时期的文学创作。"①刘安武先生还详细地介绍了《诗人所爱》各章的基本内容：第一章，交代写作时间（1606年），歌颂供养人②，说明写作目的③。第二章，讲述自己祖先的荣耀。第三章，讲述作诗忌讳的五种毛病、十二种缺点等。第四章，将诗人分为三等；讲述如何描绘女子的羞怯、女子的十六种装饰打扮等。第五章，论表现色彩的修辞。第六章，论比喻的应用。第七章，论季节和景物描写。第八章，谈如何描写国王贵族及宫廷活动等。第九章，论述六种特殊修辞，包括如何描写人物的外表和内心、事物的因果关系等。第十章，论述妻子如何劝丈夫远行的特殊修辞。第十一章，讲述十三种特殊修辞，包括词义等问题。第十二章，讲述六种特殊修辞技巧，包括如何运用反义和巧合、褒与贬的技巧等。第十三章，讲述了八种特殊修辞方法，主要介绍了各种隐喻等。第十四章，专门论述比喻。第十五章，专门介绍一种文字游戏。第十六章，论述诗的音节及谜语诗等问题。刘安武先生指出："《诗人所爱》主要论述了修辞、写作技巧以及某些作诗的方法，对初学写作的人，特别是初学写诗的人有一定作用，也有一些属于知识性和常识性的东西。当然，对于文学理论的某些基本问题，作者并未涉及，这是印度古代文艺理论家的局限。"④

《诗人所爱》中有这样几句诗：

---

① 刘安武：《印度印地语文学史》，北京：人民文学出版社，1987年版，第159页。

② 即马杜卡尔沙王公。

③ 其目的是向歌舞伎罗伊·普拉维娜传授写诗技巧。

④ 刘安武：《印度印地语文学史》，北京：人民文学出版社，1987年版，第161、162页。

凉风引路，月光铺就绳床，

这就是格谢沃寻找的欢畅。

花在枝头绽放，四溢浓香，

檀香顷刻颠倒，我心更凄怆！

无水鱼枯，有水万物生长，

更哪堪，婴儿被夺走乳浆。

痛苦已然，或有良药愈创伤？

火灼躯体，唯有火使其变凉。

这是印度学界比较推崇的、典型的描写失望和沮丧心情的诗句。

关于《罗摩之光》，刘安武先生通过和蚁垤《罗摩衍那》、杜勒西达斯《罗摩功行录》的对比，做了较详细的介绍，分析了得失，并给予了恰当合理的评价。他指出：《罗摩之光》不像《罗摩衍那》那样分作七篇，而是分成三十九章，篇幅要短得多，比《罗摩功行录》还要短；故事情节有所简化，直接从罗摩少年时代写起；悉多被劫直到罗摩战胜十首王回国的情节也被大大简化；几乎用一半篇幅写罗摩回国以后的事迹，如很好地治理了国家等；结尾部分写了罗摩的两个儿子，以及罗摩父子相认等；最后罗摩将国土分给了两个儿子和他三个弟弟的六个儿子，但没有悉多投入地母怀抱的情节。"从思想内容来看，格谢沃达斯的某些观点要比杜勒西达斯开明。长诗中对统治阶级抱有一定程度的不满，他不关心王室的内部矛盾，他认为国王不考虑百姓的利益就是人民最大的敌人，而且流露出对社会上人压迫人的现象的反感。""作者对婆罗门有所指责，说他们贪心。""作者也没有像杜勒西达斯那样大力宣传因果报应，他抛弃了罗摩故事开始前的主要在于说教和表现宿命论的情节，也没有那样热衷于突出罗摩的神性，更没有一碰到机会就说明他是大神下凡的化身。"《罗摩之光》是叙事诗，然而抒情成分较浓。""有的评论家说，作者为了各方面表现自己的才华，对许多具体事物描写得很细致。的确，他在这方面取得了一定成功。他善于运用比喻和传统的修辞手段，特别是运用了各种音节的韵律，并富于变化。"但是，《罗摩之光》"作为一部文学作品，无论是从整个结构来看，或者是从刻画人物、突出矛盾等写作技巧来看，都大大逊色于《罗摩功行录》"。[1]

下面，请看《罗摩之光》中妇女们议论悉多容貌的一首诗：

> 一个说，悉多的脸是圣洁的莲花，
> 一个说，悉多的脸像圆月的光华；
> 说那是莲花，到夜晚就会闭合，
> 说那是月亮，到白天就会失色。
> 那容颜是白天莲花，夜晚月亮，
> 不管白天夜晚，都为世界增光。
> 女友啊，
> 看得见表情，看不见莲花月亮，
> 不是莲和月，而是痛苦的脸庞。

这首诗曾在印度学界引起较大争议，评价高低差异很大。但平心而论，这应当不属于上乘之作。

二、比哈利

比哈利，全名比哈利·拉尔（Bihari Lal），是在杜勒西达斯（Tursidas）和苏尔达斯（Surdas）之后最负盛名的印地语诗人之一。

---

[1] 刘安武:《印度印地语文学史》，北京：人民文学出版社，1987年版，第163~167页。

他的作品究竟有多少不得而知，现在能找到只有一本《比哈利七百咏》，共719首双行诗，1 438行。从皇帝沙·贾汉到普通百姓，都为他的诗叫好。格比尔达斯（Kabirdas）、杜勒西达斯和拉希姆都写过双行诗，而比哈利创造的奇迹似乎是包罗万象的，涉及面之广，可以说是前无古人后无来者。因此，他的诗集的注释最多。有的学者甚至说，自从这个诗集问世，过了多少年，就有多少注释被写出来。有些注释还是用韵文写的。这部诗集受欢迎的程度，还有个事实可以说明问题，那就是有三位学者分别将这部诗集翻译成了三个梵文本子。现在，除了乌尔都、古吉拉提等地方语言之外，这部诗集还有英文译本。比哈利之后，有很多人效法他的诗。

比哈利1595年生于瓜廖尔（尚有1603年生，1663年卒之说），他的父亲也作诗。比哈利小时候曾拜格谢沃达斯为师。约1607年，举家迁至沃伦达林。比哈利在这里从师于著名出家人纳尔哈利达斯（Narharidas）学习诗歌和音乐。他的父亲有二男一女，母亲早已过世。父亲让孩子们都结了婚。比哈利与富人女结婚并居住于岳父家。其后渐有名气。

1618年，贾汗吉尔（莫卧儿王朝第四代皇帝，1605~1627年在位）到沃林达林去谒见一位圣者，沙·贾汉随行。此次，比哈利在圣者纳尔哈利达斯处见到了沙·贾汉。沙·贾汉对比哈利的音乐和诗才很赏识，邀请他到阿格拉去。于是他到了阿格拉，接受沙·贾汉的庇护，奏乐唱诗，也在那里学习了波斯语和乌尔都文学。不久，沙·贾汉生子，举行庆祝会，52个土邦王公来贺。这次，沙·贾汉给了比哈利很多珠宝首饰，52个王公也给了比哈利许多财物。

住在阿格拉的这段时间，比哈利也常到拉希姆的府邸。拉希姆对有德之士总是殷勤招待，还给过比哈利数千金币。比哈利还经常出入于52个王公的宫廷，因为沙·贾汉的关系，他很受人们尊敬。王公们给他固定的年薪。

1621~1634年，比哈利特地学习了布罗杰语。这期间，他还到过拉贾斯坦的左德普尔王公那里。据说，在那里他写了一部1 400首的双行诗集，可惜已经失传了。

1635年，比哈利到了阿梅尔。据说，当地王公贾耶·辛格（Jai Singh）①因为娶了个美丽的未成年小王妃，如醉如痴，不出宫廷，政事荒废。他还下令说，谁要是搅了他的好事，他就要谁好看。大王妃和大臣们都很焦虑，他们联合起来请求比哈利的帮助。比哈利写下了这样的诗句：

> 既无香的花粉，又无甜的花汁，
> 现在还是含苞待放时。
> 蜜蜂要是这样不能等待，
> 盛开之时该如何忙着去采？ ②

比哈利把这首诗交给仆人，让仆人传给王公，王公得到提醒，立竿见影，他立即走出宫廷，赠送比哈利一把金币。他要求比哈利留在那里作诗，每首双行诗一个金币。大王妃也送给比哈利一个叫"黑山"的村庄。比哈利的画像还被挂在宫殿里。当大王妃所生之子太子拉姆·辛格（Ram Singh）长大，比哈利被任命为太子的老师。住在阿梅尔时，比哈利也经常到沙·贾汉的宫廷去。他与宫廷里供养的梵文大学者贾根纳特（Jagannatha）③结下友谊。这位"学者之王"是著名诗人

---

① 贾耶·辛格（？ ~1667），奥朗则布时期的将军，拉其普特人的罗阇（王）。

② 转引自刘安武：《印度印地语文学史》，北京：人民文学出版社，1987年版，第168页。

③ 贾根纳特，著名梵文学者，活跃于17世纪中期，曾在莫卧儿皇帝沙·贾汉宫廷接受供养，
  获得过"学者之王"（Panditaraja）的称号。他对哲学、文学、美学、逻辑学等均有研究。

和学者库尔帕提·米什拉（Kulpati Mishra）^①的舅舅。

《七百咏》完成时，比哈利的妻子过世了。他的妻子生前没有生育过，他们的儿子是从他弟弟那里抱养的。他把这个儿子放到贾耶·辛格王公那里，自己到沃林达林去了。在那里，他陪伴在自己的老师纳尔哈利达斯身边。这时，他对作诗已经厌倦，沉浸在颂神曲中。他于1664年去世。

比哈利的知识渊博。他对宗教、诗学、音乐有很深的造诣，对政治、数学、历史和医学也很精通。他经常和皇帝王公们在一起，对打猎、放风筝、斗鹌鹑等宫廷娱乐活动都有细致观察。他对建筑、绘画、雕塑也很熟悉。对于各类人物，国王、大臣、出家人、圣徒、农民、工人，他都能细致体会其情感。他的诗歌中充满了知识和生活经验，因而受到民众喜爱。

比哈利的确长期奔走于各个宫廷，和许多王公们打过交道，也的确从他们那里得到了许多馈赠。但这些不是贪婪、谄媚和吹捧的结果，而是靠他的品德和才能赢得的。他看见王公们的缺点过失，也会指出来。就像前文举的例子，贾耶·辛格得到过他的提醒，后来，当贾耶·辛格成为奥朗则布的将军，带兵向马拉塔的领袖希瓦吉^②进攻时，他又写了一首双行诗制止：

> 鹰啊，别受他人操纵，
> 不要残害同类的性命，
> 这是自私又是在作孽，

---

① 库尔帕提，17世纪人，法式时期的重要学者和诗人。用印地文写作，主要有五部作品。其中《味的秘密》（*Ras-Rahasya*）最为有名。

② 希瓦吉（1627~1680），出身于南印度印度教贵族家庭，长期进行反对莫卧儿王朝的斗争，创建了马拉塔国家，1674年灌顶为王。被印度人，尤其是印度教徒奉为民族英雄。

对积累功德毫无作用。

不仅如此，对王公们统治的失误、官员们的残暴，以及财产贪欲引发的弊端等，他都进行过尖锐的讽刺。

"七百咏"（satasai）一词是由梵文词Saptashati转变来的，意思是七百韵。其中每韵都是独立的，是两句一韵的双行诗，但译为汉语往往需要四句。每韵为一小节或称一首，各小节间没有一个故事贯穿，没有内容上的必然联系。每韵要表现一个情或一个景，或者是一个观点。对于比哈利的双行诗，有印度学者评论说：它们"像葡萄粒一样，每一韵都让读者尝到浓汁和甘美"。①

比哈利诗歌的语言甜蜜、华美、动人。

下面请再欣赏他的几首诗。

> 味出自诗中，声发自丝弦，
> 美味之妙音，怡情色灿然；
> 不在味中沉，犹在尘海淹，
> 全身浸泡后，方能渡彼岸。

在这首诗中，诗人谈论的是诗歌创作与鉴赏问题。作者强调的是诗歌的"味"。他认为，一首好诗要有"味"，或者说是韵味，这是最重要的。诗歌包含的韵味就如同乐器发出美妙的声音一样，必须达到能使人愉悦的效果。就像人在尘世的大海中浸泡一样，全部身体都浸泡过之后才能游上彼岸。诗歌正是这样，只有完全在"味"中浸泡过，才能成为好诗而千古流传，否则只能湮灭无闻。从诗学的角度看，这

---

① 海姆拉吉·米纳、米拉·莎琳选编：《印地语诗选》，阿格拉，1986年印地文版，第254页。

首诗属于对诗歌法式的论述，是一首典型的法式诗歌。

> 努力提高品级，
> 不出自然藩篱；
> 水从水管高升，
> 仍要返回低地。

这像是一首格言诗，但实际上也是一首论述诗歌创作的诗。作者认为，诗人通常都努力提高自己作品的等级，但都逃不出自然性情的藩篱。正如水天然具备往低处流的本性一样，人为的提升只是暂时的。也就是说，作者主张写诗要师法自然，顺其自然，出自性情，不可强求。

三、普生

关于普生的生平，印度文学界还存有一些争论，如他的生年、出生地、家庭情况等都有不同意见。一般认为，他出生于1613年，卒于1715年。普生是他的别名，是诗人加在自己诗歌上的标志，后来就成了诗人的名字，他本名是什么，反而没有人知道了。他到过希瓦吉的宫廷，并在那里写了《希瓦吉王》（Shiva-Raj-Bhushan）。在这部著作里，他提到他的出生地在坎普尔的提克万普尔村，濒临亚穆纳河。他父亲的名字叫拉特纳克尔（Ratnakar）。他的种姓可以追溯到北方邦卡瑙季（旧曰曲女城）的婆罗门家族，特里帕提（Tripathi）族系，迦叶波（Kashyap）支系。普生由于受到希瓦吉事迹的影响，萌生了写希瓦吉传记诗的念头，他于1673年完成了这部叫作《希瓦吉王》（Shivarajabhushana）的著作。

根据有关史料，一般认为，普生有弟兄三人，依次是钦塔马尼、普生和马蒂拉姆。关于另外两个兄弟的情况已在本章第二节做过简介。但是，也有个别材料上说他们是兄弟四人，其四弟名为贾塔辛格尔（Jatashankar），也是诗人，但不知其生卒年，也未见其作品，只知其写作年代在1641年前后。[①]

关于普生的真实姓名，目前至少有6种说法，都是推测，尚无定论。

关于普生的供养人，能够确定的是，他到过希瓦吉的宫廷，在1673年完成《希瓦吉王》时，他已经60岁了。在这之前和之后，他曾到过哪里，在谁的供养下生活，都没有确切的记载。但根据相关材料可以推知，他在青少年时代曾跟着哥哥钦塔马尼在沙·贾汉的宫中居住，从他的哥哥学习诗歌知识和练习写诗，这段时间达八九年之久。约在他30岁的时候，即1647年前后，他离开沙·贾汉的宫廷，并周游了好几个土邦。在奇特拉库特（Chitrakut）土邦，他获得了"普生"（本意为装饰品，引申为能增光添彩的人）的称号。此后，他到过南方，受到希瓦吉的父亲沙吉（Shahji）的供养，此事大约发生在他35岁的时候（1648年），他写过赞扬沙吉的诗。

1647年，希瓦吉的老师去世，这时希瓦吉20岁。希瓦吉没有和父亲在一起，沙吉为扶持希瓦吉而推荐了一些人去希瓦吉的宫廷。由于沙吉的关系，普生在被推选之列，于1649~1650年在希瓦吉那里住过。也许因为那时希瓦吉还年轻，致力于政治和军事，普生没有得到自己所期望的眷顾，不久便离开那里北上了。直到1666年，普生都在北方，在拉贾斯坦、北方邦等地各个土邦王公的宫廷里。在这些王公处他没有得到赏识和器重，也没有写出什么好的作品。这期间，普生曾写诗表示后悔离开了希瓦吉。

[①] 特里维尼·德特·米什拉·夏斯特里：《大诗人普生》，德里，1999年印地文版，第97页。

1666年5月，希瓦吉来到奥朗则布在阿格拉的宫廷，被囚禁了起来，这件事震惊了印度。但6个月后，一条消息更让人震惊：希瓦吉突然从奥朗则布的宫廷潜出，平安到达南印度的家中。听到这个消息，普生再也忍不住了，急切地向南印度进发，终于来到了希瓦吉的宫廷。

在此期间，普生还认识了切特拉萨尔（Chhatrasal）[①]。那是1671年，切特拉萨尔来到希瓦吉这里，当时他年纪很轻，要在政治和军事上向希瓦吉请教并寻求帮助。1673年，当普生完成了《希瓦吉王》之后，返回北印度的途中，他顺路到了切特拉萨尔的宫廷，在那里停留了一段时间，写出了《切特拉萨尔十首》。

普生的作品，目前能看到的是三个诗集《希瓦吉王》《希瓦吉五十二首》《切特拉萨尔十首》和一些零散的诗。20世纪二三十年代，就有一些学者将他的这些作品汇集起来，加尔各答、孟买、勒克瑙、浦那等地就出版了一些普生诗集。1938年，一位叫作博基拉特·普拉萨德·迪克西特（Bhagirat Prasad Dikshit）的学者在阿拉哈巴德出版了名为《普生论》的书。书中汇集了部分普生的诗作，并对普生的生平和创作进行了研究。1939年，另一位学者哈尔德亚鲁·辛格（Hardayalu Singh）在阿拉哈巴德以《普生之光》为题编辑出版了普生诗歌全集。书前有编者长达125页的前言，讨论了前人的一些观点。1953年，学者维什沃纳特·普拉萨德·米什拉在贝拿勒斯编辑出版了《普生》一书。书中综合了前人的成果，并使用了多种手抄本，汇集了普生的586首诗，应当是目前为止收录最全的普生诗集之一。书前有长达150页的序言，解决了不少此前学界争论的问题。因此，1960年，此书又出了第二版。此后的数十年间，有关普生的书籍陆续出版，研究者也越来越多。

---

① 切特拉萨尔，生卒年不详，北方邦崩德拉坎德地区的王公，亦以反对莫卧儿王朝著称。

由于普生现存的三部诗作都是歌颂英雄人物的，所以他的诗以"英雄味"（Vir-Ras）为显著特点。这在当时形式主义泛滥、艳情诗充斥诗坛的法式文学时期，是非常难能可贵的。

> 正像因陀罗制服金帕妖精，
>
> 罗摩摧毁罗波那的狂妄野心，
>
> 狂风驾驭云层，湿婆毁灭爱神，
>
> 毗湿奴降服了长着千条手臂的精灵，
>
> 正像天火毁灭森林，豹子威镇鹿群，
>
> 雄狮战胜野象，海火使海水沸腾，
>
> 光明驱散黑暗，黑天杀死刚沙暴君，
>
> 猛虎一样的西瓦吉消灭了异族人。①

　　从这首诗可以看出，诗人满怀着英雄主义的豪情，摄取了印度教神话传说中的各种典故，以比喻和夸张的手法，讴歌了一位民族主义的英雄——希瓦吉。希瓦吉是印度历史上著名的风云人物。他抗击莫卧儿王朝，反对宗教迫害，建立了印度教的马拉塔国家，其业绩是辉煌的。我们还注意到，希瓦吉建功立业的过程中，并没有秉持狭隘的教派主义，他没有破坏过一座清真寺，也没有杀害过一个无辜的穆斯林。相反，他的政府里有穆斯林官员，他的军队里有穆斯林士兵。正因为如此，希瓦吉一直是印度人民的骄傲。在印度民族独立运动中，希瓦吉的英勇斗争精神也起到鼓舞人民反抗英国殖民统治的积极作用。普生的诗歌也因此而具有了一定的历史进步意义。但我们还应当看到，今天的印度是一个多民族、多宗教、文化多元而统一的国家，印度多

---

① 转引自刘安武：《印度印地语文学史》，北京：人民文学出版社，1987年版，第180页。

数评论家能够从"国民性"（Rashtriyata）的高度去发掘普生诗歌的进步意义。但也有人出于狭隘的宗教感情，从普生的诗歌中寻找"印度教特性"（Hindutva），以期为教派主义张目，这样做既贬低了普生诗歌的思想价值，也有损于希瓦吉的英雄形象。

我们还注意到，普生生活的时代毕竟是法式文学的时代，普生也不可避免地受到影响，也写过当时流行的艳情诗，而且也难免有宣扬低级趣味的嫌疑。通过下面的例子，我们可以对普生及其诗作有一个较为全面的了解。

> 女友啊，让你叫我的情人，
> 你却满足了自己的心愿，
> 不知和谁彻夜欢会，
> 新的抓痕印在胸前，
> 眼影褪尽，头发披散，
> 诗人普生，眼里泛起红烟，
> 谎称丈夫要来，叫我相信，
> 可你到根本没去丈夫身边。

这首诗应属于艳情诗，写的是男女偷情，出自普生零散的诗。诗中，女主角指责为她和情人牵线搭桥的女人食言，非但没有为她找来情人，相反却自顾自地彻夜寻欢，熬红了双眼，又跑来谎称遇到了自己的丈夫以塞责。其中，"诗人普生"是诗人在诗句中硬行插入的署名，只表示这首诗是普生所作，与上下文的文意并无关联。应当说，诗人未必有这种偷情的体验，而且他是以女人的口吻写的，就更让人觉得是一种杜撰。但这个杜撰是有依据的，这固然是没落社会和堕落阶级腐朽生活的一种反映，而且其渊源可以追溯到没落时期的梵语作品。在梵语著作中有一部《偷情五十咏》（*Caurapancasika*），写的就是这类诗歌。再如，在14世纪的梵语文论著作《文镜》（*Sahityadarpana*）中，有这样一首诗：

> 檀香凋落自胸际，
> 唇膏残红已褪去，
> 油黑眼影全然尽，
> 浑身汗毛皆竖起[①]，
> 说谎的牵线女啊，
> 我的苦你不顾及，
> 说什么水池沐浴，
> 没去见那下流坯？[②]

两相对比，谁都不能否认，普生的那首诗与这首梵文诗有传承关系。普生的这类艳情诗毕竟很少，不能因此否定其主流创作。

四、德沃

德沃，全名德沃德特（Devadatta，意译天授，旧译提婆达多），根据其《情悦》中的一句诗，学者们认为他是北方邦伊塔瓦人（在今印度北方邦阿格拉市与坎普尔市之间），婆罗门种姓。

德沃大约生于1673年，卒于1767或1769年。具体生平不详。只知道他曾在好多土邦王公或权贵富豪门下为客，最终也没有一个固定的

[①] 汗毛竖起（梵文pulkita），印度古人形容一个人高度激动、兴奋或吃惊的样子。作为传统的修辞法，今人也经常使用。

[②] 转译自特里维尼·德特·米什拉·夏斯特里：《大诗人普生》，德里，1999年印地文版，第43页。

供养人。因此，他的著作是为不同的供养人写的。大约到晚年的时候，他悲观厌世，一心侍奉天神，变成了虔诚的宗教教徒。

德沃一生著作颇丰，有人说他的著作有72部，还有人说有52部。但这两种说法都不可靠。实际上，目前已知他的著作有28部，能见到的有24部。这些著作中有不少都是为供养人写的。例如，他的《情之享》（*Bhavavilas*）和《昼夜》（*Ashteyam*）是写给奥朗则布的第三个儿子阿扎姆沙（Azzam Shah）的，并得到了赞扬；他的《波瓦尼之享》（*Bhavanivilas*）是给一个叫波瓦尼达多（Bhavanidatt）的吠舍写的；《库沙尔之享》（*Kushalvilas*）是给一个叫库沙尔·辛格（Kushal Singh）的人写的；《爱之月光》（*Premacadrika*）是给一个叫乌多特·辛格（Udota Singh）的人写的；《味之享》（*Rasvilas*）是给一个叫巴基拉特·拉尔（Bhagirat Lal）的王公写的；《苏江欢乐》（*Sujanvinod*）是为德里一位叫作苏江马尼·加耶斯特（Sujanmani Kayasth）的王公写的；《幸福海之波》（*Sukhasagar-Tarang*）是为权贵阿克巴·阿里·汗（Akbar Ali Khan）写的。他还有很多著作不是为某个供养人写的。

一般认为，德沃同时具备三种身份：艳情诗人、虔诚诗人和学术大师。但他主要是艳情诗人。他的诗歌里，女主角分类（Nayika-Bhed）描写、通体描绘、欢乐描写为主导。在艳情描写中，通常分为两个方面，即身体和精神。诗人的描写以精神为主，描写是严肃的。这在法式诗人中是少见的。印度学界认为，艳情描写中有"结合"（sanyog）与"分离"（viyog）两种描写。"在结合描写中，男女主角的欢乐幽默是主要的。德沃这方面的描写很美。倾慕、侨居、分离、梦见、会面、结合，以及欢愉嬉戏时的各种心理状态，都是情感充沛和引人入胜的。"[1]下面是他写女主人公（罗陀或牧区女孩们）在雨季的夜

---

① 海姆拉吉·米纳和米拉·莎琳选编：《印地语诗选》，阿格拉，1986年印地文版，第245页。

晚做梦的一首诗：她在梦中见到自己日夜思念的情人，大喜过望而醒，
却是一枕黄粱，于是她哀叹命运不济，流下失望的泪水。

> 仿佛有细细的雨滴，喷洒大地，
> 浓浓的乌云，闪着电布满天际，
> 黑小伙①跟我说：走，荡秋千去！
> 我不禁心花怒放，无限惊喜。
> 翻身坐起，可怜美梦化成灰烬，
> 我已清醒，而命运却昏然睡去。
> 睁眼一看，没乌云，没黑小伙，
> 梦中雨滴，是泪珠在睫毛凝聚。

还有一首诗，写的是男女分离之苦。表现的是女主人公（罗陀或
者牧区女孩们）在过洒红节时思念黑天的痛苦心情。

> 在这恼人的春天，
> 有谁能够幸免，
> 仿佛那泼出的水
> 一下子变成烈焰；
> 花的条条藤蔓，
> 像手臂伸到池边，
> 俗话说，杧果汁变质
> 变成毒素装满船；
> 恼人的风儿啊，

---

① 黑小伙（Shyam），指黑天克里希纳。

让人们肝肠寸断，
诗人德沃说，
布谷鸟叫声连连；
只有女伴香气，
没有黑天做伴，
红粉纵然纷飞，
何异魂飞魄散。

  德沃也很擅长描写自然景物，尤其是对季节的描写，生动可感。
下面这首诗是他这方面的代表作。

树枝编就摇篮，
嫩叶作为铺垫，
鲜花做成衣衫，
更增本色光艳。
清风晃动摇篮，
孔雀鹦鹉对谈，
咕咕叫的杜鹃，
逗出他的笑颜。
莲茎般苗条女，
穿着纱丽藤蔓，
盛满花粉禳灾，
撒下芥子和盐①。
这孩子是春天，

---

① 印度旧俗，撒芥子和盐禳灾驱邪。

爱神之子天然；

玫瑰每天清晨，

弹指让他醒转。

在这首诗里，诗人以拟人手法，把春天说成是大自然孕育诞生的婴儿，说春天是爱神之子，应运来到人间。更为巧妙的是，诗人把春天的黎明说成是玫瑰打响手指唤醒的。

印度文学界对德沃的评价很高，有人甚至将他和杜勒西达斯、苏尔达斯相提并论，有出于偏爱而评价过高之嫌。更多的人是将他与比哈利相比较，论高低，均难以达成一致意见。倒不如说二人各有千秋，难分伯仲。

总之，德沃德特属于法式时期诗人中优秀的一员，但在整个印度文学史上，他并不是一流诗人，而应是二流的。

五、克纳南德

克纳南德，被认为是法式时期不受法式束缚的代表诗人。生平资料极少。据推断，他约于1689年出生于德里东边的布兰德沙赫尔镇。他是被抢劫的士兵杀死的，但哪一年被杀，有两种说法。一说在1739年，波斯纳迪尔沙（Nadir Shah，波斯国王，1736~1747年在位）率军击败莫卧儿人后劫掠德里时，他被纳迪尔沙的士兵所杀[1]。但此说有一明显漏洞，纳迪尔沙军队的劫掠主要是在德里，而克纳南德晚年是在马图拉的沃伦达林度过的，地点对不上。另一说在1761年，系阿富汗入侵者阿赫默德沙·阿卜达里（Ahmad Shah Abdali，阿富汗统治者，1747~1773年在位）士兵劫掠马图拉时被杀。据说，当时劫匪士兵向他

---

[1] 拉姆昌德拉·舒克勒：《印地语文学史》，贝拿勒斯，1957年印地文版，第335页；那甘德拉主编：《印度文学词典》，德里，1981年印地文版，第368页。

索要财物，他错把"财物"听成"灰土"，遭到杀害。[①]

据说，克纳南德年轻时曾在德里莫卧儿皇帝穆罕默德沙（Muhammad Shah，奥朗则布的从孙，1719~1748年在位）的宫廷接受供养。但后来因为他爱上了宫中的妓女苏江（Sujan），引起皇帝震怒，被逐出宫廷。临走时，他要求苏江跟他一起走，但苏江没有跟他走。从此，他悲观厌世，来到沃伦达林居住，成为一名虔诚的黑天信徒。但他始终念念不忘苏江，诗中也总是不断提到苏江。这与诗人波达（见本章第二节）的经历有相似点，但二人的结果却迥然不同。

克纳南德的著作主要有五部：《苏江之海》（*Sujansagar*）、《离别戏作》（*Vir-ahlila*）、《杜鹃要义》（*Koksar*）、《调情集》（*Raskelivalli*）和《仁慈章》（*Kripakand*）。

虽说克纳南德被划为摆脱了法式束缚的诗人，但他的作品中也混杂着不少艳情诗，这说明当时的诗人不可能完全摆脱法式诗歌的影响。下面来欣赏他的几首诗。

> 爱之路平坦又笔直，
> 没有一点险阻和弯曲。
> 这是真正忘我者之路，
> 没想明白不要妄举脚步。
> 克纳南德让苏江听真，
> 我心上没有别人的印痕。
> 你受过什么样的教导，
> 充满我心却无丁点回报？

[①] 拉姆普拉萨德·米什拉:《法式时期的大诗人》，新德里，1992年印地文版，第150页。

这首诗表现了诗人矛盾的爱情观。他一方面认为真正的爱应当是忘我的爱、无私的爱，另一方面又期盼恋人的眷顾和回报。

> 诗人说，我最爱的苏江，
>
> 我忍受着这剧烈的刺伤，
>
> 相见无期，希望渺茫，
>
> 我只有苦苦等待一场。
>
> 看到我无端境况凄惨，
>
> 有人问起我何以自辩？
>
> 我遥遥哀求你的支援，
>
> 稍微一想，告诉我答案。

这首诗表现的依然是诗人的离愁别恨。

类似的诗，克纳南德写了很多。诗中反复出现的"苏江"是实指，是虚指，或者二者兼有？印度文学界也多有争论。如果是实指，那么从中可以看出，诗人对她曾经有过的爱十分执着、始终不渝。如果是虚指，则说明诗人像虔诚派的许多诗人一样，是在抒写自己内心对上帝的追求，像许多虔诚诗人一样，把上帝说成是自己的至爱，把走爱的道路看作获得解脱的法门。

第十一章

启蒙运动与启蒙文学

第一节　启蒙运动

　　从18世纪中期开始，英国人加紧扩大对印度的征服和掠夺，印度逐渐变为英国的殖民地和大市场。随着英国殖民统治和殖民剥削的不断加剧，印度人学习英语和在殖民当局行政机构、商号中供职的人员也在不断增加。到19世纪初期，印度形成了最初的民族资产阶级知识分子阶层。这些人一般都出身于富裕家庭，最先掌握了英语，并最先接受了西方文化的影响。他们能够阅读英文报刊和书籍，直接接触到西方先进思想家的思想意识，并受到他们的熏陶。尤其是在接受平等、博爱、自由等资产阶级思想的影响以后，面对印度的社会现状和普通民众的麻木无知，他们认识到，在印度有必要实行宗教和社会改革，并进而实现印度民族的复兴和独立自主。于是，一场资产阶级启蒙运动开始了。

　　这场启蒙运动的先驱是孟加拉人罗摩·摩罕·罗易（Ram Mohan Ray，1772~1833）。他出身于婆罗门家庭，但幼年接受的却是伊斯兰教的教育。他不仅通晓孟加拉语，还精于波斯语和阿拉伯语，后来又学习了英语、梵语、拉丁语和希伯来语。27岁时，他开始在英国殖民地当局的税收部门工作。随着年龄的增加和学识的丰富，他逐渐提高了对印度教和印度社会的认识。1815年，他发起成立了"友爱协会"，旨在团结一批进步人士，为实行宗教改革做准备。1817年，他成立了印西合璧的印度学院，这是第一所由印度人开办的具有现代意义的学校。1818年，他发起了反对印度教"寡妇殉葬"制的改革运动，并向一夫多妻制、童婚、禁止寡妇再嫁、种性隔离等一系列印度教陈规陋习发起攻击。1821年，他创办了孟加拉文报纸《明月报》，1822年又创办了波斯文报纸《镜报》。1828年，他发起建立了印度近代史上第一个宗教改革的社会团体——梵社（Brahma Samaj）。从此，印度教的改革已经为越来越多的有识之士所拥护。1833年，罗摩·摩罕·罗易逝世，他作为印度民族复兴运动的伟大先行者，功勋卓著，永垂青史。

在罗摩·摩罕·罗易去世后，梵社在他的好友德瓦卡纳特·泰戈尔（Tagore Dwarkanath，1794~1846）和德宾德拉纳特·泰戈尔（Tagore Debendranath，1817~1905）父子领导下继续从事社会改革活动，成员达数千人之多，影响扩大到南方的孟买、马德拉斯等地。

1857年，印度的民族大起义爆发了。1859年，起义被镇压下去了。这场起义虽然说给了英国殖民主义者以沉重的打击，但印度人民也付出了沉重的代价。结果是英国人进一步巩固了在印度的统治，建立了牢固的行政管理体系，印度彻底沦为英国的殖民地，被划归大英帝国的版图。但是，印度的启蒙运动也在这一时期继续开展。

继梵社之后，1875年，婆罗门大师达耶难陀·萨拉斯瓦蒂（Dayananda Sarasvati，1824~1883）在孟买创立了圣社（Arya Samaj，又译雅利安社）。两年后，圣社由孟买迁到拉合尔，在旁遮普、北方邦等地区影响很大。由于圣社强调印度的传统文化，主张"印度是印度人的印度"，因而在民众中有广泛影响，其成员很快发展到数万人。圣社与梵社遥相呼应，共同为印度教改革和民族觉醒做出了历史性的贡献。

梵社和圣社的主要贡献可以归纳为三个方面。一是在宗教哲学方面，他们在肯定印度教传统的基础上提出了一神论原则。这就发扬了中世纪虔诚派大师们的理论精髓，把"梵我一如"的观点加以肯定和强化，有利于解除各部派之间的信仰隔阂，促进印度民族的团结，也有利于革除印度教五花八门的烦琐仪式，使人人都能通过简便易行的方式参与宗教活动。二是在社会改革方面，他们引进西方的理念，主张社会平等，反对种姓歧视，尤其反对歧视迫害妇女和儿童。他们的努力促使殖民当局立法以保护妇女、儿童和低等种姓的权益。三是在文化教育方面，梵社和圣社都开办学校，其中包括女子学校，实行西方式的教育，这对于普及和提高民众素质起到积极作用，也培养出一批青年思想家。他们还创办了报纸杂志，对于近代思想的传播和印度文学的发展都起到重要的推动作用。

在印度的穆斯林社会，启蒙运动兴起较晚，大约开始于19世纪六七十年代。其代表人物是赛义德·阿赫默德·汗（Sayyid Ahmad Khan，1817~1897）。他20岁起就在东印度公司当职员，25岁起在德里、阿格拉等地担任法官。1857年印度民族大起义失败以后，他对起义做了认真研究和总结，发表了《印度起义的原因》一书，指出导致起义的根本原因是英国殖民当局的错误政策。他将西方理性主义和自然主义引进穆斯林社会，主张对穆斯林社会进行全面改革。为此，他用现代的观点重新注释了《古兰经》。他提倡在穆斯林中进行现代教育，以提高民族自信和国民素质。他先后创办了英语学校、科学协会和阿利加尔伊斯兰教学院，并创办了杂志《道德修养》。他认为，文学是社会的一支重要力量，作家应当反映人民的疾苦和社会现实。赛义德的启蒙和改革号召得到了许多青年学生的热烈响应，在印度穆斯林社会形成了一个运动，史称"赛义德运动"。这个运动与印度教梵社和圣社的启蒙运动形成呼应。

在梵社和圣社积极活动的同时，19世纪80年代，孟加拉一带又兴起了"新毗湿奴运动"。这个运动的核心人物是早期孟加拉语小说家和思想家班吉姆·钱德拉·查特吉（Bankim Chandra Chatterjee，1838~1894）。这一运动的宗旨与梵社和圣社的宗旨大同小异，也是以印度教改革和社会改革为目的。但是，在印度民族主义运动不断高涨的时候，这个运动更为激进，似乎也更受群众的拥护，大有取代梵社和圣社的趋势。

1897年，印度近代著名哲学家辨喜（即维韦卡南达，Vivekananda，1863~1902）在加尔各答成立了罗摩克里希那传教会。这是19世纪末期成立的一个印度教改革组织。罗摩克里希那（Ramakrishna，1836~1886）本是一名婆罗门祭司，没有接受过系统的教育，但年轻时就接受了改革思想，并开始从事印度教的改革宣传活动，提出了"人类宗教"的主张。他的弟子辨喜是一位受过高等教育的思想家，曾周游印度各地，并在欧美等地讲学和游历多年。辨喜不仅提出了"新吠檀多主义""行动的吠檀多"等哲学思想，还提出了一系列改革社会的主张。这对于民族意识的觉醒和社会进步都具有积极意义。

由于工业经济的发展与工农阶层的进一步贫困化，工农运动和工人运动也此起彼伏，同资产阶级启蒙运动和宗教改革运动形成呼应。

在经过启蒙运动和社会改革运动之后，印度的知识分子首先提高了觉悟，而且知识分子的队伍也在迅速扩大，成为社会的精英阶层。这个阶层虽然还很弱小，但他们的能量已经足以震撼整个印度，印度新文学运动的历史重担理所当然地落到了他们的肩上。

印度近代的启蒙运动和改革运动对印度文学的影响是深远的。从时间段来看，大致可以分为两个阶段。首先，在这场运动中涌现出一些进步的作家，尤其是在孟加拉地区和印度北部地区，逐渐形成了一个新的作家群体。印度学界喜将这一时期的文学叫作"文艺复兴"。

1857年的大起义受到了启蒙运动思想的影响，使文学界受到巨大震动，更加激发了青年知识分子的创作热情。一批作家迅速走向成熟，创作出一批民族主义作品。例如，著名的孟加拉语作家班吉姆·钱德拉·查特吉，不仅是一位改革运动的倡导者、组织者，而且还进行了大量的文学创作活动。他的历史小说《拉吉·辛赫》和社会写实小说《毒树》都是印度文学史上的名篇。又如，被称为"印度之月"的印地语作家帕勒登杜（Bharatendu，1850~1885），受到启蒙运动和改革运动的影响，创作了大量爱国主义和民族主义的戏剧、散文和诗歌，而且在他的周围还出现了一个新的作家群。再如，著名的乌尔都语诗人阿扎德、哈利等都是在这个时期涌现出来的诗歌改良派。其次，在20世纪前半期的民族独立运动中，许多作家仍然采用启蒙运动和改革运动领袖们的一些思想观点从事文学创作活动。例如，大文豪泰戈尔就在自己的长篇小说《戈拉》和《沉船》中表现出社会改革的思想。再如，印地语小说之王普列姆昌德也曾在自己的作品中反映出这种民族觉醒意识和社会改革意识。不过，这已经是后话了。

我们这里首先要介绍和讨论的是，印度新文学的兴起和这一时期的主要作家及其作品。

第二节　主要诗人

　　19世纪中后期，活跃于印地语诗坛的"旧派"诗人主要有：瑟沃克（Sevak，1816~1882）、马哈拉吉·拉古拉吉辛赫·利旺那雷士（Maharaj Raghurajsingh Rivannaresh，1824~1880）、萨尔达尔（Sardar，创作时间为1846~1884年）、巴巴·拉古纳特达斯·拉姆萨乃希（Baba Raghunathdas Ramsanehi，创作时间在19世纪中期）、拉里特基肖利（Lalitkishori，创作时间在1857~1874年）、拉贾·勒奇曼辛赫（Raja Lakshmansingh，创作时间在19世纪80年代）、勒其拉姆（Lachiram，1842~？）、戈温德·基拉白（Govind Gillabhai，1849~？）、纳沃尼特·乔贝（Navanit Chaube，1859~1989）。

　　这些诗人之所以被称为"旧派"诗人，是因为他们走的是法式时期诗歌创作的老路。但是，帕勒登杜在文坛上出现以后，印地语诗歌出现了革命性的变化。首先，在语言上他进行了变革，使语言通俗易懂，以适合大众的需要。也就是将一些人们日常使用的语言词汇引进文学作品，以代替一百年前就已经使用的词汇和表达方式。这样，近代以来的标准印地语——克利方言便正式成为文学语言，代替了中世纪以来的布罗杰方言。其次，在诗歌的形式上，逐渐摒弃了旧诗歌潮流中格式化的体式，开始了新诗律乃至自由体诗歌的大胆尝试。第三，在内容上，旧诗歌的那种千篇一律、无病呻吟、内容空洞的弊病逐渐被淘汰，现实生活、民族觉醒、社会改革、民族独立等内容和思想成为诗歌的主题。由此可见，帕勒登杜为印地语诗歌所做的贡献是历史性的、革命性的。

印度印地语文学界通常把19世纪后半期称为"帕勒登杜时期"。关于帕勒登杜其人其作，本书有专章介绍和评论。这里要介绍的是这一时期帕勒登杜周围形成的诗人群体，以及他们对印地语诗歌发展的贡献。

普拉塔普·纳拉扬·米什尔（Pratap Narayan Mishra，1856~1895），北方邦人，他在帕勒登杜的影响下从事诗歌和剧本的创作。在思想上，他受到启蒙思想家的影响，主张效忠英国，在英国人的管理下复兴印度和印度教。这些都在他的诗歌中有所反映。

恩比迦德特·沃亚斯（Anbikadutt Vyas，1858~1900），北方邦贝拿勒斯人。他是帕勒登杜的朋友，既写诗也写剧本。他曾同友人拉姆克里希纳·沃尔马一起在贝拿勒斯发起"诗社"。他同时用布罗杰方言和克利方言写诗，前者多为对古人诗歌的改写，后者则反映现实生活。他还写过自由体诗歌，这在当时是一个大胆的尝试。

乌帕迪雅耶·巴德利纳拉扬·乔杜里（Upadhyay Badarinarayan Chauduri，1855~1922），笔名爱云（音译普列姆甘，Premghan），北方邦人。他既是诗人又是剧作家，还曾编辑过杂志。他也用布罗杰方言写传统题材的诗，用克利方言写现实题材的诗。他的长篇分章诗《衰败的部落》反映了印度偏僻乡村的民众生活。

拉达恰兰·戈斯瓦米（Radhacharan Goswami，1857~1923），北方邦马图拉人。他主要是一位剧作家和散文家，也写诗。他在一首诗中曾这样写道：

我哀叹，我东奔西跑地呼唤，

有谁啊！来拯救印度这艘沉船？

牢固的《吠陀》大帆已被卷走，

掌舵的修道士仙人们已经长眠。

船上那神宝石一般的珍珠，

甘露船的妙药灵丹，

唉！都一股脑儿流向欧洲海岸。

有谁啊！来拯救印度这艘沉船？ [①]

　　总之，这一时期的印地语诗歌处在新旧两种潮流的交替当中，新的诗歌潮流虽然尚不强大，却显示了旺盛的生命力，代表着诗歌未来的发展方向。

① 转引自刘安武：《印度印地语文学史》，北京：人民文学出版社，1987年版，第229、230页。

第三节 主要小说家

❋

19世纪中后期，印地语小说正在初生阶段，以帕勒登杜为代表的一群作家进行了印地语小说的最初尝试。帕勒登杜自己也曾经写过长篇小说《全光的月华》，虽然由于种种原因这部小说没有完成，但毕竟开始了最初的尝试。

谢利尼瓦斯·达斯（Shriniwas Das，1850~1887），德里人，是帕勒登杜的朋友，写过剧本和小说。他的长篇小说《宝贵的教训》被认为是近代印地语文学史上最早的小说之一。该小说通过对一个浪子回头故事的讲述，揭露了当时德里上层社会的种种腐败现象和世态炎凉，体现了鲜明的现实主义倾向，对社会具有警示作用。但明显的不足是主人公思想道德的转化尚欠说服力。

拉塔格利生·达斯（Radhakrishan Das，1865~1907），北方邦贝拿勒斯人，帕勒登杜的表弟。写过剧本、小说、诗歌和散文，很有才华却英年早逝。他的中篇小说《无依无靠的印度教徒》，讲述了印度教徒和穆斯林的不同生活状态和习俗。

巴尔格里希纳·珀德（Balkrishna Bhatt，1844~1914），出生于北方邦阿拉哈巴德一个商人家庭。出于对文学的爱好，放弃了家庭优越的生活条件而独闯文学界，成为帕勒登杜的亲密战友。他的文学作品以抨击时弊的杂文见长，之后出版的《珀特文集》收有他的上千篇散文。这些文章在当时具有很大影响。他做编辑工作长达30余年，写过有关文学评论的文章，被认为是印地语文学界最早的评论家。他也写过小说和剧本。他的两部中篇小说《新的年轻人》和《一百个愚者和一个智者》，虽然不算很成功，但在近代早期印地语文坛上却是屈指可数的力作。

第四节　主要剧作家

　　启蒙时期的印地语戏剧家主要团结在帕勒登杜周围，他们有的受到帕勒登杜的精神鼓励，有的得到他的物质资助，和他一起从事文学创作和社会活动。他们办刊物，组织文学团体，创立宗教社团，举办戏剧演出，等等。一句话，他们观点相似、行动一致，共同为印地语文学和印度社会改革做出了贡献。启蒙时期的印地语戏剧是印地语戏剧文学的重要组成部分，由于帕勒登杜在戏剧方面成就斐然，团结在他周围的作家们也把注意力投向这个领域，在帕勒登杜的鼓舞、指导下写作并翻译了大量的剧本，丰富和发展了这一时期的印地语戏剧文学。

一、谢利尼瓦斯·达斯

　　谢利尼瓦斯·达斯是这一时期比较重要的戏剧家之一，有五部作品传世：长篇小说《宝贵的教训》和剧本《伯尔哈拉德功行》《太阳女和森沃伦》《勒伦提尔和伯列姆默黑妮》《森约基达择婿》。

　　剧本《太阳女和森沃伦》先是以二幕的形式发表在1874年的《赫利谢金德尔杂志》上，1883年出单行本，改为五幕。剧情与史诗《摩诃婆罗多》中的一个插话有关：太阳神的女儿太阳女和青年森沃伦一见钟情（第一幕）。乔达摩仙人来访，森沃伦由于正在思念恋人太阳女而忘了问候仙人，乔达摩生气并诅咒他所想的人忘了他。后经请求，仙人同意如果他所想的人与他身体相触，诅咒自然解除（第二幕）。太阳女几次见到森沃伦，但都不理睬他，这是乔达摩的诅咒在起作用（第三幕）。森沃伦相思成疾，太阳女同情并试图救他，由此两人身体相触，诅咒失效，太阳女恢复记忆，两人和好如初（第四幕）。在极裕仙人的恩准下，太阳神出面将女儿嫁给森沃伦（第五幕）。由整个剧情可以看出，这个剧本与梵语戏剧《沙恭达罗》很相近。

剧本《勒伦提尔和伯列姆默黑妮》就是受莎士比亚的《罗密欧与朱丽叶》的启示而写成的。作品创作于1877年，分五幕十九场，表现的也是一个爱情悲剧。《森约基达择婿》是谢利尼瓦斯·达斯的最后一个剧本，写于1885年。这是个历史剧，取材于《地王颂》①中地王和森约基达的爱情故事。

整体看来，谢利尼瓦斯·达斯的四个剧本都比较一般，与现实社会没有任何关系，同帕勒登杜的剧本相比要逊色得多。

二、拉塔格利生·达斯

拉塔格利生·达斯是启蒙时期另一位很重要的印地语戏剧家，他是帕勒登杜的表弟，他的母亲和帕勒登杜的父亲是同胞兄妹。由于父兄早死，他的童年时代主要在帕勒登杜家度过，受帕勒登杜的影响很大。他精通印地语、乌尔都语、孟加拉语等，并和帕勒登杜一样活跃，是迦尸印地语普及协会的主要负责人。他一生好学，是诗人、戏剧家和散文家，有近25部作品传世，其中有四个剧本。此外，他还完成了

---

① 早期印地语的一部长篇叙事诗，相传其作者是金德，创作于13世纪，但没有最后定论。

帕勒登杜没有写完的剧本《烈女的威力》。

在启蒙时期印地语戏剧文学领域，拉塔格利生·达斯的两部历史剧特别受到重视，它们分别是《伯德马沃蒂王后》和《大王伯勒达伯》，拉塔格利生·达斯的戏剧家地位与这两个剧本有直接关系。《伯德马沃蒂王后》发表于1893年，分六幕十八场，是根据中世纪苏非诗人贾耶西的《莲花公主传奇》改编的。帕勒登杜曾给他提过不少意见，并帮他亲自修改过。作品很成功，受到印地语界的一致欢迎。它表现了印度教民族抵御外族入侵的英雄气概，对增强当时处于英国殖民者统治下的印度人的士气和自豪感很有作用。

《大王伯勒达伯》比《伯德马沃蒂王后》更受欢迎，更为引人注目，被认为是帕勒登杜时期最好的历史剧。该剧写于1897年，七幕三十六场，剧情围绕两个中心展开——莫卧儿皇帝阿克巴和印度教大王伯勒达伯·辛哈的交战、古拉伯·辛哈和玛尔蒂的爱情故事，前者是主线，后者是副线。这是个大部头的剧本，但全剧不拖沓，作者把历史事实和想象交织在一起，在表现正义与非正义、民族事业与儿女私情的矛盾中成功地刻画了人物，使一主一次两个故事都得到了完全的发展。苏希拉·提尔博士说："在这个剧本中，拉塔格利生·达斯的戏剧艺术发展到了顶峰。"[1]伯勒杰尔登·达斯博士也说："这个剧本是第一流的印地语戏剧作品之一，是帕勒登杜之后伯勒萨德之前出现的最好的剧本。"[2]贡沃尔昌德尔·伯勒格谢·辛哈博士则干脆说："在印地语戏剧文学中，拉塔格利生·达斯应该被看作是历史剧的创始人。"[3]

---

[1] 苏希拉·提尔：《帕勒登杜时代的戏剧》，贝拿勒斯，1971年印地文版，第114页。

[2] 伯勒杰尔登·达斯：《印地语戏剧文学》，德里，1949年印地文版，第129页。

[3] 贡沃尔昌德尔·伯勒格谢·辛哈：《戏剧家帕勒登杜和他的时代》，新德里，1990年印地文版，第208页。

三、德沃给南登·德里巴提

在启蒙时期印地语戏剧家中，德沃给南登·德里巴提（Devakinandan Tripathi）的地位也很重要。他出身于农民家庭，曾创办《伯勒亚格消息》杂志，一生著述很多，写有近20个剧本。他的剧本涉及面很广，有神话剧、社会剧、历史剧等，其中社会剧具有很强的现实意义，但文学水准尚嫌不足。

德沃给南登·德里巴提很重视民间戏剧，他受"罗摩本事剧"和"黑天本事剧"的影响，创作了《悉多被劫》《罗摩功行》《刚沙之死》《鲁克蜜妮被劫》等神话传说剧。不过，他并没有把作品中的主要角色完全神化，而是采取了把神话世俗化的写作手法，使其中的神与人相差无几，增强了作品的"真实"性。

德沃给南登·德里巴提非常关心印度的前途，他的不少剧本都与当时的印度社会现实有关。《妓女之乐》《童婚》和《属于杰耶纳尔·辛哈的》是有关妓女、童婚、迷信等印度社会弊端的戏剧。他出身农民，在剧本《借一还三》中，他揭露了高利贷者对农民的剥削。在《六个铜板的牛》中，他批判了当时盛行的欺诈之风。受帕勒登杜《印度惨状》的启示，他创作了《印度遭劫》，剧本以整个印度社会为背景，表现了当时在印度大地上发生的不公正事件，展示了印度人民所处的悲惨状况，很有感染力。

四、拉塔杰仑·戈斯瓦米

拉塔杰仑·戈斯瓦米（Radhacaran Goswami，1858~1925），非常推崇帕勒登杜的启蒙后期印地语文学家之一。他是印度北方邦沃林达温地区人，在家里学习了梵语等知识。拉塔杰仑·戈斯瓦米受《赫利谢金德尔杂志》的影响很大，1875年他创建了"诗人之家"协会，1883

年又创办了《帕勒登杜》月刊。他一生著述颇多，除写剧本外，他还创作散文和诗歌。他的大部分作品都表现了作者对民族命运的关心，抒发了振兴国家和为社会服务的豪情。

拉塔杰仑·戈斯瓦米的大部分剧本都不长，多为独幕剧，内容涉及社会、神话、历史各个方面。《烈女金德拉沃里》是他的一个影响较大的剧本，作品发表于1890年，取材于历史传说。拉塔杰仑·戈斯瓦米的社会剧多半是短小精悍的笑剧，其中以《身心财都献给大神》《老风流》《好戏共赏》等有名。《身心财都献给大神》发表于1890年，为独幕八场戏，揭露了社会上一些行为不端的出家人的劣迹，他们利用教徒的迷信心理，想方设法欺蒙教徒的妻女。《老风流》控告了一个黑心的老板，他的财产都是昧心所得；在这个作品里，作者还描写了农民和地主的斗争场面，其中还有印度教农民和穆斯林农民团结合作的场景。

五、伯勒达伯·那拉因·米谢尔

伯勒达伯·那拉因·米谢尔（Pratap Narayan Mishra，1856~1895），北方邦乌纳沃地区人，受帕勒登杜的影响较大，一生译有15部作品，著作有20部，其中有不少是剧本。《沙恭达罗乐剧》是他根据梵语《沙恭达罗》翻译改编而成的，是比较成功的《沙恭达罗》印地语译本之一。他的《印度惨状》是受帕勒登杜的同名剧本影响而创作的，模仿成分较多。1886年，他发表了《迦利时代的奇迹》，对社会上的荒淫放荡者、酒鬼和街头骗子等进行了无情的揭露。在《牛的危机》中，伯勒达伯·那拉因·米谢尔提出了保护牛的问题。这是长期困扰印度的主要社会问题之一，是印度教徒和穆斯林如何和睦共处于同一个社会中的关键问题之一。《顽强的赫米尔》是历史剧，作品取材于历史传说，颂扬了印度教国王赫米尔不畏强暴、敢于斗争的民族爱国主义精神。

六、恩比迦德特·沃亚斯

恩比迦德特·沃亚斯（Anpikadatt Vyas，1858~1900），帕勒登杜的朋友，先后编过《毗湿奴教派》《甘露波》两种杂志，1898年成为巴特那学院的梵语教授。他一生共创作了75部著作，剧本《牛的危机》比较成功，写于1882年，发表于1886年。当时有不少戏剧家以这个历史事件为题材创作剧本，但恩比迦德特·沃亚斯的"这部《牛的危机》可算是最好的"。[①]他的社会剧也比较成功，《迦利时代和酥油》揭露了不法商贩在酥油中掺假的行为，批判了社会上弄虚作假的商人阶级；《大丈夫》《印度的幸运》等剧本也有一定影响。《勒丽达》是他用印地语的伯勒杰方言写成的剧本，发表于1878年，受帕勒登杜的《金德拉沃里》和民间音乐剧的影响较大，其中韵文多于散文，表现的主要是印度传统的与爱情有关的"情味"内容。

总体说来，启蒙时期印地语戏剧家在印地语戏剧文学领域都取得了一定的成就。他们的剧本虽然在艺术手法方面不及帕勒登杜的作品，在思想内容方面也有欠缺之处，但他们都做了努力，为印地语语言文学、为印地语戏剧的发展做出了贡献。没有他们的辛勤劳动，启蒙时期印地语戏剧文学就会失去不少光泽。

---

① 伯勒杰尔登·达斯:《印地语戏剧文学》，德里，1949年印地文版，第135页。

12

第十二章

『印度之月』帕勒登杜

第一节　生平与创作

❋

帕勒登杜（Bharatendu，1850~1885），原名赫利谢金德尔（Harishcha-ndra），是近代最重要的印地语戏剧家，被誉为近代印地语戏剧文学之父，其作品数量多、质量高，代表着近代印地语戏剧文学的最高成就。他一生虽短，但异常勤奋，不仅写有剧作，还写有诗歌、各种文章等。这里，我们主要介绍他的戏剧创作。

一、生平

帕勒登杜1850年9月9日生于印度北方邦著名城市贝拿勒斯一富有的商人家庭，1885年1月9日卒于同一城市。帕勒登杜的祖上很富有，与当政者有密切关系，甚至在英国人进入印度初期曾帮助过他们。帕勒登杜的父亲格里特尔达斯即戈巴尔·金德尔（Gopal Chandra，1833~1860）不仅有钱有势，而且有学问，从小就对诗歌感兴趣，造诣很深，13岁时就把梵语《罗摩衍那》译成了诗体印地语（已佚）。戈巴尔·金德尔只活到27岁，但创作颇丰。据帕勒登杜回忆，他共写有40多部著作，其中包括剧本《友邻王》。戈巴尔·金德尔是虔诚的印度教徒，属于毗湿奴教派，他把敬神看作是日常生活中必不可少的事情。在世时，他常和两类人来往，即文人学者和修道士仙人，这对帕勒登杜影响很大。在父亲的熏陶和影响下，帕勒登杜五六岁时就能作诗，在父亲召集的诗文讨论会上常常语惊四座；他对宗教也很有兴趣，长大后也像父亲一样成了虔诚的敬神者。不幸的是，这一好氛围并没有维持多久，帕勒登杜在幼年就失去了父母，父亲去世时他只有9岁。帕勒登杜曾在英国人开办的学校中上过三四年小学，学习英语等科目。但他学习不努力，总以"通过"为原则，原因是他对印地语诗歌的兴趣太大，以致不屑学习其他东西。这期间，他曾出过一本诗集，作品内容多与爱情和宗教有关。离开学校后，家人为他延请了私人教师，指导他学习印地语、梵语、孟加拉语等，为他日后成为大学者奠定了坚实的基础。

长大以后，帕勒登杜并不满足于默默写作，他对国家、民族、社会极为关注。通过学习西方文化、反省印度社会的弊端，他深刻意识到改革本国社会、宗教的迫切性。于是，他加入社会改革家的行列，又成了一个极为出色的社会活动家。为了便于社会活动和文学创作，1867年他创办了《赫利谢金德尔杂志》(后改名为《赫利谢金德尔之光》)，1869年创办了《诗之甘霖》；1870年他成立了一个协会，目的在于宣传宗教、禁酒和提倡国货；1873年他创建"神社"，带头宣誓不杀生、不干坏事、不吃不喝麻醉品等；1874年他又创办《妇女知识》杂志，呼吁社会给予妇女受教育的机会，主张寡妇再嫁，反对童婚陋习。与此同时，帕勒登杜还自己出资开办学校，资助其他社会团体，以促进印度社会的改革。

与当时印度的其他社会改革家一样，帕勒登杜也没有看清英国殖民统治者的真实面目。他对英国人抱有很大的幻想，以为英国人能帮助印度复兴过去的光荣，因此他多次向英国王室表示忠心，如开会庆贺女王生日、欢迎威尔士亲王访印等。不仅如此，他还作文写诗为英国歌功颂德。由于这一忠心及他本人的突出才能和在社会上的影响，

1870年他被英印政府授予"名誉县长"的称号，并成为市政委员，一度颇为得宠。不过，帕勒登杜又不同于一般的社会活动家，他更敏锐，也更贴近印度的现实。他虽然没有彻底弄清社会发展的规律和印度的最终出路，但他看到了社会上的一些罪恶和腐败现象，了解了人民的疾苦和民族的灾难。他撰文写诗、创作剧本来反映这一现实，力图唤起民众以振兴国家、改变社会状况。他还发表了讽刺英国总督的文章，出版了影射殖民当局的著作。由于这些，他受到了英印政府的责难，他主办的几种杂志受到停刊的威胁。面对这种情况，帕勒登杜没有退缩，反而于1874年愤然辞去"名誉县长"的头衔，放弃市政委员的资格。从此，他更加接近人民，更加为印度的命运着想，民族主义爱国意识更强。在最后几年，他甚至在自己的文章里提出了"自己的国家，自己的政权"的口号，这一口号在当时是全新的。

在自己积极活动、奋发写作的同时，帕勒登杜还团结了一大批追随者。他不仅自己创办杂志、成立社团，还鼓励并资助朋友们出版杂志、建立社团。他从不拒绝上门求助者，对有志之士总是解囊相助，并鼓励他们从事文学、社会活动。正是由于这些，他庞大的家产很快消耗殆尽。不过，他的努力与慷慨并没有付诸流水，这一努力与慷慨为印地语地区、为印度社会换来了一个优秀的人才集团。这个集团以他为首，以杂志、社团为阵地，以文学创作和宗教、社会改革为核心。集团虽然松散，但影响很大，是当时印地语地区社会改革的支柱和中坚力量，更是印地语文学创作的生力军，近代印地语文学作品主要出自这支生力军之手。

帕勒登杜"是第一个成功地运用了印地语的标准语——克利方言写作的学者"①，印地语能有今天的辉煌、能成为印度文学语言和印度

---

① 刘安武：《印度印地语文学史》，北京：人民文学出版社，1987年版，第219页。

的国语，与帕勒登杜及其周围的作家有直接的关系。"那时印地语没有任何地位，谁会花钱去购买和阅读用印地语出版的书和报刊呢？但具有爱国热情的赫利谢金德尔（帕勒登杜）毫不吝惜金钱，他自己出钱用最好的纸印刷出最好的书籍，并免费转送他人，书上的标价只是做做样子而已。在他面前，没有聪明人与愚笨人之分，只要向他要，他就亲自赠阅。他一生都保持着这个习惯。他在这方面花费了成千上万卢比，培养出了一大批热爱印地语的人，使阅读印地语书刊的人数大大增加。"[①]就这样，帕勒登杜提高了印地语在世人心目中的地位。在他的影响下，他的集团成员用印地语写作，使印地语得到了前所未有的发展。可以说，如果没有帕勒登杜的努力，印地语很可能现在还停留在印度地方方言的阶段。

人民是公正的。在帕勒登杜放弃英国总督授予的"名誉县长"称号6年之后，即1880年，有人在《甘露》杂志上撰文，提议给他以"印度之月"的称号（即"帕勒登杜"），"这个称号被人民所接受了，人们都用'帕勒登杜'来称呼他，以致'帕勒登杜'成了他的别名"。[②]现在，印度国内外都习惯称他为"帕勒登杜"，他的真名"赫利谢金德尔"反而被人们逐渐遗忘了。人们乐于这么称呼他其实还有另一层用意：当时印度有不少人竭力效忠英国殖民统治者，甚至不惜出卖印度的利益，英印殖民当局为了表彰这些人，便给其中的卓著者封以"印度之星"的称号。与此相联系，印度人民给予他的这个"印度之月"的称号便有了与殖民当局相抗衡的意思，它表明了人心所向，同时也是帕勒登杜为印度、为印度人民所做贡献的标志，是人民对他最大的褒奖。

---

① 拉塔格利生·达斯：《帕勒登杜的生平》，新德里，1976年印地文版，第49、50页。

② 同上，第85页。

二、创作

帕勒登杜活到35岁就去世了，但他在这短短一生中的著述翻译却颇为可观。除剧本外，他还写了大量的杂文和散文，内容涉及政治、社会、宗教、文化、历史、考古等各个方面，其中代表作品有《印度如何前进》《夏季》《要命的大会》《天堂的讨论会》《毗湿奴大神》《戏剧》等。他在诗歌方面的成就更突出。他的诗歌可以分为两类：用伯勒杰方言创作的诗歌和用克利方言即标准印地语创作的诗歌。前者与传统印地语诗歌有密切联系，多表现宗教、艳情等内容；后者多是有关社会现实的，是他的创新，代表着他的诗歌的最高成就，也是他对印地语诗歌的巨大贡献。

帕勒登杜是近代印地语最重要的戏剧家，他是近代印地语戏剧文学的开拓者，甚至有不少文学评论家认为印地语戏剧文学是从他开始的，也是他掀起了印地语戏剧文学的第一个高潮。帕勒登杜一生共写了20个剧本，包括翻译改编的8个（一说10个）和自行创作的12个（一说10个）。

现将他的剧本按翻译改编或创作时间的先后顺序列表如下：

剧名	性质	时间	幕、场	备注
《旅行》	创作	1868年	不详	未完、未发表
《璎珞传》	翻译	1868年	只译开场献诗及序幕	未完
《维蒂娅和松德尔》	改编	1868年	三幕十场	
《伪善》	翻译	1872年	独幕一场	
《按〈吠陀〉杀生不算杀生》	创作	1873年	独幕四场	
《阿周那的胜利》	翻译	1873年	独幕一场	

剧名	性质	时间	幕、场	备注
《指环印》	翻译	1875年	七幕七场	
《信守不渝的赫利谢金德尔》	创作	1875年	四幕四场	有人认为是改编剧
《爱的世界》	创作	1875年	独幕四场	未完
《以毒攻毒》	创作	1876年	独幕一场	
《迦布罗曼阇利》	翻译	1876年	四幕四场	
《金德拉沃里》	创作	1876年	四幕四场	
《印度惨状》	创作	1876年	六幕六场	
《印度母亲》	创作	1877年	独幕一场	有人认为是翻译剧
《尼勒德维》	创作	1880年	十幕十场	
《难得的朋友》	改编	1880年	五幕二十场	
《黑暗的城邑》	创作	1881年	六幕六场	
《烈女的威力》	创作	1884年	七幕六场	后三幕由他人完成
《新女王》	创作	不详	不详	未完、未发表
《小泥车》	翻译	不详	不详	未完、未发表

第二节　翻译改编的剧本

✤

一、对古代剧本的改编

1868年是帕勒登杜尝试剧本创作的第一个年头，此时他只有18岁。他曾试图独立写作，并且已拟定题目为《旅行》，但后来放弃了，也许是第一次创作而感觉无从下笔的缘故。在同一年，他开始翻译古典梵语剧本《璎珞传》和孟加拉语剧本《维蒂娅和松德尔》。

《璎珞传》的作者是印度古代著名君主戒日王曷利沙（Harsa，590~647），他既是帝王，也是著名的古典梵语诗人和戏剧家。《璎珞传》表现的是犊子国优填王与锡兰国公主璎珞的爱情故事，剧情不复杂。但帕勒登杜只翻译了其中的开场献诗和序幕部分，正文部分没有翻译，也许这也是因为初次翻译而有些"怯场"的原因。在译文前言中，帕勒登杜曾表明自己翻译《璎珞传》的目的和原因："有许多剧本都值得翻译成印地语，但目前却没有几部成书。特别地，除罗什曼·辛哈翻译的《沙恭达罗》外，没有任何一部读后能给人带来乐趣并能体现出印地语魅力的印地语戏剧译作。因此，我想翻译几部以实现自己的愿望。在所有的梵语戏剧中，除《沙恭达罗》外，《璎珞传》

是最好的，它最能给人带来乐趣，这便是我首先选择它的原因。"①由此我们可以得出结论，一是当时还没有真正有影响的印地语剧本问世，二是《沙恭达罗》在西方的成功使印度戏剧家们重新审视起本国的传统文学，他们正在寻找《沙恭达罗》式的作品。

差不多在翻译《璎珞传》的同时，帕勒登杜注意到了孟加拉语剧本《维蒂娅和松德尔》。孟语剧本的故事源自梵语诗人觉尔的诗歌《觉尔五十颂》，作者是耶丁德尔·莫亨·泰戈尔，作于1853年。该剧受西方戏剧的影响很大，没有开场献诗、序幕等，语言也比较通俗，这就使帕勒登杜的翻译改编容易多了。经帕勒登杜翻译改编后的剧本仍沿用原剧剧名，分三幕十场，表现沃尔特芒国公主维蒂娅和桑奇浦尔国王子松德尔的爱情故事。比起《璎珞传》来，《维蒂娅和松德尔》译得相当成功，帕勒登杜自己曾说，"这是标准印地语戏剧文学的第四个剧本"，②在印地语戏剧文学史上有一定的地位。

以上两个翻译改编的剧本都没有什么社会现实意义，是帕勒登杜为发展印地语戏剧文学而做的近乎纯技术性的努力，从中看不出译者对社会、对生活的任何观点，这与他初涉印地语戏剧领域而又没有值得继承的印地语戏剧遗产供他借鉴有很大关系。此后直到1872年他才翻译第三个剧本、1873年才独立创作出第一个剧本；特别地，1873年的第一个创作剧《按〈吠陀〉杀生不算杀生》获得了很大成功。因此，1868年创作《旅行》、翻译《璎珞传》的失败和改编《维蒂娅和松德尔》的成功只是帕勒登杜戏剧家历程的开始，虽然这一开头不尽人意，但其结果却出人意料，因为从上述的创作、翻译中谁也看不出他能成

① 帕勒登杜译：《璎珞传》，伯勒杰尔登·达斯主编：《帕勒登杜文集》（戏剧卷），德里，1950年印地文版，第43页。

② 帕勒登杜译：《维蒂娅和松德尔》，伯勒杰尔登·达斯主编：《帕勒登杜文集》（戏剧卷），德里，1950年印地文版，第1页。

为一个戏剧大家。

1872年，帕勒登杜翻译了11世纪梵语戏剧家克里希那弥湿罗的哲学讽喻剧《觉月升起》的第三幕，取名为《伪善》。梵剧《觉月升起》共六幕，表现的是"明辨"战胜"痴迷"的故事，哲学味很浓。帕勒登杜的《伪善》摆脱了原剧的本意，与社会现实联系了起来。作品是独幕剧，只有一场，剧本通过项蒂（"和平"）和格卢娜（"仁慈"）两个少女，揭露了印度宗教的不少弊端。剧中的耆那教修士、佛教和尚和印度教仙人都不是好人：他们相互谩骂，都说自己的信仰才是正确的，说对方是低能儿、什么也不懂，并让对方皈依自己的宗教；而他们的实际行为却一样——喝酒、歌舞，追求享乐，都是欲望的奴隶。最后，作者通过项蒂和格卢娜之口给他们下了定义：他们都是罪犯、流氓、骗子。这样，帕勒登杜毫无宗教偏见地揭露了三种宗教中不少人物的丑恶嘴脸。这时期，帕勒登杜的宗教思想还没有完全成熟，但他十分清楚什么是应该批判的东西，并借助文学形式表现出了现实生活中的丑陋。因此，比起1868年翻译的《璎珞传》和《维蒂娅和松德尔》来，《伪善》具有一定的社会意义。

《阿周那的胜利》是独幕独场剧，译于1873年。原作是用梵语写成的，作者是桑兼，写于1480年。译剧忠实于原文，有开场献诗、序幕，语言风格也是韵散杂糅，散文为克利方言（标准印地语），韵文为伯勒杰方言。剧本取材于大史诗《摩诃婆罗多》，写般度五子在摩差国避难期间阿周那和摩差国王子两人单戈独战俱卢大军的故事。帕勒登杜在译作的前言中说，这是为霍利节而作，主要目的是娱乐。

1875年，帕勒登杜翻译了七八世纪梵语戏剧家毗舍佉达多的七幕剧《指环印》。作品取材于历史传说，讲述的是公元前4世纪孔雀王朝兴起时期的事情。剧本中的国王旃陀罗笈多（月护王）和宰相贾那吉耶（阁那伽）是历史人物，其政敌即旧朝宰相罗刹则缺乏历史依据。

剧本的主要情节是这样的：婆罗门政治家贾那吉耶推翻了摩揭陀难陀王朝，杀死了国王难陀及其八个儿子，立难陀王与首陀罗女人生的平日不被当作王子的旃陀罗笈多为王，建立孔雀王朝。剧本的主要故事由此开始，新王朝初建，以罗刹为首的前朝旧臣勾结外国势力，企图复辟旧朝。贾那吉耶想隐退净修，但放心不下旃陀罗笈多。他深知罗刹深明大义且有治国之才，希望他能接替自己当宰相辅佐旃陀罗笈多。于是，贾那吉耶和罗刹便开始了一场斗智斗勇的斗争，结果罗刹失败，接受了宰相之位。原剧和译本都没有以成败论英雄，认为人只要有才有德成败都值得推崇、都堪委以重任，这表现了作者和译者的远见卓识。

《迦布罗曼阇利》是帕勒登杜翻译的第六个剧本，译于1876年。原剧用俗语写成，作者是9、10世纪的王顶。译剧与原剧一样分为四幕，表现的是爱情故事，与《维蒂娅和松德尔》同属一类，没有什么社会意义。

二、对西方剧本的改编

1880年，帕勒登杜完成了他最后一部发表的翻译改编剧本《难得的朋友》（有关他最后翻译的剧本《小泥车》的情况不明），这个剧本编译自莎士比亚的《威尼斯商人》。说是翻译，因为《难得的朋友》与《威尼斯商人》的内容、情节一样，幕、场都没有任何变动。说是改编，因为帕勒登杜将它印度化了：剧本的名字改了，不少人名、地名也改成了印度式的人名、地名；剧本中的基督教徒与犹太人之争也被改成了印度教徒和基督教徒团结一致同耆那教徒之争，其中突出了印度教徒（即雅利安人）的正统地位；还有一些其他小的改动，如将"一磅肉"改成了"半赛尔肉"、将"那不勒斯王子"改成了"尼泊尔王子"，等等。帕勒登杜是有意这么做的，他希望该剧具有印度特色，能很容易地为印度人所接受。帕勒登杜使剧本印度化还有一个更重要的目的，就是批判印度社会的高利贷者。前面曾经提及印度当时的社会现实，高利贷是农民所受的"三大压迫"之一，城市里的无产者也深受高利贷之苦。在帕勒登杜看来，印度也有夏洛克，他对这类人进行了有力的谴责，并提请他们注意，他们不会有好下场。不过，他把夏洛克写成耆那教徒并让他最后皈依印度教却欠妥当，这一方面归因于他是一个虔诚的印度教徒，不愿把印度教徒写得太没人性；另一方面，他认为基督文明比较先进，基督教徒也不宜成为夏洛克。实际上，印度社会的夏洛克属印度教徒的居多，这是帕勒登杜的误笔，否则，《难得的朋友》将更为印度化、更有战斗力。

第三节　自行创作的剧本

✦

比起翻译、改编的剧本，帕勒登杜的创作剧更有现实意义，反映社会问题更深刻、更尖锐。他的剧本创作始于1868年（未成功，实际始于1873年），止于1884年。这期间他共创作了12个剧本，其中《旅行》《新女王》未完，也未发表。另10个剧本涉及面很广，主要可以分作两类：一是社会剧，包括《按〈吠陀〉杀牛不算杀生》《爱的世界》《以毒攻毒》《印度惨状》《印度母亲》和《黑暗的城邑》；二是传说剧，包括《信守不渝的赫利谢金德尔》《金德拉沃里》《尼勒德维》和《烈女的威力》。

一、社会剧

"帕勒登杜创作剧本的动力来自他自己的觉醒，他用深邃的目光看清了印度国内外的社会发展现实。"[1]通过接触西方全新的思潮和文学，他开阔了视野，看清了长期统治印度社会的上层人物们的嘴脸，并在不少剧本中批判了他们。《按〈吠陀〉杀牛不算杀生》和《黑暗的

---

[1] 拉默古马尔·古伯德:《现代印地语戏剧和戏剧家》，新德里，1973年印地文版，第3页。

城邑》在这方面比较成功，两个作品都是笑剧。"可怕的残酷现实使他非常痛苦、失望，他寻找着摆脱这种困境的方法，由此，他找到了'笑'，除此以外他毫无办法。"①确实如此，面对国家的不幸、民族的悲哀，帕勒登杜内心有一种无法形容的苦痛，他有一种欲哭不能的冲动。因此，他采取了"笑"的态度。英国大诗人拜伦曾经说："如果我讥笑某件事，只是因为我不该哭。"其实还有一个原因，那便是讥笑有一种无形的力量，它能给人一种启示，它能提请人们该如何行动。帕勒登杜之所以创作笑剧，原因正在于此。

《按〈吠陀〉杀生不算杀生》写于1873年，为独幕四场剧，是帕勒登杜创作的第一个剧本。作者在序幕中以舞台监督（导演）的口吻说道："啊哈！今天傍晚的景色真是特别，到处都被晚霞映成了红色，好像有人正在举行大祭，以致牲畜的血染红了大地一样。"②作者由此引出了全剧的话题——杀生。印度的宗教如印度教、佛教、耆那教等都反对杀生，教徒都以杀生为主要戒条之一，并以素食为主。但剧本中的主要角色国王、大臣、祭司等却不如此，他们在《吠陀》《往世书》等经典中寻找片言只字，论证吃肉、喝酒、进行不正当的性交等都是无罪的；并说自古以来印度教徒就吃肉、喝酒。国王非常高兴，下令准备10万只山羊和很多鸟，以备第二天祭祀用（第一场）。第二天，大家都在举行祭祀的场所等待大吃大喝一顿，这时来了三个人：一个吠檀多派的信徒、一个毗湿奴派的信徒和一个湿婆派的信徒。他们三人主张不杀生、不吃肉、不喝酒，被大家嘲弄羞辱了一顿后相继离开。此时来了一个婆罗门，大家都非常欢迎他，说他是寡妇·达斯（达斯

---

① 贡沃尔昌德尔·伯勒格谢·辛哈：《戏剧家帕勒登杜和他的时代》，新德里，1990年印地文版，第107页。

② 帕勒登杜：《按〈吠陀〉杀生不算杀生》，伯勒杰尔登·达斯主编：《帕勒登杜文集》（戏剧卷），德里，1950年印地文版，第69页。

意即奴仆）①，原来他与他们的观点、生活方式一致（第二场）。杀生大祭以后，吃饱肉、喝足酒的国王、大臣、祭司和婆罗门等醉醺醺地边唱边舞，夸赞印度教是世界上最好的宗教，因为行祭时有酒有肉（第三场）。他们死后都到了阴间，阎王根据他们在世上的行为把国王、大臣、祭司和婆罗门都送进了不同的地狱，把上述的毗湿奴派信徒和湿婆派信徒送进了天堂（第四场）。

剧本的最后一场即第四场是最精彩、最重要的。在这一场中，帕勒登杜让阎王的主簿官一一列举国王、祭司、大臣和婆罗门的罪状，他们的丑恶嘴脸暴露无遗：

"阎王：主簿官，看看国王都干了些什么？

"主簿官：（看看簿册）陛下，这个国王自生下来起就和罪恶结下了不解之缘，他把正义当作非正义，把非正义当作正义，为所欲为。他和祭司们相勾结，在正义的幌子下杀死了数千万头牲畜、喝了数千坛美酒。不杀生、讲信用、圣洁、同情、维护和平、苦修等正义的事情他一件也没干过，干的尽是可以满足酒肉欲望的毫无意义的事情。他从不真心敬奉神灵，（对他来说，）敬奉神灵只是为了捞取名声和荣誉。

"阎王：什么荣誉？正义和荣誉有什么关系？

"主簿官：陛下，英国政府给那些按他们的意思行事的印度人授予'印度之星'的称号。

"阎王：噢！那这个国王是个非常下贱的东西了！"②

---

① 从名字上可以看出作者帕勒登杜在讽刺这个婆罗门，意指他作风不正派，讽刺他经常纠缠寡妇。

② 帕勒登杜：《按〈吠陀〉杀生不算杀生》，伯勒杰尔登·达斯主编：《帕勒登杜文集》（戏剧卷），德里，1950年印地文版，第89页。

这里的国王实际上是印度土邦的最高封建主。这类毫无正义感的国王能为人民做些什么呢？值得一提的是，帕勒登杜通过阎王的口说出了自己想说的话——为英印殖民政府卖命的印度人不是好人，是"下贱的东西"。他看到了英国的发达文明，也看清了英国人统治印度的真正目的。

　　在同一场戏里，帕勒登杜还借主簿官之口列数了国王的帮凶们的罪状：祭司是个无神论者，他从来没有诚心诚意地敬过神，常和国王一起吃肉喝酒，杀了成千上万头牲畜。大臣是个阿谀奉承、阳奉阴违的家伙，他靠贪污受贿发家，只知给人民增税却不知为人民办事。婆罗门在神庙中敬神只是为了装装样子，实则为了调戏来拜神的妇女。可笑的是，当阎王问他们服罪与否时，他们都喊冤枉，说自己没有犯罪。大臣的行为更可笑，他竟企图贿赂主簿官：

　　　　"大臣：（双手合掌做敬礼状）陛下，让我想想。（想了一会儿，对主簿官）请您让我去执政，我把费尽心机通过不正当手段获得的钱财都送给您！"[1]

　　天下竟有这样的人，在人世间贪污受贿，到阴间却要贿赂主簿官以求免罪。而统治印度人民的正是这样的人。

　　《黑暗的城邑》创作于1881年，也是个讽刺笑剧。其主角是一个昏庸无知的国王，他主张一切公平，为人民主持公道，实际上却非常不公。在他的统治下，人民连胖也不敢胖，因为他让大家一样瘦。特别可笑的是，国王愚蠢地在处理墙倒压死一只羊的案件的过程中竟自己

---

[1] 帕勒登杜：《按〈吠陀〉杀生不算杀生》，伯勒杰尔登·达斯主编：《帕勒登杜文集》（戏剧卷），德里，1950年印地文版，第93页。

争着上了绞刑架。这个剧本讽刺的对象主要是国王。他的大臣、警长等助手也一样糊涂，作者对他们也不无嘲讽。这个剧本和《按〈吠陀〉杀生不算杀生》一样，都是对印度封建上层的揭露和批判。相比起来，后者的批判性更强，更能显示出作者朝气蓬勃、富有战斗性的精神。

《以毒攻毒》是独白剧，创作于1876年。独白剧"与笑剧一样，也是一种滑稽戏，它由一个角色演出，是独角滑稽戏"。[1]《以毒攻毒》表现的也是印度封建上层的事，也揭露和批判了他们。剧本只有一场，全部台词由朋达迦耶一人说出，他以"天音"为对话者，叙述了波劳达国王马勒哈尔·拉奥政权倒台的经过。他提到了英国人对待印度土邦的政策，即参与土邦的内政，直到最终剥夺土邦王的权利，使他成为英国人手中的傀儡，或干脆废掉他，而拉奥属于后一种。不过，帕勒登杜并不同情他，相反，他认为王马勒哈尔·拉奥是个毒瘤，他全不顾及人民的生活，只图自己享受。不仅如此，他还为非作歹，竟强占有夫之妇，这样的国王要他何用？帕勒登杜深知痛苦麻木的印度百姓是不会起来推翻他的，因此，他对英国人推翻他并不反感，认为他是罪有应得。不过，"很清楚，英国人并非真的想改善印度土邦的状况"。[2]这一点，帕勒登杜也很清楚，所以，他认为这是以毒攻毒，认为英国的殖民统治也是个"毒瘤"："感谢英国人，你们给我们带来了罗摩和坚战时期的理想王朝。"[3]显然，帕勒登杜说的是反语。

《爱的世界》创作于1875年，其前身是1874年帕勒登杜在《赫利谢金德尔之光》上发表的《迦尸城的剪影或两幅普通的照片》。该剧一直没有最后完成，现有4场，每场都可独立成剧。有人认为这个剧本

---

① 季羡林主编：《印度古代文学史》，北京大学出版社，1991年版，第308~309页。

② 贡沃尔昌德尔·伯勒格谢·辛哈：《戏剧家帕勒登杜核他的时代》，新德里，1990年印地文版，第110页。

③ 伯勒杰尔登·达斯主编：《帕勒登杜文集》（戏剧卷），德里，1950年印地文版，第367页。

之所以未完，是因为作者根本无意再续，因为作品本身不是一个完整的故事，续不续没有什么意义。在这个剧本中，帕勒登杜把视线转移到了小人物身上，把注意力放在自己日常所处的社会现实上，剧中表现的都是迦尸城的事情。迦尸城即贝拿勒斯，是作者出生、生活的地方，是印度教的圣地之一，也是帕勒登杜时代印度最有名的城市之一，在印度很具有代表性。但这里的情况如何呢？第一场，一大群人在议论拉姆金德尔，有人说他好色，有人说他喜欢拍英国人的马屁。但当拉姆金德尔来到他们中间后，他们立刻笑脸相迎，阿谀奉承，极尽献媚之能事。拉姆金德尔则摆出一副不可一世的样子，口里念念有词，说着不少人的坏话，还当场骂了两个谈论女人的人，说他们俩不正经。第二场，几个迦尸城的诗人正在开诗会，一个外地人来，唱述迦尸城的情况：半个城市充满乞丐，半个城市充满妓女和无赖；这里的人们什么都不干，只知道享乐，富人背信弃义，满嘴谎言，士兵胆小怕事，警察害怕小偷，法庭判决不公，整个城市乌烟瘴气……几个诗人不满，但无言反驳，因为对方说的是事实。第三场，一个外地学者问当地人迦尸城的情况，当地人大吹特吹，说迦尸城比天堂还好，在这里讨饭也是圣事。第四场：婆罗门参加祭祀，场面大、花费多。

帕勒登杜很客观地画了这几幅画，只在第二场以一个剧中人的口气叹道："唉，难道这个城市会一直这样下去？人们如此愚昧，这个城市还如何向前发展？这些人什么也不懂！无缘无故地说别人坏话，以为信口雌黄就是男子汉气概，想到什么就乱说什么，却没人去学点什么或写点什么！唉，神灵什么时候才能来拯救他们！"[①]统治者愚昧无知，普通老百姓也这样不开化！帕勒登杜非常痛苦，他多么希望他所敬奉的神能早日出来拯救这些人、拯救印度！

---

① 伯勒杰尔登·达斯主编：《帕勒登杜文集》（戏剧卷），德里，1950年印地文版，第336页。

面对如此腐败的统治者，又生活于这样落后的群体中，帕勒登杜对国家的未来和民族的命运极其关心和忧虑，《印度惨状》和《印度母亲》两个剧本集中地体现了他的这种关心和忧虑。"帕勒登杜的剧本充满爱国情感，对祖国的爱是他剧本创作的活的动力。他用自己的作品呼唤民族意识并唤醒了沉睡的社会，《印度母亲》《印度惨状》等剧作中就充满着对祖国的这种虔诚。前者向我们展示了印度极端悲惨的境况，后者则饱含印度过去的光荣历史、现在的令人心酸的现实和未来的繁荣"。①

《印度惨状》是象征剧，写于1876年，是帕勒登杜的代表作，被认为是印地语文学中第一部爱国主义作品。剧本韵散杂糅，分六幕，主要剧情是：第一幕，一个修道人唱述印度过去的光荣历史和现今的悲惨状况。第二幕，"印度"出场，叙述自己的辉煌过去，慨叹眼前的可悲现状，希望有人来拯救他。这时有人发出威胁，扬言要彻底消灭他，他昏倒过去。第三幕，元帅"印度恶神"升帐，他说"印度"还在挣扎，应该再去攻打，于是招来"毁灭"将军询问情况。"毁灭"将军表功说自己已先后派"满足""失业""挥霍""法庭""时髦""情面"等将领去正面进攻印度，并让"分裂""嫉妒""贪婪""胆怯""麻痹""自私""偏见""顽固""悲哀""懦弱"等混入"印度"内部，从内部瓦解"印度"。"毁灭"还说"印度"的"庄稼"大军也让他用"暴雨""干旱"两位勇士带领各种虫子士兵干掉了。"恶神"非常高兴，他决定再把"疾病""高价""税收""美酒""懒惰"和"黑暗"等大军调拨给"毁灭"将军领导，给"印度"一次更大的打击。他认为"印度"已经丧失了"金钱""威力""智慧"三支大军，这次他一定完蛋。第四幕，新将出征前，"恶神"元帅一一召见，向他们面授机

---

① 拉默古马尔·古伯德：《现代印地语戏剧和戏剧家》，新德里，1973年印地文版，第3、4页。

宜。他先后召见了"疾病""懒惰""美酒""黑暗"等将领，各位都有自己的绝招，如"疾病"有"天花""霍乱"等副将，"美酒"犹如漂亮的小姑娘，谁见谁爱，等等。"恶神"见此更加信心十足。第五幕，七个印度人在开会协商如何躲过"恶神"发动的新的进攻。会议上，大家意见各异，两个当地知名人士担心政府惩罚，怕引火烧身；孟加拉人说可以召开群众大会抗议；编辑说将写文章抨击；诗人说将作诗揭露……他们这样争执了好久，谁也说服不了谁，谁也想不出既能达到目的又能避开政府惩罚的方法。这时，政府警察"不忠"进来，说他们犯了法，硬把他们抓走了。第六幕，"印度命运"出场，他企图唤醒昏迷的"印度"，见他不醒，就唱过去光荣、现实可悲的歌来刺激他，希望他起来自己拯救自己，结果"印度"仍然没有反应。"印度命运"失望之极，在悲伤中用匕首自尽，全剧结束。

这个剧本里，忧国忧民的思想感情是很明显的，作者怀着悲愤的心情和对民族命运的忧虑，把印度的悲惨情况通过漫画式的表现手法展现在读者和观众面前，使人清楚地看到天灾、人祸、社会的腐败和种种民族弱点给印度带来的苦难。印度惨状即印度的现状，这一现状是如何产生的呢？自然是"印度恶神"一手造成的，他是蹂躏印度的罪魁祸首。那么，"印度恶神"是何许人？"穿着半基督教徒、半穆斯林的衣服，手里拿着剑"，原来他是基督教徒和穆斯林的混合体！这是可以理解的，帕勒登杜是个非常虔诚的印度教徒，在他看来，印度自然是印度教徒、雅利安人的印度，伊斯兰教是外来的，穆斯林和英国人差不多。因此，帕勒登杜认为造成印度目前惨状的罪人不仅有英国人（基督教徒），而且有穆斯林，而目前最主要的则是英国人，所以剧本中的反英情绪更强。

在第二幕开头，"印度"叹道："唉，我早就知道，在英国人的统治下，我们只能以书本来慰藉痛苦的心灵，并且得把它当作幸福。可就连这'恶神'也不让！唉，没有任何人能来救我！"[1]此前，作者在第一幕里还提到英国人把印度的财富都运出了印度。此后，在第五幕中，作者通过七个印度人进一步揭露了英国殖民统治者的本质，诗人说"所有的印度教徒都换上了西装等，这样，'恶神'军队就会把我们当作欧洲人而放过我们"；政府警察"不忠"来逮捕七个人时，说依据的是"英国政策·政府意欲"条文，这表明英印殖民政府根本不让人们从事任何反对"印度恶神"的行动，包括讨论等。这样，作者的意思就更清楚了：原来英国殖民者和"印度恶神"是串通一气的，他们是站在同一立场上的。

　　然而，在第六幕中，"印度命运"对"印度"说："看，智慧的太阳从西方升起来了，现在不是沉睡的时候。在英国统治下还不觉醒，什么时候才醒！愚昧人统治的时代过去了，现在统治者认识到了人权，人们获得了言论自由的权利。"[2]显然，这里的愚昧人指的是莫卧儿王朝时期的穆斯林统治者。这又表明了帕勒登杜的另一面——对英国人抱有幻想。与穆斯林统治者相比，他更接受英国人的统治。确实，他感激英国人给印度带来了科学技术，也感谢他们带来了现代的工作作风，并幻想英国人能帮助印度复兴，这种心态差不多左右了他的一生。不过，上述的"人权""言论自由"等却不是出于帕勒登杜的真心，因为第五幕早已否定了这一切，人们连开会讨论问题的权利都没有，又哪里来的"人权"和"言论自由"呢？这就使剧本具有很强的讽刺意味，也正是作者的高明所在。

　　所以，《印度惨状》自始至终都充满着反英思想，它之所以被认为是近代印地语的第一部爱国主义作品，原因正在于此。

　　《印度惨状》的结尾是悲剧，这说明作者还没有看清历史发展的

[1] 伯勒杰尔登·达斯主编：《帕勒登杜文集》（戏剧卷），德里，1950年印地文版，第471页。
[2] 同上，第496页。

方向，同时却也增强了作品的艺术感染力，使印度的有识之士再也没有理由继续沉默下去。实际上，《印度惨状》一出版，就掀起了轩然大波，许多人为之动容，对它评价很高，还有不少人模仿它创作剧本等。

《印度母亲》是帕勒登杜于1877年创作的。在序幕中，作者明确写道：

> 表现印度和印度人民的惨状是《印度母亲》这个剧本的职责，今天出席观看的雅利安人中，如果哪怕只有一个人为改善印度现状即使做一天的努力，就是我们的成功。[①]

有人认为《印度母亲》是译作，原作是孟加拉语的《印度母亲》[②]，其实并非如此。实际上，《印度母亲》可被看作是《印度惨状》的姊妹篇或续作。剧本是独幕独场剧，剧中主要有象征印度母亲的妇女、智慧女神、财富女神和战斗女神，还有一大群代表印度人民的孩子等。作品中的"印度母亲"衣衫褴褛、披头散发、肮脏不堪，她痛苦地坐在尘埃中，孩子们则横七竖八地躺在地上。母亲企图使孩子们醒来，但拖起这个那个躺下，拉起那个这个躺下；等到睡眼惺忪地醒来后，他们又争着要吃要喝；母亲没有办法，只好让他们一次又一次地请求英国女王发慈悲；他们的恳求声引来了两位老爷，一个骂他们无知，是叛乱分子；另一个让他们向天祷告，说上天使他们如此。外求无人应，母亲只好再劝孩子们，希望他们自己起来拯救自己，别再增加她的痛苦。

---

① 伯勒杰尔登·达斯主编：《帕勒登杜文集》（戏剧卷），德里，1950年印地文版，，第501页。

② 参见伯勒杰尔登·达斯主编：《印地语戏剧文学》，德里，1949年印地文版，第80、81页；贡沃尔昌德尔·伯勒格谢·辛哈：《戏剧家帕勒登杜和他的时代》，新德里，1990年印地文版，第89、90页。

作品中出现了著名的印度教三大女神，她们都高唱印度过去的赞歌、悲叹现今的状况，她们都希望印度母子能即刻醒来，恢复过去的荣耀，但得到的却只是印度母子的沉睡。结果她们都哭着离去，说此地已待不下去，而到异地又得不到尊重。印度人是信神的，他们对三大女神非常虔诚。帕勒登杜让她们出场是希望以受人敬仰的神来教化人民，使他们真正感到危机四伏，并起来消除危机，否则连他们虔信的女神也会离开，足见帕勒登杜的良苦用心。

在《印度惨状》中，帕勒登杜的反英情绪强烈。在《印度母亲》里又如何呢？首先，他仍然对英国人抱有希望，让印度母亲对儿子们说："要不是英国统治，我早就没命了。"[1]可是，稍后一些，同一个母亲却又痛苦地发觉，在英国人的统治下孩子们全都失去了往日的能力，成了一群只知道叫嚷着填肚子的弱者。她非常奇怪："唉，我的闻名世界的儿子们哪儿去了！"[2]原来英国的统治具有很大的麻痹性。由于孩子们饥渴难耐而自己又没有办法满足他们，"印度母亲"便让孩子们向英国女王求助，因为她听说英国女王是个大慈大悲、救民于水火的人，结果却一无所获。至此，"印度母亲"才真正发觉英国女王也救不了他们。

这是帕勒登杜的一个进步，他虽然没有正面提出"反英抗英"的口号，但对英国的幻想比创作初期要少多了，他逐渐明白了只有印度人自己才能复兴印度的道理，除此以外，印度别无出路。

二、历史传说剧

1880年，帕勒登杜创作了十幕历史剧《尼勒德维》。在创作这个剧本时，作者吸收了印地语民间音乐剧的某些特点，作品中的韵文多于

---

[1] 伯勒杰尔登·达斯主编：《帕勒登杜文集》（戏剧卷），德里，1950年印地文版，第508页。
[2] 同上，第509页。

散文，音乐效果很强。该剧假托历史事件，讲述了一个可歌可泣的故事：伊斯兰教军队在阿米尔·阿伯杜谢里夫·汗的率领下入侵印度西北旁遮普地区，受到当地国王即尼勒德维的丈夫苏利耶·德沃率领的印度教军队的英勇抵抗。侵略军用夜间偷袭的方式俘虏并杀害了苏利耶·德沃，尼勒德维没有像传统印度教妇女那样殉夫，而是设计为夫报仇。在她的领导下，阿米尔·阿伯杜谢里夫·汗被杀，印度教军队取得了最后胜利。剧本表现了印度教刹帝利种姓中拉杰普特民族抵抗入侵者的顽强精神，展现了他们兴正义之师、视死如归的大无畏英雄气概。"活着解放国土，死了生入天堂"[①]，这就是他们的信条。不过，剧作家的主要目的在于塑造尼勒德维这个巾帼英雄形象。她机智、沉着、勇敢，丈夫被害后，她在敌强我弱、敌众我寡的情况下和儿子等一起乔装成艺人，混入敌人内部，杀死了敌军头目，为国为民为己报了大仇。值得一提的是，在印度的历史或传说中，优秀妇女的例子虽然很多，但像尼勒德维这样随夫驰骋疆场、手刃仇人的例子却很少。帕勒登杜之所以要刻画这样的女中豪杰形象，是因为他要向印度妇女宣告，她们也能成为英雄，也是完整的人，鼓励她们走出家门，为国家为民族尽一分力量。这一点，他在前言中说得十分明白："希望我们的妇女能改变目前的低下状况，也能像英国妇女一样认识自我、了解自己民族和国家的现实，并力争做出自己的贡献……"[②]

三、神话传说剧

在帕勒登杜的神话传说剧中，《信守不渝的赫利谢金德尔》[③]最为著名。作品创作于1875年，曾多次被搬上舞台，受到印地语地区人民的

①　伯勒杰尔登·达斯主编：《帕勒登杜文集》（戏剧卷），德里，1950年印地文版，第523页。
②　同上，第519页。
③　又译为《信守不渝的国王》。

普遍欢迎，影响很大。印地语著名文学评论家舒格尔认为这是个从孟加拉语翻译过来的剧本[1]，也有人认为这是个改编剧，前一种看法不属实，后一种观点不确切。这个剧本实际上是帕勒登杜的创作剧，但中心内容取材于印度神话传说中关于赫利谢金德尔国王的故事，这个传说在印度古代的几部《往世书》中都有，《佛本生故事》中也有。作品共有四幕，主要剧情如下：

天神和修道士仙人听说凡界国王赫利谢金德尔有乐善好施和信守诺言的品德后，就来考验他。婆罗门修道士众友仙人求他施舍了全部国土，他已经一无所有了，无法再付出礼金。为了弄到一笔礼金，他出卖了他的妻子，让她做人家的奴隶；也出卖了自己，替人充当看守焚尸场的守护人。他由享受荣华富贵的国王一下子变成了一个像乞丐一样一无所有的人，但他毫无怨言，始终尽责尽职。后来，他的儿子死了，妻子悲痛欲绝地抱着孩子的尸体来到焚尸场。可是她无钱交纳焚尸的费用，而赫利谢金德尔竟替自己的主人向妻子索取了她身上仅存的一件衣服的一片布作为费用。这时天神和修道士仙人出现了，由于他通过了考验，修道士仙人归还了他的国土，并让他儿子复活。天神要赐福给他，他首先向天神要求的是让他的人民都升入天堂，而不是自己的荣华富贵。

剧本表现一个国王的乐善好施、信守诺言和逆来顺受的品德。从印度现实看，当时英国人统治着印度，印度人民过着悲惨的生活，难道帕勒登杜希望国民们对英国人施舍一切，甚至包括自己的国家？难道他希望印度国民忍受英国殖民统治者的一切胡作非为？不然。作者在前言中说这个剧本是为年轻人而写的，说对他们大有裨益；在序幕中他又说当时大多数印度人都忘记了印度光荣的过去，忘记了过去高度发达的物质文明和精神文明，忘记了印度历史中的精英人物，他写

---

① 参见贡沃尔昌德尔·伯勒格谢·辛哈:《戏剧家帕勒登杜和他的时代》，新德里，1990年印地文版，第88~89页。

此剧是为了提醒人们，激发印度人民的自豪感和自信心。从某种程度上说，剧本确实收到了这样的效果，它向人们展示了印度先人赫利谢金德尔的高贵品质。剧本中的赫利谢金德尔以仁治国、坚守正法、信义为本，并为人民着想，这在客观上起到了反驳当时流行的印度不如西方、东方愚昧西方文明的观点，对印度人重新认识自己的文化有启发作用。不过，帕勒登杜在当时的情况下向同胞们宣传这种谦恭的文化是不合时宜的，其消极影响也不容忽视。

《烈女的威力》是帕勒登杜最后发表的一个剧本，写于1884年。剧本共七幕，但他只写了前四幕，后三幕由他的姑表弟弟拉塔格利生·达斯完成。作品取材于大史诗《摩诃婆罗多》中的著名插话《莎维德丽》，属于神话传说剧。剧本主要表现了女主角莎维德丽的执着精神，她以顽强的毅力和机敏的头脑，说服了死神阎王，使自己的丈夫萨谛梵得以重生，使公婆的眼睛得以复明，使公公得以恢复王位。这和剧本《尼勒德维》的主旨是一样的，作者要为印度妇女塑造一个榜样，希望她们首先能在精神上战胜世俗的偏见，并希望有识之士都来为提高印度妇女的社会地位做点什么。

《金德拉沃里》也是个神话传说剧，这个剧本具有"黑天本事剧"的特点，宗教色彩很浓，神秘成分很多，是帕勒登杜的唯一一部神秘主义剧作。剧本分四幕，女主角是金德拉沃里，她是传说中黑天的情人罗陀的女友，她也深爱着黑天，把黑天当作一切。剧中写她不顾家人的反对和世人的嘲笑，苦等着黑天，并为他担惊受怕、憔悴异常；她的行为终于感动了黑天，最后他们相聚到一起。

单从世俗角度看，《金德拉沃里》中的爱情故事也是很成功的，作品对少女坠入情网后的刻画细致入微，充满古典梵语戏剧传统中的"情味"色彩。不过，帕勒登杜是个虔诚的印度教徒，他创作这个剧本并非为了讲述一个爱情故事，他的意旨是向世人宣传印度教教义，告诉世人人生的终极目标——梵我合一。因此，剧本中的金德拉沃里是广大印度教教徒的代表，是"我"的象征，黑天则是无所不在的梵，是"我"的追求；剧本结尾的相聚是梵我合一的实现。

总体看来，帕勒登杜的戏剧开创了印地语戏剧文学的新纪元，使印地语戏剧真正走上了文学舞台。他的剧本是近代印地语戏剧文学的重头戏，主要是由于他，许多人才步入了印地语戏剧创作的行列，也才有了为人所称道的印地语近代戏剧文学。

帕勒登杜戏剧的思想内容大体是积极向上的。他的剧本触及了印度社会的各个层面，其中有令人悲叹的印度社会现实，有想把印度彻底摧垮的异族统治者，有愚昧无知只知享乐的印度本土封建上层，也有穷困落后的广大劳动人民。在剧本中，他谴责、讽刺了高高在上的统治者，同情处于水深火热之中的印度人民。他还宣传了只有印度人自己才能拯救印度的真理，他通过"印度命运"之口呼吁"印度"，通过三大女神之口呼吁"印度母亲"，又通过"印度母亲"之口呼吁印度人民，呼吁他们起来改变现状、为未来不再痛苦而行动。此外，帕勒登杜还以印度过去的美对比现实的丑，以此激励印度人复兴印度；他还特别提醒印度广大妇女学习古代的巾帼英雄，希望她们冲破封建桎梏，走向社会，为国家、为民族贡献自己的力量。

从形式方面来说，帕勒登杜继承了古典梵语戏剧传统，他的大部分剧本都有开场献诗、序幕、结尾祝词等，语言全部采用韵散结合的方式。同时，他还受到孟加拉语、英语戏剧的很大影响，吸取了对自己创作有益的东西，创作出了省去传统开场献诗、序幕等的剧本，如《尼勒德维》《黑暗的城邑》等；《印度惨状》的悲剧结尾也是英语戏剧影响的结果。此外，他还借鉴近代以前的印地语民间戏剧的有用成分为己所用，增强了作品的艺术感染力。

第十三章

19世纪晚期的文学

19世纪晚期是什么概念？我们这里是指从1886年到19世纪末的最后15年。为什么这样划分？因为1885年12月28日印度国民大会党（简称"国大党"）正式成立，这是一个民族觉醒的标志，也可以作为一个时间坐标。这里，也仅仅是个坐标而已，并不能完全作为文学创作的时间分野。大家知道，印度的情况非常复杂，各个地区、不同语种的文学发展很不均衡，作家个人的情况也千差万别。更有许多作家横跨两三个时间段，给介绍带来很大的不便。所以，划分时段仅仅是为了介绍和讨论的方便，并没有充分的科学依据。例如，在前面介绍印地语作家时，我们着重介绍了帕勒登杜及其周围的作家群体。那个时代为印地语文学界称"帕勒登杜时代"。实际上"帕勒登杜时代"指的是19世纪中叶到19世纪末的四五十年，这包括了现在我们要介绍的这个时期。在这种情况下，我们就只好把这一群体中的作家相对集中于上一个时期，而将另外一些作家放到这个时期来介绍。

第一节　新作家群的出现

❦

　　到19世纪80年代中期以后，一些启蒙运动和社会改革运动中的老作家已经成熟，写出了不少新作，有的我们在前面已经介绍过了。而这一时期，又有一批新人加入到文学队伍中来，尤其是19世纪中期出生的知识青年，这个时期已经成长为作家，并逐渐走向成熟。这时，印度各地的文学队伍再也不像初期那样单薄了，新老结合，形成了一个强有力的作家群体。文学队伍的壮大，也给文学界带来了新的生机和战斗力。

　　之所以会出现这种情况，主要有以下五个方面的原因和背景：

　　第一，文化提升的客观需求。

　　首先因为印度民族资本的扩大，民族资产阶级人群扩大，提升了他们的政治和文化需求。19世纪50年代以后，英国人在印度加紧了掠夺，兴建了一大批工厂和种植园，并开始修建铁路和架设电报线路。例如，到1901年，殖民当局在印度修建的铁路已达25 373英里（约合40834千米），连接了内地和港口的各个大城市，使印度进入了现代大工业时期。此时，印度的民族商人也从商业经济中得到好处，开始扩展业务。他们从前期的贸易和兴办手工业工场中获得资金积累，又兴办了许多小型企业和手工工场。一些大的民族资本家也开始兴办大工厂，主要是经营棉纺织业。例如，到1895年，仅孟买一地就有70多家棉纺织厂，其中仅有14家是由英国人的资金建立的，其余的都是印商投资建立的。而包括古吉拉特在内的西部地区，印度民族资本兴建的棉纺织工厂有142家，纱锭365万枚，织机31 100台，用工13万人。在孟加拉，1887年建立了孟加拉民族商会，标志着民族商业有了较大的发展。又如，印度声名赫赫的塔塔财团和比尔拉财团就发迹于这一时期。以塔塔家族为例，1857年，他们为英国对伊朗的战争供应军火；1859年，他们在香港建立商行，从印度输华鸦片和棉花，又从中国贩卖茶叶、生丝等到印度；1867年，他们为英国发动侵略埃塞俄比亚的战争供应军事物资。塔塔家族于是成为巨富。1869年，他们在孟买建立了亚历山大棉纺织厂；1877年，在那格普尔建立皇后纺织厂；此后，又在孟买、阿赫默达巴德等地建纺织厂。到19世纪末，塔塔家族已成为印度最大的民族资本家。当时，印度出现了一批这样的民族商人和资本家，而更多的小一些的商人和资本家也在纷纷崛起，这就使原先羸弱的印度资产阶级队伍得到迅速扩张。但他们的发家致富并不是一帆风顺的，在得到发展机遇的同时仍然要受到英国资本的排挤，仍然感到不平等不自由。于是，他们在有了一定的经济和社会地位之后，便有了更高的政治要求。印度的小资产阶级也在这一时期形成。大小资产阶级在一些关键问题上意见一致，便联合起来，制造爱国舆论或民族独立舆论，造成一个文化氛围，以谋求更多的平等自由和更大的发展。这也就成为文化人队伍不断壮大的客观需求之一。

其次是普通民众的文化需求。随着商品经济的发展、大工业的产生，大批农民破产，沦为城市无产阶级、种植园工人或者佃农。这些人基本上属于文盲，但并不等于他们没有文化需求。他们也需要看文艺节目，听故事，听吟诗，唱颂神曲。随着客观条件的变迁，对于他们来说，中世纪以来的文艺作品已经离他们越来越远，语言上的距离感在不断加强。他们迫切需要用本民族浅近语言写成的文艺作品。

第二，印度知识分子队伍的扩大。

自从启蒙运动以来，印度的教育不断发展，新型的学校越建越多。既有英印当局官方开办的院校，有西方传教士开办的慈善学校，也有民族资本家资助开办的院校。在印度的土地上，这些学校都在所难免地借用西式教育的形式，而采取印西结合的教育内容。这样，就有更多的印度人得到了接受现代教育的机会，也就出现了更多作者和读者。尤其是富裕阶层的子弟，不仅有在印度接受教育的机会，而且还有到英国深造的机会。这一时期，印度模仿英国伦敦大学的模式，开办了一批大学。1857年，加尔各答大学、孟买大学和马德拉斯大学相继建立。此后，旁遮普大学创办于1882年，中央大学创办于1886年，阿拉哈巴德大学创办于1887年。这些大学下属有很多学院，有公立学院也有私立学院。与此同时，普通教育也得到很大发展。1854年以后，印度各省陆续成立了教育部。教育部不仅自己创办中学，也通过补助金制度鼓励私人办学，所以，中学纷纷创办起来。如，在孟加拉、比哈尔和奥里萨三地，1871年有133所中学，而十年后的1882年增加到了209所。其中，由印度人开办的中学发展最快。这些学校培养了大批人才，他们或者继续升学，或者到社会上谋取工作。尽管工作并不难找，但是，这一时期，由于大学和中学的毕业生越来越多，只有硕士以上学历的毕业生才能获得较好的职位，其余的人只能退而求其次，充当普通的职员或者自由职业者，他们的生活仍然比较艰难，同时还要受到英国人的歧视。他们成为印度早期小资产阶级的一个重要组成部分。

知识阶层的迅速扩大，一方面为文学创作活动准备了人才，使作家新群体的出现有了牢靠的基础；另一方面也造就了一个看书读报的庞大群体，文学作品的需求量也随之增加。

第三，印度独立运动新阶段的需求。

19世纪七八十年代，印度资产阶级改良运动又有新进展。正如北京大学历史系教授林承节先生指出的："这可说是早期资产阶级政治运动开展得最有声有色的一个时期。不仅运动的组织性大大加强，而且民族要求被理论化，理论认识开始向实际行动转化。这一切的直接结果和结晶是全印民族主义组织——印度国大党的成立，它为印度民族运动的发展提供了一个领导，一个中心，一个有潜力的发展基础。"[1]国大党成立于1885年12月，它的成立是一个显著的标志，标志着印度民族觉醒进入了一个新阶段，也标志着印度民族主义运动进入了一个新阶段。林承节先生在分析国大党前几届年会代表人员构成时指出："资产阶级（包括工厂主和商人）是国大党的主要阶级支柱。他们通常是通过知识分子来表达自己的政治、经济要求。"[2]而国大党的领导人物，都是知识分子。一般来说，知识分子代表着一个民族的整体素质，代表着一个民族的觉悟程度。没有文化就没有觉悟。因此，国大党就代表着当时整个印度民族觉悟的最高程度，代表着印度文化的发展方向。

国大党成立以后，在传播民族主义思想方面做了大量工作，为爱国情绪和民族意识的进一步提高做出了贡献。这就需要有许多知识分子来做宣传工作，而最有力的宣传鼓动工具之一就是文艺作品。另一方面，民族主义运动和国大党的成立，很容易进一步激发青年一代作家们的创作冲动。这些都成为新作家群体出现的客观条件。

第四，文化事业的进一步发展。

这里的文化事业主要指报纸杂志的增多和出版业的发展。当时印度的印刷业也较前一时期更为发达，各大中城市都有较强的印刷能力，出版报纸杂志和书籍已经不那么困难。这一时期，有许多报纸在印度

---

[1] 林承节：《印度近现代史》，北京大学出版社，1995年版，第245页。

[2] 同上，第264页。

很有影响，如《印度时报》《印度报》《孟加拉人》《甘露市场报》《大众报》《印度爱国者报》《月光报》，等等。同时，印度各地的语言几乎都有自己的报纸和刊物。这在很大程度上引起了英印当局的不安，他们试图通过行政手段来限制地方语种的报刊。而且，由于资金不足，各个报刊的命运不尽相同。有的能够得到富商和地主的赞助，而有的办报人甚至靠借债来维持出版发行。尽管困难重重，各地还是办起了各种报刊，印刷了很多书籍。但无论如何，这一切，都为作家们提供了更大的平台，在客观上满足了一些知识青年的创作冲动，从而使更多的作家得以涌现。

第五，榜样的力量。

启蒙运动和社会改革运动得到了印度知识界的广泛认同，各个地区、各个语种文坛上都先后出现了先锋人物，他们成为闯将，成为青年作家的榜样。几乎每个语种都有这样的领军人物，而每个领军人物的周围都有一批追随者。典型的例子有印地语文学先驱帕勒登杜和他周围的一批追随者。在帕勒登杜的带动下，他周围的一批作家骨干发挥了很大的作用，创作出很多具有时代特色、富于进步色彩和鼓动力的好作品。

综上所述，在19世纪的最后15年里，印度各地普遍出现了一个个新的作家群体，他们给印度文坛带来了空前的繁荣。

第二节 19世纪晚期的印地语文学

✿

一、概说

19世纪晚期，除帕勒登杜外，印度印地语文坛上还出现了一些比较重要的作家。这些作家有的是他的合作者或朋友，有的比他略年少一些，但也有比他早出生晚去世的，这些作家在文坛上活动的时间也长一些。这些作家为现当代印地语文学的发展做出的贡献虽然不如帕勒登杜大，但他们为印地语文学的发展，特别是使克利方言印地语成为成熟的文学语言做出了重要贡献。也许正是因为他们的努力，才使20世纪早期出现了享有世界声誉的普列姆昌德这样的印地语文学大家。

19世纪晚期的克利方言印地语文学的重要贡献之一是对克利方言印地语文学语言的发展。熟悉印地语文学的人都知道，克利方言印地语文学的开创者是帕勒登杜，但是帕勒登杜并没有完全完成使克利方言印地语成为文学语言的任务；虽然他用克利方言印地语创作了不少散文作品，但他还没有用克利方言创作诗歌，这是继他之后的其他作家或诗人完成的。譬如，谢利特尔·帕特格1885年写的《向印度致敬》用的就是克利方言印地语，他在诗中写道：

　　　　胜利，永远独立的印度乐音，

　　　　胜利，古老印度的优雅乐音。

　　这首诗表达了对印度独立的向往，赞美了印度古老的文明，是唤醒民族情感的美好乐章。

　　然而，19世纪末期的印度诗歌总体上看反映现实生活表现爱国情感的作品为数不多，成就也不是很大。19世纪晚期印地语文学的贡献主要在小说和戏剧两个方面；其次在散文方面。19世纪晚期的印地语诗歌创作，用克利方言印地语的比较少，内容从总体上看也没有多少创新，因此成就不大。

二、巴尔格里希那·珀德

　　巴尔格里希那·珀德（Balkrishna Bhatt，又译巴尔格利生·珀德，1844~1914），北方邦阿拉哈巴德人。他出身商人家庭，但他成人后不愿经商，与家庭产生矛盾，离家单过。他潜心于创作和办杂志的工作，生活一直相当拮据，但他乐在其中。他被认为是帕勒登杜时期①仅次于帕勒登杜的作家。他比帕勒登杜早出生6年，晚去世近20年，是帕勒登杜的亲密合作者。他受西方文化，特别是西方民主进步思想的影响，不满印度的传统陋习，不迷信传统，具有进步思想。他的创作涉及面比较广，有戏剧、小说和散文，但他主要是散文家。之所以如此，也许与他拮据的生活有关，因为散文一般比较短，更有利于维持生计。除写作外，他还编辑出版杂志《印地语之灯》，时间长达33年之久。这份杂志深受读者的喜爱。他的散文大多数都是发表在这份杂志上。此外，为了

---

① 印地语文学评论界将19世纪晚期的文学称为"帕勒登杜时期"，20世纪早期称为"普列姆昌德时期"，普列姆昌德之后到七八十年代又称为"介南德尔时期"。

生计，他在进行文学创作的同时还从事过新闻工作。作为戏剧家，他写了十多个剧本。从题材看，他的这些剧本取材于神话传说和现实生活两个方面，但取材于神话传说方面的多于取材于现实生活的，有独幕剧，也有多幕剧。他的剧本主要有《赐教》《种瓜得瓜》《童婚》和《堕落的长老会》等。他的这些剧本，取材于神话传说方面的剧作没有什么意义，一般都是前人写过的主题，也没有多大艺术价值；取材于现实题材的作品有一定的意义，有的剧本反映了童婚陋习，有的剧本揭示了嫖客嫖妓后的恶果，但艺术价值也不大。他写的约1 000篇散文中，有相当大一部分不属于文学散文，文学散文大约占他散文的1/3。他的散文题材广泛，涉及历史、政治、社会、文化、宗教、伦理道德等各个方面，结合当时的历史文化背景来看应该说具有不小的意义。他写散文的手法多样，讽刺、幽默、抒情等笔法随处可见，使他的散文色彩斑斓，无千篇一律和雷同之感。他的散文有分析，有对比，也有借题发挥，不仅有比较深刻的思想内涵，也是当时有欣赏价值的作品。他写的小说更少一些，只有《新的年轻人》和《一百个愚者和一个智者》两部。这两部作品应该说不算很成功，但作为印地语文学的早期小说，对印地语小说的发展还是做出了贡献。像《新的年轻人》，虽然在人物性格刻画、人物心理变化的描写等方面均有些不足，有的地方让人感到突兀，但是小说作者在小说中表现出了人物心理和性格的复杂性，说明极坏的人有时也会为自己的行为感到后悔。这说明作者不愿意简单地描写刻画人物，但在创作技巧、心理描写、性格刻画等方面还比较欠缺，所以写出的小说有比较大的缺陷，让人感到有点做抽象的宣传的味道。

此外，多达拉姆·沃尔马（1847~1902）、巴勒姆恭德·古伯德（1865~1907）、伯德利那拉因·觉特利·伯列默肯（1855~1922）、拉塔杰仑·戈斯瓦米（1857~1923）等作家或诗人在19世纪末的印地语文学界也是颇有名气的，为印地语文学的发展也做出了各自的贡献。

14

民族独立运动时期文学概述

这里的"民族独立运动时期"是指1901~1940年这40年时间，并不是全部的民族独立运动时期。此期间，印度争取民族独立运动不断高涨，已经到了最后获得独立的关键时刻。同时，印度各个语种的文学创作都活跃起来，在大时代的风雨中成长壮大。各个语种的文学都大体经历了弘扬民族精神、讴歌浪漫之美、宣扬进步主义等几个阶段，向独立进军的号角已经吹响。

第一节　历史背景

✦

在19世纪最后30年，英国已发展成为世界上最强大的帝国主义国家。进入20世纪以后，英国人对印度的政治统治和经济掠夺也在加强。此时，国大党成立已经15年了，在经过一系列的斗争和探索之后，也在逐步走向成熟。穆斯林联盟的出现动员了广大穆斯林积极投身于反殖民统治的斗争。特别是第一次世界大战之后，甘地回国，在国大党内确立了领导地位，印度人民进行了非暴力不合作运动。与此同时，十月革命的胜利对印度产生了影响，马克思主义在印度传播，印度共产党成立。在各个党派的领导下，各个阶层民众被广泛发动起来，印度的独立运动一浪高过一浪。

一、第一次世界大战前夕的印度

1905年，为反对英国殖民当局分割孟加拉，印度国大党的精英们首先制造舆论予以反对，他们看到中国人抵制美国货取得胜利的消息，更增加了斗争的信心。一时间，各个报刊纷纷发表文章，鼓舞印度民众团结起来，一致行动，坚决斗争。8月，孟加拉各界人士举行大规模集会，提出了"斯瓦德西"（意思是自产）的口号，提倡使用国货，抵制英国货。这场运动虽然在孟加拉最为激烈，但却影响到印度全国。10月26日，是孟加拉分割法生效的日子，孟加拉各界民众自发地组织起来，商人罢市，学生罢课，群众游行示威。罗宾德罗纳特·泰戈尔当时还在青年时期，他为此写了一首歌词：

> 所有孟加拉兄弟姐妹们，
>
> 让我们永远心连着心，永不分离。①

抵制英货的运动从孟加拉开始，得到各地的响应，迅速扩展到各地。在这场运动中，青年学生是最积极的参加者。他们除了参加集会和游行之外，还广为宣传，组成志愿服务队，劝阻人们使用英国货。为此，他们遭到殖民当局的镇压和迫害。1905年底，国大党年会上，连党内的温和派也号召将斯瓦德西运动推向全国，激进派则进一步提出了通过斯瓦德西运动实现"斯瓦拉吉"（意思是自治）的目标。

随后，工人和农民逐渐被发动起来。从1906年起，工人们的斗争已经不是单纯的经济斗争，而是经济斗争和政治斗争并举，带有明确的反对殖民统治的色彩。在工人被发动起来之后，农民也相继被发动起来。他们开始了反抗封建主和地主的斗争。1906~1907年，这个抵制英货的运动在印度全国展开，并且不断向各个领域扩大。

与此同时，一些激进派人士则建立了秘密的革命组织，开展更为激烈的斗争。1907年，激进派人士借庆祝印度民族大起义50周年之机，大力宣传，号召人们进行武装斗争。他们进行了很多次暗杀活动。这引起统治者的极大恐慌，开始设法镇压。1908年，一批革命志士被捕。激进派和一批秘密组织的领导人几乎全部被捕入狱。就在这一年，孟

---

① 转引自林承节:《印度近现代史》，北京大学出版社，1995年版，第350页。

买的产业工人举行了罢工，7月23日，孟买工人举行为期6天的总罢工，参加罢工的工厂达到60多家，工人达10万余人。为此，英国殖民当局派出军警镇压，200余名工人被杀，300余人被捕。殖民当局一方面采用武装镇压的手段对付工人，另一方面则在商人和工厂主之间采用分化瓦解、威逼利诱的手段迫使他们开业复工。一场轰轰烈烈的运动终于以失败而告终。

1911年，英王乔治五世即位后访问印度，接受朝贺，成为印度的皇帝。就在这次访问中，英国当局取消了分割孟加拉的做法，建立了孟加拉、比哈尔、阿萨姆和奥里萨4个省，并把首都迁往德里。

二、第一次世界大战中的印度

1914年7月，第一次世界大战爆发。印度作为大英帝国的一部分，不可避免地被拖进了战争。印度人民无辜地蒙受了巨大损失。

首先在人力上，一向受歧视的印度人被大量征兵，送往前线作战。据统计，此前，在英印军队里当兵的印度人不过23万，而第一次世界大战期间，被征募的新兵竟然达到116万多人，被派遣海外的印度士兵达121万余人，死伤10万余人。

在财力上，印度人不得不承担空前沉重的军费开支。到1918年3月，英印当局为作战所花费用就达到了12 780万英镑，这些都是要由印度下层民众来承担的，而上层的少数大资产阶级却从战争中得到好处。

在物力上，大量的农产品和矿产资源被掠夺，源源不断地被运往海外。其中，农副产品有粮食、棉花、黄麻、生丝、植物油、毛皮、茶叶等，矿产和重工产品有铁、锰、云母、铁轨、机车等。

这一系列的掠夺使印度的经济遭到打击，加剧了通货膨胀。人民在沉重的税收下，生活拮据，经济一度陷入混乱。然而，灾难并没有过去，战争还间接导致了更严重的后果。1918~1919年，粮食减产，出现了全国性的大饥荒，瘟疫横行，造成700万人饿死病死。水深火热中的印度人民不甘忍受战争、饥荒和瘟疫带来的灾难，各种反抗行为时有发生。更加猛烈的民族独立运动已经不可避免。

三、甘地领导的运动

1915年初，甘地从南非回到印度，一个印度近现代史上最伟大的人物终于登上了印度政治舞台，并从此成为印度独立运动的核心，直到印度独立。莫汉达斯·卡拉姆昌德·甘地（1869~1948），出生于今古吉拉特邦卡提阿瓦半岛西南海滨城市博尔班达。1888年去英国留学，获得律师资格后回国。1893年，他应邀去南非为侨民办理律师业务，在那里领导侨民进行反种族歧视斗争达20年。他同时也十分关心印度国内局势，于1909年提出"印度自治"的主张。他的这一主张和他的"坚持真理""非暴力"等斗争策略使他在印度国内也享有盛名。所以，他刚一回国，便受到印度各界人士，尤其是国大党的欢迎。1915~1919年，他一边在全国各地从事政治活动，一边宣扬自己的观点，特别是在第一次世界大战后期，他深入下层百姓当中，先后领导了比哈尔农民反对种植园主的斗争、古吉拉特工人要求提高工资的斗争和农民要求减税的斗争。同时，他还极力主张印度教徒和穆斯林团结一致，支持穆斯林的反英运动。他的行动和思想得到越来越多群众的认同，影响越来越大。1919年，阿姆利则惨案之后，甘地进一步看清了英国殖民当局的凶残，提出了"不合作"的主张。尽管这一策略的提出受到许多党内外领袖人物的质疑和非难，但甘地利用各种媒体向人们解释这一策略的合理性。1920年，在经过国大党特别会议的大辩论之后，不合作策略得到通过。从此，甘地确立了在国大党内的领导地位，非暴力不合作也就成了国大党的一条斗争策略。于是，1921年在印度全国范围内形成了第一次大规模的不合作运动，人们起来抵制英殖民当局，律师抵制法庭，学生抵制公立学校，市民抵制英国货物，也有人放弃了殖民当局颁发的称号和职位。甘地亲自纺线，也号召国大党领导人带头纺线，这就是这次运动中形成的著名的"纺车运动"。1922年春天，由于发生了烧死警察的暴力事件，甘地宣布中止不合作运动。但因为甘地在全国的影响太大，英国当局还是逮捕了他，并判他6年监禁。民族独立运动也因此陷入低谷。

1924年2月，甘地因病被提前释放。1925年，甘地在全印度进一步推广"纺车运动"，支持反对种姓歧视的斗争，宣传妇女解放，宣传印度教徒和穆斯林的团结。20年代，甘地苦行僧的形象也确立起来。他赤裸上身，腰间只围了一条手工纺织的围裤，不仅过着很清贫的生活，粗茶淡饭，不蓄私财，还参加劳动，和下层民众保持紧密接触。他用群众的语言演讲，赢得了千百万下层民众的爱戴和支持。他主张恢复印度古老的传统，以民族文化遗产为自豪，这极大地提高了全民族的自信力。他主张内在的自我完善，谦恭礼让，平易近人，怀着对所有生命的怜悯，平等对待所有人。他在英国人面前没有丝毫的自卑，在下层百姓中没有丝毫的高傲。他伟大而高尚的情操成为许多人的楷模，无数的民众愿意跟随他去参加赴汤蹈火的斗争。

在这个过程中，穆斯林联盟、印度教大会、锡克教组织，都十分活跃。由于受到马克思主义和国际共产主义运动的影响，印度共产党终于在1925年底正式成立，并迅速展开工作。而在印度国大党内，以尼赫鲁为代表的左翼人士也进入了领导层。

从1930年起，印度又兴起了第二次不合作运动，史称"文明不服从运动"。这次运动的规模和声势要超过第一次。运动是从印度"独立日"开始的。1929年底，国大党年会接受了甘地的提议，要把运动的目标由自治改为独立，并决定以1930年1月26日为"独立日"。于是，在国大党的领导下，在全印度的各大城市和农村举行了集会游行。人们在集会上宣誓，要求与英国断绝关系，实现完全的独立。斗争的方式则是非暴力不合作。当甘地代表国大党向英印当局请愿的时候，遭到无情拒绝。于是，甘地选择当局的"食盐法"为突破口，举行"食盐进军"，号召全国起来一致反对和废除"食盐法"。甘地的号召得到广泛的响应，全国同时还进行了抵制英国货的行动。许多妇女也参加到运动中来，声势浩大。几个大城市还发生了警察开枪镇压的事件，但人们并不畏惧，运动仍然如火如荼地进行。随着运动的发展，有些地方出现了武装斗争。正当甘地要进一步采取措施引导人们进行非暴力斗争的时候，当局再次将他逮捕。此举引起了全国性的抗议和声援浪潮，孟买5万工人举行罢工，铁路工人也举行罢工，商店罢市，示威游行不断。在一系列惊心动魄、前赴后继的斗争中，军警进行了残酷镇压，有人被捕，有人受伤，有人牺牲。1931年1月，甘地获释，他一边和英国当局谈判，一边继续开展不合作运动。甘地在此期间多次被捕，并进行了绝食斗争。这次运动最后虽然没有达到取得独立的目标，但也让英国殖民当局痛切地感到了不合作运动的威力。而且，这一运动大大提高了国大党的威信，提高了民众的觉悟和信心，为下一阶段的独立斗争打下了广泛的群众基础。

1936年，印度国大党和共产党结成了统一战线，共同为印度的独立而奋斗。他们发动工人和农民，当年就成立了全印农民协会。1938年，全国统一的工会也得以成立。从此，工人和农民运动更加蓬勃地展开。国大党和共产党建立统一战线以后，由于教派主义抬头，穆斯林联盟和国大党的分歧却越来越大，甘地为弥合这种分歧做了艰苦的努力，但终于没能挽回局面。1939年，第二次世界大战爆发，印度再次随英国卷入了反法西斯的战争。

以上这些重大的历史事件，都深刻地影响了这个时期的文学。文学成为历史和社会的一面镜子，折射出这个时代的风貌。

第二节　诗歌

❦

　　进入20世纪以后的40年间，印度的诗坛上出现了这样几个诗歌潮流：在世纪之初的20年，基本上还是民族觉醒的诗歌，也就是说，诗歌的主题主要包括社会改革、民族振兴、文化复兴等内容。30年代开始，印度诗坛上出现了两种倾向，两种风格。一方面是受西方诗歌潮流的影响，出现了浪漫主义诗歌，而在印地语诗坛，则被称为"阴影主义"诗歌。另一方面，几乎是同时，马克思主义的传播给印度诗坛带来了一股生气，一股战斗气息，出现了"进步主义"诗歌。不过，配合独立运动的进一步发展，这种要求独立的诗歌显得更为高亢遒劲。但这并不意味着这两个潮流是大路朝天各走一边，而是相互交融相互呼应、你中有我我中有你的。就拿印地语的阴影主义诗歌来说，诗人们在抒发浪漫情怀的同时，也鼓吹进步，他们的诗歌中也明显有受马克思主义影响的痕迹。而宣扬民族振兴和社会改革的思想内容则是贯穿始终的，并不是说当浪漫主义潮流袭来的时候，大家都沉浸于唯美主义的漩涡，而忘记了民族的大义。例如，印地语著名的阴影主义诗人本德，就投身进步主义的文学洪流之中。当然，每个诗人的情况有所不同，其思想倾向也各不相同，而且每个诗人在不同的历史时段表现也有不同。但总体上讲，这是几个比较明晰的潮流或者说是倾向，每个潮流都有其代表人物和代表作品。

后面，我们将设专章重点介绍印地语进步主义小说家普列姆昌德和阴影主义诗人伯勒萨德，这里要举一些其他重要诗人的例子，介绍他们的一些基本情况和诗歌成就，评价他们在印地语诗坛的地位和贡献。

这个时期，印地语文学界习惯上称为"德维威迪时期"，就像前一个时期被称为"帕勒登杜时期"一样。所以，这里要先说说马哈维尔·普拉萨德·德维威迪（Mahavir Prasad Dvivedi，1864~1936）这位划时代的文学大师。他出生于北方邦赖伯雷利县附近一个叫作道勒特普尔的村子里。他从青年时代开始就积极推行印地语克利方言，后来为印地语文学的发展和提高读者的知识水平贡献了毕生精力。1903~1920年，他一直是著名印地文杂志《文艺女神》的编辑，他利用这个阵地培养和提携了整整一代印地语文学爱好者和著名作家。他一生出版著作达80余种，主要是文学批评方面的著作，还有部分翻译和编写的书籍。

正是在这个时代，出现了许多印地语诗人。可以说是人才济济。我们这里只能介绍其中比较有影响的几位。

一、赫利奥特

赫利奥特（Hariaudh）是这个时期最有成就的诗人之一。赫利奥特是笔名，他的本名是阿约特亚辛赫·乌巴特亚耶（Ayodhyasingh Upadhyay，1865~1945）。他出生于北方邦阿泽姆格尔县的尼扎马巴德，五岁时就开始接受波斯语的启蒙教育，长大后到贝拿勒斯上大学，接受英语教育。由于他的身体不佳，学业中断，但他仍然通过自学掌握了印地语、梵语、英语和波斯语。他先在家乡的中学教书，还当过小税务官，后来到贝拿勒斯大学当义务教员达18年之久。

赫利奥特一生著作颇丰，但他基本是一位诗人，他也写过两部长篇小说、多种诗论和一个剧本。《纯四行诗》（1924）、《诗之花》（1925）、《刺人的四行诗》《神树》《交往》等是他的诗集。他的长篇小说《纯印地的乐趣》和《半开的花朵》主要表现的是语言运用的技巧，不算是成功的作品。他的长篇叙事诗《情人远行》（1914）和《悉多林居》（1941）是他诗歌的代表作。

《情人远行》讲述的是传统的黑天与牧区女孩子们的恋爱嬉戏，尤其是黑天与罗陀的爱情故事。全诗6 000余行，分为17章，被印度文学界认定为早期印地语布罗杰方言的第一部"大诗"。既然是古老的神话故事，中世纪以来又为许多诗人所反复改写，那么，除了语言的变化以外，赫利奥特的这部诗还有什么创新之处呢？正如我国印地语文学界前辈刘安武先生所分析的那样："当时正是民族运动开始兴起的时期，1905年反对分裂孟加拉的群众运动的高潮刚刚过去，但不少的先进分子和革命者，他们仍然在全国奔走呼号，做唤醒民族的工作。……赫利奥特正是刻画了这样一个现代公众领袖的黑天形象，他不是在处理朝政，而是在为人民谋福利。而罗陀呢？再不是为离愁苦恼的女子，她也成了为农民服务的女性了。"[1]为证明这一点，刘安武先生翻译引用了下面的诗句：

> 亲爱的，归来吧，说几句亲切的话语，
> 将我爱抚地拥抱在怀中，
> 心会平静，痛苦的眼泪会止住，
> 我会感到无限幸福。

---

① 刘安武：《印度印地语文学史》，北京：人民文学出版社，1987年版，第247页。

这是我内心的情绪。

然而也有另外的念头：

亲爱的，祝你长寿，为世界谋幸福，

即使你一去不回头。①

同样，《悉多林居》也是在《罗摩衍那》故事的基础上用现代语言写成的一部"大诗"。这部长诗写的是罗摩在征服楞伽岛、救出妻子悉多，返回故国恢复王位后，听信流言蜚语，将本来贞节的悉多流放林中。在我们看来，《悉多林居》在思想上和故事的编排上都没有比前人进步。但在印度人看来，这仍然不失为一部优秀的大诗。原因是，读者在这部诗中得到的是一种精神的愉悦，一种审美的感受，一种宗教感情的寄托。这正是千百年来有许多诗人利用古代神话题材反复改作、乐此不疲的原因。

二、迈提里谢仑·古伯德

迈提里谢仑·古伯德（Maithilisharan Gupta，1886~1964），群众喜爱的印地语诗人，印地语文学界称他为"民族诗人"。他出生在占西附近的一个小镇，属于吠舍种姓。他的弟弟也是一位很有建树的印地语作家。他在写诗之初，得到过大师马哈维尔·普拉萨德·德维威迪的指导和鼓励。他的诗集很多，从1909年发表第一部诗集开始，到1952年，达40种之多。他的诗歌多以古代的传说故事为题材编织而成，但他绝不是食古不化者，而是跟随印度的诗歌潮流不断向前，一步步走过来的。所以，从他各个时期的作品中能够看出他的进步过程。他既

---

① 转引自刘安武:《印度印地语文学史》，北京：人民文学出版社，1987年版，第247页。

写长篇的叙事诗，也写短歌和歌词。他既继承了印度古代文明的传统，也紧扣现实社会的脉搏，写出了许多脍炙人口的篇章。

印度文学界通常最推崇他的长篇叙事诗。其中，发表于1932年的《萨凯特》和发表于1933年的《耶输陀罗》都备受人们的推崇。《萨凯特》是根据罗摩故事改编的大诗，诗人以特殊的视角刻意塑造了一个带有现代气息的独立女性的形象——罗什曼那的妻子乌尔米拉。女主人公身上体现了甘地的人道主义思想，也宣扬了甘地坚持真理和非暴力的原则。据说，当诗人写完这部著作的时候，圣雄甘地正在坐牢，诗人将手稿装订成册，送到监狱去征求甘地的意见。甘地读后，在手稿上写下了自己的意见。现在这份手稿作为文物，保存在瓦拉纳西的印度艺术宫。[①]《萨凯特》出版以后，很受各界欢迎。1935年，当时的印度斯坦研究院特地给诗人颁发了500卢比的奖金；1937年，当时的印地语文学会颁发给诗人1 200卢比的奖金。《耶输陀罗》则是歌颂历史人物，佛祖释迦牟尼出家前的妻子耶输陀罗的高尚品德，她因被丈夫遗弃而内心充满痛苦和哀怨，但在关键时刻，她还是将儿子送进了佛教团，自己也皈依了佛教。

其实，在迈提里谢仑的诗集中，让我们受感动的还有一些短诗，如有一首标题为《自思》的诗，是这样写的：

> 印度，为什么这样悲伤？
> 富饶的国土，为什么这样荒凉？
> 勤劳的民族，为什么多灾多难？
> 你奋斗的目标应该是自由和解放！

---

① 印度印地语教研中心编：《印地语诗选》，阿格拉，1986年印地文版，第269页。

在生存竞争中你为什么退让？

有坚强的毅力，示弱岂不荒唐？

今天，你为什么忘记了自己，

竟显得无声无息、一片惆怅？

你是升起太阳的东方，

为什么悲愤、失望、彷徨？

发出你那像诃努曼一样的力量吧，

你立刻就可以在天空自由翱翔！ [①]

从这首诗中能够看出诗人对祖国的深深热爱。

三、拉姆纳雷什·特里帕提

拉姆纳雷什·特里帕提（Ramnaresh Tripathi，1889~1962）也是属于这一时期的著名印地语诗人。他是诗人，也是编辑，但同时也写小说、剧本、人物传记和文学评论。他的三部长诗《聚会》（1915）、《路人》（1920）和《幻梦》（1929）很有名。这是诗人根据想象创作出来的故事叙事诗，歌颂的是为国献身的精神。他尚有两个诗集《圣歌百首》和《心灵》。

一般认为，在两次世界大战之间，印地语诗坛上兴起了一个诗歌潮流——阴影主义。阴影主义诗歌有四大支柱诗人，他们是杰辛格尔·伯勒萨德、尼拉腊、本德和马哈黛维·沃尔玛。

四、尼拉腊

尼拉腊（Nirala），本名苏尔耶冈德·德利巴提（Suryakant

---

① 转引自刘安武：《印度印地语文学史》，北京：人民文学出版社，1987年版，第254页。

Tripathi，1896~1961）祖上是北方邦人，他出生在孟加拉。他从小接受孟加拉语教育，1920年前后来到加尔各答，进入罗摩克里希纳修道院办的一家杂志社工作。在那里，他接受了一些修士们的影响，思考一些哲学问题。后来又到别家杂志工作。他的著作很多，诗集有14部，但属于这个时期的只有5部。他的主要诗歌作品都集中在40年代末以前，主要有：《无名指》（1922）、《芳香》（1930）、《短歌集》（1936）、《无名指》增补版（1938）、《杜勒西达斯》（1938）、《蘑菇》（1942）、《阿尼马》（1943）、《茉莉》（1946）和《新叶》（1946）。

此外，他还有8部中长篇小说、4个短篇小说集、11种翻译作品，以及5个杂文和评论集。

尼拉腊受到过各种思潮的影响，从他的诗歌中可以看到，既有民族主义，也有人道主义，既有阴影主义，也有进步主义。早期诗歌的神秘主义，后期诗歌的实验主义，都在他的诗歌中有所体现。他的诗歌风格、题材也是不断变化的。下面请看他的一首诗《再一次觉醒吧》：

再一次觉醒吧！
在我们祖先的战场上，
曾作过不朽的牺牲。
伟大的印度河歌唱他们的英名。
印度河两岸的人民，
曾跨上骏马，
击溃过敌人的四路大军。
"不以一抵十万，
我戈温德·辛赫誓不为人！"
这是谁发出来的豪迈声音？

在极端严酷的斗争里，
成年累月的战争，
他们像过洒红节似的
让鲜血染遍了全身。
而今天怯弱的黄鼠狼，
却撞进了雄狮的洞门。

同胞们，再一次觉醒，
我主保佑我们战无不胜，
这呼声炽烈地燃烧着我们的心，
在熊熊的怒火里，
一切怯弱都化成了灰烬。
你成了无畏的战士，
你像战胜了司毁灭的湿婆大神。
啊，天神的子孙，
你曾冲破七重天，
撞过死亡关，
到达了神王因陀罗的天庭。

同胞们；再一次觉醒，
有谁能从母狮怀里夺走幼狮？
只要母狮一息尚存，
难道它会默默无声？
啊，尚未觉醒的人们！
只有那懦弱的母绵羊，
看到别人抢走自己的孩子，

才一声不响，忍气吞声。

可是世界上只有强者才能生存，

不要依靠西方文明，

我们有自己的《薄伽梵歌》，

要一遍一遍地牢记在心。

同胞们，再一次觉醒！

你们不是牛马，

你们是勇敢的人民，

你们是战斗中的英雄，

你们并不懦弱无能。

不幸的命运使你们

在别人的脚底下呻吟。

啊！你们是帝王的后裔，

你们是战斗中的先行。

一旦摆脱了个人得失的羁绊，

你们将会无比的庆幸。

你们内心怀着圣哲们的无数遗训。

他们教训你们：

你们是伟大的，永远是伟大的。

这种怯弱、贫困和沉沦不会永存。

你就是宇宙，

这个世界不过是你脚下的尘土。①

---

① 转引自刘安武:《印度印地语文学史》，北京：人民文学出版社，1987年版，第326~329页。

这首诗是尼拉腊最典型的民族主义诗歌，诗中的爱国激情溢于言表。但我们也不难看出其中的神秘主义色彩。

五、苏米德拉难登·本德

阴影主义流派的另一著名诗人苏米德拉难登·本德（Sumitranandan Pant，1900~1977），出生于农村一个比较殷实的家庭，他一出生母亲就去世了，奶奶将他一手带大。他受到了良好的教育，一直读到大学。1921年，由于响应甘地的不合作号召，他中断了学业，开始从事文学活动。1931年，他开始学习马克思主义，然后办起了宣传进步思想的杂志。1936年，参加了进步文学大会。1942年以后曾周游印度，并结识了奥罗宾多·高士，思想上受到深刻影响。50年代以后，居住于阿拉哈巴德，专心从事写作。

一般认为，本德的诗歌可以分为三个类别：

第一，阴影主义诗歌，主要有《绳结》（1920）、《嫩叶》（1927）和《蜂鸣》（1932）等。

第二，进步主义诗歌，主要有《时代之声》（1939）和《村女》（1940）等。

第三，新神秘主义诗歌，主要有《金色光线》（1947）、《金色尘埃》（1948）、《后继》（1949）、《艺术和老月亮》（1958）、《无神论者》（1964）等。

印度独立以后，本德的神秘主义诗歌曾三次获得国内外大奖。而他早期的诗歌虽然更优美，更激动人心，却只是他日后获奖的铺垫。下面选一首他的短诗《妇女》谨供欣赏：

解放妇女，解放那
一直被囚禁的妇女。

从世世代代野蛮的牢狱里，

把母亲、妻子、姐妹解放，

把她们柔嫩的身心上的

一切金色的束缚粉碎，

那不是什么美的装饰品，

只不过是囚禁她们的补偿。①

六、摩哈黛维·沃尔玛

摩哈黛维·沃尔玛（Mahadevi Warma，1907~1987）出生于北方邦法鲁卡巴德镇一个有文化的家庭。她青年时代在阿拉哈巴德大学学习，获得了梵文文学硕士学位。毕业后即在当地的女子学院担任教师。后来又担任过著名杂志《月亮》的编辑。她的一生都献给了教育、编辑和文学创作事业。为此，印度政府曾为她颁发莲花勋章。她也曾被选为北方邦立法委员。

她的著作主要有5部短诗集:《雾》《光》《莲》《黄昏歌》和《灯焰》。她还是一位散文家，她的文集有《链条的环节》《过去的动画》《记忆的线条》《同路伙伴》和《我的家庭》等。其中，在《链条的环节》里，她书写了印度妇女令人同情的处境，同时也描绘了她们蕴藏的力量和自豪。《过去的动画》和《记忆的线条》中，她以回忆录的方式抒写了许多感人的事情。《同路伙伴》是对现代印地语文学届一些重要人物的回忆。《我的家庭》里说的是她豢养的动物。她的诗歌一般都是歌词式的短诗，其核心内容被认为是爱，主要情调是伤感和离愁。为此，她被列入"阴影主义"诗人当中。《黄昏歌》收录的是她1934~1936年的作品，被认为是她的代表作之一。《我是饱含苦水的云

---

① 转引自刘安武:《印度印地语文学史》，北京: 人民文学出版社，1987年版，第343页。

朵》是其中的名篇之一：

> 我是饱含苦水的云朵！
> 抖动着长久停留在一地，
> 哭泣着被世人伤害嘲笑，
> 眼睛里灯烛在燃烧，
> 眼睑里溪流在喧闹！
> 我的一步步充满音乐，
> 呼吸里梦的花粉流溢，
> 天空里新颜色织成纱丽，
> 阴影里西南信风像仙女！
> 我在天际眉梢被尘土蒙蔽，
> 忧虑的重压始终密集，
> 让水滴洒向粒粒泥土，
> 让新生活的幼芽发出！
> 来时莫把道路弄脏，
> 走时莫让脚印留驻，
> 记忆在我起源的世界，
> 幸福的颤抖写出结局！
> 辽阔天空的一个角落，
> 也从来不属于我自己，
> 这是多么熟悉的历史，
> 昨天翻腾游弋今天了无痕迹。

第三节　小说

✤

　　进入20世纪的头40年，印度的小说创作也可以说进入了一个全新和全盛时期，这是以往任何一个时期都无法与之相比的。这一时期的小说类型可以按照印度文学界的分法，分为"历史小说"和"社会小说"两大类别。这是根据小说所反映的内容划分的。但是，即便是所谓的"历史小说"，也不是完全与现实社会没有关系，从作者本人的创作意图看，他们的目的并非单纯说古，而是要通过说古来为现实服务，即提高民族觉悟，激发民族斗志，为争取民族独立呐喊。如果说，前一个时期还有作家一味地写历史小说，不大考虑整个民族命运的话，那么到了这个时期，凡是进行文学创作的作家，都无一例外地将自己的创作与整个民族的命运紧密地联系起来。至于那些所谓的"社会小说"，再也不是单纯地讲述男欢女爱的浪漫故事，而将矛头直指封建主义和殖民主义。

　　尤其是30年代，马克思主义在印度迅速传播，同时印度也受到国际共产主义运动的影响，建立了印度共产党，而印度共产党又与国大党联合起来共同发动和领导着工农运动。当此之时，在印度不仅出现了马克思主义作家和马克思主义文学，在共产党外也出现了受马克思主义影响的进步主义文学思潮。1936年，印度进步作家协会举行首次全国性代表大会，著名印地语小说家普列姆昌德担任大会主席，会上明确了协会的宗旨，就是要团结一切可以团结的力量，建立反帝统一战线，为民族独立而奋斗。很快，印度全国各大城市便建立起许多分会，印度文学界迎来了一个新的春天，进步主义的文学作品也纷纷出现。

从流派上看，这个时期的文学无非是浪漫主义和现实主义两大潮流。而进步主义文学登上历史舞台之后，不管是浪漫的还是现实的，或者是二者结合的，都以反帝反封建和实现民族独立为创作宗旨。

这个时期，印地语的小说也取得了令人喜悦的成就。普列姆昌德当然是最重要的小说家，此外，杰辛格尔·伯勒萨德和耶谢巴尔的小说也有较高成就，他的情况都将在后面专门介绍。除了他们三人，还有几位值得介绍的作家，他们也有优秀的小说问世。

一、金得勒特尔·谢尔马·古勒利

这里首先要介绍的是金得勒特尔·谢尔马·古勒利（Chandradhar Sharma Guleri，1883~1920）。他是印地语文学史上的一个特殊人物。他既从事历史研究和梵文研究，也撰写文学评论、散文和小说。然而，他作为印地语文学史上的名人之一，仅仅因为他一生仅有的三篇短篇小说，其余作品几乎全都被人遗忘。而这三篇中又仅仅因为其中的一篇使他永垂史册，另外两篇也不重要。他的三篇小说是《幸福生活》《她说过》和《蠢人的刺》。其中，《她说过》发表于1915年，属于印地语文学史上一流的作品。故事有男女两位主人公，男孩12岁时，女孩才8岁。两人相识时，彼此产生了好感。尤其是男孩，对女孩一往情深。有一次，男孩曾冒着生命危险在一匹惊马的腿下将女孩救出。男孩问女孩是否订婚了，女孩的回答让他十分难过和失望。但即便如此，男孩也爱着女孩。25年过去了，男孩长大后在军队里当了班长，女孩的丈夫则当了排长。女孩的儿子就在男孩的班里当兵。第一次世界大战爆发了，军队要去法国同德国人作战。这时，女孩找到了男孩，请求他在战斗中保护她的丈夫和儿子。男孩答应了。战斗打响了，男孩始终记得女孩的嘱托，用自己的生命保住了女孩的丈夫和儿子。男主人公牺牲性命兑现了承诺，人物个性非常鲜明突出，情节安排也很巧妙，读后让人十分感动。

二、罗睺罗·桑克利提亚衍

罗睺罗·桑克利提亚衍（Rahul Sankrityayan，1893~1963）是国际知名学者。他虽然出生于印度北方邦的农村，但天资聪颖，学习刻苦，掌握了多种语言，除了印地语、英语、梵语、巴利语、俗语外，还懂得汉语、藏语、俄语、日语等。他所研究的领域也十分宽广。一生写出过150余部著作，上至天文，下及地理，哲学、宗教、社会、历史、语言等学科都有非凡建树。然而，就是这样一位大学者，却不是一个从书本到书本的学究。他年轻时代积极参加政治运动，曾多次被英印当局逮捕入狱，30年代接受了马克思主义，继续参与社会活动。他在文学方面著述颇丰，写有小说、游记、剧本、文学评论、文学史等，仅小说就多达11种，而其小说方面的成就足以在印度文学史上占有一席之地。他的短篇小说集《斯德米的孩子》出版于1935年，是他的小说代表作之一。其中收有10篇小说，主要内容是揭露当时印度社会妇女和儿童的悲惨境遇，表现他们的生活遭遇和感情世界。《从伏尔加河到恒河》出版于1944年，其中收有20篇故事。这些故事是按照从时间顺序排列的，作者从原始公社时期说起，在每个时间段上编织一个故事，一直写到印度的民族独立运动。正因为如此，这部书的汉译本被定名为《印度史话》，由中华书局出版。

其实，这是作者从历史唯物主义的立场出发，根据一定史料和自己对各个历史发展阶段的认识而创作的小说。他的两部长篇小说代表作《辛哈元帅》和《尧特耶共和不朽》都出版于1944年。这是两部写历史故事的小说，与其他小说家根据神话传说写的所谓"历史小说"不同，他的这两部小说会把人拉回到远古时代，读起来有身临其境的感觉。

三、苏德尔申

苏德尔申（Sudarshan, 1896~1967），本名伯德利那特（Badrinath），出生于旁遮普的锡亚尔科特（在今巴基斯坦一侧）。他最初用乌尔都语写作，后来转向用印地文写作。他写过剧本和散文，但主要是小说。他的主要创作期为20世纪二三十年代。其主要的小说集有:《花和藤》（1919）、《美好的早晨》（1923）、《美酒》（1926）、《朝圣》（1927）、《美丽的花朵》（1934）、《四篇集》（1938）、《井台》（1939）和《宝石》（1947）。

他的小说都很贴近现实生活，如歌颂残疾人美好的心灵、揭露资本家的贪婪无耻、鞭笞社会上不合理的现象，等等，有不少优秀作品。

四、乌格尔

乌格尔（Ugra, 1900~1967），本名邦德耶·伯金·夏尔马（Bandey Bechan Sharma），出生于北方邦的米尔扎布尔县。他自幼家境贫寒，长大后又奔走于生计，没有接受过系统的教育。1921年，他曾因参加民族独立运动而被捕。此后，他一边当编辑一边从事写作，写过剧本和小说，发表过10多部长篇小说和短篇小说集。他最著名的长篇小说有《德里的代理商》（1927）和《布屠阿的女儿》（1930），以及短篇小说集《旁遮普的王后》（1942）等。其中《布屠阿的女儿》是他的长篇小说代表作，写的是不可接触者布屠阿一家的屈辱遭遇，批判了种姓制度，号召受压迫和受侮辱的不可接触者起来斗争。《旁遮普的王后》中的小说，以反对殖民主义的题材为主，作者以极大的爱国热情歌颂了民族主义的英雄行为。

小说之王普列姆昌德

第一节　生平与创作

一、求学与执教

普列姆昌德（Premchand）1880年7月31日出生于北方邦贝拿勒斯（今瓦拉纳西）北郊的拉莫希村。他家的种姓是刹帝利亚种姓迦耶斯特。

他出生后的一段时期，他的家庭还是比较大的，有祖母、伯父伯母、父亲母亲，还有一个比他稍长的堂兄。但他家的土地并不很多，单靠土地生活也许有一定的困难，所以他父亲做了邮局职员，由伯父管理家产。土地自己耕种一部分，出租一部分。

普列姆昌德是他后来的笔名，是在他的第一部短篇小说集《祖国的痛楚》出版后遇到麻烦，他的朋友尼格姆给他起的。原来，他有两个名字：一个是他父亲给他起的，叫滕伯德·拉易·希利瓦斯德沃（Tempat Ray Shrivastav）；另一个是他伯父给他起的，叫纳瓦布·拉易·希利瓦斯德沃（Nawab Ray Shrivastav）。他正式使用的是他父亲起的名字，发表作品用的是他伯父给他起的名字的前一部分，即纳瓦布·拉易。《祖国的痛楚》署的也是纳瓦布·拉易。但是，英国殖民当局的嗅觉是很灵敏的，还是找到了他，不仅没收焚毁了尚未售出的作品，还欲进一步找他麻烦。幸亏他一个做副警察局长的朋友巧妙的帮忙，他才未受到其他处罚。

他出生时，他父亲的月薪有20个卢比。虽然他父亲已经不务农，但他和母亲都生活在农村的老家。他们家的生活虽然不算富裕，但还过得去，属中下水平。

8岁的时候，母亲卧病半年后离开了人世，祖母照料他。两年后，他父亲续了弦。随后母来的还有后母的弟弟，也就是他又有个舅舅和他生活在一起了。不过这个舅舅和他年纪差不多，他们关系不错。过了些时间，他父亲调到戈勒克普尔，他也到了那里，插班进了正规的英式小学，有英语课程。这以后，他慢慢地对文学产生了兴趣，课外有时间便看翻译成乌尔都语的往世书和毛拉那·雪拉尔、萨尔夏尔等乌尔都语作家和孟加拉语作家般吉姆·钱德拉·查特吉等的作品，另外还喜欢阅读民间故事。

1896年，他父亲又被调到了加吉镇。这时他上9年级。由于他的后母生了两个弟弟，他父亲的收入难以维持全部开销，每个月只能给他5个卢比。他不够花，于是充当家庭教师，挣点钱补充不足。

1897年，也就是他17岁的时候，他父亲和后母做主，给他娶了妻子。他的这个妻子年纪比他大，长相、脾气也不好，给他们后来的生活带来了痛苦，造成了悲剧的结局，在他后来的创作中也有反映。

婚后不久，他父亲不幸辞世。祖传的一点土地的收入很难维持一家五口的生活，养家糊口的重担部分地落在了他稚嫩的肩上。同时，他还想上大学，但入学考试未能获得免费入学的成绩。他上大学的愿望很强烈，于是决定补习，打算第二年再考。他白天自己补习，然后做家教，每月挣5个卢比，给家里3个卢比，自己留下两个卢比。这点钱实在维持不了基本的生活。一天，委实过不下去了，他拿一本两个卢比买的书去卖。在这个偶然的机会，一个小学校长看上了他，愿聘他任教，月薪18个卢比。这对当时的他来说，好像是天上掉下的馅儿饼；从此他开始了执教鞭的生活。这年他19岁。在印度，老师是很受尊重的；他也很热爱这份工作，热爱这一事业。一次，他所在学校的校队和一支英国人足球队比赛，英国足球队输了。傲慢的英国人恼羞成怒，竟动手打校队的队员。青年普列姆昌德侠肝义胆，用棍子回击打人的英国人。可他没想到的是，苦果很快就来了，他被停职半年之久。这使他体验到了作为殖民地的印度人的处境。对英国殖民者的不满意识在他心中滋生、增强。此后不久，他又因支持一个老师反对学校当局的不公正，被当权者赶出了学校。他回到贝拿勒斯，又幸运地找到了小学教师的工作。1901年，他调到伯勒达伯堡学校执教。到此校后，他开始考虑到师范学校去进修，因为他觉得要长期从事教学工作，到师范学校进修一下才好。于是，他申请到阿拉哈巴德师范学校进修两年，得到了批准。

1902~1904年在阿拉哈巴德进修期间，他不仅通过了乌尔都语、印地语、英语等各门课程的考试，而且开始了他的文学创作生涯。1903年，他用乌尔都语写了题为《克伦威尔》的长文，在乌尔都语周刊《人类之声》上连载。同年，他开始用乌尔都语创作第一部文学作品——中篇小说《圣地的奥秘》。

进修结束，他回到伯勒达伯堡学校。1905年，他被调回阿拉哈巴德，任一所师范学校的首席教师。几个月后，他又被调到坎普尔的一所学校，每月的工资由原来的25个卢比增加到30个卢比。这年夏天，他回到家里，他妻子和他继母之间的矛盾爆发，妻子寻死觅活，被继母所救。普列姆昌德对此很不满，夫妻发生争吵，妻子生气回了娘家。按照印度习俗，要丈夫去接，妻子才好回来。普列姆昌德没有去接妻子，从此中断了夫妻关系。9个月后，他娶了开明人士戴维·伯尔萨德童年守寡的女儿西沃拉妮·戴维为妻。他们幸福地生活在一起，感情甚笃。直到1936年普列姆昌德谢世，他们共同生活了36年。他们曾生过多名子女，但只有女儿卡姆拉·德维（1913年生）、儿子希里伯德·拉易（1916年生）和阿姆利德·拉易（1921年生）存活下来，其他的都夭折了。小儿子阿姆利德·拉易后来也成了一位作家。

1906年3月，普列姆昌德发表了他的第一篇文学评论，题为《塞勒尔和萨尔夏尔》，充分论证了他们在乌尔都语小说创作中的地位。同年7月和12月，他先后出版了中篇小说《伯勒玛》和《吉希娜》。1907年5月，他又出版了中篇小说《生气的王公夫人》。在不到一年的时间里，他先后出版了3部中篇小说，可见他当时的创作速度。

也许普列姆昌德教书教得不错，所以没教几年书，即1907年底，他就被任命为县教育副检查员，任务是检查该县中小学教学情况。官职虽不高，却是殖民政府的官员，派头不小，出巡时有随从，甚至有专门的厨师；到村镇的中小学去会受到夹道欢迎，校长和当地的头人更是热情接待，送土特产、礼物甚至钱财。普列姆昌德生来不是当官的，对此很反感，非但不收，还欲下令取消这一套做法。

1908年6月，他出版了第一部短篇小说集《祖国的痛楚》①。这部小说集中只有5篇小说，但由于充满了爱国热情，引起了殖民者的注意。尽管署的不是他正式用的名字的前一部分"滕伯德·拉易"，而是署的他伯父给他起的名字的前一部分"纳瓦布·拉易"，但麻烦还是找到了他。幸亏县警察局的副局长是他的朋友，帮了他的忙，最终他未售出的书被没收焚毁。但这并没有影响他的创作。不过，他以后不再用以前一直用的"纳瓦布·拉易"这个名字发表作品，而用他朋友尼格姆给他起的笔名普列姆昌德发表作品了。

---

① 又译《热爱祖国》，见刘安武：《印度印地语文学史》，北京：人民文学出版社，1987年版，第265页。

1915年，是普列姆昌德不幸的年月，他经常生病，休病假的时间就占了多半。他的病似乎是慢性痢疾，始于1914年，时好时坏，延续了9年，直到1922年才基本治好，损害了他的体质。

这一年，还有一件重要的事情值得一提，即他改用印地语创作了，所以有的乌尔都语文学史家写乌尔都语文学史要写他，而印地语文学史家都会说他是印地语小说家，《大不列颠百科全书》亦称他为乌尔都语和印地语小说家。

1916年，做了八九年的"官"以后，他还是不习惯做官的那一套，于是辞去副督学到戈勒克普尔的中学教书去了。同年，他又被调到戈勒克普尔公立师范学校当助理首席教师，月薪60卢比，一年后增加到70卢比。

1918年，英国殖民当局统治下的戈勒克普尔这个小城市也举行庆祝第一次世界大战胜利的集会，要求公职人员都参加。可是，普列姆昌德认为那是英国人的胜利，拒绝参加，而且还写了声明，请首席教师转交上去。首席教师怕交上去对他太不利，息事宁人，扣了下来。

《生气的王公夫人》发表以后，到1912年5月中篇小说《恩赐》问世的几年中，普列姆昌德没有出版中长篇小说。不过，这几年发表的短篇小说有不少优秀之作，如《祖国的痛楚》《世界上的无价之宝》《沙伦塔夫人》《牺牲》《两兄弟》《大家女》《五大神》和《盐务官》等。《恩赐》虽然是五年后出版的中篇小说，但还是不算很成功。不过，1918年出版的长篇小说《服务院》却是他的成功之作，标志着他在小说创作领域的全面成熟。在此后的岁月里，他不断地给读者送来甘美的精神食粮。

1921年是普列姆昌德人生中的又一个重要年头。这年2月，甘地发动不合作运动，到全国各地发表演讲。一天，他到戈勒克普尔来了，集中在贾齐·米扬广场听他演讲的群众达20万。普列姆昌德虽然身体欠佳，但是依然带着妻子和两个孩子与会。甘地号召公职人员放弃公职。普列姆昌德响应甘地的号召，和妻子商量后辞去了不少人求之不得的教师公职。作为公职教师，20余年中他的工资从18个卢比增加到120多卢比，增加了近6倍，而物价只涨了一倍，可以说衣、食、住均无忧。辞职后，他失去了这些较好的生活条件，幸亏他已是有名气的小说家，有不少喜欢他作品的读者，每月都有稿费收入，这才使他后来能经营亏损的出版社，嫁女时能筹措丰厚的嫁妆。

二、创作与办刊

辞职后，普列姆昌德从戈勒克普尔回到拉莫希村的老家，住了3个月。在此期间，他除了写作，便是和乡亲们交往，了解了农村生活。与此同时，他还从村里的地主那儿弄来些木材，请木工做纺车，免费发给村民，教他们纺纱，以实际行动让村民理解甘地的思想和号召，让村民了解当时国内的形势。

1922年2月，他出版了第二部长篇小说《博爱新村》（汉译名《仁爱道院》），赢得了比《服务院》更高的评价。

出版了两部长篇小说以后，普列姆昌德创作长篇小说的兴趣似乎更浓了。《博爱新村》出版后不久，即1922年10月，他便开始了《战场》（汉译名《舞台》）的创作，于1924年4月完成，1925年出版。这部小说是仅次于他的长篇小说代表作《戈丹》的优秀作品，1928年还获得了印度研究院授予的文学奖金。普列姆昌德辞去公职后，虽然担任过私立学校的首席教师，但由于种种原因，时间都不长。原来，他总想创建一家带印刷厂的出版社。他自己没有那么多资金，于是和堂兄等人商量，四人合作，办了"智慧之神"出版社，于1923年正式开业。可是由于不会经营，不仅不赚钱，有时还亏损。后来其他几个人都退出了，他独自硬扛着，成了他的累赘，耽误了他的精力，影响了他的创作。他说这是他一生中干的一件蠢事。

由于普列姆昌德的名声日隆，贝拿勒斯的地方王公于1924年12月派了几个人带着信来找他，以月薪400卢比聘请他，还免费提供别墅和小汽车。他婉言谢绝了。1925年11月，他最优秀的中篇小说《尼摩拉》开始在《明月》杂志连载，1926年11月读者看到了尼摩拉的结局，1927年出版了单行本。

1928年发生了一件颇有意思的事。原来，普列姆昌德这年1月在他主编的《甘美》杂志上发表了题为《莫德拉姆·谢斯德利》的短篇小说，有人自愿对号入座，于是告他诽谤。官司拖了几个月，最后还是无法判他有罪。这年7月，他又担任了"文学之花"丛书的主编。

随着名声的增大，普列姆昌德越来越受到尊重。1928年10月，阿拉哈巴德召开文学大会，请他去当主席。他当仁不让，去主持了这次会议。在此后的岁月里，这种事越来越多。

1929年，普列姆昌德的女儿格姆拉出嫁。虽然普列姆昌德有那么大的名气，但选定的女婿家并不因此不要或少要嫁妆，要求陪嫁的价码高达4 000卢比。4 000卢比是一个什么概念呢？我们从《戈丹》中何利买薄拉的那头奶牛便知道，4 000卢比可以买50头那样人见人爱的奶牛，在当时可算是不小的一笔钱。普列姆昌德反对嫁妆制度，反对不自由的包办婚姻，在作品中多次批判这些陋习。但是，在现实生活中，他却不能不向这些陋习低头。由此可见，传统习俗的影响多么强大。

1930年3月，普列姆昌德筹备了很久的文学杂志《天鹅》诞生了，这是他创办的唯一一份文学期刊。他写信给有名的作家诗人约稿，得到了他们的积极响应。这年秋天，英国殖民当局找他的麻烦来了，下令《天鹅》和"智慧出版社"各交1 000卢比的保证金。但当局没想到的是，普列姆昌德也学会了"消极抵抗"。经过一番周折，最终还是政府当局收回成命。

1931年11月，普列姆昌德应青年作家介南德尔·古马尔之邀到了德里，会见了许多新老朋友。更值得一提的是，他和介南德尔·古马尔应穆斯林作家贾恩的邀请去他家做客，与其同桌进餐。这表明他并不是顽固的印度教徒，因为在正统的印度教徒看来，这也是对宗教的玷污。

1932年夏天，他又担任了《觉醒》的主编。由于同时主编两份杂志，还有出版社的工作，社会活动也很多，严重影响了他的创作，他很苦恼。《觉醒》出版了89期以后，他辞去了主编的工作，但文学界的各种组织团体请他出席并主持各种各样的会议，请他发表演说，请他参加各种座谈会、讨论会，他就不好拒绝了。作家、诗人、文学爱好者登门拜访，他也不能将他们拒之门外。不过，虽然这些工作和活动耽误了他不少创作时间，但他还是不断有作品问世。

1933年春天，20多年前《祖国的痛苦》的遭遇又重演了。便衣警察没收了他新出版的短篇小说集《进军及其他》。但30年代的印度人民的觉悟远非20世纪初可比。几天后，《觉醒》周刊上登出了《进军及其他》被没收的消息。政府当局或许担心事态进一步扩大对他们不利，没有采取进一步行动。

1933年冬天，古吉拉提语文学界的一位朋友他写信，告诉他古吉拉提语《月光》杂志上发表了批评他被称为"小说之王"的文章。他回信说特别讨厌这个称号。古吉拉提语的那位作者之所以提出这样的批评，是因为有些作品的封面上印上了"小说之王普列姆昌德著"或"印度著名小说之王普列姆昌德著"，而不是"印地语小说之王普列姆昌德著"，这的确有些不妥。因为在印度以印地语为母语的人虽然约占40%，但除印地语外还有十多种重要语言，泰戈尔的《沉船》《戈拉》和《眼中沙》等长篇小说和一些优秀的短篇小说都早已发表，泰戈尔的这些作品是可以与普列姆昌德的作品媲美的。所以，可以说那位作者的批评是公允的。

另外，还有些人与他在某些问题上有不同的看法，发表了不同的意见。他对有的意见做了解释，对有的意见进行了反驳。还需要指出的是，普列姆昌德在那些年还受到一些攻击，如《智慧之神》1935年8月号便刊登了希里纳特·辛赫的题为《普列姆昌德投机取巧的范例》的文章，攻击普列姆昌德6月发表的短篇小说《人生的诅咒》的情节剽窃了他的长篇小说《困境》。普列姆昌德看后，当即写了《一袋姜黄的商贩》予以回击。

普列姆昌德因经营出版社总是亏损，主办的杂志《天鹅》也是入不敷出，到1934年，共亏损了4 000卢比。为了弥补亏空，他与孟买电影制片厂达成了去那儿工作两年的协议，年薪8 000卢比。他5月到孟买。他写的电影剧本被导演任意改变，拍出的电影与他的剧本大相径庭，他很不满意，但也无可奈何。

值得注意的是，这年10月在孟买的国语大会和印地语推广协会12月底在马德拉斯主办的大会上，普列姆昌德都发表了长篇讲话，论证国语问题，主张用印地语和乌尔都语混合的印度斯坦语作为国语。这一方面可能与他先后用乌尔都语和印地语创作有关，另一方面也许是他的民族感和主张各宗教信徒和谐相处的思想使然。

1935年初，孟买电影制片厂因亏损而关闭。普列姆昌德在那儿工作了9个多月，于1935年3月回到贝拿勒斯的家人身边。

这年8月，加尔各答举行纪念大诗人杜勒西达斯的大会，邀请他去主持，他拒绝了。原因可能是他对宗教文学不感兴趣，反对把诗人神化的做法。

三、进步作家的代表

1936年1月4日，乌尔都语作家沙加德·查希尔（1905~1976）等人发起的讨论成立印度进步作家协会的会议在阿拉哈巴德召开。普列姆昌德应邀参加了这次会议。他在会上说，印度已经为展开进步文学运动准备了条件。与会的其他人也都赞成成立印度进步作家协会。此次会议后，沙加德·查希尔等人便筹备召开成立大会。4月10日，印度进步作家协会成立大会在勒克瑙召开。普列姆昌德作为会议主席主持了这次大会。在会上，他发表了题为《文学的目的》的长篇演说。参加这次会议的有用印度各种语言创作的作家和诗人。这次会议是包括英语在内的印度各语种文学家的一次盛大节日，使各语种的作家、诗人走到了一起，发出了共同的声音。印度进步作家协会成立后，还在各邦的大中城市成立了分会。

4月中旬，在因多尔召开了印度文学会的第一次正式大会，甘地、尼赫鲁等独立运动领袖都出席了这次会议。普列姆昌德也出席了这次会议。第一次因多尔会议后，甘地曾应邀派代表与普列姆昌德联系，决定将《天鹅》作为将成立的印度文学会的机关刊物，由耿海亚拉尔和普列姆昌德共同主编。这次开会时，印度文学会已经有自己的刊物了。不过，后来印度文学会的有关人员提出把《天鹅》移到德里去印刷。普列姆昌德不同意，并于7月向印度文学会提出辞职，同时宣布脱离与《天鹅》的关系。甘地知道后，给耿海亚拉尔写信，叫他还是让普列姆昌德把天鹅办下去，印度文学会可以另办一个刊物。

6月中旬，普列姆昌德病倒了。但他在病中仍坚持写作。他生病后没几天，即6月20日，高尔基去世了。听到这一不幸的消息，他彻夜难眠，凌晨两点起来写悼词，准备参加贝拿勒斯《今日报》21日举行的追悼会。他的大儿子扶他坐马车到会场，但他已无力站起来念悼词，只好请人代念。

他1935年完稿的《戈丹》，在他生病以后才与读者见面。可惜的是，他没有听到读者的强烈反应。他更没想到的是，六七十年后，《戈丹》仍被认为是印地语最优秀的长篇小说。《戈丹》完稿后，他又开始了另一部长篇小说《圣线》的写作。令人遗憾的是，这部小说只写了很小一部分。

1936年10月8日上午9时许，普列姆昌德坚强的意志终于未能抵抗住病魔，他永远地离开了人世。令人欣慰的是，他虽然在这个世界上仅仅生活了56年，但他给读者留下了约300篇短篇小说和15部中长篇小说（其中包括两部未完稿）。他的这些作品中的许多优秀之作，至今依然受到读者的欢迎。

第二节　中长篇小说

一、《伯勒玛》等中篇小说

　　普列姆昌德的文学生涯始于1903年，他的第一部作品是用乌尔都语创作的中篇小说《圣地的奥秘》。这部小说于同年10月到1905年2月在乌尔都语周刊《人类之声》上连载，但遗憾的是读者并没有看到结局。为什么会这样呢？也许是作者觉得写不下去了，就此搁笔，让读者自己去续。看来，普列姆昌德是有自知之明的。

　　1906年7月，普列姆昌德发表了完整的中篇小说《伯勒玛》。这部小说是作者成功的创作，写两对男女青年的爱情故事：男青年阿姆勒德·拉伊与伯勒玛已经订婚，两人也很相爱。但阿姆勒德·拉伊的大学同学、自幼交好的朋友达那特也深深地爱着伯勒玛，因此他在和伯勒玛家人交往时常常说些对阿姆勒德·拉伊不利的话，导致伯勒玛的父亲以为阿姆勒德·拉伊会背叛印度教，于是解除婚约。结果，达那特娶到了伯勒玛。阿姆勒德·拉伊因为热心改革和社会公益，经常帮助失去丈夫的布尔娜，两人日久生情，结为连理。由于伯勒玛心里时刻想念着阿姆勒德·拉伊，达那特不能容忍，决心斩草除根，杀害阿姆勒德·拉伊。布尔娜得知后，做好了保护丈夫的准备。达那纳特带着枪深夜闯去时，布尔娜开枪击中了他，而达那纳特的子弹也击中了布尔娜，二人双双中弹身亡。最后还是阿姆勒德·拉伊和伯勒玛这一对有情人结伴终生。

这部小说故事情节比较紧凑，人物性格也比较鲜明，歌颂了以爱情为基础的自由婚姻，抨击了利用可耻伎俩夺人之爱的卑鄙小人，是一部比较好的作品。但是，达那纳特作为阿姆勒德·拉伊的朋友，起初还担心他们的婚姻出问题，而后来却挑拨离间，让伯勒玛的父亲决定把她嫁给他，似乎不大合乎情理。另外，最后的结局让人感到是作者刻意安排的。

据说这一年12月，普列姆昌德又发表了中篇小说《吉希娜》，可惜至今尚未发现，大概已经失传。柳伯德拉伊·那杰尔发表在1907年10月和11月《时代》杂志的合刊上发表了评论这部小说的文章，从中可以得知这部小说揭示了妇女迷恋首饰的不幸后果。

1907年5月，普列姆昌德又发表了中篇小说《生气的王公夫人》。这是一部历史小说，写16世纪莫卧儿王朝时期一个印度教王公和公主的故事。拉吉普特人的一位名叫马尔德瓦的王公与同族的另一位王公罗那格伦是世仇，所以他虽有20多个王后妃嫔，还要强娶罗纳格伦的公主乌马黛。罗那格伦表面答应马尔德瓦的求婚，实际上欲在举行婚礼时将马尔德瓦杀死。乌马黛不愿在新婚之夜就成为寡妇，让使女通过占星家提醒马尔德瓦要有所准备。结果，马尔德瓦平安无事。但婚后公主与王公一直保持着一定的距离，若即若离。后来，莫卧儿王朝兴兵征伐，王公虽英勇抗击，但最终失败牺牲。生气的王公夫人在冷落了王公27年之后，却与其他王后妃嫔一起自焚殉夫。

普列姆昌德为什么要写这样一部作品？王公夫人为什么要自焚殉夫？原来，作者是在借古讽今，因为当时印度处于英国的统治之下，作者意在借歌颂古代的英雄，表示希望出现英雄人物来拯救自己的祖国。乌马黛之所以自焚，并不是"殉情"，而是因为马尔德瓦王公为保卫自己的领地抗击外来侵略者牺牲了自己的生命，是一位真正的英雄。

出版了这几部作品之后，整整有5年他没有出版中长篇小说，直到1912年5月，他才出版了另一部中篇小说《恩赐》。这部小说描写的还是爱情婚姻方面的内容：伯勒达伯和维尔金从小青梅竹马；维尔金说长大以后要嫁给伯勒达伯。但是，维尔金后来却被嫁给了格姆杰伦。格姆杰伦不幸离世后，伯勒达伯以为可以和维尔金结为伴侣了，可他去找维尔金时，却发现心中一直装着他的维尔金要做守贞的烈妇，不禁感到惭愧，于是改名巴拉吉出家，维尔金则成了怀旧的抒情诗人。维尔金的女仆马托维打内心深处崇拜巴拉吉，暗自把他当作了自己的丈夫。然而，当巴拉吉准备还俗娶她为妻时，她又决定出家了。作为巴拉吉的伯勒达伯感情上再次受挫。不过，他没有放弃为社会服务的责任，到灾区救灾去了。从上述极简略的故事梗概便可看出，这部作品在思想内容上显然比《伯勒玛》后退了一大步。

二、《服务院》和《博爱新村》等

1918年，普列姆昌德出版了用印地语创作的长篇小说《服务院》，蜚声文坛。《服务院》的基本情节是：当了25年警官的格里辛·金德尔为官清廉，没有积蓄。他的大女儿苏曼到了结婚年龄，他筹措不到几千卢比的嫁妆，女儿就不能嫁到体面人家。于是，他接受了贿赂。由于他不懂受贿的潜规则，很快事发，被判刑4年。他妻子耿加杰利只好带着两个女儿投奔娘家亲兄弟乌玛纳特。乌玛纳特做主将苏曼嫁给月薪只有15卢比的小职员格加特尔，因为他是30来岁的鳏夫，不要嫁妆。苏曼从小过惯了奢华的生活，出嫁后的清平生活使她难以度日。她看到有钱人家的年轻媳妇添首饰做新衣不免眼红，对住在她家对面的歌伎波莉豪华阔气的生活羡慕不已。她发现很有身份的人都与波莉来往后，内心里完全失去了平衡。后来，她又认识了律师的妻子苏帕德拉。律师在家举办晚会，邀请波莉表演歌舞。苏曼也应邀去参加晚会。她回家时已是深夜，丈夫不让她进门。苏曼无奈，只好到苏帕德拉家暂住。她丈夫更加不满，造谣说律师勾引她。苏曼不能在律师家住下去了，她丈夫又不让她进门，只好投奔波莉。她也不能总是白吃白住，开始做起了歌舞伎，后来又成了妓女。律师的侄儿斯登爱上了她，偷来婶婶的首饰送给她。苏曼发现斯登是律师的侄儿后便回避他，并把他送的首饰还给苏帕德拉。律师和名叫维杜尔达斯的朋友拯救苏曼，把她安置到寡妇院。格加特尔明白自己铸成大错，于是化名格加南德出家，并做些为社会服务的工作。他为苏曼的妹妹香达筹措了可观的妆资，使香达与斯登订了婚。但迎亲队快到达之时，斯登的父亲获知香达的姐姐苏曼曾是妓女，令迎亲队打道回府。这样一来，香达成了弃妇，不能继续留在舅舅家。在她走投无路的情况下，律师和他的朋友又将她送进寡妇院。格里辛·金德尔刑满回家，得知老婆和女儿的不幸，愤而投河自尽。苏曼得知自己连累了妹妹，欲投入恒河结束生命，被格加特尔劝阻。寡妇院的寡妇们得知妓女进了寡妇院，纷纷准备出走，迫使苏曼和香达离开寡妇院。她们碰巧遇到正在找她们的斯登。苏曼劝斯登不要因她而伤害自己的妹妹。斯登背着家人与香达结为正式夫妻。斯登家里断绝了和他的关系。斯登便买了船，在恒河做游览生意谋生。他的生意越来越红火，并且喜得贵子。斯登的父母于是恢复了和他的关系，但他们对苏曼和他们住在一起大为不满。苏曼的妹妹对姐姐也冷淡起来。这些使苏曼觉得再也无法与他们一起生活。她离开他们家。在茫茫黑夜，格加特尔提着灯引导她到城里新建的服务院，让她教妓女们所生的女孩子。

不难看出，这部作品主要表现的是苏曼的不幸，但是透过苏曼的不幸反映了印度教男女极不平等的重大问题。印度教妇女在家里没有任何地位，不管丈夫有何恶习，妻子不仅只能服从，而且还必须视丈夫若神明，服服帖帖，不能反抗。已婚的印度教妇女如果未经丈夫同意回家晚了或者无奈在外过了夜，都会被认为受到玷污，都有可能被拒之门外，甚至被遗弃。苏曼就是例证。她回家晚了一点，被丈夫拒之门外，她无奈到律师家过夜。律师家是体面的上等人家，律师的妻子也在家，她在律师家借宿有什么关系呢？可是她那小职员丈夫还是不放过她，逼得她走投无路，不得不走上最后的不归路。她最后去的服务院，恐怕还是普列姆昌德为她创建的理想去处，反映了作家进步的思想。但这样的服务院在当时是否存在，恐怕还很难说。

1918年5月，普列姆昌德又开始了另一部长篇小说《博爱新村》（汉译本名《仁爱道院》）的创作。这部小说写的题材与前几部不同，是他熟悉的农村题材。小说的故事是这样的：印度北方邦贝拿勒斯有一户大地主，户主伯尔帕·辛格尔的哥哥吉达·辛格尔已经去世。吉达·辛格尔有两个儿子，老大叫普列姆·辛格尔，老二名葛衍那·辛格尔。普列姆·辛格尔不辞而别，赴美国留学。葛衍那·辛格尔大学毕业后未找到理想的工作，在家里总是指桑骂槐，迫使叔叔分家。分家之后，葛衍那·辛格尔残酷地剥削和压迫佃农。名叫默努赫的佃农和他儿子巴拉吉有反抗精神，对葛衍那·辛格尔的爪牙横行乡里的行为进行了一定程度的抵制和反抗。葛衍那·辛格尔的爪牙便在主子面前添油加醋地说他们的坏话。于是葛衍那·辛格尔想通过已是区税务官和行政官的助理的大学同学吉瓦拉·辛赫增加默努赫的地租。但吉瓦拉·辛赫认为不妥，找借口推脱了。此时，普列姆·辛格尔学成回国，带来了一股新风。但葛衍那·辛格尔为了占有兄嫂的产业，说其兄已成为不可接触之人，致使其嫂不敢与丈夫接触。普列姆·辛格尔离开家，到了河岸边的一个小村附近搭了一个草棚住下。那个村庄地势较低，一遇洪水便要遭灾。普列姆·辛格尔住下不久，在一个夜晚，村庄遭遇了多年罕见的洪灾。普列姆·辛格尔率领五六十个男性村民救出了二百多头大牲畜，赢得了农民的信任。他还让妻子把他叔叔给他送来买地做试验田的钱拿出来，帮助并组织村民建瓦房和堤坝，使村子以后不会再受水灾。他组织村民一起劳动，分享劳动果实，建起了"博爱新村"。葛衍那·辛格尔对此很是不满，想方设法陷害他和村民，结果不但害死了默努赫，还使不少村民和普列姆·辛格尔都被捕入狱。普列姆·辛格尔被叔叔用重金保释出狱。他出狱后，经过种种努力，使被捕的村民无罪释放。葛衍那·辛格尔的大姨子佳耶德丽的丈夫拥有巨额家产，但可惜早逝。葛衍那·辛格尔用虚假的爱情使年轻的大姨子失去了感情上的贞操，并使她认自己的儿子玛雅·辛格尔为养子。葛衍那·辛格尔唯一的内弟不幸早逝，他不但一点不感到难过，反而为能得到身为王公的岳父的巨大家产感到高兴。为了早点得到岳父的家产，他竟然在岳父的食物中下毒，多亏他岳父及时发现，并用多年炼就的瑜伽术顶住毒药，免于死亡，但身体受到了很大的伤害。后来他的岳父便出家修养修行，让葛衍那·辛格尔代管其领地，等玛雅·辛格尔成人之后继承其领地。佳耶德丽发现葛衍那·辛格尔并不爱她，而只是爱她父亲的家产后，便把玛雅·辛格尔的教育交给普列姆·辛格尔负责，自己出家朝圣。玛雅·辛格尔成人之后，在为他举行的土邦王登基仪式上，宣布放弃广阔土地的所有权，让佃农成了田地的主人。农民们过上了不受剥削和压迫的生活。葛衍那·辛格尔的梦想彻底破灭，他投入河中，结束了罪恶的一生。

　　这部小说的布局合理，结构严谨，人物形象栩栩如生。当时苏联十月革命的成功，苏联人民当家做主，这的确给世界各国进步的知识分子极大的影响。普列姆昌德创造的这个博爱新村具有明显的社会主义甚至共产主义因素，显然具有理想主义的色彩。

三、《舞台》和《妮摩拉》等

普列姆昌德写完《博爱新村》以后，用一年半的时间写出了另一部长篇小说《战场》（又译《舞台》）。评论界认为这是仅次于《戈丹》的重要作品。这部作品以城市近郊的农村为背景，以盲乞苏尔达斯为主人公，写牧民、城郊农民、城市商贩、资本家和土邦王公及其子女们的故事。苏尔达斯是贝拿勒斯近郊邦德普尔村人。他没有妻子儿女，但有一个兄嫂留下的孤儿米屠。他有几十亩草地供村民们放牧。资本家约翰·西瓦克要买那片地建烟厂，而且愿意出合理的甚至较高的价钱。但是，苏尔达斯认为，如果卖了那片地，村民们就没有地方放牧了；建了工厂还会破坏农村原有的秩序，会导致道德败坏的事情发生，决心不卖。不过，约翰·西瓦克得到了王公、富豪和殖民当局的支持。约翰·西瓦克一家四口，都是改宗的基督教徒。他的女儿苏菲娅比较开明，富有同情心，善于独立思考。她了解苏尔达斯后，为他的高尚目的所感动，对他极为同情。这使她的母亲非常生气，把她逐出家门。她离开家后，在一次火灾中救了王公普拉特·辛赫的王子维奈。从此，他们产生了爱情。她父亲利用这一点，拉王公成为新建烟厂的股东。王公欲说服苏尔达斯出售那片地，未能成功。王公夫人蔷赫维希望儿子发扬拉吉普特人英勇献身的传统，为民族和国家做出贡献和牺牲。她对儿子爱上苏菲娅很不满意，于是让他参加她领导的服务团，派他到艰苦的拉贾斯坦的乌代浦尔去为民众服务，培养他吃苦耐劳的精神。然后她又迫使苏菲娅认她儿子为兄长，断绝二人的恋人关系。此时，年轻的英国人克拉克被派到贝拿勒斯任行政长官。西瓦克太太想把女儿嫁给喜欢她的克拉克。苏菲娅为了自己的目的，假装同意婚事，但不同意确定结婚的时间。苏菲娅后来也到了乌代浦尔。维奈在乌代浦尔遇到一些麻烦，在苏菲娅的帮助下终于脱身，和苏菲娅一起回到贝拿勒斯。他们得到蔷赫维夫人的谅解，两人准备结婚。苏尔达斯虽然进行了不懈的斗争，苏菲娅也费尽了心机，但还是未能保住那片草地。后来，因为资本家又需要那个村庄，通过官府强迫村民搬迁，苏尔达斯坚守在自己的草棚前，带头进行消极反抗。政府当局调来军队和几门大炮，试图炮轰苏尔达斯的草棚。但苏尔达斯岿然不动，面无惧色。不过，这样一来引起了流血冲突，苏尔达斯被克拉克开枪击中，倒下了。维奈和苏菲娅也赶到了现场。在民众的挖苦声中，维奈为表示和民众站在一起，拔出手枪自杀了。苏尔达斯因伤势过重，抢救无效死亡。苏菲娅用募集来的钱给苏尔达斯塑像，并将塑像安放在他原来草棚的地基上。王公带着人去毁坏塑像，结果被倒下的塑像砸死。维奈的自杀和苏尔达斯的死，已使苏菲娅痛不欲生，可是她母亲还要逼她嫁给克拉克，她无法接受，自杀了。

从上面介绍的故事不难看出，这部作品深受甘地思想，尤其是非暴力和反对工业化思想的影响，可以说是受甘地思想影响的一部重要作品。作品的主题思想看似苏尔达斯为了保住他那一片草地给村民放牧，其实是反对建立工厂。小说中，作者借苏尔达斯的嘴，说建立了工厂会带来性交易、酗酒等种种不道德的行为。性交易、酗酒等并不一定是工业化带来的必然结果。他的这种看法显然不符合社会发展的规律，是值得商榷的。但作品所表现的主题的确是符合甘地思想的。不过，从另一方面来看，这部小说比《博爱新村》更符合现实，少了一些理想的成分，多了些悲剧色彩，因此也更有力量。也许正是因为这一点，这部作品才被认为是仅次于《戈丹》的优秀作品。

这部小说既然被认为是如此优秀的作品，苏尔达斯又是这部作品唯一的主人公。他的名字与印度中世纪虔诚文学最重要的诗人之一苏尔达斯同名，而且历史上的苏尔达斯也是一个盲人。诗人苏尔达斯是虔诚诗人，对印度教很虔诚。作品中的苏尔达斯应该说也很虔诚，不过他的虔诚主要表现在维护传统的农牧耕作，维护传统的生产关系，反对现代工业。苏尔达斯中弹身亡后，他的支持者募集资金为他塑像，安立在他被毁掉的草棚旧址上。这是苏尔达斯的胜利，是他的道德力量的胜利，也是甘地思想的胜利。但塑像又被现代工业的支持者拉倒了，倒下的塑像又砸死了拉倒塑像的领头人。他们的死象征着两种思想的斗争还没有结束，而且是你死我活的斗争。不过，作者是站在苏尔达斯—甘地的代表一边的，苏尔达斯是经过艺术加工的甘地的形象。所以，这部小说应该说是典型的甘地主义小说。

《妮摩拉》是普列姆昌德中篇小说中的优秀之作。这是一部悲剧色彩较浓的作品，是写女性的悲惨命运的优秀作品。小说的主人公妮摩拉年轻美丽，但因为她父亲为她订婚后不幸早逝，家里无法提供男方希望得到的妆资，男方便毁了婚约。年仅15岁的妮摩拉只好嫁给了已有三个儿子、年近四旬的鳏夫孟西。孟西的大儿子与她年岁相当，二人自然相处较好。可是，这引起了孟西的担忧，于是他把儿子送到学校寄宿。不久，他儿子在学校病故。他的二儿子后来也夭折了。这给孟西很大的打击，于是他置小儿子和年轻的妻子及他们的女儿于不顾，出家了。他出家以后，妮摩拉生活非常困难，很快便抵挡不住疾病和饥饿，不久也去世了。孟西闻讯，风尘仆仆地赶到了火化她的地方。

一朵刚刚开放的花朵，就这样过早地凋谢了。小说描述了印度教女性的悲惨命运、印度教婚姻制度给妇女带来的不幸，演出了一场让人潸然泪下的悲剧。吃人的嫁妆制度，给两个家庭带来了长久的悲痛。小说中，普列姆昌德既写出了人的内心和感情的复杂性，也揭示了吃人的"礼教"的残酷，同时又没有故意表现人性的恶。在作者的笔下，辛赫因妆资问题而未娶妮摩拉，后来看到妮摩拉的不幸，感到后悔，让自己的弟弟不要一点嫁妆娶了妮摩拉的妹妹。孟西为什么娶一个比他小那么多的姑娘为妻，在很大程度上要归咎于印度教的婚姻制度，而不能完全怪罪于他。

《战场》和《妮摩拉》应该说是除《戈丹》以外普列姆昌德最优秀的长篇小说和中篇小说；《戈丹》是普列姆昌德最后的作品，因此，这两部小说是他当时已经写出并出版的最优秀的长篇小说和中篇小说。但是，令人遗憾的是，在《妮摩拉》在刊物上连载期间出版的长篇小说《新生》让人感到有点失望。这部小说中的故事中既有类似7世纪的波那写的《迦丹波利》中的几世姻缘，又有《罗摩衍那》中出现过的飞行器，同时还写到了英国殖民者，不能不让人感到莫名其妙。

1927年1~11月，普列姆昌德在《明月》杂志上以连载的方式发表中篇小说《誓言》。这部小说实际上是1906年发表的《伯勒玛》的改写本，作品中人物的名称相同，情节有些改变，关键是颠覆了原来的主题思想。在《伯勒玛》中，作者是支持寡妇再婚的，而在《誓言》中作者却向传统习俗投降了，反对寡妇再嫁，而且后来还声称这是纠正以前的错误。当然，一个人的思想是发展变化的，甚至有可能还会反复，普列姆昌德在他出版的最后一部长篇小说《戈丹》中不仅让寡妇裘妮娅和戈巴尔结合到了一起，而且还让他们自由恋爱，未婚先孕，这便是最好的说明。

时隔几年之后，即1931年1月，普列姆昌德新作《贪污》（中译本名《一串项链》）出版，这是一部较好的作品。小说的女主人公叫佳尔巴，男主人公名为罗玛纳特。罗玛纳特是阿拉哈巴德一个税务部门的小职员，工资不高，但想让妻子打扮得像阔太太一样。他给妻子买了珍珠项链，并因此而挪用公款。当应该把公款补足而无法弥补时，他由于爱面子，在未向妻子和其他家人说明的情况下逃到加尔各答去了。到加尔各答以后，他又害怕被通缉，总是昼伏夜出，神情紧张，结果被警察拘捕。他在警察面前说出了实情，可警察向阿拉哈巴德一打听，得知并无这样一件案子。原来，佳尔巴知道丈夫出走的原因后，马上卖掉首饰，补足了公款。但是，警察不想就这样放过他，要他作伪证，陷害为独立而斗争的志士。他经不住警察的威逼利诱，作了伪证，使佳尔巴感到无地自容。不过，她还没有放弃努力。她和她的一个朋友通过警察找来诱惑罗玛纳特的妓女做工作，最后罗玛纳特翻了供，使警察欲害的人们得以无罪释放。最后，罗玛纳特和佳尔巴夫妇、戴维丁老夫妇、佳尔巴的女友和妓女一起来到阿拉哈巴德郊区的恒河岸边，开始过平静安宁的田园生活。这部小说的主题主要在于说明贪图虚荣会带来有害的后果。此外，小说还写到了英国殖民统治的工具警察的卑鄙行为，但也告诉读者法官还是公正执法的。这些都说明作者是在用现实主义的手法，真实地反映生活，而不是为了宣传在写作。小说中的人物在印度的文化背景下，似乎到处都可以见到，而主人公的命运，他们的生活会向什么方向发展、结局如何，又让读者开始读这部小说时就难以释怀。总之，这是作者成功的创造。不过，小说的结局却实在显得有点偶然，而不是必然的结果。也许到结尾时甘地的思想又在深深地影响着他，美丽的田园生活也许是甘地和他都更为喜欢的。

一个作家的创作也许有高潮期或低潮期。普列姆昌德创作了比较好的《贪污》之后写的长篇小说《圣洁的土地》，可说是一部不算成功的作品。小说分为城市和农村两条线索发展，共五个部分：一、三、五三个部分的故事主要发生在城市，二、四两个部分的故事主要发生在农村。这样的结构缺乏有机的衔接，使得故事情节既复杂又松散。人物的塑造也基本上都不算成功，小说的主题也不突出。

在出版这部作品之后，作者把主要精力都集中到了《戈丹》的创作上。完成《戈丹》以后，作者又开始了另一部长篇小说《圣线》的写作。令人遗憾的是，这部作品刚开了个头，病魔就让他无法再写作，使读者永远无法看到完整的作品。

第三节 《戈丹》

❦

《戈丹》作为普列姆昌德的长篇小说代表作,在印地语小说史,甚至在印度现代小说史上都是一座不朽的丰碑。

《戈丹》被称为"印度农村生活的一部史诗"。这部作品被译成了全世界数十种文字,是世界长篇小说中杰出的作品之一。普列姆昌德尽管写了不少优秀的短篇小说和其他一些比较优秀的长篇小说,但是如果他没有写出《戈丹》,那他也不可能有今天这样高的地位。也许正是他写出了《戈丹》这部作品,他才在去世80多年后依然坐在印地语小说家的第一把交椅上。

一、印度教农民的悲惨世界

"戈丹"一词的意思是向婆罗门祭司施舍奶牛或象征性地施舍奶牛。这部小说的结尾就是象征性地向婆罗门祭司施舍奶牛。故事是这样的:一个名为何利的农民家共有5口人,除他本人外还有妻子丹尼娅、儿子戈巴尔、女儿索娜和卢巴。他有18亩有耕种权的土地,此外还有两头耕牛。这样一家人,在当时虽然不算富裕,但还可以算是佃中农,生活应该说还过得去。但何利对这种生活不满足,常到大地主莱易老爷那儿去献殷勤，以便提高他在村民中的地位，面子上更好看。此外，何利有一个强烈的心愿：想拥有一头奶牛——这是体面家庭的象征。

小说一开始，便是何利到离他家相当远的莱易家去给他"脚底板上抓抓痒"。出门不久，何利遇到邻村的牧牛人薄拉，和他套起近乎来，对他的鳏居生活表示同情，保证给他物色对象。此外，何利还主动表示给薄拉提供点草料，解其急需。作为回报，薄拉要赊给他一头奶牛。

何利从薄拉家赊来奶牛后，不说是赊的，还特意拴在显眼的地方，以显示其体面。他的大弟希拉见了眼红，找小弟索巴说何利分家时不公，隐瞒了钱财。何利在门外听到了弟弟们的谈话，非但不向弟弟们说清楚，而且回去把他们的话告诉妻子丹妮娅，引起一场争吵。希拉当天晚上把奶牛毒死了。何利看见希拉到过牛槽边，怀疑是他下的毒。他把这一情况告诉丹妮娅后，丹妮娅当即要去找希拉。何利怕闹出事来，好容易才阻止住她。希拉怕事情败露，逃走了。于是人们更加怀疑是他干的。印度教视牛如神，毒死奶牛从宗教上说是滔天大罪；从民法和刑法的角度看也是有罪的。于是，警察局的巡警来了，扬言要搜查希拉的家。何利不愿意让这种不体面的事发生。村里的头人们也想乘机捞点好处，他们征得何利的同意后找巡官商量，决定罚30卢比，巡官拿一半，他们分一半。村里的头人马上把钱借给何利。他们没想到丹妮娅会当众揭露，把钱撒在地上，并当众宣布没有借任何人的钱，指责巡官和头人们勾结勒索她家，使他们难堪。巡官可不甘心受辱，从村里的头人们那里讹走了50卢比。

戈巴尔和父亲给薄拉家送草料时，与薄拉青春正茂的守寡的女儿裘妮娅一见钟情。后来在秘密交往中，他们的爱情结出了果子。裘妮娅怀孕5个月，再也无法隐瞒，戈巴尔不得不把她带回家。但他自己不敢进家门，把裘妮娅送到家门口后，自己悄悄地逃到城里去了。

丹妮娅和何利收留了既成事实的儿媳，但激怒了村里的头人和薄拉。村里的头人们以伤风败俗为由，大肆讹诈何利家（也可以说是对丹妮娅使他们丢脸的报复），罚款100卢比，罚粮30瞒[①]。何利因交不起罚款，房子抵押了80卢比，多余的粮食折合了20卢比。

何利的粮食颗粒未能归家，家里有没有什么余粮，借粮处处碰壁，生活艰难至极。幸亏希拉的媳妇普妮娅还知道何利帮她种地之恩，帮哥嫂一家度过暂时的难关。可是无情的薄拉却落井下石，明知此时何利手无分文，却来找何利要奶牛钱，而实际上是来逼何利赶走他的女儿，恨他女儿丢了他"价值十万卢比的体面"。丹妮娅坚决不准裘妮娅离开，薄拉在马上就要耕地的关键时刻狠心地牵走了何利的耕牛。何利没有耕牛，靠打短工过了些日子。后来，婆罗门达塔丁提出，他出种子与何利合伙耕种，收成五五分成。何利只好同意。此后达塔丁才借粮给他度日。收甘蔗的时候，何利本打算卖了甘蔗先买耕牛，但卖甘蔗的钱被高利贷者金古里辛拿走100卢比，剩下的25卢比被莱易老爷的管事掠走了。何利空手归家。全家人辛辛苦苦干了几个月，分文未见，痛苦的心情可想而知。何利没有耕牛，只好给达塔丁打短工糊口。

戈巴尔进城后开始做用人，后来自己开了个小店，一天能挣两三个卢比。他从城里回来，颇有点风光。村里的头人们被他狠狠地挖苦了一番。他还去了薄拉家，薄拉说女儿嫁给这样的男人是福气，还让他把耕牛也牵了回来。但他也了解到，村里的头人像毒蛇紧紧缠住了他们家，而他父亲又不想挣脱，所以生气，带着妻子和儿子回城里去了。

---

① 瞒，印度的重量单位，约合40千克。

达塔丁的儿子马塔丁勾引低等种姓女子西里雅。西里雅怀孕后，她父亲带着皮匠种姓的人惩罚马塔丁，把动物骨头塞进他嘴里，玷污他的种姓。马塔丁不要西里雅了。她无处可去，丹妮娅于是又收留了她。马塔丁到迦西（现名瓦拉纳西）花了500卢比请大名鼎鼎的祭司为儿子举行净化仪式。马塔丁还不得不吃了牛屎、喝了牛尿。不过，他还算是有情人，一直没有忘记西里雅，最后离家出走，和生了儿子的西里雅一起过。

索娜长大成人，该出嫁了。索娜通过西里雅说服男方不要嫁妆，可何利夫妇为了体面借了200卢比为索娜办婚礼，风光地把索娜嫁了出去。

何利家境每况愈下，三年没交租了，地主的管事诺凯·拉姆有理由夺佃了，要抽走何利租种的地。为了保住土地，何利夫妇无奈，听从达塔丁的建议，把卢巴嫁给一个只比何利小三岁的老头，因为那老头不仅不要嫁妆，还愿意给何利200卢比，何利可以拿这钱交地租，保住土地。

卢巴出嫁时，戈巴尔回来了。他接妻子和儿子回到城里时，他的摊位被别人占了，他做不成小买卖了，进工厂当了工人。但在罢工时因新老工人发生冲突，他走在前列，受伤。伤好后他到马尔蒂家当了园丁。他这次回家，对父母的态度起了变化。他回城时，对父母说了些孝顺好听的话，叫何利不要干活了，他会每月按时把生活费寄回来，还会把债还清。

买奶牛的情结在何利的心灵深处扎了根。他拼命地干活，要挣钱买奶牛。他不仅白天做工，晚上还要搓绳子卖。卢巴结婚后，要丈夫送父亲一头奶牛，她丈夫也同意了。第二天她就派人送来了奶牛。但何利已经精疲力竭，在这一天的热浪里，他的身体终于扛不住，中暑倒下了，结束了痛苦劳累的一生。丹妮娅把当时仅有的20个安那作为

"戈丹"①送给了婆罗门祭司达塔丁。

二 、悲剧人物何利

何利是《戈丹》的男主角，是这部小说最重要的人物。他既是一个被毁灭者，又是一个自我毁灭者。他是一个能代表数以亿计的印度教农民的可怜、可悲，而又有点可气的复杂人物形象——一个真正的典型人物。从何利身上，我们既可以看到普通印度教农民的性格特征，又可以看到印度教文化或者说宗教的沉重压迫，这种压迫既来自印度教高等种姓和有钱有势的人物，特别是婆罗门祭司和地主，也来自何利自身，来自几千年文化的影响。

何利的性格是复杂的、多方面的，他勤劳、善良、本分（但有时又想占点小便宜）、爱虚荣（这是他最大的性格弱点，是他悲剧的根源之一）。下面我们分别来看看他的这些性格特征。

小说中具体描写何利辛勤耕作的细节并不多。但是，看罢小说，谁都不会否认他是一个非常勤劳的农民。比如，他失去耕牛以后给达塔丁打短工，即便如此，他也从不偷懒，直到累得晕倒。再如，在他生命的最后一段日子里，他晚上搓绳子卖，白天打工挣钱。在临终前一个晚上，他不顾白天的劳累，晚上搓绳子直到12点还不睡觉，第二天照样去打工。由于营养的不足和过度疲劳，他终于未能顶住热浪的袭击，倒下了，结束了痛苦的一生。小说中，他有这样一段内心独白：

乡亲们，可怜可怜我吧！我冒着三月的热风，冒着十一月的大雨干了一辈子！……你们问问我的身体，它是不是清

---

① 按照印度教的经典及传统习俗，人临终时，或忏悔、赎罪时，需向婆罗门祭司施舍奶牛或象征性地施舍奶牛。

闲过，是不是在树荫下歇过凉？①

这是他最后不得不变相地出卖自己的女儿时在内心声嘶力竭的呐喊，而并非向村民们诉苦。这是他一生劳累的真实写照，是他再也不能忍受时的自我流露。

其次，何例是一个善良的农民形象。善良的性格在农民等穷苦大众身上一般说来更加明显。这在《戈丹》这部小说中也很明显，在何利身上更是如此。听薄拉说没钱买草料想卖牛买草料后，他因为不能给现钱，便马上说不买薄拉的奶牛了。希拉毒死奶牛，不仅犯有宗教罪过，也犯有刑事罪过，给何利家也带来了很大的损失。但何利不仅念及骨肉亲情，保护弟弟一家的脸面，而且在希拉逃走后，在帮弟媳种地方面花的精力远比花在种自己地的精力多，结果弟媳丰收，他的庄稼却不好。这不仅是善良，而且可以说是以德报怨。再者，丹妮娅让裘妮娅进门后赶到庄稼地去与守夜的何利商量收留这个未婚先孕儿媳之事。不用说，在何利那个时代，即便是现在，印度教徒收留未婚先孕的儿媳恐怕也是需要极大的勇气的。何利知道收留裘妮娅的后果，知道会带来的灾难，但他还是同意了。这些都说明何利有一颗善良的心。

还有爱虚荣、世故和胆小怕事。何利有很强的虚荣心，甚至可以说这种虚荣心既害了他自己，也害了他一家，是造成他的悲剧和他的家庭悲剧最重要的原因。为了满足自己的虚荣心，为了赢得其他村民对他的一点尊敬，他这样一个本来就有债在身的佃农，却老是往离他家挺远的与当时的省城报社负责人、银行家、资本家、大学教授等有往来的大地主、原来的省议员莱易老爷家跑，去给这个"踩在自己身

---

① 普列姆昌德著，严绍端译:《戈丹》，北京：人民文学出版社，1978年版，第512页。以下《戈丹》引文均依据此书。

上"的人"脚底板上抓抓痒"。在小说开篇作者便写了这一幕，足见作者对这一点的重视。何利还以为"咱们今天能保住这一条性命，就是在东家那儿去走动的好处"。事实果真如此吗？显然不是。他这一次去莱易那儿，他听了莱易诉的大人物的苦，他不仅信以为真，而且给莱易当传声筒。莱易借这次"庆祝折弓节"搜刮民财，要他回去告诉村民"凑一点节礼"。显然，莱易是把他当作一个不花钱的狗腿子来使用，不仅可以不花钱，而且他也是佃户，有些话让他说出去，比在村子里管事的狗腿子说出去对莱易更有利。事实上，莱易并没有少收他的租，在关键时刻也没有帮他的忙。莱易知道他收留裘妮娅被村里的头人和管事惩罚后，非但没有让他们退还罚的粮食等，反而把所有的折合成钱拿走了。最后，他三年交不上租，地要被收回时，莱易也没有心软。这正应验了戈巴尔的话："欠租子要是交不清，他的手下人来了我们还是要挨一顿骂，还是要去白干活，还得掏钱送礼，那干吗还要去奉承呢？"何利最后虽未交"礼金"，但却变相地出卖了小女儿。何利爱虚荣、要面子害了自己的重要事情还有两件：一是看上了薄拉的那头花奶牛，想把它弄到手。奶牛到家了，接着给他带来一系列的灾难；二是嫁大女儿时家道已经很不好，可还是要讲排场，借200卢比操办婚礼。正是由于这些原因，他最后才"落得这样丢人"的下场。他一辈子死要面子，最后面子丢光了，他也倒下了。

除以上主要性格特征外，何利还具有其他一些性格特征，如事故，胆小怕事。他老往莱易那儿跑，是他世故的表现；他对村里的头人、莱易的管事等又很害怕，生怕得罪了他们。他们也正是抓住了何利的这些弱点，才总是欺负他，使他在债务的泥潭里越陷越深，无法解脱出来。

此外，何利有时也想占小便宜。比如说买奶牛，他看上了薄拉的一头奶牛，想把它弄到手。于是他听薄拉说想再娶妻时，便编出假话，说丹妮娅的娘家有一位被丈夫抛下"辛辛苦苦过日子"女子，"孩子一个也没有，相貌谈吐都不错"。薄拉一听说这等好事，便主动把奶牛赊给他。再如，篾匠找他买竹子。何利带着篾匠看竹子时已经说好25卢比100棵竹子，但何利想占点便宜，后来跟篾匠商量算20卢比100棵，但对他弟弟他们说15卢比100棵，何利可以瞒下5卢比，篾匠也占5卢比的便宜。因为分家时竹子没有分，是他们三弟兄共有的。希拉听说如此便宜，坚决不卖，和篾匠吵了起来。最后篾匠只给了15卢比。

何利想占这点小便宜，结果便宜没有占着，反而吃了亏，而且导致了后来的一系列麻烦。

三、个性鲜明的丹妮娅

丹妮娅作为这部小说的女主人公，她的性格与何利有较大的不同，是一个性格特点十分鲜明、非常可爱的人物形象，是作者成功的刻画。她既赢得了读者的钦佩，也获得了读者的同情。

她性格的突出特点表现在两个方面：第一，倔强、泼辣、心直口快、无所畏惧；第二，具有像燃烧的蜡烛一样的慈母心肠。下面我们先分析一下她这两方面的性格特点。

她倔强、泼辣、心直口快、无所畏惧的性格特点首先在卖竹子事件中表现出来。希拉说那么便宜不卖，不许篾匠砍，吵闹起来。丹妮娅不知底细，但她丈夫定了的事，她不容希拉反对，与希拉大吵起来，甚至动了手。她的这一性格在奶牛被毒死后的那一幕里得到了非常充分的表现。何利跟她说奶牛可能是希拉毒死的之前，再三叮嘱她不要说出去，但是何利说了以后，她说："明天早晨我不把这家伙送到警察局去，那我就不算娘老子养的。"第二天早上，她和何利闹得天翻地覆，何利把她"打得青一块紫一块的"，她也决不让步。村里的头人们和警察局的巡官合伙敲诈时，作者把她的这种性格特征表现得淋漓尽致：

> 何利接过钱来，包在汗巾的角上，欢欢喜喜地到巡官那儿去了。
>
> 忽然之间，丹妮娅急匆匆地跑到他面前，猛力一扯，把他手里的汗巾抢过去了。汗巾的结系得不结实，经她这么一扯就打开了，所有的卢比都撒到地上。她像一条母蛇似的嗞嗞叫着说："你把这钱拿到哪儿去？说！要是你想图个好，就把这些钱通通还掉，要不我就不饶你。家里的人不分白天夜晚辛辛苦苦地干活，想弄到一颗米一块破布都那么困难，你却拿着大把大把的钱去争面子！你好大的面子！家里连吃的都顾不上，还要顾面子！"
>
> 何利按捺着自己的一股怒气。所有在场的人都打了一个冷噤。那几个头人耷拉着脑袋，巡官的脸上也微微露出羞愧的神情——他一辈子还没有受过这样的侮辱哩。
>
> ……
>
> 头人们拾起撒在地上的卢比，暗示巡官老爷离开那个地方。这时候，丹妮娅又来了一次打击："是谁的钱，就拿给谁去。我们谁的钱也没有借。谁要把钱送了，就问谁要钱，我是一个铜板也不给的，把我拉到法庭上去我也不给。为了缴清欠租，我们到处借二十五个卢比，谁也不肯借，今天倒大大方方地借了这么多钱。我什么都明白。这钱是大家都有份的。大家都会得到一点甜头。村里的头人都是杀人的，是穷人的吸血鬼。利息啦，粮账①啦，送黑钱啦，不管什么东西，

---

① 粮账指农民向地主借的粮食，归还时要多还原来的1/2或1/4。

都要打劫穷人。这些事情真该有个好政府管一下才行。坐监牢是不会坐出好政府来的。要得到好政府，只有靠宗教，靠正义。"

几位头人都羞得无地自容。巡官老爷的脸上也阴气沉沉。

这两段引文，集中体现了丹妮娅泼辣、无所畏惧和敢于反抗的性格。与她的这种性格相对应的是她对弱者的同情，是她的慈母之心。她儿子对此非常了解，故他把已怀上他骨肉的未婚妻子裘妮娅带到家门口让她自己进去，他却不进门便到城里"打工"去了。丹妮娅没有指责裘妮娅便收留了她，然后才到庄稼地里去与守夜的何利"商量"，所谓"商量"实际上是说服何利。当然，何利也不是狠心之人，丹妮娅说明不收留她的后果之后，何利就爽快地同意收留这个未婚先孕的儿媳了。

丹妮娅收留裘妮娅是她不知道这样做的后果吗？不是。她之所以收留她，她首先考虑的是不收留她，就可能失去两条人命，她把人命看作是最宝贵的东西。与那些借此惩罚她家的村里的婆罗门祭司、头人和落井下石的裘妮娅的父亲比较起来，丹妮娅多么伟大。

如果说丹妮娅收留裘妮娅还有一点理由，因为裘妮娅跟她儿子戈巴尔有关系，怀的是戈巴尔的骨肉，那么西里雅则跟她毫无关系。西里雅怀的是婆罗门祭司达塔丁的儿子马塔丁的孩子，马塔丁不要她了，她无处可去，丹妮娅二话没说，便收留了她。

丹妮娅家是低等种姓，马塔丁家是最高种姓；低等种姓的人把人看得最重要，高等种姓把自己的种姓、名誉看得最重要，这不正是对印度教、印度教文化和高等种姓的很好的讽刺吗？

除上述突出的性格特点外，丹妮娅还不像何利那么世故。"她以为，咱们种地主的地，地主收他的租，为什么要去巴结他呢？为什么要在他的脚底板上抓痒呢？"

上述这些都是她性格中的优点，是令人敬佩的，也是可爱的。但她也不是没有一点弱点的，但正是这些弱点使她更加栩栩如生，有血有肉，使她的性格更加丰富。她喜欢人奉承，喜欢人夸奖她。何利知道她的这个弱点，所以她表示出不愿白白把草料送给薄拉时，何利就编出薄拉赞美她的话来，立竿见影，马上生效，她不仅同意送了，而且还要多送，并且要何利和儿子给薄拉送到家去。她也爱面子，甚至可以说有点虚荣心。她大女儿出嫁时，她跟何利的想法是一致的，借钱也要办得体面一些。

除这两个典型人物形象以外，小说中的其他一些人物形象刻画得也比较成功，如大地主兼政客莱易和村子里的几个头人达塔丁、金古里·辛、巴泰西瓦里、诺凯·拉姆等。有的人物刻画得不太成功，如何利的儿子戈巴尔。

当然，十全十美的东西是没有的。《戈丹》作为一部长篇小说也有不足之处。《戈丹》的不足首先表现在结构布局方面，描写城市生活的这条支线似乎粗了一些，除与莱易和戈巴尔相关的内容外，其他的与农村生活联系不太紧密的部分压缩一些，小说会更紧凑精彩。其次，《戈丹》基本上反映了20世纪30年代印度整个的社会生活，但却看不到有关独立斗争的描写，仅提到了莱易曾为此坐过牢。第三，人物思想变化有时缺乏铺垫。如戈巴尔表现出了一些进步思想，可是看不到他的这些思想是怎么产生的。不过，总的看来，《戈丹》的确是一部不可多得的佳作，正因为如此才经受住了历史的考验。

第四节　短篇小说

✦

1908年4月，普列姆昌德的短篇小说《世俗的恋情和爱国的热情》刊载在《明月》杂志上，这是他公开发表的第一篇短篇小说。他去世之后，即1937年3月，他与读者见面的最后一篇短篇小说是《罚款》。在这29年中，他共创作发表了约300篇短篇小说。应该说这是个不小的数字，而且在他的这些短篇小说中有不少脍炙人口的佳作。他的这些短篇小说同他的长篇小说一样，在文学史上享有重要的地位。

普列姆昌德的短篇小说题材广泛，内容丰富。不同的读者一般都能从他的短篇小说中找到自己喜欢的作品。所以，在这里很难对他的短篇小说做全面的介绍，而只能选择一些优秀之作略做介绍和评价。

一、激励爱国情怀

普列姆昌德发表的第一篇短篇小说是《世俗的恋情和爱国的热情》，他出版的第一部短篇小说集是《祖国的痛楚》（又译《热爱祖国》，1908），共5篇作品，其中4篇表现了爱国的或为国家独立自由而进行斗争的思想情感。正因为如此，他的这本小书出版后，被英国殖民当局认为其中有"煽动性言论"而查禁，作者本人也差点因此而遭到大麻烦。但是，这并没有阻止作者继续写作这方面题材的作品。表现爱国的和为独立而进行斗争的思想感情的作品，在普列姆昌德的短篇小说中占有重要的地位，也有不少佳作。《祖国的痛楚》中的《世界上的无价之宝》便是这样的作品。小说的女主人公——公主要追求她的男人找来世界上的无价之宝才嫁给他。这世界上的无价之宝是什么呢？男主人公首先找来了杀人不眨眼的强盗的悔恨的眼泪。公主说，这的确很宝贵，但不是无价之宝。男主人公又找来了一位烈妇自焚后的骨灰，公主承认这是非常宝贵的，但还不是她眼里的无价之宝。最后一次，男主人公找来了一位为国捐躯的烈士临终前胸膛里流出的最后一滴血，把它献给公主，公主满意了，说这才是"世界上最宝贵的东西"，然后嫁给了他。

《沙伦塔夫人》（1910）是公认的名篇。这虽然是篇历史小说，但女主人公在金伯德拉伊王公为自己的王国战斗到最后已无力用宝剑刺进自己的胸膛时，听从丈夫的话，将宝剑刺进了丈夫的胸膛，然后又把这把剑刺进了自己的胸膛。普列姆昌德不是在演绎历史，而是在用作为"世界上最宝贵的东西"的烈士鲜血鼓励人们为国家的独立而斗争。可以说这是《世界上的无价之宝》的姊妹篇，是前一篇的具体化。不过，随着甘地在印度政治舞台上发挥的作用愈来愈大，普列姆昌德的思想也受到了影响。1923年发表的《坚持真理》虽然主要是讽刺一个口是心非的婆罗门，但也表明了非暴力的斗争也是斗争，说明甘地对他已经有了很大的影响。

《母亲》（1929）的主角自然是"母亲"。这也是一篇很重要的作品，同样表现的是为独立而斗争的主题。"母亲"的丈夫为独立进行斗争，被捕入狱3年。狱中苦难严重地损害了他的身体，出狱后他很快就去世了。"母亲"竭尽全力培养丈夫入狱后才出生的儿子，决心把他培养成像他父亲一样的爱国志士和无私地为民族服务的人。可是，她儿子却走上了与他父亲相反的道路，欣然接受殖民当局的奖学金去英国留学，"母亲"气绝而终。这篇小说的结局虽然是悲剧性的，但具有更强的感染力。

继这篇作品之后发表的《游行》（1930）、《由妻子变成丈夫》（1930）、《进军》（1930）等作品都是表现以不合作或和平游行等方式进行独立斗争的主题。应当承认，这样的斗争也是斗争，而且和平斗争的破坏性和人员伤亡都会比武装斗争少得多。因此，甘地不愧是伟大的人物，普列姆昌德的这些作品也不愧是反映时事和现实政治斗争的优秀作品。

二、揭露妇女问题

印度妇女，特别是印度教妇女的社会地位和在家庭中的地位都很低，她们所遭受的虐待、迫害和不幸也很多，所以近代以来的宗教改革家们在进行宗教改革的时候一般都会涉及妇女问题，进步的作家们在自己的作品中也会表现她们的问题。普列姆昌德在不少短篇小说中从不同的侧面描写了她们，为她们鸣不平。

在《失望的一幕》（1923）里，作者抨击了印度教的早婚和寡妇不能再婚的制度，揭示了早婚给妇女带来的不幸。小说的女主人盖拉斯年幼便由父母做主结了婚，但还未与丈夫圆房便成了寡妇。从此她享受不到同龄少女能享受的快乐，成人后也只能过清心寡欲的苦修女式的生活，而且总是遭到别人的冷眼。慢慢地，她的自我意识觉醒了，萌生了反抗的心理，讲究起穿着打扮来。

《驱逐》（1924）的女主人公马尔亚达遭受的是另外一种不幸。她本来有一个幸福的家庭，夫妇关系不错。可是祸从天降：在一个盛大的宗教节日，她和丈夫去恒河沐浴，但因人太多，她和丈夫被冲散了。她找不到回家的路，被自愿服务组织的人员收留。几天后，她终于回到家，但她丈夫不让她进门了，甚至连孩子都不让她抱一下。她被驱逐出家门了。原来，印度教的男子可以任意胡作非为，而女子不管有什么理由都不能在外过夜，甚至回家晚了都不行，即使是完全清白的，也会被丈夫拒之门外。这是多么不公平！

《古苏姆》（1932）反映的是嫁妆制的问题。古苏姆是一个知书达理、美丽贤惠的女孩，可是结婚以后，丈夫一直对她冷若冰霜。她低声下气地给丈夫写信，丈夫连信都不看，就退给她。她非常痛苦。后来终于明白：原来是她父亲没给丈夫钱出国留学。古苏姆的父亲准备给她丈夫留学的钱，不过古苏姆不同意——她不能与这样一个自私的人生活在一起，她要自食其力，她的脸上也"露出了自尊和独立精神的红光"。古苏姆觉醒了，也是因为她有自食其力的能力。但小说告诉我们，嫁妆制度和自私的印度教男人给女性带来了非常大的痛苦，甚至有可能让古苏姆们一辈子都享受不到本该享受的人间欢乐。

《有儿女的寡妇》是作者的名篇之一，是反映"夫死从子"的代表性作品。普尔玛蒂的丈夫在世的时候，她是一家的女主人，可是她丈夫一去世，她的权力便失去了。她的地位一落千丈，儿子儿媳们立即夺走了她的权力，就连她价值几千卢比的首饰也无权处置了。家中的事都由大儿媳做主了。普尔玛蒂明白个中缘由，开始干家务活，不过问其他事情。她的儿子儿媳们决定毁了妹妹以前需花几千卢比的婚约，只花一两千卢比便把妹妹嫁到一个普通家庭。在一个涨水的日子，她去恒河打水，滑进恒河里，淹死了。

《膜拜女婿》（1935）是一篇抨击男尊女卑习俗的小说。小说中的"我"是一个具有现代开明思想的人，参加了两次婚礼。第一次参加一个朋友的迎亲队，迎亲队的人，包括"我"的朋友，到女方家后提出种种无理的要求折磨女方家人，最后还提出不提供12瓶威士忌就不进喜事棚举行婚礼，把迎亲队撤回去。"我"实在看不下去，打道回府了。第二次是应邀参加"我"最好朋友的迎亲队,"我"当队长,迎亲队的人都得听"我"的,没有提出无理要求。可是婚礼仪式中有一个"施舍女儿"的仪式,新娘的父亲带头,给新郎洗脚,献吉祥物。然后一家大小、男女依次膜拜新郎。本来应当尊老爱幼,这不是完全搞颠倒了吗?"我"后来拿出几朵鲜花放在新娘的脚前,以示不满。

除上面这些作品外,还有不少作品,如《礼教的祭坛》《失望》《新婚》《犹豫不决》《两座坟墓》等都从不同的侧面表现了男女不平等或妇女的不幸。

不过,在普列姆昌德笔下,也有高尚的、为女子着想的男子汉,有与丈夫真心相爱,婚姻、家庭生活幸福的幸运女性。如《解放》(1924)、《如意树》(1927)和《割草的女人》(1929)等。

《解放》中的男青年赫加里拉尔知道自己得了肺结核,活不了多久,便向女方和父亲说明真相,希望取消即将举行的婚礼,但不被接受。于是他在婚礼前一天卧轨自尽,拯救了对方。不过,这样的男人的确太少。

《如意树》是普列姆昌德为数不多的爱情小说中的优秀之作。小说的男主人公是一小土邦国的王子,叫拉杰那特。他父亲为国捐躯了,王国也失去了。他投靠了他父亲以前的一位侍从——一个村庄的领主。领主的女儿金达年轻貌美。两人一见钟情。金达以前栽了一棵树,称如意树。王子来那一天,她又想起了给这棵树浇水,使这棵快枯死的树活了过来,她说是王子赋予了这棵树生命。领主正在为他们准备婚礼时,突然来了一队追缉王子的人。领主为保卫王子牺牲了。王子被仇人抓回去囚禁起来。金达思恋成疾故去。此后便有一只小鸟天天飞到这棵树上哀鸣。二十年后,王子逃出,来到这个村庄,听说了她的故事,追随她而去。从此之后,每天便有一队鸟飞到这棵树上欢快地歌唱。梁山伯和祝英台的故事和这篇小说异曲同工,说明人类各民族对爱情的追求和体验都是相通的。

《割草的女人》中的女主角穆里娅是不可接触者，但美丽诱人。地主青年杰耶·辛赫看上了她，起了邪念。穆里娅以理说服了他。杰耶·辛赫不仅改邪归正，而且在看到穆里娅买草时卖草的人对她说些轻佻的话后，主动向穆里娅的丈夫说：他以后每天给他一个卢比，需用车时叫他，不用时他可照样拉人，并且让他不要告诉穆里娅。这篇小说写得生动感人，人物栩栩如生。而更重要的是，在印度教这个以血缘决定种姓的宗教社会里，作者能做到不讲血统论，并没有把地主都写成坏人，说明作者是注重现实、按照现实本身在塑造人物，是在以自己的作品反映生活。

三、表现儿童生活

普列姆昌德写的儿童作品不是很多，有十多篇。不过，他写的有些儿童作品相当优秀，如《迦札基》《罗摩戏》《打嘎儿》和《开斋节的会礼地》等。

《迦札基》的主人公迦札基是"我"父亲手下的一个邮递员，他不仅很喜欢"我"，而且很会陪"我"玩，因此"我"与他的关系非同一般。但有一天他为了给"我"抓一只小鹿迟到了，被我父亲辞退。"我"很为他难过。"我"把这事告诉了母亲。此后，特别可爱的小鹿很快让"我"不再痛苦。过了几天，迦札基又回来上班了，他还是像昔日那样陪"我"玩。遗憾的是，有一天小鹿跑出去追一只狗，被狗咬死了。这篇小说的主人公并非儿童，为什么又把它列为儿童作品呢？关键是该书"我"天真的心理活动写得很好，而重点不在表现迦札基的不幸。

《罗摩戏》不仅很好地写出了儿童的天性、纯真的心灵，还以儿童的眼光来观察剧团老板和歌妓为赚钱不惜采用卑下的手段。而让"我"

特别难堪的是"我"那警官父亲，他不仅特别好色，而且舍得拿出金币来给对他举止轻佻的歌妓。

《打嘎儿》中的"我"孩提时代非常喜欢打嘎儿。在一起玩的伙伴中雅戈打得最好。有一天，"我"和他两个人玩，"我"总是输，后来"我"耍赖，不玩了，他不肯。"我"说前一天给了他番石榴吃，他该让"我"。后来"我"父亲调走，"我"自然随家人一起走了。20年后，"我"已经大学毕业，成了区里的工程师。一次"我"到原来住过的村子检查工作。到那里便想起了打嘎儿，想起了雅戈，觉得打嘎儿是最有趣的运动。"我"约他打嘎儿，可是他总输。"我"以为他的技艺不行了。开车回村时，他说第二天以前的老运动员要在那儿比赛。"我"开车去坐在车里看，发现他还是打得最好的。"我"这才明白，前一天他是有意让"我"，因为他现在是给议员赶马车的车夫，"我"是有权有钱的官老爷了。这篇作品告诉我们：小孩是天真幼稚的，但也是真诚可爱的，而成人之后分属不同的阶级、阶层、群体，他们之间不仅会有身份上的差别，更重要的是会有心态上的差别。

《开斋节的会礼地》的主题与上面几篇小说不同，说明的是穷人的孩子早当家。小说中最主要的人物是哈米德。开斋节这一天，他要和墨哈穆德、摩西、努莱他们一起去玩。哈米德唯一的靠山是他奶奶。他们很穷，连吃饭都是大问题，所以他奶奶没有多余的钱给他，他只有3个拜沙，其他孩子至少有十来个。其他孩子买零食吃，买玩具，可哈米德舍不得那样花钱，他想到他奶奶没火钳，给他奶奶买了把火钳。于是其他几个孩子都笑话他，他一一予以反击，结果他赢了，因为他的火钳什么也不怕，能经得起火的洗礼。这时，有零食的争着给他零食吃，他心里很想吃，但就是不要。他回到家，奶奶既感到难过又感到高兴——这是多么懂事的孩子啊！

四、抨击种姓制度

种姓制度是印度社会，特别是印度教社会的一大毒瘤，危害着印度社会，特别是给低等种姓、不可接触者带来无限的苦难，使他们受到非人的待遇，甚至亲骨肉不能团圆。

《残酷无情》中，一对农民夫妇在逃荒时失去了几岁的孩子，这个孩子为基督教教会收养。十多年后，这个孩子找到了自己的父母，可是种姓制度却不允许他们团圆，因为按照印度教传统，一个印度教徒长期与非印度教徒生活就成了非印度教徒，失去了种姓，即使忏悔后回归印度教，也是不可接触者。这对父母盼望儿子盼了十多年，儿子经过千辛万苦找到了父母，但他们只能短暂地会面，而且同锅同桌吃一顿饭都不行。

《神庙》（1927）展现的是另一幅凄惨的图画：一个首陀罗寡妇已失去了两个孩子，第三个孩子又病了。她梦到丈夫对她说，让她去神庙敬毗湿奴神。所以，她许下孩子好了就去敬毗湿奴神的誓愿。孩子果然好转了，可是第二天又恶化了。她以为是她没有履行诺言，神又不满意了所以连夜去敬神，但祭司和高等种姓的人无论如何不让她进神庙。她抱着孩子硬往里闯，没闯进去。孩子掉在地上，没气了。她当即昏了过去，气绝而终。种姓制度的残酷，由此可见一斑。

《地主的水井》（1932）是一篇短小精悍的作品。不过，虽然短小，却很深刻，是普列姆昌德短篇小说的代表作之一。女主人公甘吉的丈夫病了，要喝水。她把前一天打来的水给他喝，他说水里有臭味，无法喝。甘吉叫他别喝了，她去打干净水来给他喝。他们能打水的井里可能有什么死动物，污染了水。村里还有两口井，一口是地主的，离他们家较近；另一口是高利贷者的，离他们家较远。甘吉拿着水罐，到地主的水井附近，等待时机打水。等到晚上九点，没有高等种姓的人来打水了，地主家的大门也关了。她小心翼翼地走上井台打水，可是她刚要把水罐提到能抓住的地方，地主家的大门突然打开了，她吓得一机灵，水罐掉下去了。高等种姓的人追来了。她迅速逃回家，看到她丈夫在喝臭水。

除上述几篇外，集中抨击种姓制度的还有《解脱》《懦夫》等。

五、鞭挞封建剥削

普列姆昌德直接抨击封建剥削的作品不是很多，但有的作品却很出名。

《高尚》虽然歌颂了救人不图回报的高尚精神，但也鞭挞了地主对农民的残酷无情。德赫达·森赫20年前救过的一个6岁的小孩，如今既是放债人又是地主，他成了他的佃农。但只是因为他没有去欢迎这位新地主，没有给他送礼，就被他夺了佃。

《半斤小麦》写农民辛格尔向婆罗门地主韦布尔借过半斤小麦。辛格尔每年在给他布施粮的时候，都多给他一些，当作还了他了。可是地主却不这样认为，而且不提此事。7年之后，地主把他叫去算账，说他欠了他两百多千克小麦了。辛格尔还不起，折合成现金，成了辛格尔永远还不清的债。他给韦布尔当了20年长工，只当还了利息。他死了，他儿子接着给韦布尔当长工还利息。作者在最后写道："读者，不要以为这是一个杜撰的故事，这是生活的现实！这样的辛格尔和这样的韦布尔，世界上大有人在呢。"

《冬夜》也是普列姆昌德的重要作品，小说表现了农民的贫穷，穷得连买冬天盖的毯子的钱都没有。在普列姆昌德的那个时代，这样的农民太多，从他的这几篇作品，我们完全可以窥见穷人是如何受剥削的。

除这些小说外，《穷人的哀号》和《毁灭》等小说也从不同的侧面反映了穷人的苦难和遭受剥削的情况。

六、歌颂美德情操

《赫勒道尔王公》描写的是王公家族兄弟间的问题：弟弟赫勒道尔受哥哥纠恰尔委托治理一年王国，治理得不错，并且维护了王国的尊严，得到臣民们的拥戴。纠恰尔心生嫉妒，但不好明说，便借故其夫人与小叔有情，要她拿含毒药的槟榔包给赫勒道尔吃，用赫勒道尔的死来证明她的清白。赫勒道尔听说后，决定牺牲自己。这篇小说反映的是小王国王室内部的斗争，比普通家庭的斗争更激烈，所以该死的必须死去，因为已经掌权的土邦王怕比他能力强的弟弟夺去他的权力。这种例子在历史上屡见不鲜。

《家庭的折磨》（1923）描写的是一个比较特殊的家庭，重点剖析了一个后母人性中狭隘的观念引发的悲剧。小说中说，后母不喜欢丈夫与前妻生的孩子斯德亚，并致使丈夫也嫌弃斯德亚。斯德亚到上中学时，无法忍受了，离开家去了加尔各答。后来后母生的孩子格彦那却坚持要哥哥结婚后他才结婚。结果后母自己精神失常，服毒而死，死前还咬了丈夫，使丈夫也中了毒，躺在医院等死。格彦那找到哥哥，一起回家。作者在小说中刻画了一个相当典型的坏继母的形象。

《分家》（1929）写了一个因女人分家，后又因同一个女人合为一体的家庭。波拉在第一个妻子死后续了弦，但他的第二个妻子来了以后，前妻留下的10岁男孩罗库受了不少委屈。8年后，波拉去世了，罗库不计前嫌，待异母弟妹很好，使后母颇为感动。几年后，后母强迫罗库把举行了婚礼的妻子穆利娅接来一起过。穆利娅来后逼丈夫分家。后来罗库和穆利娅也有了两个孩子，可罗库由于气和累不到30岁就离开了人世。穆利娅觉得自己难熬的日子到了，但她未想到的是，这时母亲和弟弟们来帮她了。大弟弟凯达尔后来娶寡嫂为妻，两家便又合二为一了。普列姆昌德在作品中多次涉及这样的问题，这也许不是他对女人的看法不对，而与他自己在生活中遇到的继母和第一位妻子有关。但从这两篇作品我们还可以看出另外一个问题——普列姆昌德也许不喜欢分家，更喜欢大家庭。

普列姆昌德认为，文学创作要以进步的美好的思想情感为基础。想必是基于这种认识，道德问题成了普列姆昌德在小说中关注的重点之一。

《五大神》歌颂印度农村传统的长老会，特别是长老会的首席长老秉公办事，不徇私情的高尚道德。朱曼·谢赫和阿尔古·焦特里本来是好朋友，但是他们在先后被选为长老会的首席长老时都把私情放到一边，做到"友情归友情，责任归责任"。在小说中先是朱曼·谢赫的寡妇姨母把自己的产业交给他，条件是他要好好赡养姨母。但协议签完以后不久，他们夫妇便不善待姨母了。姨母找长老会，并让阿尔古·焦特里做首席长老。听完他们的陈述后，阿尔古·焦特里判朱曼·谢赫的姨母胜诉。朱曼·谢赫对老友的判决颇为不满。不久，阿尔古·焦特里卖给沙胡一只耕牛，沙胡还没给钱便把那只原本很好的牛累死了。沙胡不给阿尔古·焦特里钱。结果还是找长老会判决，沙胡选朱曼·谢赫做首席长老。朱曼·谢赫一做上首席长老，便不敢公报私仇了，只好秉公办事，判沙胡给阿尔古·焦特里牛钱。从此，他们又成了好朋友。不过需要说明一句，普列姆昌德在其他不少地方提到长老会时，长老会一般都是不好的。

《咒语》也是作者的名篇，歌颂印度传统的以德报怨的品德。小说的主人公帕格特是一个穷苦人，他本来有7个孩子，其中6个夭折了，现在唯一的一个7岁男孩生了重病，生命垂危，找到当地大名鼎鼎的医生贾达。但医生要去打高尔夫球，见死不救。老头儿失去了最后的儿子。若干年后，医生的独生子——20岁的大学生不幸被毒蛇所咬，危在旦夕。老头儿是一个会用土法和咒语治蛇伤的人。他听说此事后，经过一番思想斗争，深夜赶到医生家，治好医生的儿子后便悄悄地离开了，他要赶在老太婆醒来之前回到家。医生认出了他，很受感动，他说的最后一句话是："他的高贵品质教育了我，我要把他作为毕生的楷模。"这的确起到了作者要"唤醒读者善良之心"的目的。但小说的结尾多少让人感到有点说教的味道。这方面的小说还有不少。例如：历史小说《公正》，写伊斯兰教的创始人穆罕默德公正地处理他女婿的问题，歌颂秉公办事不徇私情。《诚实的奖赏》歌颂儿童的诚实和忍让。《解放》歌颂了舍己为人的精神。《盐务官》歌颂了忠于职守的精神。

七、挖掘人性劣根

应当说，普列姆昌德的小说有很多都揭示出人性中丑陋的劣根，而《棋友》《彩票》《可番布》（又译《裹尸布》）这三篇小说则通过故事中人物的荒唐行为反映了严酷的现实，表现了作者深刻的反思。人性中的痴迷、贪婪、懒惰、麻木、自私等都被刻画得入木三分。

《棋友》是历史题材，故事发生在莫卧儿王朝末期。阿瓦特土邦首府勒克瑙的贵族们在王国即将被英国殖民者占领时，依然过着醉生梦死的生活。密尔是土邦王瓦吉德·阿里的军事将领，但他不管军队，把全部精力都放到和米尔扎对弈上。朝廷派人来叫他，他也不去履行自己的职责。他和米尔扎为了避免干扰，离开家到城外一个废墟上去下棋。眼看王公被英军带走，将成为囚徒，他们还是专心下棋。最后，他们为下棋对骂起来，竟然拔出剑来决斗，双双成了剑下鬼。

这两个人并非贪生怕死之徒，但他们能置国家危难于不顾，痴迷于个人嗜好，竟然为个人嗜好殉死，是极端自私的典型。他们与作者歌颂的民族英雄完全背道而驰。这是人性的劣根，也是印度民族的劣根。作者用这个故事影射现实，试图说明：偌大一个印度沦为英国的殖民地，不是因为英国军队过于强大，不是英国军队打败了印度，而是印度自己败给了自己。

《彩票》是一篇不可多得的优秀作品。在小说中，"我"朋友卫克兰的父亲、母亲、叔叔和哥哥等都买了一种国际性的彩票，中彩后可以获得100万卢比。"我"和卫克兰也很想买，但没有钱。后来"我"和卫克兰把旧书卖了，以卫克兰的名义合伙买了一张。开彩的日子一天天临近，买彩票的人的心理也在发生变化："我"担心中了彩，得了100万卢比，卫克兰会独吞。于是"我"提出签个协议，但卫克兰不同意。"我"越发担心，说他如果真是那样，将会出现可怕的后果。卫克兰的叔叔因中彩的概率小，同他父亲理论，本来很好的两兄弟差点动手。买彩票的人们为了中彩采取了各种方法：有的找童女祈祷；有的到庙里求祭司拜神；有的求被称为神仙的老修道士，被老修道士打得头破血流，还以为一定能中彩而感到高兴。总之，一个个疯了似的求助于超自然的力量。但最后却是一个美国黑人中了彩。

小说绘声绘色、淋漓尽致地描绘了人们面对金钱诱惑时，欲望不断膨胀的心理过程和心理状态。小说表现的仅仅是一场可笑的闹剧，无伤社会大雅。但贪婪作为人性的一大劣根，其膨胀足以酿成反人类的暴行，足以毁灭人类自身。

《可番布》是一篇不可多得的优秀作品。小说的主人公吉苏和马托夫是父子，是两个让人过目不忘的人物。小说开始，他们在草棚外烧土豆吃。马托夫的妻子难产，在屋里惨叫，在死亡线上挣扎。他们奔波了一天，感到无可奈何了，只有让她等死。所以，他们索性不管了，去偷了土豆来烧着吃。吉苏叫儿子进去看看，儿子说害怕，其实是怕自己离开后父亲把土豆吃完。第二天早上，马托夫进去看的时候，他妻子早已经凉了。于是，父子俩痛哭一阵后去找人施舍买裹尸布的钱。

他们要到5个卢比，却进了酒馆，用5个卢比大吃大喝了一顿。他们平时就懒得出奇，只要有一口吃的，就决不去打工挣钱。

这父子俩的麻木、懒惰在印度社会具有典型意义。普列姆昌德以他独具的慧眼，看到了自己民族的劣根，看到了人性的劣根。

16

『阴影主义』诗人伯勒萨德

第一节　生平与创作

✿

一、生平

杰辛格尔·伯勒萨德（Jaishankar Prasad，1889~1937）出生在印度北方邦的古城贝拿勒斯（今瓦拉纳西）。它坐落在恒河岸边，有着古老的文化传统，曾是佛教、印度教和耆那教的圣地。中世纪的印地语著名诗人格比尔达斯（Kabir Das）和杜勒西达斯（Tulsidas）等，曾在这里居住和写作。这座城市还有一个特点，就是印度各地区的人都喜欢在这里设置自己的居住点，因此，这座城市中居住着各个民族不同信仰的人。

伯勒萨德的家庭富裕，从他的祖父西沃尔登·萨胡起即经营烟草，在社会上有一定地位。他的父亲德维·伯勒萨德·萨胡也喜爱文学艺术。因此，市内的诗人、美术家和音乐家经常在他们家里聚会，讨论问题或即兴演出。杰辛格尔从小受到这样的熏陶，很早就对文学艺术产生了浓厚的兴趣。幼年，杰辛格尔还随父母朝拜过许多宗教圣地，各处的名胜古迹和风土人情都给他留下了深刻的印象。他酷爱大自然，为民族的光辉传统而自豪。这些对他以后的文学创作都有很大的影响。

杰辛格尔童年是在学校里读书，念完七年级后，家里就请人来教他印地语、梵语、波斯语和英语。他学习认真刻苦，因此，他对这些语言的掌握都很牢固。

1901年，杰辛格尔还不满12岁，他的父亲突然病逝。这对于他的家庭来说是一个极大的灾难。整个家庭生活的重担就落在了哥哥辛浦尔登的身上。哥哥虽然胸怀开阔，性格开朗，具有自由思想，但却不像父亲那样善于经营。没几年，他家的生意便出现了很大的亏空。此时杰辛格尔已经开始写作，不问家事。在家庭经济益发困难时，哥哥也开始对他不满，要求他放弃写作，协助理财，但他执意不肯。不久，母亲又病逝，家庭经济情况更趋恶化，以致债台高筑。但杰辛格尔从未停止写作和读书。当他17岁时，哥哥又不幸去世。这使杰辛格尔不得不面对现实，暂时收敛诗心，迎接家庭困难的考验。一切债务，各种生意纠纷，就像枷锁一样紧紧套在他的身上。年轻的杰辛格尔经受了种种磨难，解决了一个个难题，闯过了难关。他经受住了这些考验和磨难，锻炼得更加坚强。那些痛苦的经历使他感受深切，刻骨铭心。这使他以后的文学创作更具特色。

杰辛格尔坚毅干练，勤奋经营，家庭经济状况渐有好转。但他并未因此而倦怠，他那颗诗人的心也从未迟滞。一旦经济好转，他便在白天经商之余，于夜晚写诗。实际上，在那些日子里，他的诗人情怀不时地袭来，甚至在卖烟草的空隙时间也要写上几句。于是，他的生意反倒成了他写诗的业余活动。

二、创作

杰辛格尔·伯勒萨德的第一部诗集出版于1910年。但是，这第一部诗集是哪一部，印地语文学界有三种不同说法：有人说是《悲叹》，有人说是《画布》，也有人说是分章长诗《爱的行旅》。但不管怎样，这三部诗集都是伯勒萨德的早期作品，都写于1910年前后。再加上《野花》（1912）等，是他文学创作第一阶段的诗歌作品。

在第一阶段，即1915年以前，除了诗歌以外，他还创作了戏剧和短篇小说。剧本《君子风度》创作于1910~1911年。剧本《维夏克》发表于1915年。而这个时期的短篇小说都收集在1912年出版的《幻影》里。这个时期，他的作品受印地语作家帕勒登杜的影响较大。

第二个阶段，约1916~1925年，伯勒萨德受孟加拉语大诗人罗宾德罗纳特·泰戈尔的影响较大。这时期的诗歌有《山泉》（1918）等；戏剧方面不仅有历史剧《阿阇世王》（1922），还有社会故事剧《欲望》（1925）；短篇小说主要收在《幻影》和《回声》中。

第三阶段，1926~1936年。这个阶段，伯勒萨德的作品最多，也是他写作的最成熟阶段。在这个时期，他吸收国内外作家的长处，形成了自己更加独特的风格，其哲学思想也都得到了充分的阐发。这一时期的诗歌有《眼泪》（1926）、《水波》（1935年）和长诗《迦马耶尼》；剧本有《健日王塞建陀笈多》（1928）、《满满一口》（1930）、《旃陀罗笈多》（1931）和《特鲁沃斯瓦米妮》（1933）；短篇小说集有《天灯》（1929）、《风暴》（1931）、《幻术》（1936）；长篇小说有《骨架》（1929）、《蒂德里》和《伊拉沃迪》（未完成）；还有一部文学论集《诗歌与艺术》，在他身后由别人收集整理出版于1938年。

伯勒萨德是一位具有多方面才能的文学家。在诗歌方面，他是"阴影主义"诗歌的四大支柱之一。阴影主义是两次世界大战之间出现在印地语文坛最重要的一个诗歌流派，而伯勒萨德的不少诗作是这个流派的代表作。因此，一般认为，他的诗歌成就最大，为此也有人称他为印地语的泰戈尔。

他的戏剧也与众不同，继承了古老的戏剧传统，表现印度辉煌的历史文化，同时也反映了自己时代的民族精神。他的小说，尤其是短篇小说，具有诗歌的特点，对大自然的生动描述、对人物心理的生动刻画、对感情的细致抒发，都给人留下很深的印象。他的长篇小说则注重情节的铺陈，强调对社会现实的描述，但总体上的成就远不及他在诗歌、戏剧和短篇小说上的成就。

第二节 诗歌

❦

伯勒萨德首先是一位诗人，所以这里要先介绍和讨论他的诗歌。他是印地语"阴影主义"诗歌流派的创始人之一，他在印地语诗歌领域为印地语文学竖立了一块丰碑。

比起印度的很多诗人，伯勒萨德的诗歌数量不算太多，但艺术性强。更重要的是，他的诗歌反映了时代前进的脚步，反映了社会的变化，抒发了人民的要求与愿望。

关于伯勒萨德诗歌出版的年代和先后顺序，印度文学界有许多说法，很难得出完全一致的结论。我们姑且按照诗人儿子勒德诺·辛格尔·伯勒萨德先生亲自编选的《伯勒萨德作品集》作为权威性的说法，按年代顺序将这些作品大致排列如下：

1. 《最早的一首诗》，1901年写成，诗人时年12岁；

2. 《早期的三首诗》，约写于1906年；

3. 诗集《画布》，出版于1910年。其中包括《阿逾陀的解放》《森林相会》《爱情——国家》《花粉》《花蜜滴》等五个部分，有的诗又是由几首短诗或上下阕组成的，有可能不是完成于同一年份；

4. 《慈悲场》（诗剧），最早发表于1913年；

5.《爱的行旅》，大约完成于1914年，当年出版；

6.《野花》，1909~1917年的短诗；

7.《王公的伟大》，1918年以前；

8.《山泉》，1918年第一版，1927年修订再版；

9.《眼泪》，1925年第一版，1933年修订再版；

10.《水波》，1933年出版；

11.《迦马耶尼》，1935年出版。

下面对其中主要的作品作以简介。

一、诗集

（一）《画布》

伯勒萨德初期的诗作都是用布罗杰语写的，以《画布》为总名结集出版。《画布》由五个部分组成：

第一部分《阿逾陀的解放》。这是一首不太长的叙事诗。诗人从印度古代大诗人迦梨陀娑所著《罗怙世系》的第十六章受到启发而作。诗中写的是，阿逾陀城在纳戈朝古穆德统治下，人民遭受苦难，城市女神来到俱舍王面前请求解放自己。俱舍王是罗摩的双胞胎儿子之一，他带病向纳戈朝古穆德进攻，不仅解放了阿逾陀城，还同纳戈朝古穆德之女古穆德沃蒂结了婚。于是，阿逾陀城人民得到了幸福和安宁。《阿逾陀的解放》是伯勒萨德的早期作品，主要表达了诗人对罗摩盛世的向往，对和平与幸福的渴望。诗歌的语言简练明快，并且注意了景物的描写。

第二部分是《林中相会》。这是一首故事诗，是从迦梨陀娑的剧本《沙恭达罗》中获取灵感而创作的。不过，《林中相会》对故事情节有所发展。《沙恭达罗》中，从诅咒中解脱出来的豆扇陀王在仙人的净修林里见到了沙恭达罗和儿子婆罗多。但《林中相会》写的是豆扇陀王在仙人那里见到了沙恭达罗的两个女友。沙恭达罗回城时，也把两个女友带进了王宫。这首诗主要描绘了大自然的美，沙恭达罗及其女友们的俊俏，从服装到体态，都树立了印度妇女的光辉范例。

第三部分是《爱情·国家》。这是首分章诗，讲述的是一个历史故事，分两个部分。前一部分写谢维杰城的国王苏尔耶·盖度和伯赫默尼王朝的叶文国王的战争，由于大臣的背叛，苏尔耶·盖杜失败并牺牲。后一部分写苏尔耶的儿子钱德尔·盖杜和大臣的女儿拉莉达恋爱并结婚的故事。这首诗对战争的描写生动逼真、动人心弦，对钱达尔和拉莉达爱情的叙述缠绵悱恻，感情细腻。

第四部分是《花粉》。共22首短诗。其中有12首是描绘大自然的各种现象，展示了大自然的美。其余10首中，有的是阐述诗人的哲学观点、内心情感的。还有一首是诗人悼念印地语文学的先驱帕勒登杜的。

第五部分是《花蜜滴》。包括三种格式的诗。这是诗人按照布罗杰语的音韵特点，根据古老传统格律而刻意写成的。由于过于注重形式，内容上没有什么可取之处。

总的说，这本诗集是诗人的早期作品，有的是读了前人的作品加以发挥，有的是触景生情有感而发，有的描绘大自然的雄伟绮丽、变幻莫测。诗中大都渗透着作者的真挚感情和热烈追求，但多数比较粗糙稚嫩，尚欠锤炼。

（二）《爱的行旅》

这是一首叙事诗，长四百余行。内容是一个浪漫的爱情故事。一个旅行者来到了一座净修林，听一个女修士讲述自己的一段经历：住在河边的两个老友，一家有一个男孩，一家有一个女孩。两个孩子经常在一起玩耍。后来男孩的父亲去世了，他临终前把男孩托付给老友照顾。从此，两个孩子整天在一起生活，逐渐长大，彼此间也渐渐产生了爱情。女孩到了该出嫁的年龄，将被嫁给别人。两个人都非常痛苦。因封建礼法，他们俩不能结合，男孩只好远走他乡，四处流浪。原来，这个女修士就是当年那个他苦苦恋着，如今又日夜思念的女孩。她出嫁后的生活很不美满，丈夫赌博酗酒，败家而亡。她也只好遁入空门。两个人倾诉衷肠后，面前升起一片红霞，预示着新生活的开始。

这首诗中，虽然诗人虽然没有过多地追求格律的规整，但读起来却如泣如诉，娓娓动听，情真意切。通过生动的艺术形象塑造，表现出诗人对窒息自由婚姻的封建礼教的痛恨，同时诗人用丰富的想象和艺术夸张，表现出诗人"让天下有情人终成眷属"的美好愿望。这是诗人反封建争自由的一曲颂歌。

（三）《慈悲场》

这实际上是一部诗剧。有人又称它为"象征剧"。伯勒萨德自己则认为它是以诗剧的形式写的场景诗。实际上，这是诗人写剧本之前的一种尝试。

伯勒萨德谙熟印度古代文学及各种经典。他根据《摩诃婆罗多》《罗摩衍那》《梨俱吠陀》《他氏梵书》等，加以充分想象，创作了这部诗剧。在古老的吠陀文献《他氏梵书》中有这样一个著名的神话传说：有一个国王有一百个妻子，却没有儿子。为了得到儿子，国王向水神伐楼那（Varuna）求子，并许愿说等有了儿子，将用儿子做牺牲来向伐楼那献祭。国王果然生了儿子罗西多（Rohita）。伐楼那催国王兑现许愿，但国王一再拖延，直到儿子长大。罗西多为了不当牺牲品，逃进了森林。伐楼那得不到献祭，便捉住国王，让他得了鼓胀病。罗西多到处流浪，见到一个穷婆罗门。他见婆罗门一家饿得要死，就要买婆罗门的一个儿子代替他去当牺牲品。婆罗门有三个儿子，他舍不得大儿子，他妻子舍不得小儿子，被卖的儿子老二叫犬阳（Shunehshepa）。国王征得伐楼那同意，就请一些仙人们来主持祭祀，又雇犬阳的父亲来捆绑和杀死犬阳。犬阳向天神求助，背诵一百节《梨俱吠陀》，犬阳身上的绳索自动脱落，国王的病也好了。参与祭祀的祭司之一众友仙人（Vishvamitra）收犬阳作了义子。婆罗门要带犬阳回家，犬阳拒绝。众友仙人有一百个儿子，有五十个儿子反对父亲收犬阳为子。众友仙人诅咒这五十个儿子成为奴隶，于是后来的奴隶多是众友仙人的后代。[1]但在《慈悲场》中，故事情节有所变动，众友仙人没有参与祭祀，而是在犬阳祷告上苍的时候带着一百个儿子从天而降，怒杀主持祭祀的仙人，痛责出卖儿子并要亲手杀死儿子的婆罗门，教训了国王和罗西多，解救了犬阳。这是一个圆满的结局，代表着诗人的理想与正义。

（四）《王公之伟大》

这是以对话体写成的分章叙事诗。它以莫卧儿王朝阿克巴时代为背景，刻画了王公普拉塔普[2]的英雄形象。普拉塔普的公国被莫卧儿王朝的军队所包围，他的儿子带兵英勇抵抗，战斗中将一支莫卧儿部队全部俘获，并将统帅康卡纳的妻子也一起抓来。普拉塔普见抓来了莫卧儿将军的妻子，很是生气，命令儿子以礼相待，安全地把她送回去。康卡纳为此深受感动，他很敬佩普拉塔普父子俩的为人和英勇善战。他与妻子力劝阿克巴大帝，解除了对普拉塔普公国的包围。

诗人歌颂的是普拉塔普为保卫国土而英勇奋斗的精神，尤其是以

---

① 参见金克木：《梵语文学史》，人民文学出版社，1980年版，第79~80页。

② 普拉塔普，全名普拉塔普·辛格（Pratap Singh，1540~1597），中世纪梅瓦尔王国的拉其普特人王公，曾抵抗莫卧儿皇帝阿克巴的兼并进攻，失败后百折不挠，又收回失地。

仁义屈敌之兵的高尚品德。虽然与历史事实并不完全相符，但诗人的爱国之情却得到充分表达。

（五）《野花》

这是一部短诗集，共收有49首诗。按其内容可大致分为三类。

1. 借景抒情类

集子里的《第一个早晨》《新春》《夏天的正午》《荷花》《杜鹃》《被践踏的莲花》和《云的呼唤》等属于这一类。在这些诗中，诗人不仅描绘了自然界的景物，而且寓情于景，借景抒情。例如，《第一个早晨》中有这样一节：

> 它（按：指清晨）一触摸，我们就兴奋难耐，
>
> 睁眼一看，那景色就令人愉快。
>
> 内心的冲动，甜蜜而令人亢奋，
>
> 悠扬的天堂之歌，缓缓唱来。

2. 借题发挥类

这是指一些根据神话传说而写出的诗歌。有《齐特拉库特》（齐特拉库特，《罗摩衍那》中一森林名，罗摩和悉多在那里流放过）、《婆罗多》（沙恭达罗和豆扇陀之子的故事）、《俱卢之野》（史诗《摩诃婆罗多》中的战场）、《黑天的生日》，以及《艺术之美》《英雄少年》等。

3. 借故伤感类

这类诗歌有《悲泣》《慈悲林》《秘密故事》《谦恭》《怀念你》《离愁》《感情之海》，等等。这些诗大多表现诗人的内在情感，带有些许的哀婉和淡淡的忧愁。而恰恰是这些诗歌，显示出"阴影主义"诗歌

的一些因素。

总之,《野花》中的诗歌表明诗人已经从初出茅庐走向成熟。

(六)《山泉》

被认为是"阴影主义"诗歌流派的第一部诗集。共收55首诗。从内容看,可大致分为三类。

1. 情景交融类

《雨季的早晨》《光》《春天》《洒红节之夜》《点滴》等,有10多首,均属此类,写得纤巧细腻、情景交融,时常为后人称道。

2. 爱恋相思类

如《山泉》《散开的爱情》《在湖中》《形象》《幽会》等,均属此类。诗中大多表现情人的相思与离愁,同时也颂扬了爱情的专一、美好、炽烈与深沉。

3. 神秘思考类

《崇拜》《本性》《最亲爱的》《祈祷》《祈求》《宝石》等属于此类。这些诗在很大程度上是受了泰戈尔《吉檀迦利》的影响,带有对人生和宇宙的神秘主义哲学思考,常常使用象征和隐喻的手法。

(七)《眼泪》

这是一首长诗,是关于爱情的,分为四个部分。

1. 对从前美满婚姻的令人陶醉的回忆,以及离别后悲愁的心境。

2. 对情人美好非凡形象的描摹。

3. 倾诉得不到爱情的满足而产生的痛苦和惆怅。

4. 内心痛苦的进一步申诉和表白。

这首长诗的开头这样写道:

在这充满同情的美好心灵中，

如今有不安的音调在涌动；

为什么在哀饥号寒的声音中，

如今有无限的悲哀和伤痛？

诗人对情人间离愁别绪的描写很细致深沉，可以说是生动新颖、有声有色，显示出伯勒萨德的诗歌已经达到了圆熟境界，形成了独特的风格。这首诗在"阴影主义"诗歌中占有重要地位。《眼泪》问世后，受到印地语文学界的极大重视，被誉为印地语诗歌中的《云使》，有不少后来者模仿。

（八）《水波》

这个集子里共收有33首诗，其中有29首是无标题短诗，4首是有标题的长诗。这是诗人生前留下的最后一部诗集。这些诗大部分属于抒情诗，有的如大海波涛，粗犷豪放，有的如潺潺流水，纤巧柔和。粗犷者写情感的炽烈激扬，柔和者写情感的细腻文雅。其中大约半数诗歌是写爱情的，对恋人所遭遇的种种情况予以描绘。也有不少是写大自然的诗歌，诗人将自己作为大自然的一分子平等对待自然界的事物，人与自然融为一体，不可分割。有几首诗是与诗人一生的遭遇和希望相联系的，阐发了个人的自身感受。还有一些诗在抒发感情的同时还带有号召性，表达了诗人的思想和意志。也有一些诗是受了佛教思想的影响而写出来的。

最后的四首有标题的长诗，全是根据历史人物和事件写的故事诗。

《阿育王的忧虑》写的是印度历史上的伟大帝王阿育王①在揭陵伽战争取得胜利后，亲见了战争中被杀的生灵，有了悔恨和反思，产生了信奉佛教的念头。《谢尔辛格放下武器》写的是19世纪中期，英国人征服旁遮普的锡克人王国时，谢尔辛格投降英国人的故事。《贝肖拉的回声》是赞扬拉贾斯坦邦古代梅瓦尔公国的拉其普特人抗击莫卧儿军队的英雄事迹。诗人慨叹道，今天，从贝肖拉湖传出的回声是，像普拉塔普·辛格这样的英雄实在太少，看不到有谁能来承担国家的重担，有谁能拍着胸脯说："我的梅瓦尔，为保卫它我奉献出一切。"今天已听不到这样的回声了。《灾难的阴影》写的是古吉拉特王后卡姆拉的感情世界和心理状态。她以自己的美丽姿容而骄傲，她渴望青春再现。

这些诗也是诗人"阴影主义"诗歌的代表作。无论是对民族光荣历史的追忆、对大自然的由衷赞美，还是对内心感受的细致宣泄、对爱情不尽如人意的哀婉描绘，等等，这些都是"阴影主义"流派诗歌的基本要素。

二、大诗《迦马耶尼》

在1935年以前，诗人曾将《迦马耶尼》的部分章节发表于杂志。到全诗写成大约历时8年，于1935年整体出版，这是诗人去世前一年的事。

《迦马耶尼》是一部长篇叙事兼抒情的诗，是根据神话传说发挥创作出来的。印度古代神话中有洪水故事，许多古老文献，如吠陀文献、

---

① 阿育王（Asoka），又译无忧王，印度孔雀王朝第三代君王，公元前272~前232年在位。大约在公元前261年，他的军队在扩张领土时征服揭陵伽（今印度奥里萨地区），杀死10万人，俘虏15万人，大体统一了印度全境。这一残酷战争成为阿育王思想的转折点，此后他决心实行和平策略，怀柔国民，崇信佛教，宣扬佛法。

史诗文献和往世书文献中，都有大同小异的记载。大意是，在洪水行将到来的前夕，摩奴（Manu）得到天神的指点，准备好了一条大船，躲过了洪水的灭顶之灾，成为人类的始祖。根据这则神话，伯勒萨德写出了《迦马耶尼》。

《迦马耶尼》全长3 700余行，分为十五章。根据印度的文学传统和审美标准，印度文学界将这种故事完整、结构严谨、章节连贯、有多重审美价值、能表现诗人全面才能的大部头长诗称为"大诗"（Mahakavya）。人们公认，《迦马耶尼》是一部大诗。

第一章《忧虑》

印度先民胡作非为，惹怒上苍，发下洪水，只有摩奴免灾，坐在喜马拉雅山上面对滚滚洪水，陷于忧虑之中。

第二章《希望》

洪水消退，大地又出现了一片光明。摩奴又对生活充满希望，但只知举行祭祀，似不免孤独。

第三章《希尔塔》

外出学习技艺的犍陀罗国少女希尔塔，又名迦马耶尼（意为爱神之女），也在喜马拉雅山上，与摩奴相遇。摩奴倾吐胸中郁闷，希尔塔鼓励他顽强生活，摈弃悲观情绪。

第四章《爱神》

摩奴感受到希尔塔爱情的力量，但仍不知如何正确对待人生，甚至怀疑生活的真实。爱神前来启示，大谈哲理。

第五章 《欲念》

摩奴未理解爱神的启示，只注意到希尔塔身体的美丽，几次向希尔塔求爱，均被希尔塔机警岔开。两人在思想上存在差距。

第六章 《羞涩》

希尔塔也爱上摩奴，但十分矜持。表现出一个少女的审慎和羞涩。

第七章 《业行》

摩奴贪吃酒肉，借祭祀之名杀生，希尔塔对此极为不满，劝说他停止杀生。摩奴假意接受，表示悔改，骗得希尔塔与他结合。

第八章 《嫉妒》

摩奴整日行猎，希尔塔忙于种植和纺线织布。希尔塔怀孕，为孩子编摇篮。摩奴却认为孩子将分享希尔塔对他的爱，产生嫉妒之心，终于抛下希尔塔出走。

第九章 《伊拉》

摩奴流浪，与少女伊拉不期而遇。伊拉主张以自己的智慧和力量来创造财富，享受生活。

第十章 《梦幻》

被遗弃的希尔塔把孩子养大，取名马诺。她终日思念摩奴，梦魂来到萨拉索特城，见到丈夫正与伊拉建立起一个城邦，人们被划分为阶级和种姓，各行其责。摩奴与伊拉纵酒享乐，摩奴要强行与伊拉结合，引起城邦人民的强烈不满。

第十一章《斗争》

希尔塔的梦是真实的。人民起来反抗，摩奴残酷镇压，结果被起来造反的人民打成重伤而昏死过去。

第十二章《痛苦》

在横遭战乱之后，萨拉索特城陷于苦痛之中。希尔塔携子寻夫来到这里，将昏厥的摩奴救醒。摩奴愧悔难当，悄然离去。

第十三章《显现》

希尔塔教育儿子马诺以天下为家，原谅了伊拉，并开导她留下与马诺共同治理萨拉索特城邦。希尔塔只身出行，找到摩奴。她高尚心灵的显现感动了摩奴，摩奴表示要痛改前非。二人一起前往喜马拉雅仙境。

第十四章《秘密》

途中摩奴筋疲力尽，决心动摇。希尔塔晓以大义。这时天空出现三个圆形世界：欲、知、行三界。希尔塔向摩奴讲解道，只有三者合一才能避免谬误，走上正路。摩奴心服口服。

第十五章《极乐》

后来，马诺和伊拉率领百姓前来朝圣，千里迢迢终于来到仙境。摩奴向他们宣讲经典，认为世界好比一个鸟巢，大家都是一个家庭的成员，要把对方看作自己的一部分。此时，周围呈现出圆满、和谐和极乐的气氛。

这部大诗具有深刻的历史文化背景，蕴藏着古老的印度教教义，同时也暗示出当时印度思想界的各种思潮的影响。例如甘地的非暴力、纺线抵制英货、反对大工业生产等思想，马克思主义的阶级斗争思想，奥罗宾多和泰戈尔的人道主义与和谐世界思想等。从艺术的角度看，诗人采用了象征主义手法以影射现实，运用隐喻表现深奥的哲学命题。许多章节的描写非常细腻，文字精雕细琢。无论写景还是抒情，都显示出诗人的非凡功力。

该书的出版，曾在印度北方地区引起不小的轰动，多次再版，还被搬上舞台演出。该书还被翻译为印度国内的诸多文字出版，也被译成为英文和俄文。至今，印度印地语文学的教材必然选取他的这部长诗中的段落作为范文。

下面让我们对《迦马耶尼》的精彩小节略做鉴赏和评论。

首先，在印度民族独立运动蓬勃发展的时代，《迦马耶尼》中唱道：

> 暴政如重物压顶，要么压垮要么挺身，
> 自古顺民，如今已不能再继续容忍！（《梦幻》）

诗中又唱道：

> 这里统治者的命令在下达，
> 这里回响着胜利的喧哗；
> 而饥寒交迫的被压迫者，
> 却一次次地被踩在脚下。（《秘密》）

这些诗句，显然是借古讽今，是诗人对当时殖民统治的不满，是对反抗者的歌赞和号召，充满了时代气息，反映了民众的意愿。

在刻画人物心理方面，诗人曾这样表现希尔塔的内心苦痛：

让杜鹃唱出心声，我只默默倾听，
然而它唱不回从前的良辰美景。
在这叶落枝空，充满期待的时节，
迦马耶尼，要坚心矢志忍受一切。

稀疏的花丛里，风声凄凄，
唤起回忆却没带来相会消息。
仿佛全世界都对我这无辜者不满，
眼中的泪水啊，去打湿谁的衣衫？（《梦幻》）

    在摩奴离家出走之后，长期的精神折磨和生活重负使希尔塔像"花朵失去蜜香"，像"黎明的残月，惨淡无光"。她既怨恨摩奴，又思念摩奴，风吹草动，鸟鸣虫吟，都会牵动她的九曲回肠。从这两小节诗可以看出，希尔塔怨恨中有思恋，委屈中有宽容，痛苦中有期待，柔弱中有刚强。《迦马耶尼》中多用比喻，而尤以博喻见长。用博喻于心理描写，对揭示和分析人物内心微妙而复杂的矛盾有特殊的效果。例如，诗中这样描写少女的羞涩：

如刚刚破萼的花苞，
掩映在柔枝嫩叶的裙梢；
如荧荧跳动的烛辉，
闪烁于黄昏朦胧的氛围。（《羞涩》）

    不仅如此，诗人还把羞涩比喻为"引起一连串不安的花环"，"被压弯的枝头"，"斑斓的梦影"，"激滟的波光"等。羞涩本来是人的一种心理状态，它常常通过人的表情和举动反映出来。要用文字把它恰到好处地描写出来，实属不易。但是，伯勒萨德独出心裁地把它比作花苞、烛辉一类具体的东西，又把这些具体物象同时放在绚烂明丽和幽寂迷离的背景中去，给人一种既鲜活又飘忽的意象，让读者在静与动之间、在似与不似之间捕捉真确的含义，可谓高妙之笔。

再看，《迦马耶尼》中是怎样描写希望的：

> 当黄昏提着星星的灯盏，
> 来到希望之海的岸边；
> 黑夜啊，你为何这样乖戾，
> 弄破那彩霞的衣衫？

这里，黄昏和黑夜都被拟人化了。黄昏是美好的，再披上"彩霞的衣衫"，"提着星星的灯盏"，就更加妩媚。希望就是这样，常常是绚烂多彩，富于魅力的。"来到希望之海的岸边"，希望的殷切、心愿的深沉，已经不言而喻了。可是，越是美好，越是殷切，越是深沉，它的消失也就越令人惋惜和失望，吞没它的黑夜也就越是可恼可恨。

伯勒萨德曾经说过，对古代的人物"不是仅仅从外部去描绘，而是表达以痛苦为基础的自我感受"。[①]这是他对阴影主义诗歌的评议，也是他自己创作诗歌的宗旨与体会。

---

① 杰辛格尔·伯勒萨德：《诗歌与艺术》，普拉亚格，1954年印地文版，第123页。

第三节 戏剧

❋

一、剧本简介

伯勒萨德一生共写有10多个剧本，但具体数目现在还没有定论，一般认为有15个，见下表：

剧名	时间	类别	幕、场	备注
《君子》	1910~1911	神话传说	独幕5场	具历史性质
《幸福的婚姻》	1912	历史	独幕9场	前4世纪
《慈悲场》	1913	神话传说	独幕5场	具历史性质
《忏悔》	1914	历史	独幕6场	12世纪
《拉杰谢利》	1915	历史	4幕23场	六七世纪之交
《耶雪特尔木·德沃》	1920前后	历史	不详	已佚
《维夏克》	1921	历史	3幕16场	1世纪前后
《阿阇世王》	1922	历史	3幕28场	前6、前5世纪

《欲望》	1925	象征	3幕22场	
《镇群王的蛇祭》	1926	神说传说	3幕23场	具历史性质
《健日王塞健陀笈多》	1928	历史	5幕33场	5世纪
《满满一口》	1930	抒情	独幕1场	
《旃陀罗笈多》	1931	历史	4幕44场	前4世纪
《特路沃斯瓦米尼》	1933	历史	3幕3场	四五世纪
《火友王》	不详	历史	现存1场	未完，前2、前1世纪

由上表可以看出，《耶雪特尔木·德沃》已佚；《火友王》仅存一场，已难以弄清该剧面貌。这样，便只剩下13个完整的剧本。

整体来说，伯勒萨德的13个剧本中有8个是历史剧，3个是神话传说剧，1个是象征剧，1个是抒情剧。可见，伯勒萨德在戏剧上的成就主要在历史剧方面，他在帕勒登杜等前辈所取得成就的基础上把历史剧创作推上了高潮，并取得了空前的成功。

从时间上看，伯勒萨德的剧本创作可分为两个时期，即前期（1910~1915）和后期（1921~1937）。从思想内容和艺术水平等方面看，后期剧本比前期更成熟、更成功。因此，从某种意义上说，这里的前期相当于试笔阶段，后期则相当于成熟阶段。

《君子》是伯勒萨德的第一个剧本，属于神话传说剧。作品取材于大史诗《摩诃婆罗多》的"森林篇"，表现的是具有"法王"美称的般度长子坚战率四个弟弟救堂兄弟难敌等的故事。不过，这个剧本的水平很一般，这好像不是伯勒萨德的独立创作，而是模仿帕勒登杜剧本和梵语戏剧的结果。剧本形式比较陈旧，有开场献诗、序幕等；

语言还不太成熟，人物的对话比较梵语戏剧化，缺少现代印地语的灵活性；剧本中的诗歌是用伯勒杰方言写的，水平不高；此外，伯勒萨德还生硬地在剧中安插了丑角等人物。这些都使作品带上了无形的枷锁。

历史剧《幸福的婚姻》也存在类似问题，作品表现的是印度古代孔雀王朝的第一位国王旃陀罗笈多（月护王）抵御西方侵略者并娶侵略者头目塞琉古的女儿格尔纳莉娅为妻的故事。在这个剧本中，伯勒萨德省去了开场献诗、序幕等印度传统戏剧的形式，比《君子》要"爽快"得多。但从这个剧本中仍看不出作为印地语现代最成功的戏剧家伯勒萨德的才华来。

《慈悲场》是个诗剧，其内容前面已经介绍过。从诗歌的角度看是成功的，但从剧本的角度看"也是个水平一般的剧本"[1]。

1914年，伯勒萨德发表了第四个剧本《忏悔》，剧本取材于12世纪的历史传说：主人公杰易京德因个人私怨引来了伊斯兰教侵略者，结果毁了国家害了自己。整个剧本全用白话写成，语言简单易懂，结构也比较紧凑，比前面3个剧本要成熟得多。

伯勒萨德在前期创作的最后一个剧本是《拉杰谢利》，这个剧本首先发表在《月亮》杂志上，分为3幕若干场。出单行本时伯勒萨德进行了修改，增删了不少内容，包括增加了整整一幕、删去了原有的开场献诗和序幕等。现在我们看到的是修改过的本子。《拉杰谢利》是伯勒萨德在前期创作的唯一一部多幕剧，写的是6世纪末、7世纪初印度著名国王戒日王曷利沙为兄长罗阇伐弹那和姐夫揭罗诃跋摩报仇并最后取得两国王位的故事，其中涉及塔内萨尔、曲女城、摩腊婆、高达、摩揭陀、贾路格耶等印度本土诸小国和异族入侵者匈奴人。因为场面

---

① 伯勒杰尔登·达斯:《印地语戏剧文学》，德里，1949年印地文版，第156页。

比较大，人物比较多，剧本情节稍嫌零乱，人物形象的刻画也欠考虑，读者无法分清哪个是主要角色，哪个是次要角色。不过，这个剧本还是比较成功的，是伯勒萨德前期最好的剧本。

伯勒萨德的这第一个时期的剧本创作受帕勒登杜时代的剧本及其家庭不幸遭遇的影响很大。在他开始印地语戏剧创作之前，帕勒登杜早已誉满整个印度，他及其同伴所形成的作家团体不仅在印地语地区有影响，在非印地语地区也受到欢迎。加之伯勒萨德和帕勒登杜生于同一城市贝拿勒斯，而帕勒登杜去世后印地语界没有出现具有影响力的戏剧家，所以伯勒萨德对帕勒登杜崇拜有加，在创作剧本时一直视之为榜样。

1921年，伯勒萨德发表了第二个创作阶段的第一个剧本《维夏克》。该剧取材于克什米尔历史学家兼文学家迦尔诃那的长篇历史叙事诗《王河》，表现的是公元1世纪前后发生在克什米尔的历史传说。剧本中的印度教婆罗门学者维夏克、国王纳尔德沃都是历史人物。"在这个剧本中，伯勒萨德很少幻想，故事取材于纯历史传说，人物也大多是历史上存在过的。"[1]著名戏剧评论家德希勒特·沃恰在评论《维夏克》时认为有三个因素促成伯勒萨德创作了这个剧本：第一个是伯勒萨德的家庭因素，1917年前后伯勒萨德的妻子和新生婴儿一起过世，这使他很伤心，他希望重获夫妻之乐，因此在剧本中描写了维夏克和金德尔蕾卡的爱情生活，他将自己比作维夏克，幻想和妻子重聚，这是符合他的诗人性格的。印度当时的社会现实是第二个因素，在甘地的领导下，全国人民的民族热情空前高涨，他们奋起反抗不为印度利益着想的英国殖民统治者，剧本中的蛇族全族起来反对国王纳尔德沃便是这一社会现实的缩影。第三个因素是贝拿斯附近鹿野苑的佛教建

---

① 伯勒杰尔登·达斯：《印地语戏剧文学》，德里，1949年印地文版，第159页。

筑废墟，伯勒萨德有一次看到了这片废墟，遥想佛教衰微的原因，剧本中的佛教徒无知无理蛮横便是最重要的原因之一。[①]这种分析不是没有道理的，伯勒萨德是个非常内向又很浪漫的人，他在作品中很少与社会现实直接发生关系，总是以比较隐蔽的手法来影射现实事件和自己的遭遇及心情，但相比起来，他的后期创作与印度民族的关系更密切，与他个人的关系则比较淡薄。

《维夏克》之后，伯勒萨德创作了名剧《阿阇世王》。作品中的故事发生在公元前6、前5世纪，涉及摩揭陀、乔萨罗、乔赏弥和毗舍离等印度小国。剧本中的主要角色是摩揭陀国著名国王频毗娑罗之子阿阇世。在剧本中，伯勒萨德没有依历史传说把阿阇世写成弑父者。不过，由于仍未完全摆脱个人不幸所带来的烦恼，伯勒萨德在剧本的前半部分把一切都弄乱了：儿子反对父亲，妻子反对丈夫，女奴成为王后，妻子争风吃醋，太子成为强盗，王后沦为妓女……也许他是在发泄心中的痛苦，他希望破坏一切，然后再重新建立一个新世界。伯勒杰尔登·达斯评论道："伯勒萨德的独特的剧本创作风格由这个剧本开始，这是他的最好的剧本之一。创作这个剧本以后，伯勒萨德才开始进入到高水平的戏剧家行列。"[②]

1925年，伯勒萨德创作了第一个非历史剧剧本《欲望》。这是个象征剧，与现实的关系很大，其中反映了伯勒萨德很强的时代意识。他非常赞同甘地的主张，并在该剧本中描述了甘地所设想的未来印度的图画。《满满一口》是他的第二个非历史剧剧本，创作于1930年，作品抒情性很强，肯定了夫妻和睦的家庭生活，否定了放纵不稳定的非婚姻生活。《镇群王的蛇祭》是伯勒萨德第二个创作阶段唯一一部神话传

---

① 德希勒特·沃恰：《印地语戏剧：产生和发展》，新德里，1961年印地文版，第216~
　223页。

② 伯勒杰尔登·达斯：《印地语戏剧文学》，德里，1949年印地文版，第163页。

说剧。剧本创作于1926年，讲述了雅利安民族和蛇族之间由对抗到团结的故事，是伯勒萨德3个神话传说剧中最成功的一个。

《健日王塞健陀笈多》是伯勒萨德在第二阶段创作的最为重要的剧本之一，剧本中的故事发生在公元5世纪的笈多王朝，作者写了王朝内部的争权情况，还写了外民族对印度的入侵，整个剧本长而不散，人物多而不乱。不仅如此，作品对印度的现状和社会问题还进行了成功的影射。"可以这么说，《健日王塞健陀笈多》是伯勒萨德最好的历史剧。在这个剧本里，伯勒萨德不仅使印度传统艺术和西方艺术完美地结合起来，而且使历史和想象、过去和现实成功地融为一体。"因此，伯勒萨德的戏剧创作技巧在《健日王塞健陀笈多》中得到了完美的体现，达到了炉火纯青的程度。

伯勒萨德的这一高超水准在1931年发表的《旃陀罗笈多》中得到了同样的发挥。该剧取材于公元前4世纪的历史传说，是伯勒萨德最长的剧本。其实这是他前期创作的《幸福的婚姻》的扩展和完善，《旃陀罗笈多》包含了《幸福的婚姻》的所有内容，并使剧情发展得更合理，人物形象刻画得更充分。此外，伯勒萨德还增加了旃陀罗笈多联合其他印度小国抵御外族入侵并夺取难陀朝王位的历史事件，使得场面更加宏大、情节更加复杂。

二、艺术特点

纵观伯勒萨德的所有剧本，我们可以发现以下几个特点：

（1）伯勒萨德的剧本有很强的历史性。伯勒萨德从印度的国故里挑选出了一个个曾经有很大影响力的人物和事件，如旃陀罗笈多和贾那吉耶推翻难陀王朝建立孔雀王朝及打败西方入侵者的历史（《幸福的婚姻》《旃陀罗笈多》）、戒日王为家族报仇并成为著名帝王的历史（《拉杰谢利》）、塞健陀笈多抵御匈奴异族侵略的历史（《健日王塞健陀笈多》），以及旃陀罗笈多男扮女装杀死塞种国王并成为一代帝王的历史（《特路沃斯瓦米尼》），等等。在创作过程中，伯勒萨德比较忠实于历史，他不愿多加发挥想象，而且尽量不使自己的虚构妨碍历史。

（2）浓厚的文化性是伯勒萨德戏剧的另一个非常重要的特点。伯勒萨德毕竟不是历史学家，他是个主观性很强的浪漫主义文学家。他不希望看到印度历史的黑暗面，因此多选择印度最兴盛的孔雀王朝时代和笈多王朝时代的历史事件作为剧本的创作题材，很少涉及混乱软弱的时代。他认为，这种兴盛时代的历史才是真正的印度，印度的文化繁荣首先应归功于这样的时代。伯勒萨德选择历史题材还有一个很重要的标准，这便是看这段历史能否使他达到展示印度文化传统的目的，换句话说，他创作历史剧的目的之一是宣传印度的传统文化，使世人了解自己前人的古老文明并继承复兴它。"印度文化的忠实崇拜者伯勒萨德对雅利安文化有着深厚的感情，他在这种文化里看到了人类的最高理想，他坚信，只有这种文化的复兴才能使印度充满生命的活力。"[1]

（3）民族性是伯勒萨德剧本创作的第三个特点，也是他要表现的印度民族最重要的传统美德之一。在伯勒萨德的心目中，印度民族是宽容大度和爱好和平的，但不是懦弱者或胆小怕事者，印度人民时刻准备着维护自己民族的尊严、时刻准备着为自己国家的独立和领土完整而献出生命。妇女永远是伯勒萨德赞美的对象，他们在民族大义方面也同样是佼佼者。

（4）伯勒萨德戏剧的第四个特点是现实性，这一特点和前三个特点密切相关，历史性、文化性和民族性都是为现实性服务的。伯勒萨德在与现实社会的接触中，看到了印度文化已濒临绝境，看到了印度

---

[1] 拉默古马尔·古伯德：《现代印地语戏剧和戏剧家》，新德里，1973年印地文版，第21页。

人自己唾弃传统而盲目模仿骄奢淫逸的西方商业文明。目睹这种可悲景象，他感慨万千，于是在剧本中展示出这种情况，期望能引起同胞们的警觉。

（5）伯勒萨德是印度现代最重要的印地语浪漫主义诗人，他的诗歌具有浓厚的浪漫色彩。这一风格也影响到了他其他类型的创作，如剧本、小说等，因此，浪漫性是他戏剧创作的显著特点之一。

（6）伯勒萨德剧本的第六个也是最后一个特点是其与众不同的结尾方式，印度评论家称之为"伯勒萨德结尾"。伯勒萨德剧本的结尾，既不完全是悲剧，也不完全是喜剧，而是悲喜相杂，从形式上说具有喜剧的特点，从内容上说又有浓重的悲剧色彩，可谓悲喜各半。这一特点在伯勒萨德的大多数剧本中都有体现。

总之，伯勒萨德开创了一条不同于近代以前印地语戏剧和近代印地语戏剧的创作道路，丰富和发展了印地语戏剧文学，他本人和他的戏剧作品在印度文学史，特别是印地语戏剧文学史上都占有很重要的地位。

第四节 小说

✦

一、长篇小说

伯勒萨德的长篇小说与他的诗歌和戏剧相比，当然显得逊色一些。就数量来说，也不过三部，而且其中一部还是未完成稿。但就其在印地语文学中的地位来说，也应当算是那个时代的重要作品，在印地语小说史上留下了光辉的一页。如果从作者的创作题材看，这几部小说一反其戏剧的"古风"和诗歌的浪漫，而是面向社会现实，全面表达了他对社会的看法。

1.《骨架》

伯勒萨德是到生命的后期才开始写长篇小说的。他的第一部长篇小说《骨架》完成于1930年。小说分为四个部分，32章。小说的大体情节是：

钱德尔和妻子吉肖莉去庙里求子，在庙里住下。但钱德尔因商务繁忙，先回去处理，吉肖莉一人住在庙里敬神祷告。恰巧庙里的住持是吉肖莉少年时的相好，二人一见如故，有了私情。回家数月，吉肖莉果然生子，取名维杰。钱德尔知道儿子不是自己的，就让妻子带着孩子回老家，每月给她寄生活费。

孟格尔到妓院，见一个农村小姑娘是自己以前认识的，名叫达拉，就不顾一切地把这个女孩救出来。二人同居，但孟格尔经不住舆论的压力，在达拉将要分娩时将她抛弃。达拉感到无路可走，想要投河自尽，但两次投河都被人救起。后来她改名叶木娜，做了吉肖莉的女仆。

维杰一次骑马差点摔死，和青年学生孟格尔成了朋友。孟格尔见到叶木娜时，非常震惊，但叶木娜把他看作忘恩负义之徒，并不理他。孟格尔毕业后到山区教书。

吉肖莉一家人外出，维杰向叶木娜献殷勤，但叶木娜总是很严肃。另一个女仆肯蒂却主动与维杰接近。吉肖莉回家，维杰执意不回。叶木娜离开去自寻生路，肯蒂也被吉肖莉赶走。后来维杰和肯蒂结伴游逛，被强盗劫持，幸好有英国人巴特姆将他们救下。巴特姆利用维杰画的画作买卖赚了大钱。维杰与肯蒂在一次乘船外出时又遇到坏人，维杰将其杀死，幸有叶木娜掩护他逃走，叶木娜自己却被捕。维杰与肯蒂也走散了。

钱德尔生意亏本回到老家，与吉肖莉住在一起。他们雇用的老女仆叫南杜，南杜有一个收养的小男孩叫莫汉。肯蒂一人回到巴特姆家，巴特姆把妻子休弃，要娶肯蒂为妻，并要她改信基督教。就在他们结婚的当晚，肯蒂逃走并精神失常。肯蒂在路上遇见小莫汉，二人玩了起来。孩子见她疯疯癫癫，害怕了。钱德尔和吉肖莉来把孩子带走。肯蒂也见到了和她失散多年的老母亲南杜。

在巴特姆家当女仆的老妪叫瑟尔拉，她当年丢失了儿子，儿子脖子上戴着个三角形金器。已经25年了，瑟尔拉一直惦记着儿子。后来在维杰的帮助下，她与儿子孟格尔相认。维杰一直流落在山林里，林中有一伙土匪，为首的是伯登老汉。老汉有一个女儿名叫佳拉。伯登很想让佳拉和维杰成亲，但因维杰怀念叶木娜而没有答应。后来佳拉与孟格尔一块教书。法庭开庭审判叶木娜，孟格尔和维杰等人前去旁听，结果是宣判叶木娜无罪释放。孟格尔在马图拉的沃林达林生病了，佳拉来伺候。当宣告印度联盟成立时，孟格尔和佳拉正在举行结婚仪式。

吉肖莉因思念儿子，身体渐瘦。维杰沿街乞讨，身边只有一条狗。这时，一个女子给他送来吃的，正是叶木娜。她说："兄弟，我找到了工作，以后我养活你。"当他听说叶木娜又回到他家当仆人时，他惊呆了。叶木娜还告诉他，他的母亲已经奄奄一息，让他回去看看。维杰回去，亲眼看到母亲去世。他又回到森林，不久也死去了。叶木娜向钱德尔预支了10卢比工钱，为维杰办完丧事，她自己愣愣地坐在那里。孟格尔和佳拉出来，看到一个女子坐在那里，面纱被泪水湿透，无依无靠，俨然一副骨架！

这部小说情节曲折，故事性很强。它主要写出了印度社会中妇女的不幸，差不多每人都有一段痛苦的经历。特别是达拉（叶木娜），她那么善良，却又那么可怜，先被卖为妓女，被救出怀孕临产又遭遗弃，欲死不能，备受歧视。她对这些虽然不满，但她寻找这一切的原因时候却说，是因为她结婚时没有找到证明人。这不禁使我们想起了鲁迅的小说《祝福》中的祥林嫂。特别是小说结尾对叶木娜的描写，意在言外，寓意深远。其他人物，如维杰，因是私生子，在社会上也受到歧视。孟格尔虽然表面是个虔诚的宗教信徒，内心仍然龌龊。英国人巴特姆则是金钱的奴隶，是喜新厌旧之徒。小说在很大程度上揭露了社会的不平等。在艺术上，作者追求情节的曲折，环环相扣，引人入胜；人物关系错综复杂，却交代得比较清楚。不足之处是人物众多而性格刻画不够细腻，也缺乏心理描写，大多数人物都不够典型。

2.《蒂德里》

这是伯勒萨德的第二部长篇小说，发表于1934年。小说主要写印度农村的生活，融进了作者改良主义的幻想。故事情节大体如下：

地主出身的因德尔代沃到英国去学习法律，在那里他遇到了一个孤苦的英国女孩谢拉。他把她带回住处当仆人，回国时又把她带回家乡。这遭到母亲和妹妹的反对，但谢拉却并不在意。谢拉努力学习印地语和印度的风俗习惯。

另一对患难朋友，蒂德里和默图本感情日益加深，终于结成伴侣。谢拉和蒂德里都是志愿者，她们在农村开银行、办教育，进行社会改革。谢拉还向蒂德里的养父学习梵文。她的文雅举动，贞洁的操守，终于感化了因德尔代沃的母亲，她同意儿子和谢拉结婚。

默图本为了救邻居而杀死了收税官，因此被判10年徒刑。在这期间，他和蒂德里生的儿子莫汉渐渐长大。蒂德里不仅靠做工养活自己和孩子，还继续坚持自愿为民众服务。一天，莫汉发烧时问蒂德里："妈妈，我有爸爸吗？""有，孩子，你没有看见我头上的朱砂①吗？"她安慰儿子，但自己也在想：过了这么长时间，难道默图本不回家来了？我要等到何时？她的心凉了。她亲吻了熟睡的莫汉，然后打开门……看到一个熟悉的身影，一个在生活的战场上疲劳困顿的老兵——默图本，站在门口。

小说用不太长的篇幅顺便揭露了英国社会上贫富不均、两极分化的现象。接着又进一步说明，在这样的国家也有好姑娘，能够入乡随俗，为印度老百姓做好事。

小说中的蒂德里是作者重点刻画的人物。她从小多灾多难，父母早逝，在继父的抚养和教育下长大成人。她不顾社会舆论的压力，收养被遗弃的女婴，同谢拉一起到乡村服务，勤勤恳恳，任劳任怨。她的丈夫虽然被判十年徒刑，但她始终坚信丈夫不是坏人，

---

① 根据印度教习俗，已婚妇女每天在头发的分缝间涂抹朱砂表示自己的丈夫健在、生活幸福。

不是罪犯，而是"像高山一样坚定，像大海一样深沉，像地球一样具有耐性"。从这几个主要人物身上，能够看到作者的生活理想和美好的愿望。

小说也揭露印度上层社会与英国殖民主义者相互勾结的现实，以及官员们贪赃枉法的罪恶行径。与之形成鲜明对比的是穷苦百姓的悲惨生活。艺术上，作者对人物的塑造比较成功，心理刻画比较细腻。语言通俗简洁，贴近生活。

3.《伊拉沃蒂》

这是一部历史小说，写于1935年，没有完成。从已完成的部分看，小说写的是孔雀王朝时期的事。

总之，伯勒萨德的长篇小说一出手就显得很成熟，甚至第一部比第二部还更具有社会意义。这些当然与他的生活环境有关。他长期生活在城市里，对城市各个阶层的人群比较熟悉。他对社会弊病的辛辣讽刺、对丑恶灵魂的无情揭露、对下层民众的怜悯同情，都和他的生活体验密切相关。从第一部小说《骨架》看，手法基本上是现实主义的，但第二部小说《蒂德里》则转向了理想主义。这也和他缺乏农村生活经验有关。

二、短篇小说

关于伯勒萨德短篇小说的数目，各种说法不一。有的说是69篇，有的说是70篇，有的说是72篇。逐篇统计下来，应当是72篇。分成五个集子：

1.《阴影》（1912）

2.《回声》（1926）

3.《天灯》（1929）

4.《风暴》（1931）

5. 《骗术》（1936）

伯勒萨德的短篇小说中，有相当数量的历史小说（约20篇）。其中比较优秀的有：《奖赏》《在天堂的废墟上》《天灯》《萨尔沃蒂》《女仆》《坏蛋》和《奴里》等。这部分小说的共同特点是，作者凭着渊博的历史知识和丰富的想象力，在小说中再现了印度光荣的过去，描绘了古代的风俗习惯和生存环境，同时也暴露了统治者的残酷无情和背信弃义，这些与他的历史剧是一脉相通的。例如《女仆》，写的是印度人反对突厥人入侵的故事；《奖赏》塑造了大臣之女大义灭亲揭发丈夫而又忠于爱情的高大形象；《罪人》揭露了一个负心王子的丑陋心理，赞扬了一个有着坚贞爱情的少女；《天灯》描写一位少女内心激烈的思想斗争，最终理智战胜情感，甘愿为大众做好事；《默姆达》则将寡妇甘居陋室、尽职守责和只顾为个人树碑立传、不知感恩的国王做了对比。

伯勒萨德的以反映现实为主的小说中，主要的优秀作品有：《风暴》《克苏》《幻术》《尼拉》《比萨迪》《默图阿》和《小贩》等。这部分小说中，虽然没有轰轰烈烈的民族解放斗争的宏伟壮阔场面，也没有作者诗歌中驰骋天地的幻想，而更多是日常生活的题材，凡人琐事，但他们却是真实、质朴、生动的，仿佛可以触摸得到。他们像一条条涓涓细流，清新而有味道。例如，《小贩》中，写一位少女与小贩相爱，少女出身山村地主家庭，父母为她找的婆家也是地主。出嫁前，小贩带着礼物来看她，只放下东西就走了。在印度，姑娘嫁人是父母包办，不仅要门当户对，还要种姓相同。地主的女儿是不可能嫁给小贩的，但小贩对姑娘的爱却是忠贞不渝的。《风趣的巴勒姆》写一对青年男女相爱，但女孩的母亲不同意这门亲事，故意难为青年，要他一夜之间挖通一条隧道。小伙子拼死挖，眼看就挖通了，这时鸡叫了。其实并非真的鸡叫，而是女孩的母亲让仆人学鸡叫。一对恋人的美好爱情就这样被葬送了。

《丹森》也写了青年男女追求不分高低贵贱出身的爱情。《锁链》则是以血泪之笔描绘一个瞎子老人让孩子领着讨饭的情景。瞎子怕孩子跑掉，就用锁链拴住孩子，致使孩子因车祸伤身，那情景惨不忍睹。

伯勒萨德的短篇小说，不管是历史的还是现实的，大多是描写爱情的，而且多是悲剧结局。如《女神仆》以书信的方式表达了女主人公伯迭玛的内心痛苦，她不能与有情人结婚，反而被别人霸占。《风趣的巴勒姆》中，也是一对有情男女被活活拆散。这些故事都具有反封建的色彩，他们要求婚姻自由，但都成了封建制度和礼教的牺牲品。有的小说中还揭露了宗教出家人的虚伪，有的出家人就是因婚姻挫折而遁入空门的。

伯勒萨德短篇小说的特点非常突出，与普列姆昌德相比完全是两种不同的风格。伯勒萨德毕竟是诗人，他的小说也往往带有诗歌的某些特点，具有诗歌的意境，给读者留下想象的余地。他的短篇小说情节并不复杂，也不表现大的事件和显赫的人物。他常常写痛苦的社会生活，或者讽刺不良的社会风气，但他总是以抒情的笔调，诗意的语言和丰富的想象来吸引读者，使读者感到，他是在写诗的散文、诗的故事。《天灯》就是如此。

伯勒萨德短篇小说的另一个特点是感情色彩浓厚，主人公大多带有伤感、哀怨的情绪。如《奴里》中的奴里，本身是一个宫廷舞女，每天强作欢颜供人取乐，而她的爱情又以失败告终，所以她的内心世界必然是阴云笼罩的。《天灯》也是一样，写的是两个青年男女因犯一起出逃，彼此间建立了深厚的感情。但是，当女孩得知男孩就是杀死她父亲的凶手时，她的心战栗了，思想斗争十分激烈。她以极大的毅力克制自己的情感，最终，她把感情和精力转向了为渔民服务，但她内心依然残留着深深的伤痕。在《克苏》中，宾杜是个寡妇，靠克苏每天给的几个小钱度日，克苏死时，把一切都留给了她：一点点钱和日益大起来的肚子，还有未来漫长岁月里那山一样沉重的负担。伯勒萨德在小说和诗歌中之所以会有那么多的伤感和哀怨，可能和他少年乃至青年时的痛苦遭遇有关。不过，他小说中的悲剧结局往往别有情趣，更能打动读者，更能引起共鸣。

伯勒萨德的小说对大自然景色的描绘很出色，这也是一个特点。他小时候曾随父母参拜过许多宗教圣地，饱览了祖国的名山大川。在小说中，他结合其中的人物，以深挚的爱、浓重的情、艳丽的色彩，真切而有机地描绘了大自然的美丽图画。许多印度作家和诗人常把内心统一于自然，认为这是高尚的情趣，是情感的归宿，在这一点上，伯勒萨德是独树一帜的。例如《风暴》中，作者借莱拉的口说："风呼呼地刮着，风中夹着闪电，下着大雨，大树被刮断，我们的家被风卷走，我心中也好像出现了这样的暴风雨。"在《农村》中，作者又给人绘制了一幅清新的风俗画："在黑暗的天空，萤火虫像星星一闪一闪的，使人的心都活跃了起来。农民们肩扛犁耙，嘴里唱着比尔哈民歌，赶着耕牛朝家走去。"再看《渡海》，人物、景色和情感相互交融："渔民姑娘抓住苏德尔辛的手，把他拉到船上，两个人都笑了，月亮和海水也笑了。"《天灯》中，对大海各种表情的描绘更让人拍案叫绝。大自然的景色在伯勒萨德的小说中常常出现，会使人产生更多的联想，就像是一颗颗熟透的杧果，甘美多汁，余味不尽。

在短篇小说方面，伯勒萨德的地位当然比不上普列姆昌德。但他们风格不同，各有自己的读者群。伯勒萨德是现代印地语抒情小说或者说是诗意小说的创始人。普列姆昌德的小说中有更多的陈述，伯勒萨德的小说中有更多的抒情。普列姆昌德的故事有头有尾，伯勒萨德的故事则给人留下想象的空间。普列姆昌德常常赞美，伯勒萨德常常叹息。二人各有千秋，但普列姆昌德的小说更具时代性、社会性，在小说史上的地位更高。

－第十七章－

印度独立前后文学概述

"印度独立前后"这个时间段，是指1940~2000年的60年。设立这一时间段，主要有两个考虑。

　　第一是考虑作家群体的连贯性。20世纪出生的许多著名作家，在印度独立前夕和独立之后一直很活跃，尤其是20世纪二三十年代出生的作家们，更成为这一时期文学创作的主体。他们亲身经历了印度独立这样的伟大历史事件，也经历了独立后印度社会主义经济建设的过程。因为截止时间大体到20世纪末，许多作家仍然健在，而且还在不断发表作品。为了对这些作家及其作品进行全面集中的介绍，因此设置了这个时间段。

　　第二是考虑文学思潮和流派的连贯性。在这个过程中，30年代的进步主义文学还在延续，一直延续到独立时期，而与之并行的实验主义文学也在同时延续。在这个过程中，"新诗""新小说""心理小说""边区小说""理性文学"等也悄然兴起，而所谓的"平行文学""非诗""非小说"等也相继出炉。然而，这五花八门的思潮和流派，多数横跨了这一时期，彼此牵连，难以分割。因此，为了从整体上认识这一时期的文学状况，也有必要进行相对集中的考察。

第一节　时代背景

❦

一、独立前夕的印度

1940~1947年的印度民族独立运动在可以从内外两方面看。第一，第二次世界大战的爆发，加速了印度脱离英殖民统治走向独立的历史进程。而且第二次世界大战的结束，也为印度的独立创造了良好的外部环境。第二，印度内部穆斯林和印度教徒的分歧和对立也在加剧，直接的后果便是印度、巴基斯坦两个现代意义上的民族国家的最终确立。

第二次世界大战爆发后，英国统治者未与印度任何人商议，就宣布印度参战，把印度作为它的兵力和物资供应基地使用。印度各民族主义组织对此感到十分愤慨。国大党工作委员会1939年9月14日通过决议，谴责英国擅自把印度拖入战争。他们认为，印度是否参战，必须由印度人民自行决定。印度决不能在它自身自由被剥夺的情况下，戴着镣铐去参加一场号称民主自由的战争。

1940年上半年，国大党虽然宣布不支持英国作战，但是为了民族资产阶级利用这难得的机会在战时发展民族经济和产业，便不妨碍英国的战争动员，希望以支持英国作战换得印度独立的和谈机会。但是，英国统治者并不领情，多次拒绝国大党提出的印度独立的要求。1941年12月，太平洋战争爆发。日本侵略军很快占领东南亚，又进入缅甸，并对印度的东部沿海城市开始轰炸。面对日军的侵略压力，以及盟军美国方面的施压，英国于1942年3月派遣内阁特使克里浦斯来印度，宣布所谓的新方案，但这个方案并无任何新意，国大党一直反对这个方案。1942年8月7日，国大党全印委员会在孟买召开。8月8日，通过了要求英国立即"退出印度"决议，决定动员所有力量，开展广泛的不服从运动，以实现这个目标。甘地认为，这是最后的决战，提出了"要么行动要么死亡"的响亮口号，激励群众积极参与到运动中去。这场斗争的目标仍然是迫使英国退出印度。斗争方式上，虽然采取了暴力的形式，但并不是采用武装斗争去攻打城池，而是破坏交通设施。种种斗争破坏了英国正常的统治秩序，造成了英国现有的统治秩序无法维持下去了。这场斗争意义重大，它表明印度广大群众反英的情绪已经白热化，甚至告别了他们坚持多年的非暴力不合作的方式，而诉诸暴力的方式。当时的总督致信给丘吉尔，忧心忡忡地说这是"1857年以来最严重的叛乱"。

1945年世界反法西斯战争胜利结束，这给广大第三世界的民族带来了独立自由的新希望。印度人民也一样，满怀信心地迎接自己民族斗争的胜利曙光。战后印度反抗殖民的斗争在多条战线上展开，并且在全国形成巨大规模。有国大党领导的，有穆斯林领导的，还有印共领导的，也有群众自发行动的。反抗殖民斗争与反抗封建的斗争交织在一起，群众斗争和军队哗变同时发生。而在外部环境上，国际上反帝反殖的斗争蓬勃发展，这一切使得战后统治英国的工党认识到：是接受印度独立要求的时候了。

1946年5月16日，英国的内阁使团发表白皮书，提出了自己的方案，通称"内阁使团方案"，其要点是：印度由英属印度和土邦组成一个统一的联邦国家；将印度分为三个省集团，印度教徒占多数的A集团，包括马德拉斯、孟买、比哈尔、中央邦等；穆斯林人口占大多数的B集团，包括旁遮普、西北边省、信德省三省；穆斯林占人口多数的C集团，包括孟加拉、阿萨姆两个省。这个方案很显然是英国内阁集团为了在国大党和印度穆斯林联盟的对立中寻求折中的一种办法。

国大党和印度穆斯林基本上接受了这个方案，但是内阁使团离开印度后，国大党和穆斯林联盟之间的矛盾激化。穆斯林联盟要求总督兑现诺言，授权组建穆斯林政府，而总督又不想激怒国大党，决定暂时不成立新政府。1946年7月29日，穆斯林联盟通过决议，撤销他们对内阁使团方案的接受，不但不参加临时政府，连制宪会议也不参加了。他们宣布要采取直接行动，建立巴基斯坦，并授权穆斯林联盟工作委员会制定组织穆斯林开展斗争的计划。工作委员会宣布8月16日为"直接行动日"，这天在各地举行罢工和游行示威。由于双方教派主义的挑动，在加尔各答，接着在孟加拉其他地区，以及比哈尔和孟买都发生了一系列教派流血冲突和仇杀。

关于制宪会议，国大党要求尽快召开，希望穆斯林联盟也能参加。1946年制宪会议召开。穆斯林联盟拒绝参加，土邦代表团因为还没产生，也未能参加。这就使这个制宪会议缺乏代表性，不能有效进行制宪工作。1946年，英国当局又邀请国大党、穆斯林联盟领导人去伦敦会谈，依旧毫无结果，这表明内阁使团方案最终流产。

1947年春，印度形势变得复杂。临时政府无法工作，制宪会议如同虚设，教派冲突越演越烈，不可控制。英国当局不想陷入印度内部的宗教纷争之中，决心采取必要的措施，最迟不晚于1948年6月把政权移交给印度人。此时，英王任命前东南亚最高统帅蒙巴顿为印度新总督。蒙巴顿在和各党派领导人磋商中，也曾提出保持印度统一的希望。但是，他发现要印度穆斯林接受统一是不可能的。鉴于内阁使团方案的破产，他得出结论：如果他也坚持统一的方向，那么也一定会旷日持久，并且很可能没有善果。因此，他放弃说服穆斯林，转而向国大党做工作，让他们接受印穆分治。

印度穆斯林毫不妥协的态度使国大党无可奈何，尼赫鲁、帕特尔等领导人逐步认识到，要尽早实现独立，避免目前的教派冲突和大规模的流血冲突，只有接受分治。

1946年6月3日，蒙巴顿在全印度广播电台公布了他的方案。其要点是：印度将获得自治领地位，如果穆斯林占人口多数地区希望单独建国，可以建立单独的自治领。蒙巴顿方案公布后，按照事先的安排，在场的尼赫鲁、真纳和巴·辛格（代表锡克教徒）都做了广播讲话。随后，国大党、印度穆斯林联盟都正式通过决议，接受蒙巴顿方案。

英国即将移交政权和实行印巴分治的消息，使得印度上上下下惊喜交集。民众为奋斗多年的民族独立理想就要实现而感到高兴，同时也对为什么要分治感到困惑和忧伤。

按照蒙巴顿方案的规定，孟加拉、信德、俾路支斯坦、西北边省以及阿萨姆都举行了立法会议投票或全民公决。结果，决定加入巴基斯坦的有东孟加拉、西旁遮普、信德、西北边省、俾路支斯坦和阿萨姆的一个县。

而在划界工作还在进行时，紧张的教派冲突就开始导致多个地区的宗教冲突和流血事件。1946年10月中旬，阿萨姆发生宗教骚乱，几千户人家无家可归。接着，在东孟加拉和比哈尔仇杀再起，双方狂热报复，死伤无数。圣雄甘地亲自出面，亲赴孟加拉等地平息冲突。

伴随这种种流血冲突，1947年8月14日，巴基斯坦自治领宣告成立，8月15日，印度自治领宣告成立。两个现代意义上的主权国家的建立，是印度人民一个多世纪来民族斗争的可喜成果，也是出人意料的分治"后果",民族独立的欢喜之余也有些许意外和遗憾。

伴随着两个国家的独立、分治,在边界的两侧地区,伊斯兰教徒和印度教徒之间笼罩着浓郁的猜忌和互不信任。统一的印度被人为地一分为二,特别是旁遮普和孟加拉的拦腰截断,使世代的邻里之间突然出现了一条不可逾越的国境线,而且这国境线的两侧竟是以宗教为突出标记的。边界两侧的这种猜忌和仇视很快演变成数以百万计的居民双向迁移和逃亡,即巴基斯坦的印度教徒和锡克教徒逃往印度,而印度不少省份的穆斯林逃向巴基斯坦。而在内地,例如勒克瑙、海德拉巴等,都有大量印度穆斯林和印度教徒混居的情况,边界冲突的阴云影响到了内地不同教派间的和睦。来自对方国的成千上万的难民拥在街头时,要想维持好许诺的和睦友善变得几乎不可能。人们被刺激起的宗教情绪又常常被教派极端分子利用,挑起事端。这样,宗教仇视的恶浪便从边境倾泻到内地。

这场次大陆土地上史无前例的惨剧,从1947年8月延续到1948年春,共夺去了60万人的生命,财产损失不计其数。而在这场浩劫中,圣雄甘地也被印度教狂热的极端分子刺杀。整个分治,对印度、对南亚次大陆产生了重大而深远的影响。后来的印度和巴基斯坦为克什米尔而发动的两次战争、孟加拉国的成立等都是这一历史事件的延续和发展。印巴分治,不仅在政治层面上造成了如今的南亚格局,更对印度的民族心理和性格产生了深远影响。

二、独立后的印度

(一)政治经济背景

应当说,独立初期,由于国大党在独立斗争中的贡献,以及甘地、尼赫鲁的崇高威信,使印度的政局比较稳定,国大党的执政地位也难以动摇。直到60年代，印度已经有几十个政党，但任何一个政党都不能与国大党抗衡。在尼赫鲁执政的后期，国大党的一系列政策虽然遭到反对党的强烈质疑，但反对党仍然威胁不到国大党的执政地位。在尼赫鲁去世以后，局面就有些不同了。在随后的几十年中，印度政坛变化多端，国大党的实力也日趋衰落。先是夏斯特里的短期执政，接着是英迪拉·甘地执政。在此期间，印巴战争、印度对华战争，都有损于印度政府的形象，让人们对国大党的执政能力产生了怀疑。同时，国大党内多次出现严重分裂，各个地方性党派也纷纷崛起，扩大了各自的影响力。各种政治势力分分合合，斗争日趋激烈。1967年的第四次大选，是国大党由盛转衰的重要标志。此时的国大党已失去了以往一统天下的地位，一些党派在地方选举中获胜，全国17个邦中，有8个邦是由其他党派执政。

在七八十年代，国大党虽然仍能在多数邦执政，但已经遭到其他党派的严重挑战。尤其是70年代中期，英迪拉·甘地为对付其他政党的挑战在全国实行"紧急状态"，使国大党的民主形象严重受损，其大选的得票率也逐年下降。1984年，英迪拉·甘地遇刺身亡，其长子拉吉夫·甘地被推为总理。但1991年，拉吉夫·甘地又在竞选中惨遭杀害，使国大党的元气大伤。

在经济方面，1956年4月，印度政府开始实施了第二个五年计划。"二五"期间，印度在重工业方面取得了突出的成绩，但有些指标仍然没有完成。土地改革也没有取得理想的效果，农村出现了大量过剩的劳动力，使失业人口进一步增加。同时，贫富差距加大，社会公平出现问题，使社会焦虑和困扰加剧。

从第二个五年计划的后期开始，到第三个五年计划（1961~1966）期间，工人阶级的生活条件和劳动条件没有得到应有的改善，罢工浪潮一浪高过一浪。在第三个五年计划之后，按人口计算的收入没有增加，通货膨胀出现了，失业人口又有所增加，而且也出现了严重的粮食危机。这不仅引起了反对党对国大党的严厉指责，也引起了民众的不满和对政府的不信任。

因此，在英迪拉·甘地执政之后，不得不暂停第四个五年计划的实施，而进行了为期三年的经济调整。在此期间，英迪拉·甘地政府接受世界银行的建议，实行"绿色革命"解决粮食生产问题。第四个五年计划（1969~1974）重点解决粮食和外汇问题，使粮食状况明显好转。第五个五年计划（1974~1979）只执行了三年便由于通货膨胀和罢工不断而被迫中止。

80年代，印度经济虽经多方调整，经济也一度出现高增长的年份，但由于经济结构的问题，仍然无法从根本上解决经济发展缓慢的问题。到1990年，印度出现了历史上最严重的外汇危机。1991年6月，财政赤字、国库空虚都达到空前危险的程度，整个经济面临崩溃的威胁。一场经济改革已势在必行。①

（二）独立后的社会文化背景

从40年代末到80年代末的40年间，印度社会文化发生了巨大变迁。下面从五个方面做简要介绍。

1. 社会群体问题

印度独立后，政府大力发展民族工业，给印度资产阶级的发展提供了巨大空间，一些老牌的财团，如塔塔、比尔拉等，都从中获益，而且还产生了一批新兴的私人企业。与此同时，印度的产业工人阶级队伍也迅速扩大。到80年代中期，印度的产业工人数目比独立前增加

---

① 以上参见孙士海、葛维钧编著：《列国志：印度》，北京：社会科学文献出版社，2003年版，第202~207页。

一倍，而整个工人队伍已达一亿多人口。[1]

另一方面，由于农村土地改革不彻底，地主阶级的利益得到保护，无地农民大量流入城市，使城市工人的数量不断增加。但也有一部分农民在土地改革中获益，上升为富裕农民。

由于印度政府重视教育事业，特别是高等教育，几十年来培养出大批具有高等专业知识的人才，这些人绝大多数都加入了中产阶级的队伍。80年代中期以后，印度的高科技产业发展迅速，尤其是软件业的发展，更加壮大了中产阶级的队伍。90年代末，印度号称有1/3的人口属于中产阶级，即便这个数字是被夸大的，但印度中产阶级力量的壮大却是不争的事实。因此，60年代以来，除了反映工人农民的文学作品外，反映中产阶级生活和思想感情的文学作品越来越多，甚至有成为文学主流的趋势。

在不断的阶级变动中，贫富悬殊、两极分化始终是印度社会存在的严重问题。印度政府虽然也在多方努力解决贫困问题，但收效并不十分明显。根据印度政府2001年的人口普查，到21世纪初，印度仍有大约1/4的人口生活在贫困线以下。这些贫困人口是印度社会的弱势群体，没有受教育的机会，没有医疗保障，甚至连吃饭穿衣都有问题。

妇女、儿童本来就是人群中的弱者，而贫困人口中的妇女和儿童就更是弱中之弱。长期以来，印度妇女为自身的权益进行着不懈的斗争，但古老的传统习俗和观念根深蒂固，如童婚、嫁妆、寡妇殉葬等问题，即便在印度独立后的数十年间也未能根除。骇人听闻的事件时有发生。所以，印度文学界也创作了许多反映这部分人群的作品。

2. 民族问题

印度作为一个多民族国家，民族问题始终是困扰政府工作的一个

---

[1] 陈峰君主编：《印度社会述论》，北京：中国社会科学出版社，1991年版，第257页。

大问题。进入60年代，印度地方民族主义有所发展。有中央和地方的矛盾，有邦与邦之间的矛盾，也有不同民族间的矛盾，甚至有的民族矛盾还涉及印度与邻国的关系。

例如，南方的泰米尔人首先提出独立要求，并发起群众运动，要求脱离印度，成立泰米尔纳德国家，还有人主张南方四个邦（操达罗毗荼语系的民族聚居邦）一起独立出来，成立一个"特拉维达纳德共和国"。但由于政府的态度坚决，宪法也做出严厉的反分裂明文规定，迫使泰米尔人放弃独立要求，退而要求自治。直至70年代，这一要求还常被提起，但没有再形成运动。后来事情似乎是过去了，但这种离心倾向却潜伏在人们心中。

再如，西北旁遮普地区的锡克人在印度独立前就要求成立"卡利斯坦"国。独立后，锡克教政党——阿卡利党首先要求建立旁遮普语言邦，并发起运动。1966年，政府被迫同意成立旁遮普邦。70年代初，阿卡利党又进而提出扩大自治权和建立大旁遮普的要求。80年代初，阿卡利党的激进派再次提出成立"卡利斯坦"国的要求，并开展游行示威、封锁交通等活动，同时，恐怖活动迅速增加。有人还在国外成立了流亡政府。1984年6月，一些武装锡克教徒以阿姆利则的金庙为据点，同保安部队对抗。政府派出部队包围了金庙，展开激战，结果有554名锡克教武装分子被打死，121人受伤，7 000多人被捕。军队方面有92人战死，287人受伤。金庙事件让锡克教徒对政府的仇恨进一步增长。同年10月，总理英迪拉·甘地被两名锡克教卫兵枪杀。[1]

此外，在东北印度，各种民族问题也经常出现。

在印度，除了100多个民族外，还有565个表列部落。这些表列部落又被称为"原住民"。他们生活在偏远山区的深山老林或海岛当中，

---

[1] 参见林承节：《印度独立后的政治经济社会发展史》，北京：昆仑出版社，2003年版，第575~578页。

属于印度社会的弱势群体。为改善他们的生活条件，印度政府给予他们相应的扶持。由于他们保持着自己的原始文化，往往成为文学的关注对象或猎奇对象。

3. 种姓问题

印度数千年流传下来的种姓制度既是社会问题又是文化问题。说它是社会问题，是因为它与社会阶层有关；说它是文化问题，是因为它与宗教有关。

印度独立后，从法律上废除了贱民（不可接触者）制度，宣布一切公民一律平等。政府也为此采取了许多措施。如解决他们的受教育问题，为他们保留工作岗位，在五年计划中拨专款改善其生活状况，在各级权力机构保留其一定比例的席位等。[①]随着印度的社会进步、人口流动的增加和城市化进程的加快，种姓歧视现象已经越来越少，最低种姓人群的生存条件已有相当大的改善。在城市里，通常看不出种姓歧视的现象。但作为传统观念和习惯势力，种姓歧视和种姓隔阂深深埋藏在许多人的心中。甚至在一些大政治家心目中，种姓歧视的阴影仍难以根除。在农村，种姓歧视的现象仍然多见。它像是一道无形的屏障，把人群与人群、人与人隔离开。它又像是一个幽灵，不时出来兴风作浪。

在农村，种姓歧视有时甚至发展成仇杀。高种姓袭击低种姓的暴力事件经常发生，如1968年，泰米尔纳德邦的一个农村，有42名原贱民被高种姓的人烧死；1980年，比哈尔邦一农村，有12名原贱民被高种姓人打死。那种零星的杀死低种姓人的事件就更多了。[②]在城市，虽然没有那么多杀人事件，但也发生过一些激烈的暴力事件。

---

① 参见陈峰君主编：《印度社会述论》，北京：中国社会科学出版社，1991年版，第380页。

② 参见林承节：《印度独立后的政治经济社会发展史》，北京：昆仑出版社，2003年版，第548页。

总之，种姓问题严重影响着印度民族的整体民族意识，影响了社会的和谐和进步。许多作家都为这种社会弊端而痛心疾首，写出了不少著作揭露这一社会顽疾，鞭笞由此产生的种种丑恶现象，并对广大低种姓人群表示由衷的关切和同情。

　　4. 宗教问题

　　60年代以来，印度社会的宗教问题也十分突出，冲突不断。最主要的宗教冲突是印度教徒与穆斯林的冲突，其次是印度教徒与锡克教徒的冲突。

　　自60年代初起，印度教徒与穆斯林的冲突有愈演愈烈之势。1960年为26起，1961年为92起，1966年为132起，到70年代初期稍有平复。70年代后半期，冲突愈加残酷，死伤人数也增加迅速。1977年死亡36人，伤11 122人；1978年死110人，伤1 853人；1979年死258人，伤2 296人；1980年死372人，伤2 691人。[①]1984年8~9月，北方邦莫拉达巴德市发生严重教派骚乱，死400人，动用军警才得以控制局势。1990年起，印度教民族主义进一步发展，一些激进的党派和团体以北方邦阿约迪亚寺庙之争为契机，不断在各地煽动教派情绪，引起骚乱，导致流血冲突不断。

　　印度的教派冲突又常常与民族问题和种姓问题掺杂在一起。如前文提到的旁遮普锡克教徒要求自治而引起的金庙事件和枪杀英迪拉·甘地事件，都曾引起锡克教徒和印度教徒的流血冲突。例如，1984年，10月底，当英迪拉·甘地总理遇刺的消息被公布以后，一些人便向普通的锡克教信徒展开报复，造成许多人死伤，许多店铺被烧毁。

　　还有，这一时期，一些低种姓人由于对种姓歧视不满，为了改变

---

① 陈峰君主编:《印度社会述论》，北京：中国社会科学出版社，1991年版，第358页。

自己的社会地位而改宗伊斯兰教或者佛教，也曾遭到印度教极端分子的疯狂袭击。

5. 语言问题

印度人种和民族众多，因此语言复杂多样，世所罕见。1961年印度人口普查时统计登记的语言为1 652种，包括仅有5人使用的方言。1971年人口普查再次统计登记了700种，千人以下使用的方言不再登记。

1956年，出于多种原因，印度按语言重新划分了邦。按语言分邦实际上就是要照顾不同民族的利益，但又不完全是按民族分邦。这样做有利也有弊。有利的是便于地方一级的行政管理，容易调动地方积极性，促进各地区的经济、社会和文化的发展。不利的是，给中央一级的管理带来不便，尤其严重的是，这样更容易使地方民族主义滋长，产生离心倾向。

从文学的角度看，按语言分邦能够促进各种语言文学的发展。所以，印度文学界的最高奖项印度文学院奖①和文坛奖②都是面对各个语种的作品和作家的。

独立之初的印度宪法规定，印地语为印度的官方语言，英语可继续作为官方语言使用15年，其他十几种语言可作为有关邦的官方语言使用。该宪法于1950年1月26日生效。这就意味着，英语用于官方目的可使用至1965年，此后，印地语将成为印度的国语。但是，长期以来，这

---

① 印度文学院奖，印度政府颁发的文学最高奖项。1954年设立，1955年正式开评。其对象为印度22种主要语言近期出版的作品。每年一次，通常每次都有22部作品获奖，因此奖金不高。该奖项评判主要依据作品的优秀程度，而较少考虑作者的资历和整体创作情况。
② 文坛奖，印度文学界的权威性大奖，1965年设立。由财团资助，奖金较高。面向全印度各个语种的作家。一年一评，通常每次评出两人。该奖项的评判要全面审查作家的资历、人格和创作成就。

一规定受到一些以其他语言为母语的人们的强烈反对。反对最厉害的是泰米尔人。1963年5月，印度议会经过激烈讨论后通过了《官方语言法》，规定印地语为国语，英语在1965年以后可以继续作为官方语言使用。即便做出可继续使用英语的让步，该法仍然遭到许多人的反对。特别是南方几个邦，强烈反对推行印地语。到1965年一二月间，首先从泰米尔纳德邦兴起的大规模抗议行动扩展到了喀拉拉、安得拉、卡纳塔克和西孟加拉邦。游行示威发展成为大规模骚乱。仅20多天的时间，就有150多人被警察打死，数百人受伤，3.5万人被捕，5人自焚，损失财物无数。①

从此，英语一直在印度各地的各种场合使用，没有国语之名而有国语之实。在印度独立前即有一个英语阶层（社会上层），有一个用英文写作的群体；独立后则英语阶层在逐步扩大，而用英文写作的群体也在扩大。印地语虽经政府努力传播推广，至今却仍然只有国语之名而无国语之实。在全球化浪潮汹涌澎湃之际，英语反过来对印地语的影响日益加强，以至作家的作品中频繁使用英文词汇、短语、句子成为司空见惯的现象。

同样，在独立后的几十年，其他印度语言也受到英语的强有力冲击，其文学作品中也经常夹杂着英文词汇、短语，甚至句子。大约只有梵语文学的情况例外。

---

① 陈峰君主编：《印度社会述论》，北京：中国社会科学出版社，1991年版，第212页。

第二节　文学思潮与流派

✦

　　印度著名学者A.R.德塞在他的著作《印度人的发展之路：马克思主义的探讨》[①]一书的序言中曾经指出："印度独立后的前十年为希望的十年，第二个十年为失望的十年，第三个十年为不满的十年。"

　　当印度进入独立后的第二个十年时，独立给人们带来的喜悦逐渐冷却，那种欣喜欲狂、充满希望的激情岁月似乎是一去不复返了。代之而来的不仅仅是失意的苦痛和不满的怨恨，更有冷静的思索和奋起的勇气。

　　有什么样的社会情绪就有什么样的文学潮流。下面让我们看看这一时期印度文学领域出现的一些思潮和流派。

一、诗歌领域

　　一般认为，印度独立前（20世纪30年代以来）的诗歌经历了"阴影主义""进步主义"[②]和"实验主义"[③]三个阶段，而独立后的诗歌大体

[①] A. R. Desai: *Indian's Path of Development*, *a Marxist Approach*, Bombay, 1984.

[②] 进步主义（Pragativadi），大体形成于20世纪30年代中期的印地语批判现实主义诗歌流派，详见下文。

[③] 实验主义（Prayogavadi），详见下文。

上经历了"实验主义""新诗"①和"非诗"②等几个阶段。但是，考察和评价"阴影主义"以后的现代诗歌，需要用发展的眼光看，用综合的眼光看。例如，独立后出现的"新诗"，就有一个发展过程，与独立前的"进步主义"和"实验主义"流派都是密切相关的，与"实验主义"甚至是混杂在一起的，难以分割的。与60后的诗歌等也紧密联系，成为一个环环相扣的历史链条。另外，这些流派几乎是五到十年一变，可以说是一波未平一波又起，而每个诗人的情况也不同，其创作生涯可以长达五六十年，有人在独立前就发表诗作，独立后继续写作；一些独立后成长起来的诗人则经历了独立之后的全过程，很难划分其流派归属。所以只能具体情况具体分析，不能一概而论。

这里先从"进步主义"诗歌谈起。

（一）进步主义

20世纪30年代中期是印度进步主义文学的鼎盛时期。因为这个时期是印度民族独立运动的高涨时期，文学为独立运动服务，其思想性和战斗性体现得最为突出。40年代后，独立运动仍然不断高涨，接近冲刺阶段，进步主义文学仍然发挥着重要的社会作用。而印度独立，既是人民的胜利，也是人民文学的胜利，也是进步主义文学的胜利，所以，进步主义文学仍然有存在的价值。事实上，在独立后的相当长时间内，进步主义文学还存在，一些进步主义的代表作家还在写作，只是创作的手法稍有改变而已。

一般认为，所谓进步主义文学，从思想上说，是马克思主义与印度民族独立运动相结合的产物；从艺术上说，是革命的现实主义与浪漫主义相结合的产物。尽管如此，进步主义文学到40年代已经不再是

---

① 新诗派（Nayi Kavitavadi），详见下文。

② 非诗派（Akavitavadi），详见下文。

独领风骚，而是呈现出逐渐被其他潮流取代的倾向。从时间上看，进步主义文学一般截至50年代初期。

（二）实验主义

随着时代的变迁，就在进步主义诗歌于40年代开始走下坡路的时候，"实验主义"和"新诗"等又接踵而至。一般来说，每当一个流派衰落的时候，就有新的"试验"出现。这个意义上说，所有的新倾向都可以说是"实验主义"的。但在印度文学当中，实验主义有特别的含义。就像进步主义在马克思哲学影响下带动了人民的社会觉悟一样，实验主义带着弗洛伊德的性理论和个人独立自由意识，带着新的情感感受、新的技巧形式出现了。就拿印地语诗歌来说，实验主义是通过"七星"的形式于1943年进入文坛的。所谓"七星"是指七位当时比较年轻的诗人，其中有四位后来名气较大，他们是阿格叶耶（Agyey，1911~1987）、穆克迪鲍德（Muktibodh，1917~1964）、基尔贾库马尔·马图尔（Girijakumar Mathur，1919~1994）和拉姆维拉斯·夏尔马（Ramvilas Sharma，1912~2000）。从这四位诗人就可以看出，他们虽然被算是实验主义诗歌的鼻祖，但穆克迪鲍德（后来成为大诗人）和拉姆维拉斯·夏尔马（后来以评论家著称）又被公认为典型的进步主义诗人。这一事实告诉人们，当时的实验主义诗歌与进步主义诗歌是很难分清界限的，或者说，实验主义诗歌是在进步主义诗歌的基础上生发出来的。而当时这所谓"七星"的出现，只是一个开始，他们都还不够成熟，所以只能说当时是实验主义初露端倪。从后来的发展看，他们中真正称得上实验主义的诗人几乎只有阿格叶耶和基尔贾库马尔·马图尔等人而已。

今天，当人们重新审视"实验主义"诗歌的时候，认为实验主义实际上是人道主义和唯美主义的结合，中间还掺杂着个人主义。一方面，这些诗人们传达的是虚弱的中产阶级的声音，描绘的是这个阶级的生活画面；另一方面，他们主要表现的是个人的生活感受，尽管也对下层社会表示了同情。而他们所强调的品尝真实、体验真实，把人的感受原原本本地反映出来，实际上就是要表现和反映他们自身的存在。同时，在弗洛伊德性理论的影响下，他们也在性压抑的表现上崭露锋芒。①

实验主义诗歌终结于"新诗"。在印地语诗坛，除阿格叶耶之外，还有沙姆谢尔·巴哈杜尔·辛格（Shamsher Bahadur Singh，1911~2006）、博瓦尼·普拉萨德·米什拉（Bhavani Prasad Mishra，1913~1985）、基尔贾库马尔·马图尔和拉古维尔·萨哈耶（Raghuvir Sahay，1929~1990）等属于这一流派。这一传统发展下去就成为"新诗派"。

（三）"新诗"

"新诗"是实验主义的发展形式。如中国学者石海峻所说："实验主义与新诗因为年代上的差异而有不同的称谓，而其本质内容是相似的，当然，因为时间上的不同，也有艺术上'试验'与成熟的差异——实验主义为新诗的出现做了艺术上的准备与铺垫。"②也有人曾把实验主义诗歌叫作"新诗"。尽管两者之间没有什么固定的形式区分，也没有严格的定义，但人们还是将二者区分开，提出了两个不同的概念和时段。也就是说，这在很大程度上是以某个时间段或某种特别事件为分界线的。

应当说，"新诗"是实验主义诗歌的特殊发展形式。还是举印地语诗歌的例子。1951年，实验主义的代表诗人阿格叶耶出版了第二部《七

---

① 参见印地语教研中心编：《印地语诗选·序言》，阿格拉，1986年印地文版，第30页。

② 石海峻：《20世纪印度文学史》，青岛出版社，1998年版，第158页。

星诗集》，"新诗"开始初露端倪。第二组"七星诗人"中，除了阿格叶耶、博瓦尼普拉萨德·米什拉、沙姆谢尔·巴哈杜尔·辛格和拉古维尔·萨哈伊是原有的外，另外三人都是更年轻的新人。1953年杂志《新叶》的出版和1954年杂志《新诗》的出版，为印地语"新诗"确立了自己的地位。

同样，在印度其他语言的诗坛上，也出现了所谓的"新诗"。例如，马拉提语诗坛上就是如此，诗人巴尔·西塔拉姆·马尔代卡尔（Bal Sitaram Mardhekar，1909~1956）和普鲁修塔姆·西瓦拉姆·雷盖（Pureshottam Shivaram Rege，1910~？）就是马拉提语"新诗"的代表人物。有学者指出："'新诗'不是一个狭义的流派。"他们认为，当独立已经到手的时候，"新诗"作为诗歌，没有一个固定的模式和规则，而是要具备诗歌的基本规则要素，包含有非同寻常的丰富性和多样性。因此，"马尔代卡尔派"或者"雷盖派"的提法是不对的。[①]也就是说，所谓"新诗"，并不新在诗歌的基本要素上，而是新在时代变迁的需要上，新在人们的多样感受上。当万众一心为独立奋斗时，当普天同庆获得独立时，阶级的差异、人群的差异，乃至个人的差异，容易被激情所淹没。而在独立了几年以后，不同阶级、不同人群，乃至不同个人的要求都出现了分歧，人们对现实生活要求的千差万别逐步浮现了出来。在这种时候，西方流行的个人主义、自由主义、存在主义、弗洛伊德主义等思潮，便通过印度的知识分子，在印度找到了施展拳脚的场地。正所谓英雄有了用武之地，禾苗有了滋生的土壤。

如果说，实验主义诗歌是一种探索的话，那么，"新诗"就应该是这种探索的一个小小的果实。但"新诗"的范围十分广泛。其主要目标是表现社会各个部分的感受，尤其是中小资产阶级的感受。因此，

[①] Kusumawati Deshpande and M.V.Rajadhyaksha: *A History of Marathi Literature*, Sahitya Akademi, New Delhi, 1988.P.149.

"新诗派"的诗人们瞄准了人的心灵深处，把生命看得格外重要，把人的存在看得格外重要，把生活的信念看得格外重要，把各种人对生活的瞬间感受和享受生活的欲望看得格外重要。他们在时代和社会发展的过程中，要求对每个人都平等公正。于是，"新诗"为了自身的全面发展，为了人，既不像虔诚派诗人那样崇拜神明，不像法式诗歌的诗人那样祈求国王庇护，也不像影子主义和进步主义诗人那样忽视了不同身份者的差异，而是在社会上建立全方位的战线，寻求解决社会公正问题和实现人人平等的方法。例如，实验主义和"新诗"派的领军人物阿格叶耶发表于1959年3月《想象》杂志的一首诗《扭曲者的歌》：

> 我们是特里商古们①的后代，
> 我们升起，在反叛的诅咒下
> 和天神们的战斗中
> 功亏一篑。
> 我们是沉迷于自我实现的纳西索斯②
> 看着自己影子沉迷
> 在河边死去
>
> 我们是自傲的沙塔
> 看着绿色的田野
> 而自己坍塌了

---

① 特里商古（Trishanku），印度古代神话中，国王特里商古因反对天神而被诅咒，结果被永远地吊在半空，成为猎户座腰带上的三颗星，中国古代称为"三星"（《诗经·绸缪》）。

② 纳西索斯（Narcisus），希腊神话中的美少年，因拒绝女神求爱而遭到爱神诅咒，结果他只爱自己在水中的影子，憔悴而死。

我们信念的脸在扭曲

　　用假面具遮起来

　　那就更加扭曲

　　在独立后的十多年间，人们终于冷静下来了，重新对社会现实做出观察和思索：独立到底给民众带来了什么？是富人照样富，穷人照样穷，政客们钩心斗角，商人们囤积居奇，下层百姓仍然身居下层、目不识丁。社会各阶层都没有明显的变化，这就不免出现失望情绪。失望必然伴随着不满，甚至怨恨。社会的断裂，人心的散乱，是任何一个有头脑的人都会看到的现实，而要想改变这个现实，实际上就是要进行一场新的战斗。难怪印地语诗人博瓦尼·普拉萨德·米什拉写下这样的诗句：

　　断裂，散落，什么也没有，

　　生活是斗争，那就战斗吧！①

　　这些诗人为了建立人的尊严，对政治和统治机体的混乱予以揭露。所以，"新诗"中不乏对自己时代的省悟，对所有人的同情。当然，这只是从正面阐释和评价"新诗派"的善良愿望和他们所做出的努力，至于在这个过程中他们中一些人所带来的混乱，在潮流中搅起的泥沙，也是显而易见的。也就是说，"新诗"是那个时代和社会的反映，其中什么都有，鱼龙混杂，不免还有那么一些人过于放肆，在"什么都说"的焦躁中，有的在诗里大肆鼓吹无政府主义，有的则赤裸裸地、放荡不羁地描写性行为。不过，这种情况并不普遍。

---

① 转引自印度印地语教研中心编：《印地语诗选》，阿格拉，1986年印地文版，第32页。

总的来说，"新诗"要求感觉的真实和表达的简练，要求语言和韵律的合理使用。诗人们成熟圆润的感觉表达是成功的，因为他们主张外在的修饰不能以削弱诗的灵魂为代价。

同样的情况，我们在孟加拉语、古吉拉特语、阿萨姆语、泰米尔语、泰卢固语、卡纳尔语和马拉雅拉姆语的诗歌中也能看到。

（四）"非诗"

1959年，第三本《七星诗集》出版，被认为是"实验主义"和"新诗"终结的标志。但在另外一些评论家看来，"非诗"不过是"新诗"的延续。

1960年以后，印度文坛又不时有新潮流涌动。有"60后诗歌""非诗""不诗""不被接受的诗""好战派的诗""饥饿一代的诗""焚尸场一代的诗""禁诗"，等等。真是像《隋唐演义》说的，"十八路反王、六十四路烟尘"都起来造反，各种说法五花八门。但是，1965年，一个叫作《非诗》的印地语杂志出版，于是，那些不同名称最后定于"非诗"一尊而流行开来。1972年，一本收有11名诗人诗作的集子《禁止》出版，成为"非诗"的代表诗集。

"非诗"中，以不满、不接受、反叛的声音为主。尽管"新诗"里也存在着不满，但1960年以后，这种不满已经完全转变为愤怒和反叛。诗人们对社会问题也表现出了更强烈的斗争精神。面对政治机器中充斥的投机者和任人唯亲、贪污腐败等现象，诗人们造反了。

可以说，1960年以后，印度国人中比较普遍地弥漫着由失望趋于绝望的怨怒，诗人们更是难以例外。一般来说，他们的目光更加犀利，思维更加敏捷，他们对日常生活的感受和对各种矛盾的分辨更加清晰。这就使"非诗"有了拓展的空间。另一方面，这些诗人们使用了活的、源自民众的语言，就使他们的诗歌有了群众的基础，有了比以前更广泛的受众。但是，"非诗"毕竟是一种迷蒙和困惑的产物，是诸多探索中的一种。随着社会的飞速发展，各种思潮的不断出现，"非诗"也很快成为过眼烟云。

但也有评论家对这一时期的诗歌几乎是采取全盘否定的态度。一位左派评论家、印度共产党（马）成员就认为："犹如有了适当的温度便可以从鸟蛋里孵出小鸟，在60年代，各种混乱及其引起的麻烦终于变成了一个合适的温度，那种蕴藏于新一代中的愤怒和激情都表达了出来。但这也不能简单化地实用于整个一代人。饥饿一代、非诗主义和焚尸场一代诗人中间，今天生活的最重要的问题是要求性自由，围绕这个问题在转。……他们看不到根本，只看到枝叶。……如果你读所有的诗，就会发现，没有一个诗人不说不协调和矛盾的话。……诗歌在今天没有表现出中产阶级的痛苦。诗歌没有从历史的立场和时代的真实产生出来，而是从中产阶级年轻诗人的神经错乱中产生出来的。如下层阶级一样，中产阶级的痛苦根源是资本主义，是虚假的民主。这样的民主是给资本主义畅行无阻机会的幌子、外衣。"[①]

（五）"破除迷惑"

印度学界在评论70年代印地语诗歌的时候比较一致地使用了"破除迷惑"一词（Mohabhanga）。关于它的含义，需要先从词源学上做点解释。这个词是个梵文复合词，前半截为moha，主要意思有昏迷（murccha）、无知（ajnana）、无明（avidya）、迷惑（bhranti）等。后半截为bhanga，主要意思有折断（tuta）、瓦解（vighatana）、毁坏（nasha）等。二者合一，就是破除无知、无明和迷惑的意思，很有些宗教哲学意味。在解释这个概念时，印度学者伯金·辛格（Bacchan

---

① 穆拉里·摩诺哈尔·普拉萨德·辛格：《现代印地语文学——争鸣与考察》，德里，2000 年印地文版，第88页。

Singh）说："印度宪法中划清了个人自由和义务的界限。但个人自由成
了道德败坏的别名。当前的民主在不谐调的情况下正日益向阴暗中前
行。由于资本主义和民主的阴谋勾结，人们仅存的希望也被削弱。随
着时间的推移，阶级差别、种姓歧视和裙带关系正在市场上走红，并
越过了民族行为的堕落界线。结果是，民主所养育的梦幻——盲目无
知的绳索断裂了。在毫无价值的极端情况下，人丧失了自我认知能力，
社会在黑暗的帷幕中消失。"①也就是说，在70年代，诗人们仍然对政
治、经济和社会现实极度不满，他们在进行希望破灭后的进一步探索，
因而他们的矛头指向比以前更为清晰，他们的奋斗目标也比以前更加
明确。印度学界也结合西方的文学流派，称"破除迷惑"诗歌为现代
主义（Adhunikatavadi）诗歌。

这个时期的代表诗人有室利甘特·沃尔马（Shrikant Varma，
1931~1986）和苏达马·庞德·杜米尔（Sudama Pande Dhumil，
1936~1975）等。其中，杜米尔更加优秀。他虽然一生短暂，诗作也不
算多，但影响巨大。正如伯金·辛格所说："杜米尔的升起像一颗彗
星，带着火，又带着烟。那烟是现代主义的特质，那火是进步的觉醒。
看到杜米尔的能量、激情、攻击力和语言的清新，会让人一下子想起
尼拉腊②。不同的是，杜米尔的一端与现代主义相连接，另一端又与无
政府主义相连接。"③

杜米尔有两部诗集，《从议会到街头》出版于1972年，《明天我要
听》出版于他逝世后的1977年。从思想上看，杜米尔倾向于左派，他
自己也公然宣称自己为左派而向虚伪的民主发起公然的进攻。他写道：

---

① 伯金·辛格：《现代印地语文学史》，阿拉哈巴德，2010年印地文版，第296、297页。

② 尼拉腊（Nirala，1899~1961），印度独立前阴影主义四大诗人之一，后来成为进步主义
   诗人。

③ 伯金·辛格：《印地语文学别史》，新德里，2009年印地文版，第451页。

这就是民主

在非人道的灾难时刻

通过诗歌

我，印度人

能够让左派的品格

避免道德的沦丧

在另一首诗里，他把讥讽的犀利矛头直接指向人民同盟，写道：

在民主的姿态里

愤怒的风登上树枝

在陈词滥调的古旧贝叶上

人民同盟写着当代的药方

他对议会中的腐败和政治交易已经看透，对议会政治完全失去信心，是真正地"破除迷惑"了。他写道：

议会在自己那里

就是一架榨油机

榨出的一半是油

另一半是水

很显然，与"非诗"比起来，这个时期的诗歌在思想性方面有了明显的进步。有评论家指出："1970至1981年的诗歌是真实的生活感受的诗歌。……其中有当前时代的斗争、磕磕绊绊、愤怒、挣扎等真人实景。其中存在着并非瞬间即逝的反响，而是具有反映时代潮流的意义。表现生活现实的不和谐、生活中的美，平铺直叙而又清晰地反映现实，表现对剥削者的憎恶和愤怒，表现对现实的不接受和冷漠、紧张焦虑，对资本主义制度的进攻，态度鲜明、回击坚决，以及语言的社会化和修饰的新颖等，是它的一些特点。"[1]

（六）"新进步主义"

八九十年代，印度印地语诗坛上涌现出一批新人。这批新人发表了一大批诗作。这些新人中多数属于所谓左派。他们对国内的各种事件都给以特别的关注，如越南在独立斗争中取得了决定性胜利、毛主义的广泛传播、印度共产党在印度政治中的作用加强、印度进步作家协会的重建、普列姆昌德的周年纪念等，他们不仅予以关注，甚至像参加运动一样参与各种庆祝活动。而他们的诗作也在民众中产生了很大的影响，他们为印地语诗歌做出了重要贡献，将进步主义的价值观重新注入当代的诗歌血液中。因此，有评论家认为，他们的诗歌属于"新进步主义"（Navapragativad）[2]。

80年代以后，印地语诗坛占主导地位的是一批年轻诗人。就在1980年，这些诗人中有好几位同时出版了自己的诗集。例如，库马尔·维格尔（Kumar Vikal）的诗集《一场小小的战斗》，阿鲁纳·格莫尔（Aruna Kamal）的《我仅有血流》，门格莱什·德伯拉尔（Manglesh Dabral）的《山上的灯》，拉杰士·乔希（Rajesh Joshi）的《树有一天要说话》，乌代·普拉卡什（Uday Prakash）的《工匠，听着》，阿萨德·杰迪（Asad Jaidi）的《姊妹们和其他诗》。显然，他们

---

① 拉克西米萨加尔·瓦什奈耶：《独立后印地语文学史》，德里，2009年印地文版，第160页。

② 南德基肖尔·纳瓦尔：《20世纪印地语诗歌》，维什瓦纳特·普拉萨德·提瓦里编：《20世纪印地语文学》，新德里，2005年印地文版，第34页。

都是从70年代走过来的，他们的这些诗作都写于那个时期。但这也正预示着一个"新转折"的开始。[①]这批诗人大多出生于1947年印度独立前后，80年代不过30多岁，90年代不过40多岁，思想上艺术上都比较成熟了，因此印度文学评论界对他们有相对一致的看法，同时他们也受到国内外文学界的关注。例如，拉杰士·乔希，1946年生，1980年出版第一部诗集时年仅34岁。2002年，他的代表作诗集《两行之间》获得印度文学院奖。如今，他的诗已经翻译为英、德、俄等外国语言，以及乌尔都等多种印度地方语言。再如，门格莱什·德伯拉尔，1948年生，出版第一部诗集时年仅32岁。2000年，他以代表诗集《我们在看》获得印度文学院奖。他的诗也被翻译成多种语言而在世界上广泛传播。

下面请看拉杰士·乔希的短诗《孩子们去干活》：

浓雾笼罩的街道上，孩子们去干活
早早地
孩子们正在去干活。
这是我们时代最可怕的队伍
描绘它写它，是可怕的
而作为问题又必须写它。
孩子们为什么去干活？
难道所有的球，都掉进了太空？
所有五光十色的书籍
难道都被白蚁吃净？
难道黑色的高山压住了所有玩具？

---

① 参见伯金·辛格：《印地语文学别史》，新德里，2009年印地文版，第454页。

难道地震掩埋了

所有小学校的楼房?

全部的操场、全部的花园和庭院

难道突然间都消失不见?

那么, 在这个世界上, 孩子是什么?

如果像这样, 是多么可怕

然而比这个更可怕的

是这一切都变得习以为常!

然而, 通过满世界数千条街道

孩子们, 很小很小的孩子们

正在干活去。

儿童失学和童工问题曾是印度社会的一大顽疾, 20世纪八九十年代尤为突出, 议会和政府都下了力气, 但直到21世纪初仍未彻底改观。诗人以敏锐的和深刻的思索揭露这一社会现实, 发人深省又震撼人心。

目前, 对于20世纪最后20年里涌现出的新秀, 印度评论界尚持谨慎的态度, 不肯轻易置评。有学者就指出, 虽然这些诗人也都或多或少地带有左派的思想倾向, 但他们的声音却不完全是政治化的。他们诗歌的背景是当时国内外发生的重大事件, 如苏联解体、世界走向单极化、发达国家以全球化形式进攻落后国家的市场等。这些事件阻碍了最新一代诗人们的思索, 他们固然产生了对现实的敏锐感觉, 但已经没有了前辈进步诗人们的那种思维定式。他们不接受诗歌的单一模式。他们通过现实主义和想象的结合写出了各种形式的诗歌, 其中有不少是新颖的。但由于他们还在成长过程中, 所以需要进一步观察和认识，一时难以将他们归结为某种思潮或某个流派。[①]

二、小说领域

印度的小说界，从20世纪30年代开始，陆续兴起了一些小说流派。如30年代的"进步主义小说"，40年代的"心理小说"，50年代的"边区小说"和"新小说"等。但是，我们必须注意到这样的事实：第一，这些所谓的流派，有的是按照作者和作品的思想倾向命名的，如"进步主义"小说；有的是根据创作的艺术手法命名的，如"心理小说"；有的是根据作品的表现对象（即题材）命名的，如"边区小说"；有的则兼而有之，如"新小说"。第二，流派与流派之间并非相互取代的关系，即新流派的兴起并不代表旧流派的消亡。例如，心理小说兴起以后，进步主义小说仍然继续存在。第三，各流派的作家和作品之间没有一个明显的界线，它们之间有时是相互影响的，即我中有你，你中有我。如边区小说的思想倾向往往是进步主义的，而表现手法有时也注重心理描写。第四，60年代以后，由于印度文坛呈现出更为复杂多样的局面，几乎没有哪一个流派能够独领风骚了，有的作家和作品即便可以安上"现代主义"和"后现代主义"等流派名称，也不一定能得到学界的普遍认同。所以，印地语文学评论界也呈现出前所未有的多样性，有的以流派为纲来书写这一时期的印地语文学史，也有人按时间段（大体上以每十年或二十年为一个时间段）加以评述。第五，印地语小说中还有一些值得介绍的文学关注点，如以反映妇女问题为主要内容的"妇女文学"和反映社会最下层民众问题的"达利特文学"等，由于其题材相对集中，有时也被单独提出，作为一个题材类别予以评说。

---

① 参见南德基肖尔·纳瓦尔：《20世纪印地语诗歌》，维什瓦纳特·普拉萨德·提瓦里编：《20世纪印地语文学》，新德里，2005年印地文版，第35、36页。

鉴于这些情况，我们下面要介绍是一些印度文学界比较公认的流派。

（一）进步主义

"进步主义"在印度小说领域的影响要比其在诗歌领域的影响明显许多。1936年4月，全印进步作家协会第一次代表大会的召开是一个鲜明的标志，标志着印度的进步文学运动达到了一个高潮。这次大会的主席是著名的印地语小说家普列姆昌德。此时，普列姆昌德的影响已经很大，可以说遍及全印度。从30年代到1950年，进步主义是印度小说的主流。反映城市和农村人民大众的生活状态，激发爱国热忱，提高民族斗志，是这些小说家的原动力。而创作的手法则以批判现实主义为主。在普列姆昌德于1936年10月去世以后，到印度独立前后，进步主义小说家一直以饱满的激情从事创作。典型的如著名的英语小说家安纳德和印地语小说家耶什巴尔等。这些小说家对于批判现实主义的手法已经非常娴熟，读者们也习惯接受，因此他们很少考虑手法的革新。

但是，在30年代中期的巅峰时期过后（印地语小说界有时称之为"后普列姆昌德时期"），随着西方影响的加剧，特别是弗洛伊德心理分析学派的影响不断扩大，印度一批受过西方文化熏陶的作家开始了"心理小说"的创作探索。

（二）心理分析小说

一般认为，印度的"心理分析小说"创作开始于20年代末，而主要风行于40年代到50年代中期。

在多数心理分析小说中，作者往往着力表现心理疾病和心理负担，描写那些心理不健康者的心理活动与生活状况，书中的角色常常为摆脱心理阴影而痛苦挣扎。其情节也显得怪异。然而，对于绝大多数心理基本正常的读者来说，这未免不大合乎常理。

在印地语小说界，伊拉金德拉·乔希（Ilachandra Joshi，1902~1982）是心理分析小说的早期代表之一。他出身于中产阶级家庭，自幼受到良好的教育。高中时代，他就接受了传统文学和西方文学的熏陶。西方作家如雪莱、济慈、托尔斯泰、契诃夫等对他影响很大。此外，他也很熟悉孟加拉语文学。中学毕业后，他来到加尔各答，在报社从事编辑工作。不久，他又开始在一些著名的印地文杂志当编辑，并从事长篇小说的创作。他的长篇小说以心理分析见长，主要有出版于1929年的处女作《可恨的人》、出版于1941年的成名作《托钵僧》和出版于1955年的转型性作品《船鸟》，等等。在《船鸟》之前，他的小说中被描写的对象要么是多疑者，要么是固执的自信者，要么是羞于性爱者，要么是精神病患者。而《船鸟》这部小说不同，是以大城市孟买为背景，结合作者自己青年时代的经历，描写了一群人的心理矛盾和精神苦闷。从情节看，不见得能够吸引多少读者，但心理活动描写却是很出色的。可见，写好心理分析小说并且让读者买账并不容易。

不过，印地语小说家介南德尔和阿格叶耶在心理分析小说领域取得的成就要更大一些。有印度评论家认为："介南德尔和阿格叶耶是普列姆昌德之后的两个闪光的大名。不过，他们认为，打开人的心结的艺术形式比直接表现社会斗争更重要，他们就是在这个认识基础上写小说的。"①

介南德尔1928年开始发表作品，一生共写出12部中长篇小说，300余篇短篇小说，被认为是普列姆昌德之后印度最杰出的小说家之一。他发表于1928年的中篇小说被认为是印地语第一部心理分析小说。他

---

① 普拉卡什·莫努：《印地语短篇小说一百年》，维什瓦纳特·普拉萨德·提瓦里编：《20世纪印地语文学》，新德里，2005年印地文版，第105、106页。

的代表作长篇小说《辞职》出版于1937年，曾被翻译为英、德、日、中等文字出版。他的长篇小说《自由的安慰》出版于1965年，1968年获得印度文学院奖。他因对印度文学的突出贡献于1982年获得印度政府的莲花勋章。他曾访问过包括中国在内的很多国家，在国内外享有很高的声誉。他的小说以心理描写见长，同时也对社会上不合理的婚姻制度、歧视妇女等现象予以揭露。

阿格叶耶一生经历丰富，1930年曾因参加地下暴力组织而被殖民当局逮捕，入狱4年。他的文学创作活动开始于狱中。出狱后他从事过一段时间的记者和编辑工作，后于1943年参军，作为盟军在战士在阿萨姆和缅甸服役。1946年以后，他退役从事编辑、记者和教师的工作。1961~1964年在美国讲学，1984年访问过中国。他一生创作过3部长篇小说、67篇短篇小说，以及大量的诗歌和散文作品。长篇小说《谢克尔传》上下卷分别发表于1941年和1944年，《江心洲》出版于1951年，《陌生人》出版于1961年。其中，《谢克尔传》可以认为是他的长篇小说代表作。书中，作者通过细致的心理描写刻画了主人公谢克尔的心灵世界和成长经历。

无论如何，心理分析小说的写作对丰富印度文坛、推动小说创作的进步，是有积极贡献的。也就是在心理分析小说风行一时的时候，20世纪中期各种主义、各种思潮都纷纷登台亮相，有个人主义、享乐主义、怀疑论等。

（三）边区小说

印度小说界出现"边区小说"这个词，是从印地语作家雷努发表《肮脏的边区》（汉译本标题为《肮脏的裙裾》）以后开始的。《肮脏的边区》出版于1954年，此后，印地语文学界便把那种反映偏远农村民众生活的小说叫作"边区小说"。但事实上，这类反映偏远农村生活，甚至是山区原住民生活的小说在独立前的印度即已出现，只不过人们没有给这类小说加上一个统一的名称而已。《肮脏的边区》问世以后，人们才把这类小说统一地称为"边区小说"。也就是说，1954年以前的这类小说是被追认为"边区小说"的。

这类小说的内容很有特色，它反映的不是广大读者（主要是城市人口）所熟悉的城市生活，也不是城市周边地区的农民生活，而是十分偏僻闭塞、与外界交往较少的乡村生活，往往具有很高的民族学和民俗学价值。出于求知与猎奇的心理，许多读者都喜欢看这类小说。对于作家来说，能够深入穷乡僻壤，挖掘新鲜题材，也无疑是找到了金矿。所以长期以来一直有人创作"边区小说"，至今不断。另外，印度文坛也给这类小说以特别的重视，许多反映偏远农村题材的小说都曾获奖，并被翻译成国内各种文字广泛推介。

而且，由于印度幅员辽阔，民族众多，所以许多语种的小说里都有"边区小说"这个类别。例如，古吉拉特语小说家的潘纳拉尔·帕台尔（Pannalal Patel，1918~1989）的名著《姬薇的婚事》，奥里雅语小说家戈比纳特·摩汉提（Gopinath Mahanti，1914~1991）的名著《吃喝》《不死的后代》等，都可归于这类"边区小说"当中。

"边区小说"的创作手法一般来说是现实主义的，但也不尽然。例如，最典型的"边区小说"《肮脏的边区》就吸收了心理小说的手法，把农民意识和心理活动表现得淋漓尽致。特别是在60年代以后，写"边区小说"的作家逐渐增加，手法也变得多样。

（四）"新小说"

在印度独立后的数年间，印度文坛上几乎没有几部或几篇像样的小说出现。人们把这一时期看作印度小说的"静默期"。原因主要是，在新的形势下，面临巨大的社会变迁，能够坚持过去批判现实主义传统创作手法的作家已经不多，老一代的作家都在思索、在分化，新一代作家也在积蓄、在探索。正是在这种背景下，"新小说"开始兴起。

印度文学界出现的"新小说"潮流大约与"新诗"的出现同时。"新小说"有狭义和广义两个概念。

先说狭义的概念。20世纪50年代初，印度文学界，尤其是印地语文学界，出现了一些风格清新、手法不同于批判现实主义的小说。这些小说后来被称为"新小说"。之后的10~20年时间，这类小说风行一时。这一现象被称为"新小说运动"。其实，这主要是一批新人的运动。这些新人一般都是20年代后期或30年代出生的，当时在30岁左右。1954年底，文艺女神出版社的印地文杂志《小说》复刊，1955年，其全年发表的小说作品中，有约80%出自这些青年作家之手。这就引起了评论界的高度关切，"新小说"一词被不断重复。1957年12月，印度作家协会在阿拉哈巴德举行会议，会上，"新小说"问题成为人们热议的话题。从此，"新小说"就成为那个时期这类小说的总名，并作为一个小说流派或运动而载入印度文学史册。

"新小说"运动的形成具有内部和外部原因。在印度国内，以尼赫鲁为首的国大党执政，在50年代后期到60年代没有明显的建树，人们感到失望、压抑和焦躁不安，不信任感在不断上升。尤其是敏感的知识分子，一直在怀疑尼赫鲁的社会主义是否能给印度带来福祉。从外部来说，西方的思潮也影响了印度中产阶级以下的知识分子，个人主义，尤其是存在主义影响了他们中一部分人的思想。一些作家受到存在主义的思想影响，开始在"新小说"中表现人的自我价值，强调个人的独立自主。于是，在此期间，印度的小说家中间出现了三种倾向：一种人把社会感受作为自己小说的重点，如雷努的"边区小说"就是把一个村子作为一个社会来描写；第二种人把个人感受作为自己小说的重点，如曼奴·彭达莉（Mannu Bhandari，1931年生）在小说中描写的女性；第三种人则从整体到个体去审视人和社会，如印地语"新小说"的三位领军人物的小说。①

印地语的"新小说"运动有三位领军人物，他们是莫汉·拉盖什（Mohan Rakesh，1925~1972）、拉金德尔·亚德沃（Rajendra Yadav，1929~2013）和格姆雷什瓦尔（Kamleshwar，1932~2007）。其中格姆雷什瓦尔是三人中影响最大、成就最高的一位。

"新小说"派的作家们放弃了理想主义，他们反对在小说中告诉人们现成的观点、意见，而是追求完全真实地再现生活。"他们在作品中常用象征手法，淡化人物性格，模糊故事情节，采用倒叙、穿插、回忆等方法，来制造一种氛围，使读者在阅读时强烈地体验到作品中主人公的情感，并诱使读者同主人公一起面对现实，思考生活的真谛。""'新小说'的作家们也试图通过文学作品去探索和表现价值观念的变化过程。但他们不同于欧洲文艺复兴时期作家的地方在于，印度几千年的民族传统文化曾经创造了极其辉煌的成就，这种文化在他们身上留下深深的烙印。在他们因传统价值观念不能适应现代生活而准备抛弃它的同时，又对现代西方文明伴随着的各种弊端感到困惑和失望。因此，他们在作品中常常表达的是他们的这一矛盾心理。"②

再说广义的新小说。前面说过，印度独立后的数年间，小说界出现了短暂的静默期，自那以后，一直到20世纪晚期，伴随着思想界的活跃，小说界也一直很活跃。由于人口迅速膨胀，教育逐步普及，知识分子的队伍在不断扩大，写小说的人也越来越多。原先的老作家还在创作，新作家更是层出不穷。印度人本来就有擅长编故事的血脉，随着报纸杂志的增多，加上思想活跃、言论自由，更是如鱼得

---

① 参见纳兰德拉·辛格：《新小说与存在主义》，西瓦普拉萨德·辛格编：《加西加》，瓦拉纳西：大学出版社，1987年印地文版，第111页。

② 王晓丹：《印地语"新小说"浅析》，载《南亚研究》1989年第2期。

水，小说家多如牛毛，各种流派也不时地产生。如"理性小说""反小说""非小说""平衡小说""破除困惑小说"等，纷纷登场。但都没有形成多大的气候，都在社会的迅速变幻当中淹没于新小说的总潮流。到了80年代，人们的民主意识加强了，又出现了"人民小说"或者叫"民主小说"；印度经济改革以后，又出现了"新挑战小说"等，但这是后话了。这里想说的是，在印度五六十年代的文坛上，并非只有"新小说"一个流派。

无疑，这个时期"新小说"派在印地语文学中最受瞩目，但是其他语种里，尤其是和印地语相近的语种，如乌尔都语、马拉提语、古吉拉提语里，也大体同时出现了类似情况，即便不叫做"新小说"也可以。

（五）"现代主义"和"新进步主义"

在谈到印地语"现代主义"小说的时候，印地语文学评论家伯金·辛格写道："在60年代后的印地语小说中所兴起的现代主义潮流，与其他文学形式一样，可以理解为实验主义的另一个阶段。这些小说的中心点，乃是一种新的自我意识。"[1]在他看来，现代主义是从实验主义发展而来，其开始流行的时间在20世纪60年代。他在另外一部著作中也指出："现代主义的倾向最早显现于阿格叶耶的著作……但形成潮流是在1960年以后。"[2]

由此可知，"现代主义"实际上仍然是西方存在主义哲学影响下的产物。在印度城市化过程中，出现了大量的新问题，如贫富悬殊问题、教育问题、住房问题、失业问题等。印度知识分子阶层通过小说反映社会问题，在反映社会问题的同时探寻人的自我价值。

---

[1] 伯金·辛格：《现代印地语文学史》，新德里，2010年印地文版，第350页。

[2] 伯金·辛格：《印地语文学别史》，德里，2009年印地文第3版，第483页。

从60年代开始，一直到80年代，印度几乎每年都会出版一两部可以称得上是现代主义的、比较有影响的长篇小说。如，莫享·拉盖什（Mohan Rakesh）的《幽闭的黑屋》（1961）、纳雷什·梅赫塔（Naresh Mehta）的《他曾是同路兄弟》（1962）、尼尔莫尔·沃尔玛（Nirmal Varma）的《那些日子》（1964）、拉吉格摩尔·乔杜里（Rajkamal Chaudhari）的《鱼死了》（1966）、西瓦普拉萨德·辛格（Shivaprasad Singh）的《各自的冥河》（1967）、室利甘特·沃尔马（Shrikant Varma）的《第二次》（1971年）、摩尼·摩杜卡尔（Mani Madhukar）的《白羊羔》（1971年），等等。

与这个潮流大体同时，"新进步主义"也在形成和发展。所谓"新进步主义"，实际上是旧的进步主义在新时期的继续，又叫作"民主主义"。当部分年轻的左派作家看到现实社会的一系列弊病，看到人们思想观念中的不良意识之后，便更加感到批判现实主义的创作手法并没有过时。他们以文学为武器，对政界的腐败现象、阶级剥削、社会陋习、种姓歧视、性别歧视等，进行了揭露和批判。

二十年间，这类新进步主义的作品也出版了不少，而且在社会上引起很大反响。如，室利拉尔·修格勒（Shrilal Shukla）的《宫廷曲调》（1968）、博迪乌贾马（Badiujjama）的《一只老鼠之死》（1971）、贾格迪什昌德拉（Jagdishcandra）的《大地的财富不是自己的》（1972）、加西纳特·辛格（Kashinath Singh）的《自己的战线》（1972）、基里拉吉·基肖尔（Giriraj Kishor）的《二重奏》（1973）、毗什摩·萨赫尼（Bhishma Sahni）的《黑暗》（1973）、贾格丹巴·普拉萨德·迪克希特（Jagdanba Prasad Dixit）的《停尸房》（1974）、拉希·马苏姆·勒贾（Rahi Masum Raja）的《半个村庄》（1980）和马甘德耶（Markandey）的《火种》（1980）等。

在这个时期，在"现代主义"和"新进步主义"潮流中，印度

"女性文学"（或称为"女作家文学"）得到了长足的发展。印地语女作家在此期间出版了多部重要的长篇小说。如，曼奴·彭达莉（Mannu Bhandari）的《班迪》（1971）和《盛宴》（1980），克里希娜·索伯蒂（Krishna Sobti）的《黑暗的向日葵》（1972）和《生命书简》（1979），乌莎·普利扬沃达（Usha Priyamvada）的《拉蒂卡，别停下》（1967）等。此外，她们还发表了数量可观的短篇小说。有趣的是，这三位女作家都出生于1931年。这个时期正是她们的创作黄金期。她们的作品描写的是现代女性的生存环境、家庭生活、夫妻关系等，以及由此而引起的心态变化。她们努力追求的是男女平等和爱情婚姻，抨击的是对妇女的歧视和偏见。

曼奴·彭达莉是现代印地语文学界最重要的女作家之一。最初被认为是"新小说"派，后来也被认为是"现代主义"派和"新进步主义"派。可见，这种派别的划分也是见仁见智。她的长篇小说《班迪》和《盛宴》受到学界的广泛关注，而她的短篇小说《这就是真实》《第三个男人》等也被认为是探索妇女内心世界的佳作。

（六）"后现代主义"

对于20世纪80年代以后，特别是印度经济改革以后的小说潮流，印度文学界曾提出过很多口号，也曾有过多种命名。如"活力小说""平衡小说""新挑战小说"等，但至今仍未定于一尊。

也许是为了与世界文学潮流接轨，印度评论界有人将这一时期的小说潮流称为"后现代主义"。而且提出了一些作家和作品，认为是属于这个潮流的代表人物和代表作。例如，维诺德·库马尔·舒克勒（Vinod Kumar Shukla，1937年生）及其长篇小说《雇员衬衫》（1979）和《墙上曾有一扇窗》（1996年出版，1999年获印度文学院奖），苏兰德拉·沃尔马（Surendra Verma，1941年生）的长篇小说《我需要月亮》（1993年出版，1996年获印度文学院奖），莫诺哈尔·夏姆·乔希（Manohar Shyam Joshi，1933~2006）的《俱卢-俱卢，娑婆诃①》等。②其中，莫诺哈尔·夏姆·乔希的小说就被认为是脱离了传统而走上另外的道路。他也把自己的小说称作"闲聊放映机"，也就是说，其中真真假假、虚虚实实，各种画面瞬息万变，一切都由读者自己体会。例如，《俱卢-俱卢，娑婆诃》，书名怪异，本身即是一个咒语。而其中的女主人公波混洁丽（Pahunceli）又是一个难解之谜，淫荡妓女、神界圣母、无头女（无灵魂）、欢乐母，浑然一身。要认清她的本质，就要进入到一个迷幻的世界，这样才能看到她无灵魂的本质。男主人公由三部分组成，"我"是一个为生计挣扎的翻译，"乔希"是个作家，二者同时又是"智慧主义者"，无道义和非道义可言。"莫诺哈尔"代表心和美。在大城市里，莫诺哈尔会死去。农村人进入到罪恶的大城市就会被彻头彻尾地改变。总之，通篇小说就是一个迷幻的世界，充满了心灵的危机和自我抗拒。他的另一部小说《卡萨普》出版于90年代后期，2005年被授予印度文学院奖，被认为是一部"或许派"小说。其中讲的是爱情，而这爱情或许是真实，或许不是，是无法言说的。它或许是个错误，或许它本身不制造错误而是人的错误。

　　总之，莫诺哈尔·夏姆·乔希已经去世，印地语文学评论界对他也许可以盖棺定论了，他被更多的人认为是后现代主义作家③。

　　以上关于印地语小说流派的简评，或许对或许错，或许有用或许

---

① "俱卢–俱卢，娑婆诃"，出自梵文 Kuru-Kuru, Svaha。Kuru 主要有三义，一是印度古代神话传说中王族（见《摩诃婆罗多》）；二是古代地名，在今印度北方；三是佛教传说中的北俱卢洲。Svaha 在印度教和佛教咒语中常作为结尾词使用，通常无实际意义，故佛经中多音译为娑婆诃、沙诃、萨缚贺等；但该词也有实际意义，如毁灭、烧毁等。此处作为书名，像是一句咒语，大约虚实两义兼有，随人理解。

② 参见伯金·辛格：《印地语文学别史》，新德里，2009年印地文第3版，第488、489页。

③ http://en.wikipedia.org/wiki/Manohar_Shyam_Joshi.

无功。因为印度评论界还有这样的看法："1950年至今，小说风格肯定发生了变化，但将它们贴上各种标签并无益处，不仅如此，贴标签的做法也是不科学的。在文学的昨天、今天和明天之间是不能够划出界线的。"[1]应当说，这个看法很有道理，但贴标签或许也有贴标签的理由。

---

① 拉其米萨加尔·瓦什奈耶：《独立后印地语文学史》，德里，2009年印地文版，第100页。

进步主义和心理分析小说家

第一节　概述

独立前后的印地语小说界主要分为两大派别，一派是进步主义小说，另一派是实验主义小说。而在实验主义小说中，心理小说作家的成就比较突出。也就是说，在普列姆昌德之后，一部分印地语小说家继承了普列姆昌德的创作风格，继续沿着传统小说即批判现实主义小说的创作道路进行着自己的文学创作，他们中的许多人也取得了非常丰硕的成果。另一方面，在普列姆昌德的现实主义传统之外，一些新的潮流和倾向也开始在印地语小说创作中出现，一些作家沿着不同于传统现实主义的新的道路在印地语文学这片园地中进行着探索和耕耘。应该说，此时的印地语小说创作展现出不同于以往的新的样貌和特征，表现出新的繁荣和蓬勃的景象。这些非传统现实主义小说中最具代表性、影响最为广泛的当属以介南德尔·古马尔、阿格叶耶等作家开创的心理分析小说，心理分析小说是印地语文学史上一个非常重要的小说流派。所以，下面要重点介绍的进步主义小说和心理小说的代表性人物及其作品。

除了这两大流派之外，还有一些无所归属的作家，其中最典型的是阿姆利特拉尔·纳格尔。由于他的成就突出，评论界也给予很高评价，故在本章第三节中予以介绍。

一、进步主义小说

必须强调的是，印度独立前后这个时期的所谓"进步主义小说"，主要指思想上是以马克思主义为主导的，或者倾向于马克思主义的，创作手法是现实批判主义的小说流派。但是，说一些作家是进步主义的，并不是说其他作家就不进步，甚至反动了。其实其他作家也是要进步的，只不过他们的思想可能受甘地主义或者其他主义影响更多罢了。而进步主义作家往往是信仰马克思主义，或者深受马克思主义影响的。

关于进步主义的定义和理论似乎不用多说，这里主要介绍几位具有代表意义的作家。在独立前后的这个时期，进步主义作家有不少。一般认为，进步主义作家的主要代表人物有罗睺罗·桑克利提亚衍、耶谢巴尔、纳加尔琼、朗盖耶·拉克沃等。关于耶谢巴尔和纳加尔琼，本章下一节和下一章第三节将分别做详细介绍。这里要简要介绍的是另外两位作家。

（一）罗睺罗·桑克利提亚衍

罗睺罗·桑克利提亚衍（Rahul Sankrityayan，1893~1963）出生于北方邦东部的阿兹姆加尔的一个婆罗门家庭。父亲给他起名为凯德尔纳特·邦德耶（Kedarnath Pandey），又名拉莫德尔·斯瓦米（Ramodar Swami），因1920年皈依佛门，改名罗睺罗。他一生经历颇丰，几乎走遍印度，也到过印度以外许多地方。他掌握很多种语言，如梵文、巴利文、古代俗语、阿波布朗舍语、中文、藏文、日文、僧伽罗文、俄文、英文和印地文。他主要用印地文写作。罗睺罗既是佛教徒又是马克思主义者，是一位国际知名的佛学家、史学家、哲学家，还是一位著名的小说家和散文家。他一生出版的著作达150余种，写过数千篇各类文章。他出版有宗教哲学著作《哲学导论》《佛教哲学》《西藏佛教》等，还有语言学著作《藏文语法》《德干印地语语法》，社会学著作《人类社会》，历史著作《中亚史》等。也写过游记《在亚洲的偏远地区》《向拉萨》等。他的传记文学作品有16种之多，如《新印度新领袖》（二卷本，1942）、《童年的回忆》（1953）、《从过去到现在》（第一卷，1953）、《斯坦因》（1954）、《列宁》（1954）、《卡尔·马克思》（1954）、《毛泽东》（1954）、《萨尔达尔·普里特维·辛格》（1955）、《伟人佛陀》（1956）、《古玛卡尔·斯瓦米》（1956）、《我的不合作运动的同伴》（1956）、《我要感谢的人们》（1956）、《要塞司令维尔·昌德拉辛格》（1956）、《锡兰的古玛卡尔·杰瓦尔丹》（1960）、《拉尔上尉》（1961）和《锡兰英雄谱》（1961）等，而他自己的自传则是长达五卷的《我的生平》。他还有中长篇小说10来种，短篇小说集多种。中长篇小说主要有《22世纪》（1923）、《为了活着》（1940）、《辛哈元帅》（1944）、《胜利，逾陀耶》（1944）、《不要跑，要改变世界》（1944）、《甜蜜的梦》（1949）、《拉贾斯坦的王后内宫》（1953）、《难忘的旅人》（1954）、《迪沃达斯》（1960）等。短篇小说集《早产儿》（1935）、《从伏尔加河到恒河》（1944）、《多彩的摩杜普里》（1953）和《卡奈拉的故事》（1956）等。此外还有一些翻译著作。

在罗睺罗的中长篇小说中，最早的是《22世纪》，其实那只是一个乌托邦式的国家构想，还算不上真正的小说。他的长篇小说成名作是《为了活着》，写的是20世纪20~40年代印度社会与政治形势，其中有英国军队对印度人民的屠杀、人民群众争取独立的斗争画面。他最受称道的小说是历史小说《辛哈元帅》和《胜利，逾陀耶》，被认为是作者马克思主义人生观的反映。前者描写的是古代离车族①民众的战争故事，后者描写的是古代逾陀耶族②的战争故事。作者的这两部小说出版于民族独立运动时期，以借古讽今的形式歌颂了古代民族独立斗争。印度独立以后，罗睺罗所写的小说带有明显的社会主义思想，最典型的是他的《甜蜜的梦》。他梦想能够把印度建设成为一个社会主义乐园，人们摆脱压迫和剥削，过上平等幸福的生活。

（二）朗盖耶·拉克沃

朗盖耶·拉克沃（Rangey Raghav，1923~1962）既是诗人又是小说家。他信仰马克思主义哲学，但不认为马克思主义是最终真理。他18岁就开始了小说创作，当时他还在学院里读书。尽管他那时的小说并不成熟，但其中透露出了社会主义思想。由于一些进步主义评论家的鼓励，他开始努力进行小说创作，到1962年，已经写出了中长篇小说38部。其中，完成于独立之前并有一定影响的是《沮丧的寺院》（1943）。该小说以孟加拉大饥荒为背景，描写了下层民众所遭受的痛苦。在饥荒中，缺衣少食的百姓为了求生而不顾所谓的廉耻，而为富不仁者的贪婪也暴露无遗。作者把矛头直接指向殖民统治者和上层剥削阶级，被认为是受到了孟加拉语作家班吉姆·钱德拉·班纳吉《阿难陀寺院》的启发而作。

朗盖耶·拉克沃的小说大都在独立后创作完成。这些小说可以粗略地分为三类：第一类为历史小说。如《尸丘》（1948），是以印度河文明遗址摩亨卓达罗为背景写的。他的历史小说还有《诡幻》（1950）、《僧衣》（1951）、《黑暗中的萤火虫》（1953）、《鸟和天空》（1957）、《路无终止》（1958）等。第二类是他根据神话传说和民间传说等创作的小

---

① 离车族（Licchavi），今李查维族，主要生活在尼泊尔境内。

② 逾陀耶族（Yaudheya），古代一个善战的民族，其后代主要生活在今哈里亚纳邦一带。

说。如，1954年，他一口气完成了五个中篇:《提婆吉之子》《耶输陀罗胜利了》《毯子的经线》《宝语》和《巴拉蒂的证明》。属于这一类的还有《拉其玛的眼睛》(1957)、《当灾年来临》(1958)、《烧香的烟》(1959)和《消除我的世俗障碍吧》(1960)等。第三类是社会现实小说。如《平坦的路》(1951)、《老爷》(1951)、《呼喊到几时》(1957)、《芥子和山》(1958)、《小事》(1959)、《路的罪过》(1959)、《大地是我家》和《最后的声音》(1962)等。总的说来，他的历史小说由于缺乏必要的研究和资料，虽然能够看出马克思主义的历史观，但却不够生动和丰满，因而学界评价不高，读者也反应平淡。倒是他的社会小说在反映社会问题上有一定的深度。这些小说既有城市题材的也有农村题材的，在揭露封建剥削和压迫、表现妇女命运等方面，都给人留下了较深刻的印象。他的《呼喊到几时》被评论界认为是一部"边区小说"，但也有人不同意，认为它不属于"边区小说"而属于反映社会最下层人生活的"达利特"文学①。

二、心理分析小说

心理分析小说的出现与希格蒙·弗洛伊德、卡尔·荣格、艾尔弗雷德·阿德勒等心理学家的精神分析学说的影响有着直接的关系。随着弗洛伊德开创的以无意识理论和梦的学说为基础的精神分析学说的不断发展，其理论和观点已经超越心理学范畴，在文学、艺术、哲学、宗教、人类学等各个学科领域产生了广泛而深远的影响。仅就文学领域而论，精神分析学一直是西方现代派文学的重要理论基础，它对意识流、表现主义、超现实主义、存在主义等现代主义流派都产生过直接或间接的影响，20世纪上半叶许多西方著名作家的创作也都或多或

---

① 戈巴尔·拉耶:《印地语长篇小说史》，新德里，2009年印地文版，第214~215页。

少地受到过精神分析学的影响。同时，精神分析学的影响也不仅仅限于西方。随着西方哲学思潮和文艺思潮在世界范围的传播，精神分析学也成为具有世界性影响的学说。印度的心理分析小说正是在这一思潮的直接影响下产生的。

精神分析学说能够成为影响印度现代文学创作的思潮，实际上是在20世纪世界文学变化和发展的大背景下发生的。文学作为时代和生活的审美反映，进入20世纪以来发生了巨大的变化，其中最主要的表现之一就是现实主义作为文学主流的传统被打破，各种文学思潮和流派层出不穷，文学不断朝着多样化、现代化的方向发展。其中，各种现代主义文学思潮的兴起，使得20世纪文学格局中现代主义文学最终成为和现实主义文学鼎足而立的另一文学潮流。包括叔本华、尼采的唯意志论和超人哲学、柏格森的直觉论、弗洛伊德的精神分析学说、胡塞尔的现象学、萨特和海德格尔的存在主义等在内的西方人本主义哲学思想构成了现代主义的思想基础，对现代主义文学的发展产生了很大的影响。这些哲学思想的共同之处在于强调人的自我意识、重视直觉和下意识的作用、崇尚感性和本能、反对理性的禁锢和压抑。在此影响下的文学创作强调对人类内在精神世界的探索和发掘，执着于对人类非理性、非科学、非逻辑的心灵活动领域的认识和发现，其审美特征是内向性和主观性的。

作为世界文学的一个重要组成部分，印度文学在进入20世纪30年代之后也不可避免地受到了世界文学潮流变化的影响。20世纪的三四十年代，印地语文学进入了一个由传统向现代发展的转型期。深究其原因，应该说印地语文学的变化不仅与西方现代主义的哲学和文学思潮的影响有着密切的关系，而且也与印度国内当时的政治、历史、社会、文化背景密切相关。随着争取独立的民族民主运动和第二次世界大战进入尾声，人们的注意力也开始从关注外部客观世界更多地转向对人性和自我的审视和反思。在这样的背景之下，文学潮流的变化也出现了一个"向内转"的大趋势：从强调表现客观现实发展到强调表现心理真实；从通过对人物的塑造表现和反映复杂的社会关系和社会现实到着力表现人类的心灵世界和情感世界；从传统现实主义文学的"外向性"审美视角转为"内向性"审美视角。这一时期，关注现实、关注社会的传统现实主义文学作品已经不能完全满足人们的审美需要，而一些通过内向性和主观性的审美视角，强调表现人的内心世界的作品开始在印地语文学创作中占据一席之地，并且引起读者广泛的关注和热烈的反映。介南德尔·古马尔开创的心理分析小说就是这一类文学中最具代表性的一支。

具有现代主义特征的心理分析小说作为对传统现实小说的一种补充，是对印地语文学和印度文学的丰富和发展，也是对传统现实主义小说自身不足的一种弥补和修正。从这一角度而言，心理分析小说的开创者介南德尔·古马尔以及代表作家阿格叶耶等人的创作顺应了20世纪世界文学发展的趋势，反映了新的时代和社会环境中人们新的审美需求，是印地语文学从传统向现代转型的重要标志。因此，现在印度文学评论界比较一致地认为介南德尔·古马尔和阿格叶耶是印地语现代文学的开拓者和奠基人。介南德尔更被认为是印地语小说史上第一位现代意义上的作家，他的创作为之后的印地语小说创作指明了一个新的方向，使得印地语小说创作在一定程度上摆脱了普列姆昌德开创的现实主义小说传统的框架和局限，使得现代印地语小说创作呈现出更加多样的风格和更加丰富的色彩。

心理分析小说比较重要的特征之一是注重对人心灵世界的挖掘，关注人的心灵对外界的反映和体验。由于受到弗洛伊德精神分析学说的影响，心理分析小说着重表现的是人物内心的潜意识和无意识。在艺术表现手法上，心理分析小说十分倚重对各种心理描写手法的运用。

除了传统现实主义心理描写手法之外，还借助了许多现代主义的心理描写技巧，如意识流、梦幻、闪回、内心独白、象征、隐喻、蒙太奇等。此外，与传统现实主义小说重描写，因而多采用第三人称全知全能的叙述视角不同，心理分析小说更加注重对人物内心的表现，因而与传统小说相比，大量采用第一人称叙述视角，内心独白、日记体成为惯用的叙事手段。此外，情节淡化、作品中人物构成简单也是心理分析小说的重要特征之一。这是因为作家将更多的注意力投注于对人物内心复杂心理状态的刻画，并不侧重于对故事的叙述和宏大社会历史背景的渲染和描摹。对于心理分析小说家而言，时间、空间等社会和历史背景并不是小说中的主要因素，它们的意义在于为人类心理活动提供氛围，或为小说中人物性格发展进行必要的铺垫。他们并不根据社会法则去审视社会中充满个性差异的个体，而是希望从人的心灵视角来观照世界。在这种内向性、主观性审美视角的引导下，这类小说比较注重挖掘人类心灵深处最自然的思想情感，强调自由、独立的个性。

当然，这一类小说的特点在某种程度上似乎也成为其自身的不足和缺陷，这一点从其诞生之初就一直为许多文学评论家和读者诟病。对这一类作家的最初的批评往往都是指责他们过于个人主义的创作倾向，认为他们有逃避和脱离社会之嫌。而与此同时，内向性的创作倾向也使得这一类作品在表现社会现实方面有所不足。这些批评基本是从现实主义的角度、以普列姆昌德的创作为标准来进行评判，忽视了现代主义文学与现实主义文学不同的文学理念和表现特征。然而，针对心理分析小说的一些批评应该说也并非全无道理，这一倾向的部分作品的确在反映社会现实生活方面不够深刻和全面。还有一些此类的作品，由于过于强调西方精神分析学说，使得文学作品成为对精神分析理论的机械图解，失去了文学作品本身应该具有的生动、自然和真实的美感。

　　心理分析小说的主要代表作家是介南德尔·古马尔、阿格叶耶和伊拉金德尔·乔希。介南德尔被认为是心理分析小说的开创人，他的小说在塑造女性形象以及刻画女性心理方面表现得格外突出，其创作的另一特点是倾向于哲理性的分析和阐释，因而一些作品，尤其是晚期的作品哲理思辨意味比较强，所以很多印度文论家认为介南德尔不仅是一位卓越的文学家，也是一位思想家和哲学家。阿格叶耶作品中现代性的特点表现得比介南德尔更加突出，他的小说诗化的色彩也比较浓，这与他同时也是一位诗人不无关系。阿格叶耶比较擅长深入人的内心世界，善于细腻捕捉和刻画人物内心敏感细微的变化。伊拉金德尔·乔希更为重视对西方精神分析学说的运用，尤其受到了弗洛伊德性本能动力学说的影响，他的作品多以表现男女爱情为主题，着意分析和刻画主人公内心的压抑、痛苦和扭曲的状态。在作品的感染力和艺术成就等方面，伊拉金德尔·乔希的创作不如前两者。

第二节　耶谢巴尔

一、生平与创作

耶谢巴尔（Yashpal，1903~1976）出生于印度北方邦费洛杰地区的一个普通家庭。他父亲家境贫寒。作为遗产，他父亲只获得大约一亩土地和一栋简陋的住宅。他父亲不种地，是小生意人，常出门在外，忽视家庭责任。他母亲是普通教师，靠微薄的收入维持家庭的生活。年幼时，他母亲是一位颇有爱国心的妇女，不愿意送他去官办学校读书，而把他送到类似中国私塾的古鲁书院接受教育，使他自幼产生了对外国统治者的不满。十多岁时，他母亲把他带到拉合尔（现属巴基斯坦）上中学。此时，他的年龄并不大，但他关心国家大事，并开始参加甘地领导的民族主义运动。中学毕业后，为了帮助母亲分担经济负担，他一面学习，一面做零工。他也曾梦想成为一名律师，过上体面、富裕的生活。1921年，全国范围的不合作运动兴起，在追求个人理想和为独立而斗争的民族运动二者中，他选择了后者，以国大党自愿服务人员的身份投入到民族独立运动中。1922年，甘地终止了不合作运动，他颇感失望，于是又进入私立国民学院学习。在该校的政治和历史老师的课堂上，有诸如有神论、无神论、主观唯心论、唯物论等论题讨论。教授的观点启发了学生的分析能力和理解能力。耶谢巴尔学到了更多的革命思想，因此也成为更加自觉的爱国者。1925年，耶谢巴尔大学毕业后曾留校任教，但他执教时间不长，后来也几度变换工作。1928年，拉合尔政治局势骤变，帕格特·辛赫、苏克德沃等共同组织地下革命团体，从事地下武装斗争。耶谢巴尔追随这些革命志士，参加了一些地下武装斗争。1931年，帕格特·辛赫、苏克德沃两位重要领导人和其他一些人先后被捕入狱，有的还被判绞刑，使武装革命团体受到巨大打击。于是，耶谢巴尔于危难之中重新组织起武装斗争团体，被推举为领导，因而也被英国殖民当局悬赏捉拿。殖民当局的警察的嗅觉是灵敏的，办事效率也很高。因此耶谢巴尔终究未能逃脱他们的魔爪，于1932年被捕，被判监禁14年。

在狱中，他不能做当时最想做的事情，但有了时间。于是他学习马克思主义思想和革命理论，并开始进行文学创作，为他后来在文学创作上的发展打下了很好的基础。

随着世界民族民主革命步伐的前进，英国殖民主义在印度的统治势力逐渐式微，不得不同意给予印度人民在省级议会的选举和组阁权。1938年，旁遮普省举行了地方议会选举，国大党获胜，组建了地方政府，释放政治犯，耶谢巴尔得以提前出狱。但英国殖民当局禁止他居住在拉合尔和旁遮普省的其他地方，于是他到了北方省的首府勒克瑙。他出狱后开始发表在狱中创作的一些作品，创办了文学杂志《起义》，创办了"起义"出版社，发表或出版宣传革命思想的文章、书刊，配合印度共产党的革命斗争。但因当时印度共产党还是地下组织，他1940年再度被捕入狱，杂志和出版社均被查封。德国法西斯进攻苏联后，印度共产党改变态度，支持印度人参加反法西斯战争，因此第二次世界大战后他得以获释。印度独立后，他定居勒克瑙，除从事一些进步文化活动外，主要从事文学创作。20世纪五六十年代，他曾多次出国访问，到过世界许多国家和地区。耶谢巴尔虽然信仰马克思主义，配合印度共产党的革命活动，但他并没有加入印度共产党。他虽然是一位革命者，但更是一位多产的作家。

虽然一般认为耶谢巴尔的文学创作始于第一次受牢狱之苦期间，可是实际上他在上中学的时候就发表过文学作品。也许是因为那时他主要从事革命活动，所以在狱中才重新拿起创作的笔。1938年出狱后，他于1939年出版了第一部短篇小说集《牢狱中的幻想》。此后不断发表作品。他的创作大体可分为三个阶段：从他开始创作到印度独立可以说是他创作的第一阶段，在这个时期他共发表了短篇小说集6部、长篇小说4部，政论杂文集4部；从印度独立到20世纪50年代末是他创作的第二个阶段，在这10多年时间里他发表了政论杂文集4部、名为《回顾》的革命回忆录3卷、短篇小说集7部、长篇小说两部；50年代末至他辞世是他创作的第三阶段，这个时期他出版了3部短篇小说集、6部中长篇小说。

耶谢巴尔是一位多产的作家，他一生共创作了近40部作品，而且其中有的是鸿篇巨制，如《虚假的事实》（又译《不真实的事实》），译为汉语长达近百万字。

二、《虚假的事实》等长篇小说

耶谢巴尔在创作的第一个时期发表了三部长篇小说，一部中篇小说。他出版的第一部长篇小说《大哥同志》（1941）是一部政治性较强的小说。这部作品的主旨是引导热衷于个人暴力反抗的左翼激进青年走与群众相结合的道路。小说中的赫利希受到俄国革命和共产党的影响，在斗争的实践中逐渐认识到靠个人的力量是不行的，要依靠群众，所以深入工人群众，领导他们进行斗争。最后，作为赫利希的"大哥"

的领导同志也觉悟了，决定放弃个人单枪匹马的斗争方式。这部小说还用不少篇幅写了工人群众的悲惨处境，抨击资本家对工人的压迫和剥削。不过，这并非纯政治小说，作者把政治题材和爱情生活交织在一起来描写，在政治斗争的背景下展开缠绵的爱情故事。因此，总的来看，这是一部成功的长篇小说。

1943年出版的《叛国者》是他的第二部长篇小说，是他早期影响较大的作品。小说的主人公叫康纳，开头从事地下武装反英活动，后被边区的部族绑架，逃脱后辗转到了阿富汗，偷越边境到了苏联的乌兹别克。他在那里找到了正确的政治方向。苏联反法西斯战争开始后，他回到印度工作。在日本军国主义军队已侵占缅甸，向印度进逼的情况下，国大党还坚持破坏英国在印度为进行反法西斯战争所采取的各种计划和措施。但已是共产党员的康纳帮助工人群众认识反法西斯战争并争取胜利的重要意义。因此，国大党人要控告他以前是恐怖分子，是偷越国境的逃犯，是伪造护照回到国内的。在他们的威胁下，康纳只好离开政治生活的漩涡，被迫逃走。他逃走时又受了伤，在途中又遇到波折，最后在野外奄奄一息。小说比较成功地刻画了康纳这个共产党员形象，他深入工人群众，与他们同甘共苦，为他们牺牲个人的利益。小说还描绘了他大无畏的战斗精神和革命的理想，同时也写了他对爱情的态度。当然，从艺术的角度看，作为他对立面的国大党人本德刻画得更为鲜活，栩栩如生，更加深刻。本德是忠实的甘地主义者，甘地的许多特征在他身上都体现出来了。他虽然宣称为社会谋福利，为全体印度人民的利益奋斗，但实际上他是一个很自私的家伙，代表的也是资产阶级的利益。

《蒂沃娅》（1945）是一部历史性长篇小说，但又不是历史小说。作家采用了在历史背景中反映现实生活的方式，虚构历史反映现实。蒂沃娅是女主人公，是一名舞女。她与男主人公相爱，本想嫁给英雄。

但英雄遵从父命，娶了国王的女儿。蒂沃娅最后成为歌姬，在声色场所出卖色相维持生计。小说形象地展示了古代社会的阶级差异、阶级压迫，以及阶级斗争。

《党员同志》发表于1946年，是一部中篇小说。这部作品主要以第二次世界大战结束后孟买的印度水兵起义为背景，塑造了一个为扩大党的影响不惜自己被误会的女共产党员形象。花钱如流水、贪恋女色的花花公子巴德姆拉勒遇见了出售党的宣传册子的姬姐，他为了接近姬姐，买了她出售的宣传材料。后来经过姬姐的劝诫，巴德姆拉勒发生了很大的变化，抛弃了以前的恶习，变成了一个品行端正的正经男人。此时，当地各党派正在为进行地方性选举大肆宣传，互相攻击。国大党利用姬姐与巴德姆拉勒的关系攻击共产党，使共产党大受影响。共产党组织决定停止姬姐三个月党员身份。巴德姆拉勒获悉后极为苦恼，他决心证明自己已洗心革面，成了新人，以便将来能够与姬姐重新建立关系。一天，他碰上起义的水兵游行队伍，于是也与水兵一起游行。但不幸的事情发生了，英军向游行队伍开枪，巴德姆拉勒身受重伤。弥留之际，他想见姬姐一面，共产党组织同意姬姐去见他时，他已离开了这个喧嚣的尘世。这部小说是耶谢巴尔继《叛国者》之后以共产党员为主角的另一部作品，其政治色彩虽然比较浓，但小说中的男女主角栩栩如生，性格鲜明，真实可信，不失为一部优秀作品。

耶谢巴尔在创作的第二个时期发表的长篇小说只有《人的面貌》（1949）和《阿米达》（1955）两部。《阿米达》是历史小说。《人的面貌》写的是一个年轻寡妇的故事。她虽然敢于打破印度教对寡妇的束缚，多次与人同居，反映了印度教寡妇的不幸，但却引不起人们的同情。相比较而言，《人的面貌》比《阿米达》更为成功，但这两部作品出版后引起的反响不是很大。

在创作的第三个时期，耶谢巴尔写的中长篇小说最多，共六部。

这个时期出版的第一部作品是《虚假的事实》（1960）。这部作品出版前，曾部分在杂志上连载。这个时期的另外几部作品是《仙女的诅咒》（1967）、《为何陷于困境》（1968）、《绞索面前》（1969）、《十二小时》（1972）和《我你他的故事》（1965）。

《虚假的事实》出版后引起很大的反响，得到很高的评价，是公认的耶谢巴尔长篇小说的代表作。1999年，上海译文出版社将其作为"世界上影响较大的优秀作品"收入《二十世纪外国文学丛书》出版。这说明该书在20世纪世界文坛上的确占有一席之地。

《虚假的事实》分上下两卷，上卷的副标题为"故乡与祖国"（又译"故乡和国家"）；下卷的副标题为"祖国的未来"（又译"国家的前途"）。上卷写的故事发生在1942~1947年印巴分治这一段时间，故事发生的地点主要是在拉合尔；下卷的故事发生在分治后的印度，围绕分治后10年内印度国内的矛盾斗争展开。

小说的核心人物是男主人公布里，女主人公达拉和甘娜格。

男主人公布里是拉合尔一位中学教师的儿子，硕士研究生。1943年，尚在学校攻读硕士学位的他因参加反对英国殖民当局把印度卷入第二次世界大战的运动而被捕入狱，在狱中他写了一部短篇小说集。1945年5月，英国殖民政府为庆祝第二次世界大战的胜利，将他释放出狱。出狱后，由于家里无力再支持他继续完成学业，他只好为生活奔波。首先，他去一家富有的家庭当家庭教师，可学生是一个年轻浪漫的女孩，而且很快就开始崇拜他，一到辅导她学习时，她总是调情，使他不得不辞去这份收入较好的工作。他在狱中写的小说发表后获得好评，他成为名噪一时的作家。他经人介绍到一家带有印度教色彩的报社当编辑，但又因写文章谴责教派主义，说出了印度教徒方面不对的事实真相而被辞退。他无可奈何，只好靠翻译和替人代笔写历史教科书为生，可又受到书商和学阀的盘剥。幸运的是，出版商的漂亮女儿甘娜格读过他的小说，崇拜他，闯进了他的生活。他们俩你来我往，产生了爱情。甘娜格不顾家庭的强烈反对，坚决要与他结婚。而出版商只有两个女儿，甘娜格又是小的，所以自然获宠，也养成了倔强的性格。她父亲对她已无计可施。此后她的律师姐夫与岳父商量后提出最后一个解决办法：让她和布里一个月之内不要见面，冷静考虑，然后由她自己做出最后决定。此时已是1947年夏天，她姐夫一家到奈尼达尔避暑，为了不让她与布里见面把她也带去了。她写信要布里去约会，并给他寄去了足够的旅费。布里于8月初到奈尼达尔。后来他去勒克瑙找工作，碰了壁。8月14日，布里回到奈尼达尔，参加了8月15日零点举行的印度独立庆祝活动。这时，拉合尔已划归巴基斯坦，大迁徙正在进行，印度教徒与伊斯兰教徒之间的冲突异常激烈。布里想回拉合尔迎接家人。沿途，他目睹了印度教徒屠杀穆斯林和凌辱穆斯林妇女的悲惨情景，他自己也被洗劫一空。他去难民营寻找家人，没有找到。他穷途末路，只好在贾朗达尔一家烤饼店当小工。

布里的妹妹达拉1943年以优异的成绩考入大学。她与穆斯林青年、共产党人阿瑟德相互爱慕，但家里人把她许配给了一个浪荡公子。她让阿瑟德带她私奔，但阿瑟德说要以党的工作为重；她试图自尽，被救。新婚之夜，她被丈夫毒打一顿。当晚还没入睡，穆斯林激进分子便放火烧她新婚丈夫家的别墅。她丈夫及其家人不顾她的死活，只顾自己逃命。她乘机从窗户跳到别人家的房顶上逃了出来。但不幸的是，她又被穆斯林歹徒奸污。后来得到一位好心的穆斯林老人相救，她才得以逃出虎口，经历了各种磨难，来到分治后的印度。

布里在烤饼店邂逅同狱难友苏德。苏德曾于1946年当选为该地区的议员，现在是该地区的国大党负责人。苏德为了培植个人势力，帮助布里把已逃走的穆斯林的一家小印刷厂交给他经营。布里有了苏德这个政治上的靠山，不仅得到了经济利益，在政治上也不断往上爬，充当了苏德的喉舌和帮凶。在生活上，他忘记了在他最困难的时候帮助过他，而且不顾家人反对已与他将生米煮成熟饭的事实上的妻子甘娜格，与另外一个漂亮女人同居。甘娜格历尽艰辛找到他时，发现了他的劣迹，非常生气。但他巧舌诡辩骗住了甘娜格。不久，他与甘娜格正式结为夫妻，育有一个儿子。但逐渐成为新贵的布里，对甘娜格和普通人民的态度都发生了巨变，他们之间的矛盾不断扩大。

达拉到印度后，开始在难民营做一些工作，后来又找了一个家庭教师的工作。但男主人欲把她当作花瓶，带她去参加社交活动，遭到女主人辱骂，她只好辞去这份工作。男主人前妻的儿子与她年岁相当，此时已留英回国，且是一位有能力又正直的人。他帮助达拉在国家复兴部门找到了工作。由于达拉工作能力强，办事公正，且敢于与腐败行为斗争，得到不断提升，并与计划委员会的经济顾问——达拉父亲以前的学生布兰纳特博士相遇，两人逐渐产生爱情。后来她被调到中央秘书处工作。她虽然升至相当于副部级的高级公务员，但是不忘记为人民做好事。

由于布兰纳特博士思想开明，成为保守派苏德攻击的对象。布里为了自己的"前途"，帮助苏德，唆使其妹达拉的前夫来捣乱。但苏德由于不得民心，在1957年的大选中败北。布里的阴谋也随之失败。苏德和达拉终成眷属。

甘娜格由于无法忍受布里的胡作非为，与他分手，并与情投意合的吉尔结为连理。

上述只是这部小说极简略的核心故事，它的内容还远不止这些。总的来说，它反映的是40年代初到50年代末的印度社会现实，是一部波澜壮阔的历史画卷。从历史上来看，1947年初至9月这短短的几个月时间里，发生在南亚次大陆的教派大屠杀震惊世界骇人听闻。据不完全统计，仅旁遮普就有50万人被杀，1 200多万人无家可归或蒙受各种损失。本来故乡与祖国是统一的——自己的故乡就是自己的祖国。然而在印巴分治时这两者被无缘无故地分开了，数以千万计的男女老幼不得不离开自己的故乡到一个举目无亲的地方去，而且无法带走自己的固定财产，成为无家可归的难民，一切都得从头开始。在下卷"祖国的未来"中，作者展现在人们面前的并不是太美好的图画。在这幅图画中虽然有些美好的东西，但也有些污点。不过，作者在最后还是画上了美好的一笔，让人民用自己的选票说话，让正义战胜了邪恶；另一方面，也让有情人终成眷属。

这部作品不仅是鸿篇巨制，写出了1943~1957年15年间发生在南亚次大陆和分治后的印度的宏大场面，涉及的人物400有余，而且布局合理得当，没有杂乱拖沓之感。小说中的三个核心人物性格鲜明，栩栩如生，血丰肉满。小说既反映了封建的婚姻观念与自由恋爱的冲突、宗教矛盾和教派冲突，也反映了独立后的党派政治斗争。总之，这部作品不仅具有很高的艺术水准，也具有深刻的思想内涵，是一部史诗性的优秀作品。在印度，不仅有"不少评论家认为它是'印地语中最优秀的现实主义小说'"，而且他们在评论这部作品时还常常拿它与《战争与和平》相提并论。无论这些评价是否符合实际，但可以肯定地说，这的确是一部很优秀的作品。

《我你他的故事》是作者最后一部长篇小说，出版于1975年。这部作品中的故事结尾的时间是《虚假的事实》中的故事开始的时间，所以可以说它们是姐妹篇。虽然它没有引起《虚假的事实》那么强烈的反响，但仍然不失为一部优秀的作品。这部小说中贯穿全书的主角只有女主人公邬霞。她受过良好的教育，冲破当时印度教婚姻观的藩篱，与自己相爱的人结为夫妻，育有一子。但不幸的事情不久就发生了：由于进入印度的美国军队的军车驾驶员不熟悉印度左侧通行的交通规则，致使她丈夫骑摩托车与美国的军车相撞身亡。当时，印度国大党还没有同意支持印度参加第二次世界大战，她因丈夫不幸身亡而反英情绪更加激烈。她把儿子托付给别人照顾，自己去进行反英宣传。在反英斗争中，她邂逅一位志同道合的男士，两个人日久生情。但在最后，尽管深爱她的男子答应要像对待自己亲生的儿子一样对待她与前夫的儿子，她还是退缩了，她怕给儿子的心理留下阴影，而选择了自我牺牲。邬霞最初冲破了封建的宗教婚姻观的束缚，最后为什么又退缩了呢？恐怕有两方面的原因：其一，她的担心不能说完全没有道理。她当时还年轻美貌，爱恋她的男子表示会像对待自己的儿子一样对待她和前夫的儿子，但以后他们再有了孩子，那位男士真的能做到吗？她儿子大了知道那位男子不是他的生父后，他又会怎么想？这些问题的确是现实的。不用说在六七十年前的印度，在当今的中国不是也时常发生她担心的那些问题吗？第二，这也是主要的，她的思想还未能彻底解放，旧的传统观念还是在束缚着她，特别是印度教的寡妇不能再婚的观念对她的束缚恐怕更紧一些。除邬霞这个人物形象外，小说还通过老一代和新一代的矛盾冲突，刻画了具有各种思想的人物形象。这些人物，主要是邬霞的丈夫、鳏夫公公、公公的情人以及她自己的父母等。但这些人物在小说中出现的次数并不很多，在小说后面的大半部分甚至都见不到他们的身影。

三、短篇小说与回忆录

在短篇小说创作领域，耶谢巴尔也取得了累累硕果，出版了16部短篇小说集。他的16部短篇小说集是：《牢狱中的幻想》（1939）、《那个世界》（1942）、《赐教》（1943）、《被诅咒的》（1944）、《论据如山》（1944）、《灰烬中的火星》（1946）、《普罗的衬衫》（1949）、《圣战》（1950）、《继承人》（1951）、《画题》（1951）、《你为什么说我长得美》（1954）、《乌德莉的母亲》（1955）、《阿，女神！》（1958）、《说真话的错误》(1962)、《骡子与人》(1965)和《饥饿的三天》(1968)。他的短篇小说不仅数量多，而且题材多样，内容丰富，优秀之作也不少，也是一笔宝贵的精神财富。

在印度教社会，种姓制度是高等种姓压迫低等种姓的极不合理的制度，而在这不合理的制度下，女性又深受男性的压迫，所以妇女始终处于社会的底层。耶谢巴尔作为进步作家，对此有深刻的认识，因此在他的作品中妇女成为主角的不少。上面说到的他的两部最重要的长篇小说中妇女都是最重要的角色，而且都是正面人物。在他的短篇小说中，妇女，特别是不幸的妇女占有重要地位。《山区异景》《命运的折磨》《一支香烟》《芒格拉》等短篇小说便从不同的侧面表现了妇女的悲惨命运。《山区异景》既揭示了封建王公任意玩弄女性侧可耻和残忍，也反映出女性的悲惨命运。封建王公为了发泄自己的兽欲，不顾自己的高等种姓身份，只要是他看上的美女都逃不脱他的魔掌，而且如他死了，还要让王后、王妃们陪着一起焚葬。《命运的折磨》表现出封建婚姻制度是如何把满怀美好的爱情梦想的少女变成人不人鬼不鬼的社会现实。小说的女主人公，一个孟加拉少女爱上了一个从旁遮普来加尔各答的勇敢的男青年，但由于种种壁垒她不能嫁给他。他们试图私奔到缅甸去共同生活，但在码头被警察抓住了。她无可奈何，堕为烟花女子。然而，后来她却成了拥有豪华别墅的老鸨。《一支香烟》和《芒格拉》则表现的是婆婆不能善待儿媳，儿媳被迫离开婆家之后遭受到的不幸。前者的女主人公离开家后欲去与当兵的丈夫相聚，结果途中因妇女不能单独远行而被拐骗，最后她丈夫不接受她了，她被迫入了娼门。后者的女主人公出身于婆罗门家庭，但由于父母早逝，她婚后很快就被丈夫冷落，直至被逐出门。在印度教社会离开婆家又没娘家可回的女人，是无处安身的。芒格拉的结局就是这样。最后，在高等种姓的威胁下，连清扫夫都不能收留她。她的下场可想而知了。

耶谢巴尔表现妇女的不幸的作品很多，不再赘述。

商人总是要赚钱的。有些商人赚钱的手段巧妙一些，这些商人可能会赚到较多的钱；还有一些商人是黑心商人，不择手段地只顾赚钱，这些人中有的也许会成为大老板。耶谢巴尔对后一种商人是很仇视的，因此中揭露鞭挞黑心商人，揭示他们的罪恶行径，成了他短篇小说中常见的主题。《伟大的义举》《忘恩负义》《面饼的代价》《黑市药价》等短篇小说便是这方面的代表性作品。《伟大的义举》写黑心大商人在粮食短缺的时候先买进大量的粮食囤积起来，后来又以比原来的粮价贵一倍的价格卖出，赚黑心钱。很多穷人被饿死后，其家人们连买焚烧尸体木材的钱都没有，只好把死者的尸体丢到火葬台。这时他从赚取的钱中拿出一点点来买焚烧尸体的木材。《忘恩负义》写一个老实的雇员代大投机商人受过，承认不法行为是自己干的而与主人无干，结果被判一年徒刑，保护了投机商人。而投机商人言而无信，雇员出狱后便被开除，因为投机商人说如果还收留他就会丢自己的面子。《面饼的代价》也是写黑心商人囤积粮食，甚至连自己的普通雇员都无法从他那儿买粮下锅。《黑市药价》中的药商不仅抬高药价，而且丧心病狂地制造假药，把一个个病人推向死亡。

同情穷苦百姓，表现他们的苦难人生几乎贯穿耶谢巴尔短篇小说创作全过程。他的不少短篇小说都写了穷苦百姓的苦难生活，《无碍于治安的人》《门帘》《人的孩子》和《苦》等是这方面的代表性作品。《无碍于治安的人》中的主人公因为吃不上饭，试图做点犯罪的事，以便被关进监狱，因为在监狱里毕竟还能吃上点饭。《门帘》里的主人公一家穷得只能用一个帘子挂在门上来给家人遮羞。《人的孩子》中富人的孩子享受着一切幸福，而穷人的孩子却活活饿死。同是人的孩子，来到这个世界后的命运却迥然不同。《苦》写到了两种人的苦。有钱人的苦不过是欲望不能完全得到满足的苦，而穷人的苦则是连饭都吃不上的苦。小说中的穷寡妇只能靠年幼的儿子寒夜蹲在马路边卖点儿她炸的丸子过日子。母子俩在饥肠辘辘的情况下互相推让一块饼干的情景不能不让有良知的读者心如刀绞。这就是耶谢巴尔倾注在劳动人民身上的思想感情。

印度独立后，以前为独立而斗争的不少人士变成了统治者阶级，手中有了权力，于是要索取回报了，成了贪污腐败、欺压百姓的罪人。耶谢巴尔在印度独立后写的小说中对这些人也进行了抨击。《证词》《蜘蛛和苍蝇》《照章办事》等便是从不同角度鞭笞贪污腐败分子的短篇小说。《证词》里的统治阶级一面大张旗鼓地开展所谓反贪污腐败运动，一面又对人民敲诈勒索；别人控告他们，他们反而倒打一耙，污蔑别人向他们行贿。这篇小说写的就是这样一出滑稽剧。这恐怕也是对"反腐败反腐败，越反越腐败"的真实写照。《蜘蛛和苍蝇》揭示的贪污腐败问题更是令人触目惊心：政府部门的大小官吏几乎都强迫人民奉献"香火钱"，甚至连本应伸张正义的律师，也昧着良心制造假案，索取额外的诉讼费，但口头上却振振有词地抨击社会如何黑暗。《照章办事》描写一个官僚主义者借口照章办事，不顾人的死活，而出事之后又诿过于人。这种不作为的官僚实际上恐怕比有作为也有过失的官员更为有害。或许耶谢巴尔清楚地认识到了这一点，所以才写了这样的作品。

在耶谢巴尔的短篇小说中，表现以上四方面主题思想的作品比较多一些，但也还有不少作品表现的是其他的主题思想。例如，《啊，天哪，这些孩子！》写的是印度教徒和伊斯兰信徒之间的仇恨情绪是如何毒害儿童心灵的。小说的印度教徒和伊斯兰信徒都是上层阶级，两家是邻居，关系融洽，他们的孩子几乎天天在一起玩耍。但当孩子们发现他们属于对立的宗教，长大后会互相厮杀时，便各自回到家去拿菜刀等作为武器来演习。再如，《骡子和人》表现如能适应环境而改变自己的习惯便能生存下来的道理。骡子在无草可食的情况下，有的骡子倒下了，但有一头没有倒下的骡子啃食死去的骡子，结果它活了下来。可是，在勘探队员中，有一位十分虔诚的印度教毗湿奴派信徒在极其寒冷的夜晚却保持自己的信仰，既不遵从队长的命令脱去身上的湿衣服，也不喝一点酒，钻进自己的被窝里睡觉，结果到天堂去与毗湿奴相会了。像这样不同主题、不同题材的作品还有很多，不再一一列举。

除中长篇小说和短篇小说外，他的三卷本回忆录《回顾》生动地记载了从他早年参加独立斗争到第一次被捕后的狱中生活，也有较强的文学性。《回顾》不仅记录了将近20年的时间里所发生的政治、社会的重大事件，以及这些事件在他思想上的影响，而且细致地描绘了他自己的斗争经历和私人生活。例如，他真实地记录了1936年他和妻子在狱中举行婚礼的经过。当时，14年的刑期他还只服了4年。他们的结婚只是简短的仪式，然后便回到自己的牢房。这说明他们的结合只是思想和理想上的一致和结合，是精神上的紧密联系。当然，也说明他们是真心相爱的。

除中长篇小说、短篇小说和回忆录外，耶谢巴尔还写了许多政论、杂文、小品文。他的政论、杂文、小品文写的都是现实社会问题，政治制度问题和印度发展前途的问题等。这些文章不仅表现了他深刻的思想和见解，而且有的还有很强的文学性。总之，耶谢巴尔不仅是一位多产的作家，而且创作出了许多优秀的作品，无论是在印度印地语现当代文学史上还是在印度现当代文学史上，他都占有十分重要的一页。

第三节　介南德尔·古马尔

✦

介南德尔·古马尔（Jainendra Kumar，1905~1988）是印度现当代文学史上著名的小说家，同时也是一位思想家。他接受了印度传统吠檀多哲学、耆那教哲学、佛教哲学、甘地主义和西方现代思想的影响，并汲取这些思想的精华，形成自己独特的思想体系，被认为是印度现代作家中深得甘地思想精髓的作家之一，也是最有西方自我思想意识的作家之一。在文学创作方面，他受到弗洛伊德的影响，注重心理分析，是印度心理分析小说的代表作家。

一、生平简介

1905年1月2日，介南德尔·古马尔出身于印度北方邦阿里加尔地区农村一个信仰耆那教的中产阶级家庭。两岁时，父亲离开了人世。即便他家信仰耆那教，但在印度耆那教信徒甚少，所以他母亲依然难以逃脱印度寡妇受歧视的不良习俗的危害。由于这种原因他母亲把他送到他舅舅家，让他舅舅帮助抚养。他舅舅办了一所类似中国私塾的学校，他自幼在这里学习。他舅舅的这所学校于1918年停办。但1919年，不满14岁的他奇迹般地通过了大学入学考试，被著名的贝那勒斯印度教大学录取。介南德尔本来性格孤僻内向，不过问政治时事，但1921年，他在母亲和舅舅的影响下，响应甘地开展不合作运动的号召，毅然放弃学业，投身于印度民族独立运动之中。1923年，他和舅舅一起为不合作运动做新闻报道工作，为此被捕入狱三个月。1927年，他和舅舅一起到克什米尔徒步旅行了一次。这对他日后的创作产生了一定影响。不过，他开始小说创作之后，依然没有忘记为国家的独立而斗争。1930年，在舅舅和母亲的鼓励下，他参加了民族独立运动的暴力组织，并再次被捕入狱。1932年，在朋友的影响下，介南德尔成为国大党的一名志愿服务者，并被甘地任命为民族运动青年组织的一名领导成员。1932年，他接受了甘地不同于印度无政府主义武装暴动的新的斗争路线，即非暴力、坚持真理、宽容、仁爱、不合作的斗争方式。他开始用他的笔来阐明甘地的思想，他坚信用自己的笔可以实现甘地的理想。他还到图书馆去寻找精神支柱。他阅读了大量有关宗教和文学的书籍，当时他最喜欢的作家有泰戈尔、萨拉特、陀思妥耶夫斯基、托尔斯泰、高尔基、普列姆昌德等。同时，他还通读了甘地的著作和大量有关印度传统和现代的哲学书籍，并有意识地接触西方哲学、心理学、宗教等方面的书籍。特别是弗洛伊德的学说，对他日后的创作产生了巨大的影响。

从他开始小说创作到1939年，他发表了不少作品，但是这一年出版《格尔亚妮》之后，介南德尔突然放下了他手中的笔，到净修林修行去了，而且一修就是12年。个中缘由，说法不一。最主要的说法是，他不能忍受人们将他的创作和谋生联系在一起，因为他认为文学是作家思考人生的一种精神行为，是生命的一种存在形式，文学不应被世俗化、功利化、庸俗化，否则就是对文学神圣性、精神性、审美性的亵渎。

沉思12年后，他重返文坛，以更加成熟的思考和新的激情进行文学创作，并参加了一些社会活动。1988年岁末，他因病去世，享年86岁。

介南德尔作为杰出的文学家，1956年曾应邀来中国参加鲁迅先生逝世二十周年的纪念会。1960年作为印度作家代表团成员，参加了在威尼斯举办的托尔斯泰逝世50周年的研讨会。介南德尔还多次出国访问，到过日本、德国、苏联、捷克斯洛伐克等国。他的代表作《辞职》被译成日、德、中、英等多国文字。他被认为是普列姆昌德以后最杰出的文学家，曾多次获得国家大奖，1932年获印度斯坦文学奖，1968长篇小说《自由的安慰》获印度文学院奖。1982年由于独具特色的翻译技巧，他再获10万卢比的翻译奖金，并获印度政府颁发的莲花勋章。1979年他入选为印度文学院的终身高级研究员，同年被选为联合国的印度代表。

二、中长篇小说创作

介南德尔1928年开始进行小说创作。他发表的第一篇作品是短篇小说《游戏》。此后，他的创作热情很高，第二年便出版了中篇小说《考验》和短篇小说集《绞刑》。自他开始小说创作到1939年是他小说创作的第一个时期。在这个时期，他发表了不少中长篇小说和短篇小说，主要作品还有《苏尼达》（1935）、《辞职》（1937）和《格尔亚妮》（1939）等。此后，他封笔12年，直到1952年才从隐居的森林重返现实社会，重新拿起笔，满怀激情地开始新的创作。在此后的30多年中，他创作了8部中长篇小说和大量的短篇小说。这8部中长篇小说是：《苏克达》（1952）、《回转》（1953）、《流逝》（1953）、《吉耶沃尔登》（1956）、《自由的安慰》（1965）、《持续》（1968）、《无名的斯瓦米》（1974）和《十束光》（1985）。

（一）《考验》和《辞职》等早期作品

《考验》是介南德尔的第一部中篇小说。这部小说以切入人物心理世界的独特视角，对人物的情感世界进行了深刻的描绘，被认为是印地语的第一部心理分析小说。小说写了斯德雅、格多、比哈利和格丽玛四个青年男女的故事。斯德雅本已获得律师执照，但随着他对律师界黑暗的认识，失去了对文明社会的希望，回到家乡。在辅导少年寡妇格多学习的过程中，两人产生了真诚的爱情。但由于种种原因，他们未能结为连理。斯德雅娶了他的朋友比哈利的妹妹格丽玛为妻。为了摆脱自己对格多的负疚感，斯德雅请求富有侠义精神的比哈利去解救格多。格多把为结婚准备的礼物全部送给格丽玛，无怨无悔地离开了斯德雅。斯德雅和格丽玛缺乏精神沟通，新婚之夜就发生冲突。后来斯德雅到城里做了他原来讨厌的律师，他与妻子的矛盾使他内心感到刺痛。当斯德雅未得到岳父的遗产愤而离家出走时，格多默默地送去自己继承的价值四千卢比的钱财，恳请他维护他自己和家庭的荣誉。格多对爱情的奉献精神深深地打动了比哈利灵魂深处的精神追求。他们超脱所有物质和世俗上的观念，达到了精神上的结合。比哈利也把从父亲那里继承来的遗产赠给了斯德雅和格丽玛。他们依依惜别，开始自己心灵向往的新生活——比哈利到农村务农，格多到农村教孩子们念书。可以看出，作者的笔下格多和比哈利，斯德雅和格丽玛分别属于不同精神世界的青年。前两位属于超验的理想主义者，他们追求的是精神的自由和理想的爱情，不屑于金钱、地位和名誉的羁绊；而后两位是现实主义者，他们追求物质财富和世俗的名利。在这部小说中，作者重点写的人物是格多。她具有女性的诸多美德，温柔、宽容、多情。作者细腻地刻画了她从天真单纯、幻想爱情的少女到忍辱负重、富有自我牺牲精神的成熟女性之间复杂的心理历程。作者也生动地表现了她心灵的痛苦、觉醒和挣扎。作品暗示她的寡妇身份是她实现自己爱情理想的绝对障碍，表明作者对寡妇不能再婚的印度教陋习的抨击。

《苏尼达》是一部长篇小说。写赫利到自己的律师朋友斯里甘特家里，逐渐和斯里甘特的妻子苏尼达接近。赫利虽然是一个激进主义者，但他的内心却非常空虚，常常感到非常痛苦，甚至常有自杀的念头。为了拯救他，斯里甘特让苏尼达照顾他。这样一来，赫利迷恋上了美丽、善良、温存、善解人意的苏尼达，而且拒绝了苏尼达让他娶其妹的建议。斯里甘特于是借口到外地去，并让苏尼达尽一切可能照顾赫利。赫利邀请苏尼达参加他的一次秘密活动。当两人深夜来到森林时，赫利告诉苏尼达，活动被警察发现，取消了。在夜幕的掩盖下，赫利向苏尼达表达爱意和强烈的占有欲。苏尼达在焦灼和冲动下脱下了纱丽，情愿为拯救赫利献出一切。但此时赫利退却了。他把苏尼达送回家，发誓永不自杀，然后消失了。苏尼达向斯里甘特描述了赫利的无常心态，而斯里甘特感谢她化解了赫利内心郁结的痛苦，使他成为对社会有用的人。作品中，苏尼达结婚后三年没有孩子，暗示他们的婚姻不和谐，抑或说明丈夫失去了性能力。斯里甘特把赫利留在家里，让妻子拯救她，是他想通过赫利满足妻子的需求。这部小说的特点是情节简单，但有大量的心理描写。

《辞职》是他这个时期最优秀的作品，也被认为是印地语现代小说史上最优秀的作品之一。整部作品采用第一人称叙事方式，以回溯的手法叙述情节。叙述者是女主人公莫莉娜尔的侄儿——小说中的"我"，法官波勒摩德。小说展现了莫莉娜尔一生各个阶段的欢乐、痛苦及由此而来的各种复杂的心理活动。莫莉娜尔是女性苦难的象征和化身。她出生富裕家庭，但父母早亡。她的哥哥和嫂嫂成了她的监护人；她的哥哥、嫂嫂也非常爱她。童年时，她像只蝴蝶似的幸福地飞来飞去，是个开朗快乐、爱淘气、爱恶作剧的姑娘。她情窦初开时，与她的同学，亦即她的好朋友的哥哥相爱了。这是她一生最快乐的日子。姑姑莫莉娜尔比"我"大不了多少，"我"尚不明男女之事，她有时与"我"玩的时候弄得"我"感到莫名其妙。但不幸很快降临到她的头上。她的嫂子——"我"的妈妈发现了问题。一天放学，她回来晚了，妈妈狠狠地抽打了她。不久，她就被远嫁给一位比她大一倍还多的二婚的中年男子。她最初非常痛苦，曾跑回家来。但被哥哥、嫂嫂劝回婆家后，她决心做一个忠诚的妻子，她把自己的初恋告诉了丈夫，不料丈夫反把她赶出家门，永远不让她回家。从此，她走上日益艰辛的生活道路。一个迷恋她美貌的贩煤青年与她私奔、同居，但她怀孕后，那个负心汉不仅弃她而走，而且拿走了她价值不菲的金银首饰。她刚生下的孩子不久因病死去。此后，她到另外一个地方做了小学教师，同时又被一家富有的文明人家聘为家庭教师，过了一段平静的生活。但正巧她辅导的漂亮而懂事的姑娘被介绍给"我"。"我"去相亲时见到了姑姑。"我"一定要姑姑回家，但她坚决不回家，又离开了那个地方。"我"如实把姑姑的情况告诉了我相中的姑娘的父亲。她父亲很开明，不反对"我"认"我"姑姑。但姑娘的母亲和亲戚都坚决反对，"我"的这门亲事告吹。"我"的父母过早去世，"我"成了一家的主人。"我"竭尽全力，终于找到了姑姑，发现她和社会最下层的人——年老色衰的妓女、失业的苦力、职业乞丐和惯犯等生活在一起。"我"让她回家，她拒绝了。但"我"委托了离她不远的一个朋友关照她，"我"继续做大法官。后来她在死亡中得到了安宁，可使"我"受到了极大的震动，"我"辞去了法官职务。

这是一篇具有批判现实主义意义的小说，抨击了印度教的婚姻制度，也鞭挞了社会的黑暗。不过，小说还是重在心理描写，而不是以情节取胜。莫莉娜尔的一生不是一个简单的个人悲剧或性格悲剧，而是富有哲理的社会悲剧和命运悲剧。

《格尔亚妮》描写一位留学归来的印度现代知识女性的人生悲剧。格尔亚妮在国外学医时曾经与人相爱，回国后陷入阿瑟兰尼大夫设置的圈套，不得不与他结婚。但婚后她屡屡遭到他的虐待，甚至毒打，最后被赶出家门。可是她为了遵守"妇道"，不但忍受着丈夫对她身心的双重折磨，反而为丈夫的恶劣行径辩护。她始终处在爱情和婚姻、家庭和世界、感情和理智的冲突之中。但由于怀有身孕，她坚强地活着。生下一个男孩后，她原因不明地离开了这个世界。死亡才让她得到解脱。

（二）《苏克达》《自由的安慰》等中期作品

《苏克达》是他重新拿起笔写的第一部中篇小说。这篇小说的主题是他早期小说中家庭和世界、爱情和婚姻矛盾的延续。主要情节是女主人公苏克达临终前在病榻上回顾自己的一生。她的性格和命运近似于《苏尼达》中的苏尼达，但有发展，不仅增加了独立斗争的现实，而且女主人公"想实现自己的价值和尊严"。她对女性的人格尊严和自由权利的争取，反映了印度现代中产阶级女性意识的复苏、成长。

《回转》和《流逝》都是与《苏克达》有相似之处的小说，只不过这两部作品中最重要的人物是男性，而不是女性。这三部作品发表后反响不大。小说中的主人公们的行径有些扑朔迷离，神秘莫测。此外，作者太注重细节描写，没有核心故事和重要情节，常采用大段的心理独白和跳跃的叙述，追求一种抽象的精神心理活动，明显地表现出弗洛伊德的"性压抑"理论、荣格的"情结理论"和艾德尔的一些心理学理论的影响。

《迦耶沃尔登》是一部较有新意的长篇小说。作品以一位美国记者的视角观察一位印度王公在面对社会责任和自我追求时的矛盾心理，作品也是对印度未来社会的一个预言。这部小说的形式是崇拜印度文明的美国记者休斯顿死后发表的日记。休斯顿是小说中发生的所有事件的见证人。这部小说情节复杂，人物众多，注重刻画人物的内心世界，阐释人物的思想观念。小说的核心人物是迦耶沃尔登。他是一位理想主义的王公，推崇自我和爱情，不在乎所谓的制度规范。他不顾其他政党的反对与情人伊拉同居。他不以自己拥有的政治权力干涉任何个人的自由。伊拉的父亲阿迦耶是一位在野党的领袖、甘地主义的信奉者，墨守印度的传统道德规范。他不赞成女儿和迦耶沃尔登生活在一起，不同意他们结婚。但由于女儿的关系，他没有表现出强烈反对迦耶沃尔登的情绪。极端崇拜印度文明的英德拉莫汉是王公最亲密的朋友和精神导师，伊拉在他的净修林里受过教育。但他认为未婚男女生活在一起是对印度传统道德规范的背叛，因此他对迦耶沃尔登十分生气。另外还有些崇拜迦耶沃尔登的人也反对他与伊拉生活在一起。面对党内复杂的权力斗争，迦耶沃尔登感到自我的丧失和理想的破灭，对政治权力之争日益不感兴趣。为了完善自我，使自己成为真正意义上的人，求得精神上的真正解脱，他准备辞去王位。最终当阿迦耶同意他和伊拉结婚时，迦耶沃尔登却向全党提出辞职，并提出不同政党联合执政的建议，并在婚礼举行之前悄然失踪。小说到此结束。这部小说从新的视觉展现了爱情和婚姻、个人内在心灵和外在世界、自我追求和社会职责之间的矛盾冲突，是一部"完美的心理分析小说"。[①]但与其他小说很大的不同点在于这部小说与现代政治联系到了一起。这是作者在创作上一个较大的转变。

《自由的安慰》是一部反映时代政治和个人理想冲突的中篇小说。这部小说情节简单，人物众多。小说围绕主人公沙赫耶辞职与否展开。沙赫耶是信奉甘地主义的国大党国会议员和部长。在内阁组阁过程中，

---

① 罗摩·达拉米斯莱:《现代印地语小说》，邦沙出版公司，1983年印地文版，第1页。

他想辞去自己的职务，享受作为个体的自由，因为他认为党内成员尔虞我诈、互相倾轧、争权夺利，违背了甘地的思想和主张。他认为当时印度政界人物已经背弃了甘地主义的精神，最为可怕的是政坛中的人物都是政治权力之争的玩偶、棋子或牺牲品。所有的政客们都失去了自己的个性，成为一个模式的"政治机器"。而在他的人生词典中，个人精神是最重要的，社会和国家应重视个体生命的意义。意识到这一点，他再也不愿成为被操纵的"政治木偶"了。但他的愿望在现实中难以实现。他的决定受到来自各方面的阻力。党内支持者和新的内阁成员已经决定让他继任议员和部长。他的家人坚持要他接受职务，并对他施加各种压力，因为他们认为权力带来的荣誉远甚于自我解脱的重要性。

沙赫耶的女婿是企业家，他违法经营，东窗事发。政府组织的调查团正在调查此事。女婿想借助他的权力阻止调查，但沙赫耶坚决拒绝。沙赫耶的儿子对他也极为不满，因为他不利用职权为他提供便利，而其他政界人物尽其所能为儿女们谋取利益。儿子内心郁积起对父亲的无名怒火，随时都可能爆发。沙赫耶的情人尼利马用自己的言行开导他儿子。面对美丽温柔、富有精神魅力的尼利马，沙赫耶儿子的怒火逐渐化解，心情也日渐好转。

沙赫耶的妻子是一位传统印度女性，对丈夫和尼利马的私情并不在意，从不提及，她是一个视丈夫若神的妻子，她觉得无论丈夫做什么是对的。面对妻子的忠贞和"宽宏大度"，情人的温情，沙赫耶两难取舍。虽然他和尼利马只有一夜风情，但他觉得自己和尼利马之间有真正的爱情，他认为他们的爱情不应该受到谴责，而且还提出一套有关爱情和婚姻的新观念、新理想。其实，这也反映出了沙赫耶是一个推崇个人主义的理想主义者。换言之，他实在是一个很自私的人物。辞职不成后，他内心受到很大的打击，最后在尼利马的爱情中找到安慰。在尼利马的鼓励下，他重新鼓起从政的热情，并希望将来成为一个业绩非凡的领袖，以实现自己理想的政治纲领。

这部小说揭示了个人与社会、个人与家庭、爱情和婚姻的矛盾冲突，展示了个人内在心灵世界和外在客观世界的对立关系。通过人物的嘴，作品阐述了个人如何调整心灵世界和外在世界的关系，并使外在世界和人的内在世界和谐。

这部小说出版后，评论界褒贬不一：有的学者认为"是他不成功的小说之一"[1]；有的学者认为"这部小说思想深刻，艺术技巧纯熟，表现了介南德尔的艺术天才。毫无疑问，这部小说是印地语小说史上最优秀的作品之一"。[2]后一种评价是公允的，也是大多数评论家的共同看法。正因为如此，这部小说1968年获得了印度文学院奖。

在完成这部具有相当强的政治色彩的小说之后，作者写的另一部小说《持续》则完全变了味。《持续》的情节略显荒诞，与现实生活有相当大的差距。小说围绕伯勒萨德一家人的情感生活展开。伯勒萨德是一位著名的哲学家、作家和思想家。他思维敏捷，思想深刻，见解独特，备受人们尊重。可是，62岁的时候，他突然感到人生毫无意义，对所有的一切失去信心。他的妻子拉梅斯娃丽是一位传统的印度女性，在操持家务中耗尽了自己的青春。她对丈夫忠贞不贰，但现在和丈夫的关系名存实亡。伯勒萨德内心也很痛苦。伯勒萨德的女儿佳茹和一个工业巨头安迪德耶结婚后有了两个孩子，在外人眼里，他们生活幸福。但实际上安迪德耶已感到很不满足。这时，在国外生活过、结婚8年后离婚的印度富有女子阿贝拉走近了伯勒萨德，使他们的感情濒临危机。但阿贝拉并不是那种轻浮的女人，她只是认为女性的神圣职责

---

① 帕杰·辛赫:《小说家介南德尔》，哈利亚纳文学研究院，1993年印地文版，第82页。

② 介德勒冈德:《介南德尔中长篇小说创作的奥秘》，帕勒沃德耶出版社，1991年印地文版，第108页。

就是指导男性走上正道。阿贝拉为了帮助伯勒萨德消除痛苦，欲带他外出旅行。伯勒萨德的妻子担心他身体不好，不同意，觉得自己应陪他一起去。在安迪德耶的精心安排下，拉梅斯娃丽和女儿佳茹带着两个小孩到印度名胜南丁达尔游玩。之后，伯勒萨德和阿贝拉到风景名胜阿部旅行。他们以夫妻的名义住在一起。阿贝拉尽心尽力地照顾身心俱疲的伯勒萨德，但阿贝拉与他保持着纯洁的关系，晚上她睡在地板上。面对阿贝拉独具魅力的思想观念、崇尚自由的精神、机敏活泼的语言，伯勒萨德的内心开始感悟，他的思想观念逐渐开始转变。在阿贝拉的诱导下，伯勒萨德的传统男权思想开始消解，产生了改善和妻子关系的愿望。此时，安迪德耶追到了阿部。阿贝拉知道安迪德耶迷恋自己的魅力，请求他帮助自己想创办净修林的女友维尼亚。在阿贝拉的坚持下，对净修林从没好感的安迪德耶出资修建净修林。然后，安迪德耶和阿贝拉到了孟买。佳茹知道后忧心忡忡。伯勒萨德劝女儿不要担心，他说阿贝拉比他更爱佳茹，她想帮助佳茹得到丈夫的爱情。阿贝拉忍住安迪德耶的毒打，坚持用自己的人生哲学劝导他，终于使他明白了爱情和婚姻的真谛。阿贝拉这种女性在现实生活中必定是很少见的，但她却被认为是作家后期小说中最感人的女性形象之一。

《吉耶沃尔登》《自由的安慰》和《持续》三部作品虽然有较大的不同，但它们的主人公都想通过自己的哲理思考去追求人生的意义，并想创立一套使爱情和婚姻、个人和社会、文明和自然和谐的哲学思想。从这个方面来看，这三部小说又有一致性。

（三）后期作品《无名的斯瓦米》和《十束光》

《无名的斯瓦米》与上面几部作品不同，可以明显地看出作家是以12年的净修林生活为背景，描写远离尘世生活的人物的精神世界和情感世界。全书共37章，前12章是主人公德亚勒抽象的思辨杂感，几乎没有情节；后25章主要写和一个净修林有关人物的情感生活。德亚勒童年的伙伴伯勒波特现在是个无名的"斯瓦米"①。他创建了一个净修林，吸引了许多想战胜自我、过平静内心生活的人们。德亚勒带着自己守寡的女儿梦玖一起去过修行生活。他的孙女乌迪达是位大学生，正在家过暑假。乌迪达的老师森格勒是具有新思想的哲学家，乌迪达等年轻人深受他的影响。森格勒对净修林的生活极端反对，自己创办了一个青年组织，用新思想指导青年树立新的人生观、爱情观和世界观。森格勒昔日的情人沃苏德勒曾经与他谈婚论嫁，但沃苏德勒最后却和森格勒的朋友古马尔结了婚。他们婚后几年都没有子女，古马尔感到十分不安。他想让妻子去找昔日的情人森格勒"借种生子"。沃苏德勒不愿违背丈夫的意愿，来到森格勒身边，献身于他，但森格勒并不满足她求子的愿望，只是玩弄她的感情。沃苏德勒深感失望，想离开森格勒到伯勒波特的净修林里寻求精神安慰。但森格勒坚决反对。他们发生了激烈的冲突。盛怒之下，森格勒杀死了沃苏德勒。

乌迪达受森格勒思想的影响，决定自己掌握自己的命运。森格勒不顾乌迪达爷爷和母亲的反对，送她到国外生活。送走乌迪达后，森格勒由于杀死了自己的妻子和沃苏德勒，精神备受折磨，最后自杀身亡。乌迪达在国外追求所谓的爱情自由，曾和两位年轻人一起生活，并不慎怀孕。之后，她和第三位情人结了婚，并有了一对女儿。

这部作品情节简单，但思想深刻，带有浓厚的思辨色彩。作家显然是借助人物形象阐释自己的思想观点。这不是一部一般意义上的小说，而是一部哲理小说。

《十束光》是作者最后一部具有集大成意义的作品，也是他所有中长篇小说中最长的一部，是他的代表作。作者构思这部小说花了整

---

① "斯瓦米"有主人、丈夫等意思，这里是精神导师的意思。

整25年，写作时间为6年。作者自己承认他的这部小说不是为了反映现实，不是为了讲述故事，而是为了表现作者的思想理念。所以，这部小说是作者自己一生思考的结晶。作者利用小说这种艺术形式集中地表达了自己有关社会、宗教、道德伦理、婚姻和爱情等问题的思想。因此这部小说虽然很长，但不是一个完整的故事，小说的女主人公是一个所谓的"妓女"，她好比一条线，把许多珠子串连起来，或者说把整个社会连接起来，因此故事情节非常简单。然而这部小说带有比以前的小说更浓厚的哲理意味，被印度学者认为是一部有宗教意味的哲理小说。

小说中只有女主人公，没有男主角，因为在她的这个"妓院"里形形色色人物来来往往，她实际上像一个治疗心灵伤痛的医生。她名叫拉吉娜，她和丈夫结婚7年，有一个孩子，但孩子不在他们身边。他们夫妻之间长期没有精神交流。拉吉娜出身名门，受过良好的教育。她丈夫自卑怯懦，总是疑窦丛生，连拉吉娜没有及时送上茶水的小事都会使他疑神疑鬼，勃然大怒，甚至要赶走她。出于对家庭生活的失望，加上丈夫的逼迫，她离开家庭走入社会。经过痛苦而深沉的思考，她毅然决然地选择了令世人惊诧的生活方式——做了一个和社会各阶层的人物有广泛联系和接触的"妓女"——治疗各种性心理疾病的人。所以，她不是一般意义上的"妓女"，她并非由于生活所迫而从事为社会所不齿的"工作"。做"妓女"是她选择的疗救社会的一个"试验"手段，因为她想在社会广阔的背景下进行人生实践。她有自己的豪华宅第，生活优裕，仆人如云，有助手、电话及所有来客的档案资料。她针对不同的来访者采用不同的方式去慰藉他（她）们，她忍受人们的羞辱，并用自己的"理论"和主张去感化他们。和她来往的人物形形色色，来自不同的阶层：走私犯、耆那教精神导师、商人、新闻记者、部长、外国友人、妓女、良家妇女、社会改革家、杀人犯、革命者、归国者……他们的需求不同，来访的目的不同，但都能在拉吉娜这里得到启迪和慰藉。拉吉娜坚信自己"爱"和"非暴力"的信念，想用自己的"奉献"精神去为社会奉献，感化有心理障碍的人，实现自己的社会价值。她把自己的钱财捐献给穷人，她常常拜访宗教领袖寻求精神的知音。她渴望自我的自由、灵魂的解脱，把当"妓女"作为一种修苦行的手段，去实现自己精神的"升华"和人生的意义。她的职业是"妓女"，但她却坚持阅读书籍，每天定时拜读印度宗教经典《薄伽梵歌》，定期膜拜神灵，施舍钱财。因为她相信灵与肉是分离的，自认为是个灵魂"圣洁"的女性，是带着"十束光"的神女。在作者的眼里拉吉娜是有神性的，她具有印度神话中文艺女神和迦利女神的双重属性。

小说《十束光》的命题具有深刻的象征寓意。"十束光"是介南德尔别出心裁独创的一个新词，这个词可以有多重的解读。印地语原文由"十"和"太阳光芒"组成，意思即"十束光"。作者的寓意是要给黑暗的社会以强烈的光芒，照亮社会的各个角落，以引起疗救者的注意。印度独立后将印地语定为国语，但印地语并没有英语那样在全国通行，印地语本身也深受英语的影响，据统计，当代印地语词汇中有4 000多个词汇源自英语。如果从英文的读音看，介南德尔创造的印地语"十束光"是英语The Shark的音译，隐喻女主人公所从事的职业带有鲨鱼般的危害，她是鲨鱼的下凡和转世。设想社会芸芸众生如鱼类求生存于海洋般的社会，鲨鱼般的妓女闯入社会，定会令社会产生恐慌，搅乱社会的稳定秩序，动摇社会道德伦理的根基。女主人公的名字也富于象征意义，拉吉娜一词本身就有光彩之意，和书名遥相呼应，也体现了现代印度时代女性追求个人本位的主体精神。她的形象蕴含着一定的"寓言性"，作者通过她性道德观念上强烈的反传统倾向和过激的言行，把她化为"人格独立""意志自由"的象征。作者在女主人公人生的特定阶段——离家独立生活的时期，力图抽掉女主人公身上的"妻性""母性"和"女性"，进而赋予她以"神性"，并希望借助这样的神话般的女性去拯救社会。她凭借敏锐的感觉，直观地洞察人们不同的心理需求，对症下药地给予他们所缺少的同情、理解和爱抚，并在这种"游戏"中享受"自由"的乐趣，得到一种"灵魂的愉悦"。但她与她的顾客只有精神的交流，没有肉体的接触。

这部小说表现了作者关于灵与肉的一种新设想，它超越社会、道德、伦理等层次，做一种纯精神的唯心的想象——为了灵魂的圣洁、自我的解救、社会的完美，可以不惜冲破陈旧的道德伦理规范的束缚。很明显，结合印度当代社会的现实来看，介南德尔的这种理想是虚幻的、唯心的、非理性的，但明显具有"反传统、反社会、反道德"的倾向。

在这部小说中，作者通过主人公拉吉娜的形象，理性而深刻地表现了自己对社会诸多问题的认识，肆意点评印度社会的是是非非。换言之，作者通过作品中拉吉娜"寻找第二个自我"的情节作为自己话语的载体来展现自己的思想意识。介南德尔通过作品展现印度社会的种种弊端，表明自己改革当社会的强烈愿望。拉吉娜是作者精心塑造的具有普遍意义的现代神话人物，她接受历史教育和社会改造的同时，也成为作者想象中的自觉地推动历史前进的动力。作为时代的新女性，她以自己的智慧和果决，闯过了当时横亘在女性面前的层层关卡，如"家庭关""生存观"和"社会关"，成为改革社会的斗士或勇士。她从家庭出走最终回归家庭的螺旋式上升的选择，可以理解为是挣脱了男权控制后的一次解放，她重新确立了自己在家庭中的主人身份和在社会中的主体身份，从而间接地否认了男性专制的权威，否定了男权文化对于女性的定义、解释及命名。作者从印度现代社会的视角，为读者认识女性关照社会和寻找自我的历史提供了一个新的视点，为女性读者理解自己、解释自己及表达自己提供了一个崭新的思路。

三、短篇小说创作及其他

除中长篇小说之外，介南德尔还创作了三百多篇短篇小说。这些短篇比长篇小说描写的面更为宽广，涉及社会生活和人类情感的各个方面，揭示了社会各阶层人物的复杂心态，尤其是中下层女性的丰富情感。其中许多作品富有新意，情节令人伤感，富有艺术魅力。正因为如此，如想对介南德尔的短篇小说做出全面系统的分析，那是比较困难的，需要花费不少笔墨。但是，纵观他的短篇小说，可以看出，最为出色的还是描写心理的小说。在这些小说中，他采用一系列新的艺术手法来展现人物的心理。在小说中，他以人物的心理历程为主线，一反传统小说注重情节描写、以人物的命运为核心、辅以细节描写、环境的真实再现等特点，故事的展开、人物和环境的关系、社会现象和背景等在他的小说中很难找到一点影子，小说的主线几乎都是人物的心理内容。因此，以刻画人物的心理历程为主来对他的小说进行分类更好一些。以此为视角进行分类的话，他的短篇小说基本上可以分为三个主要类型：一是反映人类普通心理的小说；二是受西方格式塔心理学影响的短篇小说；三是反映人类复杂心理的短篇小说。

（一）普通心理小说

反映人类普通心理的小说主要以人物和外在环境的冲突为主线，以人物的心理变化为主要内容。这些小说又可以细分为三类。

第一类是截取人物生活中的某一生活片段，着重展现人物在非常情境下情感的变化和复杂的心理活动。而展现这些心理活动的小说又以揭示人物由于爱情和婚姻等诸多问题所引起的心理痛苦和情结为主，展现他们在激情和情欲主宰下的心态和心理意识的流程。《结婚》《嫂子》《铃铛》《吉合娜维》《留声机的记录》《妻子》等就是这样的小说。

　　《先生》中展现的则是另外一种情况，表现的是男主人公生命中非同寻常的一段感情经历。寇夏勒先生的妻子和别的男人私奔后，寇夏勒痛苦异常，对生活的绝望使他痛不欲生，这种情结纠缠着他，使他日益消沉。而正在他愁肠万断之时，他的妻子回到了家中。这使寇夏勒"眼前出现一片从未有过的纯净天空，郁积在内心的所有压抑——'黑暗翻滚的海洋'化解成一个无波无浪的蓝色海洋"。

　　从这些小说可以看出，作者表现的主要是非常情境中的非常爱情和两性之间的感情波澜。人物的情感违背印度社会传统的道德观念和婚姻准则，但作者在作品中不做任何评判，他只是真实地描写陷入这种感情漩涡中人物的心理，并用现实主义的细腻笔触加以深刻的描摹。但这种看似没有评判的描写，其实已经把作者的态度隐含其中。

　　第二类小说的现实性减少了，带上了明显的理性色彩，富有暗示性。这类小说的情节被淡化，几乎没有什么突出的故事情节，对外在的社会背景和环境的描写也更加弱化。小说的现实主义色彩被明显的心理和哲理色彩所取代，小说的主要线索基于人物的心理情感，尤其是男女主人公在爱情婚姻矛盾漩涡中的心态和情绪变化。这种小说中的人物也很少，一般只有二三人。

　　《一个晚上》是这类小说的代表作之一。主人公杰耶拉杰是一位民族独立运动的领袖，为了开展民族独立运动，他离开了自己的恋人。随着时间的流逝，他内心里常常涌起一种无言以表的失落感，头脑中常萦绕着这样的问题：爱情和独立运动的关系如何处理？一个男人有了事业就可以不要爱情婚姻，事业的成功可以实现一个人的生命价值吗？没有爱情的婚姻生活是不是一种缺憾？这些问题、这些困惑使他的心极不平静，导致他内心痛苦，精神备受折磨。当再次面对昔日恋人的心灵痛苦和不幸婚姻时，他对所谓的事业产生了疑问，再次面临爱情和事业的两难取舍。当昔日的恋人为了追求爱情，毅然离开家庭，投入他的怀抱，向他表明内心的真挚感情，他难以抗拒心灵的渴望，在风雨交加的夜晚，和恋人达到两情相悦、灵肉合一的完美境界，感受到真正爱情的甜蜜和美好，感觉到自己的灵魂在升华，自我和人生趋向完满。这类小说的代表作还有《外国人》，作品的主题也是阐明婚姻与爱情的问题，说明有爱情才能体验真正的愉悦。

第三类的主要创作目的是对真理的追求和阐释，反映作家对生活、人生、社会、自我等问题的思考。但是，这类作品依然离不开男女的情感，代表性作品有《独幕剧》《拉吉夫和嫂子》《会是什么呢？》和《老太婆布丽亚》等。

（二）受西方心理学影响的小说

受西方格式塔心理学影响的短篇小说以作家自己对人类的心理观察和理解为基点，再现并丰富了格式塔心理学说。《五元素论》是介南德尔自己最满意的代表作，也是受格式塔心理学影响最明显的短篇小说。小说中写两位猎人在森林中休憩聊天，探讨什么是森林："啊，多可怕的森林。""森林到底是什么？"问题提出后，新的问题接踵而至，森林的存在意味着什么？如何界定森林的定义？森林是由什么组成的？……答案是多重的。森林是辽阔无边的，森林是绿色的，森林是有生命的，森林中长满了菩提树、榕树等树木，森林中生活着豹子、老虎等各种动物，还有种种难以命名的生命，但它们就是森林吗？很明显，森林中存在的一切都不能穷尽森林的意义。带着了解森林的渴望，两位猎人问遍森林中的各种生命，但所有生活在森林中的生命都难以解答他们的问题。这一问题引起森林中所有生命的好奇，它们也开始追问同一问题。结果把森林中最年长的榕树吵醒了，它捋着花白的胡子，严肃地说：

"那是他。"

森林中的万物喊道："榕树爷爷，榕树爷爷！"

榕树爷爷仍然说道："那是他。"

"他在哪里，他在哪里？"

"我们是什么？"

"我们不是森林，只有他是森林。"

这篇小说要阐明的意思是，森林是由部分组成的，但森林的任何组成部分都不能代表森林的意义。这正如格式塔心理学所认为的部分组成整体，但整体的意义永远不能由部分来说明。这篇小说中也有印度传统哲学中吠檀多哲学的梵我一如的影子，但最明显的还是格式塔心理学主要观点的形象化再现。

除这篇小说外，这类小说中最重要的还有《胜利合约》《新的制度》《竞争》和《美好的追求》等。《胜利合约》的主题也是为了阐明部分和整体的关系。《新的制度》也提到了个体和整体的关系问题，但小说富有论辩色彩，作家用格式塔心理学的理论来支持他世界大同的理想，希望生活在地球上的所有公民都生活在一个平等、自由、博爱的世界中。《竞争》虚拟第三次世界大战，正义方的各联盟国之间时而合作，时而分裂，联盟国应有的战斗力没有得到发挥。危急关头，各盟国不计前嫌，团结一致，共同奋战，终于取得胜利。《美好的追求》则主要阐明两性相吸，渴求达到灵与肉完美结合的理想境界。

（三）反映人类复杂心理的小说

反映人类复杂心理的短篇小说把人物放在特殊的情境和外来的刺激中，深入描摹主人公在"在激情的黑暗中的幽明"，人物本我、自我和超我之间的冲突，并进一步表明作者深刻的思想观念。介南德尔从心理的角度再现人物的心理和他们的情感历程，尤其是写出特殊人物的精神魅力和他们不同于常人的心理痛苦。《妻子》《终结》《情感依旧》《两姊妹》和《自由》等是这类小说的代表作。

《妻子》展现一个中产阶级女性在特定时空中的心理变化。女主人公的丈夫是个民族独立运动者，整日在外奔波。她整日围着灶炉转。她不知道印度母亲是什么，也不知道什么是印度母亲的自由。从丈夫和朋友的谈话及朋友对丈夫的尊重中，她猜测丈夫从事的事业是件好事，并为丈夫感到自豪。她丈夫的朋友来了，她为他们做饭送饭，然后悄悄地站在门边看着他们。可是她丈夫对她十分冷漠，使她内心激起不满情绪，但不敢表达，只能以沉默表示抗议。她只能独自品尝着生活的苦酒，咀嚼着心灵空虚的痛苦。小说细腻地描写了妻子日常生活的一个心理片段，展现她不为人察觉的复杂心理活动，使读者强烈地感受和认识到日常生活中人们内心情感的丰富多彩，心理活动的复杂多变。

《情感依旧》中的女主人公梅农马勒为了情人的幸福，带着私生子远走他乡，靠教书抚养儿子。儿子终于以优异的成绩考上大学，但一贫如洗的她却无力支付儿子上学的费用。追求独立和自尊的她陷入心理矛盾之中。为了儿子的前途，她毅然长途跋涉去找昔日的情人，通过巧妙的手段使情人答应供养他们的儿子读大学，但她却不得不面对不能与儿子再相见的痛苦。小说的魅力在于细腻地勾画出女主人公矛盾的心理，赞美了女性的奉献精神和母爱的伟大，歌颂爱情起死回生、孕育生命的力量。其他几篇作品也是描写女性的复杂的心理变化的，都十分感人。

从上面的介绍分析可以看出，介南德尔的小说总的说来都是把描写人物的心理放到了重要地位；他的这些心理小说都是成功的创作。

所以，他不仅是印度印地语小说史上杰出的小说家，而且是最重要的心理小说家。

对于心理小说家来说，哲学和心理学是非常重要的。介南德尔不仅是心理小说家，还是哲学家。除小说创作之外，他还创作了大量的哲理散文，涉及众多领域，如政治、经济、伦理道德、社会规范、哲学、宗教、文学、文化、信仰、爱情、婚姻等。这些散文汇集成70多部散文集，如《介南德尔的思想》《工作、爱情和家庭》《文学与文明》《文学、荣誉和爱情》《时代问题和理论》《我们和时代》《爱和婚姻》《女性》《国家和民族》《对人类现状的思考》等。此外，他还有几部重要的回忆录和旅行杂记:《普列姆昌德——在通讯中个性》《这些人和那些人》《我的迷惘》《克什米尔游记》等。他还涉足翻译，并以自己的独特翻译风格而享誉印度文坛。他的主要译作有梅特林克的剧作，托尔斯泰的戏剧和短篇小说，亚历山大·库柏林的长篇小说《幻境》等。

简言之，介南德尔是印度文学史，甚至文化史上的一位重要人物，他为印度文学、哲学、文化的发展都做出了重要的贡献。他的小说和其他著作是印度人民宝贵的精神财富。

第四节　阿格叶耶等小说家

一、阿格叶耶的生平

阿格叶耶（Agyey，1911~1987）本名萨基达南德·希拉南德·瓦德斯亚因（Saccidanand Hiranand Vatsayayan），1911年3月7日出生于印度北方邦得沃利亚地区。阿格叶耶的家族属于旁遮普的一个名为"萨尔斯瓦德"的婆罗门副种姓，父亲希拉南德·夏斯特利是国家文物考古部门的高级官员。由于父亲工作性质的关系，阿格叶耶先后在勒克瑙、斯利那加、巴特那、马德拉斯和拉合尔生活和学习，从小接受了系统的梵语、印地语和英语教育。在拉合尔的福尔曼学院学习期间，同青年印度大会及印度社会主义共和军有了接触，从此开始积极参与政治活动，1930年因参与地下暴力革命活动被殖民当局逮捕，1934年获释。他的文学创作也是在狱中开始的。此后，阿格叶耶先后在阿格拉的《战士》、加尔各答的《伟大印度》、巴特那的《闪电》等杂志社任编辑。1940~1942年，在德里广播电台担任记者和编辑。1943年，他投笔从戎参加盟军，积极投身于反法西斯的战斗中，在阿萨姆和缅甸服役至1946年。此后，他主要从事编辑、记者和教师的工作。

1947~1952年，担任文学刊物《象征》的主编；1952~1955年，在全印广播电台任记者和编辑；1961~1964年，在美国加利福尼亚大学讲授印度文化和印度文学；1965~1979年，他先后主编了《晷日》《新象征》和《新印度时报》等报纸杂志，这期间他还曾在加州大学伯克利分校和印度佐德普尔大学比较文学系担任教职。除了在国外讲学，阿格叶耶还曾多次出访欧美、东南亚、日本等地。1984年，阿格叶耶还曾访问中国。1987年4月4日，阿格叶耶因心脏病发作与世长辞，享年76岁。

阿格叶耶早年受到过马克思主义的影响，在政治上比较激进，主张通过暴力革命争取印度的独立。后期在政治上接近于无政府主义思想，推崇民主制度，不参与任何党派政治，也非常反对文学中存在政治功利性。国家对他而言不仅是一种政治概念，更是一种文化的体现。在宗教信仰上，阿格叶耶是一个无神论者，他不信仰任何一种宗教，也不属于任何一个教派组织，但是他从文化的角度对基督教文化和印度传统宗教文化进行过深入的思考。在思想上，阿格叶耶早年倾向于西方价值观和思想，强调人的自由和自我价值；后期受印度传统文化和价值观的影响日深，创作过许多反映印度传统文化思想的带有神秘主义色彩的诗歌，同时对西方工业文明和一些西方价值观和思想持否定态度。这些在他的文学创作中都有所体现。

阿格叶耶一生经历复杂、见闻广博、多才多艺。应该说，阿格叶耶是一个极富人格魅力的作家。他在文学创作方面涉猎了小说、诗歌、散文等多个领域，并且一直笔耕不辍地创作到生命的最后一刻；他在文学理论和文学批评方面也颇有建树；他精通梵语、印地语、旁遮普语、英语、波斯语和孟加拉语等多种语言，并且翻译了许多作品；一生也为编辑工作倾注了不少心血。从文学史的角度来看，应该说阿格叶耶是印地语现代文学史上一位非常重要的作家，尽管他的创作曾引起广泛的争议，但是目前印度评论界比较一致地认为阿格叶耶是一位具有现代主义创作风格的作家，也是印地语文学从传统向现代转型过程中对印地语文学的发展产生了重要影响的作家，同时也是印地语文学现代主义的开拓者和奠基人。在小说创作领域，一般认为他是和介南德尔·古马尔属同一创作倾向的作家，是普列姆昌德之后对印地语小说发展起了重要推动作用的作家。

阿格叶耶一生创作了3部长篇小说，67篇短篇小说。小说创作是阿格叶耶最早涉足的文学领域，他正式发表的第一篇文学作品是1931年在狱中创作的短篇小说《迷途者》。

二、阿格叶耶的长篇小说创作

阿格叶耶3部长篇小说分别是《谢克尔传》(第一卷出版于1940年，第二卷出版于1944年)、江心洲（1951）和《陌生人》(1961)。

（一）《谢克尔传》

1940年出版的长篇小说《谢克尔传》第一卷是引起印度文坛广泛而强烈的反响并且为阿格叶耶在印地语文学史上奠定重要地位的作品。《谢克尔传》在阿格叶耶原来的构思中应该是三卷本，但由于作家个人的原因，第三卷最终并未问世。这是一部带有一定自传性质的小说，这部作品与阿格叶耶个人生活和思想的联系超出了一般的文学作品，阿格叶耶从个人生活的环境和经历，以及个人的思想、情感和对生活的感受中提取了很多素材，塑造了谢克尔这个形象。但是阿格叶耶反对把这部小说视为自传体小说，把主人公谢克尔等同于他本人。他承认出于对刻画一个幼童内心的真实性的考虑，在《谢克尔传》的开篇部分从自己的生活里选取了故事发生的地点，但是随着创作的进行，他逐渐感到谢克尔的生活和精神领域与他个人的生活和精神领域发生了分离，他认为谢克尔完全是一个独立的个体，而自己只是见证者和记录者。

《谢克尔传》的第一卷和第二卷在情节、内容和时间方面是连贯一致的，这上下两卷小说具有各自的独立性，既是一部作品的两个部分，同时也可以被看作是两部独立的长篇小说。这部作品表现的是主人公谢克尔——一个参加暴力运动的"革命者"，在被判处绞刑之后，以一种经痛苦磨砺而成的平静的心情和超然的态度对自己一生所做的回顾。《谢克尔传》以谢克尔这个人物的生活和他的个性成长为主要线索，表现了在与社会、家庭以及各种传统观念的冲突和碰撞中，他的叛逆性格形成和发展的过程，是对一个所谓的"革命者"心灵的解读。作品第一卷主要表现的是谢克尔17岁之前的生活和经历，通过对过去生活中一些不连贯，甚至模糊朦胧的人物和场景的回忆，表现了影响谢克尔人格和命运的主要因素以及他的人生经历。《谢克尔传》第二卷主要描述了谢克尔17岁至20岁这一段时期的生活和感情经历，尤其表现了谢克尔和谢西之间的爱情故事。与第一卷情节的散乱和跳跃不同，第二卷有着连贯清晰的故事情节。阿格叶耶通过《谢克尔传》所要表现的是一个人性格发展和命运形成的过程，是对人格、命运的探究和挖掘。作品的另一条线索是谢克尔和谢西之间的爱情，这两条线索相互交叉、密不可分。第一卷的主要线索是谢克尔的心灵成长史，第二卷在延续了这一线索的发展之外，主题的重心偏重于谢克尔和谢西之间的爱情这一线索的发展。两卷作品的内容和情节虽有连贯性，但是侧重点却有所不同。

谢克尔出身于一个婆罗门种姓的知识分子家庭，但他似乎天生就是个叛逆者。从幼年时起，家庭和学校的约束和规矩就不断激起他强烈的不满和反抗。他聪慧而又骄傲，充满着对世界万物的好奇心和求知欲，他不断地对恐惧的含义、生命的起源、死亡的意义、神的存在等诸多问题发出疑问，希冀得到真实无欺、令人信服的答案。但是父母、家庭和学校对他的这种求知欲不但不能满足，而且回避、欺骗，甚至压制和扼杀，这使谢克尔从幼年时起便充满了对周围环境、家庭、父母及学校教育的不满。在成长的过程中，来自家庭、社会和情感方面的人和事所构成的偶然因素都促进了他天性中叛逆个性的发展，使他对家庭和社会产生了不可遏止的逆反心理，最终促使他走上了暴力革命的道路。谢克尔的人生旅途是一条充满着叛逆和不断寻找自由的旅途。从童年到青年，谢克尔一直不断和周围的环境发生冲突，同时也在自我内心的矛盾和痛苦中苦苦挣扎，在与自我和与外部世界的不断斗争中塑造着自己的心灵和人格，寻找着自我存在的价值和人生方向。谢克尔是一个充满矛盾个性的人。他性格内向、善于思考，非常重视和渴望亲情、友爱和信任；他敏感细腻，同时又极端自我，充满叛逆精神，对待别人的误解和伤害绝不宽容；他清高自傲，但有时又非常自卑；他时而充满热情和理想，时而又悲观自弃，时而非常坚强，有时也非常脆弱。在与自我和外界的不断斗争中，他不断探索着自我的价值，不断否定自我而后又重塑自我。谢克尔的性格是复杂多变的，是多层面的。作家的意图并非把谢克尔塑造成一个完美的理想人物。阿格叶耶认为，在印地语文学从传统向现代转型的过程中，科学人道主义逐渐取代了浪漫主义和现实主义，在印地语文学中出现了一种"非英雄主义倾向"，阿格叶耶将印地语文学中的这一变化称之为"英雄的退场"。文学作品中的普通人取代了传统文学中概念化的英雄，作家现在不再着力于塑造英雄，而是满足于发现人，承认人的重要性。作家的这一观点为认识和评价谢克尔这个人物提供了重要的依据。

《谢克尔传》是印地语文学中一部非常重要但又广受争议的作品，它的题材、人物和艺术手法中表现出来的创新性和先锋性突破了当时人们对传统小说的阅读习惯和思维定式。从情节、艺术和语言的角度来看，它都背离了传统而进行了一种新的尝试，因而有很多人认为

《谢克尔传》第一卷的出版使得印地语长篇小说的方向也发生了一个新的转变。

阿格叶耶在《谢克尔传》的创作中借鉴了一些现代小说的创作手法。

首先，《谢克尔传》并未把对印度社会的描写作为作品的主题，而是将人作为作品主题、内容、情节和各种艺术手段所要表现的中心。整部作品围绕谢克尔这一个中心人物，谢克尔是整个作品的中心和灵魂，其他所有人物、事件和情节都附着于这个中心和灵魂的边缘之上。因而有评论家认为在印地语小说中，《谢克尔传》第一次使一个人物成为整部长篇小说的主题。在这部作品中，外部的社会和生活不是作品关注的中心，它只是人物活动的一个背景，作品关注的焦点是复杂的社会环境下人物心理的发展和衍变的过程，它着意反映人的自我斗争以及与社会环境的冲突和对立带给人心灵的冲击和影响，着意表现人的自我探索和思考。

其次，《谢克尔传》不是一本通常意义上的简单的人物传记，他是主人公谢克尔的心灵成长史。它所要表现的不是谢克尔的生平经历和生活故事，而是谢克尔的心理衍变和人格发展的过程。与一般文学作品中心理刻画和描写作为辅助性的创作手段不同，它还使对人物的心理分析和描写成为作品的主要线索之一，这与传统小说有很大的不同。因此有评论家认为阿格叶耶之前的任何其他长篇小说家都没有如此深刻地进入某一个人物的内心世界对其进行分析和刻画。

第三，《谢克尔传》这部作品采用了一种非常独特的叙述视角，整个作品既有第一人称的叙述视角，又有第三人称的叙述视角，但是这两种叙述视角的并存和转换并非简单地由多位叙述者共同叙述造成的。谢克尔通过回顾自己以往的人生经历探寻自己心灵成长的过程，但是即将面临死亡的痛苦使谢克尔产生了一种超越了自身的清醒状态，他用一种理性的目光回顾自己的过去，从一个旁观者的角度审视生活中的自我。由此，两种叙述角度作品中自然地结合在了一起，作品不断地在"我"与"他"之间转换叙述视角，既有谢克尔自我的心灵独白和对自己内心感受的直接倾诉，也有在回忆中以一个旁观者的视角记录下来的片段的生活场景和事件。《谢克尔传》这种独特的叙述视角不仅打破了传统小说讲故事的叙述方式，也突破了一般意义上自传体小说叙述视角的单一性。同时，这种独特的叙述视角是与整个作品的主题、内容和艺术风格结合在一起的。

第四，《谢克尔传》的情节结构也具有一些现代小说的特征，借鉴了一些现代小说包括意识流小说的手法，这在第一卷尤其是其中的《序幕》部分表现得尤为突出。但是与纯粹的意识流小说不同，这部作品的情节结构虽然有些散乱，具有跳跃性，但是仍然具有相对集中的情节，人物的心理活动也不完全属于毫无关联的自由联想，意识流小说惯用的内心独白和象征手法也并不很多。所以从整体上来说，《谢克尔传》尽管吸收了许多现代小说的创作特点，但是它并不是一部真正意义上的意识流作品。

（二）《江心洲》

1951年，阿格叶耶出版了他的第二部长篇小说《江心洲》，这是他在长篇小说创作领域沉寂多年后的一部作品，也同样引起了极大争议和反响。

《江心洲》是一部表现爱情题材的作品，主要表现了普文与列卡和高拉两位女性之间的爱情。普文是一名物理学家，他认识了和丈夫感情不和分居，自己独自生活的列卡并很快坠入爱河。列卡怀孕后为了不使普文的声誉受影响，瞒着普文做了流产，但是两人之间的感情已经产生了裂痕。另一个女主人公高拉幼年时便与普文相识，普文做过她的家庭老师，后来也不断给她思想和学业上的帮助。高拉对普文的感情也从崇拜发展到爱慕，但是普文并不知情。普文因为与列卡的感情纠葛痛苦自责，心情苦闷而又沮丧，后来在列卡的鼓励和高拉充满耐心的真诚爱情的感召下，他终于从痛苦的漩涡中走出，并且认识到自己内心深处对高拉的爱。而列卡也在和丈夫解除了婚姻关系后重新找到了生活的伴侣，她鼓励并最终促成了普文和高拉在爱情上的相互接纳。普文与列卡、普文与高拉、列卡与高拉构成了三角爱情关系的三条线索，然而《江心洲》通过对三个主人公各自内心世界精神感受的深刻挖掘，表现了一种具有现代意义同时又兼具传统精神的爱情价值观。

《江心洲》也是一部以刻画人物为中心的作品。作品中，故事事件发展的时间跨度只有两年，情节的变化和发展也并不刻意追求曲折和复杂。在《江心洲》这部作品中，阿格叶耶仍然采用了内向性的审美视角刻画人物，表现主题。

在这部作品里，几乎看不到超出这些人物相互关系之外的其他现实生活和外部环境，现实世界仅仅是一个背景，甚至有时连这个背景也是模糊不清的。

《江心洲》在表现中产阶级知识分子的思想和情感方面确实有其成功之处，作品对人物情感的挖掘深刻而细腻。但是由于人物和题材内容的局限性，读者很难通过这部作品感受到当时的时代和社会生活。人物之间构成的封闭模式使读者感到，作品中的人物如同生活在隔绝于社会之外的某个孤岛之上，每个人都沉浸在个人情感的欢乐和痛苦之中，对外界的生活和社会毫无感受。这确实是《江心洲》最大的缺陷和不足。

和《谢克尔传》所采用的在当时具有先锋性质的艺术手法不同，这部作品采用了许多传统小说的技法。在叙述视角上采用了第三人称全知者的视角，这个全知全能的叙述者就是作家本人，他常常参与到作品中去，描绘刻画人物的外貌形象、行为举止，讲述故事发展的前因后果，描写人物的内心感受，甚至表达叙述者本人对事件和人物的看法和评价。

为了弥补这种全知者视角在挖掘和表现人物内心情感和感受方面的不足，阿格叶耶在这部作品中大量采用了书信体和日记体的形式。作品的结构形式也很有特点，多数章节选取一个人物为中心，叙述和交代相应的情节发展。因此，虽然整部作品的情节发展有一定的时间顺序和连贯性，但是各个章节之间的情节发展和时间发展又产生了一定的交错。阿格叶耶采用这样的结构形式，是为了从不同的角度描写人物之间交错复杂的情感关系和矛盾微妙的内心感受。《江心洲》中对人物进行心理描写的比重比《谢克尔传》大，但这部作品中采用的多是传统小说的心理描写技法，通常是通过叙述者的直接描述、人物之间的对话以及书信体的形式对人物的心理加以表现，而几乎没有采用现代小说惯用的心理描写手法。

《江心洲》在艺术方面的先锋性和实验性不能与《谢克尔传》相比，但从作品的艺术和语言方面来看，我们能够感受到阿格叶耶日臻成熟的创作风格。

由于这部作品刻意表现的是人的内心情感和心灵感受，因此在反映更为广泛的生活和社会背景方面存在不足和缺陷，这既是阿格叶耶长篇小说创作的特点，同时也是他创作中主要的缺陷和问题。此外，《江心洲》中不多的几段关于普文和列卡的性爱描写也引起了许多争议。仅从艺术上看，阿格叶耶在这些性爱描写中尽量避免使用描述性和纪实性的语言，而是采用了许多诗化、意象化的语言和象征手法，以及对许多欧美象征派诗人诗歌的引用含蓄地表现了两人身心交融的愉悦感受，并没有低俗的对肉欲的渲染和铺陈。

（三）《陌生人》

1961年出版的《陌生人》是阿格叶耶最后的一部小说作品。

《陌生人》在题材、内容、思想等方面与他以前的两部长篇小说《谢克尔传》和《江心洲》有很大的不同，但从作品的艺术价值而言，它远远不及阿格叶耶的前两部长篇小说。

《陌生人》描写了被大雪隔绝于一个小木屋中的两个女人——尤凯和塞尔玛的心理状态和精神世界，很难为这部作品确定一个非常清晰明确的主题和线索，作品中包含了对生命、死亡、选择的自由和信仰等问题的思索。《陌生人》被很多评论家们认为是一部存在主义小说，作品中到处可见一些存在主义的语汇，诸如自由、选择、陌生感、死亡，等等。但是实际上，这部作品并非如某些评论家所说是存在主义哲学拙劣的文学翻版，阿格叶耶并没有完全趋同于西方存在主义哲学的全部观点，他在一些方面提出了包含有东方伦理道德的新的思想，通过作品表现了东方和西方在哲学思想、人生价值观和死亡观念等方面的碰撞。在某种程度上，这些思想是对存在主义的委婉批驳，甚至是一种反对。

《陌生人》是一部表达思想的小说，它既不重视对情节和故事的铺陈和渲染，也没有塑造和刻画鲜明的人物形象，甚至对人物的心理分析和描写的根本意图也不在于表现人物的性格和思想。所有的情节、人物和场景都是为了表达思想而设置的。

但是《陌生人》整个作品情节的发展显得支离破碎，缺乏真实感；人物的思想发展缺乏逻辑性，人物情感和思想的变化缺乏有说服力的依据，因而作品中的人物形象显得怪诞而奇特，缺乏感染力。因此，无论作家在这部作品中体现了怎样超越自我的探索精神，但是艺术性和思想性的脱离没有使《陌生人》真正成为一部有突破性的、超越以往创作的成功作品。它在阿格叶耶长篇小说创作中的最大作用和意义，是作家试图通过这部作品达到对原有创作风格的突破。

三、阿格叶耶的短篇小说创作

一般说来，阿格叶耶的长篇小说引起的关注和反响更多，在印地语文学中的作用和影响更大，在艺术探索和创新方面的成就也更为突出。但在题材和内容的丰富性方面，他的短篇小说超过了长篇小说，在表现社会生活方面涉及的范围也更加广泛。

阿格叶耶的短篇小说集共有6部（不包括几部重复结集出版的作品集）：《迷途者》（1937）、《传统》（1944）、《狱中故事》（1945）、《难民》（1948）、《胜利之湖》（1951）和《你的偶像》（1961）。1975年，他的全部短篇小说被重新收入了上下两卷的短篇小说全集《弃绝的道路》和《回转的小径》。此外，还有他的一卷本的短篇小说全集以及《短篇小说自选集》等其他版本的小说集出版。

阿格叶耶早年创作的短篇小说以表现革命者和监狱生活题材的作品为主。此外，在其短篇小说中，以爱情婚姻、军旅生活、印巴分治为主题的作品数量也比较多。他的短篇小说代表作有《监狱长阿米金德》《旁人》《乔杜里上校归乡记》《那迦峰事件》《庇护人》《溃疡》（又名《日子》）、《希利波的鸭子》《香蒂笑了》等。内向性的审美视角和淡化情节、重视对人物心理的刻画是阿格叶耶短篇小说的主要创作特点，创作中他比较注重艺术手法的创新，这与他一贯在文学创作中推崇的实验和探索精神是一脉相承的。

由于阿格叶耶在小说创作领域逐渐陷入困境，在突破和创新、创作思想和创作实践方面面临着许多在他看来无法根本解决的矛盾和问题，这些因素最终促使阿格叶耶放弃了小说创作。20世纪60年代初直至1987年他逝世之前的20多年里，虽然一直笔耕不辍，但是阿格叶耶将精力主要放在诗歌创作上。在他看来，诗歌才是表现他对人生的价值、内心及对人性追寻和思考的最佳手段。除了小说和诗歌，阿格叶耶还创作有《色彩缤纷》（1946）、《印地语文学现代观》（1967）、《乌云》（1971）、《洁白的纸》（1972）、《今日》（1977）、《纪元》（1974）、《命中注定》（1977）、《水流与堤坝》（1978）、《人与制度》（1978）、《文化意识》（1980）、《圆周和圆心》（1984）等几十部散文杂文集。

四、伊拉金德拉·乔希

（一）生平与创作

伊拉金德拉·乔希（Ilachandra Joshi，1902~1982）出身于印度北方邦阿尔莫拉山城的一个中产阶级家庭。自幼酷爱文学，中学未毕业就来到加尔各答，在一家名为《加尔各答新闻》的报馆工作。后来又先后任勒克瑙《甘露月刊》，加尔各答的《世界之声》和《世界之友》，阿拉哈巴德的《明月》《印度日报》《联合月刊》《圆满时代》和《文学家》等多家刊物的编辑。1982年12月14日，伊拉金德拉·乔希病逝于阿拉哈巴德。

伊拉金德拉·乔希1925年开始文学创作，最初创作诗歌，而后转为小说创作。1929年发表了第一部长篇小说《可恨的女人》（又名《羞耻》），1940年发表的长篇小说《托钵僧》是他的成名之作。除此之外，伊拉金德拉·乔希的长篇小说还有《戴面纱的女王》（1942）、《鬼与影》（1944）、《被驱逐者》（1946）、《解脱之路》（1948）、《吉卜赛人》（1952）、《流浪者》（1954）、《四季轮转》（1969）、《过去的未来》（1973）等。他还创作了百余篇短篇小说，分别收入《阳光》（1938）、《洒红节和灯节》（1942）、《浪漫的影子》（1943）、《祭品》（1945）、《废墟的幽灵》（1948）、《几页枯燥无味的日记》（1951）、《带刺的花，含羞的刺》（1957）等短篇小说集。此外，还有《泰戈尔传》《关于文学的思考》《观察与检验》等散文集和传记出版。

（二）小说创作

伊拉金德拉·乔希认为不能片面地认为人的内心是对客观现实世界的反映，同时也应当认识到人的内心世界中的本能也会在无意识状态下对外部世界造成影响，他认为认识解决人类社会中各种问题、谋求人类幸福的关键是去认识人内心中的潜意识。显然，伊拉金德拉·乔希也是以人为媒介去认识和观照社会的，只不过他的这种人本主义更多地被精神分析理论束缚，从而陷入了一种以表现变态人物的变态心理为主题的新的文学窠臼。

伊拉金德拉·乔希的作品多以表现中产阶级的压抑、痛苦、变形的心理状态为主体，他作品中的男主人公多是一些具有反常人格和变态心理的人，心理的扭曲常常会让他们在生活中的举止言行怪异而偏执。伊拉金德拉·乔希的作品就是表现和分析这些人物的心理。所以，许多评论家认为，他从弗洛伊德等人的精神分析理论和著作的病例中提取小说的情节和主题，然后幻想出一些人物，并把他们放置在全面的社会生活中来编造故事。因此他的作品成为对精神分析理论的机械图解，文学本身的创造性和美感被极大程度地消减了。他的早期代表作《托钵僧》和《鬼与影》突出反映了他的这一创作特点：《托钵僧》描写了主人公南德吉舒尔的两次爱情悲剧。南德吉舒尔是一个自尊心极强，在自尊的背后隐藏着强烈的自卑，因此性格多疑寡断的知识分子形象。而《鬼与影》刻画和分析了主人公巴勒斯那特内心中潜藏的"俄狄浦斯情结"。

从《解脱之路》开始，伊拉金德拉·乔希的创作之路发生了一些变化，他在作品中开始增加一些社会性内容，试图在作品中体现一些马克思主义的认识和理论。他的后期作品对于社会的展现较前有了很大提高，对社会问题的分析也更趋于客观，但是他的作品仍然没有完全摆脱精神分析理论的窠臼，因此作品概念化的倾向依旧比较严重。

《流浪者》是他后期的代表作，表现了人的信仰与社会价值观的矛盾和冲突，描写了一个受过良好教育的失业青年四处漂泊，却以帮助需要帮助的人为自己的满足和快乐。这部作品中的主人公尽管备受歧视和侮辱，但依然坚守着自己内心的信仰。这部作品还刻画了贫困和被压迫的处于许多社会底层的小人物，对社会的丑陋和不公现象也有所揭露和展现。

伊拉金德拉·乔希的短篇小说也多是对精神分析理论的阐释和说明，整体格调不高。

五、阿姆利特拉尔·那格尔

（一）生平与著作

阿姆利特拉尔·那格尔（Amritlal Nagar，1916~　）出生于北方邦阿格拉市。由于他父亲的突然去世和他十五六岁时就已经结婚，他只读了中学二年级就辍学找工作了。在生活的压力下，他开始写作并做杂志的编辑。后来，他在电影制片厂做文字工作达7年之久。1953~1956年，他在勒克瑙做广播电台广播剧制作人。此后，他为了能专心写作，辞去了公职，成为一名自由撰稿人。

1947年，那格尔发表了第一部长篇小说《摩诃迦罗》，但没有引起人们的注意。他真正得到文学界和读者的认可，是在发表了《滴水与大海》（1955）之后。后来，他陆续出版的中长篇小说主要有《象棋子》（1959，写1857年大起义的故事）、《幸福的脚铃》（1960，根据南印度泰米尔史诗《脚镯记》改写的故事）、《甘露与毒药》（1966）、《被深深遮蔽的脸》（1968，历史故事）、《一次，在飘忽林里》（1972，历史故事）、《玛纳斯湖的天鹅》（1972，写的是图尔西达斯的故事）、《跳舞吧，牧人》（1978）、《不停转动的眼睛》（1981，写的是苏尔达斯的故事）、《散落的草》（1982）、《侧面》（1985，历史故事）、《一代又一代》（1990，历史故事）等。以上著作可以按题材大体分为三类：一类是社会现实题材的作品，主要有《滴水与大海》《甘露与毒药》和《跳舞吧，牧人》等。第二类是根据近代史写的历史故事，主要有《侧面》《一代又一代》《象棋子》等。余下的属于第三类，是根据古代、中世纪历史或者传说写的作品。

下面重点介绍他的两部作品。

（二）代表作简评

那格尔似乎很难被划归某个流派，因为从创作手法看，他的作品并不倾向于某个流派，但同时又吸收了各个流派的长处。也就是说，他的作品中既有进步主义的倾向，也有实验主义的倾向。

从时间和空间看，《滴水与大海》虽然范围有限，但却具有史诗般的宏大场面。故事发生在独立前后，时间有限；故事的发生地是勒克瑙市一个街区的几条巷子，只是偶尔向外延伸，有时延伸到郊区，偶尔涉及马图拉，范围有限。但是，书中的人物多达数百人，他们分布于几条巷子里的各个角落。他们的身份各异，有作家、诗人、编辑、画家、土邦王公、医生、店主、政治领袖、公司职员、祭司等，还有许多受过教育和未受过教育的妇女们。总体上看，这些人物属于社会上的中等阶级。他们日出而作，日落而息，白天外出，傍晚回归，演绎着城市生活的一幕幕场景。

有学者认为，《滴水与大海》在很大程度上反映了城市中等阶级妇女们的生活。全书的女性角色很多，她们在传统观念的束缚下生活，为摆脱无奈、窒息、郁闷的痛苦而进行着不懈的抗争。同时，与她们相对应的男人们也是形形色色的，他们生活在新旧交替的时代，传统的内在矛盾和与时代的脱节与断裂使他们活得并不轻松。尤其是那些中等阶级的知识分子们，一方面要固守传统的道德，另一方面又在追求更高的社会地位，伴随他们的往往是迷蒙和失落。老一辈人的守旧和迷信，新一代人的理想和追求，在小说中有鲜明的对比。同时，独立后民众的政治选举、政党之间的相互拆台、警察的专横霸道、法庭的有失公正、寺院的道德沦丧、出版商的背信弃义，等等，都成为作者描写的内容。总之，整个社会就如同大海，不停地涌动着大大小小、五光十色的浪花。

那格尔的另一部长篇小说《甘露与毒药》也是表现城市中产阶级生活的作品。与《滴水与大海》相比，这部书显得更加丰满，内容更加多样。从故事发生的地点上看，虽然依旧是在勒克瑙，但已经不局限于某个小区的几条街道，而是扩大到勒克瑙全市范围内了。从时间上看，它反映的是印度独立后15年中发生在勒克瑙的事情。从内容上看，不仅有政治方面的内容，还有经济方面的内容，不仅有社会上的事，还有家庭中的事。

印度独立后的十五年间，即1947~1962年，正是尼赫鲁执政期间。在这期间，印度的知识分子目睹了印度社会的各种现象，已经从独立初期的希望期进入了失望期。他们已经冷静下来，在深入地思考一些问题了。从《甘露与毒药》这部小说就可以看到，虽然独立了，但政治上的腐败、党派之间的钩心斗角，已经使人们感到厌倦了。资本家们则张开巨口侵吞社会财富，并极力左右政治局面。在这种情况下，城市中产阶级对自己的处境十分不满，一方面是经济上的拮据，另一方面是从业的艰难。他们面临着严峻的生活挑战，失业的阴影始终笼罩着他们，不进则退，不是爬上更高的阶层就是跌落至下层社会。对于男性占主导地位的家庭来说，女性的处境更为难堪。她们受传统礼教的束缚，缺乏爱情，婚姻并不美满。新旧观念的交锋，各种利益的抉择，不同社会群体与个人之间错综复杂的关系，使整个勒克瑙社会处于矛盾和焦躁当中。这一切，在小说中都被细致地描绘出来。一个勒克瑙成为整个印度社会的缩影。

19

— 第十九章 —

『边区文学』作家

第一节　概述

❦

一、"边区小说"的含义

独立之后的印度文学界出现了一种新的小说潮流，称为"边区小说"。边区小说在印地语文学中的特点鲜明突出，因而自成一派。在印地语文学界，关于"边区小说"的提法，是在帕尼什瓦尔那特·雷努（以下简称雷努）的第一部长篇小说《肮脏的边区》（中文译本为《肮脏的裙裾》）发表之后开始提出的。《肮脏的裙裾》的发表，在印地语文学界引起了轰动。雷努在该书的前言中说："此书名为《肮脏的裙裾》，是一部边区小说。"[①]自此，"边区小说"这一术语正式出现，而印地语文学界关于哪一部小说才是第一部边区小说这个问题的争论也就此开始。不少文学评论者认为，《肮脏的裙裾》是印地语文学史上第一部边区小说。但也有学者认为，在雷努之前，就已经有不少作家创作过边区小说了。之所以会有这样的分歧，主要原因在于：不同学者对"边区小说"这一概念的理解不同。

"边区小说"中的"边区"源于印地语的一个词，这个词包含如

---

① 刘国楠、薛克翘译，雷努：《肮脏的裙裾》前言，上海译文出版社，1994年版，第1页。

下几个意义：①边界附近的地区；②某个地区的边缘；③某个东西或物品的边缘部分；④尤指衣服的衣襟（尤其是女性纱丽的边缘）。而由这个词派生出的形容词则有"与边区有关的""边区的""边缘的"等意义。根据对这个词的意义和雷努小说主要内容的分析，雷努所说的边区小说，是指描写位于偏远地区的那些不为大多数印度人所熟知的地区和居住在这些地区的居民的生活故事的小说。边区小说中表现的这些地区往往都是落后的农村。从这种意义上来说，边区小说是农村题材小说的一种类型。如果单从内容上看，在雷努之前，的确有不少印地语作家创作过以农村生活为题材的小说作品，如希沃布金·萨哈耶创作的《农村世界》（1926）、尼拉腊创作的《牧羊人比勒苏尔》（1944）等。除此之外，普列姆昌德也创作过不少以农村生活为题材的作品，例如短篇小说《冬夜》《半斤小麦》《地主的水井》和长篇小说《博爱新村》《戈丹》等。《博爱新村》是普列姆昌德第一部以农村生活为题材的长篇小说，《戈丹》则被许多文学评论者称为"印度农村的一部史诗"。上述这些作品之所以被有些印度学者称为边区小说，主要原因在于：这些小说和雷努及其以后的边区小说一样，大多是以描写落后农村及农民生活为题材的，作品当中体现了一定的地域特色。但是，与以往这些农村题材的小说相比，雷努的两部长篇边区小说《肮脏的裙裾》《荒土地的故事》以及其后的一些作家创作的边区小说，无论从内容还是形式上都有了很大的变化。20世纪五六十年代的边区小说作家们着重描写那些不发达的边区以及居住在那里的居民，尤其是土著民族的生活故事。他们的作品大多以展现整个"边区"为目的，因此，小说往往不是以某个特定人物为中心来展开情节，而是围绕着"边区"这个主人公来进行情节设置。这些作品的出现，让评论家们有充分的依据从内容和形式两方面对"边区小说"进行定义。这样一来，尽管雷努之前的有些农村题材小说在叙述故事的同时体现出了一些地域特色，但它们并不以呈现边区的整体风貌为小说的主要目的，因而不符合"边区小说"的条件。这也是有的评论家认为"并不是所有农村题材的作品都是边区小说"的原因。总结起来，大多数印度学者对边区小说的定义有广义和狭义之分，广义的"边区小说"指的是那些以农村和农民生活为题材，在叙述故事的同时展现了一定地域特色的小说；狭义的"边区小说"则指的是那些以偏远落后的边区农村为题材，并且小说的主要目的是展现整个边区的整体风貌的小说。

在雷努之前，纳加尔琼已经开始创作描写落后边区的长篇小说，他的长篇小说《勒迪那特的伯母》（1948）和《伯尔金马》（1952）都带有浓郁的边区色彩。因此，他被认为是与雷努齐名的边区小说潮流的开创者之一。此后，雷努在《肮脏的裙裾》中使用了"边区小说"这一术语，使"边区小说"正式进入人们的视野。20世纪五六十年代，不少作家跟随着雷努和纳加尔琼的脚步，加入到边区小说创作的队伍之中。他们创作了相当数量的边区小说，在这一时期的印地语文学界掀起了边区小说创作的高潮。这一时期的边区小说除了雷努和纳加尔琼的作品之外，还有乌代辛格尔·珀德的《大海、浪花与人》（1956）、《今生来世》（1958），朗盖耶·拉克沃的《呼唤在何时》（1957）、《大地，我的家》（1965），乌本德拉那特·阿什格的《顽石》（1959），拉金德尔·阿沃斯提的《森林之花》（1960）、《光影之下》（1961），拉姆德尔什·米什勒的《水之墙》（1961）、《断流水》（1969），拉希·马苏姆·拉贾的《半个村庄》（1966），希沃·伯勒萨德·辛赫的《各自的冥河》（1968），希里拉尔·辛格尔的《拉格德尔巴利》（1969）等。

二、"边区小说"的特点

边区小说作家们注重全面展现处于社会巨变之中的边区的自然风貌、政治经济状况、宗教信仰、社会习俗以及边区居民的思想和生活方式等。一个地区文明和文化的发展很大程度上依赖于其地理环境的优劣，不同的历史地理环境造就了不同地区人民在生活方式、言行举止和风俗习惯上的不同。因此，边区小说作家在叙述故事的同时，也非常注重对边区历史地理环境的描述，这一点与以往的印地语长篇小说有很大不同。另外，边区小说作家们在创作的时候，往往在小说中使用地方方言，这对表现边区特性也起到了重要作用。维什沃帕尔那特·乌巴提亚耶说："作家为了表现地区文化的优美和独特魅力而使用地方方言，这在增强长篇小说的边区性方面有很大帮助。"[1]拉金德尔·阿沃斯提认为，边区小说是新时代新环境的产物，他说："这一文学潮流反对当前这种以个人主义为主旨的文学，放弃了普列姆昌德时代的作家描写陈旧腐败传统的偏好，通过作品反映新时代、新环境下的各个社会层面。这一文学潮流可以被称为边区文学。"[2]可以说，边区小说潮流给印地语小说文学带来了一种新的气象，使印地语长篇小说的写作方式更为丰富。

边区小说是印度现实主义长篇小说的重要组成部分。社会现实以各种不同的形式表现出来，边区的社会现实也是其中之一。描写边区的社会现实给边区小说潮流的发展注入了力量。印度独立之初，一方面，"几百年来的落后、偏见、愚昧以及各种社会不公平现象仍然主宰着印度大地"[3]，尤其是主宰着落后的边区农村；另一方面，印度社会在政治、经济、宗教、文化等各个领域都发生了很大的变化。这些新的

① 转引自拉给尼·沃尔马：《帕尼什瓦尔那特·雷努和他的故事文学》，瓦拉纳西：大学出版社，2002年版，第72页。

② 转引自谢希·古伯达：《后普列姆昌德时代的印地语长篇小说：新伦理价值观》，新德里：纳门出版社，1999年版，第265页。

③ *India after Independence (1947~2000)*, by Bipan Chandra, Mridula Mukherjee & Aditya Mukherjee, Penguin Books, 2000, p.68.

变化冲击着落后的边区农村，也深深地影响了边区农村的生活。社会的发展、城市化的进程给边区居民带来了许多前所未见、闻所未闻的新事物和新思想。在这些新事物和新思想的影响下，边区居民的生活观开始发生变化，而这些变化带来的结果是，边区的生活和边区自身也开始产生变化。因此，印度独立后，许多小说家的注意力都更多地被那些久已被人们忽视的落后边区以及边区各阶层人民的生活状况所吸引。印度是一个农业国家，要从实质上认识印度，就要认识广大的印度农村，而认识处于社会巨变之中的印度农村，就是认识现代印度。

边区小说作家的视角是创造性的。他们选择落后地区作为小说故事的发生地，描绘那些长期以来被人忽视的地区以及居住在那里的人民生活中的问题、希望，以及由于贫穷、教育不普及而产生的种种不和谐的社会现象，同时也表现边区居民当中存在的人性之美。"边区小说家不是为揭示灵魂，而是为表现人性而创作。"[①]边区小说作家们以边区小说这种新的形式努力展现边区这一特殊地区的全部生活，尽可能地展现整个边区生活的独特性。同时，他们还有另外一个目的，就是在描绘处在社会发展过程中的某个特定边区的同时，也希望能够建立新的生活价值观。可以说，他们在反映边区问题的同时，也希望根除社会中的有害因素，建立新的社会机制。从这一点来看，边区小说作家的创作意图是严肃和具有社会意义的。

作为一种文学潮流，边区小说的高潮期持续的时间并不是很长。在经过了20世纪五六十年代的高潮期之后，边区小说的创作开始走向低潮。到了20世纪70年代初，多数作家创作边区小说的热情已经不如以往，但仍有一些作家还有作品问世。一方面，印度独立对于印度农村的冲击已经失去了最初的那种力量，边区农村的发展和变化已经趋

---

① 拉给尼·沃尔马：《帕尼什瓦尔那特·雷努和他的故事文学》，瓦拉纳西：大学出版社，2002年印地文版，第72页。

向平稳。随着社会的发展，这些以前偏僻而闭塞的地区获得了前所未有的便利，而它们以往因闭塞而保有的独特性也渐渐失去，这也使边区小说作家们失去了他们所要描写的对象。另一方面，边区小说的某些特性，如以"边区"为主人公、跳跃感强的情节和大量使用地方方言等特点也影响了边区小说的发展。

但是，边区小说作家们最大的贡献是把人们的目光吸引到了长期被人忽视的落后边区农村。他们对落后边区农村的关注不仅拓展了小说创作的题材，也让众多的印度人，甚至于印度以外的人，认识到了他们以前从未关注过的这一部分印度的土地。另外，边区小说作家对民间文化的推崇在一定程度上影响了印度人对传统和民间文化的看法。因此，边区小说这一流派存在的价值是不容忽视的。

三、"边区小说"的类型

从作品表现内容看，印地语边区小说大致可以分为两种主要类型。

第一种类型的边区小说是表现某个特定边区及边区人民生活的作品。这一类型的边区小说主要包括雷努的《肮脏的裙裾》和《荒土地的故事》、纳加尔琼的《伯尔金马》和《水之子》、希里拉尔·修格尔的《拉格德尔巴利》、拉希·马苏姆·勒贾的《半个村庄》、希沃伯勒萨德·辛赫的《各自的冥河》、拉姆德尔什·米什勒的《水之墙》和《断流水》、拉金德尔·阿沃斯提的《森林之花》、乌代辛格尔·珀德的《今生来世》等。

希里拉尔·修格尔的《拉格德尔巴利》描写了一个名叫希沃巴尔甘吉的村庄的生活。作者在这部小说中成功描绘了位于大城市边缘的印度农村的生活画面。确切地说，希沃巴尔甘吉不只是一个村庄，而是一个地区，这里有车站、市场、警察局、合作社和学校等。同样，这里也有宗派活动、选举、贪污、腐败，以及充满了钩心斗角的政治。

这些现象不仅存在于希沃巴尔甘吉，也存在于整个印度社会。作者实际上是以希沃巴尔甘吉地区为依托对整个国家的现状进行了描绘。《拉格德尔巴利》是一部讽刺小说，作家以非常尖锐的口吻对社会中存在的各种丑陋现象进行了批判。

拉希·巴苏姆·勒贾的《半个村庄》表现的是北方邦东加济布尔地区的甘戈里村和这里的居民的生活故事。在小说中，作者以有力的笔触生动地描绘了居住在这里的希亚穆斯林的生活，描绘了他们的不堪处境，他们的痛苦、恐惧和担忧，描绘了巴基斯坦国成立之后他们心理状态的变化，以及柴明达尔制度被废除之后地主和下层人民生活中的变化等。

在长篇小说《各自的冥河》中，希沃伯勒萨德·辛赫以北方邦东部的一个名叫格莱达的村庄为描述对象。可以说，作家描写的这个村庄是整个印度农村的一个缩影。印度独立20年后，村庄的面貌的确有了改变，但人们的生活状况却没有因此而得到改善。事实上，要想改变村里人的生活状况是非常困难的。愚昧、贫穷和狭隘的思想紧紧地束缚着这里的人们。在这个村子里，每个人都因内心里的某种不安、焦虑或饥渴而受到煎熬。小说中代表着先进思想的维宾和代沃那特在大学里读书的时候，也曾经无数次地憧憬过村子的美好未来，但是在严酷的现实面前，他们不仅碰了壁，所有的梦想也被击得粉碎。于是，他们改变村庄现状的所有热情和决心也都消失殆尽了。

拉姆德尔什·米什勒的两部长篇小说《水之墙》和《挡不住的流水》都展现了北方邦东部高尔普尔的代沃利亚地区东南部人民的生活。小说中，作家着力描写了印度获得独立之后处于变化之中的农村社会现实。小说中作家描写道："这里的生活就像是水，以前是一起流动的，一起在洪水时泛滥，也一起在旱季时干涸，它们是一体的。但是现在，水边建起了一座座新的堤坝……这些堤坝并不坚固，很多地方被水撞击着。哪个地方撞出了裂痕，一些水就从那里流走了。……而这些水也无法汇合在一起，它们或者向着相反的方向，或者是在相互平行的水道中流淌。……是的，这里的水正在变成断流水。"①这反映的正是当时的农村社会现实。作家以充满同情的笔触将农村中断裂的关系、失落的信仰和价值观，以及农村生活中尖锐复杂的相互斗争展现在读者面前。由于作家亲历过这种生活，他叙述出来的这一特殊地区的生活故事非常生动。

第二类边区小说是那些表现特定种姓或族群生活的小说作品。这些作品中所表现的种姓或族群往往是不为人们熟知的土著居民。这一类小说中比较重要的有乌代辛格尔·珀德的《大海、浪花与人》、朗盖耶·拉克沃的《呼唤到何时》等。

《大海、浪花与人》中，乌代辛格尔·珀德以居住在孟买西岸的一个名为伯尔索瓦的渔村作为小说创作的基础。

朗盖耶·拉克沃的《呼唤到何时》展现了拉贾斯坦邦的格尔那德种姓的生活，这个种姓的人们以偷盗抢劫为生。作者在前言中把这个种姓与纳德、多姆、清扫工、皮匠、洗衣工等被人们认为是不洁的或是低贱的种姓进行了区分。他在小说中阐释了这个种姓的伦理道德、职业、吃穿住行以及婚姻等各个方面的情况。整部小说以格尔纳德种姓的这种特殊生活为基础。小说中展现的这个种姓的社会、经济和道德生活，与作者在前言中所表明的观点一致。但是作者并没有因此而美化这个种姓的伦理道德观，而是以客观的视角将它展现了出来。

---

① 转引自拉姆德勒什·米什勒、吉昂金德·古伯德编《印地语边区小说》，新德里：瓦尼出版社，1984年版，第33页。

第二节　雷努

✤

一、生平与创作

雷努的本名是帕尼什瓦尔纳特·雷努（Phaneshvar nath Renu，1921~1977），他出生于印度比哈尔邦普尔尼亚县一偏远落后农村的中等农民家庭。少年时代在法尔比斯甘季读中小学，青年时代在瓦拉纳西和巴加尔普尔读大学。他积极参加了1942年的民族独立运动。1945、1946年开始从事写作活动。1950年去尼泊尔参加人民武装斗争。1951、1952年因患肺结核在巴特那住院治疗。1953年病愈开始写《肮脏的裙裾》，1954年出版。此后他辛勤耕耘，陆续写出《荒土地的故事》（1957）、《长期苦修》（1963）、《游行》（1965）、《多少十字路口》（1966）、短篇小说集《民歌》（1959）、《初夜馨香》（1967）、《食火者》（1973）。1976年，他患上肾与胆病，1977年因医治无效而去世，终年56岁。

雷努是现当代印地语文学史上最具影响力的作家之一，他创作了相当数量的中长篇、短篇小说和报告文学作品。他的长篇边区小说具有开"边区小说"创作先河的地位和作用。印度文学评论界一般认为他是"边区小说"流派重要的代表作家之一。不论从文学史的角度还是从艺术成就的角度看，雷努的小说创作都具有重大意义。印度学者安杰利·迪瓦里在《帕尼什瓦尔那特·雷努的文学创作》一书中写道："雷努通过长篇小说《肮脏的裙裾》奠定了边区小说的基础，使边区小说成为印地语小说领域中新的潮流和新的转折点……《肮脏的裙裾》第一次多侧面地描绘了独立后的印度生活。它不仅是对农村生活的现实主义反映，而且具有新颖而有力的反映方式。它不仅提出了农村生活中的全部问题，而且在情节结构、人物设置、语言文体等方面都实现了革命性的转折。"[1]继《肮脏的裙裾》发表之后，雷努又创作了长篇小说《荒土地的故事》，这两部小说的发表引起了众多关注，也带动了一批作家投入到边区小说的创作之中。20世纪五六十年代的印地语文坛掀起了边区小说创作的热潮，出现了相当数量的描写边区生活的小说作品。

作为现当代印地语文学史上的一位重要作家，雷努主要在印度独立后进行文学创作。他一生共创作了两部长篇小说，4部中篇小说，60余篇短篇小说，几十篇报告文学和相当数量的散文、随笔等。雷努的边区小说在创作方法上继承了普列姆昌德的现实主义传统，但同时又在作品中进行了大胆的创新和尝试，因而他的小说创作，尤其是长篇小说创作，无论是在叙述方法、情节设置上，还是在人物刻画、语言风格上都独具特色。除长篇小说之外，雷努的中短篇小说及报告文学作品中也有不少优秀之作。《巴尔杜先生之路》《长期苦修》和《游行》这三部女性题材的中篇小说分别从不同的角度揭示了印度妇女在社会中的地位以及她们内心的焦虑与挣扎。中篇小说《多少十字路口》既是一部带有自传色彩的小说，也是一部具有教育意义的小说，其目的是鼓励年轻人勇敢地朝着自己的目标努力。短篇小说《第三个誓言》是雷努最具影响力的短篇小说，也是印地语最优秀的短篇小说之

---

[1] 转引自薛克翘：《印地语小说〈肮脏的裙裾〉及其民俗学价值》，《南亚东南亚评论》第3辑，北京大学出版社，1980年。

一。曾被改编拍摄为同名电影，他为电影撰写的剧本获得总统金质奖章。除此之外，他的短篇小说《勒斯布里亚》《自证》《红桃皇后》《五月正午的阳光》和《第一夜的气味》等也是非常优秀的短篇小说作品。1970年，雷努因在文学创作上的贡献被授予莲花勋章。

二、《肮脏的裙裾》

毫无疑问的是，两部长篇边区小说《肮脏的裙裾》和《荒土地的故事》的发表，不仅确立了雷努在印地语文学界的地位，也开创了印地语长篇小说形式的另一个时代。《肮脏的裙裾》问世之后，在印地语文学界引起了很大的震动。一年之内，《肮脏的裙裾》作为一部优秀的长篇小说闻名全印，成为当年最畅销的小说作品，雷努也成为当时印地语文学界最具争议的人物。1955年，《肮脏的裙裾》被评为本年度最佳小说，获总统奖。1954~1977年，《肮脏的裙裾》共出版、再版了9次。[①]虽然受欢迎的程度很高，好评如潮，但是也有不少批评和质疑的声音。同《肮脏的裙裾》一样，《荒土地的故事》问世之后，也引起了很大的争议。但是无论如何，这两部长篇小说都可以算作20世纪50年代印度文学中的重要作品。它们不仅在印地语长篇小说领域界定了"边区小说"的含义，还掀起了边区小说创作的高潮。耶谢巴尔在1958年3月的《新道路》杂志上发表文章说："雷努的两部长篇小说是独立后故事文学的重要收获。尽管有许多批评性的文章出现，但这些都无法削弱它们的重要性。它们在印地语文学中开创了'边区小说'的新潮流，关于边区性的讨论，从小说产生之初就开始了。"[②]尼尔莫尔·沃

---

① 达里尼·伯勒萨德·尼尔切尔：《挚友的故事》，《雷努的生活》，新德里：瓦尼出版社，2002年印地文版，第16页。

② 转引自帕勒德·雅雅沃尔：《雷努文集》第2卷编者言，德里：国莲出版社，1993年印地文版，第17页。

尔马对雷努及其长篇小说的评价也非常高，他说："雷努是第一个找寻印度长篇小说民族前途的小说家。"他还指出："《肮脏的裙裾》和《荒土地的故事》不仅是边区小说杰作，还是印度文学中最早以自己的独特方式为印度长篇小说指出新方向的长篇小说，与传统现实主义长篇小说的框架完全不同。"[①]

雷努在《肮脏的裙裾》前言中写道："故事的发生地是普尔尼亚，普尔尼亚是比哈尔邦的一个县。它的一面是尼泊尔，另一面是巴基斯坦[②]和西孟加拉，当我们又在南边划出桑塔尔族地区，在西边划出米提拉地区的界线时，这各种各样的分界线便使它的轮廓完整了。"[③]雷努所说的这一完整轮廓的广大地区便是他在小说中所要表现的对象。紧接着，雷努又说："我将这一地区的一个村庄——所有落后村庄的代表，作为这部小说中故事的发生地。"[④]正如雷努所说，《肮脏的裙裾》讲述的是印度独立前后近两年的时间里，比哈尔邦普尔尼亚地区的一个偏僻小村——玛丽村发生的故事。全文分两部分，第一部分讲述独立前玛丽村的故事，第二部分讲述独立后玛丽村的故事。

众所周知，1947年是印度历史发生重大转折的一年。经过长期的斗争，印度人民终于摆脱了英国的殖民统治，获得了民族的独立。正当印度人民沉浸在欢庆独立的喜悦之中时，伴随着独立而来的印巴分治、甘地遇刺等重大事件给刚刚新生的印度及巴基斯坦人民带来了巨大的创伤。即使是远离事件中心的玛丽村也感受到了这些事件带来的

---

① 尼尔莫尔·沃尔马：《雷努：整体的人道主义视角》，《当代印地语评论》，新德里：文学研究院，1998年印地文版，第221页。

② 当时的东巴基斯坦，今天的孟加拉国。

③ 刘国楠、薛克翘译，雷努：《肮脏的裙裾》，上海译文出版社，1994年，第1页。

④ 雷努：《肮脏的裙裾》前言，《雷努文集》第2卷，德里：国莲出版社，1993年印地文版，第22页。

波动。玛丽村地理位置比较偏远，却有一个"洋气"的名字，这是蓝靛时期英国人留给这里的印记。村里居住着12个亚种姓的居民，其中加耶斯特、拉吉普特和亚德沃的势力最强大，他们的头人控制着村里的大小事务。村外居住着桑塔尔族人。由于位置偏远，外部世界对玛丽村的影响非常小，村民们按照自己古老的生活方式日复一日、年复一年地生活着。但是，1947年前后发生的一些事情，却打破了玛丽村的平静生活。

小说的故事是这样开始的：1946年末，玛丽村建立了一所疟疾防疫站。刚刚从医学院毕业的大夫普拉祥德放弃了去国外留学的优厚奖学金，自愿来到玛丽村，进行黑热病和疟疾的研究和防治，同时也为村里的居民看病。在给乡长维西沃那特·普拉萨德的女儿葛玛莉治病的过程中，两人逐渐产生了爱情，并私下结合。葛玛莉未婚先孕，令维西沃那特·普拉萨德感到非常愤怒，他坚决不同意这门亲事。但经历了一系列波折之后，维西沃那特·普拉萨德终于承认了普拉祥德的女婿地位，并为他和葛玛莉的儿子尼洛帕尔举行了十二日礼。

巴尔代沃来自附近的金南巴蒂村，暂时居住在玛丽村的姨妈家。巴尔代沃是甘地信徒，曾经做过国大党的工作人员，还因此进过监狱。在村里建立防疫站的小风波中，他偶然被县里来的官员认出，便被委托办理建防疫站的事，同时负责村里的国大党事务。但是由于性格懦弱，胆小怕事，他在村里逐渐失去了威信，国大党领头人的地位也被老乡长维西沃那特·普拉萨德取代。巴尔代沃备受排挤，开始变得意志消沉。甘地遇刺之后，他更加心灰意冷，终于脱离政治，与寺院的女司库罗其蜜一起过起了舒适的生活。

亚德沃青年加利杰兰最初追随巴尔代沃，但在不久之后就与前者分道扬镳，和另外两个伙伴一起加入了社会党。他在村里开展社会党工作，争取低等种姓村民和桑塔尔人的支持，并为他们争取权利。后来，社会党内混入强盗，加利杰兰也蒙冤被捕入狱。他冒险越狱去地区社会党办公室澄清事实，却被秘书长赶了出来。在警察的追捕下，加利杰兰走投无路，终于沦为真正的盗匪。

巴文达斯是一个真正的甘地信徒。"除了甘地，他谁也不相信。"巴文达斯也不是玛丽村人，他是受国大党委托，到玛丽村开办手纺中心的。独立后，国大党内的投机钻营者肆意妄为，置普通民众的利益于不顾。看到这些情况，巴文达斯痛心疾首。当所有人都在庆祝印度获得独立的时候，他却用异常悲痛的声音说出了"印度母亲现在正在哭泣"的话语。最终，在全国举行甘地祭礼的那一天，巴文达斯来到了印巴边境的纳格尔河边，试图用自己矮小的身躯阻挡从那里通过的走私车辆。然而他的力量实在太有限了，丧心病狂的走私犯们撞倒了他，听任车轮从他身上碾过。

玛丽村有一所寺院，这里除了举行日常宗教活动和接待过往出家人外，还是村里的议事场所。寺院女司库罗其蜜父母双亡，被老方丈莫汉德·赛瓦达斯收养，长大以后成为他的神奴。老方丈死后，寺院中发生了争位斗争。在加利杰兰的暴力干预下，老方丈的徒弟拉姆达斯成为新方丈。拉姆达斯霸占罗其蜜不成，便纳村里的另一女子罗米娅为神奴。罗其蜜不堪忍受罗米娅的排挤，便离开寺院，和巴尔代沃一起生活。

国大党的新土地政策和社会党关于土地问题的宣传都在玛丽村产生了影响，桑塔尔人为了获得土地，与其他的玛丽村村民发生了械斗，双方都死伤多人。普拉祥德被控煽动桑塔尔人闹事被捕。几个月后，他被无罪释放，正好赶上自己儿子的十二日礼。

以上是小说中的一些主要故事情节。小说中与此平行或交叉发生的一系列政治、宗教、社会和文化方面的事件与这些故事交织在一起，共同构成了玛丽村社会生活的多彩画卷。

三、《荒土地的故事》

《荒土地的故事》讲述的是数百年来被人们忽视、在独立之后重新获得生机的一大片荒土地和生活在这片土地上的人们的故事。雷努在小说中说："这片荒土地北起尼泊尔，南到恒河之滨，成千上万亩的土地，只有到了雨季才泛起一丝希望般的草绿色。"①按照荒土地上人们的说法："在三四百年前，这里也许遭受了科西河女神毁灭性的打击，成千上万亩的土地突然间如同中风一般瘫痪了。……白色的沙子填满了大大小小的河湖沟渠，渐渐逝去的绿色被一层浅黄色慢慢覆盖。"②小说中故事的发生地是比哈尔邦普尔尼亚地区的伯朗普尔村。伯朗普尔村就位于雷努描述的这一片荒土地上。这一地区的人们把伯朗普尔村称为整个边区的生命。③当然，作家所要表现的并不仅仅是一个伯朗普尔村，就像他把玛丽村作为落后村庄的代表一样，作家想要做的，是通过伯朗普尔村这个代表，展现同一时期普尔尼亚边区农村的生活画面。

《荒土地的故事》中主要描述的是1955、1956年左右伯朗普尔村的故事。这一时期，比哈尔邦已经废除了柴明达尔制度，但是土地改革还远远没有完成，农村的土地占有状况与刚刚独立时相比，没有发生根本变化。少数人占有大部分土地，大多数村民没有土地或拥有少量土地。普通村民在经济上仍然承受着严酷的剥削，在政治上受到各种政治力量的欺骗、愚弄，而传统的宗法制度、种姓制度和迷信思想仍然牢牢控制着农民大众，社会进步非常缓慢。

伯朗普尔村大约有七八千人，分属13个亚种姓，还有几十户穆斯林。独立后七八年过去了，村里也发生了一些变化，有了学校、图

---

① 雷努：《荒土地的故事》，《雷努文集》第2卷，德里：国莲出版社，1993年印地文版，第311页。

② 同上，第311页。

③ 同上，第319页。

书馆，各个政党也都在村里建立了分支机构。村子的东面有一片一眼望不到边的荒土地，小说中的故事就是围绕着这片荒土地的改造而展开的。

历时三年的土地调查已进入尾声。三年来，为了获得土地，村里人明争暗斗，互相提防，连父子、兄弟间都毫无信任可言。在这场风波中，村里已故大地主的唯一继承人吉丹德拉受到了很大冲击。吉丹德拉年轻时非常热衷于政治，但是在外闯荡的十几年里，却饱受钩心斗角的政客的排挤与迫害。心灰意冷之后，他回到了伯朗普尔村，在达吉莫妮的鼓励下又重拾信心，决心为振兴荒土地而努力。由于接受了西方教育，吉丹德拉的行为方式有些西方化，村里人对他颇有非议。为了开发村东那片原本属于他家的荒土地，他购置了拖拉机犁地，想用科学的方式种田。但是村民们认为荒地是大神的栖身之所，开垦它就"如同犯了杀牛罪"。

鲁多是伯朗普尔村国大党的头儿，他父亲原是吉丹德拉父亲的家仆，因出卖主人受罚而死。鲁多对此怀恨在心，一直伺机报仇。他想趁土地调查之机挑拨村民反对吉丹德拉，夺去他家财产，并置吉丹德拉于死地。在鲁多的挑拨下，村民反对吉丹德拉的情绪非常激烈。但是不久，政府决定将荒地收归国有，并规定已开垦的部分归属开垦者，于是村民争相抢耕，鲁多的计划失败了。

村里来了一位农业专家，与吉丹德拉在荒土地开发的问题上一拍即合，于是两人合作在荒地上试栽树苗。政府决定为改造荒地修建引水工程，为此要淹掉一些现有的土地。鲁多借此机会鼓动村民抵制，引起事端。在混乱中，吉丹德拉受了伤，但他并没有恼怒，而是巧妙地借此机会缓和了与村民的关系。工程顺利动工，村民都积极加入到兴修水利工程的工作中。

在计划开垦荒地的同时，吉丹德拉还致力于恢复村里自土地调查以来中断了的民间文化活动。他邀请老艺人演唱颂歌，借此唤起村民们对传统文化的热爱；还与人合作组织了"民间舞台"，邀请村里所有的年轻人演出了一台别开生面的文艺节目。在观看表演的过程中，人们心中积蓄已久的郁闷都一扫而空。

以上是小说的主干故事，与《肮脏的裙裾》一样，它在整个小说中所占的篇幅也不大。小说中同样也讲述了村里发生的其他许多大大小小的事件，这些事件与伯朗普尔村的历史、民间故事等交织在一起，展现了伯朗普尔村的整体风貌。

四、艺术特色

从两部小说的故事梗概可以看出，雷努的这两部长篇边区小说不仅仅是叙述印度农民痛苦生活故事的作品，也不仅仅是表现土地革命的作品。小说中深刻地关注了处于变化之中的印度农村的各种政治、经济和社会问题，讨论了当时的社会价值观，也描绘了边区民间文化的绚丽多彩。尽管它们只是以印度东北部比哈尔邦普尔尼亚地区的某一个村子为背景的边区小说，却展现了整个印度落后农村的真实图景。

从整体的视角看，《肮脏的裙裾》和《荒土地的故事》中展现了20世纪四五十年代印度东北部与尼泊尔和现在的孟加拉国接壤的边境地区包括政治、经济、社会、宗教、伦理、文化和历史地理状况等在内的社会状况，还揭示了边区存在的许多问题。实际上，在展现整个边区的特色的同时，揭示边区存在的各种问题正是雷努的真正目的。这些问题同样也是边区人民生活中重要的一部分。贫瘠的荒土地、肆虐于边区的疟疾和黑热病、年年泛滥成灾的科西河都给这里的人民带来了无尽的灾难和痛苦。除此之外，贫苦的农民还遭受着地主的残酷剥削。尽管在当时，政府已经通过了一些以保障农民利益为目的的土地法令，但这些并不足以解决和满足农民们的实际问题和需要。

土地问题是雷努在小说中所要表现的主题之一，它虽然不是这两部小说所要表现的中心问题，但是，对于生活在偏远边区的农民们来说，土地无疑是他们赖以生活的根基。因此，在《肮脏的裙裾》中，雷努用一定的篇幅叙述了独立前后土地问题在玛丽村的具体表现和农民们为了得到土地所进行的斗争，展现了农民与土地不可分割的关系以及他们对土地的热爱。小说中描写了土地分配的不公平现状："那些打开大地的秘密粮仓，取出黄金般的粮食的人，自然会惹怒大地母亲，受到惩罚。因此，土地的主人、土地的管理者和大地的公理至今不给他们任何权利，不让他们在大地上扎下根。他们搭茅屋的地皮也不是他们自己所有。因为牛拉着犁整天犁地，所以就承认牛有权占有土地，这不太荒唐了吗？"[1]在这里，雷努以讽刺的口吻抨击了当时土地分配制度的不公平，对辛勤开垦土地，却对土地没有任何权利的农民们赋予了极大的同情。农民们辛苦一年，最终的收获都要从打谷场上得来。但是打谷场上的收获也并不属于他们。收获之后，他们首先要还清欠债，而往往许多农民一年的收成还不够他们还债的。于是，农民们在刚刚收获不久，就需要重新借债过日子。等到债务多到实在还不清的时候，他们就得卖掉仅有的财产或者靠给债主做苦力来还清欠债。许多本来还拥有少量土地的农民因此而沦为无地的佃农或者专门出卖劳力的雇工。但是即使这样，人们也不能割舍对土地和收获的热爱。小说中描写道："他们总是摆脱不了谷场对他们的诱惑。启明星一出来，打谷场上就立刻沸腾起来。冬日的清晨，寒风像针似的刺人，可是谁也不去理会。"[2]这样的描述充分表现了农民们面对收获的喜悦心情。当然，农民们如果有了自己的土地会感到更加惬意，小说第一部分第35节是这样描写的：

---

[1] 刘国楠、薛克翘译，雷努：《肮脏的裙裾》，上海译文出版社，1994年版，第123、124页。
[2] 同上，第88页。

　　　　桑塔尔人的先民是否见到过金子，这很难说。但这里的
　　桑塔尔人对什么是金子，什么是银子是分得清的。

　　　　旧土地制度消灭了。现在，王公和地主不能用土地来剥
　　夺佃户的权利了，相反，我们剥夺了他们的权利。耕者有其
　　田，耕多少地就有多少地，种多少就收多少，不用愁分不到
　　粮食。大地母亲的爱不是虚假的。让我们一生都醉倒在田里
　　吧！①

　　拥有土地对于没有土地的农民来说是多么重要。农民们把土地看
得甚至比金子还要贵重。得到了土地，他们还有什么不满足的呢？对
他们来说，在自己的田地里开垦、播种和收割就是人生中最惬意的事
情。在一定程度上，雷努更重视农民与土地间密不可分的关系。在雷
努看来，这种关系的价值超过了农民在经济上过分依赖农业和土地所
带来的不利影响。小说中，"雷努清晰地表明了他的根在农村，表明了
他对农民与土地关系的重要性的根深蒂固的信念"。②
　　《荒土地的故事》的标题就表明了小说所要描写的内容。作家在小
说伊始写道："灰色的、荒芜的、一望无际的土地！肮脏的、荒凉的、
贫瘠的土地……故事也一定是这片荒土地的故事。充满了痛苦的故事，
贫瘠的荒土地。"③《荒土地的故事》这部小说的故事情节也有相当一部
分篇幅是围绕着土地和农民来展开的。伯朗普尔村的许多问题，无论

_____

① 刘国楠、薛克翘译，雷努：《肮脏的裙裾》，上海译文出版社，1994年版，第205页。

② Phanishwarnath Renu: *The Integration of Rural and Urban Conciousness in the Modern Hindi
　Novel*, by Kathryn Gay Hansen, University of California, Berkeley, PH.D, 1978, p.45.

③ 雷努：《荒土地的故事》，《雷努文集》第2卷，德里：国莲出版社，1993年印地文版，第
　311页。

是政治问题还是社会问题，经济问题还是伦理问题，都与土地有着一定的关联，而所有这些问题都被作者以土地为依托，艺术地展现在小说中了。柴明达尔制度虽然废除了，但是伯朗普尔村的土地状况与以前相比，并没有大的改变，以前的地主、土邦王和大户农民都依然存在，没有土地的农民依然没有土地。"地区的地主和土邦的柴明达尔制度的确消灭了。但是印度斯坦最大的农民仍然居住在这里。……古鲁本希老爷不是地主，是农民，但他却拥有10 000比卡①的土地，还有几架飞机。另一个是薄拉老爷。他有15 000比卡的土地，近20辆拖拉机。但他们不是地主，这的确是事实。"正因为如此，土地改革以及诸始此类的事件让伯朗普尔村的人们心里七上八下的。村里农民的生活在这些事件的影响下动荡不安。作者成功地刻画了无地农民对土地的无限渴望。他告诉读者，土地是农民的生命，也是他们的生活，很多道德问题、社会问题和经济问题都是围绕着土地而产生的。村庄在衰落，家庭在解体，土地成了人们相互间仇恨与争斗的缘由。划分土地让每个人的内心都充满了嫉妒与贪婪，每个人都希望得到别人的土地。"整个地区的农民和无地农民中就像爆发了大战。不光是没有土地的农民，拥有几百比卡土地的大户农民也向别人的土地提出了要求……就是拥有几千比卡土地的人，也不想放弃哪怕是一英寸的土地。"②父子之间为了土地权益起争端，兄弟之间也是一样。"仅仅6个月，村子里就完全变了个模样。父子之间、兄弟之间为了自己的权益这样争斗的事情，以前从来没有发生过。所有稀奇古怪的事情都开始发生了。"③人们出于对土地的热爱而变得贪婪，而现有的社会制度和政策助长了这样

---

① 比卡（pigha），印度地积单位，一比卡相当于3/5英亩。

② 雷努：《荒土地的故事》，《雷努文集》第2卷，德里：国莲出版社，1993年印地文版，第327页。

③ 同上。

的贪婪。因此可以说，土地问题也造成了农村中伦理价值观衰落和缺失的现象。正因为如此，农村昔日的美好才会日渐消失。对于任何一个以农业为第一产业的国家和社会来说，社会生活的首要基础就是土地。而对地理位置偏远、经济落后的边区来说，土地的这种基础地位就更加毋庸置疑。随着国家经济的不断发展，社会不断朝着现代化的方向前进，生活的便利使偏远的边区也越来越多地受到周围环境的影响。此时，有着特殊地理环境和传统文化的边区就逐渐失去了它的特性。在社会生活中，自然的生命力被逐渐剥夺了，缺少了以往那土地的芬芳，人与人之间的诚挚关系也在逐渐弱化。

雷努的长篇小说中，作家并没有一味地缅怀过去，而是勇敢地面对现实。雷努总是以中立的视角看待传统文明与现代文明。他认为，社会的进步需要新思想和机器文明，但要把它们与传统乡村文化紧密联系起来。可以说，雷努是在以一种人道主义的视角在落后的印度村落之中找寻新的印度。这也就引出了雷努这两部边区小说的另外一个主题：找寻在时代变化的过程中日渐失去的印度农村的灵魂，振兴印度农村。为了实现这一目标，雷努提出的途径之一就是繁荣和复兴民间传统文化。

在《肮脏的裙裾》中，大夫普拉祥德是寄托了雷努理想的一个人物形象。雷努借普拉祥德之口，说出了印度农村社会存在的主要问题，对边区农村的贫穷落后表达了自己的同情，也抨击了造成这种状况的根源，表达了改善这种状况的美好愿望和信心。

普拉祥德为了把人们从疟疾和黑热病中拯救出来，主动要求到玛丽村进行疾病研究。但是，来到这里之后，他感觉到："没有土地的人根本就不是人，是牲口。……你讲的那种语言，这些人听不懂。你也听不懂他们的语言。你吃的东西这些人不能吃，你穿的衣服这些人不能穿。他们不能像你那样睡觉、坐着、笑或说话。那么你能说这些人是在过人的生活吗？"普拉祥德想："为人类造福又能怎样呢？不错，他成功地研制出治疗黑热病的特效药，可这药到手以后呢？该发生的还要发生。五安那一小瓶的药能被卖到五十卢比，人们如何买得起？再说，这里的人活着有什么用？就过这种生活？这些人的心眼比动物还直，也比动物还残忍！肚子！这是他们的极大弱点。现行的社会法制象千臂大神一样把他们紧紧抱住，连口大气都透不出，然而他们仍然活着。"①普拉祥德找到了这些人的疾病的根源——"贫穷和愚昧"，它们"比疟蚊还要危险，比白蛉还要有毒"。在这里，所有人都像牲畜一样生活，他要做的第一件事是"把牲畜变成人"。于是，普拉祥德说："我在做金色的梦，想使分布在这土地上的千百万人都幸福地生活。我幻想把这些梦注入到生命的细胞里。我幻想过，千百万健康的人在喜马拉雅的峡谷里，在三江的汇合处，为了筑起一道幸福的大坝而辛勤地劳动；数十万亩不毛之地、科西河的泛滥区等死了的泥土又开始返青，像裹尸布一样的白沙滩上长满绿油油的生命之苗；玉米地里，深耕细作的妇女们情不自禁地笑着，露出珍珠般雪白的牙齿……"②这是普拉祥德的理想，也是雷努本人的理想。要实现理想，就必须付诸行动。在小说的结尾，普拉祥德在写给马莫达的信中说："马莫达！我要重新开始工作，就在这儿，在这个村子里。我想耕耘爱的土地，让这片被泪水打湿了的土地上荡漾起爱的禾苗。我要努力，就在这片印度母亲的脏裙裾下。至少是使村里人干枯的嘴唇上恢复微笑，使他们的心里怀有希望和信心。"③让人们的心中重新充满爱、希望和信心，在社会生活中重建在社会发展过程中被破坏了的人与人之间的诚挚关系正是雷努的边区小说最关注的问题之一。

---

① 刘国楠、薛克翘译，雷努：《肮脏的裙裾》，上海译文出版社，1994年版，第245、246页。

② 同上，第208页。

③ 同上，第344、345页。

也许是出于对这一点的考虑，雷努在《肮脏的裙裾》这部小说的结尾处留下了一个光明的结局——大夫普拉祥德出狱归来，维西沃那特·普拉萨德承认了他的女婿身份，并且为了庆祝外孙尼洛帕尔的十二日礼，宣布还给村里每户农民1公顷土地，包括桑塔尔人在内。他对苏莫里达斯说："苏莫里达斯，去对大伙说，我平均退给每户一公顷土地，今天下午就把地契都改过来。也到桑塔尔人那里去说一下，叫他们也来拿地契。一分钱的礼钱也不收，什么东西也不要。你说我为什么要把田还给他们？这是新主人①给的，是新主人的命令。新主人在哭，他下命令了：归还，还给他们。把凯拉文的田和稻子也还给他。"②就这样，维西沃那特·普拉萨德把自己百分之二十的土地分给了农民们，重新赢得了他们的尊敬和爱戴。农民们都交口称赞他的善心，玛丽村充满了欢声和笑语。在这里，剥削者的良心发现和农民们的欢声笑语究竟意味着什么呢？如果理解为维西沃那特·普拉萨德是以返还一小部分土地为代价保护他的全部财产，那么这个人物形象也许更符合逻辑。维西沃那特·普拉萨德拥有大约2000比卡土地，如果他通过归还少量土地，打破村里在土地分配上的极端不平衡状态，就可以赢得村民们的爱戴与信任，从而更放心地享受剩余部分。这样似乎更符合小说中那个千方百计夺取他人土地和财产的维西沃那特·普拉萨德的个性。但遗憾的是，作者似乎并不认为这种良心发现是一贯阴险狡诈的维西沃那特·普拉萨德以退为进的策略，而更倾向于把它归功于甘地主义的影响感化。虽然这样的情节设置让小说获得了一个看似完美的结局，但是读者的内心却会产生疑问：维西沃那特·普拉萨德真的能够在短短的时间内完成如此巨大的转变吗？可以说，雷努是一厢情愿地创造了这样一个光明的结尾，这也体现了他作为一个现实主

---

① 指普拉祥德和葛玛莉的儿子尼洛帕尔。

② 刘国楠、薛克翘译，雷努：《肮脏的裙裾》，上海译文出版社，1994年版，第352页。

义作家的理想主义的一面。事实上，在后来写的一篇回忆文章中，雷努也谈到了这个问题。他说，这意味的是"一种信念、一个愿望或者说一个希望。"①

与《肮脏的裙裾》一样，《荒土地的故事》讲述的是荒土地上发生的故事，但它不仅仅是荒土地的故事，同时也是居住在荒土地上的农民们荒芜的心灵故事。历时三年的土地调查给伯朗普尔村的民间传统文化带来了毁灭性的打击，也近乎摧毁了传统的道德和价值观念。小说伊始，呈现在读者眼前的是萧索的荒土地的画面。"不只是伯朗普尔，所有的村庄都在衰落。农村的家庭在破碎，人也在倒退——每天都在破碎，像玻璃器皿一样。""过去一两年里，村子里既没有庆祝任何节日，也没有人在节日里演奏音乐。这段时间，为了迎接新生命来到这个世界而唱的索哈尔歌也没人唱了。年轻人的婚礼也不举行了……人们似乎连一个字也不会唱了。这个世界好像变成了干瘪的蜂窝。"但是作家又说："不，……建设也在进行……新的村庄、新的家庭和新的人。"从这里，读者能够看到作家的忧虑与痛苦，也能体会到作家对社会重建的信心。当然，这种重建是非常艰难而漫长的过程，因此作家又说："只有等到每个人都摆脱罪恶的那一天，所有的荒土地才会充满绿色……才会闪耀着新生命的色彩。"②

《荒土地的故事》中的吉丹德拉与《肮脏的裙裾》中的普拉祥德一样，是作家心目中的理想人物。吉丹德拉和他的朋友们清醒地认识到，只有改变村子里的保守现状，才能使没有受过教育的村民们荒芜的心不再荒芜，才能打破他们的迷信，唤起他们已经失去的信心。只要荒土地上的人们内心还在荒芜，吉丹德拉开发荒土地，复兴荒土地的梦

---

① 雷努:《碎梦拾遗》,《雷努文集》第5卷,德里:国莲出版社,1993年印地文版,第246页。

② 雷努:《荒土地的故事》,《雷努文集》第2卷,德里:国莲出版社,1993年印地文版,第317页。

想就很难成功。荒土地依然还会是迷信的荒土地、无知的荒土地、保守的荒土地。为了证明民间文化的精髓在现代生活中依然有意义，吉丹德拉把村里的所有年轻人组织起来，举行了一场生动的民间文化的舞台表演，让伯朗普尔村重新焕发了生机。这样的结尾体现出作家对未来的希望，也体现出理想主义的色彩。

在这两部小说中，有一点非常类似：两部小说的结尾处，作家都对边区的繁荣进行了憧憬。《肮脏的裙裾》中，无论是大夫普拉祥德还是乡长维西沃那特·普拉萨德，两人心灵的变化和行为的进步都预示着农村的繁荣和发展。同样，《荒土地的故事》中，吉丹德拉为繁荣荒土地所做的努力终于获得了成功，因此，小说的最后一节中才会出现这样的温馨景象："印历11月①何时结束，12月②何时到来的，伯朗普尔村的人都不知道。听到布谷鸟甜美的叫声，人们才发现，自己内心的蜂巢已经蓄满新蜜了。"③

雷努是非常推崇民间传统文化的作家，他努力通过自己的小说来阐释民间文化遗产。雷努在两部小说中运用了很多民间文化的元素。相比《肮脏的裙裾》，在《荒土地的故事》中，作家更加强调民间文化的重要性。如果说在《肮脏的裙裾》中，作家仅仅是为读者展示了边区民间传统文化的绚丽多彩的话，那么在《荒土地的故事》中，作家已经明确指出了民间传统文化在社会生活中的重要性。经过长期的独立斗争，印度于1947年获得了独立。但是，独立后的印度出现了各种各样的问题。官僚买办对民主政治并不认同，一些心怀个人目的的领导试图利用种姓主义来操纵民主。发展经济的计划带来了物质上的富

---

① 约相当于公历1、2月间。

② 约相当于公历2、3月间。

③ 雷努：《荒土地的故事》，《雷努文集》第2卷，德里：国莲出版社，1993年印地文版，第643、644页。

足，同时也助长了社会不良现象的增长。除此之外，丰富的民间文化和传统的生活规范正在快速消失。一言以蔽之，独立后印度政治经济的发展在促进物质文明发展的同时，也造成了民间传统文化的衰落。然而，在这两部长篇小说中，尽管雷努展现了贫穷、愚昧、堕落以及政治信念的丧失等现象，但他始终相信，这一切在未来都会好起来。他认为人不是只会破坏，同样也会创造和建设。作家写作《荒土地的故事》这部长篇小说，正是出于复兴传统文化的目的。就像小说中的吉丹德拉想通过民间文化舞台使伯朗普尔村重新焕发生机一样，作家也表达了通过复兴和繁荣民间传统文化使印度振兴的美好愿望。

第三节　纳加尔琼

✦

一、生平与创作

纳加尔琼（Nagarjun，1911~1980），原名瓦伊迪耶纳特·米什拉（Vaidyanath Mishra）。他出生于比哈尔邦达尔班加县的一个村子，幼时上的是梵文私塾，1936年去了斯里兰卡学习佛教，在斯里兰卡期间得到法名纳加尔琼（即"龙树"），1938年回国。当年即作为比哈尔政府代表团成员出访西藏。后与革命志士建立联系，并于1939年因领导了地方农民暴动被捕入狱，服刑10个月。出狱后，秘密周游了喜马偕尔和西藏。此后，1941、1948、1974年因各种政治原因多次入狱。他既是诗人又是小说家，一生著作颇丰，出版了数十本诗集和中长篇小说。我们这里主要介绍他的小说。

纳加尔琼可以被称为边区小说的创始人之一。他被认为是著名的印地语进步主义小说家。在他的长篇小说中，对农村生活的描绘与评价都与米提拉边区相关。纳加尔琼对米提拉的边区生活非常熟悉。他经历过米提拉地区中下层人民生活中的那些忧伤、痛苦和挣扎，并且以共产主义的视角把这一切通过自己的小说展现出来。因德拉那特·莫当博士认为，纳加尔琼的人生观来源于现实生活，他说："纳加尔琼的社会主义生活观并没有从思想或是理论上去批判的影子，而是通过感受逐渐产生的，它产生于现实生活。"[1]纳加尔琼以现实主义的生活观来评判人民大众在经济上的困顿、精神上的痛苦、空虚与挣扎。旧的价值观念和生活状态是他描写的根本，他试图通过揭示旧的价值观念的空洞而在它们之上建立起新的价值观。

米提拉边区的大众生活是纳加尔琼长篇小说作品的主要背景。纳加尔琼几乎在所有的作品中都描述了边区广阔的环境。边区和边区生活中的丑陋现象是他书写的主要对象和基础。这些丑陋的现象是造成农村中的下层人民、不可接触者阶层，尤其是妇女们痛苦的主要根源。通过对边区生活的描述，他表达了自己对那些反对保守的传统、迷信而促使进步意识产生的力量的偏爱。几乎在自己的每一部作品里，纳加尔琼都以不同的方式表达了自己的进步观念。

二、思想分析

纳加尔琼的思想受到了马克思主义理论的很大影响，但他并不是一个纯粹的马克思主义者。他给予工人等受剥削阶层的人民无限的同情，在自己的小说中大胆地揭露了地主等剥削阶级的剥削暴行。他经常鼓励被剥削阶级起来反抗剥削。纳加尔琼用自己小说的代表人物表达自己的马克思主义观点。长篇小说《伯尔金马》中，主人公伯尔金马说道："土地属于谁……谁耕种就属于谁。打倒英国人的统治！打倒柴明达尔制度！农民大会万岁！红旗万岁！革命万岁！"[2]同样，在长篇小说《水之子》中，主人公莫汉·芒奇把一些势单力薄的分散的农

---

① 转引自谢希·古伯达《后普列姆昌德时代的印地语长篇小说：新伦理价值观》，新德里：纳门出版社，1999年印地文版，第267页。

② 纳加尔琼：《伯尔金马》，阿拉哈巴德：书之堡出版社，1956年印地文版，第178页。

民团体组织在一起建立农民大会，让所有的人能够通过农民大会进行斗争，从而争取各自的权利。可以说，纳加尔琼在自己所有的小说作品中都在朝着这个方向努力，那就是：让所有的被剥削被压迫的农民和工人意识到自己也有生存的权利，也有独立的人格，让他们为反对地主的剥削而大声呐喊，即使为此使用暴力也在所不惜。纳加尔琼赞成暴力革命，有时也支持"坚持真理运动"、绝食等甘地主义理论。

纳加尔琼的思想体系与社会主义的思想体系不谋而合。他在描绘未来的美好蓝图时写道："谁耕种谁就拥有土地，谁有技术谁劳动谁就拥有工场。"①他希望所有的人都能通过辛勤的劳动获取自己应得的东西，希望阶级社会能够变成没有等级之分的完美和谐的整体。

除了被剥削阶级以外，妇女也是纳加尔琼关注的焦点。纳加尔琼强烈赞成妇女独立和妇女觉醒。他一直努力挑战社会中束缚和压迫女性的那些陈腐的习俗、制度和思潮，鼓励妇女们从令人窒息的环境中勇敢地走出来，认识自我的存在与个性。他认为女性是男性的支持力量，她们可以鼓励男性走上理想的道路。同时，女性也可以成为男性的合作者，在生活的每一个领域与男性共同工作，提升生活的品质。长篇小说《炼狱》中，纳加尔琼说："在劳动、智慧、合作、理性和兴趣等所有的方面，女性都能与男性比肩。"②在他的长篇小说中，出现了众多这样的女性形象。

对于数千年来在男权社会中备受压迫的妇女，纳加尔琼毫不掩饰自己对她们无限的同情和怜悯。在《勒迪那特的姊婶》中，他在揭示女性最根本的痛苦时说："无论哪个时代，女人都没有喝甘露的幸运。她们让男人喝甘露而自己却一直喝毒药。"③

---

① 纳加尔琼：《伯尔金马》，阿拉哈巴德：书之堡出版社，1956年印地文版，第164页。

② 纳加尔琼：《炼狱》，新德里：瓦尼出版社，1998年印地文版，第131页。

③ 纳加尔琼：《勒迪那特的姊婶》，阿拉哈巴德：书之堡出版社，1953年印地文版，第98页。

纳加尔琼认为女性与男性应当拥有同等的权利。他认为社会经济发展的不平衡是女性的悲惨状况的根源所在。如果妇女能够在经济上自立，她们的社会地位会大幅度地提升。他的观点是："工业发展了，农业发展了，愚昧与贫穷消失了，普通人的生活幸福了，那时妇女们也就能从悲惨的境地出来了。"他还说："家庭中的每一个妇女都应该以副业的方式获得某种工作。"纳加尔琼认为寡妇制度是对妇女生活的一个诅咒。寡妇们不得已沦为社会主宰者们牺牲品，但同时又是这些人在社会上歧视她们。在这样的情况下，寡妇们的生活完全就是噩梦。因此，纳加尔琼坚决支持寡妇再婚。他说再婚可以使寡妇从痛苦的处境中解脱出来。"如果谁的丈夫死了，那么让她再次结婚就是社会卫道士们的责任。"①

　　很明显，纳加尔琼的价值观是共产主义的价值观与人道主义的价值观糅合而成的。在自己的作品中，他始终不遗余力地表达着自己对农民、工人以及妇女们在社会中为生活而进行斗争的同情与支持。

三、人物塑造

　　纳加尔琼主要通过女性角色来揭示边区生活的中丑陋和不平衡的一面。长期以来，在印度的男权社会中，徘徊在愚昧无知的黑暗中的女人们饱受歧视和压迫。她们的家庭和社会地位近乎于无，更不敢奢谈独立个性的存在。愚昧的传统、保守的仪式和陈腐的思想是她们受束缚、被压迫的主要根源。但是到了20世纪三四十年代，民族觉醒同样波及了印度农村，处于社会底层的妇女也开始意识到自己的不幸与弱点。对这种现象的描写在普列姆昌德时代的作品当中可见一斑。纳加尔琼也在自己的边区小说中提到了农村中产生的这种新的思想意识。

---

① 纳加尔琼：《炼狱》，新德里：瓦尼出版社，1998年印地文版，第130页。

《勒迪那特的婶婶》中的戈莉和她的母亲,《伯尔金马》中的伯尔金马、莱沃妮、苏格妮,《水之子》中的莫汉和玛图莉,《痛苦解脱》中的玛娅等都是边区农村中在觉醒浪潮中觉醒的代表人物。

纳加尔琼的首部长篇小说《勒迪那特的婶婶》讲述了一个寡妇在充斥着古老而陈旧的价值观念和传统的社会中苦苦度日的悲惨故事。正如上文所说,寡妇制度对于印度妇女来说就像是一个噩梦,勒迪那特的婶婶——寡妇戈莉就是社会上陈旧观念和丑陋习俗的牺牲品。她的父亲为了与高等种姓人家攀亲,把她嫁给了疾病缠身的半百老头瓦伊迪那特。婚后不久,瓦伊迪那特撒手人寰,留给戈莉的是两个孩子以及寡妇的身份。不幸之中的戈莉又被自己的小叔子占有并怀上了他的孩子。在传统保守的农村社会中,戈莉不仅遭受了严重的歧视,并且被从这个社会中放逐。但是戈莉并没有被所有这些痛苦击垮,也没有向社会屈服,她勇敢地承受了这一切,以自己的沉默向这个给她带来经济困境和感情痛苦的社会发出了无声的抗议。

尽管戈莉只是保守的农村社会中的普通女性,但她却是一个有思想的进步女性。纳加尔琼试图通过戈莉这样的女性形象在传统保守的伦理道德观之上建立新的价值观。戈莉身为寡妇却怀孕了,这是传统社会绝不能接受的事实,但她并没有因此而轻视自己,也没有像有些与她同病相怜的寡妇那样在失望中默默忍受痛苦的生活,而是继续勇敢地生活。

纳加尔琼在自己的作品中极力展现了米提拉边区社会中的那些落后而空洞的习俗和制度。他认为这些习俗和制度就像麻风病侵蚀人们的身体一样侵蚀着社会。在《新芽》中他揭示了印度社会中包办买卖婚姻的可怕和危害。作品中他以新的形式揭示了这个老的社会问题。故事是这样的:米提拉有这样一个庙会,很多有结婚意愿的男子到这里来寻找结婚对象。许多家中有女儿的父母也会来这里为自己的女儿们挑选合适的丈夫。有一次，冷酷自私的考卡伊·恰在这里把自己的外孙女维塞萨莉以900卢比的代价许给60岁的老头杰杜拉南·焦特里。焦特里不仅结过三次婚，还有好几个孩子。考卡伊·恰是以卖女儿出名的。他为了钱把自己的六个女儿都嫁给了不相配的丈夫。村里的一些进步青年坚决反对这种包办买卖婚姻。在他们的反对下，杰杜拉南·焦特里空手而归。之后，进步青年瓦杰斯伯蒂与维塞萨莉结了婚。进步的思想意识战胜了空洞而失去生机的旧传统。

维塞萨莉虽然是落后农村的妇女，却具有进步的思想意识。对于外公为自己包办的婚姻，她以各种方式进行了激烈的反抗。作为"BMP"（社会主义思潮的团体）的非正式成员，在组织的帮助下，她勇敢地发出了反对买卖婚姻的呼声。她通过组织在边区农村呼吁人们反对黑暗落后的制度，唤醒了人们的进步意识，她是黑暗传统的掘墓人。维塞萨莉凭借自己的勇气和进步意识对抗社会陋习，也从不人道的婚姻中获得解脱。

从纳加尔琼的作品中我们可以看到，他的进步观念是逐渐形成的。《勒迪那特的婶婶》和《新苗》是他早期的作品，因此不能完全代表他的进步意识。戈莉、维塞萨莉等是旧的道德观念向新的道德观念过渡时期的代表。《水之子》的女主人公玛图莉是真正意义上能够代表纳加尔琼共产主义思想的人物形象。她也可以被视为戈莉、维塞萨莉等人物形象的进一步发展。她勇于向社会中最有力量的婚姻制度挑战，成为打破旧的价值观并建立新的价值观的代表性人物。

《水之子》讲述的是渔夫们的生活故事。小说中作家在渔夫们生活的时代背景下展现了他们的信念和价值观。同时，在渔夫生活的大背景下，作家还描述了玛图莉和门格尔之间的爱情故事。这个爱情故事赋予婚姻、爱情和两性关系以新的内涵。小说的女主角玛图莉爱着门格尔，却不得不离开门格尔出嫁，遇到了嗜酒如命、喜欢惹是生非的公公和性格暴躁的丈夫。由于无法忍受他们的虐待，她回到了娘家。她在莫汉·芒奇的领导下帮助遭受洪灾的人们，最后为了保护追求正义的戈克尔而被捕。

玛图莉是怀有新思想的新女性。她从来没有想过放弃自己应有的权利。死气沉沉的社会传统和迷信思想在她的眼中毫无价值。因此她毫不犹豫地摆脱了自己那没有意义的婚姻枷锁。她认为婚姻等社会规范和习俗不应该是社会的约束而应是个人的事情，是夫妻双方的相互妥协。因此，她结婚之后在遭受到公公和丈夫非人的虐待之时，能够毅然离开婆家回到娘家。她以这样的行动向传统的婚姻观念和制度发起了挑战。"她的脑海中闪现出一个年轻渔夫那无畏的脸庞……自己的粗暴的丈夫那没有生气的脸……她想起了那张烤烟叶一样红红的脸……让这个混蛋见鬼去吧。"她说。"现在她再也不忍受那个醉鬼老头的棍子了……如果再结婚，就跟一个心地善良，勤奋上进的小伙子结婚……再说，没有男人难道女人就不能独自生活吗？"[1]这就是玛图莉的想法，在虚伪的社会制度面前她不仅没有牺牲自己，而且勇敢地打破社会的束缚，满怀自信地准备迎接崭新的生活。

玛图莉相信女性在社会中的自由和平等，因此她认为女人的世界不仅仅是在家庭当中，而且在广阔的社会舞台上。为了追求社会公平，她进行了不懈的斗争。当地区法官讽刺女人参加政治时，她这样回答："难道对女人来说人生和世界不存在吗？"[2]她勇敢地面对法官的威逼利诱，面带微笑地走上警察的囚车。她通过自己的行动宣告女性的觉醒、女性的自由和平等。她对所有湮没个性发展的传统社会道德和价值观念发起了强有力的挑战。

纳加尔琼几乎在自己所有的长篇小说中都对社会中蔓延的旧习俗、

---

① 纳加尔琼:《水之子》，新德里：瓦尼出版社，1984年版，第119页。

② 纳加尔琼:《水之子》，阿拉哈巴德：书之堡出版社，1956年版，第124页。

宗教迷信和种姓桎梏进行了尖锐的批评。他揭露了许多社会陋习，并且呼吁新的伦理观以及由此而产生的新的价值观。长篇小说《伯尔金马》中作者揭露了那些利用妇女的单纯而将她们引入歧途的伪善出家人。这些出家人利用咒语和巫术引导人们作非法的事情。在这部长篇小说中，身着红衣的头人达莫和阿南德老爷就是这种类型的人物。达莫头人借口为精神错乱的苏奇娅驱鬼，无耻地玷污了她的贞洁。同样，长篇小说《伊姆尔迪娅》中也有为宗教迷信所束缚的人们挨了出家人的打还要努力得到他们的祝福以及以小孩子做牺牲这样的描写，揭露了这些行为的致命危害。

纳加尔琼在小说中对人们迷信的宗教观念进行了善意的讽刺。但是在谈到牺牲这方面的问题时，他的言辞就变得异常激烈。《伯尔金马》《伯代色尔那特老爷》《新苗》以及《伊姆尔迪娅》等长篇小说中都有这方面的描写。

从纳加尔琼的长篇边区小说中，我们可以清楚地看到旧的伦理价值观在与时代发展的过程中逐渐走向衰落，取而代之的是适应新时代和新生活的新的伦理价值观。

戏剧家珀德与阿谢格

第一节　珀德

✤

一、生平

乌代辛格尔·珀德（Udayshankar Bhatta，1898~1966），现代印地
语最重要的作家之一。他出生在一个文化气息十分浓厚的印度教家庭
里，从小聪明，并且有敏锐的观察力。成年后，他曾参加过甘地领导
的民族独立运动，当过印度国大党的地方会议主席。印巴分治前，他
主要在拉合尔居住（1923~1946），分治后迁居德里。1928年开始进入印
地语文坛，由此一发而不可收，创作了许多优秀作品，成为印地语文
坛上非常重要的人物。珀德的创作是全方位的，他不仅是戏剧家，还
是诗人和小说家，他的主要诗歌作品有叙事长诗《怛叉始罗》（1928）
和诗集《放弃》（1931）、《甘露和毒品》（1944）、《时代之灯》（1944）、
《现实与幻想》（1948）等;《新转折》（1948）、《今世与来世》（1955）、
《大海、浪花与人》（1958）等是他的主要长篇小说，其中《大海、浪
花与人》是他的代表作，作品描写孟买附近海滨渔村的渔民生活，被
有些评论家称为"边区小说"或社会风俗小说。然而，他的主要成就
却在戏剧方面。因此，下面分两部分介绍。

二、小说创作

乌代辛格尔·珀德是非常全面的文学家。他在诗歌、戏剧、长篇小说等方面展现了全面的文学天赋。

珀德认为，写作应该是有目的的，能够引导个人和社会积极向上的文学才是有意义的文学。珀德将自己的长篇小说称为"人类行为分析"，在表述自己写作长篇小说的目的时，他说："我认为长篇小说是研究人类行为的媒介。优良与恶劣品质充斥于生活的各个方面，从人类的不同思维方式中表现出来。用心理分析的方式对这些进行分析对于长篇小说是很有研究价值的……我认为那些不能够激励社会前进和个人提高的写作是毫无意义的，没有任何益处。"[①]珀德将与生活和世界紧密相连的斗争纳入自己的视野当中，在自己的长篇小说中以自己生活的时代为基础，在时代的背景下奏响了时代思潮的最强音。也可以说，在时代思潮的基础上建立鲜活的人类价值观是他的主要目的。

珀德的边区小说与他之前或是同时代的边区小说有很大的不同。从题材和形式的角度看，珀德在自己的边区小说代表作《大海、浪花与人》中描述了与离孟买海边不远的伯尔索瓦村的渔夫息息相关的边区。同时，在珀德的边区小说中，边区不像在纳加尔琼或是雷努的作品中那样是小说的主角，而是作为小说的故事背景，起到的是为人物的生活增色的作用。

珀德的生活观是进步主义和人道主义的生活观。他的小说往往以女性为中心。他强烈希望妇女有适应时代的觉悟和理性，希望她们抛弃古老保守的伦理观，在进步思潮的洪流中认识自我的个性和存在，成为新时代的妇女价值观的追随者。珀德在自己的作品中有力地展现

---

① 转引自谢希·古伯达:《后普列姆昌德时代的印地语长篇小说：新伦理价值观》，新德里，1998年印地文版，第278页。

了这一点。他认为爱情和婚姻是个人的自由，他始终以同情的目光审视着妇女的社会地位和她们的个人愿望。他希望边区的妇女能够为拓宽个人的发展之路而努力，希望她们能够具有坚强的、独立的个性，在任何环境中都不会动摇。从珀德的《大海、浪花与人》《今生来世》（1958）、《结局》（1960）等长篇小说作品中零零散散表现出来的思想中可以看出他的生活观和价值观。尤其是代表作《大海、浪花与人》，可以说是他的价值观的集中体现。

珀德在长篇小说《大海、浪花与人》中描写了位于孟买西海岸的一个名为伯尔索瓦的渔村和居住在那里的渔夫们的生活。作家透过远离现代文明的渔夫们的生活的丑陋表层，人性化地展现了他们内在的美好的一面。小说中描绘了落后的渔夫种姓的生活、言行以及他们的欢乐与痛苦。这些渔夫们生活在大海的怀抱中，大海既是他们的生活来源，也是他们欢乐与痛苦的主宰。他们的所有生活都与大海息息相关。大海寄托着他们所有的情感与希望。对于生活，这些渔夫们有着自己的观念和见解。作家摆脱了道德的偏见，展现了这些渔夫们平凡生活中的价值观与爱情观。作家以高超的技巧成功地表现了处于大城市边缘地带的这个渔村里发生的许多变化以及个人主义思潮的兴起、传统伦理观的没落等。

珀德在这部长篇小说中展现的是这样一个社会边区，它紧邻繁华的大都市孟买却又没有受到多少影响。在这一边区生活的人们有着自己特殊的文化、文明和伦理价值观。他们从来就不打算接受谁的影响，也不接受任何新事物。对于伯朗索瓦村的渔夫种姓来说，女子在这一种姓中具有相当的重要性。男人的工作是打鱼，而女人主要去市场卖鱼。基于这种原因，这里的女人在经济上并不依附于男人，因此结婚时候的彩礼也由新郎一方来出。

这部长篇小说的中心人物是一个富有的渔夫的女儿勒德娜。她是作家进步女性观的具体体现。勒德娜从小深受母亲和自己种姓伦理观的熏陶，同时，她的个性发展又受到了多重环境的影响。农村和城市的不同文明对她产生了不同的影响，使她形成了双重的个性。受过教育的勒德娜对生活有着许多超乎现实的期冀。她希望远远地逃离伯尔索瓦村的生存环境。她的内心有着对孟买浮华生活的无限向往。勒德娜对现在的生活很不满意，她的内心对新生活充满无限渴望。为了实现过上理想生活的愿望，她希望和一个能够满足她物质生活需求的人结婚。她在向萨里迦吐露心声时说："我恨伯尔索瓦村！恨这儿的人，恨这种职业！世界已经很进步了，可是我们到现在为止还在像祖先们一样从事这种打鱼的职业！没有高楼，没有便利的生活，什么都没有……我想和有地位的人结婚，在一个我可以过上理想生活的地方。有摩托车、汽车和装饰豪华的洋楼！傍晚我可以坐着汽车兜风，可以去爬马拉巴尔山，可以去看电影，有成群结队的仆人！"萨里迦问她："梦想是不坏，可是穷人怎么能得到这一切呢？"勒德娜充满信心地回答说："我能得到！"①

勒德娜抛弃了自己的渔夫男友耶什温德，因为他没受过教育，不开化，也不同意去孟买过现代的生活。尽管耶什温德非常喜欢她，她还是不愿意和他结婚。相反，她为了实现自己的梦想，与浮华的鱼经纪马尼克结了婚，婚后生活在了她梦想中的城市——孟买。然而事与愿违，马尼克的目的是赚钱，他想把勒德娜变成他赚钱的工具。勒德娜被马尼克欺骗后非常伤心失望，于是离开他寻找新的生活。此后，她做过富商的女用，为保护名誉斗争过；也听从萨里迦的劝告与律师提鲁瓦拉住在一起，学过打字，受了提鲁瓦拉的骗之后她又去了一家医院，被巴因仁格医生接受。

① 乌代辛格尔·珀德：《大海、浪花与人》，新德里：莫希吉维出版社，1968年印地文版，第112、113页。

勒德娜是一个勇敢的女性，她从来不愿意回头看。她的这种个性使她在一次又一次受伤之后仍然不动摇。即使成了牺牲品，她也没有在伤害她的社会和伤害她的人面前低头。当她的丈夫想让她成为赚钱的机器，让她去另一个男人身边的时候，她进行了激烈的反抗，打了她的丈夫。她甚至还用棍子和鞋痛打想让她成为满足自己欲望的工具的那些人，如丈夫的合伙人和同伴、富商迦西那特的内弟钦格莫尔、律师提鲁瓦拉等。她认为自己可以成为男人的妻子，但是绝不能成为他们的玩物。离开马尼克之后，勒德娜从来没有回到伯尔索瓦村去投奔母亲的念头，而是坚持留在孟买，在生活的一次次考验之中寻找着自己的新方向。萨里迦几次劝她，但她坚定地说："我不回伯尔索瓦！我要用自己的脚站起来，不管为此要经受多少痛苦。我想看看痛苦是什么样的。我要斗争，我想看看自己到底能做些什么。"[①]勒德娜的内心不仅有斗争的力量，还有顽强的毅力和强烈的自尊。她把陈腐的伦理道德观踩在脚下，坚定不移地走着自己的路。勒德娜不像传统的印度妇女那样把丈夫当作神而使自己成为丈夫的附庸。她认为婚姻是自由的，是个人之间的约定。当她看到马尼克的卑劣行径，意识到自己与他并不适合时，就马上离开了他。她以这样的行为向旧的传统道德进行挑战，并且在婚姻问题上以实际行动实践了自己的理想。

　　作家在小说中塑造了勒德娜这样一个具有叛逆色彩的女性形象。她认为在经营家庭的过程中，女人是男人真正的伴侣，而不是附庸。尽管她是落后种姓的妇女，但她并不信奉保守陈旧的社会价值观。她是一个极富斗争色彩的女人，具有独立、自尊、勇敢、坚定和自信和个性特征。她一直努力摆脱陈旧的社会传统对女性的严格束缚。凭借着自己的坚定和勇敢、努力追求上等生活的野心，她勇敢地挣脱了传

---

① 乌代辛格尔·珀德：《大海、浪花与人》，新德里：莫希吉维出版社，第251页。

统对自己的束缚，最终赢得了在生活中的成功。勒德娜的形象对印度女性来说是一个理想的榜样。希沃丹·辛赫（Shivadan Singh）写道："勒德娜的形象是如此特别，这使她自然而然地成为现代印度女性的代表……普列姆昌德在谈到女性问题时，由于观念的保守，经常看不到在丈夫和家庭之外女性生活的社会意义。在他的眼中，抛弃了丈夫和家庭的女性只可能堕落，或者是社会使她堕落，因为女性是软弱的，她们没有独立的个性。"[①]而在珀德的笔下，勒德娜以自己充满勇气的个性奏响了新的女性伦理观的最强音。

珀德的第二部长篇小说《今生来世》中展现了居住大北方邦西部的一处圣地——巴丹布利的不同种姓的生活现实。作家试图通过这部长篇小说使人们关注在圣地不断发生的各种可怕无耻的罪行。他叙述了骗子们在宗教和信仰的掩护之下设下陷阱，给老实单纯的人们带来了不幸和灾难。这些骗子们不仅以此来骗取钱财，还骗取女人们的贞节。珀德在这部长篇小说中生动地描述了圣地和这里的居民们生动的生活画面。

《今生来世》的女主角杰梅莉令人同情的处境代表了印度社会中多数女性的处境。对她来说，保护自己的贞节不被侵犯成了难以完成的任务。陷入肮脏的宗教陷阱之中的女性，她们的处境是多么的可悲！企图占有杰梅莉的都是婆罗门祭司一类的"体面"人物。而像杰梅莉这样无力地随波逐流的女性也大量存在于像巴丹布利这样的圣地。但是，当杰梅莉看到奥克尔先生之后，她的内心发生了变化。她想："在这个人们顶礼膜拜并且在其中沐浴之后获得无限功德的河岸边，我却在这里做着罪恶的偷窃、抢夺、迷惑讨好人的事情，并且把这些当成是自己的成功。我一边乞讨一边作孽……看到年轻的游客，我表面上

[①] 转引自转引自谢希·古伯达：《后普列姆昌德时代的印地语长篇小说：新伦理价值观》，新德里，1998年印地文版，第283页。

对他们微笑，暗地里却从他们的口袋中偷钱。这是一个什么样的我？难道我不是妓女吗？妓女还能是什么样子呢？我的一生就这样度过了。"①在这部小说中，作家站在时代的高度审视小说中的这些人物，通过描写杰梅莉等人在行为上的转变提出了道德与不道德、罪孽与功德等传统问题。

从珀德的边区小说作品中我们可以看到，珀德认为社会上通行的旧习俗和宗教信仰是阻碍个性健康发展的绊脚石，因此他在自己的文学作品中严厉地抨击了这些旧习俗和宗教信仰。同时，珀德以他的人道主义价值观而著名。他的内心对于人有着深沉的爱，因此他在作品中以极大的同情展现着人类的弱点，使读者对作品中的人物充满了同情与爱意。

三、戏剧创作

乌代辛格尔·珀德在戏剧领域取得的成就更大，他一生共创作了30多部多幕剧和独幕剧集，其中主要的有：

多幕剧：

1.《维格尔马蒂德耶》（历史剧，1929）

2.《信德的陷落》（历史剧，1930）

3.《安巴》（神话传说剧，1931）

4.《萨竭罗的胜利》（神话传说剧，1932）

5.《格木拉》（社会剧，1935）

6.《没有结局的结局》（社会剧，1938）

7.《解脱之使》（历史剧，1944）

8.《塞种人的胜利》（历史剧，1948）

---

① 乌代辛格尔·珀德:《今生来世》，德里：阿德玛拉姆和森斯出版社，1968年印地文版，第100页。

9.《革命者》(社会剧，1953）

10.《新社会》(社会剧，1955）

11.《帕勒沃蒂》(社会剧，1958），等。

独幕剧集：

1.《新独幕剧》(含5个剧本，1933）

2.《众友仙人》(含3个剧本，1934~1935）

3.《原始时代》(含6个剧本，1935~1936）

4.《女人的心》(含5个剧本，1940）

5.《问题的了解》(含9个剧本，1947）

6.《迦梨陀娑》(含3个剧本，1948）

7.《火焰》(含6个剧本，1950）

8.《幕后》(含8个剧本，1954）

9.《现代人》(含5个剧本，1959）

10.《年轻人》(含7个剧本，1961）

11.《七个笑剧》(含7个剧本，1962）等。

乌代辛格尔·珀德的剧本涉及面很广，其中有历史剧，有神话传说剧，也有社会现实剧。剧中人物有国王、武士、婆罗门等古代上层人物，也有国大党官员、大资本家等现代达官贵人，有古代的贫苦落后者，也有现代的不可接触者。剧本题材大到整个国家民族的命运，小到一个小家庭的成员关系……总之，珀德的戏剧向我们展示了一个完全的印度，这个印度有过去、现在，也有未来。它既不同于帕勒登杜剧本中的那个衣衫褴褛、奄奄一息的"印度母亲"，也不同于杰耶辛格尔·伯勒萨德剧本中的那个充满文化气息、具有原始共产主义性质的美好国度，它是一个复杂的、集美和丑于一身的、活生生的现代印度社会。"珀德的多幕剧和独幕剧不仅具有文学性、历史性和社会性，同时还具有文化性。"①一句话，他的剧本从各个角度反映了印度。

和杰耶辛格尔·伯勒萨德一样，乌代辛格尔·珀德对印度的历史很感兴趣，他也从印度历史的花园中摘取了一些花瓣，并以此为题材创作出了不少成功的历史剧。他的第一个剧本《维格尔马蒂德耶》就是历史剧，剧本创作于1929年，分5幕20场，取材于11世纪的历史传说。剧本的基本内容是这样的：格勒亚纳国的国王有三个儿子——索美西沃尔、维格尔马蒂德耶和杰耶辛哈。二儿子维格尔马蒂德耶从小就聪慧勇敢且尊长守信，很得父王欢心。老国王有意禅位于他，他坚持让长兄索美西沃尔为太子。但索美西沃尔不仅没有感激他，反而对他忌妒有加。老国王死后，索美西沃尔执政，并由此开始了对弟弟维格尔马蒂德耶的排挤和迫害，结果给自己招来了杀身之祸。

乌代辛格尔·珀德在《维格尔马蒂德耶》中重点塑造了索美西沃尔、维格尔马蒂德耶和金德尔蕾卡这三个人物形象，他们是剧本中的主要角色。索美西沃尔是个私心太重、公报私仇、没有远见卓识的国君，他不念手足之情，想方设法置比自己有能力的弟弟维格尔马蒂德耶于死地。他还与其他国家结盟，攻打维格尔马蒂德耶岳父的国家。此外，他还违背民意，不许臣民称赞甚至提到弟弟维格尔马蒂德耶。维格尔马蒂德耶则不同，他虽然勇敢善战且深得民心，但却从不居功自傲，他自愿放弃王位，请父亲让哥哥登基。他十分尽职尽责，替兄长守卫边疆；他不愿打仗杀人，但关键时刻却能冲锋陷阵。他没有权欲，既不愿意在本国为王，也不希望成为妻子国家的主人。他只有一个愿望，那便是和哥哥、弟弟们和睦相处，共同为国家出力。金德尔蕾卡是维格尔马蒂德耶的妻子，她比丈夫更清醒，知道大伯子索美西沃尔要除掉自己的丈夫和兄长（觉勒国国王）。她十分了解自己的丈

---

① 摩奴尔玛·夏尔马:《戏剧家乌代辛格尔·珀德·前言》，新德里，1963年印地文版。

夫，知道他不会反对自己的兄长，因此，她在暗中保护他。她身着戎装，驰骋疆场，俨然一员武将。自然，乌代辛格尔·珀德最看重的是维格尔马蒂德耶，他是索美西沃尔的好弟弟，是家族团结的倡导者。

1928~1929年是印度民族独立运动比较红火的时期，国大党在1927年召开的马德拉斯会议上宣布自己的目标是争取印度完全的独立，此后便开始了一系列的包括抗税在内的不合作运动。不过，这时期的印度人仍然不很团结，印度教徒和穆斯林自不必说，就是在印度教徒内部，索美西沃尔式的人也不少。因此，作者有意提醒国人注意内部团结的问题，希望同胞们能像维格尔马蒂德耶一样从大局出发，以国家利益为重。这是《维格尔马蒂德耶》的深层含义。

1930年，乌代辛格尔·珀德发表了第二个剧本《信德的陷落》。这也是部历史剧，全名是《达诃尔和信德的陷落》。作品分5幕30场，以公元七八世纪的一个历史传说为创作蓝本：阿拉伯人侵入印度西北部，信德国首当其冲，国王达诃尔和太子杰耶夏哈等发誓誓死保卫国家："雅利安人从不害怕打仗，战斗就像我们的营养品，有时味道虽然不佳，但却有益于身体。阿拉伯人就是来一千次，我达诃尔也不会后退一步！"[1]这是达诃尔的信念，果然，直至战死疆场，他也没有后退一步。杰耶夏哈也同样勇敢，失败后他到处寻求支持，期望邻国能从印度大局出发，帮他赶走阿拉伯侵略军。

在这个剧本中，乌代辛格尔·珀德将信德陷落的责任归咎于佛教徒格扬布特等。剧本认为，由于佛教徒格扬布特等死守佛教不杀生、爱和平的信条才导致了战争的失败。这里，珀德提出了爱国和护教的问题：以格扬布特为首的佛教徒认为不杀生是自己的最高信条，在任何情况下都不愿背离这个信条；而且，格扬布特认为穆斯林统治和印

---

[1] 乌代辛格尔·珀德：《信德的陷落》，新德里：莫希吉维出版社，1968年印地文版，第13页。

度教徒统治对他们来说完全一样。印度教徒当然反对这种观点，他们认为格扬布特等人的行为是叛国，认为印度教徒和佛教徒是兄弟的关系，而新来的阿拉伯侵略者是双方共同的敌人。乌代辛格尔·珀德当然赞同后一种观点，他通过佛教高僧萨格尔德特之口表明了自己的看法：

> "格扬布特，你忘了，印度教和咱们佛教是一样的，咱们佛教教义和印度教教义没什么区别，印度教的奥义书、吠陀经典等都是佛陀教义的来源……咱们佛教徒和印度教徒没什么两样！"

但是，格扬布特等没有醒悟，他们从狭隘的宗教信仰出发，置国家利益于不顾，向侵略者打开了城门，致使国王达诃尔战死、都城陷落。他们的下场如何呢？格扬布特被入侵者囚禁了起来，其他人也没有得到任何好处。原来阿拉伯人也看不起这些背信弃义的人，连侵略军头目默罕默德·宾·格西默也说："由于格扬布特等人的帮助我取得了胜利，但这些人连自己的国家都背叛了，怎么能对我们这些外来的阿拉伯人友好呢，我永远不会信任他们！"[①]后来，格扬布特等改信伊斯兰教后才获得了人身自由。这样的结果是他们以前绝对没有想到的。

乌代辛格尔·珀德在这里表明了爱国的重要性，揭示了只有先保住国家才能保住自己的宗教信仰的道理。同时，他强调了内部团结的重要性，希望国人团结一致，共同为印度的事业而努力。从这个角度看，《信德的陷落》和《维格尔马蒂德耶》的目标相似，但更有现实意义，因为当时印度的教派之争已经阻碍了印度民族独立运动的步伐。

在《信德的陷落》中，乌代辛格尔·珀德还塑造了苏利耶德维这个少女形象。她是个非常勇敢沉着的公主，父王达诃尔战死、国家沦亡后，她和妹妹珀尔玛德维被俘。在极端困难的时刻，她劝妹妹要挺

---

① 乌代辛格尔·珀德:《信德的陷落》，新德里：莫希吉维出版社，1968年印地文版，第95、134页。

住，并用离间计使侵入都城的侵略军头目死于非命，最后带领妹妹英勇就义，给世人留下了一段可歌可泣的巾帼英雄故事。珀德塑造这一形象是有用意的，他在剧本的《前言》中写道："如果今天的印度妇女听到有关苏利耶德维的故事，对她们将有很大好处，有助于她们学会保护自己。"[①] 显然，珀德是为现实中的妇女着想，希望她们能像苏利耶德维一样拿起武器，采取一切手段保护自己不受侵犯。

《塞种人的胜利》也是历史剧，写于1948年。该剧分4幕21场，剧情和杰耶辛格尔·伯勒萨德的《忏悔》类似，展示了耆那教修道人格勒格因公报私仇而引来外族侵略者塞种人的故事。所不同的是，《忏悔》中的杰易京德无力挽回局面而投河自杀，《塞种人的胜利》中的格勒格则在悔悟后参与了反抗外来入侵者的行动，并赶走了他们，使国家重新独立。在作品中，乌代辛格尔·珀德还描写了印度教徒、佛教徒和耆那教徒团结一致共同对付塞种人的场面，从正面说明了内部团结的重要性。

乌代辛格尔·珀德非常看重内部团结这个问题，在他看来，索美西沃尔之死是他与弟弟维格尔马蒂德耶不团结的结果，信德的陷落是佛教徒和印度教徒不团结的结果，塞种人侵入印度的成功是耆那教徒和印度教徒不团结的结果。现实如何呢？由于印度教徒和穆斯林不团结，双方的冲突自1923年以后一直持续不断，英国人则借机获利，从客观上阻碍了民族独立运动的前进步伐。因此，珀德的这三个历史剧与当时的印度现实有很大关系，他力求用史实表现内讧的危害性。

在创作历史剧的同时，乌代辛格尔·珀德也把目光投向了印度的神话传说。1931年，他发表了第一个神话传说剧《安巴》，作品取材于大史诗《摩诃婆罗多》，分3幕18场戏。这是个反传统的剧本，在作品

---

① 乌代辛格尔·珀德:《信德的陷落》，新德里：莫希吉维出版社，1968年印地文版，第4页。

中，作者从实际出发改变了史诗中各人物的心理，反对认为毗湿摩①为一代优秀人物的传统观点，并以他为基点对男人世界进行了控诉；同时，他又以安巴②为另一基点，对印度妇女的悲惨处境寄予深切的同情。

剧本中的男人们大多是作者批判的对象。毗湿摩是印度教社会引以为自豪的人物，他是一族之长，又是印度教规范的保卫者。他为了父亲福身王竟许下了连神也感动的誓言——一辈子不娶，永远不继承王位。但在乌代辛格尔·珀德的笔下，他却是个对社会不负责任的人物。

剧本中的贞信即毗湿摩的后母，也十分怨恨毗湿摩。她认为，正是由于毗湿摩许下了不争王位、终身不娶的重誓，父亲才同意把她嫁给福身王。而不久福身王就撒手人寰，自己在很年轻的时候就成了寡妇。自己与年老的福身王生下的两个儿子花钏和奇武也病魔缠身，能力不足，精力不济，不仅不能赡养自己，连自立也很困难。因此，贞信认为，自己的可悲境地是毗湿摩一手造成的。

更为可贵的是，乌代辛格尔·珀德在《安巴》中指出了保护国家的绝对重要性，暗指印度民族独立运动中的压倒一切任务是维护国家的利益，其他的教派、党团、民族（印度内部）等一切都应服从国家利益，这是《安巴》剧中最有价值最闪光的部分。

毗湿摩不仅没有把国家的利益放在第一位，他还制造了另两场悲剧：他帮助无勇无谋而又身体衰弱的同父异母弟弟奇武抢娶了迦尸国王的三个女儿——安巴、安毕迦和安巴利迦；这不仅破坏了安巴和沙鲁瓦的美满姻缘，还使安毕迦和安巴利迦失去了往日的欢乐，不得不和奇武结婚，不久就沦为寡妇。"为了一个软弱、病态的男人，竟抢

① 印度史诗《摩诃婆罗多》中的重要正面人物之一，是具卢族和般度族的共同族长。
② 印度史诗《摩诃婆罗多》中的人物，是刹帝利种姓"抢婚"习俗的受害人。

来三个女孩子和他结婚，这不是坑害妇女是什么？不是坑害社会是什么？不是灭杀人性是什么？"①可是，就是这样的男人，"社会仍把他当作忠于职守的、有知识的和行为高尚的人"！②乌代辛格尔·珀德通过受害少女之口又否定了"行为高尚"的毗湿摩，同时指出他的行为是"坑害社会"，这又突出了社会责任感高于一切的观点。

福身王是毗湿摩的父亲，在剧本中没有出现，但他年轻的妻子贞信和两个儿子花钏、奇武都对他不满。正因为他的好色、老年无度才导致了贞信的悲剧和两个病态儿子的出生。他也是乌代辛格尔·珀德否定的对象。

迦尸国的国王是安巴、安毕迦和安巴利迦的父亲，他很关心自己的三个女儿，专门为她们举行选婿大典，希望她们能选中如意郎君，而不希望她们成为抢婚习俗的牺牲品。但他自己却是个曾经抢过年轻姑娘并置她于死地的人。他和毗湿摩一样是作者否定的角色。

沙鲁瓦是个王子，他很爱安巴，并和她私订了终身。但当安巴被毗湿摩抢走后又回到他身边时，他却拒不接受她，认为她是个被别人摸过的东西。由此可以看出，他和安巴的爱情并非真正的爱情，双方的感情是不平等的，他爱安巴是有条件的。因为他，安巴才拒绝和奇武结婚，才成为三个男人（毗湿摩、奇武和沙鲁瓦）推来踢去的可怜物。从某种程度上说，沙鲁瓦也是安巴悲惨状况的制造者之一。

作品中的另外两个男角色是花钏和奇武，他们因先天不足而病魔缠身。正由于此，他们对年老父亲福身王娶年轻母亲贞信的行为不满，对兄长毗湿摩盲目孝顺父亲的行为持批判态度。可以说，他们是不正常婚姻的直接产物，属于受害者一方。但花钏死后奇武却顺从母亲贞信、兄长毗湿摩的安排同安毕迦和安巴利迦结了婚，无情地伤害了两

① 乌代辛格尔·珀德:《安巴》，新德里:莫希吉维出版社，1968年印地文版，第88、89页。
② 同上，第100页。

个少女，毁了她们的一生。因此，在乌代辛格尔·珀德看来，奇武虽然是受害者，却也是害人者，也是不应该肯定的人物。

这样，剧本中没有一个完美的男人，他们同属一类，都是男人世界的制造者和维护者，是妇女命运的主宰者，是他们剥夺了女人的权利，促成了一个又一个悲剧。珀德非常明确地否定了他们，表明了妇女应和男人平等的观点。

乌代辛格尔·珀德在作品中还塑造了几个妇女形象。安巴是最重要的角色，她年轻貌美，对生活充满信心，对爱情充满希望。她深爱着沙鲁瓦，和他定了终身，因此在父王宣布三姐妹择婿大典后她担心沙鲁瓦不到场；在被毗湿摩代替奇武抢去后她又据理力争，说明自己已择定伴侣，不能和其他任何人结合。但男人统治的社会却嘲弄了她的感情，把她贬为只能碰一次的东西；对此她先是哀求，期望获得心目中的爱情，后是失望悲愤，斥责沙鲁瓦虚伪无情，进而又诅咒这个男人至上的社会，呼吁上苍消灭这个残忍的男人世界。不仅如此，她还决心报仇，直到重新投胎为束发战士杀死毗湿摩才罢休。这样，安巴由一个纯情少女逐渐发展成为一个直面现实、反抗精神强烈的巾帼英雄，这是珀德所要表现的重点中之重点，这个重点使人们对安巴前期的遭遇充满同情，对她后期的执着充满钦佩。

贞信也是个比较重要的角色。她也是受害者，年老的丈夫福身王死后她仍很年轻，迫于社会压力无从重获自由，只好遵守妇道和两个病态儿子相依为命。在寂寞无聊中她哀叹自己命运不济，悔恨自己嫁了一个不合适的男人，也埋怨毗湿摩不该纵容父亲做出不合常理的事情。但另一方面，她又是男权社会的维护者，是男人们的帮凶。她明知儿子奇武会不久于人世，明知他没有任何能力，却让毗湿摩去抢来迦尸国的三位公主，使安毕迦和安巴利迦不久沦为寡妇，使安巴失去了应有的幸福。所以，贞信也是个两面人，她即使受害者又是害人者。

而这一切又是男人社会造成的，归根结底，这个男人社会是毒害妇女的根源。

在剧本中，安毕迦和安巴利迦两姐妹非常惧怕男人，但她们不得不听从命运的安排，成为体弱多病的奇武的妻子。她们两人既不像贞信那样维护男人社会，也不像安巴那样反抗这个社会。但她们内心十分清楚，黑白分明，令她们吃惊的是为什么毗湿摩和沙鲁瓦等人干了坏事却仍被社会当作好人。比较起来，印度妇女多像她们而不像安巴，她们是千百年来印度妇女的缩影，即使到了20世纪30年代，她们仍然存在，而且为数不少。从剧情看，乌代辛格尔·珀德不希望她们向贞信靠拢，而希望她们学习安巴，希望她们向男人社会挑战。

可以说，表现男人与女人的关系、揭示男人世界中女人的悲惨命运是剧本《安巴》的主要宗旨。乌代辛格尔·珀德一反过去的传统，将女人安巴置于男人之上，对毗湿摩这个传统优秀人物的所谓"优秀"提出了质疑，具有很强的社会意义。此外，珀德还强调了国家、社会利益高于个人利益的重要性，提醒国人以民族独立运动的大业为重，千万不要一味注重个人的私利。这是《安巴》的另一个宗旨。

《萨竭罗的胜利》是乌代辛格尔·珀德的又一个神话传说剧，写于1932年，分5幕28场。剧本表现了海诃耶国侵略阿逾陀国成功而后又失败的故事：海诃耶国王度尔德木率兵侵入并占领了阿逾陀国，决心将阿逾陀国永远据为己有，并以暴政统治人民，用武力逼迫人们服从命令。阿逾陀国王巴户死后留有一子，长大成人后十分勇敢，在国人、修道士仙人及神力的帮助下打败度尔德木，光复了祖国。在这个作品中，珀德通过度尔德木本人之口阐明了侵略他国终究归于失败的真理：

"战胜一个国家很容易，但赢得人心却很困难。不管做多少努力，都扑灭不了爱国的火焰；一有机会，它就会像火山一样喷发出来。用暴力进行镇压是不行的，（事实证明）我的努力都失败了……"①

也就是说，一个外来民族只能凭武力赢得短暂的胜利，绝不可能成为当地永远的统治者，因为人民都是爱国的，谁都不愿意做亡国奴。乌代辛格尔·珀德很可能是受到现实的触动才写出这个剧本的，20世纪二三十年代的印度民族独立运动蓬勃发展，在圣雄甘地的领导下全国人民都行动了起来，共同对付英国殖民主义者，这便是剧中老百姓团结起来一致对抗度尔德木的场面。作为一个明智的爱国作家，珀德将印度比作阿逾陀国，将英国比作海诃耶国，将度尔德木比作英国殖民统治者。度尔德木的失败是作者的希望，他根据现实中印度人民的爱国热情预言，印度不久就会胜利，外来统治者英国人不久就会像度尔德木一样成为阶下囚，并在忧愤中死去。事实证明，珀德的预言是对的。

1935年，乌代辛格尔·珀德发表了独幕剧集《众友仙人》，1936年又发表了《原始时代》，这两个集子中的作品都具有神话传说剧的特点。《众友仙人》全名《〈众友仙人〉和另两个抒情剧》，共含3个独幕剧——《众友仙人》《鱼香女》和《罗陀》。这三个独幕剧中的人物都具有很强的反抗精神，众友仙人不顾传统势力的反对，坚决主张废除人祭，并获得了成功；鱼香女是贞信结婚以前的名字，她向往自由平等的爱情，丈夫福身王死后她也不甘寂寞，幻想获得新的幸福，她比《安巴》中的安巴还具有叛逆性。

《罗陀》是三个独幕剧中比较突出的一个，1941年出单行本。该剧有4场戏，展示了处于爱情幻想中的少女罗陀的心理和行为，她对爱情非常执着，对恋人黑天非常爱慕，可贵的是她不顾一切地向黑天表白了自己的爱情：

---

① 乌代辛格尔·珀德:《萨竭罗的胜利》,新德里：莫希吉维出版社,1968年印地文版,第116页。

"不管你接受不接受，我都永远爱你……"①

选中目标后，她便投入整个身心去爱，而不考虑对方和其他方的情况。罗陀并不承认男人世界，她不认为男人在婚姻方面有任何特权，她主张女人应该自由选婿，在这方面既不能从父母之命，也不能任由男人决定。②从这个角度看，罗陀和《安巴》中的安巴很像，不同的是安巴没有获得真爱而被社会抛弃，罗陀则如愿以偿，赢得了黑天的心。摩奴尔玛·夏尔马女士曾说，"《安巴》中的安巴是现代社会想争取自主权的女性的象征"③，《罗陀》中的罗陀也一样，她是现代印度社会中有幸获得真正爱情的妇女的代表。

《原始时代》的全名是《〈原始时代〉及其他独幕剧》，是作者于1935~1936年创作的独幕剧结集，共含6个剧本，内容大多是印度史前时期的故事，具有很强的神话传说色彩。独幕剧《原始时代》是史前文化的重现，《第一次婚姻》描述了印度雅利安文化萌芽时期的情景，《摩奴和人类》表现了遭洪水劫后的雅利安文化重建的情况，《革命者众友仙人》写的是印度教历史上废除人祭的事，《夏希蕾卡》是关于王后夏希蕾卡皈依佛门的故事，《鸠摩罗出世》是集子中的唯一一部与印度历史有关的作品，表现的是笈多王朝鸠摩罗太子出世时的情况，但其中大神的出场给剧本披上了神秘的外衣。

除历史剧和神话剧外，珀德还写了许多社会剧，有多幕剧也有独幕剧，涉及印度社会的方方面面。《没有结局的结局》是珀德最重要的社会剧之一，作品创作于1938年，4幕10场，向人们展示了在西方资本主义影响下的某些印度人的丑陋嘴脸：长兄临死前叫来弟弟耿海亚·拉尔，将自己的所有财产都传给了他，并让他们夫妇收养照顾好

---

① 乌代辛格尔·珀德：《罗陀》，新德里：莫希吉维出版社，1968年印地文版，第40页。

② 同上，第33页。

③ 摩奴尔玛·夏尔马：《戏剧家乌代辛格尔·珀德》，德里，1963年印地文版，第15页。

自己的唯一子嗣苏利耶·古马尔。长兄死后，耿海亚·拉尔却让一老人将侄子弄死，老人得到的报酬是两千卢比；老人不忍，收养了苏利耶·古马尔，后因家中遭灾，苏利耶·古马尔被送入孤儿院。在孤儿院中，苏利耶·古马尔看到了孤儿院领导的种种丑行，并告发了他们，但结果自己却被送进了牢房；出狱后，他决心劫富济贫，和一个叫拉贾·拉木的人合伙，由于后者执意自己做富翁，苏利耶·古马尔反对，两人分手；拉贾·拉木恶人先告状，苏利耶·古马尔第二次被送上法庭。法庭上，由于一对农民父女的帮助和以前收养苏利耶·古马尔的老人的指证，一切真相大白，耿海亚·拉尔不得不和苏利耶·古马尔相认（其实是现实中的摩登·拉尔相认），拉贾·拉木原来是耿海亚·拉尔手下的一个经理。

剧本的核心角色是苏利耶·古马尔，他由一个富家子弟而成为孤儿、"罪犯"和"强盗"的过程就是作者展现以印度资本家为首的印度上层人物丑行的过程。耿海亚·拉尔是个见利忘义的商人，他不念手足之情，狠心地抛弃了留有一大笔遗产给他的兄长的儿子，并叫人除掉这个"包袱"。他对工人非常苛刻，不愿给他们增加工资，并且信誓旦旦地说英印殖民政府是他的后台，不怕工人罢工。他对英国殖民者则俯首帖耳，从他们那里谋取了"王爷"的称号。他和孤儿院老板、警察局长等相互勾结，企图置苏利耶·古马尔于死地。而当妻子因担心坑害大伯子的儿子遭到恶报而让他向孤儿院捐款献物以弥补罪过时，他则利用机会沽名钓誉，成了大善人。他的儿子夏希·古马尔几乎继承了他的所有"优点"，试看他们的高论：

"夏希·古马尔：钱是非常重要的东西，我很看重它。它可以使大学者为你服务，可以买到高官厚位。（从口袋里掏出钱）这是500卢比现金，如果高兴，我可以让名妓到家中来跳舞，可以让达官贵人来拜访我，可以使不可能成为可能。谁能说钱不重要？"①

"妻子：你还是把钱还给他（大伯子）的孩子（苏利耶·古马尔）吧。

"耿海亚·拉尔:（做蔑视状）疯子，全是疯子，卢比不是用来随便扔的，现在是金钱社会，谁有了钱，谁就是大人物，谁的地位就高，谁就拥有一切，我可不想因为你的杞人忧天而毁掉一切。"②

在他们的心目中，钱就是一切，这就是当时的商人，他们完全丧失了作为人的美德。这正是珀德所极力批判的，因此他安排了耿海亚·拉尔与苏利耶·古马尔相认及其悔悟的结尾。

警察是乌代辛格尔·珀德要批判的又一对象，他们行事一向对人不对事，明知苏利耶·古马尔没有犯法却把他投入监狱，而让孤儿院的贪污腐败者们逍遥法外。他们最惯用的办法是无中生有，使当事人不得不对他们"有所表示"，否则就只有自认倒霉：

"苏利耶·古马尔：如果当事人确实没偷过东西呢？

"警察：那他也得说他偷了，也得承认他偷了！这里是警察局，不是开玩笑的地方。一旦落入我们的手掌就别想经易出去，明白吗！这里是警察的天下……对了，如果你能有所表示，事情也许会好办一些。"③

一个弱小无助的孤儿落入这样警察的手中还能有什么希望？他只有承受一切，包括精神上的侮辱和肉体上的折磨。不过，作者并没有给出狱后的他找到一条好出路。珀德安排他做了"强盗"，让他劫富济贫，这虽然体现了作者的进步观点，却不能使苏利耶·古马尔真正成

---

① 乌代辛格尔·珀德:《没有结局的结局》，新德里：莫希吉维出版社，1968年印地文版，第63、64页。

② 同上，第102页。

③ 同上，第118页。

为一个有益于社会的人，这是作者的局限。

在剧本中，乌代辛格尔·珀德还塑造了一对农民父女的形象，他们诚实、纯朴，就是在他们的指证下，苏利耶·古马尔才得以洗清罪名，耿海亚·拉尔的骗子助手才有了被推上被告席的可能。相比起来，这对农民父女比与殖民统治者勾结、坑害同胞工人的商人要高尚得多。珀德这种否定现实中的某些上层人物、肯定下层人物与帕勒登杜、伯勒萨德否定过去历史中的某些上层人物、肯定下层人物有很大的不同，具有更强的社会现实意义。

"在珀德的剧本中，《格木拉》占有很突出的地位。在这个剧本中，作者在表现不平等婚姻的同时也涉及社会的道德领域，对英国统治下的地主对人民的压迫、对上层人的阿谀奉承以及男人对女人的迫害等都有描写。"①

《格木拉》是乌代辛格尔·珀德的第一个社会剧，创作于1935年，共有3幕5场戏。格木拉是个年轻貌美、受过教育的现代女性，被比她大许多的地主德沃那拉因看中，迫于种种压力，她只好做了他的填房。婚后她很守本分，而且热心社会公益事业，常到孤儿院帮忙。当她知道孤儿院中的一个孤儿是丈夫长子的私生子后，她就把那个孩子带回家抚养。但却由此引起了丈夫德沃那拉因的怀疑，他以为她对他不忠，认为这个孩子是她和别的男人生的。为了保住孩子及其生身父母的名誉，格木拉只好忍气吞声，最后在失望中跳河自尽。

这个剧本表现的是现实社会中的女人的悲惨命运，她们虽然比其前辈多了受教育的机会，有了为社会服务的权利，但实际上她们仍然是男人们的玩物，她们仍然没有自主的能力，只能听从别人的摆布。格木拉和古代神话传说中的贞信有些相似，她也嫁给了年老的富人，

---

① 摩奴尔玛·夏尔玛:《戏剧家乌代辛格尔·珀德》，德里，1963年印地文版，第25页。

与贞信不同的是，她先丈夫而死，比贞信还惨。在20世纪30年代的印度还有这种事发生实在发人深省。

《帕勒沃蒂》也是一个以家庭矛盾为题材的剧本，作品创作于1958年，反映的是印度独立后的社会情况。该剧分2幕7场，揭示了社会中普遍存在的婆媳关系问题：帕勒沃蒂和儿子伯尔马南德相依为命，前者费尽艰辛把儿子养大，但儿子娶的媳妇却对她非常不好，在一次争吵中竟把她赶出了家门。这是乌代辛格尔·珀德极力否定的，所以他在结尾让媳妇醒悟过来并把婆婆接回家中伺候。这里，作者提出了赡养老人的问题，同时还揭露了社会中经常出现的贿赂等问题，这都是现代社会应该切实解决的。

乌代辛格尔·珀德1953年创作的《革命者》其实只有一幕，但整个剧本比较长，出版的也都是单行本，因此习惯上把它算在多幕剧一类。作品有4场戏，故事发生在印度独立前不久：摩奴诃尔和蒂瓦格尔是同窗好友，毕业后摩奴诃尔成为警察，蒂瓦格尔参加了革命组织。由于政府的迫害，蒂瓦格尔在摩奴诃尔家避难，得到摩奴诃尔夫妇的照顾。后来摩奴诃尔经不住金钱、升职等的诱惑，决定向政府告发，并将自己的决定告诉了妻子维纳。维纳早就向往革命，她正准备加入蒂瓦格尔的组织，因此她提前带他逃出家门。不过，由于在警察家中避过难，革命组织已不再信任蒂瓦格尔，也不想接收维纳。后来组织决定：让蒂瓦格尔自杀，令维纳先杀死自己的警察丈夫摩奴诃尔后再加入组织。结果维纳真的杀了自己的丈夫，组织自此发觉惩罚错了蒂瓦格尔，但为时已晚。作品描写的革命者好像并非人们想象中的革命者，他们好像并没有从事过什么有益于国家的事情。这多半是印度实际情况决定的，在印度争取民族独立的运动中，激进的革命斗争没有形成气候，所谓的革命者多从事一些局部性的带有恐怖性质的活动。此外，剧作家珀德因没有亲自参加过这类组织而对它们缺少感性和理性认识，这也使剧本失去了不少光彩。

在乌代辛格尔·珀德的10多个独幕剧集中，除《众友仙人》《原始时代》和《迦梨陀婆》等少数几个集子外，其他的都是关于社会问题的独幕剧的集子。这些集子中的作品比作者的多幕剧的涉及面要广得多，反映的问题也现实得多。

《新独幕剧》是乌代辛格尔·珀德的第一个独幕剧集，发表于1933年，共含5个独幕剧，都是有关社会问题的。其中的《领导》和《拉博金德先生》两个剧本比较有影响。《领导》刻画了一个社会领导人的两面性丑态，他主张废除种姓制度，却不允许自己的侄子和一个低种姓的姑娘结婚；《拉博金德先生》嘲弄了一个极其吝啬的高利贷商人，他从不布施，从不救济穷人，最后却被一个骗子骗走了7 000卢比。这两个作品描绘了社会上达官富人的丑陋行为，作者揭开了他们虚伪嘴脸上的面纱。

1940年，乌代辛格尔·珀德发表了独幕剧集《女人的心》。该集中《女人的心》比较新颖，珀德从人性的角度写出了女人特有的爱和恨，把读者带入了一个错综复杂的家庭矛盾之中。

《问题的了结》发表于1947年，是乌代辛格尔·珀德的比较优秀的独幕剧集子。《问题的了结》共有9个独幕剧，有关于不同种姓间通婚问题的，也有关于宗教陋习的，还有关于现代社会中人际关系的等。该剧表现了两个不同种族的一对年轻人的爱情悲剧，揭示了爱情不分种族的道理。《归去》是个具有很强社会意义的独幕剧，作者通过一个退休官员从缅甸回到印度又转回缅甸的故事，描写了受资本主义影响的一些印度普通老百姓的心态，他们被钱迷了心窍，在金钱面前连亲情也不要了。剧本中的主要角色是印度人，但他因受不了印度亲人的态度，要到缅甸去度晚年，而且是"归去"，这表明了他对故乡的失望程度，也表明了珀德对这种社会现象的批判态度。《牺牲》和《生活》是两个关于家庭生活的剧本，前者通过写一对现代青年的家庭生活的误区，阐述了夫妻生活应该相互理解、相互为对方做出牺牲的道理。后者是个象征剧，向世人表明了生活的复杂性，并指出，只有诸种因素协调一致，生活才会美满。《治病》与家庭生活也有一定关系，作者通过一个家庭三个成员对西医、印医和土方巫术的不同偏好揭示了现代印度社会的复杂性。这个集子中还有几个独幕剧是关于印度教的各种陋习的:《庙门口》反映了低等种姓的不可接触者无权进庙拜神的事实，使人想起好几个世纪的印度宗教改革都没有能完全改变这个陋习。当然，珀德在剧本中完满地解决了这一问题，但却显得太理想化。这个剧本和杰耶辛格尔·伯勒萨德的著名短篇小说《休止符》有点类似，不过《休止符》更为深刻。《正倒塌的墙》讽刺了一个封建主家庭的因循守旧得出奇的生活，使人难以想象在20世纪三四十年代的印度还有剧中的迂腐刻板的人存在。《魔鬼的舞蹈》写的是印度教的另一个陋习，即其他男人接触过的妇女被视为不洁之物，作品揭露了村长、祭司等宗教卫道士的愚昧无知，标题中的魔鬼指的正是他们。《两个客人》是个笑剧，它展示了两个印度教修道士偷吃主人家饭食的情形，使人自然地把他们与无赖联系起来。在这几个独幕剧中，乌代辛格尔·珀德表达了同样的意思:"房屋根据地势而建，水依器皿而成形，印度教也应该随着时代的不同而变革。"[1]这是珀德创作这些剧本的真正用意所在。

1950年，乌代辛格尔·珀德发表了独幕剧集《火焰》。该集含6个独幕剧，其中有3个是关于人的潜意识的:《火焰》讲的是一对恋人在爱情方面的波折，只因瞬间的一个念头，女主人公就拒绝了男主人公，这其中的原因女主人公自己也说不清。《新客》与《火焰》差不多，但

---

[1] 乌代辛格尔·珀德:《问题的了结》，新德里：莫希吉维出版社，1968年印地文版，第50页。

表现的是家庭成员之间的亲情关系。《黑暗和……》揭示了人性中的两个极端，即温柔之极和残忍之极，作者认为每个人身上都存在着这两个极端，有一定的道理。《爆炸性新闻》和《新剧》是有关文人的作品，前者讽刺了一群不懂诗歌的假文学评论家，后者写一个潦倒文人的艰难处境，提出了现实中作家的地位问题。《未发生过的》是一个现实性很强的作品，剧本涉及印度独立后合并土邦的史实，展现了土邦王公与其助手间明争暗斗的情况，从侧面表现了土邦中的妇女的不幸遭遇。珀德在这个作品中还揭露了一个国大党官员营私舞弊的行为，国大党是独立印度的执政党，珀德如此无所顾虑很值得肯定，这类主题在他以后的作品中也有反映。

在乌代辛格尔·珀德的独幕剧集子中，《幕后》的影响尤其大，这个集子发表于1954年，含8个剧本。《自由时代》《幻》和《交易》反映了受西方文明影响的年轻人的生活态度。《自由时代》描写了一对现代小夫妻的家庭生活，其中的妻子和《牺牲》(《问题的了结》集) 中的那个妻子类似，她迷恋所谓的现代女性的生活方式，时常外出，从事选美、跑马赌博等活动，从不顾及年幼的孩子和丈夫；丈夫只得忍气吞声，挑起照顾孩子、料理家务的担子。《幻》反映的也是年轻知识女性的问题，有些人有终身不嫁的想法，作者通过大学教师苏提的切身感受，否定了这一观点。《交易》批判了一个青年知识分子对社会不负责任、没有修养的生活作风，他打着爱情自由的幌子，却干着玩弄女性的勾当。《新事物》表现了一个穷诗人的事情，在别人看来他毫无用处，没有一点生活能力，但他的心中却装着人民，他具有一颗真正的爱心。《异床异梦》描绘了两个酒鬼的生活丑态，说明了嗜酒的危害性。《不幸》揭示的是印度现在还存在的因嫁妆问题而嫁女难的问题，作品中的夫妻两人被女儿的婚事搞得焦头烂额，和别人说话也失去了底气。《父亲》是集子中影响比较大的作品，向人们展示了一群不孝子女的百态图：父亲病了，原来怕他的子女们变得放肆起来，谁都不听他的使唤，连水也没人给他送。不仅如此，他们还争着使用父亲的房间，最后竟把奄奄一息的老人挪出了房子，说这样父亲死后可省去许多麻烦，不用费事就能举行葬礼。

独幕剧《幕后》是《幕后》集中最优秀的作品，也是"作者最优秀的剧作之一"。[①]剧本和现实的关系非常密切：商人契德尔摩勒和叔叔昌蒂拉姆一起做黑市生意，两人唯利是图、利欲熏心，对上阿谀奉承，对下残忍狠毒。他们有一套非常奏效的生意经：

"如果（用不正当手段）挣得一个卢比，那就花掉一个安那[②]。一个拜沙分给用人，一个拜沙堵住官员们的嘴，两个用来布施，剩下15个安那作为自己的纯利，这样绝不会出事。"[③]

不过，他们并没有将一个拜沙分给用人，他们给佣人的连维持最基本的生活都不够。对官吏他们倒十分大方，愿意满足两个国大党官员的任何愿望；对收税官更是尊敬有加，对他的一个远房亲戚也像对待亲人一样。为了博得好名声，他们还搞所谓的慈善事业，甚至开办了为鸟兽治病的医院，但对医院的大夫却非常吝啬……

在描绘商人丑态的同时，乌代辛格尔·珀德还花笔墨塑造了两个国大党官员的形象。他们要吃要喝，不等对方贿赂就开口要价，甚至临走时还要带上些东西。他们与剧本《未发生过的》（《火焰》集）中的国大党官员同属一类，都是社会的蛀虫，是印度执政党中的败类。由于他们，穷人变得更穷，商人变得更加黑心，正如契德尔摩勒所说的：

---

① 刘安武:《印度印地语文学史》，北京：人民文学出版社，1987年版，第436、437页。

② 印度旧币制规定，四个拜沙为一个安那，十六个安那为一个卢比；新币制规定，十个拜沙为一个安那，十个安那为一个卢比。新币制中很少使用安那。

③ 乌代辛格尔·珀德:《幕后》，新德里：莫希吉维出版社，1968年印地文版，第157页。

"他们支持我做黑市生意，既然他们和我一样堕落，我干吗要承认自己有罪？犯罪，谁没有犯罪？我在犯罪的同时也在行正义，我布施，我建庙敬神，我请婆罗门吃饭，向穷人分发钱财，我连鸟兽都没有忘记，我为它们开办了专门医院，难道这些不能洗清我的罪过？（而他们干了什么善事？）"①

根据这一逻辑，不法商人倒强于个别政府官员了。

《现代人》是乌代辛格尔·珀德后期的一个比较有名的独幕剧集子，发表于1959年，含5个剧本。这个集子中的独幕剧社会现实性也很强，其中的《现代人》也刻画了一个商人，他和《幕后》中的契德尔摩勒如出一辙。他表面是个大善人，常布施拜神，实际上却对政府官员溜须拍马、贿赂成性，他还在家中私养情妇。对用人他却是另一副嘴脸，不仅恶语中伤，而且克扣工钱。当然，印度社会中的商人并不都是黑心肠者。在《心中的秘密》一剧中，珀德就塑造了一个以勤劳致富、有良心的好商人的形象，不过，这个好商人形象却没有珀德笔下的坏商人的形象丰富、生动。看样子，珀德更善于揭露社会黑暗面。《照看》和《父亲》（《幕后》集）差不多，也批判了社会上的不肖子孙。《真理的庙宇》揭露了现代社会中宗教修道士们的丑行，和《两个客人》（《问题的了结》集）中的修道士们一样，他们已成为社会的多余物，已失去了继续存在下去的意义。

整体看来，乌代辛格尔·珀德的社会剧有这样几个特点：第一，数量多，内容丰富，涉及面广。第二，这些社会剧的现实性强，其中的不少事件好像就发生在作者的身边。第三，作者对现实的批判非常尖锐明了，对商人、个别国大党官员的批判就是明证。第四，作者并没有以什么大事件作为自己的创作题材，而是把焦点投向普通人、普

---

① 乌代辛格尔·珀德：《幕后》，新德里：莫希吉维出版社，1968年印地文版，第173页。

通家庭，从琐事中揭示社会现实，如现代知识女性的生活态度、男女青年的婚姻观以及现代年轻人对父母前辈的不孝等。

相比起来，乌代辛格尔·珀德的社会剧比历史剧和神话剧更有意义。前者（社会剧）体现了珀德戏剧写作的创新性，与帕勒登杜、杰耶辛格尔·伯勒萨德等的剧作有很大不同；后者（历史剧和神话剧）体现了他的继承性，是前辈戏剧家戏剧创作的某种延续。

第二节 阿谢格

✽

一、生平与创作

乌本德勒那特·阿谢格（Upendranath Ashka，1910~1996），现代印地语的重要作家。他多才多艺，著述勤勉，在印地语文学史上占有不可忽视的地位。他出身于旁遮普邦贾兰达尔市一个中等收入的婆罗门种姓家庭，父亲是车站站长，爱喝酒、赌博，但心地善良、乐善好施。母亲是位节俭会过日子的家庭主妇，有知识，曾在家教他读书。阿谢格的父母共有6个孩子，他排行老二。1919年他直接进梵语学校念小学三年级，1921年上中学，1927年考入贾兰达尔市D.A.V.学院，1931年获得学士学位。大学毕业后他本想继续深造，但因家庭经济困难，只好作罢，暂时留校任教。此后他又换过好多次工作，曾当过记者、翻译、编辑、律师，做过演员、导演等，[①]生活经历比较丰富，见过各种各样的人和事，对现实社会有很深的了解，这对他的文学创作有很大的影响。

阿谢格和许多作家一样，其创作也是全方位的，他既是戏剧家，也是诗人、小说家、散文家。他一生创作了不少诗歌，而且颇有影

---

① 参见杰格帝希·金德尔·马图尔：《戏剧家阿谢格》，德里，1954年印地文版，第485、486页。

响。他的小说比诗歌更有影响，主要作品有《正倒塌的墙》《热灰》和《满城转动的镜子》等，其中《正倒塌的墙》是他的代表作。阿谢格不是真正意义上的散文家，但他也写出了不错的散文，成集的有《曼多——我的敌人》《自己的多，别人的少》《线条和图画》等。不论是诗歌，还是小说，或是散文，阿谢格作品的最大特点都是社会现实性。

乌本德勒那特·阿谢格主要是戏剧家，其次才是诗人、小说家和散文家。近代以来，印地语戏剧发展到阿谢格时期已有相当规模，出现了帕勒登杜、杰耶辛格尔·伯勒萨德等不少颇有影响力、颇有代表性的戏剧家，剧本不仅数量可观，质量也达到了很高的水平。不过，阿谢格以前的大多数戏剧家对印度历史和神话传说更感兴趣，他们的剧本多取材于此，而取材于社会现实生活的作品不多；即使取材于社会现实事件，也写得较肤浅，反映得不深刻，在形式上也不够成熟。这多半是历史的原因，与社会状况等也有一定的关系。阿谢格进入文坛时期，印度的社会形势与以前有很大的不同，他从现实出发，发觉当时的印度人民更需要社会剧，社会更需要批评。他认为20世纪三四十年代是印度的过渡时期，作家不应该沉浸在歌颂过去的创作天地里，而应该为未来着想，应该担负起责任，劝诫人们建设一个健康的社会。因此，阿谢格非常重视现实，他的绝大多数剧本都取材于社会现实生活，都是对现实的不同程度、不同侧面的反映，"在现代，真正写出现代生活的剧本的剧作家首推乌本德勒那特·阿谢格"。[1]

以下是阿谢格在现代时期创作的大部分剧本：

（一）多幕剧

1.《胜利和失败》（5幕37场，1937）

---

[1] 刘安武著：《印度印地语文学史》，北京：人民文学出版社，1987年版，第430页。

2.《天堂一瞥》（4幕7场，1939）

3.《第六个儿子》（4幕，1940）

4.《漩涡》（3幕，1942~1943）

5.《幽禁》（4幕，1943~1945）

6.《飞翔》（4幕，1942~1946）

7.《珀德西娅》（3幕，1950）

8.《摔跤》（3幕6场，1952）

9.《不同的道路》（3幕，1944~1953）

10.《安觉姐姐》（2幕，1943~1954）等。

（二）独幕剧

1.《罪人》（1938）

2.《妓女》（1938）

3.《欢迎吉祥女神》（1938）

4.《权利的保护者》（1938）

5.《蚂蟥》（1939）

6.《协商》（1939）

7.《猜谜》（1939）

8.《在结婚的日子里》（1940）

9.《在神的阴影里》（1940）

10.《窗子》（1941）

11.《干树枝》（1941）

12.《奇迹》（1941）

13.《新与旧》（1941）

14.《姐妹》（1942）

15.《格木达》（1942）

16.《迈姆娜》（1942）

17.《窗帘》（1942）

18.《牧童》（1942）

19.《磁石》（1942）

20.《毛巾》（1943）

21.《第一条出路》（1943）

22.《熟练的歌》（1944）

23.《在暴风雨到来之前》（1946）

24.《雇主与保姆》（1946）

25.《黑暗的胡同》（1949）

26.《精明的主人》（1949）

27.《幕启和幕落》（1950）

29.《市镇板球俱乐部成立》（1950）

29.《耍手腕者的天堂》（1951）等。

上述剧本除《胜利和失败》以外，都是社会现实剧。它们再现了作者所处时代的风貌，触及多种多样的问题，从妇女地位到恋爱、婚姻、家庭，从社会种种弊端到家庭制度、儿童教育等，无所不及。作为一个现实主义剧作家，阿谢格总是严肃地面对社会现实生活，并且把真实地反映现实生活作为自己的艺术使命。

总体来说，阿谢格的戏剧可被分作两类，一类是有关婚姻爱情的，另一类是关于社会问题的。下面分别来谈。

二、剧作

（一）婚姻爱情剧

对一个社会来说，婚姻爱情是一个影响深远的问题，关系到整个民族的精神风貌和每个个人的终身幸福。作为一个现实意识很强的作家，阿谢格尤其看重这一问题。再者，由于自己复杂丰富的社会经历，他对这一题材也十分熟悉，他本人结过三次婚，而作家最熟悉的题材也就是他生活里感触最深的东西。所以，阿谢格在不少剧本里表现了这方面的内容，不过，他不是从一个角度，而是从多个角度来反映这个问题的。

"对生活的批判是阿谢格戏剧的主旋律。"[1]首先，阿谢格对印度千百年来所形成的旧的不合理的婚姻制度进行了批判，对这一制度所带来的恶果进行了揭露。众所周知，旧的不合理的婚姻制度是广大印度妇女受苦受难的主要原因之一，阿谢格注意到了这一点，他在《欢迎吉祥女神》《在结婚的日子里》《第一条出路》和《幽禁》等剧本中都涉及这个问题，并对这一制度进行了彻底的否定。

《欢迎吉祥女神》是独幕剧，作品的主角拉辛是个受过教育的青年，他的妻子刚死一个月，幼小的儿子也病得厉害。但就在他心急如焚为儿子请医买药的情况下，他的父母却在为他的第二段婚姻忙碌，并逼他与女方父亲见面，要他立即表态允诺婚事。他的母亲以"你的父亲就是在第一个妻子去世后的第二个月份和我结婚的"[2]为由来劝他，父亲则干脆说这是为他好，这是在迎接吉祥女神。就在这个时候，他的儿子死了……这哪里是在迎接吉祥女神，分明是在迎接死亡女神。剧本暗示了父母包办婚姻的可悲之处，作者把孩子的死和逼迫拉辛订婚两件事放在一起，揭露了旧的婚姻制度的冷酷无情和对人的感情的扼杀。拉辛是一个有感情的青年知识分子，他爱妻子，也喜欢儿子，妻子的死使他很难过，于是他把一切情感都倾注到儿子身上。但他的父母却不管这些，他们以门第和财富作为追求的目标，儿子感情接受

---

[1] 拉默古马尔·古伯德：《现代印地语戏剧和戏剧家》，新德里，1973年印地文版，第179页。

[2] 乌本德勒那特·阿谢格：《欢迎吉祥女神》，《独幕剧四出》（独幕剧集），新德里，1983年印地文版，第58页。

不了也罢，孙子死去也罢，婚事非定下来不可。孩子的死对拉辛父母这样的旧制度的维护者既是有力的控诉，也是对他们的"欢迎吉祥女神"的愿望的嘲讽。

独幕剧《在结婚的日子里》写的也是父母包办婚姻的弊端，结婚是个喜庆的日子，但作品中的新郎却非常伤心，抱怨父母毁了他的一生，因为父母没有让男女双方见面就为他定下了这门亲事。不过，这个剧本的结尾却显得不伦不类，相比起来，《欢迎吉祥女神》的批判性要强得多。

《第一条出路》是乌本德勒那特·阿谢格于1943年创作的一个独幕剧，这是作者最优秀的剧本之一，多幕剧《不同的道路》就是根据它改编而成的。剧本不仅批判了父母包办婚姻的不合理性，还揭露了传统婚嫁习俗的可悲后果：达拉金德有两个女儿（拉妮和拉吉）和一个儿子（布朗），他做主把拉妮和拉吉嫁了出去，但不久两个女儿都回到了娘家，原因是她们忍受不了婆家的虐待。拉妮是被丈夫赶回家的，因为她的陪嫁太少。拉吉是出于无奈才回家的，她的丈夫是大教授，夫妻俩在性格、情趣、文化水平等方面的差异很大；丈夫因此对她很冷淡，不久就与另一个和他相爱的姑娘结了婚。面对这两个受辱的女儿，达拉金德不仅没有从根本上找原因，反而劝她们接受现实，要她们回去：

"你应该接受丈夫对你的态度，他把你放在什么位置，你就应该待在什么位置上。你不该数落婆家的过错，应该寻找他们的优点……无论如何，女孩子的位置是在婆家，不是在娘家。"①

他答应补一栋房子给大女婿，条件是他来接拉妮回去。对拉吉也同样，虽然教授女婿有了真正相爱的妻子，达拉金德还是准备不惜一

---

① 乌本德勒那特·阿谢格：《第一条出路》，德里，1943年印地文版，第35页。

切代价挽救这起婚姻，并决定亲自送拉吉回去。乍看起来，达拉金德好像很为女儿的幸福着想，为了女儿能回婆家，他不惜花钱。实际上并非如此，他是旧制度的热心拥护者，是旧体制的坚定卫道士，他并没有真正为两个女儿的幸福着想，他只想保住自己的面子，只知道女儿的位置应该在婆家，至于婆家如何，女儿在婆家的地位、生活如何，他是不在乎的。这样，在不知不觉中，乌本德勒那特·阿谢格就塑造出了一个封建道德的化身形象，并对这一形象进行了否定。

1943 年，乌本德勒那特·阿谢格开始了《幽禁》一剧的创作，但由于构思等尚不成熟，搁了又搁，到 1945 年才最后完成。该剧是他最优秀的剧作之一，作品从另一个侧面批判、揭露了旧的婚姻制度。剧本中的女主角阿比原本是一个天真活泼、热情奔放的少女，她和笛利博相爱，但父亲却把她嫁给了她的姐夫。原因是姐姐死了，留下两个孩子没人照看，父母觉得她嫁过去对孩子有好处，而且这门亲戚可以维持下去。然而，尽管丈夫想方设法使她快乐、幸福，阿比却由此成了另外一个人。她孤独、痛苦，整日把自己关在房间里，没有丝毫生气。婚后 8 年，她一直处于半死不活的状态，饱受着精神的折磨。可是，当她听说笛利博要来她家时，她立即振奋了起来，赶紧张罗指挥用人收拾房间、打扫卫生，还亲自下厨，准备食品迎接客人。她和笛利博愉快地度过了一天，两人一起外出散步，一道谈心，这是她婚后从没有过的。用人们都觉得女主人成了另外一个人，自然，这个人便是婚前的她。但好景不长，晚上客人走了以后，她又倒在床上，成了前一天的样子，又成了用人们眼中的那个精神萎靡的女主人。不仅阿比自己如此悲苦，原来指望她照顾的家庭也没有任何生气。由于主妇长期"身体不好"，丈夫也从来没有享受过真正的妻子的温存，孩子们也从来没有得到过真正的母爱。而且，自她出嫁以后，原来和她相爱的笛利博一直过着漂泊流浪的生活，整日与诗歌做伴，再也没有找到真爱。因此，作品揭露的不仅是旧的婚姻制度对阿比这个女主角的摧残，也揭露了这一制度对当事人家庭以及男主角的危害。阿比是受害者，她知道自己的幸福在哪里，知道自己怎样才能幸福，但她却始终默默地忍受着一切，不愿反抗这个社会：

"阿比：我有时候感觉这儿就像是我的黑水之地，^①我会永远被囚禁下去。

"笛利博：（看着她的眼睛）阿比，你过得不幸福。

"阿比：（苦笑）我很满意。"^②

瞧，就是在十分爱恋的人面前她也不愿表现出自己的反抗心理。实际上，她根本就没有意识到自己可以奋起反抗，而这正说明了她受迫害的程度之深。阿比是个尚未觉醒的女性，通过她的悲剧，乌本德勒那特·阿谢格表现了在旧的不合理的婚姻制度束缚下的人间冷暖，阿比的悲剧不仅是她个人的悲剧，也是整个社会的悲剧。

在批判、揭露的同时，乌本德勒那特·阿谢格怀着一颗善良正直的心对受害妇女寄予了深切的同情，他的不少剧本都与这方面的内容有关。如1938年创作的《罪人》《妓女》《欢迎吉祥女神》等。《罪人》中的女主角茶娅在婆家受到虐待，连生孩子期间婆婆也让她干活，以致劳累过度得了肺病，卧床不起。丈夫也根本不关心她，竟在她生病期间和小姨子勾搭上了。这里，作者塑造了一个可怜无助的少妇形象，她受不幸婚姻的迫害很深，令人不得不对她充满同情。《妓女》表现的是一对沦落风尘的母女的故事，她们虽是妓女，但都向往正常的夫妻生活，于是母女俩争一个男人，最后女儿获胜，作者对母亲的失败充满了怜悯之情。在《欢迎吉祥女神》中，男主角拉辛对父母的无情非常气愤。阿谢格对那个死去的妻子也充满了同情。

① 即印度的安达曼群岛，以前曾为罪犯流放之地。
② 乌本德勒那特·阿谢格：《〈幽禁〉和〈飞翔〉》，新德里，1969年印地文版，第72页。

乌本德勒那特·阿谢格不是悲观主义者，在同情、怜悯的同时他也为女人们找到了出路，他让她们为自己的命运而抗争。《第一条出路》中的拉妮就没有一味地听从父亲的安排，她很清楚丈夫为什么来接她回家，那是一栋房子的作用，因此她认为父亲的理论是为男人说话的理论。她不愿再沉默下去了，她开始讨厌自己的丈夫，最后和弟弟一起弃家出走。从此她不再依赖丈夫，也不再依赖父亲。阿谢格在这里表现的实际上是新旧两种思想的冲突、斗争，作为一个开明、向上的作家，他的倾向性很强，他希望受害妇女能和旧传统决裂，希望她们能意识到自身的价值，能从昔日的束缚中摆脱出来，去迎接新生活的曙光。

《飞翔》是《幽禁》的姊妹篇，乌本德勒那特·阿谢格在《飞翔》上花的时间比《幽禁》还长。如果说，《幽禁》中的女主人公阿比违心地生活在她自己不堪忍受的环境里，还没有反抗意识的话，《飞翔》中的玛娅就不同了。玛娅是一个自尊、有独立性格的新型女性，她绝不愿意忍受男人们对她的扭曲。剧作家在剧本中塑造了三个思想性格各异的男人：猎人把她视为猎物想占有她，诗人把她奉为神明崇拜她，恋人则把她当作男人的奴仆和附属品。但玛娅自己的态度鲜明而坚决，她认为他们没有公正地对待她，她寻求的是对方把她当作实实在在的人、真正的妻子看待，她要和他一道"在生活的废墟上建设新的大厦"。因此，面对三个男人，她毫不惧怕："我不是处处都依赖男人的可怜的奴隶，我也不是一头病鹿，任凭你们抱在怀里玩赏……我也不是什么女神，女神只能坐在自己的座位上一动不动！你们一个需要的是奴隶，一个需要的是玩物，一个需要的是女神，没有一个需要真正的妻子和生活的伴侣！"[1]说完这些，她毅然决然地离开了他们，走自

---

① 乌本德勒那特·阿谢格:《〈幽禁〉和〈飞翔〉》，新德里，1969年印地文版，第159页。

己的路。

在乌本德勒那特·阿谢格时代，印度正处于转折时期，传统的封建势力和受西方影响而兴起的资本主义势力相持不下，只是由于民族矛盾主导着一切，这两股势力之间才没有产生激烈冲突。但双方都左右着一部分人，前者在老人身上体现得多些，后者在年轻人身上体现得多些。阿谢格在反映、同情旧的封建婚姻制度迫害下的印度妇女的同时，也注意到了另一方面的问题，这就是受西方资产阶级思想和生活方式影响的一些印度年轻女性不成熟的生活方式和处世态度。这类女性对生活没有真正地理解，盲目模仿西方（而西方并非真如她们想象的那样），甚至有过之而无不及。这就走向了另一个极端：女性过分追求"自由"、过分展示"自我"，以致影响了丈夫和整个家庭的幸福。

《迈姆娜》中的女主人公和上述两个女性不同，她喜新厌旧，背叛丈夫。她和第一个丈夫结婚，不是由于爱，而是因为对方有钱；她心里爱的是另外一个人，丈夫死后，她和那个人结了婚，但婚后又爱上了别的男人……她总是处在不停的追求之中，从不明白爱情要专一的道理。《格木达》中的格木达干脆根本不追求爱情，"我只爱我自己"。[①]她明确表示，自己选择丈夫只要两个条件：第一，有钱；第二，看上去不令人讨厌。多幕剧《漩涡》中的帕尔德帕是个二十四五岁的离过婚的知识女性，她有许多追求者，但她就是提不起精神来，她对什么都不在乎，整日百无聊赖。她也和追求者来往，但她觉得他们都是浅薄之辈，都不是她的意中人。对她来说，一切都不尽人意，不仅别人弄不清她的生活意图，连她自己也搞不清楚。《姐妹》中的勒玛和妮夏对爱情倒充满希望，她们不辞劳苦，远赴外乡寻找真爱，结果她们找到的爱人却与她们的女友结了婚。原来他们的爱情没有任何基础。如

---

① 乌本德勒那特·阿谢格：《格木拉》，《熟练的歌》（独幕剧集），第154页。

此等等，都表现了西方因素影响下的某些印度知识女性的恋爱婚姻心态，她们摆脱了传统旧制度的束缚，却成了现代偏激观点的牺牲品。

乌本德勒那特·阿谢格能写出这样的作品确实可贵，这都归功于他对生活全面细致的观察和深层次的认识。他支持妇女追求幸福和自由，支持她们和旧的不合理的婚姻制度进行斗争，并真诚地希望她们取得最后胜利。不过，他又不赞成她们走向另一个极端，他反对妇女为了所谓的自由而不顾及丈夫和孩子，反对她们不专一的爱情观和金钱至上的生活观。因此，阿谢格在婚姻爱情方面是个中庸主义者，这一中庸无疑是正确的，是符合印度的实际情况的，是值得提倡的。

（二）社会生活剧

除婚姻、爱情题材外，乌本德勒那特·阿谢格还以社会现实中的其他各种社会问题作为剧本创作的源泉，展示了现代生活的各个方面，如宗教、艺术、家庭，等等。由于阿谢格是个有很强社会责任感的作家，他的有关这类题材的剧本也同样表现出一种严峻的批判和尖锐的讽刺力量。

1940年，乌本德勒那特·阿谢格发表了4幕剧《第六个儿子》，这是个暴露受资本主义金钱观念影响的一些印度人的丑恶嘴脸的非常成功的作品，也是阿谢格的比较有影响的作品之一。剧本的主要情节是：火车站站长伯森特·拉尔退休回家，几个儿子都嫌他年老不中用，嫌他有许多不好的习惯，都不愿赡养他。可是，当伯森特侥幸中了30万卢比的彩票后，情况发生了变化，他突然成了儿子们争着赡养的对象，他们一个个都成了孝子，都争着为老人装烟倒酒、捶背捏腿，而且都非常恭顺地聆听他的嘲弄咒骂。等父亲的钱被他们掏空之后，他们又恢复了常态，父亲又成了大家嫌恶的对象。不过，阿谢格给老人安排了第六个儿子德亚金德，几年前他被老人赶出家门，现在回来准备奉养父母。同为一母所生，为什么有这么大的差别呢？阿谢格的解释很简单，即不愿奉养的都是体面人物，而德亚金德是在火车上卖苏打水的底层人，前者受西方文明的影响很深，他们具有极其浓度的"金钱就是一切"的意识；德亚金德则属于印度劳动人民的一分子，他是印度传统美德的载体之一。因此，《第六个儿子》实际上是阿谢格批判西方文化中丑恶一面、称颂印度文化中美好一面的一部作品，它否定了社会上层人物，肯定了普通劳动人民。

《协商》表现的也是受资本主义影响、把自己的利益看得高于一切的所谓有地位人的故事。作品写于1939年，为独幕3场剧：沃尔马是牙科大夫，格布尔是眼科大夫，由于顾客很少，他们决定相互帮助，即沃尔马把眼科病人介绍给格布尔，格布尔把牙科病人介绍给沃尔马，并相互收取一定比例的介绍费。沃尔马为了表示自己确实履行了协议，派妻弟装成病人去找格布尔，结果本来没有任何疾病的一只眼睛被格布尔弄坏了。沃尔马非常生气，决定把对方介绍来的病人（格布尔耍了同样的花招，介绍的也是自己的亲戚）的牙齿全部拔掉！这是一个讽刺笑剧，作者揭露了两个医术不高、医德恶劣、视金钱为一切的医生的卑劣行为，表明了在资本主义生产关系下社会职业道德下降的事实。

《在神的阴影里》揭露的是城市包工头坑害百姓的恶行，他们廉价购得土地，在城市和农村之间修建"神城"，但却克扣建筑材料，致使楼房倒塌，压死了不少建筑工人。这些包工头是在印度资本主义发展过程中成长起来的商人，他们精于经商之道，将经济效益放在首要位置，口头上声称为人民着想，结果却把工人推上绝路。在剧本里，乌本德勒那特·阿谢格还描写了农民生活的穷困及其他农村生活风貌，这是阿谢格少数优秀的农村题材的作品之一。

《新与旧》是作者1941年创作的独幕剧，作品表现两个人对待他人财产的两种截然不同的态度：德沃金德是个传统型人物，他非常诚实可靠，对另一个人请他保存的价值五六万卢比的首饰没有丝毫贪心的念头。勒维德特头脑灵活，是易于接受新思想的人，他对别人让德沃金德保管的那笔首饰早就上了心，并极力劝说德沃金德想法据为己有，对托付之人来个死不认账。"现在东西在你的手里，她又不会写不会读的，又没有什么收据，也没有证人，我看你就吞了吧，（笑）没有任何人会找你的麻烦的。"①这又是西方文化与印度文化的冲撞，作者这里的新指的是勒维德特，旧指的是德沃金德：前者注重金钱；后者注重内心的平静，"比起表面富裕来，我更看重内心的平静"，②这正是印度传统文化的核心所在。虽然现实中的"新"胜了，但热爱印度传统文化的阿谢格在作品中却让"旧"占了上风，这表明了他的好恶及对同胞的希望，他不希望印度变成人人贪婪成性、尔虞我诈的社会，他希望人们能继承传统中优秀的遗产，共同组成一个祥和美好的国家。

　　乌本德勒那特·阿谢格的剧本很少涉及政治，他对政治似乎不感兴趣。不过，他在揭露社会黑暗面的时候却没有忘记政治，《权利的保护者》就是一个例证。这是一个独幕剧，揭露了政治家阴一套阳一套的投机面目。剧本中的主要角色萨特先生是个著名的政治家，他为了竞选，到处拉关系，声称自己是各种权利的保护者。他口头上叫得非常响，但实际行动却恰恰相反：他在家里打孩子，却说要保护儿童，使他们免遭虐待；他辱骂仆人，不给他们发工资，却说要保护仆人阶层不受欺凌，要提高被压迫者的地位；为了骗取学生的选票，他一面答应学生们的要求，一面却告诉自己的编辑不许学生的言论见报；他还声言自己是妇女权利的保护者，但却极不尊重自己的妻子……阿谢格通过这个政客言与行的矛盾，揭露了他卑污的灵魂。读者由此可以

---

① 乌本德勒那特·阿谢格：《新与旧》，《在暴风雨到来之前》（戏剧集），新德里，1978年印地文版，第72页。

② 同上，第76页。

发现英国殖民统治下的印度政治社会的某些黑暗面——搞欺骗、说谎成了一种向上爬的手段，很多人官运亨通靠的正是这个。作者在作品最后告诉读者：许多社会团体和个人决定投萨特先生的票！这使作品更具社会意义，萨特这种人一向虚伪、自私，等他上了台，当了官，他又会如何呢？这是一个大问号，也是一个非常圆满的答案。

乌本德勒那特·阿谢格是不希望萨特先生成为人民权利的保护者的，这一点他在1946年发表的独幕剧《在暴风雨到来之前》中给出了非常明确的回答：

"一个新世界即将来临，在这个新世界里，穷人将会成为主宰；在这个新世界里，印度教徒和穆斯林之争、白种人和黑种人之争将不复存在；在这个新世界里，人们将亲如兄弟。"[1]

这里，阿谢格否定了《权利的保护者》中的萨特先生这类人掌权的可能性，预言真正的被压迫者将替代萨特及其他老爷先生们成为社会的主人。

《在暴风雨到来之前》是独幕剧，是乌本德勒那特·阿谢格有感于印度教徒和穆斯林宗教大屠杀而创作的剧本，也是涉及印度现实政治的少数优秀剧本之一。由于英国殖民者的煽动离间，也由于印度民族独立运动领导人的短见，印度教徒和穆斯林间的教派冲突时有发生，1946年终于酿成一场震惊世界的宗教大屠杀。《在暴风雨到来之前》的背景就是这次大屠杀：小手艺人吉苏（印度教徒）对目前的宗教大屠杀非常担忧，他认为印度教徒应该响应甘地的号召，不要刺激穆斯林，不应该不照顾穆斯林的感情而随便悬挂三色旗。[2]他觉得这场灾难是兄

---

① 乌本德勒那特·阿谢格：《在暴风雨到来之前》，《在暴风雨到来之前》（戏剧集），新德里，1978年印地文版，第28、29页。

② 独立印度的国旗为三色旗，其原型在印度民族独立运动中就已被广大人民广泛使用，但当时的部分印度穆斯林信徒认为这是印度教徒的象征，并予以强烈反对。

弟相残，认为这是英国殖民政府耍的花招，还认为印度国大党和印度穆斯林联盟都被耍了，都是政府手中的玩偶。吉苏是清醒的下层人民的代表，他看清了英印殖民政府、党派领导以及宗教头目们的险恶用心，知道在这场冲突中真正受难的是如同兄弟的下层人民。因此，他不听当地印度教头目格尔塔利的煽动，坚决不在自己的房子前面悬挂三色旗，还挺身保护穆斯林尼亚杰米昂，结果不仅尼亚吉米昂没有逃脱灾难，吉苏也成了格尔塔利屠杀的对象。

这就是一个普通小人物的最后时刻。难怪他预言暴风雨就要来了，这个世界将完蛋，坏人、资本家和宗教头目将被暴风雨吞噬，唯有穷人、工人永远不败，会成为新世界的主人。

作为作家，作为境况远远好于普通人的知识分子，乌本德勒那特·阿谢格能如此清醒地面对现实，能如此大胆地否定英印殖民政府、印度国大党、印度穆斯林联盟、资本家以及宗教头目等，能如此明确地肯定下层人物，并大声诅咒上层人物即将消亡，预言穷人将获得胜利，确属难能可贵。可见他对教派斗争和剥削压迫是非常痛恨的，他希望自由的果实不要落入上层人物手中，这体现了阿谢格的进步思想。

除对社会道德、现实政治的反映外，乌本德勒那特·阿谢格还很重视家庭生活及家庭教育等问题，《安觉姐姐》《毛巾》《猜谜》《干树枝》等都是这方面的作品。《安觉姐姐》是两幕剧，写于1943年，后来作者做了修改。剧本塑造了一位严厉、认真、一丝不苟、把家里整理得井井有条的主妇安觉的形象。《毛巾》的主题与《安觉姐姐》有些类似，由于妻子太爱整洁，丈夫难以忍受，并由此引发了夫妻间的种种争吵、纠纷。《猜谜》的主角是一个沉迷于猜谜赌博以期挣大钱的投机人物杰登。《干树枝》是关于一个大家庭的故事：爷爷把自己的大家庭比作一棵大树，他是主干，儿子们是分主干，孙子们是树枝，他以这个大家庭为荣，希望这棵树能够常青。但新来的孙子媳妇却与这个大家庭格格不入，她受过高等教育，在娘家是独生女，所以生活习惯和思想作风与这个陈旧、传统的家庭气氛无法协调。由此引发了一系列矛盾，使爷爷越来越觉得树枝有干枯的可能性，以致整日提心吊胆、想方设法避免危机的出现。该剧提出了在新形势下传统大家庭制度所面临的问题，指出了这一制度必然遭到淘汰的趋势。

文化艺术的发展状况可以在很大程度上反映一个社会的面貌。乌本德勒那特·阿谢格是个艺术家，做过演员、导演等，对艺术界非常了解，因此他也创作了反映这方面内容的剧本，以此作为反映现实社会的一个窗口。《熟练的歌》是独幕剧，作于1944年，作品表现了现实中电影界的真实情况。独幕剧《幕启和幕落》（1950）和《耍手腕者的天堂》（1951）反映了演艺界人员素质低劣的情况。《摔跤》是3幕剧，写于1952年，除反映演艺界道德水准、艺术水准低下的现实外，还反映了独立后不久印度社会不太景气的经济状况。

除上述种种具有明显社会意义的剧本外，乌本德勒那特·阿谢格还创作了一些相对来说不反映什么社会问题的社会问题剧，如《蚂蚁》《雇主和保姆》《精明的主人》《市镇板球俱乐部成立》等。

纵观乌本德勒那特·阿谢格的戏剧，我们可以发现，他主要是一个社会问题剧作家，他的绝大多数剧本都取材于现实中的人或事，都是对现实中丑陋的否定、对美好的肯定。相比起来，他否定的比肯定的多，被否定的主要是社会中的一些中上层人物，如政客、资本家、宗教头目、律师、医生、导演等，得到肯定的则多是贫苦人民，他们处于印度社会的下层。因此，阿谢格是一个倾向性很强的现实主义作家，他站在正义的一方，不仅揭露了印度社会中的种种问题和矛盾，而且表明了改善这个社会的善良愿望，表达了希望下层劳动人民能成为社会主人的想法。

乌本德勒那特·阿谢格的戏剧有哪些特点呢？

首先，乌本德勒那特·阿谢格的绝大部分戏剧都是建立在社会现实的基础之上，他很少写他不了解、不熟悉的人或事。在《我怎样创作剧本》一文中，他多次强调切身体验的重要性，介绍了自己受真实事件启发而创作《安觉姐姐》《第六个儿子》《漩涡》《欢迎吉祥女神》等作品的过程。自然，相比起来，他的经历比许多作家丰富，他和不同的人和事接触的机会多，创作素材多。他的有关文艺界的作品与他当演员、做导演的经历有直接关系，有关法律方面的作品与他当律师的经历有关，而有关婚姻家庭的题材是大多数人都熟悉的。如此等等，都给他的戏剧创作的现实性奠定了基础，加之他思维敏捷、洞察力强，所以写出了这么多意义深远的社会问题剧。

其次，乌本德勒那特·阿谢格的戏剧创作非常自然、平实，没有丝毫生拼硬凑之嫌。同过去和同期的作家相比，他更倾向于接受东西方戏剧中的内在精神。在阅读这些作品的时候，他获得了有关戏剧创作的知识，加之自己的实践，他逐渐形成了自己戏剧创作的风格。他的风格不同于印度传统戏剧风格，也不同于西方戏剧风格，而是东西方戏剧内在精神的综合。从他的作品中，读者看不出有任何模仿的成分，正如他自己所说："创作剧本，我没有任何特殊的方法，就像坐在桌子前用钢笔或自来水笔写小说一样，我也这样写剧本。"这便是一种功夫的体现，他的作品因此而没有做作，绝大多数都是水到渠成的结果。

第三，乌本德勒那特·阿谢格善于在矛盾冲突中塑造人物形象。他力图把各种生活矛盾化为人物内在性格的冲突，《飞翔》中的玛娅和三个男人之间、《欢迎吉祥女神》中的拉辛和父母之间、《在暴风雨到来之前》中的吉苏与宗教头目之间、《第一条出路》中的拉妮和父亲之间的矛盾冲突等都与现实生活中的矛盾分不开，同时又与人物性格有着紧密的联系，使读者在客观对待所发生事件的同时对当事人产生一种肯定或否定、同情或批判的态度。而这种态度不是作者强加给读者的，是读者自己在剧本矛盾中自发产生的。阿谢格剧本中的人物不是单一化的，而是多角度的，既有好的一面，也有坏的一面，如《第六个儿子》中的退休老人伯森特·拉尔，他确实存在有不少缺点，如喝酒、抽烟、脾气粗暴等，但他心肠很好、乐于助人，本该得到儿子的尊敬和侍奉。又如《珀德西娅》中的珀德西娅，她是个女佣，有贪小便宜的一面，而且在自己的名字上非常计较，但关键时刻她却没有为了几个卢比而撒谎，她的本质是好的。作者把这样的人和本质不好的人放在一起，人们自然会忽略他们的缺点，对他们产生好感。

第四，乌本德勒那特·阿谢格剧本的语言是相当出色的，这也主要归功于他复杂丰富的生活经历。由于大部分作品是有感而作，因此剧本中人物的语言简洁明了，很少拖泥带水，并能塑造出鲜明的人物形象，能充分体现出人物的个性，试看下面一段对话：

> 安觉：（从幕后）尼拉杰，我的儿，衣服换好了吗？
> 安觉：（从幕后）蒙妮，把早饭摆在桌子上，（声音有点严厉）你到底在做什么？都快八点了，还不见早饭的影子！
> 蒙妮：（从幕后）这就来，太太。
> 安觉：（走近一些）跟律师先生[1]说，让他洗完澡后直接过来，先吃早饭，然后爱干什么就干什么，他的衣服放在院子里的床上，梳子和镜子在桌子上。[2]

这里，女主角还没有露面，我们便可以猜出她是个严谨、刻板的人，她肯定是家里的主宰，连丈夫孩子也惧她三分。这一印象正来自

---

[1] 安觉的丈夫。

[2] 乌本德勒那特·阿谢格：《安觉姐姐》，《第一条出路》（戏剧集），第72页。

上述短短的一段对话。

乌本德勒那特·阿谢格的戏剧语言颇为大众化，而且能根据人物的身份和地域的不同而变化：受过教育的人说话比较文雅，在句子中常夹带英语；佣人的发音不很标准，"土味"较浓；来自外地的人常带口音，说话中常有外地方言词出现，等等。这一切都使剧本里的事件真实可信、人物形象鲜明生动。

此外，阿谢格的剧本还具有讽刺性强、富于幽默感等特点，使人读来趣味十足，既有益于社会教育，又有益于个人的身心娱乐，后者是大多数戏剧家的作品中所缺少的。

21

第二十一章

『新诗』派

第一节　概述

✦

从20世纪50年代后期到70代前期，印地语诗歌得到了新的进展，即进入了"新诗"的大发展时期。这个时期，诗人们以多种心态写出了多样的作品，使"新诗"出现了多种倾向和"百花齐放"的局面。但是，由于诗人们大多是中产阶级的知识分子，所以他们的生活一般都比较贫乏，因而他们的诗歌以反映身边的小事为主。而诗人们对待这些事情有时则表现出无奈和漠然，甚至有许多诗的标题都是戏谑和嘲讽的。下面谈两个问题。

一、破碎的经验——新生代的挑战

印地语诗人拉贾·杜贝（Raja Dube）写的一首诗《破碎的经验和老骆驼》（见1959年4月号《想象》杂志）：

> 我们年纪轻轻
>
> 经验支离破碎
>
> 别问我们
>
> 有多少经历，别问，别问。

我们是林中动物，小动物，

走到哪儿算到哪儿，

河流击溃岸边

暴雨撕毁堤坝，

渔夫们沉下渔船，

我们所到之处，

我们年纪轻轻

经验支离破碎

可是这些蛮荒林莽

蛇蜇、鬼影、遥远的地平线，

毁堤、溃岸、沉没的小船

这一切的一切

我们是见证人

拒绝向庇护所乞讨，

不拍卖信念，

不典当经历，

不出卖自己的老骆驼。

　　这首诗很典型，表现的是新一代的内心苦楚。诗人把这一代人个人奋斗的经历故事化浪漫化，宣泄出来了，并表示了不向现实妥协的勇气。

　　还有一位诗人，什利拉姆·沃尔马（Shriram Varma），他在一首题为《车轮阵》的诗中说：

我的灵魂

比阿周那更率直

比妙贤更克制

比激昂更尽职。①

这首诗中也同样表现出一种信念和勇气，一种自我感觉良好的自信。

二、被诅咒的反叛——中产阶级的命运

阿格叶耶是这一代新诗人的最主要的代表。我们后面还将有专门论述。这里只是通过他的例子来说明当时这派诗人的生活态度和艺术追求。

在他的诗歌里，能够看到的不仅有爱情和反叛，还可以看出与老一代人的断裂和新一代的自我焚烧等复杂情绪，而这所有内容，都是他借助想象千方百计进行的新的艺术尝试。1960年12月号《想象》杂志刊登了他的一首诗《天空》：

要是心里有一片天空，

想起你月亮的面庞

我在里面数着飞鸟的数量，

啊，我的心！你为什么没有天空？

诗人需要有一个空间或者说是平台，让自己的艺术能力自由展现。同时，这一代人要求展现的不仅仅是艺术才能，还有他们的政治理想

---

① 这首诗中的阿周那是史诗《摩诃婆罗多》中般度五子中的老二，以勇猛善战著称。妙贤是他的妻子，以贤惠克制著称。激昂是他们的儿子，大战中独闯敌营，在车轮阵中牺牲。

和个人意志。从根本上说，他们这一代诗人以人道主义的自我表现为
显著特点。一方面，他们受有印度传统文化的教育，继承了传统的遗
产，另一方面又接受了西方文化的影响，有革新求变的愿望。他们的
心理是矛盾的：有与传统决裂的反叛要求，又摆脱不了社会上各种传
统势力的束缚。下面的一首诗，代表的是整个新一代人的情感。

> 我们是特里商古①们的后代，
> 我们升起，在反叛的诅咒下
> 和天神们的战斗中
> 功亏一篑。
> 我们是沉迷于自我实现的纳西索斯②
> 看着自己影子沉迷
> 在河边死去
>
> 我们是自傲的沙塔
> 看着绿色的田野
> 而自己坍塌了。
> 我们信念的脸在扭曲
> 用假面具遮起来
> 就更加扭曲。

---

① 特里商古（Trishanku），古代神话传说中的人物。由于他具有反叛精神而遭到诅咒，不能
　进入天堂，也不能落到人间，只能在半空中吊着。传说天空猎户座中三颗并列的小星星
　就是特里商古。

② 纳西索斯（Narcisus），希腊神话中的美少年，因拒绝女神的求爱而遭到爱神的诅咒，结
　果他只爱自己水中的影子，憔悴而死。

这首诗发表于1959年3月号《想象》杂志，题目是《扭曲者的歌》。从诗中可以看出，这一代诗人是有信仰的，但他们自己也承认自己的信念是扭曲的，是多元的、充满矛盾的。而他们的反叛意识虽然很强，但结果并不好，总是要受到诅咒，常常以失败告终。即便这样，他们还是要坚持自己的信念。

到了60年代，印度社会的各种混乱及其引起的麻烦，终于变成了一个合适的温度，形成了一个温床，那种蕴藏于新一代中的愤怒和激情都表达了出来。但这也不能简单化地适用于整个一代人。

就有学者指出，"饥饿一代""非诗主义"和"焚尸场一代"诗人中间，许多人都认为，今天生活的最重要的问题是要求性自由。成为一群孩子的父亲以后，一些年轻诗人认为喊出妻子惧怕控制的声音是真正的反叛。在他们看来，全部罪恶的根不是产生于财产的私有制，而是社会传统习惯势力的禁止，是它的重压使他不能实行性自由。他们不看社会的根本，看到的只是枝叶。对制度的不协调只看表面，因此把荒谬的感觉当作历史进步的脚步。"如果你读所有的诗，就会发现，没有一个诗人不说不协调和矛盾的话。"①

语言的矛盾就是思想的矛盾。在那些日子里，印度的资本主义得到发展，但民众的生活改善甚微。从阶级立场看，中产阶级知识分子身处大资产阶级和平民百姓之间，自然会出现两种思想倾向。而就其中某人而言，也难免出现矛盾的认识和矛盾的表达。

当时的年轻诗人苏达马·庞德·杜米尔（Sudamn Pande Dhumil，1936~1975）的诗《电影剧本》（Pat-Katha）反映了独立后20余年的真实历史画面：

---

① 穆拉利·摩诺哈尔·普拉萨德·辛格：《现代印地语文学——争鸣与考察》，德里，2000年印地文版，第88页。

这样的民主

为了活在里面

马和草得到

一样的自由

这是什么样的捉弄

    杜米尔的思想比较进步,从民众的角度去评价印度的政治得失。他的政治头脑令人钦佩。的确,一个社会是否民主,是否自由,不能光看口号,更不能轻易相信某些政党的宣传。诗中的"马"是人民养肥的大资产阶级,而人民却只能是任人咀嚼的"草"。杜米尔真正看到了这种社会的不和谐:

他们没有把任何东西

放到恰当的位置

没有名词

没有形容词

没有代词

一个完整和正确的句子

零碎了

他们所打击的后背

它的脊椎骨没有了。(《电影剧本》)

    诗人通过电影剧本的不和谐揭示出社会的不和谐。其实,这正是中产阶级知识分子,一些中产阶级诗人们的思想矛盾所在。

    在那些60后的诗歌里,有一个很明显的倾向,一方面他们受当时美国性开放思潮的影响,大胆甚至粗鲁地表现性,同时也打着妇女解放的幌子去表现妇女问题。应当说，这中间难免要出现糟粕。例如，索米特拉·莫汉（Saumitra Mohan）的诗《鲁格曼·阿里》就是当时中产阶级年轻诗人心态的真实写照，他在诗歌中曾这样写道：

> 鲁格曼·阿里
> 正在用自己的耳屎喂鹧鸪，
> 他正在看自己的
> 精液画出的城市地图。①

当然，这种诗也仅仅是一个代表，代表的是不健康的支流。

总之，中产阶级年轻诗人们处在一个复杂社会的中间地位，的确有点像特里商古，上不着天下不着地。

---

① 转引自穆拉利·摩诺哈尔·普拉萨德·辛格：《现代印地语文学——争鸣与考察》，德里，2000年印地文版，第89页。

第二节　阿格叶耶

❦

一、诗歌创作

阿格叶耶在文学领域的成就不仅体现在他的小说创作上[①]，在印地语现代诗歌的发展历程中，阿格叶耶也是一个不能忽视的名字。他在诗歌方面的贡献不仅仅在于他一生创作了十几部、近千首诗歌，更在于他在实验主义和新诗产生和发展过程中的地位、作用和影响。他担任主编的《七星》诗集于1943年出版，这部印数只有500册的诗集在印地语现代诗歌的发展史上却具有特别重要的意义，它是实验主义诗歌流派诞生的标志。后来，阿格叶耶又先后主编了《七星》的第二、三、四集以及《象征》等杂志，这些书和刊物成为实验主义诗歌运动和新诗派诗人的主要文学园地。由于实验主义诗歌运动和新诗派的渊源密不可分的关系，阿格叶耶被认为是这一诗歌运动的创始者和奠基人，同时他也是实验主义和新诗派的代表诗人之一。

1933年出版的《战败的信使》是阿格叶耶的第一部诗集。诗歌创作几乎贯穿了他的整个创作历程，逝世的前一年他出版了最后一部诗

---

① 阿格叶耶的生平及小说创作情况见第十八章第四节。

集《你曾见过这样的家》(1986)，50余年笔耕不辍的诗歌创作的成果是15部诗集。其中，《庭院的门槛》(1961)于1965年获得了印度文学院奖，《摆渡几多回》(1967)于1978年获得印度国内文学最高奖——文坛奖。此外，1983年阿格叶耶还在南斯拉夫举办的国际诗歌节上获得当年的金环奖。

一、诗歌创作

阿格叶耶的诗歌创作可以大致分为三个时期：

1. 早期作品：诗集《战败的信使》(1933)、《忧虑》(1942)和《终结》(1946)。

这一时期的诗歌表现出明显的阴影主义诗歌的特征。

2. 中期作品：诗集《青草地上的瞬间》(1949)、《疯狂的猎人》(1954)、《被彩虹践踏的》(1957)、《哦！光辉的怜悯》(1959)、《庭院的门槛》(1961)、《摆渡几多回》(1967)、《因为我知道》(1970)和《海的容颜》(1970)。

这一时期是阿格叶耶诗歌创作的高峰时期和黄金时期，他逐渐形成了独特诗歌风格，并使其不断发展和走向成熟，他的代表作品皆出自这一时期。

3. 后期作品：诗集《我编织了寂静之网》(1974)、《大树下面》(1977)、《河湾上的影子》(1981)和《你曾见过这样的家》(1986)。

阿格叶耶的早期作品《战败的信使》和《忧虑》收录的是其在狱中期间创作的诗歌，这一时期的诗歌创作完全是在阴影主义影响下进行的，还未形成阿格叶耶自己的风格，也未体现出丝毫他后来诗歌创作中的创新意识。受阴影主义神秘泛爱主义影响，《战败的信使》主要以表现具有神秘主义泛爱色彩的爱情为主题，作品中表现了青涩少年对爱的渴望以及由此而来的苦闷、惆怅和失落的心绪，整个作品都在抒发对爱情的渴求、回忆、失望和痛苦，明显受到了阴影主义诗人伯勒萨德著名诗作《眼泪》的影响。在《当你于视线中消散》一诗中诗人写道：

> 当你消散于视野之外
> 触碰过你前额卷曲的发丝、
> 飘洒的衣襟、圣洁的莲花步的人们
> 都会感叹自己的幸运
> 而我只能捧起你踏过的微尘亲吻，
> 并将它像绿宝石般装饰在胸前
> 当一切都如疾来的狂风
> 和黄昏游走的光线般离我而去时
> 我将自己掩埋于这尘土中找到最终的归宿。

诗集《忧虑》是长篇抒情诗，分为《世界的情人》和《合一的道路》两部分，表现了一种"永远的斗争"—即男人和女人之间矛盾而复杂的关系，这部诗集分别从男性和女性的角度讲述了人类爱情的萌发、发展、内心的矛盾、痛苦和斗争、再发展以及最终走向永久的平衡、和谐的过程。男人以男权主义的角度要求女人的归附和牺牲，而女人虽然渴望着男人的爱，但同时也希望得到尊重和同等的权利。男人呼唤离他而去的女人："你渐远的心中到底做了怎样的决定？你对男人的欲望知晓几分？"女人回答："你难道真的认为，我如蜡像般温柔顺滑？我的心中也有热情，我的心中也有光芒，我也是炽热的火焰。"同前两部作品一样，诗集《终结》也具有浓厚的阴影主义诗歌风格，但是在诗歌的主题和手法上表现出一些创新和突破的迹象。可以说，《终结》在阿格叶耶的诗歌创作中是一部承上启下的作品。这部诗集分为《囚徒梦》《心灵之鸽》《骗子的寨堡》和《泥土的愿望》四个部分，诗歌的题材范围有所扩大，除了爱情诗、表现神秘主义情感和诗人个人内心感受的诗作之外，作品的写实主义色彩有所增强，其中有不少表现社会题材的作品，诗人还对很多社会现象进行了批判和讽刺。在《对阶级情感的诠释》一诗中，诗人十分大胆地对上层阶级进行了辛辣的讽刺——"我们唯一的劳作是做爱，下等人唯一的享受是性交。"诗人在《冬夜》一诗中还一改以往诗歌对冬夜描写中的意象，不再刻意描画冬夜的诗意般的美丽，而是将笔触用来刻画虚假的银色月光下潜藏的真实的丑陋：寒风中瑟瑟的枯树、破旧的圆屋顶、断裂的门帘和柱子上挂着的褴褛破旧的披肩。这样的意象和表达是对阴影主义的反叛。这部诗集的另一个特点是开始使用具有新内涵的意象和象征手法表达内心感受。

从《青草地上的瞬间》开始，阿格叶耶的诗歌创作进入了一个新的阶段。在《青草地上的瞬间》《疯狂的猎人》《被彩虹践踏的》《哦！光辉的怜悯》《庭院的门槛》《摆渡几多回》《因为我知道》和《海的容颜》等诗集中，诗人完全摆脱了阴影主义诗歌的束缚，开始走入一个完全属于自己的诗歌时代。这一阶段的诗歌创作中，阿格叶耶开始形成自己独特的诗歌创作风格，诗歌的主题和艺术手法都与前一时期的作品有着很大的不同。20世纪50年代的诗歌注重表达对内心的探索、对内心力量的认知、自我奉献的意义和愿望和对于自然和社会的内心感受。与前一时期的诗歌创作相比，阿格叶耶中期的诗歌创作表现出以下几个特点，这也是诗人独特创作风格的体现。

二、艺术风格

1. 这一时期阿格叶耶的诗歌特点之一是诗歌题材的多样化，这也是阿格叶耶有别于同时代其他实验主义和新诗派诗人的特征之一。他的诗歌主题包含了对自我和人性的探索、对各种社会问题的认知，对人类和自然之美的热爱、对哲学思想的深刻体悟、对文艺创作的认识、对西方工业文明的反讽和对印度传统价值的珍视、忧虑等。尽管阿格叶耶的诗歌创作以表达中产阶级内心情感为重点，但是对生活的敏锐感受和宽广的感觉领域使得他的诗歌题材十分广泛。

2. 与前一个时期诗歌另一个显著的不同是这一时期的作品中现实性的增加，诗人的兴趣从对空灵神秘的爱情的渴望和失落痛苦的心情的表达转向对现实生活感受的抒发。尽管仍然注重对内心情感的表达，但这一时期的诗歌中，爱与美带来的快乐和痛苦的体验都是源于现实生活中真实客观的情感感受，而不再是阴影主义诗歌那种神秘主义的空灵虚无的情感寄托。更为可贵的是这一时期的作品中还有很多反映社会现实问题的作品，阿格叶耶运用象征等表现手法对社会现实中的不足和丑恶进行了反思和讽刺。独立后的印度并没有像人们当初期待的那样美好，诗人在作品中讽刺了政治制度中存在的腐败和堕落、现代工业文明和城市文明中印度文化传统的式微以及人类固有道德价值观的沦丧。在这些辛辣尖刻的讽刺和批评中体现了诗人对国家和民族文化的关心和忧虑。

3. 阿格叶耶十分强调对瞬间感受的捕捉和再现，认为这才是艺术创作中最宝贵的真实和客观，这样的瞬间从哲学意义上而言才是最为永恒和独一无二的。他认为瞬间的感觉不是对完整生活感受的阻碍而是一种实现，完整生活感受的获得正是这一个个瞬间连缀而成的。正如他在一首诗中所说：

瞬间的触动和发现
连缀不断
因而构成真实

它是生活的激流

也或者它是一根链条

从不间断

每一个瞬间或前或后

缚在一起

独一无二　与众不同。(《被彩虹践踏的》)

4. 阿格叶耶诗歌中表现出一种独有的理性，这种艺术上的追求和阿格叶耶推崇和接受 T.S.艾略特的"非个人化"创作理念有直接关系。艾略特认为诗歌不是对感情的放纵，而是感情的脱离；诗歌不是个性的表现，而是个性的脱离。因此，诗歌创作应该尽量避免作家个人情感的掺杂。阿格叶耶诗歌中的理性和他作为诗人所具有的敏感和感性奇特地交糅在一起。敏感地捕捉对生活的每一点瞬间的感受，但在诗歌的表达上却又追求一种超越于感性之上的理性。这种感性和理性的奇特结合使得阿格叶耶的诗歌具有一种冷峻、超然的美感，但有时也导致晦涩。

5. 诗歌中体现出不同于传统浪漫主义诗歌的新的神秘主义思想。阿格叶耶认为，对自我内心的探索、塑造、净化和完善就是不断接近无限的永恒真实（即梵，即神）的过程，这种新神秘主义中还糅合了印度教吠檀多哲学、耆那教、佛教，以及西方存在主义和科学人道主义的一些观点。在诗歌中阿格叶耶所追寻的空寂、不语和默然、瞬间的完满体验和悲悯慈爱的情怀，都是这种新神秘主义思想的体现。

6. 意象和象征手法的使用是阿格叶耶诗歌创作的另一个主要特征。阿格叶耶的诗歌创作受庞德、波德莱尔、艾略特等为代表的欧美意象派和象征主义诗人的影响，十分强调意象和象征的使用。作品中或者使用不同于传统的新的意象和象征，或者为传统的意象和象征赋予新的内涵。意象和象征的使用使得他的作品具有深邃和广袤的意境。在阿格叶耶的诗歌中鱼、大海、灯盏、蛇、树、鸟，甚至水牛、骆驼等都是经常出现的意象。他的诗集名称也常常具有象征意义，比如"疯狂的猎人"象征着太阳，"庭院的门槛"象征着无限，等等。

三、作品鉴赏

《青草地上的瞬间》是非常重要的作品，体现了阿格叶耶创作风格的转变。这部诗集主要表现了诗人自我的内心感受，其中代表作《江中洲》体现了诗人对个人与社会关系的理解，在诗中诗人运用了象征手法，以江河象征社会，而江中的沙洲则象征着个人。诗人写道：

> 我们是江中之洲。
> 并非激流抛下我们一去不回。
> 她赋予我们形体。

继而，诗人将江河比喻为母亲——"她是母亲，我们因她而成为自己。"尽管社会孕育和塑造了个性和自我，但是个性又不因此而丧失独立性，而是用自己的方式进行着对社会的奉献。

> 但我们是江中之洲。
> 我们不是激流。
> 我们静静地奉献，
> 永是激流中的岛洲。
> 我们静立不动，
> 因为泥沙才随波逐流。
> 我们若是漂动，

就将不复存留。

《疯狂的猎人》这部诗集以自然、爱和自我探索、塑造为主题，也大量使用象征手法。如《孤独的灯盏》中就以灯盏象征人的个性和自我。《被彩虹践踏的》也是阿格叶耶非常重要的一部作品，这部作品体现了阿格叶耶的创作风格，作品的主题以表现自我探索和诗人的神秘主义思想为主。其中《我在那里》是一首非常激越而格调明快的作品，他在这首诗中将自己比喻成连接现在和未来的桥，愿意成为社会所有劳动阶层和普通人言声的代表。

> 我是远处的桥，
> 但不是连接虚无与虚无之桥，
> 是为人与人的握手而建的桥，
> 是连接心与心，
> 劳动的火焰和劳动的火焰，
> 梦想的翅膀和梦想的翅膀，
> 智慧的灵光与智慧的灵光，
> 情感的柱梁和情感的柱梁之间的桥。

在《你的真实》一诗中，诗人借助大海、河流、天空、森林、山川、山泉、鸟兽等意象来说明神秘主义色彩的"静寂"的意义：

> 静寂也是一种表达：
> 你有多少真实，
> 都能尽然抒发。

这部诗集中还有很多反映社会问题的讽喻之作，其中《蛇》是很有代表性的一首，在这首诗中，蛇是堕落的城市文明的象征，诗人不无讽刺地写道：

蛇！
你不是文明人，又不在城市里蛰居。
向你请教，
你蜇刺的本领从哪儿学到，
毒液又从何处获得？

《哦！光辉的怜悯》分为《播种者》《开屏的孔雀》《一棵松树的素描》和《无门之门》四个篇章。其中《一棵松树的素描》部分收录了阿格叶耶访日后翻译的日本俳句。日本俳句对阿格叶耶日后的诗歌创作有很大影响。这部诗集中收录了很多短诗，在这些诗作中，诗人追求一种意境之美，强调用极简的语言表现隽永深邃的内涵。除了具有神秘主义色彩的诗歌之外，这部诗集中还有很多现实性的诗歌。《广岛》一诗中，诗人对原子弹对人类社会和文明的毁灭性威胁表达了自己的忧虑。《庭院的门槛》是阿格叶耶的代表作，他因这部诗集获得了印度文学院奖。这部诗集分为《内心的激流》《轮转石》和《不能弹奏的维纳琴》三个部分。这部诗集集中体现了阿格叶耶在自我内心探索中神秘主义思想的所有内涵，这部诗集具有一种神秘主义色彩和哲学化倾向。其中《不能弹奏的维纳琴》是一首长篇神话寓言诗，它讲述了一头长发的普列耶温德奏响了一把谁也无法奏响的维纳琴的故事。当人们对普列耶温德的琴艺表示赞美时，他却说：

这并非我的丝毫功劳：

我沉浸于空寂之中，

通过维纳琴将自己献奉。

你们听到的琴声不是我的，

也不是维纳琴的奏响，

那是一切的真谛，

伟大的空寂，

是不可隔断、不曾出现、不能消融、难以计量的，

伟大的静默，

无语，

却在一切中歌唱。

　　这首诗表现了诗人对自我奉献的理解，他认为人应该不断认识自我、净化和完善自我，并且将自我奉献给无限和真理。在这里，空寂、不语、静默中蕴含着世界最终的无限和真理，这是阿格叶耶神秘主义思想的精髓。其中还包含着阿格叶耶对文学创作的认识和看法，"不能弹奏的维纳琴"也是文学修养和文学极高境界的象征。这首诗中既有印度教吠檀多不二论思想，也包含有耆那教的智慧。"庭院的门槛"本身也具有象征意义，象征着只有通过空寂、不语才能达到无限的边界。《摆渡几多回》《因为我知道》和《海的容颜》这几部诗集收录了诗人1962~1969年创作的诗歌，延续了前一时期创作的基本特点。其中《海的容颜》中的部分诗歌是阿格叶耶访问希腊期间对希腊诗歌的翻译。与前一时期的诗歌相比，这一时期的诗歌一方面内倾性增强，另一方面现实主义的内容也有所增强，对现代城市文明的思考使得诗人创作了不少讽喻性的诗作。《玻璃后面的鱼》（收在《摆渡几多回》中）尖锐地讽刺了现代社会物欲刺激下弱肉强食的无情和冷酷：

在生存的餐馆里

所谓的亲密关系，

你来我往，

就是一个将另一个吞食。

    这些诗集中还有一些短诗的创作受到了俳句的影响，诗人注重词句的视觉意象和意境含义。

    进入20世纪70年代，虽然阿格叶耶诗歌创作的技巧日臻成熟，但是可以看到他后期的创作逐渐失去了之前的创新精神，陷入一种重复和停滞之中。《我编织了寂静之网》《大树下面》《河湾上的影子》和《你曾见过这样的家》是他这一时期创作的诗集，这一时期的诗歌仍然延续了前一时期的主题，作品中受存在主义和佛教思想影响的神秘主义倾向有所增加。

    总的来说，阿格叶耶在诗歌创作过程中最突出的特点是他的探索和创新精神，他的诗歌在主题、表达、语言、思想等方面都进行了很多"实验"和创新。这和他一直强调的文学创作的个性应当是自由的，只有自由的个性才能创造出自由的思想的观点密不可分。

第三节 "七星诗人"

✦

上一节说过，1943年，阿格叶耶编选"七星诗人"的作品以《七星》为总标题出版，这是印地语诗坛的一件大事。1951年，阿格叶耶又选编出版了第二本"七星诗人"的作品集《第二七星》，推出7位新人。1959年，《第三七星》出版，又推出7位新人。从1943~1959年，印地语诗歌走过了从实验主义到"新诗"的全部里程。但这些诗人大多在60年代后仍然主导印地语诗坛的主潮。下面，我们从第一批和第二批"七星诗人"中选几位影响较大、成就突出的诗人做简要介绍。

一、穆克迪鲍德

穆克迪鲍德（Muktibodh）本名格贾南·马德沃（Gajanan Madhav），1917年出生于瓜廖尔附近的修普尔。在乌贾因接受了中等教育后，1938年在印多尔接受学院教育，1940年获得文学士学位。此后一直任教。5年后，他来到贝拿勒斯，在《天鹅》杂志当编辑，但不久又离开。此后一直任教，直到1964年中风去世。

他的主要著作有下列诸项：

诗集《月亮的脸是扭曲的》《褐色的灰土》；

日记《一个文学家的日记》；

长篇小说《堕落》；

短篇小说集《木头的梦》；

历史著作《印度：历史和文化》；

文学评论《迦马耶尼再思考》《新诗的自我奋斗》《为什么是最后的作品》和《新文学的美学》。

由此可见，他既是一位作家，又是一位学者。相比之下，他的诗作不多，而诗名甚隆。

穆克迪鲍德虽然被列为第一批"七星诗人"之一，但一般认为，他的思想倾向于马克思主义，讲究科学、实际，并且激进。而他的诗作则充满奇异的幻想，带有戏剧和小说的因素。在第一部七星诗人的诗集中，收有他的《致资本主义社会》一诗，译于下：

> 这样的气息，这样的手，这样的智能，
>
> 这样的知识、文明和净化的心灵；
>
> 这样的超凡，这样的华贵，这样的威力，
>
> 这就是美，那就是奇，敬信上帝；
>
> 这样的诗，这样的词，这样的韵律——
>
> 都是执着的享乐，都是虚伪的骗局；
>
> 这样深奥，这样稠密，美丽的网——
>
> 只有一个燃烧的真理被阻挡。
>
> 只有仇恨和臭气，放弃苦难
>
> 你的所谓文明之光就是黑暗；
>
> 令我愤怒，猛烈燃烧的怒火
>
> 你的血液里也是对真理的阻塞；
>
> 从你血液里流出强烈的憎恨，

看到你，立即就会感到恶心。

你的笑里也带有烈性病菌，

你的毁灭来自你的焦虑和怨愤。

我的火和人民的火燃在一起，

用我们的热度荡涤理智的屏蔽；

你是死亡，你是空洞，你是废物……

你的崩溃只有一个——你的财富。

　　在这首诗中，穆克迪鲍德表现了对资本主义社会的深恶痛绝，这正是他受马克思主义思想影响的一个例证。他还有一首长192行的诗歌《梵罗刹》也很有名。这首诗运用了一个典故"梵罗刹"。古代典籍《祭言法典》中说，如果一个人强占了别人的妻子，或者侵吞了婆罗门的财产，死后就要变成梵罗刹，在荒无人迹的森林里游走。但穆克迪鲍德想借用这个梵罗刹，描绘社会上那种一心想在生活的各个方面都做得很完美，但事实上做不到，活得很累，死后无声无息的人。

二、基里贾库马尔·马图尔

　　基里贾库马尔·马图尔（Girijakumar Mathur），1919年出生于今中央邦的阿育王镇，熟悉中央邦的风土人情。在勒克瑙、德里等地居住过，增长了见识。又访问过俄罗斯、美国和西欧各国。1943年他被任用于全印广播电台，不久又被任命为信息官员去了美国。之后又在英国和欧洲其他国家待过。后来当上勒克瑙广播电台的副台长。1956年出访尼泊尔。后来又作为国家广播电台的代表出访俄罗斯、捷克等地。1967年任德里广播电台节目组主任。1972年任新德里对外广播部主任。1975年，新德里政府授予他特别文学奖。退休后居住于新德里，主要从事研究和写作。

他被列在第一批"七星诗人"当中。他也写过剧本和文学评论。他的诗集主要有《脚铃》《毁坏和建设》《香稻》《闪光的石翼》《束缚不住》《心河之旅》《见证现实》和长篇分章诗《大地劫波》等。他的剧本是《终身监禁》，他的文学评论是《新诗：边界与可能性》。

　　《心，不要触摸阴影》是诗人的代表作之一，最初收在《香稻》中。这是一首歌词，文如下：

　　　心，不要触摸阴影

　　　心，那将倍加苦痛

　　　生活中的美好记忆愉悦舒畅

　　　照片倩影气息四溢令人神往

　　　长夜已然过去，玉体依旧留香

　　　吉祥花朵的追忆变成银色月光

　　　仿佛是错误的一遇

　　　却成为一生的每个瞬间

　　　心，不要触摸阴影

　　　心，那将倍加苦痛

　　　声誉不是资本，名望不是财富

　　　你有多少奔波，就有多少迷误

　　　权力庇护的影子无非海市蜃楼

　　　缕缕月色中隐蔽着整夜的烦忧

　　　那些世事虽然艰难

　　　你却仍要虔谨直面

　　　心，不要触摸阴影

　　　心，那将倍加苦痛

　　　勇气在徘徊中，就看不见道路

身体枯萎，心中痛苦仍不消除

痛苦如同秋天夜空没有月亮

又仿佛盛开的鲜花离却春光

未得到就把它忘怀

去选择你的未来

心，不要触摸阴影

心，那将倍加苦痛

从这首诗可以看出，基里贾库马尔·马图尔的诗受有阴影主义诗歌的影响。正像评论界说的那样，他并不明确地属于某个诗歌流派，而是兼收并蓄各种风格，探讨各种技巧，这也许正符合当时的实验主义潮流。

三、博瓦尼·普拉萨德·米什拉

博瓦尼·普拉萨德·米什拉（Bhavani Prasad Mishra），1913年出生于中央邦纳尔马达河边的一个村庄。他终生都是一位社会服务者。他少年时代便喜欢上了诗歌，大学期间已经写了许多诗歌。青年时因积极参加民族独立运动，1942年曾被捕入狱，并结识了许多名人。此后曾在妇女慈善机构任教，独立后又在国语推广协会担任出版官员。曾在著名的杂志《想象》做编辑工作，并参加了圣雄甘地文献的编辑。他与全印广播电台和电视台都保持紧密的联系，曾编辑外交部的季刊《天际》和甘地和平学院的月刊《甘地之路》。

他的诗集多达18部，还有一部分章长诗、一部回忆录和一些为老人和孩子写的作品。1972年，他的诗集《搓好的绳子》获得印度文学院奖。此外，他还获得过"杜勒西奖""伽利卜奖"、文学艺术协会德里分部特别奖、中央邦最高奖等若干奖项。但是，关于他的一生，他很低调地说："（他）住在一个小小的地方，一条小小的河流纳尔马达河边，一座小山温迪耶山麓的偏僻地区，在一群小小的平民百姓中间。我的生活经历平淡无奇，根本没有什么大的事件。"[1]

他的主要诗作有《歌词出售者》（1956）、《痛苦是令人惊奇的》（1968）、《黑暗的诗》（1968）、《搓好的绳子》（1973）、《芳香的石铭》（1973）、《三世黄昏》（1978），等等。一般认为，他是实验主义和"新诗"派的重要诗人，他属于第二组"七星诗人"。下面从他的《歌词出售者》中选取数行，试译如次：

是的先生，我卖歌词，

我卖各种各样的歌词，

我卖形形色色的歌词。

是的，我写生，也要写死，

是的，写胜利，也写躲避。

这是丝绸歌，这是土布歌，

这是胆气歌，这是回肠歌！

这是学问，还有别样花色，

新电影的歌，配有动作，

这是我的力作，耗尽心血，

这是我从店里回家的歌。

不，这里面没有说笑话，

我是一直在写，夜日不停。

就写成了各种各样的歌词，

闷闷不乐，这是心中的歌！

---

① 转引自印度印地语教研中心编：《印地语诗选》，阿格拉，1986年印地文版，第335页。

是的，我推开成堆成摞的歌，

只要歌者感兴趣，我就快乐，

或者您追问我心底的秘密，

卖歌词虽说是罪过，

可我怎么办，很无奈，

我已经卖得有苦难说。

四、沙姆谢尔·巴哈杜尔·辛格

沙姆谢尔·巴哈杜尔·辛格（Shamsher Bahadur Singh），1911年出身于北方邦台拉登市一个查特族家庭。9岁丧母，成为他终生缺少母爱的切肤之痛。他于1930年结婚，1931年赴阿拉哈巴德上大学。1933年获得文学士学位。1935年，他19岁的妻子去世，没有留下孩子。这是他心灵的又一次重创，此后他终身未娶。

1939年，他到阴影主义诗人本德身边工作。1942年在瓦拉纳西结识了穆克迪鲍德，后来二人结下深厚友谊。1965~1977年，他在德里大学工作。1971年，德里文学界举行大会庆祝他的60寿辰。1976年，他的诗集《我还没有完》出版，次年，因该书获得印度文学院奖。80年代中期，他应邀到中央邦乌贾因维克拉姆大学工作。1993年去世。

在第一、二批"七星诗人"中，他和阿格叶耶是年纪最大的，当时已经40岁。他的诗集主要有《一些诗》（1959）、《另一些诗》（1961）、《我还没有完》（1976）、《乌迪塔》（1980年）、《离自己这么近》（1980）和《她要说话》（1981）。下面是《一些诗》中的一首小诗《站在阳光小屋的镜子里》：

站在阳光小屋的镜子里

她在笑

透过阳光的纱幕

她笑着

在静静的院子里

像蜡烛一样黄

非常柔和的天空

一只蜜蜂摇动了花朵

嫩嫩的花朵

飞走了

今天仍时时记起

童年时的

妈妈的面容

这是一首怀念母亲的诗。同样，他还有一首怀念妻子的诗《一个黄色的傍晚》，一样短小，却凄婉而充满真情。

五、达摩维尔·巴拉蒂

达摩维尔·巴拉蒂（Dharmavir Bharati），1926年出生于阿拉哈巴德。青年时代就读于普拉亚格大学，获文学士学位。之后继续深造，取得了博士学位，其博士论文为《悉陀文学》。他是前两批"七星诗人"中学位最高的一位，也是其中第二年轻的诗人，被列入第二批"七星诗人"时年仅25岁。在普拉亚格大学教过几年书之后，1956年到孟买著名文学杂志《达摩时代》当编辑。

达摩维尔·巴拉蒂具有多方面的才华。他出版有文艺理论专集

《人的价值和文学》《小说与非小说》等，还出版了研究佛教晚期作品的大部头学术专著《悉陀文学》（1988年正式修订出版）。他还写过长篇小说《罪过的天神》和《太阳神的第七匹马》，短篇小说集《死胡同里最后一栋房子》和《月亮和贫弱的人们》。

他的诗集主要有：《黑天情人》（1956）、《一年七首歌》（1959）、《冷铁》（1969）和《外国》。诗剧《盲目时代》也受到好评，被认为是对"新诗"的巨大贡献。他有一首诗《破车轮》（收在《一年七首歌》中）：

　　我，
　　是车上断裂的车轮
　　不过别把我丢掉。

　　不知道何时
　　这令人费解的车轮战中
　　挑战这车、兵、马、象四军
　　把一个冒险前来的激昂包围起来！

　　大英雄大猛士
　　明知己方非正义
　　把孤身一人赤手空拳的声音
　　打算用他的梵天兵器踩蹦

　　于是，我
　　车上断裂的车轮
　　在他的手上

能够使梵天兵器变成铁！

我是车上断裂的车轮。

不过别把我丢掉，

历史的集体演进

因突然变得虚假

如何知道

愿真实保护那些破车轮！

　　要了解这首诗的含义，需要先了解《摩诃婆罗多》中的一段故事：大战的第十三天，阿周那的儿子激昂孤军深入，被敌方包围，在车轮战中牺牲。次日，阿周那誓死为儿子复仇，杀死多人。迦尔纳是敌军大将，明知自己支持的一方是非正义的，却坚持到底。在与阿周那的对战中，他的车轮陷入污泥，不得不下车搬动。危急时刻，他的咒语失灵，梵天赐予的神奇兵器变为废铁，阿周那趁机将他射死。诗人借用这一典故，以车轮拟人，提出对所谓历史传说的怀疑，并讽刺了那些所谓的英雄和猛士，并暗示出和平的愿望。

六、拉古维尔·萨哈耶

　　拉古维尔·萨哈耶（Raghuvir Sahay），1929年出生于北方邦勒克瑙，其父是文学教师，他也一直在勒克瑙接受教育，最后获得了英语文学的硕士学位。毕业后他先后在新德里的杂志和广播电台当助理编辑，后来到海得拉巴做《想象》杂志的编辑。最后辗转到新德里电视台工作。

　　他喜欢写诗，被列入第二批"七星诗人"时年仅23岁，是最年轻的。1960年，他出版了诗歌、小说和文章的合集《在楼梯上的阳光里》。此后，他出版的诗集主要有《反对自杀》（1967）、《笑吧，笑吧，快笑吧》（1975）和《人们忘记了》（1982）。此外，他还出版过多部短篇小说集、散文集和多部翻译作品集。作为一名"新诗"派的重要人物，他的创作经历达30余年之久，这中间自然有发展变化，诗人自己和评论界都有议论。我们这里只能做简要介绍，并举出两篇不同时期的代表作予以译介。短诗《阳光》是他50年代末60年代初的作品，收在《在楼梯上的阳光里》。节译于此：

> 我在看
> 长长的窗户上放着花苗
> 向着阳光的方向弯下腰
> 像每年一样，麻雀
> 正衔来草棍放到屋檐上
> 尽管这不是那只麻雀
> 这房子不是那所房子
> 这花盆不是那个，这窗户也不是
> 我对这阳光的识别有多正确。
> ……
> 那些花苗向窗外弯腰
> 仿佛能从那边拉进阳光
> 走廊里似乎有阳光
> 好像花苗从走廊里得到阳光。
>
> 小鸟去叼草棍噗地飞走
> 风的一摇：一下子
> 夹带着满满的玫瑰香气

夏天来了，虽说还有些日子
我对这阳光的识别有多正确。

这麻雀窝的故事有好几个
去年的不同，前年的也不同
一个香气
可不仅香气，一个阳光
可不仅阳光，一个记忆。
是个夏季，不仅仅是夏季
只是一种识别
轻轻的风，和一个巨大的天空
它是湛蓝的，没有烟尘
也没有任何云彩
只有朝着一个方向的轻风和光线
这阳光是我识别了的阳光
这阳光布满了外面一个巨大的
蓝色天空
这走廊里是阳光、轻风和一个春天。

这首诗在那个时期很有代表性，写得真实朴素甚至有些繁琐，表现的却是诗人细微的感受。他的另一首诗《拉姆达斯》收在《笑吧，笑吧，快笑吧》当中，是这样写的：

宽宽的大街窄窄的巷
白天时变得热闹异常
拉姆达斯那天很沮丧

最后的时刻来到近旁
有人告诉他，说要杀死他。

独自一人走得很慢
想着找个人做伴儿
又停下，街上的人都在
都不说话都手无寸铁
都知道这一天有人要杀他。

他站在大街中央
双手放在肚子上
迈着习惯的脚步走来
人们紧张地睁着眼睛
看着他，他注定要被杀掉。

杀手从小巷出来
喊了他的名字
手中掂着刀刺下
一道小的血流喷出
没有说，那人最终要杀死他？

那人推开众人回去了
这个拉姆达斯死去活来
"瞧，瞧"一遍遍地叫
人们毫无惧意地站在那里
开始叫他，原本是他疑心会被杀掉。

《笑吧，笑吧，快笑吧》里收集的诗基本上都写于60年代后期到70年代前期。这首诗中，诗人以戏谑的口吻写了拉姆达斯这个人，他是一个普通市井小民的符号，而这个耸人听闻的"杀人"事件不过是一个幻觉。诗中暗示了生活的紧张和无奈，人们的冷漠和观望。

22

『新小说』派

第一节 概述

✦

一、印地语新小说的产生

现代印地语小说的发展历史并不长，如果以普列姆昌德的处女作[①]《圣地的奥秘》（1903）算起，至今也不过百年。而在百年内，印地语小说的发展速度却是非常快的，出现了大量优秀作家、作品。独立以前印地语小说最杰出的代表是普列姆昌德，普列姆昌德的小说在"质"和"量"两个方面都把印地语小说推上了一个高峰，这个"高峰"一方面标志着现代印地语小说这种文学体裁最终成熟；另一方面也意味着，印地语小说文学要取得进一步的发展，就必须跨越这个"高峰"。

1947年以前，印地语文学中最有影响的流派是"进步主义文学"。进步主义文学小说主要采用现实主义的表现手法，反映社会生活并表达作者的观点，反对帝国主义的压迫、反对传统文化的糟粕、反对剥削阶级对无产阶级的压榨往往是其表现的主要内容。印度独立后的最初十年，许多优秀作家沿着普列姆昌德开创的现实主义道路继续创作，也诞生了一些优秀作品，但这些作品的艺术成就和社会影响都无法超

[①] 刘安武著：《印度印地语文学史》，北京：人民文学出版社，1987年版，第265页。

越普列姆昌德的作品，这使新一代印地语小说家们感到，要想超越前人，必须另辟蹊径。另一方面，1947年印度独立以后，社会政治经济生活发生了重大变化，仅靠传统的现实主义创作手法越来越难以深入剖析、展现现代印度社会以及印度人的生存状态。这两方面的原因促使新一代印地语小说家们渴望变革既有的文学传统。

20世纪50年代初期，一批刚步入文坛的青年作家如莫汉·拉盖什、格姆雷什瓦尔、拉金德尔·亚德夫等人开始探索在印地语小说中如何用新的方式来书写独立后的现代印度社会，他们在小说中大量吸收、借鉴西方小说尤其是现代派小说的创作思想及经验。20世纪50年代中期，这些青年作家的创作渐趋成熟，他们的作品也越来越引起大家的关注，评论家们开始将他们的作品称为"今日小说"或"新小说"。

1957年在印度阿拉哈巴德举行的印度文学大会上，莫汉·拉盖什等青年作家明确提出了"新小说"创作的口号，主张在新的时代应该用新的方式从新的角度出发书写新的问题。拉盖什等青年作家的主张引起了许多作家的强烈反响，由此印地语文坛掀起了一场轰轰烈烈的"新小说运动"，许多著名作家如阿格叶耶、雷努、尼尔莫尔·沃尔玛、毗湿摩·萨赫尼等都加入到了这一运动中来。"印地语新小说"这一名称也确定下来。

20世纪60年代是印地语新小说的鼎盛时期，这一时期的印地语短篇小说创作领域，"新小说"创作成了主流，尽管大家对"新小说"的理解不尽相同，但总体上印地语新小说有两个显著的特征：一是在写作技巧方面，大量借鉴西方现代乃至后现代派小说；二是在小说内容方面，重点关注独立后现代印度社会中人的生存状态，关注人的内心世界。

另外必须指明的是，印地语新小说主要指一些短篇、中篇小说，印地语中"短篇小说"与"长篇小说"是完全不同的两个词，"印地语新小说"印地语为"Nai Kahani"直译应为"新短篇小说"，国内学者通常将其译为"新小说"，这种译法是合适的，因为印地语新小说也包括大量的中篇小说作品。此外，新小说运动作为一场文学运动，对印地语长篇小说也有很大影响，新小说的几位代表作家，既写短篇小说也写长篇小说，他们的长篇小说在很多方面也体现出一些新的特点。但就整体上说，印地语长篇小说在新小说运动时期，在对传统的突破上并未像短篇小说走得那样远。

二、新小说之"新"

（一）中产阶级文学

印地语新小说在人物方面有一个很大的特点，即作品的主人公往往属于印度的中产阶级阶层，以至于有评论家称"新小说"为中产阶级文学。

印度的中产阶级产生得很早，在印度争取独立的过程中，印度的中产阶级发挥了巨大的作用，印度国大党最重要的支持力量也来自这一阶层。印度独立后，社会相对稳定，中产阶级逐渐扩大，并在印度政治、经济、社会生活中发挥着越来越重要的影响。在新小说以前的文学作品中，虽然也有对这一阶层的反映，但作为一场文学运动，印地语新小说把印度的中产阶级作为重点关注对象，这在印度文学史上还是第一次。之所以如此，有两方面的原因：一方面，大部分小说家们自身也属于这个阶层，书写中产阶级也就是书写他们自己；另一方面，尽管独立后印度的大部分人口仍然是农民，但中产阶级却是印度由传统社会向现代社会转型过程中最敏感的一群，现代社会转型的阵痛他们感触最深，他们身上集中反映着印度社会新的时期产生的种种新的问题，因此新小说作家把关注的焦点放在这一社会阶层，更具现实意义。

50年代，独立之后印度经济发展并不尽如人意，同时腐败现象开始滋生蔓延，印度中产阶级慢慢发现，印度虽然取得了政治上的独立，但真正要取得社会的进步却并非易事。60年代初期两件大事对印度中产阶级产生了重大影响，一是印度对华战争，战场的惨败严重打击了印度国民的自信心，奈保尔曾说"1962年是印度中产阶级独立后取得光荣的最后一年"，他们第一次真正意识到，印度离尼赫鲁所说的那个"有声有色的大国"是那样遥不可及；二是1964年尼赫鲁逝世，尼赫鲁的去世使中产阶级陷入了迷茫和困惑。长久以来，尼赫鲁一直是印度中产阶级的精神导师，中产阶级也习惯于依赖甘地—尼赫鲁倡导的行为规范和道德准则，但这一切随着尼赫鲁的去世而改变，中产阶级的原有价值体系、意识形态接近崩溃的边缘。

新小说作家笔下的印度中产阶级符合当时的时代背景，新小说作品的主人公们属于痛苦、孤独、迷茫的一群。他们既不相信传统的印度教道德规范，也无法全盘接受西方的价值观念，他们既不相信越来越堕入腐败泥沼的政府，也对印度的种种社会问题忧心忡忡。新小说作家以印度中产阶级的生活为切入点剖析现代印度社会，具有鲜明的时代特征和社会意义。

当然，印地语新小说也并不只表现印度中产阶级的生活，一些新小说家如格姆雷什瓦尔等，也有许多表现农村生活的作品，但这些作品的数量远远少于他们表现城市中产阶级生活的作品。另外新小说运动中，也有像雷奴这样主要写农村题材小说的新小说作家，但这样的作家为数不多。所以总体上看，表现中产阶级的生活，的确是印地语新小说的一个显著特点。

（二）情节的淡化

在艺术方面，故事情节的淡化是印地语新小说的最大特点。传统小说作为叙事性文本，往往要叙述虚构的故事情节。虚构的故事情节是对生活的加工和提炼。典型的例子是三四十年代主导印地语文坛的进步主义小说。进步主义小说家为了表达理想，通常要安排典型的环境、人物和故事情节。而新小说的最大的特点就是颠覆了传统小说的故事性。对新小说作家来说，叙述某事件并不是小说的重点，即便有时小说中会有故事的轮廓的浮现，但小说绝对不把重心放在对事件过程的叙述上，小说中占主要地位的是对人物心理活动以及环境和气氛的描写。

以莫汉·拉盖什的《沉睡的城市》为例，整篇小说中看不到完整的故事情节，它更像是一幅描绘深夜里的都市的图画：野狗在街上游荡，汽车站旁流浪汉在酣睡，寻亲的单身女子在敲打着屋门，屋顶烟囱旁有几只鸽子时不时发出咕咕声，夜巡的警卫在追捕歹徒，身份不明的人在低声对话。读者很难从上述似乎是零散的画面中找出他们之间有什么联系。这里作者想告诉读者的并不是城市的夜晚发生了什么，作者是在营造一种气氛，让读者自己去感受。所以初读这类作品会有如堕雾海的感觉，我们无法按照习惯去捕捉情节的连续性，无法从内容层次上追踪有关现实的参照体系，然而这并不是说读者就无法把握新小说作品的内涵。其实，野狗不时地吠叫，露宿的男子不断被惊醒，寻亲的女子在深夜中彷徨，追捕小偷的人群喧嚣而过，在阅读的过程中读者心情仿佛也惶惶不安，不知道接下去会发生什么事。显然，城市的夜晚并不平静，沉睡的城市是一个没有安全感的城市，作者想传达给读者的也正是这种信息。

从文学自身的发展来看，由有故事情节到无故事情节有着某种内在的必然性。在传统小说中，因果关系是故事情节的核心，而过分倚重事件的因果关系，必然使情节潜藏一个内在的危机，由此导致的结果是读者反而觉得情节虚而不实。文学作为人学，其发展必然是越来越深入地表现人的内心世界，而人的内在的心理活动不一定表现为外部行动，并不必然构成外在冲突，形成故事情节。也就是说，这些心理内容往往是情节所无法容纳的，因此它们必然要冲破情节的框架，去寻求新的表现形式。印地语新小说正是顺应了这种趋势。印地语新小说中的故事情节被边缘化，在表现现代社会中的人情世态时反而更加有力。

（三）叙事技巧的突破

20世纪60年代正是结构主义文论大行其道的年代，人们对小说形式的研究也越来越深入。印地语新小说家以中青年作家为主，他们大多精通英语，对现代西方文学也比较熟悉，他们借鉴西方小说的成功经验，同时大胆创新，用自己的创作实践丰富了印地语小说的叙事技巧。

以叙述视角为例，以普列姆昌德为代表的独立前印地语小说大多使用第三人称全知者视角。这种视角可以使叙述者超越于所有人物之外，拥有如上帝般无所不知、无所不晓的能力。这样在叙述过程中作者可以不必解释材料的来源，视点移动随心所欲，既能够把人物的过去、将来、外表和内心全盘托出，也可以将事件的来龙去脉、错综关系一一摆明。但这种叙事视角也明显有其不足之处，读者就作品中非人力所能知晓的部分有时不免会产生怀疑，这不能不影响到作品给人的真实感。而新小说在叙事视角的选用上尽量避免使用全知者视角，而大量采用第一人称视角"我"，第一人称视角是一种天然的限制视角，而即便是使用了第三人称的小说，新小说作家也尽量使用限制视角。限制视角的运用使新小说作品获得了一种客观、冷静的叙事效果，增强了作品的可信度和感染力。

同时，在小说的叙述时间、空间等维度上，新小说家也进行了一系列大胆的试验。传统小说中的故事情节有两个要素：一是故事中的各个事件具有因果联系，有此原因才导致如此的后果，有如此的矛盾冲突，才有如此的情景变化；二是故事中事件的发生在时间上呈流逝线性特征，有先有后，依次而来。许多新小说作品对构成故事情节的这两个基本要素有意进行了忽略，即打破了传统小说的事件在时间和因果关系上的连续性。以格姆雷什瓦尔的《没有子嗣的国王》为例，其中采用了"并置叙事"的方式讲述了两个故事，这两个故事在时间和空间上毫无联系，作者写一段A故事然后再写一段B故事，好像A和B是两个完全不相干的故事，打乱段落重新组合在一起。《没有子嗣的国王》的这种叙事结构对印地语短篇小说是一种颠覆性的创新，产生了独特的艺术魅力。

必须指出的是，印地语新小说作家在小说形式与技巧方面的大胆探索明显受到了西方现代派乃至后现代派小说的影响。印地语新小说诸如倒叙、错割、穿插、复现、跳跃等叙事技巧的运用在印地语小说史上是一种创新，但放眼世界文学，这并不是印地语小说的创新。

进入20世纪60年代，印地语新小说渐渐失去了活力，基本上没有再产生有重要影响的作品。当新小说尝试了一切可能，并已经形成一种文学传统之后，它就不再是"新"小说。尽管新小说的几位代表作家有的仍在创作，但当一场文学运动已经展示尽自己的全部内容，包括思想与艺术方面的内容，并且再也跳不出自己的窠臼而一再重复自己的时候，我们就可以宣告它的落幕。20世纪60年代中后期，印地语新小说越来越流露出形式主义的倾向，许多新小说作品一味地追求写作技巧的花样更新而越来越忽视作品的社会意义。20世纪60年代末，一批青年作家厌倦了新小说的这种"套路"，打出了"理性小说"的旗号。"理性小说"某种程度上可以看作是印地语小说向现实主义的回归。

20世纪70年代以后，印地语新小说作为一场轰轰烈烈的文学运动基本上偃旗息鼓，但是新小说带给印地语文学的影响却一直存在着，尤其是后来兴起的印地语"非小说"，和新小说有密切的关系。

新小说运动是当代印地语文学一场意义重大的创作实践活动，在形式和内容两个方面都拓展了印地语文学的发展道路。新小说运动中，新小说作家们对各种西方小说写作技巧进行了令人眼花缭乱的试验，尽管这种试验有成功也有失败，但新小说运动之后，各种西方现代派甚至后现代派的小说创作技巧对印地语作家已不再神秘，当代印地语印地小说家在技巧方面已经可以和西方小说家一较高下。从更高的角度来看，创新是文学发展的强大动力。新小说运动正是一种积极的文学创新运动，并且正如格莫雷什沃勒所说，新小说运动是一个文学不断自我更新的进程，作为一场运动或许它已经落幕，但作为一个"求新""求变"的进程，它将始终伴随印地语文学的发展。

第二节　格姆雷什瓦尔

❧

一、生平

格姆雷什瓦尔全名为格姆雷什瓦尔·伯勒萨德·萨克赛纳（Kamleshwar Prasad Saxena，1932~2007），出生在印度北方邦的曼普里地区。曼普里位于北方邦的西南部，离阿格拉不远，其行政中心是曼普里镇。格姆雷什瓦尔的家族曾是当地的望族，后来家道中落。他很小时父亲就去世了，父亲在他的记忆中只留下一个朦胧的影子。父亲去世后，全家生活陷入困境，一家人的生活靠长兄西达尔特微薄的工资勉力维持。格姆雷什瓦尔上小学四年级时，长兄西达尔特也去世了，这件事对童年时期的他打击非常大，因为对他来说，长兄就如同父亲一样，曾给童年的他以切实的关爱。西达尔特的死对他们一家来说是一个灾难性的打击，本来就不富裕的家庭在经济上几乎陷入绝境。后来他回忆童年的时光时写道："外人都觉得我们是富人家庭，可我们却过着穷人的日子，每天食不果腹。"[①]"穷人的孩子早当家"，家道艰难使

---

① 格姆雷什瓦尔:《格姆雷什瓦尔短篇小说全集·前言》，德里：拉杰巴尔出版社，2002年印地文版。

得年幼的他格外懂事。在学校里，别的孩子都有新校服、新课本，而他穿的是由兄长的旧衣服改的衣服，用的课本也是旧课本，但他的学习成绩却常常是全年级第一。

1946年，格姆雷什瓦尔随母亲移居阿拉哈巴德，后来在阿拉哈巴德大学相继取得印地语学士学位、硕士学位。他的大学生活十分艰苦，因为家庭经济困难，他不得不在学习之余打工，以维持生计。大学期间，他当过看门人、服务生。后来，他找到了一家杂志社，做兼职校对员。这份工作每个月有50卢比的报酬，对格姆雷什瓦尔意义重大，既缓解了他的经济压力，而且也是他迈向职业编辑生涯的第一步。

阿拉哈巴德是印地语文学的重镇，许多著名印地语文学家都曾在这里学习、生活过。这里也是许多印地语文学刊物编辑部所在地，著名的印度文学大会①的常设机构也在阿拉哈巴德。在这里，格姆雷什瓦尔结识了许多印地语青年作家，其中最重要的一位就是拉金德尔·亚德沃。拉金德尔·亚德沃和格姆雷什瓦尔年龄相仿，在文学上志趣相投。1954年，他们两人一起创办了文学杂志《小说》。创办杂志一方面是为了表达自己的文学追求，另一方面也是谋生的一种手段。1957年，第一届印度文学大会在阿拉哈巴德召开，这在印地语文学史上是一次意义重大的盛会。在这次文学大会上，一批印地语青年作家提出了新小说创作的口号，由此掀起了一场轰轰烈烈的新小说运动。也正是在这次文学大会上，格姆雷什瓦尔又结识了莫汉·拉盖什等青年作家。后来的新小说运动中，格姆雷什瓦尔、拉金德尔·亚德沃和莫汉·拉盖什是公认的三名领军人物。他们三人也是非常要好的朋友，在新小说运动中他们用自己的创作彼此唱和，不断探索，推动着新小说运动的发展。

① 1957年在阿拉哈巴德召开了第一次印度文学大会，此后印地语文学大会成为常设非政府文学研究机构。

1959年格姆雷什瓦尔离开阿拉哈巴德来到了德里。在德里，他继续着他的小说创作。但是，光靠写小说得来的微薄稿酬不能维持他在德里的生活，因此他不得不继续兼职做一些校对、编辑的工作。1963年，格姆雷什瓦尔担任文学刊物《新小说》的主编。拉金德尔·亚德沃和莫汉·拉盖什当时也是《新小说》的编辑。《新小说》成为新小说作家们交流的一个重要平台，格姆雷什瓦尔、拉金德尔·亚德沃和莫汉·拉盖什常常在该杂志上发表自己的作品和一些评论文章。《新小说》虽然办的时间不长，可对新小说运动却有着巨大的影响力，因为这是唯一一份专门刊登新小说作品、探讨新小说理论的文学刊物。

1967~1978年，格姆雷什瓦尔担任印度著名印地语文学杂志《椋鸟》的编辑。《椋鸟》是独立后印度影响最大的印地语文学刊物之一。印度的文学类刊物发行量通常都很小，一般在5 000~10 000份，而《椋鸟》在鼎盛时期的发行量达到了50 000份，曾经是仅次于《宗教时代》的第二大印地语刊物。

《椋鸟》的编辑部在孟买，所以格姆雷什瓦尔在担任《椋鸟》编辑期间，一直生活在那里。孟买是印度的电影之都。在那里，他开始创作影视剧本。当时的印度电影和印度文学关系紧密，20世纪50年代中期，在印度文学新的创作思潮等因素的影响下，印度电影也掀起了"新电影"运动。在"新电影"运动中，大批严肃文学作品被改编拍摄为电影。那时的许多印度电影既有很好的票房成绩，又有相当的思想深度和艺术魅力。格姆雷什瓦尔的第一个电影剧本改编自他好友拉金德尔·亚德沃的长篇小说《整个天空》。该电影于1969年上映，赢得广泛的赞誉。随后在整个七八十年代他共创作了70多部电影剧本。

20世纪70年代末80年代初，印度的电视业开始蓬勃发展。1980~1982年，英迪拉·甘地任命格姆雷什瓦尔为印度国家电视台的特别总监。他又开始涉足印度的电视事业。在他两年的任期内，印度全国的电视网建设完成了。这是一项意义重大的工程，其中有他的贡献。在电视台工作期间，他还编写了许多电视剧剧本，导演了一些电视剧，主持过一个文学谈话节目，受到观众的广泛欢迎。

1984~1988年，格姆雷什瓦尔担任印地语文学杂志《恒河》的主编，继续着他的编辑工作。1990~1992年，他担任了《觉醒报》的编辑，1996~2002年，他担任了《太阳日报》的编辑。

晚年的格姆雷什瓦尔定居哈里亚纳邦的弗里达巴德。2007年1月27日，格姆雷什瓦尔因心力衰竭，故于自己的寓所，享年75岁。

格姆雷什瓦尔2003年获得印度文学院奖，2005年因为他对印度文学做出的巨大贡献，印度政府颁发给他莲花奖。

二、小说创作

格姆雷什瓦尔的处女作《责任》发表于1946年，他的最后一部重要作品长篇小说《多少个巴基斯坦》发表于2000年。在长达50多年的创作生涯中，他共创作了100多篇短篇小说、11部长篇小说，以及大量的散文、影视剧本等。

格姆雷什瓦尔的第一篇小说《责任》虽然是他在移居阿拉哈巴德以后才发表的，可实际上这篇小说的初稿是在曼普里完成的。他在曼普里读中学时就已经开始写小说了。他到阿拉哈巴德以后，把在曼普里写的一些小说修改后发表了。在这些小说中，我们能明显感受到他在曼普里的生活对他创作的影响。他在自己的短篇小说全集的序言中说："1950年以前的大部分小说都是在曼普里写的，个别小说是在德里写的。这一时期对我创作影响最大的是我在小镇的生活。"[1]"小镇"印地语为kasba，其本意是居民聚居区，它可以指单独的小城镇也可以

---

[1] 格姆雷什瓦尔:《格姆雷什瓦尔短篇小说全集·序言》，德里：拉杰巴尔出版社，2002年印地文版。

指大城市边缘城乡接合部的居民区。格姆雷什瓦尔童年以及少年时代生活的曼普里就是典型的小镇。这里的居民不是农民，但是与大城市相比，小镇生活有浓郁的乡土气息。在小镇的街头常常能看到传统的罗摩戏等民间艺术表演，传统的各种印度手工业匠人也都居住在这样的小镇。在独立后的印度，小镇是传统与现代两种文化的结合部，这样的地方保留了大量的印度传统文化习俗，同时又不断受到现代城市文化的冲击。格姆雷什瓦尔曾在这种环境中长期生活，因而他对独立前后印度小镇生活的变化感受极为深刻，他在创作中常常以小镇作为小说的背景。他早期的小说，如《同志》《白蝴蝶》《铁栏杆》《黄玫瑰》等都是反映小镇中的人与事，小说中常常有大量对小镇生活场景的描写。他早期作品中的这种"小镇风情"甚至成了他的一种创作风格，对他后来的小说创作也有影响。正因为如此，有的评论家，如库尔玛·克里希那在评价他时甚至称他是"小镇作家"。①

1946年格姆雷什瓦尔迁居阿拉哈巴德后，开始了他文学生涯的一段重要历程。他在阿拉哈巴德上大学时，专业是印地语文学。学校的学习开阔了他的眼界，提高了他的文学素养。在阿拉哈巴德，写小说既是他的爱好，也是他谋生的手段。他在此期间创作并发表了大量的短篇小说，其数量约占他短篇小说总数的三分之一。

格姆雷什瓦尔在阿拉哈巴德结识了拉金德尔·亚德沃、莫汉·拉盖什等青年作家后，他们很快形成了一个小创作群体。他们不满足于此前的印地语现实主义小说传统，尝试用新的手法书写独立后的印度社会、印度人及其生活。到20世纪50年代中期，以格姆雷什瓦尔等为代表的这批青年作家的作品渐趋成熟。格姆雷什瓦尔1954年创作的小说《没有子嗣的国王》是印地语新小说运动时期的代表作品之一，也

---

① 库马尔·克里希那:《短篇小说的新典范》，新德里：瓦尼出版社，2006年印地文版，第86页。

是他的短篇小说代表作。《没有子嗣的国王》的发表标志着他的小说创作进入成熟期。

1956年，格姆雷什瓦尔发表了他的第一部长篇小说《一街五十七巷》。这部小说以一个印度小镇为背景，描写了独立前后印度的社会变迁。这部小说一发表就引起印地语文坛的关注，原因之一是这部小说触及了印度社会中的禁忌话题，小说中的主人公之一沙尔拉姆·辛赫是一个同性恋和恋童癖。格姆雷什瓦尔在小说中突破禁忌，对沙尔拉姆·辛赫的人性进行了深入的发掘和表现。《一街五十七巷》很容易使人联想起纳博科夫的名作《洛丽塔》。纳博科夫的《洛丽塔》也触及了恋童癖这样的禁忌题材，在西方文学界曾引起过巨大的争议。纳博科夫的《洛丽塔》写于1954年，1955年在法国出版，出版时间比《一街五十七巷》早一年。格姆雷什瓦尔创作《一街五十七巷》是否受到纳博科夫的《洛丽塔》的影响？这个问题无从考证，他也从未谈及这个问题，但是在突破禁忌、勇于创新、直面人性的气魄上，《一街五十七巷》和《洛丽塔》确有共同之处。

尽管格姆雷什瓦尔在《一街五十七巷》中展现了他在长篇小说创作方面的才华，但他在写完这部小说后很长一段时间没有再写长篇小说，这主要是因为从20世纪50年代中期到60年代中后期，是印地语新小说运动如火如荼的时期。印地语新小说运动中，短篇小说是主要的创作形式。因为作为一场推陈出新的文学运动，印地语小说家们对小说的内容和形式进行了求新、求变的各种试验。在探索新的小说创作方式上，短篇小说这种体裁比长篇小说更具有优势。格姆雷什瓦尔是印地语新小说运动的主将，因此，在新小说运动期间他把主要精力都放在短篇小说创作上了。

1959年，格姆雷什瓦尔移居德里。在德里，他第一次体验到了大都市的生活。但是都市生活令他十分失望，德里的"现代"并没有给他这样的普通人带来幸福生活；相反，在德里他愈加感到人情的冷漠和生活的艰辛。但无论如何，有了对大都市生活的直接体验，他的小说中多了许多对都市生活的描写，他1960年以后的许多小说都是以大都市生活为背景的，如《回忆》《爱人》《一无所有》《我的女友》《失落的方向》《供词》等。

1967年，格姆雷什瓦尔开始担任印地语文学刊物《椋鸟》的编辑。他来到了孟买，掀开了他创作生涯新的一页。印地语新小说运动在20世纪60年代末基本结束，他的短篇小说创作也告一段落，他在孟买开始涉足影视创作。20世纪七八十年代他大约创作了70多部影视剧本，成为一位著名编剧。

70年代后，格姆雷什瓦尔虽然花费大量的时间、精力从事影视剧本创作，不过他并没有放弃小说创作，只是新小说运动结束以后，他的小说创作重心转向了长篇小说。1973年，他发表了长篇小说《回来的旅客》。这是一部印巴分治题材的长篇小说。自此以后的30年（20世纪70~90年代）中，他又创作了《邮政客栈》《第三个人》《迷失在大海中的人》《黑色风暴》《早晨——中午——黄昏》《未来的过去》《那件事》和《沙漠》等八部中长篇小说。他的中长篇小说保持了他短篇小说诸如情节淡化、叙事方式灵活等特点，同时又关注社会、关注生活。在他的这些中长篇小说中，《第三者》《迷失在大海中的人》《黑色风暴》最为优秀。2000年，他发表了最后一部、也是最成功的一部长篇小说——《多少个巴基斯坦》。这部小说是他花费十年心血精心构筑的一部史诗性巨著，小说以印巴分治为背景，深入思考印度教徒和穆斯林以及印巴冲突的原因，并反思了人类社会中非理性的仇恨和暴力给人类社会带来的影响。这部小说思想内容深刻，同时在艺术上大胆创新，成功地把魔幻现实主义的手法引入印地语小说创作当中，是一部有里程碑意义的作品。2003年，《多少个巴基斯坦》获得印度文学院奖。

总体上看，格姆雷什瓦尔的创作可以分为三个时期。他在自己的短篇小说全集的序言中概括自己的小说创作生涯时，曾把自己的小说创作生涯分为三个时期：第一是"从曼普里到阿拉哈巴德"时期（20世纪40年代后期至50年代中期）；第二是"从阿拉哈巴德到德里"时期（20世纪50年代中期至60年代末）；第三是"从德里到孟买"时期（20世纪70年代以后）。虽然格姆雷什瓦尔对自己小说创作的分期以自己在几座不同城市的生活为基础，但实际上这和他小说创作的三个阶段大致吻合。"从曼普里到阿拉哈巴德"时期，是他小说创作的"探索期"。他这一时期的小说创作一方面深受印地语小说现实主义传统的影响，另一方面又在不断探索新的小说表现方式。"从阿拉哈巴德到德里"时期，是他小说创作的"高峰期"，也是印地语新小说运动轰轰烈烈开展的时期。作为新小说运动的主将，他在这一时期创作了大量的新小说作品，他近三分之二的短篇小说创作于这一时期。"从德里到孟买"时期，是他小说创作的第三个阶段，此时，新小说运动已经落幕，他的小说创作重心转向了中长篇小说。

三、创作思想

作为印地语新小说代表作家之一，格姆雷什瓦尔经常在各种文学杂志上发表文章探讨新小说创作理论，同时他通过大量的小说创作不断实践着自己的理论。他的新小说创作思想，在新小说运动中产生了重大的影响，甚至在一定程度上影响了新小说运动的发展方向。

（一）新小说和传统小说的关系

新小说是打着反传统小说的旗号发展起来的。传统小说指的是以普列姆昌德为代表的印地语现实主义小说。新小说运动兴起后，许多作家认为现实主义小说已经过时，他们略带鄙夷地把传统印地语现实主义小说称为"旧小说"。他们认为：

> "旧小说"的结构一成不变，无法深刻揭示人性的危机和书写人生的荒谬……"旧小说"里，朋友永远是朋友；医生永远会无私地去拯救自己情敌的生命……"旧小说"的人物永远是一成不变的，笼罩着虚假的理想主义色彩，因此这是一种带有批判色彩的、扭曲了生活的小说。[①]

虽然新小说作家们对传统小说的批判有一定的道理，但是格姆雷什瓦尔认为新小说并不应该和传统小说彻底"划清界限"，应该吸收传统小说的"营养"。对普列姆昌德等前辈印地语现实主义文学大师，他始终保持着敬意。他认为新小说虽然要突破"传统"，但突破"传统"并不意味着和"传统"决裂，新小说也可以是印地语传统小说的延续和新的发展：

> 新小说的兴起有历史背景。它不承认传统意义上的"小说"。这是印地语小说由于内部和外部的原因而产生的转变。它在小说的形式和内容两个方面都进行了新的探索。新小说是自然而然发展起来的；最初它连名字都没有，可是随着现实的变化和新的价值观的形成，新小说应运而生，并承载了时代的变化，把由普列姆昌德和伯勒萨德形成的印地语小说传统引入新的时代背景中。[②]

---

① 格姆雷什瓦尔：《新小说导论》，德里：伊沙恩出版社，1978年印地文版，第34页。
② 同上，第35页。

按照格姆雷什瓦尔的观点，普列姆昌德后期的一些小说作品如《裹尸布》(又译《可番布》)、《棋手》等已经有了不同于传统现实主义小说的新内容，预示着变革将至。他说：

> 在《裹尸布》《棋手》这些小说中，普列姆昌德已经触及了现实生活的新维度。在这个维度上，人物已经不再和其周围的环境密不可分（即不再像他以前的小说那样，在环境中塑造人物）。因此普列姆昌德的这些小说中的人物和自身所处的环境格格不入，这反映出人性的危机，体现了社会历史的新维度。[1]

因此，他认为新小说并不是"无源之水"，新小说运动也绝不应只是对传统小说的反叛，新小说作家要珍视传统小说的宝贵创作经验。

在对待文学和现实的关系上，格姆雷什瓦尔也在一定程度上继承了普列姆昌德等现实主义文学大师的观点。他认为新小说的根本来源是"生活的现实意识"，这种观点在一定程度上和传统现实主义小说理论相同，即艺术应该源自生活。他也认为新小说也应该像传统现实主义小说那样反映现实生活，反映新的时代。不仅如此，他还强调作家的责任感，认为新小说虽然是一场不断创新、实验的文学进程，但作家要对自己的作品负责。他指出：

> 新小说对我来说不是一场运动，而是不断实验、求新求变的进程。"实验"这个词可能会让人困惑，这个词好像是在试图要终结作家的责任感。但对我来说，"实验"并不意味着

---

[1] 格姆雷什瓦尔：《新小说导论》，德里：伊沙恩出版社，1978年印地文版，第11页。

忽视责任。我所写的所有东西，我都会对其负责。[①]

在部分新小说作家鼓吹要彻底摒弃传统现实主义小说理论的背景下，格姆雷什瓦尔强调艺术和生活的紧密关系、强调作家的责任感。因此，他的小说创作在大胆尝试各种表现方式的情况下，始终贯穿着"关注生活"的主线。他的这种新小说创作态度，得到许多新小说作家的赞同，这在很大程度上影响了新小说运动的发展。总体上看，印地语新小说运动虽然积极尝试各种西方现代派小说的表现方式，可是始终保持分寸、不走极端。这和他提出的重视生活和社会责任的原则有很大关系，也是后来的"非小说"兴起的原因之一。"非小说"的文学创作观念许多地方和新小说十分相似，"非小说"也反对传统现实主义小说的创作理论，但是"非小说"认为新小说并没有完成彻底颠覆传统现实主义小说传统的任务，因此"非小说"采取更加激进、极端的方式反对现实主义小说传统。

（二）对"中产阶级"以及"人"的关注

印度的中产阶级是格姆雷什瓦尔的小说关注的主要对象。他所说的"生活的现实意识"中的"现实"，很大程度上是指中产阶级的生活现实。独立以后，社会变化造成的精神与物质层面的各种危机和冲突，中产阶级尤其是中产阶级下层，对其感受最为深刻，他们的生活也最突出地受到社会变迁带来的各种影响。格姆雷什瓦尔敏锐地观察到了这一切，所以他把中产阶级作为自己作品关注的焦点。他说：

当代小说的主角是中产阶级下层，他们的生存和周围的

---

① 格姆雷什瓦尔:《新小说导论·序言》，德里：伊沙恩出版社，1978年印地文版。

社会环境息息相关。他们不是逃避者也不是自私的人，他们忍受着生活失败的打击，在卑微与自尊间摇摆，力图保持人性的尊严。他们相信此生的存在，承受生活中的苦与乐。他们经历着时代变迁对他们的冲击，并在每一次被冲击后又找到新的平衡。①

格姆雷什瓦尔关注印度中产阶级下层，他的新小说力图展现印度社会中这些人的生活，以及人性在这种生活困境中的挣扎。布什布巴尔·辛赫指出：

格姆雷什瓦尔相信在困苦、失败的人生中饱受煎熬的人的尊严。他同情他们的失败和遭遇的痛苦，因为他们历经了各种危机，依然顽强地生存了下来……格姆雷什瓦尔的小说无法帮助他们摆脱不幸，但他在小说中全力抨击那些使他们陷入不幸之中的各种因素。②

此外，格姆雷什瓦尔认为，和独立前的印地语小说不同的是，印地语新小说更应把"人"作为作品关注的对象。他认为：

新小说中，"人"第一次作为"人"被表现出来，新小说不是宣扬所谓的"永恒真理"，而是把人物放在其所处的环境中，真实地去表现人。③

---

① 格姆雷什瓦尔:《新小说导论》，德里：伊沙恩出版社，1978年印地文版，第38页。
② 布什布巴尔·辛赫:《格姆雷什瓦尔的短篇小说》，新德里：D.麦格米兰出版社，1979年印地文版，第11页。
③ 格姆雷什瓦尔:《新小说导论》，德里：伊沙恩出版社，1978年印地文版，第70页。

传统印地语现实主义小说往往把社会矛盾、民族矛盾、文化冲突等宏大的主题作为表现对象，而作为个体的"人"往往被忽视了。印地语现实主义小说当然也重视表现人物，但是人物的性格、思想往往被置于情节的包裹之中，要随着情节的发展、矛盾冲突的升级才逐渐被表现出来。格姆雷什瓦尔反对这种对人"由外而内"的表现手法。他认为：

> 小说应该由叙述事件转向描写环境中的各种紧张关系，这是一个重大的转变。小说因此也从叙述事件中解放出来，真正获得了自由，换言之，小说应该打破情节的束缚。[①]

因此，他赞成把小说从情节的束缚中解放出来，赞成"淡化情节"，但他认为这样做的目的是为了把"人"放到小说的核心位置。他在叙事手法上所做的各种尝试不是为了炫耀自己的写作技巧，而是为了更好地表现"人"。

（三）关于现代性

在印地语文坛，现代性是一个备受争议的概念。格姆雷什瓦尔也认真探讨过这一问题，他认为印度文学中的现代性并不是受到西方的影响才产生的：

> 现代性萌发自社会历史变迁的自然进程中，它当然也受到外部世界的影响，但它在内涵及外延上都具有鲜明的民族

---

① 格姆雷什瓦尔:《格姆雷什瓦尔的短篇小说》，新德里：D.麦格米兰出版社，1979年印地文版，第12页。

特征。①

他认为印地语小说对诸如孤独、异化、人类的生存危机等这样一些现代性主题的表现并不是在模仿西方，而是源自印度社会自身的发展进程。他认为，现代性中的"现代"并不是一个时间概念，发生在现代的东西不一定就是现代的。同时，现代性并不一定就意味着反抗传统文化：

> 现代性是这样一个进程，它联系着过去和未来……是一种精神观念，产生于人类的生存环境和各种深层次的社会问题，并且对现实生活产生重大影响。现代性的表现方式和民族性息息相关。②

因此，他反对所谓现代性是对西方时髦概念的照搬的看法，他认为现代性在印度社会也有其深刻的内涵，而且认为现代性是不断变化的观念。他说：

> 现代性始终处于不断变化的进程之中，时刻给当代社会以崭新、深刻的影响，也就是说现代性不断改变着我们的观念以及我们的生活。③

格姆雷什瓦尔对现代性的界定基本是开放性的。对"现代性"的表现和追求是许多西方现代派小说的特征之一。新小说运动中，在西

---

① 格姆雷什瓦尔：《新小说导论》，德里：伊沙恩出版社，1978年印地文版，第76页。

② 同上，第80页。

③ 同上，第103页。

方现代派小说的影响下，有些印地语作家也提出了追求"现代性"的口号，而格姆雷什瓦尔在自己的创作中却并不刻意地追求、表现"现代性"。他认为创作应该来源于生活，而不应该拘泥于某种理论。在他眼中，现代性和民族性并不矛盾，现代性也不能和社会现实脱离关系，因此他的小说在求新、求变的同时始终和生活保持着紧密的关系。

（四）"感觉的真实"和"体验过的现实"

追求"感觉的真实"及表现"体验过的现实"是印地语新小说运动的创作口号。新小说的来源既然是"生活的现实意识"，那么就会存在这样一个疑问：作者要表现的现实是否亲身体验过才能算作是真实的？格姆雷什瓦尔并不强调这一点。当然，作者的体验是作品中"感觉的真实"的保证，无论这种体验是来自于亲身经历还是社会群体经验。为了阐明这一问题，他在《新小说导论》中写道：

> 对于"感觉的真实"，有很多误解。"感觉"当然包括作者的个人体验，同时也包括社会群体的体验。作者的个人体验是社会群体体验的一部分……所谓"真实性"也不是指作者极端的个人体验，个人无法切断与周围环境的联系。因此，任何个人的体验都是和社会群体体验相关的，个人体验是社会群体体验的组成部分；而社会群体体验要通过个人体验才能表现出来。[1]

"感觉的真实"和"体验过的现实"，强调"真实性"和"现实"。表面上看，这和现实主义小说创作理论并无不同，但是格姆雷什瓦尔

---

[1] 格姆雷什瓦尔:《新小说导论》，德里：伊沙恩出版社，1978年印地文版，第147页。

在"真实性"和"现实"之前又加上了"感觉"和"体验过"这样的定语。这显示出他对现实的重视又有别于传统现实主义小说对现实的重视。他重视文学与现实的关系，但反对现实主义小说对情节刻意构造；强调小说表现的是"体验过的现实"，这样就把"体验者"推到了舞台的中心。小说描写的现实必须以"人"为中心，以"人"的体验为中心。在他的小说中，我们常见到对人物心理的深入描写，而情节则处于次要地位，被淡化了。这是他重视人的内心体验和感觉的一种处理方式。

第三节　莫汉·拉盖什

　　作为印地语新小说运动的发起人之一，莫汉·拉盖什是印地语新小说的重要代表作家。他的短篇小说作品十分明显地体现了许多印地语新小说的特点，他的短篇小说《芭尔小姐》《再次生活》《废墟的主人》等被认为是印地语新小说的代表作。

一、生平和创作

　　1925年1月8日，莫汉·拉盖什（Mohan Rakesh）出生在印度阿姆利则的一个中产阶级家庭。他的父亲是位律师，母亲是家庭主妇，他有一个姐姐、一个弟弟。莫汉·拉盖什幼年时家庭条件较好，父亲常常在家和朋友谈论文学，家庭环境的熏陶使莫汉·拉盖什自幼喜爱文学。莫汉·拉盖什16岁时父亲因病去世，这对他的家庭是个灾难性的打击，因为家庭失去了主要的收入来源，年少的拉盖什不得不和母亲、姐姐一起承担起了家庭的重担。尽管父亲去世后家庭贫困，莫汉·拉盖什仍坚持完成了自己的学业，他先后取得英语学士、梵语硕士学位和印地语硕士学位。

　　大学毕业后，莫汉·拉盖什开始工作，曾在多所大学担任教职。

1962年，他担任了著名文学刊物《椋鸟》的编辑，一年后辞职，此后一直为自由作家。

莫汉·拉盖什的婚姻生活也比较坎坷，他曾三次结婚，前两次婚姻均因夫妻性格不合而破裂。莫汉·拉盖什的婚姻生活对他的创作有很大影响，在拉盖什的许多作品中爱情和婚姻都是其重点关照的对象。

1972年12月3日，莫汉·拉盖什在德里因病去世，年仅48岁。他的英年早逝令许多印度知识分子扼腕叹息，著名印地语文学评论家纳姆沃尔·辛格就说："这是多么悲痛的事情——他的戏剧、小说将永远伴随我们，而他却这样突然离去。"①

莫汉·拉盖什的主要作品有六部短篇小说集《人的废墟》（1950）、《新云》（1957）、《兽与兽》（1958）、《再试生活》（1961）、《钢铁的天空》（1966）、《我喜爱的小说》（1971）；三部长篇小说《暗屋之中》（1961）、《永不到来的明天》（1968）和《裂缝》（1972）；四部多幕剧：《四月的一天》（1961）、《鹤群》（1963）、《半生不熟》（1968）、《脚下之地》（1975）。此外，他还创作过一些散文和独幕剧。

目前公开发表的莫汉·拉盖什的最早的作品是短篇小说《小东西》（1944），但这却并不能算是他步入印地语文坛的处女作，因为这篇小说虽然创作于1944年，可是是在他死后由亲友整理发的。莫汉·拉盖什第一篇公开发表的作品是短篇小说《比丘》，发表在《文艺女神》第46期（1946）。《比丘》是一篇以古代佛教兴盛时期为历史背景的小说，小说虽然以宗教文化为背景却刻意淡化了宗教色彩，着重刻画人性，小说中的两位比丘——僧友和胜死为了追求一位名叫达拉的比丘尼而争斗，结果一死一伤。小说对人性的善与恶、美与丑进行了深刻的揭示。

---

① 拉贾那拉衍·苏格尔：《莫汉·拉盖什小说中的现代意识》，新德里：B.R.出版公司，2001年印地文版，第4页。

《比丘》是拉盖什的处女作，而拉盖什第一部轰动印地语文坛的作品则是他的多幕剧《雨季的一天》。《雨季的一天》是以古典梵语文学大师迦梨陀娑的生活为题材的历史剧。剧中描写青年时期的迦梨陀娑与生活在同一个村子的女孩莫丽迦相爱，后来迦梨陀娑的才华得到宫廷贵族们的赏识，他们派人请迦梨陀娑到宫廷去一展才华。迦梨陀娑接受了邀请。随后的若干年里迦梨陀娑春风得意、功成名就、成家立业，而此时迦梨陀娑昔日的恋人莫丽迦却仍然怀着对迦梨陀娑和他的诗句的爱，独自过着清苦的生活。剧末，迦梨陀娑厌倦了宫廷生活又回到了小村遇到了莫丽迦，这时迦梨陀娑发现莫丽迦的爱情和小山村自由纯朴的生活才是他最宝贵的东西。《雨季的一天》语言清新流畅，情节紧凑感人，并且在戏剧表现手法上也有很多突破，所以一经推出就引起了轰动。评论界认为该剧代表着现代印地语戏剧甚至现代印度戏剧发展的新方向，1999年印度文学院编纂的《印地语文学史》中将莫汉·拉盖什称为"现代印地语戏剧的第一人"[1]，有的评论家甚至称莫汉·拉盖什为"（印度）现代戏剧的救世主"[2]。

　　鉴于莫汉·拉盖什在戏剧方面取得的巨大成就，很长一段时间内印地语文学评论界在评价莫汉·拉盖什时，总是先强调他是一位杰出的剧作家，20世纪80年代和90年代出版的几部印地语文学史中，莫汉·拉盖什总是被放在"戏剧史"中来介绍、研究，虽然莫汉·拉盖什的小说创作也有很高的成就，但似乎他作为剧作家的"光环"遮盖了作为小说家的他。进入21世纪后，这种情况开始有所变化，莫汉·拉盖什的小说创作越来越为评论界所重视，陆续有研究莫汉·拉

---

① 维贞德拉·斯纳德格：《印地语文学史》，新德里：印度文学院，1999年印地文版，第390页。

② 戈温德·加德格：《现代戏剧的救世主莫汉·拉盖什》，新德里：帕沃纳出版社，1985年印地文版。

盖什小说的专著问世。实际上，对于印地语文学，莫汉·拉盖什的小说创作同样也有巨大的贡献，尤其是作为新小说运动的旗手之一，他的小说创作对印地语小说文学产生过深远的影响。

二、新小说创作

（一）新时代中的爱情与婚姻

爱情与婚姻一直是现代印度文学关照的主要对象，因为一个社会的伦理价值体系在这一问题上往往能得到最生动的体现，爱情、婚姻生活的变化也体现着社会文化、社会心理的变化。印度现代文学的大家如泰戈尔、普列姆昌德等都有相当数量的作品表现这一内容。在印度独立前描写爱情、婚姻的文学作品中，追求恋爱自由、男女平等常常是矛盾的焦点。而印度独立后，伴随着社会、经济的发展和印度中产阶层的形成和崛起，城市中自由恋爱、自主婚姻已经不再是一种罕见的现象，尽管总体上传统势力仍然很强大，但这种变化却是一个积极的信号，是印度传统社会朝现代社会转变的一个标志。

莫汉·拉盖什有相当数量的作品，是表现在新的时代背景下现代印度社会中的爱情与婚姻以及男女关系中出现的各种问题的。如《钢厂的天空》《再次生活》《空地》《陌生人》《玻璃缸》《车站的一夜》《无味的罪恶》等。莫汉·拉盖什的这类小说在表现男女关系问题时，很少再把争取爱情婚姻生活中的平等、自由权力作为关注的焦点，而是追问：如果男女已经平等、婚姻已经自由，人们就一定能够幸福吗？莫汉·拉盖什的回答是否定的。

《钢厂的天空》中的男女主人公拉维和米拉是一对夫妻，他们曾是大学同学，而且是自由恋爱而结婚。婚后拉维整日忙于工作，夫妻关系慢慢开始冷淡，最后米拉觉得"即便是在最接近的时刻，拉维离她也是那么遥远。"①看来自由恋爱并不能保证婚姻生活的幸福。

莫汉·拉盖什的另一篇小说《再次生活》涉及离婚问题。离婚——这是现代印度社会新型男女关系的一种典型反映，也是男女平等思想及妇女自主意识觉醒的直接体现。莫汉·拉盖什自己曾两次离婚，对这一问题有深切的感受。《再次生活》中的女主人公是个女强人，结婚后不愿放弃自己的工作，因而后来和丈夫离婚，离婚后独自抚养幼子。小说中着重描写了离婚导致的骨肉分离带给男主人公的痛苦和失落。按照传统印度社会伦理来看，离婚是不可思议的，新小说以前的印地语文学几乎见不到对这一问题的表现，因此可以说莫汉·拉盖什是第一位在自己的作品中深刻审视离婚这一社会问题的印地语作家。

和谐的完美的爱情、婚姻关系是不是在解除了旧的束缚之后就能自然而然地产生？现代观念对男女关系带来的影响是否完全是正面的？莫汉·拉盖什反映爱情、婚姻生活的小说中提出的这些新问题具有鲜明的时代特征，发人深省。

（二）各种关系的异化

印度独立以前，印度社会的主要矛盾是独立斗争和殖民统治之间的矛盾，1947年印度取得独立以后这一矛盾基本消除，印度面临的主要问题是如何大力发展经济实现社会的现代化。然而，到了20世纪60年代，当理想主义的激情渐渐冷却，人们发现现代化并没有消除印度社会过去就存在的种种陋习，解决贫困、落后等问题，而另一方面现代化的负面影响却日益显现。现代社会中，人们创造物质财富的能力空前增强，同时人们对物质的依赖性也大大提高。对于个人来说，经

---

① 《莫汉·拉盖什短篇小说全集》，新德里：印度拉贾巴尔出版社，1999年印地文版，第117页。

济条件对生活乃至生存的影响越来越重要。这一点在印度的中产阶级身上体现得尤为明显。现代印度社会，尤其是城市中，"物"的诱惑和影响力开始波及社会生活的每一个方面，有时就连人们的情感、价值观都摆脱不了它的控制。在这种情况下，传统的社会伦理价值观念在四面八方地坍塌，传统文化中一些维系社会及人与人和谐关系的东西也开始腐烂变质，这种情况下人与人的关系，人与社会的关系开始崩溃、异化。

莫汉·拉盖什有相当一部分小说表现的就是现代印度社会中的各种关系的异化。如《新云》《最后的行李》《荒漠》《一无所有》《一起事件》《公寓》《兽与兽》《帕蒂亚先生》《他的饼》《陌生人》《房主》《破鞋》等。

现代印度社会中对于许多人来说，物质利益已远远凌驾于道德之上，《最后的行李》中，丈夫为了晋升居然让妻子去诱惑上司；《空地》中的母亲把女儿"卖"给外国老头；《兽与兽》中的女主人公爱尼达为了当上学校的女校监不惜拿自己的贞操和校长做交易……莫汉·拉盖什笔下现代印度社会中的种种异化现象令人触目惊心。

独立后印度社会中人与人关系的异化，一方面是出于经济压力的原因，而另一方面则是由于贪婪、自私等这样一些人性的缺点。拉盖什的小说《毯子》中，一家三口因为逃难（印巴分治），寒夜中露宿道旁，可他们只有一条仅能供两个人容身的毯子，母亲和儿子都只顾把毯子往自己身上拉，结果有病的父亲被冻死。拉盖什的小说中的印度现代社会，人变成了自私自利的动物，甚至连亲情也无法改变这一点。

（三）苦闷的灵魂

莫汉·拉盖什笔下的人物还有一个特点，就是他们往往在精神上处于一种无根的漂泊状态。独立后的印度社会，一方面传统文化、习俗仍然根深蒂固；另一方面西方的现代意识不断地涌入，对印度人尤其是年轻人产生着越来越大的影响。在这种矛盾的境况下，许多印度人在精神上无所适从，一方面他们对传统文化、习俗越来越感到厌烦；另一方面他们也无法完全接受西方的各种现代观念和生活方式，因此他们孤独、苦闷，他们的灵魂漂泊无依。莫汉·拉盖什有许多小说主要描写现代印度社会中这类人苦闷彷徨的精神状态，如《芭尔小姐》《十字路口》《昏暗的灯光》《毫无目的》《饥饿的人》《伤口》《一无所有》等。

《芭尔小姐》是莫汉·拉盖什这类小说中最优秀的一篇，同时也是莫汉·拉盖什的代表作之一。小说的女主人公是一个印度大城市的白领女性，但她实在无法忍受身边的同事。"他们每天谈论的都是那么琐碎无聊的事，生活在他们中间我简直要透不过气来。真不知道他们为什么要为了那么点小事而斗来斗去。"①由于无法忍受周围的人与事，芭尔小姐最后辞职离开了城市，去一个山区小镇独自生活。

值得一提的是，莫汉·拉盖什的这类小说往往没有明显的故事情节，小说大部分篇幅都是对环境和人物的心理进行描写，比较典型的还有《十字路口》《昏暗的灯光》《毫无目的》这三篇小说。这三篇小说是一个三部曲，三篇小说的主人公都是同一个人，三篇小说都没有明显的故事情节，小说的主要内容就是描写环境和主人公的心理活动，小说的主人公凯瑟里漫步街头，穿过"十字路口"在"昏暗的灯光"中"毫无目的"地行走。凯瑟里毫无目的的孤独旅程正好是现代印度社会中一些人心灵的真实写照。

莫汉·拉盖什的小说成功地刻画了现代印度社会。"现代人以生存为借口和空虚进行的徒劳的斗争，由生命的工具性和异化所产生的

① 《莫汉·拉盖什短篇小说全集》，新德里：印度拉贾巴尔出版社，1999年印地文版，第9页。

颓丧和空洞，对存在的恐惧和怀疑，在逆境中的随波逐流和怯懦，在众多悲剧人生中自我的失落，各种关系的破裂，婚姻家庭生活的冷漠，长期的孤独带来的苦涩——这些我们都能在拉盖什的小说中看到。"[1]

作为新小说运动的代表作家，莫汉·拉盖什的短篇小说在很多方面体现出了新小说的特点，其中最重要的一点就是对小说故事情节的淡化。新小说以前的印地语小说，现实主义是主流，而现实主义小说创作十分注重情节，通过情节塑造典型人物。莫汉·拉盖什等印地语新小说作家刻意地在自己的小说中尝试淡化小说的情节、颠覆小说的故事性。在印地语新小说作家中，莫汉·拉盖什在颠覆小说情节的尝试上是走得比较远的一位。他的小说从来不把重点放在对事件过程的叙述上，而侧重对人物心理活动以及环境和气氛的描写。

莫汉·拉盖什的小说在叙述方式上多用第一人称叙事视角，这也与新小说前的印地语作家有很大不同。第一人称视角是一种天然的限制视角，采用限制视角虽然作者的叙述更加不自由了，可作品的可信度却提高了，这是一种成功的尝试。

莫汉·拉盖什的小说语言也十分有特色，可能与他同时也是一位优秀的剧作家有关。莫汉·拉盖什的小说画面感很强，他的小说中的许多环境描写很像是在描写舞台的布景或是一组电影镜头，栩栩如生。同时莫汉·拉盖什语言功底十分深厚，他的短篇小说中使用的语言一方面具有文学语言优美、洗练、准确的特点，另一方面又十分贴近生活，使人读来亲切自然。在这一点上他与普列姆昌德等一些优秀的前辈作家十分相似。

---

[1] 舍雷施贞德·朱格莫特：《莫汉·拉盖什的文学》，印度雅利安出版社，1989年印地文版，第74页。

第四节　尼尔莫尔·沃尔玛和拉金德尔·亚德夫

一、尼尔莫尔·沃尔玛

（一）生平和创作

尼尔莫尔·沃尔玛（Nirmal Verma）是当代著名印地语作家、文学评论家。

尼尔莫尔·沃尔玛1929年4月3日出生在印度喜玛偕尔邦的西姆拉，他的童年在西姆拉的山区度过。在德里大学获得历史专业硕士学位后，他在德里大学继续任教了几年。

1959年，他受到布拉格大学东方学院的邀请，担任捷克语文学的翻译工作，从此他远赴欧洲并在那里生活了10多年，其间他用印地语翻译了米兰·昆德拉、卡·恰佩克、吉里·弗雷德、乔瑟夫·斯科沃斯基等著名捷克文学家的作品。在欧洲生活期间，他经常四处旅行，到过欧洲的大部分国家，当时他还是《印度时报》的特约撰稿人，经常在《印度时报》发表一些关于欧洲国家的见闻、感想、时政评论。1972年，在英国居住几年后他终于返回印度。

回印度后他在西姆拉的印度高等学院任职。1980~1983年，他担任过博帕尔的"尼拉腊文学创作协会"的主席。1988~1990年他担任过西姆拉"耶谢巴尔文学创作协会"的主席。

尼尔莫尔·沃尔玛的政治倾向偏向左派，他曾是印度共产党员，但后来由于他对苏联的国际、国内政策十分反感，1956年当苏联武装干涉匈牙利内政时，他退出共产党以示抗议。1975~1977年，在印度实行"紧急状态"期间，尼尔莫尔·沃尔玛曾强烈反对英·甘地的这一政策。

尼尔莫尔·沃尔玛的创作生涯始于20世纪50年代初，当他还是个学生时就开始用印地语写作，并在一些杂志上发表过一些作品。1960年，尼尔莫尔·沃尔玛出版了自己的第一部短篇小说集——《群鸟》，这部小说集收集了包括《群鸟》在内的七篇短篇小说。

尼尔莫尔·沃尔玛的主要作品有，五部中长篇小说《那些日子》《夜晚的记者》《破碎的幸福》《红铁皮屋顶》《最后的森林》；八部短篇小说集《群鸟》《乌鸦与黑色的河流》《干旱及其他小说》《附近》《燃烧的灌木丛》《去年夏天》等；日记、回忆录《黑暗中的旋律》《松林上的月光》；剧本——《三部独幕剧》；散文集《印度与欧洲》《20世纪印度艺术考察》等。

尼尔莫尔·沃尔玛的一些小说还被改编拍摄成影视作品，1970年，以尼尔莫尔·沃尔玛的小说《幻的本质》为基础改编拍摄的同名电影获得当年印度最佳电影奖。

尼尔莫尔·沃尔玛获得过很多文学奖项。1985年他的短篇小说集《乌鸦与黑色的河流》获得印度文学院奖。1999年他获得印度文坛奖。2005年10月，尼尔莫尔·沃尔玛因病在德里去世，享年76岁。

（二）新小说创作

在新小说作家中，尼尔莫尔·沃尔玛是非常重要的一位，尽管相比于其他几位新小说作家如格姆雷什瓦尔、莫汉·拉盖什、拉金德尔·亚德夫，他的短篇小说数量并不多，但对印地语新小说运动的影响却十分大。著名印地语文学评论家纳姆瓦尔·辛格在他的著作《小说与新小说》中花了整整一章的篇幅评论他的短篇小说集《群鸟》，认为《群鸟》是印地语新小说的开山之作，"包括了七篇小说的短篇小说集《群鸟》尽管不是尼尔莫尔·沃尔玛的第一部作品，但却是我们所谓的'新小说'的第一部作品。读完这部小说集我们惊讶地发现在语言方面，它超越了一直困扰着印地语小说家们的城市、城镇、农村的界限。常常有人抱怨说印地语小说总是一成不变地表现社会斗争，而这部小说集不是。尼尔莫尔·沃尔玛是当代印地语小说家中第一位打破这种传统，去关注人们内心深处问题的作家。"[①]纳姆瓦尔·辛格对《群鸟》是"第一部印地语新小说"的论断在印地语文学界有许多争议，因为《群鸟》1960年才出版，而20世纪50年代初期开始，莫汉·拉盖什等一些新小说作家已经开始创作，1957年"新小说运动"的号召已经被明确提出，所以如果把《群鸟》确定为第一篇印地语"新小说"确实不够准确，纳姆瓦尔·辛格把《群鸟》定位为印地语新小说的第一部作品，主要是看重《群鸟》取得的艺术成就。

尼尔莫尔·沃尔玛的短篇小说集《群鸟》收录了《日记的游戏》《幻的本质》《第三个目击者》《黑暗中》《明信片》《九月的一个下午》《群鸟》等七篇小说。其中《群鸟》篇幅最长，艺术成就也最高，是尼尔莫尔·沃尔玛新小说的代表作。

《群鸟》以西姆拉的一个山区学校为背景，描写了三位主要人物——勒蒂迦、休伯特与穆克尔吉。勒蒂迦和休伯特是学校的老师，穆克尔吉是学校的校医。勒蒂迦曾爱上过学校旁边驻军的一位年轻少

---

① 纳姆沃勒·辛格：《小说与新小说》，新德里：洛格帕罗提出版社，1999年印地文版，第52页。

校，后来少校死了，勒蒂迦陷入孤独与痛苦之中。休伯特是勒蒂迦的追求者。穆克尔吉是第二次世界大战中由缅甸逃难来的医生。小说中并没有典型意义的故事情节，而是叙述了学校放假、野餐等一些日常活动，中间插入主人公的一些对话、活动，显然《群鸟》并不是要给读者呈现一个精彩的故事，而是要营造一种气氛，展现主人公的心理状态。《群鸟》中的三位主要人物共同的一个特点就是"孤独"——勒蒂迦因失去爱而孤独，休伯特因得不到爱而孤独，穆克尔吉因离开故乡而孤独。而"孤独"正是现代社会造成的困境之一，尤其在独立后的印度社会，新旧价值观的冲突以及各种社会问题，使许多印度人，尤其是年轻人失去了心灵的归宿，他们孤独苦闷、彷徨无依。《群鸟》中的勒蒂迦看到天上的鸟儿冬季往南飞去，不禁自问道："我们又该去哪儿？""我们又该去哪儿？"这不仅是勒蒂迦一个人的问题，而是当时一代印度青年人的问题。《群鸟》出版后立刻在印地语文学界引起广泛的关注，包括纳姆瓦尔·辛格在内的一些印地语文学评论家予之很高的评价。

《群鸟》之后，尼尔莫尔·沃尔玛又陆续出版了一些短篇小说集，进一步确立了他在新小说运动中的地位。他后来的作品中，《伦敦的一个晚上》《一个开始》《另一个世界》《去年夏天》《燃烧的灌木丛》等也都是新小说作品中的佳作。

尼尔莫尔·沃尔玛的《群鸟》1960年出版，而他1959年就离开了印度去欧洲生活，直到1972年才回印度，印地语新小说运动的大部分时间，他都不在印度。《群鸟》之后他发表的短篇小说大概有三四十篇，其中大约有二十篇描写的都是国外生活。这种情况也给尼尔莫尔·沃尔玛带来一些批评的声音，有些评论家质疑尼尔莫尔·沃尔玛的小说是否反映的就是印度社会，称他是在"用印地语来写英语文学"①。尼尔莫尔·沃尔玛在自己的短篇小说集《我喜爱的小说》的序言中对这种质疑进行了回应："由于长年在国外生活，我的一些小说可能充满异域色彩——我不知道这对我的小说是件好事还是坏事。无论如何，把我的这些小说称为'外国小说'是不恰当的。就这样给我的小说、诗歌贴上地域的标签是十分无趣且毫无意义⋯⋯实际上讨论一个作家的作品是外国的还是本国的是次要的，关键要看作品在多大的广度和深度上发掘、探索了人生或某种特定的事物⋯⋯"②的确，评价一名作家应该看他写东西，而不是看他是在哪里写。印地语新小说本身就是要打破各种界限和常规，同时新小说表现的现代社会中人的生存状态，不仅是印度社会的，并且是全人类需要共同面对的问题，因而尼尔莫尔·沃尔玛小说的"异域特色"恰恰是他作为一名新小说家的成功之处。

二、拉金德尔·亚德夫

（一）生平简介

拉金德尔·亚德夫是著名的当代印地语小说家、文学评论家。

1929年出生在阿格拉，他的母亲是一位雅利安社的信徒，他的父亲是医生。1949年他毕业于阿格拉学院取得学士学位，1951年他又以优异成绩获得印地语文学硕士学位。1951年拉金德尔·亚德夫发表了自己的第一部长篇小说《整个天空》。《整个天空》成了他的成名作，由此他步入印地语文学殿堂。

《整个天空》英文版译名为《屋顶上的陌生人》，主线故事描写的

---

① ［美］Ravindar Sher Singh：*Journey to another world in the works of Nirmal Varma*，PHD dissertation，University of Washinton，2001，p.1.

② 尼尔莫尔·沃尔玛:《我喜爱的小说》，新德里：印度拉贾巴尔出版社，1995年印地文版，第6页。

是一对青年男女如何为了追求爱情、理想和传统做斗争。印度刚取得独立后，虽然印巴分治的余痛未消，但印度终于作为一个民族国家获得了独立，整个社会开始弥漫着乐观的情绪。《整个天空》深刻地对印度传统文化进行了反思，打碎了人们对传统文化的盲目乐观的情绪，使人们意识到获得政治上的独立相对容易，而真正使印度社会不断地进步并非易事。《整个天空》一发表就在印度的普通读者和评论家中引起轰动，随后很快被翻译成包括英语在内的各种印度语言出版，至今发行量超过百万册。1969年，《整个天空》被拍成电影后同样引起了轰动，同时推动了印度现实主义的"新浪潮"电影的发展。

1953年，拉金德尔·亚德夫又发表了自己的第二部长篇小说《无根的人们》。这部小说中，拉金德尔·亚德夫重点关照的是现代印度社会中，政治经济环境的变化给人们带来的冲击。书中的一对主人公一方面想摆脱传统，另一方面又不愿意接受新事物，他们始终处于两难的选择之中。这是独立后的印度社会具有典型意义的一种现象，旧的秩序被打破了，新秩序也并不美好，在社会政治、经济、文化急剧的变化中，很多人茫然失措，他们成了"无根"的一群。

1954年拉金德尔·亚德夫去加尔各答攻读博士学位，他的博士研究方向是"瑜伽哲学对印地语诗歌的影响"。由于这个题目太难，他最终放弃攻读博士学位，但是在加尔各答学习期间，他在国家图书馆饱览群书，其中俄罗斯小说家的作品对他产生了重要影响。在加尔各答，他发表了两部长篇小说《任性的妻子》与《王与死亡》，以及一些短篇小说，同时用印地语翻译了屠格涅夫、契诃夫和莱蒙托夫的一些小说。

拉金德尔·亚德夫的妻子曼奴·彭达莉也是一位著名的印地语小说家，1961年，他们俩合著了一部长篇小说《一英寸的微笑》。这部小说讲述了一个爱情悲剧，对男女主人公的内心世界刻画得十分细腻。这部小说的创作方式非常特别，最初是在一个文学杂志连载，拉金德尔·亚德夫和曼奴·彭达莉按章节轮流执笔，拉金德尔·亚德夫写男主人公，曼奴·彭达莉写女主人公。《一英寸的微笑》因其独特的创作方式而获得了独特的艺术效果。

1964年，曼奴·彭达莉在德里找到一份工作，拉金德尔·亚德夫随妻迁往德里。至此，拉金德尔·亚德夫在加尔各答已生活了十年，他已发表了七部长篇小说，六部短篇小说集，并翻译了一部契诃夫的戏剧集，包括《海鸥》《樱桃园》《三姐妹》三部戏剧，这些戏剧后来在印度的剧院里常常上演。

1964年，拉金德尔·亚德夫还创办了一家出版社，专门出版印地语文学作品。由于出版这些作品赚不了钱，所以一直赔本。尽管如此，拉金德尔·亚德夫还是坚持开办了25年，直至最后关门。

1986年，拉金德尔·亚德夫在朋友们的帮助下使文学杂志《天鹅》复刊。《天鹅》是印度最负盛名的文学期刊之一，其创办人是印地语"小说之王"普列姆昌德，很多著名人物包括圣雄甘地都曾担任过《天鹅》的编辑。《天鹅》1930年创刊，1958年因故停刊。《天鹅》复刊后，得益于主编拉金德尔·亚德夫的声望和才华，迅速在印度文学界重新树立起了自己的地位，成为印地语文学家们重要的交流平台。

（二）新小说创作

拉金德尔·亚德夫的第一部短篇小说集《浪与影》出版于1950年。这是拉金德尔·亚德夫初出茅庐的练笔之作，拉金德尔·亚德夫后来对它并不满意，之后出版作品集时，他并未将这篇小说集收入其中。1952年，拉金德尔·亚德夫出版了自己的第二部短篇小说集《众神的雕像》。这部短篇小说集被认为是他的一部重要作品，当时印地语文坛"进步主义"文学发展到了高潮，拉金德尔·亚德夫没有追随这股"主流"，他在《众神的雕像》等小说中重新审视了作家与社会的关系，他反对为了表达作者的思想而"制造"小说，认为小说应该是人的感觉、体验的具体化。拉金德尔·亚德夫的这一创作思想对新小说运动产生了重要的影响。

拉金德尔·亚德夫新小说作品的代表作是短篇小说《拉克西米被囚之地》。这篇小说中描写了一个利欲熏心的父亲，他怕给女儿办嫁妆使自己遭受损失，所以干脆就把女儿关在家里，既不让她与人交往也不让她相亲，女儿对于他就像财神拉克西米，他用尽手段把女儿留在家中。最后，女儿被逼疯了。小说的结构安排十分具有新意，故事真正的主人公虽然是被囚禁的女孩拉克西米，但拉克西米却自始至终没有出现，小说的叙事由一个和拉克西米毫不相干的年轻人戈文德推动、发展。一天，戈文德收到一封莫名其妙的求助信，信里的女子呼喊"请救我出去！"这封信像噩梦一样困扰着戈文德，于是他开始寻找到底是谁写的信，到底发生了什么。在戈文德的探寻下，事件的真相渐渐清晰。

《拉克西米被囚之地》反映了妇女的悲惨命运，这并不是印地语小说的新主题，但拉金德尔·亚德夫从新的角度出发思考了这一问题，小说不仅鞭挞了嫁妆制这样一些社会陋习，而且反思了整个父权社会的不合理性，以及社会大众对种种不合理现象的麻木与纵容。小说的结尾，戈文德夜晚忽然由梦魇中惊醒，扪心自问："难道我是第一个听到了（拉克西米的）呼喊而震惊的人？还是其他人听见了却装听不见？"①新小说作家的笔下，女性常常是他们关注的对象，但新小说作家关注女性问题，并不仅仅站在女性解放的角度，现代社会中"被污辱与被损害的"绝不仅仅是女性，只是各种不合理的制度、观念对人性的摧残和压抑在女性身上体现得最为明显，新小说作家反映这一问

---

① 《印地语短篇小说选》，新德里：印度文学院，1988年印地文版，第139页。

题是为了给现代社会中一切被压抑的灵魂寻找一条自由的出路。

除了《拉克西米被囚之地》，拉金德尔·亚德夫的其他一些短篇小说，如《玩具》《自行车》《无神论者》《三封信与一个别针》《樵夫》等，也都从不同的角度反映了拉金德尔·亚德夫对女性问题的关注。拉金德尔·亚德夫的其他一些短篇小说《破碎》《桎梏》等则主要反映现代社会中孤独、异化等这样一些"现代病"。

拉金德尔·亚德夫在新小说运动中的地位和影响是巨大的，他和他的两位好友莫汉·拉盖什、格姆雷什瓦尔一起被称为印地语新小说运动的"三驾马车"，新小说运动中他们三人互相唱和，用自己的创作实践不断地推动了这场文学运动的发展。

23

- 第二十三章 -

20世纪后期印地语文学

我们前面已经介绍了这一时期印地语诗歌和小说的流派，这里要着重介绍的是一些重要的作家和作品。

第一节　诗歌

✤

从60年代到80年代，那些出生于20世纪初期而依然健在的诗人们都已到了耄耋之年。而出生于1930年前后的中生代诗人们也都年过半百，步向花甲，行将加入老一代诗人的行列。在此期间，一些老诗人们仍在从事创作，写下他们最后的诗篇，而中生代诗人成为创作主力。到2000年，中生代诗人们进入创作的末期，而新生代的诗人们正蓬勃而起。

第二十一章我们曾介绍过几位"七星诗人"，下面介绍另外一些著名诗人和他们的诗作。

一、老一代的绝响

（一）纳加尔琼

纳加尔琼（Nagarjun，1911~1980），青年时代到瓦拉纳西和加尔各答等地接受高等教育，并以"亚特利"（Yatri，旅行者）为笔名写诗。后因结识了著名文学家和史学家罗睺罗·桑克利提亚衍（Rahul Sankrityayan，1893~1963）而改变了信仰。在罗睺罗的影响下，他接受了佛教，并于1936年去斯里兰卡学习和研究巴利语（Pali）和俗语

（Prakrit）佛教文献和佛教哲学。此时他改名为纳加尔琼（Nagarjuna，龙树）。他和罗睺罗一样，一方面是佛教徒，同时又信仰马克思主义，所以他的作品属于进步主义的范畴[1]，而他又被称为"革命诗人"或"人民诗人"[2]。他的诗歌集主要有《时代潮流》《七色扇女》《渴望而呆滞的眼睛》《池鱼》《檀香女》《我们看到了暴乱》《你说过》《旧鞋合唱队》和《千臂女神》等。

纳加尔琼的诗一方面带有比哈尔乡间浓厚的泥土气息，一方面又带有强烈的革命激情。例如，他在《池鱼》一诗中，不仅描绘了科西河[3]泛滥的场景，而且通过鱼的陈述，深刻揭示出封建制度下妇女的不幸命运和渴望解放的精神追求：洪水来了，堤坝冲垮，鱼塘的水和洪水混合在一起，鱼群渴望游进河水，而当地的居民冲上来捉鱼。一些鱼被送到地主家，地主18岁的三姨太正准备在锅里煎这些鱼，于是鱼说道：

我们是鱼，你也是鱼
两者都是被享用的东西。

然后讲述了妇女被奴役的历史。鱼解放了，而妇女却至今被奴役着。鱼说：

很久以来的盼望
我们得到了解放

---

① 关于纳加尔琼的生平和创作、思想倾向及小说作品，参见上文第九章第三节。

② 穆拉利·莫诺哈尔·普拉萨德·辛格：《现代印地语文学史——考察与争鸣》，德里，2000年印地文版，第218页。

③ 科西河（Kosi），发源于喜马拉雅山脉，流经尼泊尔和比哈尔邦北部后汇入恒河。

发生了就让它发生

要么被抢要么被杀

山洪突发

池塘的围堰坍塌。

纳加尔琼像是在讲述一个寓言故事，故事中有对妇女地位的揭露批判，也寄托着诗人对她们的极大同情；那些鱼，象征着千百年来任人宰割的下层百姓，它们对自由有着天然的向往，有着"不自由毋宁死"的反抗精神；洪水象征着革命，它势必冲毁一切腐朽的围堰和堤坝。

纳加尔琼诗歌创作的兴旺期在四五十年代，到70年代，已经是强弩之末了。但诗人的目光仍然犀利，思索仍然深邃。印度每年在"1.26"和"8.15"都举行盛大庆典，对此，纳加尔琼保持着冷静的思考。他曾经写道：

高楼里热闹堂皇，

茅草棚荒芜凄凉，

穷人区杂乱无章。

这种贫富悬殊的鲜明反差正是当代印度社会的一个亟待解决的问题。

（二）盖达尔纳特·阿格尔瓦尔

盖达尔纳特·阿格尔瓦尔（Kedarnath Agrawal，1911~2000），出生于北方邦班达县的农村，父亲是诗人，因而受到熏陶。中学毕业后，他到坎普尔学习法律。毕业后回到班达当律师。大学期间，他的思想受到马克思主义和人道主义的影响。在当律师的过程中，他又接触到社会上许多难以想象的现实。这些为他日后成为进步主义诗人打下了基础。他40年代初就开始从事写作，1980年以前，他出版的诗集有《时代的恒河》《花不言色》《凤仙花》等。但他的诗集主要出版于1980年以后，如1981年出版了《嗨，我的你》《打上爱的印记》，1983年出版了《盖达尔直言不讳》，1984年出版了《你是亚穆纳河之水》《空前的》，1985年出版了《说着说着不说了》《碎石者》。

有的学者将盖达尔的诗分为两个主要类别：一类是政治的，如《盖达尔直言不讳》等；另一类是社会的，而社会类主要是指对大自然和人的情感表达，如《嗨，我的你》《打上爱的印记》等[①]。

在政治性诗歌中，盖达尔追求的是"直言不讳"，在风格上则以朴实见长。例如，他在一首诗里这样写道：

> 村子里响起鼓声
>
> 集合起最低种姓
>
> 一个人大声吼道：
>
> 我们有五十个人
>
> 就有一百支手臂
>
> 一百支手臂在一起
>
> 就会力大无比
>
> 一座山也能连根拔起！

这诗写得平实而有气势，表现出农村最底层农民的反抗精神和革命斗志。而他的爱情诗也很有特色。如写给自己妻子的诗《嗨，我的

---

① 伯金·辛格：《印地语文学别史》，新德里，2009年印地文第3版，第416~417页。

你》中有这样的诗句:

> 嗨,我的你
> 这红的玫瑰盛开,将继续盛开;
> 这美的笑颜不衰,将永远不衰;
> 这爱的花粉飞来,将继续飞来。

在公开用诗歌向妻子热烈表达挚爱方面,盖达尔也许是当代唯一一个印地语诗人。可见,盖达尔作为一个进步主义诗人,不仅有着饱满的革命激情,也有着浪漫而诚挚的爱情。

二、中生代的遗韵

这里的"中生代"指30年代前后出生的诗人。这是一个十分庞大的群体,他们在八九十年代出版的诗歌集可以开列出一个很长的单子。我们这里只能选少数几位诗人(主要是已故的)做简介。

(一)萨维什瓦尔·德亚尔·瑟克塞纳

萨维什瓦尔·德亚尔·瑟克塞纳(Sarveshvar Dayal Saksena,1927~1983),出生于北方邦巴斯提县。在当地接受了小学和中学教育之后,在瓦拉纳西和阿拉哈巴德接受了高等教育。1949年获得印地语文学学士学位。毕业后曾在小学任教,又做过政府职员。1969~1982年,他先后在两家杂志任编辑工作,去世时年仅56岁。和印度的许多作家一样,瑟克塞纳在诗歌、小说、剧作、文学评论等领域均有建树。他的主要著作除三部中长篇小说、三个剧本和一些儿童读物外,还有七部诗集《木铎》(1959)、《竹桥》(1963)、《空船》(1966)、《热风》(1969)、《瓜诺河》(1973)、《森林的痛》(1976)和《挂在钉子上的人们》（1982）。1983年，他因《挂在钉子上的人们》获得印度文学院奖。

他有一首诗《在这树林里》，其中有这样几句：

> 太阳来了，踩着我的头；
>
> 鸟鸣走了，穿过我身体；
>
> 我没有自己的行动和话语。
>
> 任风飘掠，任风摧折，
>
> 有了摧折才有我的标志。

这里，诗人要表达的是自我意识，这个自我意识就像树林中的树木，在经过风雨、受到创伤之后才能觉醒。在《这扇窗》中，他这样写道：

> 如今我不开这扇窗
>
> 这关闭的屋子——检阅台
>
> 就是我站立的地方
>
> 二亿五千万人辘辘饥肠
>
> 骨瘦如柴，踉踉跄跄
>
> 时时从我面前通过
>
> 每次向外张望
>
> 虚伪的、背信弃义的
>
> 臭气直袭鼻腔
>
> 用我的话讲
>
> 民主制像鞋一样
>
> 挑在棍子上
>
> 大家都在奔忙，挺着胸膛。

诗人看到了社会现状，觉得惨不忍睹，于是辛辣地讽刺了那虚假的民主，如同鞋子，不是穿在脚上，而是挑在棍子上给大家看的。

（二）室利甘特·沃尔马

室利甘特·沃尔马（Shrikant Verma，1931~1986），出生于中央邦比拉斯普尔市，并在那里接受教育，直到大学毕业。毕业后曾任教师和杂志编辑。1956年来到德里从事写作。1969年结识了当时的总理英迪拉·甘地夫人，并开始对政治感兴趣。由于积极参加过政治活动，因而对政治生活中的矛盾有了深刻认识。他的主要著作有诗集《徘徊的云》（1957）、《幻镜》（1967）、《黎明》（1967）、《会堂》（1973）、《摩揭陀》（1984）和《谁看见过加楼罗》（1986）。此外，他还写有长篇小说和短篇小说等，均收在他的全集中。

室利甘特·沃尔马的诗中既有他政治生涯的切身体会，也有他对社会、对人的看法。现代人的痛苦和磨难、希望和失望、爱情与焦虑等，都在他的诗歌中有所表现。诗集《摩揭陀》中有这样的诗句：

> 在这发达的国家首府里头
> 除了死了的太阳别的没有
> 在这没有太阳的鬼城里
> 我肩扛太阳的尸体游走
> 从这个黄昏到那个黄昏
> 不是生活的流程
> 而是死亡的步骤
> 他还在一首诗中写道：
> 纺织厂，关张吧

满是污点的衬裙

挂进橱窗吧

我的票

不投给任何政党

只投给在市府十字路口

往水池撒尿的赤裸雕像

天啊，我将不能忍受

这制造货币的工厂

将不能忍受

这花盆里的仙人掌

野餐的戏言

办公室的传说

和爱国诗人们的杰作

妇女们请原谅我

我站在自己的房间

浑身赤裸

　　这是一首很典型的诗，是60年代以后年轻一代内心痛苦挣扎的写照。在这首诗中，作者以戏谑的语言表达出对政治的不满和厌倦。

（三）盖达尔纳特·辛格

　　盖达尔纳特·辛格（Kedarnath Singh，1934~　　　），出生于北方邦巴利亚县的一个村子里。在村里读的小学，在贝拿勒斯读中学和大学。1964年获得博士学位后，曾在一些大学里任教。1976~1990年在新德里尼赫鲁大学任教，后定居于新德里。他于1952年开始写作，1960年出版了第一部诗集《现在，就现在》。20年后的1980年，他出版了第二部诗集《土地在成熟》。1989年出版《旱灾中的苍鹭》，并于当年获得印度文学院奖。1995年出版了《后加比尔及其他诗歌》，1996年出版了长诗《虎》，等等。他的诗已经被翻译成好几种印度语言，以及西班牙语、荷兰语、德语、俄语和匈牙利语。

盖达尔纳特·辛格是第三批"七星诗人"之一，但他的第二部诗集明显改变了表现手法，也被认为是诗人思想的一次飞跃。这部诗集中有一首《贝拿勒斯》，是写贝拿勒斯这座城市的。从古到今，写这座城市的大诗人有好几位，但盖达尔纳特·辛格的诗独具特色，写出了这座城市的标志性景象——春天在乞丐们的空碗里闪光，人们用肩膀抬着尸床；也写出了贝拿勒斯人缓慢的生活节奏，这既是个人的节奏，又是集体的节奏，在很大程度上反映了印度哲学的特色。该诗末尾有这样几句：

> 那些供品
>
> 给某个不经意的晨光
>
> 多少世纪
>
> 就这样在恒河水中荡漾
>
> 这座城市
>
> 用自己的一条腿站立
>
> 不知道自己
>
> 还有另一条腿

诗集《后加比尔及其他诗歌》和长诗《虎》发表于90年代中期，诗中带有较多现代主义和后现代主义的痕迹。诗人自己就曾发问："是后现代的，还是现代的，或者不知道是什么的？"在《后加比尔》一诗中，加比尔的确定性被当今的不确定性替代，加比尔的自信被当今的怀疑和困惑所取代。

长诗《虎》分为各自独立的21章，但都与虎相关，其中有梦幻般的跳跃，也带有浓厚的神秘主义色彩。"虎"作为一个象征、一个综合体，出现于世界各地，德里、阿拉哈巴德、北京、华盛顿和巴格达等地；它既是外在的，也是内心的，既是抽象的又是具体的；它有时是自然界，有时是觉者，有时是虔诚，有时是爱情，有时是音乐，有时是语言，有时是恐怖，有时是同情，有时是传播手段，有时是时间之轮……诗人从各种含义、各个层次上刻画"虎"，表现的是世界事物的多样性、多面性和善变性。

（四）苏达马·庞德·杜米尔

苏达马·庞德·杜米尔[①]（Sudama Pande Dhumil，1936~1975），出身北方邦瓦拉纳西附近一个村庄的中下等家庭。他12岁丧父，13岁娶妻。此时，他需要照顾守寡的母亲和婶婶、四个弟弟以及他的妻子。他觉得务农不足以养活八口之家，便到加尔各答去打工。他先后在炼铁厂和木材厂工作过。1957年，他在瓦拉纳西参加工业培训，一年后找到工作。后来，他在多地奔波，多次调动工作，竭力支撑家庭。由于长年劳累，他于1975年因患脑肿瘤去世。杜米尔一生短暂，其文学创作的时间仅有11年左右。他生前出版的诗集是《从议会到街头》（1972），他的第二部诗集《我明天要听》出版于他去世后的1976年，他的第三部诗集《苏达马·庞德的民主制》1984年由别人编辑出版。

杜米尔的诗得到文学评论界的一致赞美。他成为那个时期最有代表性的诗人之一。印度独立后的20多年间，人们对独立后能过上美好生活的希望逐一破灭，政党间的钩心斗角、政府官员的贪腐，使人民

---

① 第十七章第二节已经对杜米尔有所介绍，可参阅。

对政府彻底失去了信赖。杜米尔感受到了这一切，1967年，他写下这样的诗句：

> 二十年之后
> 我问自己一个问题：
> 成为一个牲畜需要怎样的忍耐力？
> 难道独立仅仅是疲惫的三种颜色
> 将一个车轮扛起？
> 或者还有什么特别的含义？

这里的"三种颜色"和"一个车轮"指的是印度国旗上的颜色和图案。杜米尔对独立后20年印度人民的生活状况表示了强烈的不满。在他看来，整个印度社会的弊病都来自政府官员们管理的混乱和错位，就像一个不符合语法规则的句子（引诗见第十七章第二节）。

杜米尔更把矛头对准了议会和所谓的民主：

> 实际上，这里的民主
> 就是一个表演，
> 它的命门
> 就是魔术师的语言。

三、新生代的呼喊

在20世纪八九十年代的印地语诗坛上涌现出的新一代诗人也有很多，值得一提的诗人诗作至少有如下这些：

阿伦·格摩尔（Arun Kamal），有诗集《自己仅有的锋刃》

（1980）、《证明》（1985）和《在新区里》（1996）等；

伯德里纳拉扬（Badrinarayan），有诗集《多日后听到真实》（1993）等；

阿洛克·丹瓦（Alok Dhanwa），有诗集《世界每天在变》（1998）等；

马丹·迦叶波（Madan Kashyap），有诗集《但是，地球是沮丧的》（1993）和《暗淡的光》（2000）；

尼拉耶·乌巴迪亚耶（Nilay Upadhyay），有诗集《侯赛因的独屋》（1993）和《萎缩》（2000）；

格亚南德罗波蒂（Jnanandrapati），有诗集《恒河岸》等；

拉杰什·乔希（Rajesh Joshi），有诗集《树有一天要说话》（1980）等；

库马尔·安布吉（Kumar Anbuj），有诗集《门扉》和《阿南蒂玛》（1998）等；

马鸣（Ashvaghosh），有诗集《衣袋里的恐惧》（2001）和《平整土地上的收获》（2004）；

菩提萨埵（Bodhisatva），有诗集《苦的真言》（2004）等；

库贝尔杜特（Kuberdutt），有诗集《诗的娱乐厅》等；

阿萨德·杰迪（Asad Jaidi），有诗集《诗的土地》（1988）；

海门特·库克雷蒂（Hemant Kukreti），有诗集《走之前》《新小区》和《月亮上的小船》等；

海门特·谢什（Hemant Shesh），有诗集《沉睡的摩亨焦达罗》《树之梦》（1988）和《你知道了会高兴》（2001）；

威兰·丹格瓦尔（Viren Dangwal），有诗集《就在这个世界》（1991）和《恶性循环的创造者》（2002）；

斯瓦普尼尔·室利瓦斯多（Svapnil Shrivastva），有诗集《上帝是一根棍子》《壁橱上的火柴》和《我需要另一个地球》（2005）；

西特什·阿洛克（Sitesh Alok），有诗集《喃喃低唱》（1981）和
《尽可能》（2000）。

以上诗人都出生于五六十年代，八九十年代应该是他们的创作成
熟期，但是评论界对他们的评论仍然是谨慎的。因为有人还在继续上
升，而有人已经开始沉沦。给出任何结论性意见似乎还为时尚早。这
20年间，印地语诗坛上没有掀起什么有影响、成规模的运动，因为各
种思潮在这期间都遭到怀疑、影响被削弱，各种思潮本身也在反思和
调整。尤其是在印度经济改革以后，面对后资本主义时期经济全球化
的浪潮，印度各个政党都一致起来，把经济私有化和市场化提到议事
日程上来。而印度社会，贫富差距依然存在，甚至还在继续拉大。对
此，文学界也难免出现各种声音。但所有重要的诗人都选择站在人民
群众一边，而不是站在统治集团一边。在他们看来，今天的政治活动
中，已经没有真正意义上的反对派了，只有文学才能承担起反对派的
重任。

诗人阿伦·格摩尔在《证明》中写道：

> 夺去母亲姐妹尊严的人们
>
> 他们的胜利万岁
>
> 使天真孩子流血的那些人
>
> 他们的胜利万岁
>
> 那些垂涎三尺的狗们
>
> 万岁万万岁
>
> 挥霍钱财吧，赶快挥霍
>
> 挥霍吧

这里，诗人以反话对统治集团和富有阶级表示了极大的不满。当时的印度社会的确存在着统治集团和人民的对立，存在着富有与贫穷的鲜明对比。一方面，为富不仁者是那么穷凶极恶，那么贪得无厌，那么骄奢淫逸；而另一方面，还有饥肠辘辘、衣不蔽体的民众。诗人尼拉耶·乌巴迪亚耶在《萎缩》中写道：

　　　　我不需要如意神树
　　　　不需要如意神牛①
　　　　为了活在这大地上
　　　　我仅需要一点点口粮——
　　　　蚂蚁用嘴拖的那一点
　　　　我仅需要一点点土地——
　　　　能爬开南瓜的藤蔓
　　　　需要一点点棉花——
　　　　能织一片遮羞布

　　在经济全球化过程中，环境的破坏已经成为人们关注的焦点之一。诗人斯瓦普尼尔·室利瓦斯多在《我需要另一个地球》中写道：

　　　　孩子们，从家里出来吧
　　　　孩子们，待在家里别出来
　　　　因为剩下的那点东西
　　　　正被各种企图毁坏

---

① "如意神树"（Kalpavariksha）和"如意神牛"（Kamadhanu），印度神话传说中能够满足人们一切心愿的神树和神牛。

四、女诗人的咏叹

印地语文坛上，女作家本来就比男作家少得多，而女诗人的数量又明显比女小说家少。在说明其中的原因时，有评论家以为："也许是因为诗歌是比故事文学更加抽象、细腻和富于嘲讽的表现形式。"[①]这固然有一定道理，但原因肯定不止于此。说到底，这和印度社会文化的发展水平有关。首先，性别歧视和女性受教育少是导致女作家少的最根本原因，基数小，女诗人就更少；其次，再看最近几十年的印地语诗歌，其充满反叛激情的、呐喊式的、嘲讽式的诗歌几乎是印地语诗歌的主流，而印度妇女在很大程度上受传统观念的影响，很少能发出高亢的声音。即便如此，仍有一些女诗人在文坛上占有一席之地。在第一批"七星诗人"中没有女性，第二批中有沙恭达罗·玛图尔（Shakuntala Mathur），第三批中有基尔蒂·乔杜莉（Kirti Caudhuri），第四批中有苏曼·罗洁（Suman Raje）。但这三位女诗人后来的作品都不多，因而影响不大。

在八九十年代，活跃于印地语诗坛的女诗人主要有十多人，而最主要的有两位：

茵度·耆那（Indu Jain），其主要作品有诗集《在我们之前这里就有人》（1980）、《多少期限》（1986）、《编织声音》（1990）、《你的角落什么样》（1991）、《这里的确发生过》（1994）、《为何需要证明》（1998）、《或多或少必有撞击》（2004）。

苏尼达·耆那（Sunita Jain），其主要作品有诗集《另一天》（1983）、《爱恋》（1986）、《管事人睡觉》（1995）、《女孩是否疯了》（1996）、《影子有多大》（1998）、《掌上月亮》（1998）、《看到恒河岸》（1998）、《我所知道的》（2003）、《第二天》（2004）等。

---

① 纳甘德拉、哈尔德亚尔主编：《印地语文学史》，诺埃达，2011年印地文版，第652页。

这两位女诗人出生于三四十年代，属于中生代。茵度·耆那的第一部诗集出版于1964年。数十年来，她以诗歌表现切身感受，探索生活中的真谛，同时也关注印度政治、经济和社会文化问题，以内容多样见长。苏尼塔·耆那的第一部诗集出版于1978年，她的创作历时二三十年之久。她的诗主要表现爱情、家庭和大自然等内容。

第二节　小说

在这半个世纪里，印地语小说家之多可以说是灿若晨星，出版小说之多则可以说是汗牛充栋。与诗歌的情况相似，这个时期既有宝刀不老的文坛宿将，也有印度独立后初露锋芒的中生代作家，更有印度独立后出生、80年代崭露头角的新秀。这个时期的印地语小说（这里主要介绍的是中长篇小说）呈现多元复杂的局面，很难分出流派。下面为叙述的方便，勉强列出四个题目，对其中重要的作家和作品逐一加以介绍。

一、坚持进步主义的作家

这一时期，有两位评论界公认的受马克思主义影响的进步主义作家仍然活跃于文坛。

（一）毗湿摩·萨赫尼

毗湿摩·萨赫尼（Bhishma Sahni，1915~2003），属于大器晚成的小说家。他发表第一部长篇小说《窗户》（1967）的时候已经52岁。之后他连续出版了长篇小说《环节》（1970）、《黑暗》（1973）、《沃森蒂》

（1980）、《摩耶达斯的小屋》（1988）、《昆多》（1993）和《青色莲花》（2000）等。

《窗户》以一个小孩子的视角，以回忆的形式描绘了一个旁遮普普通家庭所发生的事情，对人物内心的恐惧、嫉妒、怀疑等复杂情感做了重点刻画。《环节》也是以中产阶级家庭为背景展开故事情节的。不过这部小说所描写的是丈夫和妻子的关系，对丈夫的大男子主义和妇女的低下生活处境予以揭示，有力地批判了落后的思想意识。《黑暗》一书在印度社会引起了广泛的反响。80年代，根据同名小说改编的电影上映后，在印度社会引起轰动效应。小说以旁遮普为故事的发生地，以1947年印巴分治为时代背景。本来和睦相处的印度教徒和穆斯林，由于印巴分治，几乎在一夜之间成了不共戴天的仇敌，相互间不信任，甚至进行血腥的杀戮。一个本来纯朴的青年，会变成一个狠心的杀手，一些无助的穆斯林妇女们被迫带着孩子跳井自尽……一幕幕惨不忍睹的场景令人震撼。小说告诉人们，这一切灾难都来自殖民主义者分而治之的卑鄙伎俩，是狭隘的教派主义恶魔作怪的结果。小说《沃森蒂》描写的是印度城市化过程中德里的变迁。一方面，一个个新的小区在建立，街道整齐清洁；而另一方面却是打工者、木匠、洗衣匠、裁缝等下层民众的低矮棚户。一天，警察来了，拆除了棚户，赶走了那里的居住者。那些被剥削、被压迫的人们变成了无家可归者。作者通过对德里居民区的对比描写，揭示出人性的扭曲，表达了对现行政治制度的不满。小说塑造的女主人公沃森蒂是一个受剥削受歧视的女性，她性格倔强，永不服输，对美好生活充满希望，给读者留下深刻印象。

毗湿摩·萨赫尼其余的小说都反应平平，远没有取得上述几部小说的成就。

（二）白勒夫·普拉萨德·古普塔

白勒夫·普拉萨德·古普塔（Bhailav Prasad Gupta，1918~1994），独立之前就开始从事小说写作，他的第一部长篇小说《火焰》出版于1946年。之后，陆续出版的长篇小说有《火炬》（1948）、《恒河母亲》（1953）、《锁链和新人》（1955）、《萨蒂母亲的圣坛》（1959）、《大地》（1962）、《希望》（1963）、《亚穆纳河》（1963）、《铁砧》（1964）、《青年》（1972）、《加西先生》（1987）、《命运之神》（1990），以及去世后的《小小的开端》（1997）等。

由于作者非常熟悉自己的故乡——印度北方邦东部边区农村的情况，所以他的小说基本都是以这一地区的农村和工厂为背景，描写工农大众同地主资本家之间的阶级斗争。在他的诸多小说中，《恒河母亲》和《萨蒂母亲的圣坛》被认为是他最优秀的作品，表现了他的阶级觉悟和反封建的勇气。小说讲述的是农村农民与地主阶级进行斗争，并取得胜利的故事。书中，对地主与警察勾结、行贿受贿的揭露，对中等阶级瞻前顾后心理状态的描写，对舍生忘死率领民众进行斗争的英雄人物形象的刻画，对农村妇女（尤其是寡妇）的同情，以及对封建陋习的抨击等，使这两部作品获得了很高的声誉。在他的后期作品中，描写的主要对象为社会变动当中的农村中等阶级的生活状况、情感变化，以及他们在村子里所起的作用等。

二、从边区小说到乡土小说

自从1954年雷努发表了小说《肮脏的边区》以来，印地语"边区小说"便风行起来，出现了许多"边区小说"作家和作品。作家们好像发现了金矿一般，纷纷把目光投向偏远地区农村。有的写边境地区的农民生活，有的写山地少数民族的生活，形形色色，令人目不暇接。后来，这类小说的题材已经不仅仅局限于边境地区或者偏远地区了，广大的农村成为作家们取之不尽的创作源泉。下面要介绍的是几位比较重要的作家。

（一）维威基·罗易

维威基·罗易（Viveki Ray，1924~　），自1967年发表第一部中篇小说《洋槐树》之后，又写出中长篇小说《原人往世书》（1975）、《世间债》（1977）、《白皮书》（1979）、《金土》（1983）、《战斗结束了》（1988）、《吉祥宫》（1994）和《吉祥宫续》（2000）等。对他的作品，评论界褒贬不一，有人说他对农村生活不感兴趣，也不熟悉农村语言，对乡下的自然环境和传统只是道听途说。但也有评论家认为，"他凭借这些作品在一流印地语作家的行列里确立了自己的位置"，而那些持反面意见的人是缺乏深入研究。[①] 维威基·罗易全部小说的故事情节都是围绕着印度北方邦东部地区农村展开的，这个地区在印度工业化的进程中也始终处于落后的地位。即使作者偶尔跳出这个地区，也与这个地区有着紧密的联系。例如，小说《白皮书》正是关于这个地区自40年代以来近半个世纪政治与社会变动的白皮书，像证明文件一样，记录了那里英国人统治下人们参加独立运动的高涨热情。小说的主人公是一个中学毕业的教师，他通过各种形式启发民众的觉悟，号召人们积极参加革命斗争。而在独立以后，他却看到，一些独立运动中的斗士为了权力和官位而奔走。从他的身上，读者可以看到作者的影子。

在这些小说中，作者描绘了农村的生活环境，田野、场院、泥土、庄稼、小路、阡陌、河渠、池塘，等等。还有学校、五老会，人们的经济状况、宗教信仰和生活习俗，等等。这些小说也反映了独立后农村的变化。例如，《世间债》描写的就是一个所谓的"现代农村"，那

---

① 戈巴尔·罗易：《印地语小说史》，新德里，2009年印地文版，第312页。

里已经重新规划了土地，有了电灯，孩子们可以上学了，五老会也进行选举了，看起来一切都不错。但是，村里的大户人家却借选举之机行贿，借土地规划之机侵吞集体使用的池塘、福舍①和图书馆，欺压无权无势的农民，企图侵占他们的土地。很明显，作者是站在进步主义立场上看待这一切，揭露这一切的。从这个意义上讲，边区小说实际上是进步小说中的一种，是普列姆昌德传统的继续。

（二）拉姆德勒什·米什拉

拉姆德勒什·米什拉（Ramdarash Mishra，1924~ ）的第一部长篇小说《水之墙》出版于1961年。该小说写的是印度北方邦东部地区一个村庄里的故事。这个村庄被几条河水和沟渠环绕着，封闭而落后，贫穷而多灾多难。作者讲述了当地农民在地主的盘剥下所过的贫苦生活，以及他们的民风民俗和喜怒哀乐。

作者的其他中长篇小说还有《挡不住的流水》（1969）、《变干的池塘》（1972）、《自己人》（1976）、《夜旅》（1976）、《天空的屋顶》（1979）、《没有门的房子》（1984）、《第二个家》（1986）和《二十年》（1996）等。他的这些小说主要写的是印度独立后农村里的农民生活。例如《挡不住的流水》中，人们对独立后的前景寄托着很大的希望，但在很多年里，农村的生活并没有像人们期盼的那样发生很大改变，贫苦农民一样受剥削，一样缺衣少食，一样无钱治病，一样得不到各种保障。倒是学校的教育改变了一些年轻人的思想观念，也改变着村子里的人际关系和古老的传统。《挡不住的流水》一书的标题就是一个隐喻，暗示着传统堤坝的渗漏与崩溃。小说《自己人》是一部政治色彩比较浓厚的书，书中对乡村领导、知识分子、种姓主义者、医生、

---

① 福舍（dharmashala），印度民间慈善人士捐建的供过往行人（如行脚僧、朝圣者等）临时居住的房舍。

律师等人物都有刻画，对乡间争吵、阶级斗争、种姓歧视、选举等都有生动描写。《第二个家》写的是农民到外地城市打工的故事，与中国的农民工进城一样，各种人物、各种思想、各种行当、各种梦想和各种命运，内容丰富，关系复杂，因而妙趣横生。这部著作的意义在于，它反映了印度城市化过程中农村和农村人的变化，是现代化进程的一个写照。

（三）古尔谢尔·汗·沙尼

1961和1964年，古尔谢尔·汗·沙尼（Gulsher Khan Shani，1933~ ）发表了两个中篇小说《麝香》和《关在石头里的声音》，1965年又出版了长篇小说《黑水》。从这些小说就能看出，沙尼的小说颇具雷努边区小说的乡土气息，不同的是，沙尼重点表现的是家庭关系和爱情问题。此后，沙尼还出版过《河与贝壳》（1970）、《一个少女的日记》（1973）、《禁止摘花》（1980）和《蛇与梯子》（1983）等。不过，《一个少女的日记》《禁止摘花》和《蛇与梯子》分别是《关在石头里的声音》《河与贝壳》和《麝香》的改写。

在沙尼之前，印地语小说界尚未出现过专门写穆斯林生活的作品。普列姆昌德等小说家虽然在小说中涉及穆斯林的生活，但都没有真正深入到穆斯林社会当中。沙尼的小说可以说是填补了印地语小说的这一空白，也为这类小说的出现开了先河。沙尼自己就是穆斯林，他的亲身经历和体验使他具备了创作这类小说的最基本的条件。

《黑水》是沙尼最有成就的小说。作者以第一人称讲述往事的形式展开故事情节，写的是1910年前后到1950年前后，一个几乎是与印度主流社会相隔绝的农村两个中下等穆斯林家庭三代人的故事。1910年前后，当地的土著曾经因反对英国殖民当局的干预而发起暴动，但由于暴动本身与整个印度的独立无关，很快就被英印政府镇压下去了。

此后的数十年，印度独立运动几乎对这一地区没有产生什么影响。当独立到来之后，村子里的掌权者并非是闹独立的功臣，政权的更迭并没有改变村子里的状况，因而普通穆斯林民众依然故我、节奏缓慢地生活着，一样的封闭，一样的压抑。村里的水塘"珍珠塘"是整个村子的象征，也是这个村里穆斯林生活的象征。年复一年，由于与外界没有流通，珍珠塘的一潭死水变得浑浊、肮脏而臭气熏天。这是当时边远地区乡村穆斯林生活的一个真实写照。

三、当代小说的多元化发展

60年代以后的印地语小说界，过去的进步主义、实验主义、边区小说，以及所谓"新小说"派的作家们，在现代社会的万花筒面前，为了跟上时代的律动，大多逐渐走出思想流派的框框，在艺术手法上不再拘泥于一种风格或一条道路，而是进行了多方面的探索。于是，当代印地语小说呈现出多元发展的局面，这就是所谓的"现代主义"或者"后现代主义"小说。

许多作家都可以被列在这一档中介绍，而且有许多作家都应该予以介绍，但我们这里只能简单介绍其中的几位。

（一）纳雷什·梅赫塔

纳雷什·梅赫塔（Naresh Mehta，1922~ ）在诗歌、小说和戏剧创作领域都取得了相当引人瞩目的成就，因而在1992年获得了印度文坛奖。他的第一部长篇小说《沉没的桅杆》出版于1954年。此后，他出版的重要的长篇小说有《他曾是同路人》（1962）、《彗星——一个传说》（1962）、《两个孤独者》（1964）、《河的荣耀》（1967）、《第一个腊月》（1968）、《后来的故事》（第一卷1979，第二卷1982）等。

其中，《他曾是同路人》是他的成名作。故事的背景是印度独立运动，写的是一个热血青年抛妻弃子远走他乡，投身到运动中，不仅参加甘地号召的非暴力活动，也参加一些主张使用暴力推翻英国殖民统治的活动。但在这两方面的活动中，他都没有做出惊人的事情，没有起到积极作用。20年后，他带着病痛、失败和沮丧，孤独地回到故乡。作者的大部头小说《后来的故事》写的是中产阶级家庭里发生的故事。女主人公杜尔加在各种生活打击面前不屈不挠的精神给读者的印象很深。

（二）拉希·马苏姆·勒扎

拉希·马苏姆·勒扎（Rahi Masoom Raza，1927~　）的第一部长篇小说《半个村庄》出版于1966年。这部小说出版后即引起广泛关注，并得到好评，这是印地语文坛上不多见的现象。此后，他又出版过几部长篇小说：《小白帽》（1969）、《召纳普尔的勇气》（1969）、《露滴》（1970）、《心是一张白纸》（1973）、《1975年的场景》（1977）和《希望小区》（1978）等。

拉希·马苏姆·勒扎熟悉穆斯林生活，他的《半个村庄》描写的是印度北方邦东部边区农村穆斯林地主和中等农民的生活。独立前，村里的人们还过着比较富裕的生活，但独立后的境况却变得很可怜。就像作者自己说的那样，他写的不是个人，而是那个时代。因此书中重点描绘的是农村穆斯林群众的家庭生活、经济状况，以及社会文化的多彩画面。虽然小说写的是边远农村，但作者自己认为《半个村庄》不属于边区小说，内容也不局限于边区。也就是说，拉希·马苏姆·勒扎有意识地在进行多方面的探索。他的《心是一张白纸》中，先把读者带回到印巴分治时期，当时，一些穆斯林盘算着，留在印度也许不如到巴基斯坦去更容易谋生，也能够保持住宗教信仰的尊严。于是有很多人跑到了东边的巴基斯坦。但是，在那里，他们并没有过上自己憧憬的日子，维持生计并不容易。不久，东巴基斯坦发生动乱，又脱离了巴基斯坦而成立了孟加拉国，他们依然没有过上理想中的日子。《1975年的场景》写的是1975年英迪拉·甘地在全国实行紧急状态时对政治气氛和民众生活产生的影响。《希望小区》说的是实行紧急状态及其以后，一个印度教徒和穆斯林混居的小区——希望小区居民的生活图景。紧急状态把人们安宁和谐的生活打破，之后人民党上台执政，国家的情形仍然并没有任何好转，失望的情绪笼罩着整个小区。这个小区是当时整个印度的缩影。

总之，拉希·马苏姆·勒扎的小说带有明显的政治色彩。

（三）西瓦普拉萨德·辛格

西瓦普拉萨德·辛格（Shivaprasad Singh，1928~　）的第一部小说《各自的冥河》发表于1967年，写的是印度北方邦东部一个乡村的故事。尽管作者本人不认为自己的这部小说与"边区文学运动"有关，但小说的题材的确是取自边区民众的生活。印度独立以后，偏远农村广大贫苦农民仍然过着苦难生活，在他们看来，这和地狱差不多。而地主、高利贷者、政府官员都在做着丧尽良心的勾当，都在各自的冥河中挣扎。只有年轻的一代，不甘心在地狱中生活，纷纷向城里跑去。很显然，这部小说继承了普列姆昌德、雷努的传统，既是边区小说，也是进步主义小说。

1974年，西瓦普拉萨德出版了他的第二部长篇小说《小巷在前头拐弯》。看了这小说的题目，会使中国读者联想到中国宋代诗人陆游的名句："山重水复疑无路，柳暗花明又一村。"人们用"柳暗花明"比喻事情的转机和前途的豁然开朗。但"小巷在前头拐弯"与此虽有相似的意味，前途却并不明朗，颇有碰运气的宿命论嫌疑。小说写的是年轻人从农村出来，到瓦拉纳西上大学的故事。他们不仅要改变自己的命运，也担负着改变民族命运的重任。但是，这些年轻人对现状不满，他们参加各种运动，既反对政府的一些做法，也反对西方文化的渗透。小说真实地反映了那个时期青年学生们的精神状态。

在发表《小巷在前头拐弯》15年后，西瓦普拉萨德出版了另一部小说《蓝月亮》（1988）。随后，他又出版了反映社会最底层民众（达利特）生活的小说《赛鲁什》（1989）和一部反映妇女生活的小说《女人》（1992）。《蓝月亮》和后来的《雾中的战争》（1993）、《德里很远》（1993）和《火》（1996）等四部作品都属于历史题材的小说。至此，西瓦普拉萨德在小说创作领域已经进行了多方面的探索。

（四）赛雷什·摩提亚尼

赛雷什·摩提亚尼（Shailesh Matiyani，1931~2001）的小说创作生涯长达35年左右。而他的作品也很多，从1959年出版第一部小说起，1960~1970年发表的小说多达14种以上。他的小说基本上都是中篇，没有长篇，有时一年竟发表5种之多。这时期，他的小说主要有《鸽子笼》（1960）、《邮递员》（1961）、《女人不是木头》（1961）、《第四捧》（1961）、《穆克湖的天鹅》（1962）、《一把芥子》（1962）、《不是陌生人》（1966）、《两滴水》（1966）、《逃跑的人们》（1966）和《再生之后》（1970），等等。

这一时期他的小说题材十分宽泛。《鸽子笼》等反映的是大城市孟买的生活场景，从豪华酒店到喧嚣的街巷，从富人的豪宅到妓女的小屋，剥削与压迫，辛酸与劳作，挥霍与享乐，都在被描写之列。《邮递员》《一把芥子》《两滴水》《再生之后》等则属于边区小说的范畴，表现的是偏远乡村或者山区里发生的故事。如《两滴水》中，既反映了山里女人做肉体生意的社会现实，其背后是妇女地位的低下，是她们的无奈和无助；也表现了最下层种姓民众受侮辱、受歧视的生活，以及他们要求解放的愿望。

70年代，赛雷什·摩提亚尼出版的小说主要有《水波》（1973）、《雪停之后》（1975）、《晨曦》（1976）、《小小的鸟儿》（1977）、《花蕾》（1978）、《天空多么辽阔》（1979）、《山芋》（1979）和《产妇》（1980）等。在这些小说中，最受称道的是《山芋》。该小说描写的是山区最下层民众为争取自身权利的斗争。

赛雷什·摩提亚尼创作的最后阶段在80年代和90年代初期。这期间，他仍有很多部小说出版，其中比较重要的有《宽厚的戈蒲丽》（1981）、《五十二条河汇流的地方》（1981）、《冲突》（1983）、《藤蔓》（1985）、《摩幻湖》（1987）和《几个女人的城镇》（1992）等。

总之，赛雷什·摩提亚尼的小说取得了多方面的成就。首先，在边区小说方面，他在雷努《肮脏的边区》的基础上又向前迈进了一步，不仅具有进步的思想意义，而且在人物塑造上更加具体和生动。其次，在心理描写方面，他更加深刻地发掘了人物双重性格的内在根源，使人物性格在社会矛盾的漩涡中显得更加鲜明。第三，他的不断探索显示出早期实验主义的某些特色，新与旧、权与法、欲与利等各种矛盾叠加出的故事情节耐人寻味。因此，他的一些小说被认为是现代主义和后现代主义的典型作品。第四，在语言的运用上，他掌握了原则性和灵活性相结合的方针，为增加小说的地区色彩和突出人物个性，混合了一些马拉提、古吉拉提语词汇，甚至有一些山区词汇。这多方面的成就使赛雷什·摩提亚尼成为评论界经常提起的名字。

（五）基里拉吉·基肖尔

基里拉吉·基肖尔（Giriraj Kishor，1937~　）的第一部小说《人们》出版于1966年，此后，在40年的创作生涯中，他始终勤奋写作。他出版的主要小说有《鸟笼》（1968）、《旅行》（1971）、《二重

奏》（1973）、《因陀罗听吗》（1978）、《起诉人》（1979）、《第三政权》
（1982）、《根据提议》（1982）、《剩下的话》（1984）、《军备》（1987）、
《暗中对抗》（1990）、《两个半家》（1991）、《痛苦的家》（1997）、《第一
个印度劳工》（1999），等等。

　　小说《人们》写的是英国殖民统治行将垮台时，地主阶级的内心
世界。他们预感到自己权力的丧失，惶惶不安，充满疑虑。同样，小
说《二重奏》《两个半家》也是描写英国殖民统治下地主阶级的矛盾心
理。从前，英国殖民者给了他们特权，他们也受到西方文化的深刻影
响，如今，英国的统治江河日下，他们也面临着政治上的抉择。如果
说，以上这些小说讲的是独立前的故事，属于历史小说的话，那么，
小说《鸟笼》《旅行》和《第三政权》等则反映的是现实生活中的问
题。作者细腻的心理描写、讽刺诙谐的笔法，都为他的小说增色不少。
例如，《第三政权》中，作者通过家庭中男女关系、夫妻关系的描写，
着重反映的是当今印度社会的妇女问题。书中，妻子是一位医生，经
济上能够独立，但是在强大的传统观念面前，她不得不屈服，不得不
服从丈夫的意志，放弃工作而成为一名家庭主妇。作者虽然没有点明
当前妇女问题的要害，但已经通过故事的结局告诉读者：解决当今妇
女问题的关键不仅要解决她们的教育问题、工作问题，更重要的是要
改变传统观念，而这种观念不仅存在于妇女的思想深处，更存在于男
人们的思想深处，因而这是更为艰巨、更为长期的任务。小说《军备》
和《暗中对抗》写的是当今世界的战争与和平问题。现代科学的进步，
带来的是军备竞赛。作者谴责了发达国家的军备扩张给人们带来的精
神痛苦。

第三节　女作家曼奴·彭达莉等

✿

一、曼奴·彭达莉

（一）生平与创作

曼奴·彭达莉（Mannu Bhandari，1931~　），现当代印度印地语文坛的著名女作家。她于1931年4月3日出生在中央邦旁普拉城的一个文学世家。父亲苏克·森伯德拉易·彭达利先生是印度著名作家，也是《印地语术语大词典》的最早编纂人。曼奴是家中最小的女儿，深得父亲宠爱，从小受到父亲的影响，对印地语文学有着浓厚的兴趣，在文学创作成长的道路上经常得到父亲的指点。曼奴于1949年从加尔各答大学毕业并获得学士学位，之后就读于贝拿勒斯的印度教大学，并于1952年获得文学硕士学位。获得硕士学位后，曼奴先后执教于巴里根吉教育学院和比尔拉女王学院。1964年她成为德里大学米兰达学院的印地语教授，直至1991年退休。在退休之后的两年中，曼奴曾担任位于印度中央邦乌贾因（印度宗教圣地）城的韦格尔姆大学普列姆昌德研究中心的顾问。

曼奴主要进行小说创作，她的短篇小说集主要有《我失败了》《一

盘洪水》《一幅关于三个眼神的素描》《这是真的》《眼睛看到的谎言》
《陀哩商古》《优秀短篇小说》《英雄、恶棍、小丑》等；她的长篇小说
主要有《一英寸的微笑》《班迪》《斯瓦米》《哥尔瓦》《盛宴》。她只创
作了一部戏剧《无墙之家》。她还在小说作品的基础上创作了一些电影
剧本，比如她将《这是真的》这部作品改编成电影剧本《夜来香》，影
片受到观众极大的喜爱，于1974年获得最优秀电影奖。1983年，她又
将《盛宴》改编成戏剧剧本。在封笔多年之后，她于2008年创作出版
了自传体长篇小说《这也是个故事》，并以此书获得了当年度的印度维
亚斯文学奖[①]。

曼奴的作品表现的社会问题主要有：独立后社会人群的迷失与困
惑；独立后印度政治的腐化贪污问题；后殖民主义时期印度社会城市
知识分子群体中人际关系问题；后殖民主义时期社群中个体的孤独等。

曼奴在作品中所反映的女性主义问题主要有：独立后印度社会知
识分子中的两性关系；社会常规教育下的女性与社会冲突；印度男权
社会中严酷的家长制对妇女的残害；妇女的传统身份与个人权利的矛
盾冲突等。

（二）长篇小说《班迪》

曼奴·彭达莉的长篇小说《班迪》发表于1971年。这部小说风行
个70年代，直到今天，这部小说仍然备受关注。《班迪》主要讲述的
是一个婚姻破裂家庭中孩子与母亲的悲惨遭遇。

小主人公班迪是一个天真可爱充满幻想的小男孩。一岁的时候，
父母就分居了。父亲阿吉耶去了加尔各答，母亲雪恭就带着他在一个
小镇上生活。母亲虽然有自己的事业，但是对于班迪的爱却从未因此

---

① 维亚斯文学奖（wyas samman），创立于1991年，由K.K.比拉基金会资助成立，是继印度
　文学院奖和文坛奖之后，又一个印度全国性的重要文学奖项。

而减少过。父亲每隔一段时间就会回来看望小班迪，带给他玩具，并同他待上很短的一段时间。小班迪习惯了这种父母不在一起，自己和母亲生活的方式。但是，他八岁的时候，某天在同邻居家的孩子玩耍时，从邻家孩子的口中知道了他的爸爸妈妈"分居"的消息，他由此懵懵懂懂地感受到了爸爸妈妈这种生活状态的不正常。聪明懂事的他下定决心要把这事弄个明白，但面对沉默不语愁云满布的母亲，他又不敢开口询问。他只能留心观察自己过去从来未曾注意过的妈妈的一切言行举止。同时，在爸爸来看他的时候，他尽量地努力让爸爸妈妈见面，让爸爸回来和他们住在一起。他热切地渴望得到父母在一起的完整家庭的爱和温暖，但是，他的努力最终失败了。爸爸和妈妈最终还是离婚了，并且他们又各自结婚，有了彼此"幸福"完整的家庭。班迪认为在这两个新家庭中，有父亲有母亲有孩子，他们的新家都是很"完整"的。班迪在他们的新家中找不到自己的位置。他感觉到自己是个多余的人，被爸爸妈妈"遗弃"了。

雪恭，既是一个对孩子充满浓浓爱意的母亲，又是一个事业成功的女性。她虽然独自带着孩子，但是却在七年的时间里，升任为女子学院院长。她在学校是一个威严刻板、令人敬畏的院长，而在家里却是一个疼爱孩子的母亲。她内心的痛苦挣扎却从未向谁诉说过。她和丈夫阿吉耶分居后，内心深处依然希望丈夫看在孩子的份儿上能够回来和她重新生活在一起，所以一直痛苦孤独地等待着。但是等来的却是丈夫由于要再次结婚而派人给她带来的一纸离婚协议书。顿时，她七年来仅守的最后一丝希望也破灭了，她的内心世界崩溃了。她的生活失去了依托。她爱班迪，可是内心无比脆弱的她再也经受不住孤独无望的痛苦与寂寞，在女人和母亲这两个角色中苦苦徘徊。这一切的痛苦，连孩子都能觉察出来。她常常默默不语，独自哭泣，很多时候就躺在床上睡觉，仿佛这一睡就能忘却痛苦。挣扎到最后，由于一位亲朋的劝告雪恭最终选择了再婚，她希望结婚后，班迪也能够幸福。

但是事实是，班迪认为自己失去了原有的母爱，他感觉到了从未有过的痛苦和孤独，他选择离开母亲的新家庭以示对她的惩罚。这让雪恭备受打击，痛心不已。班迪开始把希望寄托于父亲，但是父亲的新家庭也容不下他。父亲阿吉耶决定把他送进寄宿学校。这时的班迪彻彻底底孤立无援了，他无助地游荡在陌生的人世中。这个悲苦的孩子无所适从，只能"泪眼模糊"地面对着这个陌生的世界。

《班迪》这部小说的研究角度是多样的。文学批评界学者普遍认为《班迪》的意义在于作家对于离异家庭中孩子归属问题的关注，在于它对现代人以伤害无辜生命为代价的自我意识膨胀的揭露和批判，以及曼奴在小说中把儿童作为主人公来叙事的独特性及其在印地语文学史上的创新意义。

《班迪》是曼奴所有文学作品中最著名也最为重要的一部。它奠定了曼奴在印度印地语文学史上的地位。这不单单是因为她刻画的"班迪"这个天真可爱又无辜的孩子引起了社会大众的广泛关注，更是因为她描写的"雪恭"这个饱受关注的知识女性引发了人们极大的争议。虽然"班迪"和"雪恭"都是小说中的主要人物，但曼奴潜藏在《班迪》中更深一层的意图便是想要引起人们对处于社会边缘化的印度知识女性生存困境的关注。小说《班迪》深刻地体现了曼奴的女性主义思考和主张。因此，它也奠定了曼奴在印度女性主义文学中的地位。

在作品中，曼奴客观地叙述故事，真实地把事物和人物际遇呈现给人们，向人们播放着一部20世纪60年代末70年代初处于"迷茫、困惑"中的印度知识女性不断找寻解脱的真实电影。曼奴作品中的女性既不选择"出走"去寻找自由，完全抛弃家庭而投奔世界，也不选择"复古回归"家庭，完全陷入家庭而放弃世界。"曼奴的作品反映了独立后处于'社群'和'自由'交叉路口的印度女性的困境，具体表现为'家庭'和'世界'两者不能兼得。"①

二、其他女作家简介

关于印地语女小说家,印度评论界曾经指出:"几乎所有的印地语女作家都来自中产阶级,所以她们小说中的女主人公都属于这个阶级,她们所提出的问题也几乎都是这个阶级的。不过,女作家们在自己的小说里也描写了其他阶级的妇女。"②

前面我们已经介绍过女作家蔓奴·彭达莉,下面再介绍几位女小说家。

(一)克丽希娜·索波蒂

克丽希娜·索波蒂(Krishna Sobti,1925~   )于60年代中期开始发表小说。1967年,她的短篇小说《蜜特洛的一生》发表于杂志上,写的是旁遮普一个中等农民家庭的故事。1972年,她的另外一篇小说《太阳的脸是黑暗的》发表,写的是一个女孩的悲惨遭遇。1979年,她的中篇小说《生命书简》出版,描绘的是20世纪初期旁遮普农村生活的画面:人们日出而作,日入而息,生活平静祥和,但第一次世界大战爆发了,英印当局开始征兵,人们的平静生活被打破。小说写到这里戛然而止,既像是未完待续,又缺乏深度,因而也没有赢得评论界的好评。她比较受推崇的小说是另外两部,即《心智》(1993)和《时间音阶》(2000)。

小说《心智》讲的是旁遮普农村印度教徒和穆斯林之间的复杂纠葛。相互间长期相处,两种文化互有影响。双方男人和女人之间也出

---

① 译自:Jyoti Panjwani, *Community and freedom*:*Theorizing Postcolonial Indian Feminism*, *Proceedings of Red River Conference on World Literature* 3,Fall 2001.

② 纳甘德尔、哈尔德亚尔:《印地语文学史》,诺埃达,2011年印地文第35版,第756页。

现了复杂的性关系，这种关系导致下一代的名分问题，也导致了财产的继承问题，更带来家庭和族姓间的矛盾。作者成功地把这些纠葛和矛盾集中地表现出来，发人深思。

小说《时间音阶》写的是城市中产阶级老年社会的诸多问题，如他们的孤独和无助，苦闷和焦虑等。

（二）乌莎·普丽衍娃达

乌莎·普丽衍沃达（Usha Priyamvada，1931~   ）早年即获得美国的全额奖学金出国留学，后定居美国。但她长期坚持用印地语进行小说创作。她的第一部长篇小说《五十五根柱子和红墙》出版于1961年。小说写的是一个出身于中产阶级家庭、受过良好教育、有一个好职业的大龄未婚女子的故事。她年轻时读大学，和一个男孩子相爱了，但由于种种原因，却不能和他结婚，错过了最佳年龄。如今年纪渐大，又承受着工作和生活的压力，她的精神始终处于紧张状态。"五十五根柱子和红墙"是她住的学生宿舍，外表宏丽而内里狭窄，牢牢地把学生们禁锢起来。它是一个象征，代表着冠冕堂皇的传统道德。然而，它和青年学生们的自由意志形成巨大的反差，让人压抑得透不过气来。

乌莎的另一部小说《拉蒂卡，别停止》出版于1967年。小说中，主人公拉蒂卡幼年丧母，由父亲抚养长大。后来父亲再婚，她跟一个外国人出国进修。但那个外国人抛弃了她，她又回到祖国。她无法和继母相处，又结识了两个青年。在两个青年之间，她像羽毛球一样被打来抛去。总之，拉蒂卡是这个时代部分知识女性的代表，在新的社会条件下，传统的道德观和价值观被动摇了，她们不再像旧时妇女那样逆来顺受，但也无所适从，处在焦虑和迷茫当中。

此后，她发表的重要小说还有出版于1984年的《剩下的旅行》和出版于2000年的《氏族之内》等。另外，她的短篇小说集有《生活和玫瑰花》（1961）、《另外某个人》（1966）、《多么大的谎言》（1972）等。

（三）玛丽杜拉·格尔格

玛丽杜拉·格尔格（Mridula Garg，1938~　），出生于加尔各答，主要在德里接受教育，并获得经济学硕士。她的著作主要有短篇小说80篇，中长篇小说6种，剧本3个，文集两本。她的第一部长篇小说《那部分阳光》发表于1975年，此后有中长篇小说《后裔》（1976）、《齐特科布拉》（1979）、《暂时的》（1980）、《我和我》（1984）和《木玫瑰》（1996）。

除了《暂时的》以外，玛丽杜拉·格尔格的其余中长篇小说都反映了现代女性的复杂心理活动。例如，在《那部分阳光》里，作者提倡的是现代女性在遇到三角恋爱时应坚持传统的价值观。《我和我》写的是一个老奸巨猾的男作家欺压剥削新的女作家的故事。《齐特科布拉》写的是一个女作家对家庭生活感到厌倦，对丈夫和孩子都失去责任心时，一个男人的出现使她改变了自我，过起双面人的生活，但内心的矛盾和苦闷却无法排解。《木玫瑰》在思想性方面是作者最为成熟的一部作品，写的也是城市女性的生活和精神世界的苦闷，作者试图揭示现实社会妇女地位的低下。在《暂时的》中，作者跳出了男女关系的题材，而写1930~1960年的政治问题。

（四）普拉芭·凯丹

普拉芭·凯丹（Prabha Khetan，1942~　），大学期间学习哲学，并因研究存在主义而获得博士学位。她不仅写哲学文章，还从事小说和诗歌创作。她的第一部长篇小说《来，到佩佩家去》出版于1991年。这是印度第一部描写美国妇女的印地语小说。讲的是美国女人在享乐的同时也承受着孤独、无助的精神痛苦。随后，她又出版了《封闭》

（1991）、《没有脑袋的人》（1993）、《各自的脸》（1994）、《黄色风暴》（1996）等中长篇小说。

在这几部小说中，《封闭》写的是工厂里管理者和工人之间的矛盾，表现了作者对劳动群众的同情。而在另外两部小说中，作者从女权主义的立场出发，揭示了当今印度社会的妇女问题。例如，在《没有脑袋的人》中，作者试图说明，尽管现代社会对妇女的看法已经有所转变，但这仅仅是一个开始，社会需要进一步改变看法，妇女自身也需要进行艰苦的奋斗，未来的路还很漫长。在《各自的脸》中，作者通过对主人公勒玛的经历和心理活动的刻画，试图说明：对女人来说，不光是婚姻、丈夫和孩子的问题，她们还应该有自我；寻找一个男人并不是女人生活的全部，她们还应该有自己的存在价值。

长篇小说《黄色风暴》是史诗式的作品，写的是英国人统治时期拉贾斯坦地区的一个家族三代人的故事。人们为了躲避自然界的风暴和社会上封建剥削的危害，远走他乡，他们凭借勤劳和智慧取得了成功。小说中人物繁多，时间和空间的跨度都很大，说明作者具备了驾驭这种史诗式作品的能力。

（五）麦特莱伊·普什帕

麦特莱伊·普什帕（Maitreyi Pushpa，1944~ ）已出版的短篇小说集有6种，中长篇小说11种。她自1990年发表第一部中篇小说《刺痛的记忆》后，又于1993年发表了第二部中篇小说《流淌的贝特瓦河》。这两部小说的内容都是描写传统的男人社会中妇女受侮辱和受损害的故事，引起了读者和评论界的关注。然而，1994年发表的长篇小说《伊丹纳玛姆》给人留下了更深的印象。该小说描写的是中央邦山区少数民族的生活，讲述了几个妇女的可悲命运。书中塑造了一个具有造反精神的女孩蔓达基妮的形象。同时，小说里还揭露了政治领导人以及承包商的丑恶嘴脸。

长篇小说《陶轮》发表于1997年，描写的是印度中央邦一个以务农而著名的民族——查特人的生活。老一辈的查特人固守着剥夺妇女权利的传统，当今印度的社会变迁也影响到这个农村查特人的思想观念，尤其是妇女们的思想觉悟。小说中的女主人公沙兰格就是敢于起来同封建传统做斗争的觉悟女性。

发表于1999年的长篇小说《秋千表演》写的也是查特人社会的家庭生活，婆媳关系、母子关系、夫妻关系、叔嫂关系等都得到生动表现。更重要的是书中也塑造了一个具有造反精神的新社会女性希洛。

麦特莱伊·普什帕的另一部长篇小说《阿尔玛》出版于2000年。在中央邦的崩德拉坎德地区，在印度独立55年后，仍然有一些少数民族过着房无一间地无一垄的赤贫生活，在不得已的情况下，男人通常要去干一些犯罪勾当，而女人们则做起肉体生意。小说描写的就是一个叫作卡布特拉族的母亲布丽和她的儿子拉姆辛赫、女儿阿尔玛的故事。虽然母亲布丽是做肉体生意的，但她想把儿子培养成读书人，希望他将来能够体面地生活。事与愿违，儿子拉姆辛赫没有读书成才。当时卡布特拉族与另一个少数民族卡贾族有时发生矛盾冲突，"文明社会"的阴谋干预使卡布特拉族蒙受了巨大损失，拉姆辛赫因被警察利用而死于非命。女儿阿尔玛是一个具有反叛精神的女性，并且雄心勃勃地想当土邦王子的母亲。最后作者笔锋一转，阿尔玛竟然参加了立法院选举，并十拿九稳会被选上。这应该是作者的女权意识促使她出现的一个败笔。

（六）齐特拉·穆德加尔

齐特拉·穆德加尔（Citra Mudgal，1944~ ）出生于马德拉斯，在孟买接受教育，并获得了印地语文学学士。她违反了父亲的意愿嫁给了一位婆罗门穆德加尔先生。这位先生曾任著名印地语文学杂志《萨利卡》(Sarika，意译《八哥》，一译《椋鸟》)的编辑。这也许对她的文学创作有很大帮助。齐特拉·穆德加尔的主要著作是两部小说：发表于1990年的《自己的一块地》和发表于2000年的《窑》。此外，她还有短篇小说集《证词》和《火焰》等。

《自己的一块地》以现代大城市孟买为故事发生地，讲述了广告行业的激烈竞争中女人所处的地位和作用。为了商业利益，女人周旋于阴谋和陷阱中间，不惜进行肉体交易。小说中刻画了现代女性一身多重的角色，妻子、情人、业务经理等。而对于妻子这个概念，作者通过小说人物的口说："我不想当妻子，只想做一个伙伴。妻子这个词让我闻到了奴隶的气味。"鉴于社会上妇女地位的卑下，这种激进的女权主义思想在小说中时时表现出来。小说《窑》写的是一个年轻女孩娜尼塔的奋斗经历。她成长于一个中产阶级家庭，在大城市充满竞争的生活环境中奋斗挣扎，就像在烈火中烧出器皿一样，她经受着各种生活的考验。作者的意思是，大城市的生活就像窑一样在煅烧着每个人，每个人都在这里接受考验，都要付出代价和苦痛，经受住煅烧的会成器，经受不住的就成为废品。

（七）娜希拉·夏尔玛

娜希拉·夏尔玛(Nasera Sharma，1948~　)已经出版了10个短篇小说集和6部长篇小说，此外还有3个文集和7种翻译作品。她的第一部长篇小说《七河一海》发表于1984年。这部小说是以伊朗宗教领袖霍梅尼领导的伊斯兰革命为背景写的。作者作为人道主义者，认为人权高于一切，什么宗教、教派、思想等，都在人道主义之下。因此，她认为伊朗革命是场人道主义灾难，而两伊战争就更是灾上加灾。小说中表现了一群知识分子的反抗精神和献身精神。

之后，她出版的长篇小说有《沙摩丽》（1987）、《微不足道的请求》（1989）和《活着的成语》（1993）等。《沙摩丽》讲的是一个印度教家庭里发生的故事。妻子沙摩丽和丈夫纳雷什之间关系冷淡，丈夫只是把妻子当作私有财产，而妻子虽然讨厌丈夫内心卑鄙，却也无力改变这一切。作者在很大程度上表现的是社会现实。《微不足道的请求》写的是一个穆斯林家庭的故事。在印度的穆斯林社会，妇女的处境更加恶劣，传统的力量更加强大，女人们更加迷失自我，更难寻找到解脱的出路。《活着的成语》以印巴分治后的印度社会为背景，描写了留在印度和去了巴基斯坦的穆斯林的命运。

第四节　戏剧

❋

　　印度独立后的十多年间，印度戏剧文学的创作也大体在进步主义和实验主义思潮的影响之下。而到1960年以后，印度的戏剧创作又在现代主义和新进步主义思潮的影响下行进。这主要原因是印度的剧作家往往不是单一地进行戏剧创作，他们同时也是小说家和诗人。

一、进步主义和实验主义戏剧

　　印度的进步主义文学运动兴起于20世纪30年代。当时很多作家都写过剧本。最著名的印地语小说家普列姆昌德就是这样。1936年，印度进步作家协会成立，有许多作家都开始从事剧本的写作。就在这一年，菩瓦奈什瓦尔（Bhuvaneshvar，1910~1957）的独幕剧集子《大篷车》问世。他的这些独幕剧像当时的小说和诗歌潮流一样，受到进步主义和实验主义的双重影响，而其中占主流的是进步主义思想倾向。

　　在印地语老一辈的戏剧家中，我们曾详细地介绍过多位，如杰辛格尔·普拉萨德（见第十六章）、乌代辛格尔·珀德（见第二十章第一节）和乌本德勒纳特·阿谢格（见第二十章第二节）。他们无疑都是印地语戏剧创作史上做出突出贡献的作家。下面，我们将简要介绍的是印度独立后活跃于文坛的几位老一辈戏剧作家。

贾格迪什·金德尔·马图尔（Jagdish Candra Mathur，1917~1978），出生于北方邦布兰德沙哈尔县，他的文学成就主要体现于戏剧创作方面。据说他十几岁时就发表了独幕剧剧本。1936年，他写的独幕剧《我的笛子》在阿拉哈巴德大学的舞台上演出，使他获得了最初的声誉。后来，他便经常在一些进步文学杂志上发表独幕剧本，声誉日隆。出版于1953年的独幕剧本集《啊，我的梦》和出版于1957年的《晨星》中收有他独幕剧的几个代表作。而使他真正获得更大影响的是他发表于1951年的颂扬下层民众造反的历史剧《太阳神庙》。该剧本发表的时间正是印地语诗歌领域第二批"七星诗人"诗选出版的时间，与整个文学潮流相呼应，他的这个剧本被认为是"新剧本"的开山之作。他另外两个历史剧①剧本《沙尔迪娅》和《第一国王》分别发表于1961和1969年。学界认为，以上三个剧本是他最有成就的多幕剧代表作。

达摩维尔·巴拉蒂（Dharmavir Bharti），1926年出生于阿拉哈巴德。大学毕业后在校任教，1956年以后担任杂志编辑，业余从事文学创作。他具有多方面的文学才能，他的小说《罪恶之神》和《太阳神的第七匹马》都被认为是"新小说"的杰作。1955年，他的诗剧《黑暗时代》出版，为他赢得了巨大声誉。该诗剧既被认为是"新诗"的代表作之一，也被认为是"新剧本"的代表作之一，更有评论者认为它是巴拉蒂全部著作的巅峰之作。《黑暗时代》是以史诗《摩诃婆罗多》第十八天战争之后的故事情节为素材演绎而成的。我们知道，《摩诃婆罗多》的那场大战，其实是没有真正赢家的，战争给人们带来的灾难却是有

---

① 这里的所谓"历史剧"实际上应该属于神话剧，因为基本是在神话传说的基础上写成的。如《第一国王》的主要依据就是吠陀、史诗和往世书的故事。

目共睹的。《黑暗时代》的作者想强化的正是这种和平观念。不过，由于作者受到当时文艺思潮的影响，也在诗剧中突出了人性，突出了人的自主意识，并竭力表现人的存在价值等观念。

莫汉·拉盖什（Mohan Rakesh，1925~1972），出生于旁遮普的阿姆利则，在拉合尔接受高等教育，并通过了印地语和梵语文学士的考试。他写过很多短篇小说，也写过三部长篇小说和很多散文作品。但他的主要成就在戏剧方面。他最著名的剧作有《雨季的一天》（1958）、《浪里天鹅》（1963）和《缺憾》（1969）。《雨季的一天》是一部新编历史剧，讲述的是古代大戏剧家和诗人迦梨陀娑的故事。历史上，迦梨陀娑是宫廷供养的诗人，但在拉盖什的剧中，迦梨陀娑却成为追求独立人格的个人主义者。作者成功地表现了迦梨陀娑一方面不能离开宫廷的供养和庇护，另一方面又希望脱离宫廷回到乡下的矛盾心理，揭示出现代社会里浪漫与现实的矛盾，暗示了中产阶级自我意识的痛苦挣扎。《浪里天鹅》是从古代佛教剧作家马鸣的剧作《美难陀传》中得到启发和灵感而创作的，主要表现的是爱欲和离欲、入世和出世的两难抉择。

纳雷什·梅赫塔（Naresh Mehta），1922年出生于中央邦的沙贾普尔。他是一位诗人、小说家兼剧作家，出版的著作多达50余种。诗集《野生的》获1988年度印度文学院奖；1992年他以其文学贡献获得印度文坛奖。剧本《晨钟》（1956）表现的是印度革命者的成长过程，《决定》（1957）则反映了寡妇再嫁问题，《面包和女儿》（1958）反映的是贱民生活。

20世纪50年代，还有几位作家及其剧作值得注意。例如，善布纳特·辛格（Shambhunath Singh）的《土地和天空》（1954），反映的是工人与工厂主的斗争；克里希纳·巴哈杜尔·金达（Krishna Bahadur Canda）的《边区》，表现的是边远地区的农村生活；维姆拉·莱纳

（Vimla Raina）的《三代》（1958），讲的是一个家庭三代人不同观念的
交锋。

二、现代主义和民主主义戏剧

1960年以后，随着印度国内和国际形势的变化，一方面，人们对
政府的政策失去了信心，文学界也越来越表现出反叛情绪；另一方面，
社会生活中的各种矛盾也日益显现和突出。尤其是城市里中产阶级队
伍的日益扩大，反映他们内心紧张和焦虑的作品也日益增加。例如，
著名女作家曼奴·彭达莉（生平见本章第三节）的剧本《无墙之家》
（1965），写的就是中产阶级家庭中紧张的夫妻关系：苦闷与隔阂已经
使这个婚后的家庭像没有墙壁的房子一样失去了保护。丈夫不愿意妻
子有独立的个性，也不愿意她在事业上有所发展，对妻子的行为深怀
疑虑，甚至嫉妒、猜疑；妻子在学院里主持工作，可是在家庭里却不
得不忍受丈夫的冷嘲热讽。其结果是这个家庭的最终破裂。再如前文
提到的莫汉·拉盖什的剧本《缺憾》，这是一部引起争议的剧本，但总
体上是受到肯定的。它写的是一个中产阶级家庭沦落为中下等家庭的
故事：一对夫妻，有一子二女。丈夫失业在家，是一个没有自信、窝
窝囊囊的人，妻子对他很不满意。妻子是这个家庭的主心骨，但她对
这个家庭也不想担负责任，却想寻找一个完美的男人。在与一些男人
接触过程中，她考察了他们，没有发现一个完美的男人。相反，其中
一个男人拐走了她的大女儿。她决定跟其中一个走，但那个男人嫌她
年纪大而抛弃了她。她的家人也厌恶她了。儿子整天无所事事，四处
游荡，并开始读黄色书籍。最后，她还是回到家里。该剧明显受到存
在主义的影响，通过对家庭矛盾、男女关系、夫妻关系的描写，反映
了现代社会里中产阶级的迷茫和苦闷。

从70年代往后的30年间，现代主义、后现代主义和新进步主义思

潮盛行于文坛。印地语戏剧的创作也为这种种思潮所左右。这个时期，30年代前后出生的新一代剧作家已经成熟，成为创作的主力。这个时期值得一提的剧作家和剧本很多，但评论界公认的主要有两位，下面就介绍这两位有影响的剧作家以及他们的作品。

拉克西米·那拉扬·拉尔（Lakshmi Narayan Lal，1927~　）既是剧作家又是小说家。他的小说不被看好，但他在剧作方面成就卓著，被学界认为是这一时期最有成就的剧作家之一。50年代发表过很好的剧作，其剧本数量在40部以上，主要有《黑井》（1956）、《雌性仙人掌》（1959）、《美的韵味》（1959）、《三眼鱼》（1960）、《干涸的池塘》（1960）、《多彩话剧》（1961）、《夜来香》（1962）、《镜子》（1962）、《鹦鹉八哥剧》（1962）、《血色莲花》（1963）、《向日葵》（1968）、《名誉不好的人》（1969）、《激昂先生》（1971）、《戒严》（1972）、《疯子阿卜杜拉》（1973）、《私人的》（1975）、《人狮故事》（1975）、《四臂罗刹》（1976）、《夜叉问》（1976）、《破除全部表演的迷惑》（1977）、《吉祥鸟》（1977）、《戏剧不是游戏》（1978）、《五男子》（1978）、《罗摩的战争》（1979），等等。

由此可见，拉克西米·那拉扬·拉尔的创作高潮期是在60~70年代，而其最受评论界好评的作品写于70年代。

苏兰德拉·沃尔马（Surendra Verma，1941~　）出生于北方邦的占西县。他是印度当代著名小说家之一，长篇小说《我需要月亮》获得1996年度印度文学院奖，2000年出版的另一部长篇小说《为两个死者献花》也产生了一定的社会反响。他的剧作也成就斐然，被誉为民族派戏剧。主要有《黑公主》（1970）、《星期六两点钟》（1972）、《死后》（1972）、《从最后一缕阳光到第一缕阳光》（1975）、《第八章》（1976）、短剧集《为何彻夜不眠》（1976）、《小赛义德和大赛义德》（1978）和《囚禁生活》（1983）等。其中，社会影响较大的有《小赛义德和大赛义德》（1980年被搬上舞台）和《囚禁生活》（1989年被搬上舞台），为了表彰他在戏剧方面的成就，印度国家音乐戏剧院于1993年度向他颁发了大奖。

总之，回望20世纪后半期的印地语戏剧，可以说是人才辈出，不乏佳作。上面介绍的两位剧作家仅仅是代表。

第五节　几位文学评论家

❈

印地语文学评论家很多，这里介绍五位，不能独立成章，放在全书之末，算是本书的谢幕。

我们知道，印度古代很早就有了自己一整套的文论体系。现代印地语文学评论是在这个体系的基础上，结合西方文论的一些成分发展而来的。因此，现代印地语文学评论既秉承了古代的理论传统，也受到西方文论的影响，是十分发达的。

印地语文学评论的发展阶段是与印地语文学的发展阶段相一致的。一般认为，在现代印地语文学的初期阶段，即所谓"帕勒登杜时代"（约当19世纪后半），印地语文学评论已初露端倪。"但是，当时的评论者尚未具备发掘诗学精细要素的能力，也不具备将作品中的生活价值与美学元素结合起来加以阐发的能力。"[1]而此后的"德维威迪时期"（指19世纪末到20世纪20年代），印地语文学评论虽然未臻佳境，但有几个要点值得肯定：①传统美学的学术评论已经出现。②不同文学的比较评价也已出现。③探讨式的、介绍性的评论，以及解释性的评

---

[1] 纳甘德拉、哈尔德亚尔主编：《印地语文学史》，诺埃达，2009年印地文版，第466页。

论较多。④西方文论的一些书籍、文章被翻译过来，并开始产生影响。但传统美学的评论仍占主流地位。此后，印地语文学评论开始走向成熟，并出现了一些大家。下面，要介绍的是现代印地语文学评论的发展过程中，几位主要评论家及其主要作品、主要贡献和主要观点。

一、拉姆昌德拉·舒克勒

拉姆昌德拉·舒克勒（Ramcandra Shukla，1884~1942），印度独立前最重要的文学评论家。尽管他的许多观点后来受到质疑，或者已被否定，但他对印地语文学评论的开创性贡献是不可否认的，因而他至今仍备受印地语文学界的尊重，被尊称为"大师"（acarya）。正如有的学者所说，在印地语文学评论的初期阶段，拉姆昌德拉·舒克勒在文学批评理论领域做出了"全面而重要的贡献"①，被认为是"在近代以来的散文家和评论家中居于首屈一指的地位。是现代印地语文学评论的开创者"。②

拉姆昌德拉·舒克勒出生于北方邦巴斯提县的农村，在米尔扎普尔读书，高中毕业。由于他的刻苦努力，1906年进入米尔扎普尔的一家杂志社任编辑，1908年来到瓦拉纳西《印地语辞海》编辑部任助理编辑，1921年被聘入瓦拉纳西印度教大学印地语系任教，1937年升任该系主任。

1920年以前，现代印地语文学评论已初见端倪。当时尽管多数评论者都采用古典梵文文艺理论评论印地语文学作品，但西方的一些著名的文论书籍也被翻译为印地语，这就为后来印地语文学评论的进一步发展打下了基础。拉姆昌德拉·舒克勒就是这个时期在文学评论界崭露头角的。

---

① 纳甘德拉、哈尔德亚尔主编：《印地语文学史》，诺埃达，2009年印地文版，第573页。
② 纳甘德拉主编：《印度文学词典》，新德里，1981年印地文版，第1262页。

有印度学者认为，拉姆昌德拉·舒克勒的文学生涯可以分为两个阶段：1904~1920年为"准备期"，1921~1941年为"成熟期"。[①]在第一阶段，他重点从事翻译和撰写文章。他翻译了纽曼、黑格尔等西方文论家和思想家的作品，并陆续刊登出来。1904~1914年，他在杂志上先后发表了《文学》《关于语言的思考》和《诗歌是什么》等文章，显示了他在诗学方面的功力和独到的思考。从这些作品可以看出，他明显受西方哲学思想的影响。他不是一个唯物主义者，但也不是一个有神论者。他承认世界的物质性，但又认为宇宙间有一个终极的精神实体存在，这个精神或者灵魂是世界的根本原因。在第二阶段，他研究并整理了中世纪印地语著名诗人，如杜勒西达斯、苏尔达斯和贾耶西的著作，先后出版了《杜勒西集》（1922）、《贾耶西集》（1924）和《黑蜂歌精华》（1925）。在这些书的前言里体现了他的审美思考。1922~1935年，他的一系列重要评论文章发表，如《诗歌中的神秘主义》《诗歌中人间利益的实现》《通俗化与人格的多元主义》和《诗歌中的自然景物》等。不久，他的《味论考析》出版，对古代梵语文论的核心理论——味论做了详细而又深入浅出的分析和评论。

1929年，他完成了大部头的《印地语文学史》，1930年出版。该书在印地语文学界影响很大，长期以来成为印地语文学系学生的必读书。书中，他对印地语文学的分期、对中世纪虔诚文学的分类、对一些文学现象的命名，都为后来的学习者和研究者提供了方便，甚至被沿用至今。

当然，随着时间的推移，随着研究的不断深入，他的一些观点也不断遭到质疑。例如，他的文艺理论中有一个关键词，叫作"人间法则"（lokadharma）。根据这个法则，他认为懒惰、欺骗、剥削等都是

---

① 伯金·辛格：《现代印地语文学史》，新德里，2010年印地文版，第219页。

违反社会道德的。但在种姓问题上，他又觉得这是一种符合法则的规范，因而在中世纪格比尔达斯等圣徒诗人强烈抨击种姓制度这一点上，他看不到他们的历史进步作用，反而认为他们违反了"人间法则"。①

二、南德杜拉雷·瓦杰培伊

南德杜拉雷·瓦杰培伊（Nandadulare Vajpey，1906~1968），出生于印度北方邦温纳夫县农村，被认为是印地语文学评界的元老级人物之一。1941年，他进入瓦拉纳西印度教大学任教，此后出版了一系列著作。有论文集《现代文学》《新文学新问题》《诗人尼拉腊》和《国民文学》等。而《普列姆昌德》是他唯一的文学评论专著。他的文学评论是从研究"阴影主义"诗人和诗歌开始的，后来扩展到整个现代印地语文学领域，其评论不仅包括小说和小说家，诗歌和诗人，也包括戏剧和剧作家。

在诗学理论方面，他认为，在现代文学评论中，可以借鉴传统的"味"的理论，但不可以神化古老的"味"论，把它说成是超凡的东西，那只是欺骗读者的视听。他认为，诗歌由两个方面组成，一方面是诗人的情感，这是内在的美；另一方面是表达方式，这是外在的形式美。这两者是文学评论的主要方向。他还认为，现代文学批评家应当反对为艺术而艺术的观点，努力探索诗歌精神境界的发展，探索诗人的人格魅力。

三、赫贾利普拉萨德·德维威迪

赫贾利普拉萨德·德维威迪（Hajariprasad Dvivedi，1907~1979），出生于比哈尔邦伯利亚县的农村。30年代开始，曾先后在泰戈尔国际大学、瓦拉纳西印度教大学和旁遮普大学教书。

① 参见伯金·辛格：《现代印地语文学史》，新德里，2010年印地文版，第220页。

他是一位具有多方面贡献的"大师"级文学家。写过小说，也从事文学评论和研究。他的主要作品有文集《无忧树花》《莲花》，专著《印地语文学的背景》《论格比尔》《论那特派》《论苏尔文学》《印地语文学史》和《印地语初期文学》等，均收入1981年出版的11卷本《赫贾利普拉萨德·德维威迪全集》中。

1940年以前，他虽然也发表过文章，但真正重要的作品是他出版于1940年的《印地语文学的背景》。这部著作可以说是奠定了他日后从事文学研究和文学评论的基础。在这部书中，他确立了文学批评的历史体系。他认为，评价一位作家地位，必须考察其作品在社会、文化和民族的持久性。也就是说，一个作家、一部作品，一定要经得起历史的检验。他从人道主义的立场出发，历史地评价文学家及其作品，在印地语文学评论界树立了新的典范。

《论格比尔》是他的代表作之一，他也因此而赢得巨大声誉。书中，他从社会、文化和宗教等各个方面对中世纪虔诚派诗人格比尔给予了充分肯定，认为他是"过去一千多年里最伟大的革命者之一"[1]。这个评价非常高，但也是比较客观和相对公正的。在这一点上，他比他的前辈评论家拉姆昌德拉·舒克勒有所进步。同样，他对苏尔达斯以及《苏尔诗海》的研究也取得了突破性成就。

他的《论那特派》从大量的资料入手，考证了中世纪一个著名宗教派别——那特派的形成和发展。而他的《印地语文学史》也利用了许多新鲜的资料，提出了许多新的见解，成为印地语文学研究者的必读书。

四、拉姆维拉斯·夏尔马

拉姆维拉斯·夏尔马（Ramvilas Sharma，1912~2000），印地语文

---

① 转引自维什瓦纳特·普拉萨德·提瓦里：《20世纪印地语文学》，新德里，2005年印地文版，第194页。

学评论界老资格的马克思主义评论家或者说是进步主义文学评论家。

有学者认为，拉姆维拉斯·夏尔马的文学评论生涯可以以1955年为界大体分为两个时期。1955年以前，他出版的主要著作有《普列姆昌德》（1941）、《帕勒登杜时代》（1942）和《普列姆昌德和他的时代》（1943）等。这个时期，他表现出了"一个青年的激情、勇气和直率"，也表现出"整体把握能力、平衡能力和敏锐的思辨能力"①。

1955年，拉姆维拉斯·夏尔马的《拉姆昌德拉·舒克勒大师与印地语文学评论》出版，这是他文学评论更成熟的阶段开始的标志。此后，他出版的主要著作有《信念和美》《语言与社会》（1961）、《尼拉腊的文学修养》（三卷本，1968~1972）、《摩哈维尔·普拉萨德·德维威迪与印地语文学新觉醒》（1977）、《新诗与存在主义》（1978）、《印度的古代语族与印地语》（三卷本，1979~1981）、《英国在印度的统治和马克思主义》（1982）、《马克思与落后社会》（1985）等。其中，三卷本《尼拉腊的文学修养》获得1970年印度文学院奖，三卷本的《印度的古代语族与印地语》获得1991年度"毗耶娑奖"（比尔拉基金会设立的文学大奖）。

由于拉姆维拉斯·夏尔马坚持的是马克思主义评论原则，从历史唯物主义和辩证唯物主义的立场出发，对文学作品反映社会现象、作者的世界观等格外重视，常常从阶级矛盾入手去解析作品。他对印地语文学评论的先驱拉姆昌德拉·舒克勒多有批评，也难免有过激之处，因而有一部分学者提出了不同看法。即便如此，他仍然被认为是拉姆昌德拉·舒克勒之后影响最大的文学评论家。

五、纳姆瓦尔·辛格

纳姆瓦尔·辛格（Namvar Singh，1927~   ），出身于瓦拉纳西附

---

① 伯金·辛格：《现代印地语文学史》，新德里，2010年印地文版，第388页。

近吉万普尔村的一个农民家庭。

他是继拉姆维拉斯·夏尔马之后最有影响的马克思主义评论家，也是至今健在的最有影响的印地语文学评论家之一。他出版的专著和文集主要有《阿波布朗舍语在印地语发展中的贡献》（1952）、《阴影主义》（1955）、《历史与文学评论》（1960）、《探索另外的传统》（1977）、《争论与对话》（1989）、《卡尔·马克思：文艺思考》（2005）等。

《阴影主义》是他早期文学评论的代表作。书中，他对1918~1936年的"阴影主义"诗歌流派做了全面的评价。他认为，只有对这一时期的诗歌中的所有思想和感情倾向进行考察之后，才能给这一流派下一个准确的定义："阴影主义是民族觉醒的诗歌表现形式，它一方面要求从旧的保守势力下解放出来，另一方面要求从外国的统治下解放出来。"[1]这就充分肯定了阴影主义诗歌反帝反封建的思想本质。这一评价和定义直至今日仍然是最权威的概括，成为评论界的共识。

他的另一部代表作是论文集《诗歌的新榜样》。书中，作者讨论了"阴影主义""后阴影主义""实验主义""新诗"等各个流派的诗歌，并就这些诗歌的评价，以及相关诗学问题等与不同观点展开论战。例如，他在一篇题为《感受的复杂与紧张》中，就对著名评论家纳根德拉博士（Dr.Nagendra）的某些观点提出异议。实际上，这是对印度传统梵语诗学不同看法的辩论，是纯粹的学术讨论[2]。纳甘德拉博士并未有任何过激的反应，但却引起了另外一些人的反感。1977年，有学者编了一部论文集《评论家纳姆瓦尔》，全面评价和介绍了纳姆瓦尔在文学评论领域的贡献和不足。1995年，又有学者编了一部文集《关于纳

---

① 纳姆瓦尔·辛格：《阴影主义》，新德里，2007年印地文版，第17页。

② 参见纳姆瓦尔·辛格：《诗歌的新榜样》，新德里，2003年印地文版，第166页。

姆瓦尔的讨论》，则重点批评他的某些观点。实际上，这也是传统诗学派与马克思主义学派辩论的继续。①

同样，在他的其他著作中，他仍然坚持以马克思主义的观点和方法对当代印地语文学展开评论，并取得了骄人的成绩。

---

① 参见穆拉利·莫诺哈尔·普拉萨德·辛格:《现代印地语文学——考察与争鸣》，德里，2000年印地文版，第123页。

索　引

R

人狮 70

《仁爱道院》 466

《如意树》 488

S

萨达鲁 123

萨基达南德·希拉南德·瓦德
斯亚因 625

《萨竭罗的胜利》 694

萨维什瓦尔·德亚尔·瑟克塞
纳 811

赛雷什·摩提亚尼 832

赛纳帕蒂 338

赛义德·阿赫默德·汗 371

赛义德运动 371

桑班达尔 20, 37

沙·贾汉 333

沙梨跋陀罗·苏利 122

《沙伦塔夫人》 485

沙姆谢尔·巴哈杜尔·辛格 753

《山泉》 511

《商底列帕克蒂经》 34, 35

商羯罗 39

《神的赞歌》 21

神秘主义诗歌 124

《神庙》 491

《神圣咒语》 37

《圣地的奥秘》 453

圣社 370

《圣言》 38

胜天 74, 226

《失望的一幕》 486

《诗歌的新榜样》 858

《诗歌集》 271

《诗人所爱》 24, 346

《十束光》 615

实验主义 554

《世界上的无价之宝》 485

室利甘特·沃尔马 813

室利陀罗 122

《水波》 512

《水之墙》 649

松德尔达斯 59

苏达马·庞德·杜米尔 816

苏德尔申 446

苏尔达斯 44, 213

苏尔达斯派 44

《苏尔精诗集》 217